王鵬運詞集校箋

Notes and Commentary on collection of
Wang Pengyun's Ci Poetry

下

【清】王鵬運 著

沈家莊 朱存紅 校箋

上海古籍出版社

鶩翁集

執念記

鵲　踏　枝

馮正中《鵲踏枝》十四闋[一]，鬱伊悄悅[二]，義兼比興，蒙嗜誦焉[三]。春日端居[四]，依次屬和，就韻成詞，無關寄託，而章句尤爲淩雜。憶雲生云[五]："不爲無益之事，何以遣有涯之生。"三復前言，我懷如揭矣。時光緒丙申三月二十八日[六]。錄十(1)。

落蕊殘陽紅片片。懊恨比鄰，盡日流鶯轉。似雪楊花吹又散。東風無力將春限[七]。　　慵把香羅裁便面[八]。換到輕衫，歡意垂垂淺[九]。襟上淚痕猶隱見。笛聲催按梁州遍[一〇]。

【校】

(1) 《定稿》小序無"就韻"至"淩雜"十五字。又無"時光緒丙申三月二十八日。錄十"十三字。

【注】

〔一〕馮正中：馮延巳，字正中，南唐詞人。有《陽春集》。
〔二〕鬱伊：憂憤鬱結。《後漢書·崔寔傳》："是以王綱縱弛於上，智士鬱伊於下。"李賢注："鬱伊，不申之貌。"　悄悅：惆悵。失意，傷感。《楚辭·遠游》："步徙倚而遙思兮，怊惝悅而乖懷。"
〔三〕蒙：自稱謙詞。猶愚。《文選》卷二張衡《西京賦》："蒙竊惑焉。"李善注："蒙，謙稱也。"
〔四〕端居：平常處居，閒居。孟浩然《臨洞庭贈張丞相》詩："欲濟無舟楫，端居恥聖明。"
〔五〕憶雲生：項廷紀(1798—1835)，原名繼章，又名鴻祚，字蓮生，浙江錢塘人。道光十二年(1832)舉人,春官不第。越二年卒,年僅三十八歲。著有《憶雲詞甲乙丙丁稿》,引語見其《丙稿》自序。

〔六〕　光緒丙申:光緒二十二年(1896)。
〔七〕　"東風"句:李商隱《無題》詩:"相見時難別亦難,東風無力百花殘。"
〔八〕　便面:古代用以遮面的扇狀物。《漢書·張敞傳》:"然敞無威儀,時罷朝會,過走馬章臺街,使御吏驅,自以便面拊馬。"顏師古注:"便面,所以障面,蓋扇之類也。不欲見人,以此自障面則得其便,故曰便面,亦曰屏面。今之沙門所持竹扇,上袤平而下圜,即古之便面也。"後稱團扇、摺扇爲便面。
〔九〕　垂垂:漸漸。唐貫休《陳情獻蜀皇帝》詩:"一瓶一缽垂垂老,千水千山得得來。"
〔一〇〕梁州:唐教坊曲名。顧況《李湖州孺人彈箏歌》:"獨把《梁州》凡幾拍,風沙對面胡秦隔。"

前　　調

斜日危闌凝佇久。問訊花枝,可是年時舊。濃睡朝朝如中酒〔一〕。誰憐夢裏人消瘦。　　香閣簾櫳煙閣柳〔二〕。片雲氤氳〔三〕,不信尋常有。休遣歌筵回舞袖〔四〕。好懷珍重春三後〔五〕。

【注】

〔一〕　"濃睡"句:李清照《如夢令》詞:"昨夜雨疏風驟。濃睡不消殘酒。"
〔二〕　"香閣"句:簾子遮住香氣,柳樹被煙霧籠罩。閣,作動詞。
〔三〕　片雲:片刻,刹那。張炎《聲聲慢》詞:"片雲歸程,無奈夢與心同。"
〔四〕　回:迴旋。
〔五〕　春三:農曆三月。

前　　調

譜到陽關聲欲裂〔一〕。亭短亭長〔二〕,楊柳那堪折。挑菜湔裙春事歇〔三〕。帶羅羞指同心結〔四〕。　　千里孤光同皓月。畫角吹殘〔五〕,風外還嗚咽。有限墜歡爭忍説〔六〕。傷生第一生離別〔七〕。

【注】

〔一〕 陽關：古曲《陽關三疊》的省稱。亦泛指離別時唱的歌曲。李商隱《飲席戲贈同舍》詩："唱盡《陽關》無限疊,半杯松葉凍頗黎。"

〔二〕 "亭短"句：李白《菩薩蠻》詞："何處是歸程,長亭更短亭。"

〔三〕 挑菜：舊俗,陰曆二月初二日,仕女出郊拾菜,士民游觀其間,謂之挑菜節。賀鑄《鳳棲梧》詞："挑菜踏青都過卻,楊柳風輕,擺動秋千索。" 湔裙：古代的一種風俗,士女在每年正月的任何一天以及三月三日上巳節,在水邊洗濯裙裳,以潔淨消弭災禍。宗懍《荆楚歲時記》："元日至於月晦,並爲酺聚飲食……士女泛舟或臨水宴樂。"隋杜臺卿《玉燭寶典》卷一："（農曆正月）元日至月晦,今並酺食,渡水。士女悉湔裳、酹酒於水湄,以爲度厄。"《後漢書·禮儀上·祓禊》："是月上巳,官民皆絜於東流水上,曰洗濯祓除去宿垢疢爲大絜。"唐吕渭《皇帝移晦日爲中和節》詩："湔裙移舊俗,賜尺下新科。"宋蔣捷《南鄉子》："泊雁小汀洲。冷淡湔裙水漫秋。裙上睡花無覓處,重游。隔柳惟存月半鉤。"

〔四〕 同心結：舊時用錦絲編織的連環回文樣式結子,常結於羅帶,用以象徵堅貞的愛情。梁武帝《有所思》詩："腰中雙綺帶,夢爲同心結。"

〔五〕 畫角：古管樂器。傳自西羌。形如竹筒,本細末大,以竹木或皮革等製成,因表面有彩繪,故稱。發聲哀厲高亢,古時軍中多用以警昏曉,振士氣,肅軍容。帝王出巡,亦用以報警戒嚴。梁簡文帝《折楊柳》詩："城高短簫發,林空畫角悲。"

〔六〕 "有限"句：謂因阻隔而失去歡樂,怎忍心（向對方）説出心中難言之痛。限,阻隔也。争,怎也。

〔七〕 傷生：讓生命受到傷害。《莊子·讓王》："君固愁身傷生,以憂戚不得也。"

前　　調

風蕩春雲羅樣薄〔一〕。難得輕陰,芳事休閒卻。幾日啼鵑花又落。綠箋莫忘深深約。　　老去吟情渾寂寞〔二〕。細雨簷花,空憶燈前酌〔三〕。隔院玉簫聲乍作。眼前何物供哀樂。

【注】

〔一〕 羅：綾羅綢緞。

〔二〕 "老去"句：杜甫《江上值水如海勢聊短述》詩："老去詩篇渾漫與,春來花鳥莫深愁。"

〔三〕 "細雨"二句：杜甫《醉時歌》："清夜沉沉動春酌,燈前細雨檐花落。"

前　　調

漫説目成心便許〔一〕。無據楊花,風裹頻來去。悵望朱樓難寄語。傷春誰念司勳誤〔二〕。　　枉把游絲牽弱縷〔三〕。幾片閒雲,迷卻相思路。錦帳珠簾歌舞處。舊歡新恨思量否。

【注】

〔一〕 目成：通過眉目傳情來結成親好。《楚辭·九歌·少司命》："滿堂兮美人,忽獨與余兮目成。"皇甫冉《見諸姬學玉臺體》："傳杯見目成,結帶明心許。"

〔二〕 "傷春"句：李商隱《杜司勳》詩："刻意傷春復傷別,人間唯有杜司勳。"

〔三〕 游絲：指空中飄游的蛛絲、綿綿細雨、霧芬等狀若細絲之物,即莊子《逍遥游》中所謂"野馬"。盧照鄰《長安古意》詩："百丈游絲爭繞樹,一群嬌鳥共啼花。"詞中比喻雜亂思緒。　弱縷：下垂而柔弱的柳條。詞中比喻脆弱的情感。此詞或有寄託。

前　　調

晝日懨懨驚夜短〔一〕。片霎歡娛,那惜千金换。燕睍鶯聲春不管〔二〕。敢辭弦索爲君斷〔三〕。　　隱隱輕雷聞隔岸〔四〕。暮雨朝霞,咫尺迷銀漢。獨對舞衣思舊伴。龍山極目煙塵滿〔五〕。

【注】

〔一〕 "晝日"句：李清照《蝶戀花》詞："永夜懨懨歡意少。空夢長安,認取長安道。"

〔二〕燕睨鶯顰：喻被人嫉妒。睨，斜著眼看，斜視。顰，皺眉。
〔三〕君：似暗指光緒皇帝愛新覺羅·載湉。
〔四〕輕雷：李商隱《無題四首》詩之二："颯颯東風細雨來，芙蓉塘外有輕雷。金蟾齧鎖燒香入，玉虎牽絲汲井回。賈氏窺簾韓掾少，宓妃留枕魏王才。春心莫共花爭發，一寸相思一寸灰。"
〔五〕"龍山"句：參見前《霜花腴》（龍山會渺）注。此句有李白"總爲浮雲能蔽日，長安不見使人愁"之境界（《登金陵鳳凰臺》）。

前　　調

望遠愁多休縱目。步繞珍叢〔一〕，看筍將成竹〔二〕。曉露暗垂珠籭籭〔三〕。芳林一帶如新浴。　　檐外春山森碧玉〔四〕。夢裏驂鸞〔五〕，記得清湘曲〔六〕。自定新弦移雁足〔七〕。弦聲未抵歸心促。

【注】

〔一〕珍叢：花叢。周邦彥《六醜·薔薇謝後作》詞："靜繞珍叢底，成歎息。"
〔二〕"看筍"句：周邦彥《浣溪沙》詞："新筍已成堂下竹，落花都上燕巢泥。忍聽林表杜鵑啼。"
〔三〕籭籭：下垂貌。唐李郢《張郎中宅戲贈》詩："薄雪燕翁紫燕釵，釵垂籭籭抱香懷。"
〔四〕森碧玉：蒼翠如碧玉。森，蒼翠也。韓愈《送桂州嚴大夫》詩上半："蒼蒼森八桂，茲地在湘南。江作青羅帶，山如碧玉簪。"
〔五〕驂鸞：參見前《摸魚子》（愛新晴）注。韓愈《送桂州嚴大夫》詩下半："戶多輸翠羽，家自種黃柑。遠勝登仙去，飛鸞不假驂。"
〔六〕清湘：即湘江。湘江發源於半塘家鄉今桂林以北海洋山。
〔七〕移雁足：即調試雁柱。箏上弦柱作雁行整齊排列，稱雁柱。定弦音，須移動弦柱。

前　　調

誰遣春韶隨水去〔一〕。醉倒芳尊，忘卻朝和暮。換盡大堤芳草路。倡條都是相思樹〔二〕。　　蠟燭有心燈解語。淚盡唇焦，此恨消沉否〔三〕。坐對東風憐弱絮。萍飄後日知何處。

【注】

〔一〕　春韶：春日的美景。蘇軾《再和劉貢父春日賜幡勝》詩："記取明年江上郡，五更春枕夢春韶。"

〔二〕　倡條：樹葉繁茂的枝條。宋賀鑄《鳳棲梧》詞："為問宛溪橋畔柳。拂水倡條，幾贈行人手。"

〔三〕　"蠟燭"三句：杜牧《贈別》詩之二："蠟燭有心還惜別，替人垂淚到天明。"

前　　調

對酒肯教歡意盡〔一〕。醉醒懨懨〔二〕，無那忺春困〔三〕。錦字雙行箋別恨〔四〕。淚珠界破殘妝粉。　　輕燕受風飛遠近〔五〕。消息誰傳，盼斷烏衣信〔六〕。曲几無憭閒自隱〔七〕。鏡奩心事孤鸞鬢〔八〕。

【注】

〔一〕　肯教：豈肯教。反詰語氣。

〔二〕　醉醒：偏義複詞，偏於醉。全句意即"醉懨懨"。

〔三〕　無那：無奈。　　忺：欲，將要。張元幹《點絳唇》詞："小雨忺晴，坐來池上荷珠碎。"　　春困：謂春日精神倦怠。曾鞏《錢塘上元夜祥符寺陪咨臣郎中文燕席》詩："金地夜寒消美酒，玉人春困倚東風。"

〔四〕　"錦字"二句：將兩行眼淚劃破脂粉出現的道道界痕，比喻為寫在美人腮上的兩行傷別的詩行。界破，劃破。唐徐凝《廬山瀑布》詩："今古長如白練飛，一條界破青山色。"

〔五〕　"輕燕"句：杜甫《春歸》詩："遠鷗浮水靜，輕燕受風斜。"

〔六〕　烏衣：指春燕。楊維楨《題邊魯生梨花雙燕圖》詩："春風歌《白雪》，夜月夢烏衣。"

〔七〕　"曲几"句：無聊地靠在几案上。邵雍《初秋》詩："曲几靜中隱，衡門閒處開。"曲几，曲木几。古人之几多以怪樹天生屈曲若環若帶之材製成，故稱。無憭，悶而鬱悶。隱，憑靠。

〔八〕　"鏡奩"句：對鏡自傷孤淒衰老。

前　　調

幾見花飛能上樹。難繫流光，枉費垂楊縷〔一〕。箏雁斜飛排錦柱。只伊不解將春去。　漫詡⁽¹⁾心情⁽²⁾黏地絮〔二〕。容易飄颺〔三〕，那不驚風雨。倚遍闌干誰與語〔四〕。思量有恨無人處。

【校】

（1）　"詡"，《定稿》光緒三十二年本、《清季四家詞》本作"許"。
（2）　"心情"，《定稿》《清季四家詞》本作"傷情"。

【注】

〔一〕　難繫二句：朱淑真《蝶戀花》詞："樓外垂楊千萬縷。欲繫青春，少住春還去。"
〔二〕　黏地絮：周邦彥《玉樓春》詞："人如風後入江雲，情似雨餘黏地絮。"
〔三〕　容易：輕易，隨便。
〔四〕　"倚遍"句：辛棄疾《水龍吟·登建康賞心亭》詞："把吴鉤看了，闌干拍遍，無人會、登臨意。"

百　字　令

杉湖別墅〔一〕，先世小築也。其地面山臨湖，有臨水看山樓、石天閣、竹深留客處、蔬香老圃諸勝。朱濂甫先生作記〔二〕，見《涵通樓師友文鈔》中〔三〕。天涯久住，頗動故園之思，黯然賦此。將倩恒齋丁丈作《湖樓歸意圖》也〔四〕。

杉湖深處，有小樓一角，面山臨水。記得兒時嬉戲慣，長日敲針垂餌〔五〕。萬里羈游，百年老屋，目斷遙天翠。寄聲三徑〔六〕，舊時松菊存未。　昨夢笠屐婆娑，沿緣溪路迥，柳陰門閉⁽¹⁾。林塹似聞騰笑劇〔七〕，百計不如歸是。繭縛春蠶，巢憐越鳥〔八〕，骯髒人間世。焉能鬱鬱，君看鬢影如此。

【校】

（1）　此詞格律與《詞譜》卷二八載蘇軾《念奴嬌》（憑高眺遠）一體略異，

蘇詞下片第二、三句作四字、五字句。

【注】

〔一〕 杉湖：位於桂林市中心，與榕湖連通。半塘故居在湖畔。

〔二〕 朱濂甫：朱琦（1803—1861），字濂甫，號伯韓，道光十五年（1835）進士，官翰林院編修，後遷御史。工詩文，爲"杉湖十子"之一。有《怡志堂集》（《杉湖別墅記》見此書）。

〔三〕《涵通樓師友文鈔》：清唐啟華（岳）輯，臨桂唐氏涵通樓印行，清咸豐四年（1854）初版。其中卷四、卷五爲朱琦《來鶴山房文鈔》。

〔四〕 恒齋丁丈：丁立鈞號恒齋。參見前《三姝媚》（休辭歌者苦）注。

〔五〕 "長日"句：整天釣魚。杜甫《江村》詩："老妻畫紙爲棋局，稚子敲針作釣鉤。"

〔六〕 "寄聲"二句：陶潛《歸去來兮辭》："三徑就荒，松竹猶存。"三徑，隱者所居之地。

〔七〕 騰笑：參見前《摸魚子》（耐殘更）注。

〔八〕 "巢憐"句：指不忘故土。《古詩十九首》："胡馬依北風，越鳥巢南枝。"

夜 飛 鵲

看花崇效寺〔一〕，閲《青松紅杏卷》題名，歎逝傷離，感而有作(1)。

尋春鳳城曲〔二〕，攜酒年時(2)。春恨(3)漸滿芳菲。前游細數(4)幾人在，重來名字(5)愁題。殷勤酹花(6)處，倩鶯簧寫怨〔三〕，譜入參差〔四〕。顛毛換盡〔五〕，甚東風、只裊芳枝(7)。　　莫到西來閣作平上(8)，煙絮近昏黃，愁遍天涯。爲問司勳老去，傷春傷別(9)〔六〕，刻意緣誰。落紅糝徑，看閒房、僧掩斜暉〔七〕。歎無多殘醉，鐘魚喚醒，徒倚忘歸〔八〕。

【校】

（1） 此詞手稿藏桂林市博物館。手稿序作："同人召集棗花寺，閲《青松紅杏卷》舊日題名，歎逝傷離，有感而作。"

（2） "年時"，手稿作"年年"。

（3） "春恨"，手稿作"新恨"。

（4） "前游細數"，手稿作"舊游回首"。

（5）"名字"，手稿作"名姓"。

（6）"酹花"，宣統本作"酧花"。

（7）"甚東風、只裹芳枝"，手稿作"算東風、猶裹花枝"。

（8）"莫到西來閣上"，手稿作"莫倚西來閣望"。

（9）"傷別"，手稿作"惜別"。

【注】

〔一〕崇效寺：位於北京市宣武區白紙坊附近崇效胡同内，今白紙坊小學即爲其舊址。曾以花卉著稱京城。寺爲唐貞觀元年（627）幽州節度使劉濟舍宅所建。明嘉靖四十三年（1563）重修。現僅存藏經閣。寺内原存智樸禪師所繪《青松紅杏圖》，圖幅二尺，因有歷代名人題詞，圖卷續延三十餘丈。清人朱彝尊、王士禎、紀曉嵐、康有爲、梁啓超等都在圖卷上留下遺墨。

〔二〕鳳城：京城。指北京。

〔三〕鶯簧：黄鶯的鳴聲。以其聲如笙簧奏樂，故稱。温庭筠《舞衣曲》："蟬衫麟帶壓愁香，偷得鶯簧鎖金縷。"

〔四〕参差：古代樂器名。即無底的排簫。亦名笙。相傳爲舜造，象鳳翼参差不齊。《楚辭·九歌·湘君》："望夫君兮未來，吹参差兮誰思？"

〔五〕"顛毛"句：頭頂髮全白。顛毛，頭頂髮。《國語·齊語》："班序顛毛，以爲民紀統。"韋昭注："顛，頂也。毛，髮也。"宋劉克莊《念奴嬌》詞："顛毛雖秃，尚堪封管城子。"

〔六〕"爲問"二句：唐詩人杜牧，曾官司勳員外郎。李商隱《杜司勳》詩："刻意傷春復傷別，人間唯有杜司勳。"

〔七〕閒房：空寬寂靜的房屋。此指僧舍。曹植《閨情》詩之一："閒房何寂寞，綠草被階庭。"晉陸機《擬明月皎夜光》詩："朗月照閒房，蟋蟀吟户庭。"

〔八〕徙倚：猶徘徊，逡巡。《楚辭·遠游》："步徙倚而遥思兮，怊惝怳而乖懷。"王逸注："彷徨東西，意愁憤也。"

卜　算　子

影照小像，倩穎生作圖〔一〕，先之以詞。

構景未須奇，要稱蕭閒我〔二〕。邱壑中間謝幼輿〔三〕，此意平生頗〔四〕。　　淵急倩山攔,峰嶡將雲裹〔五〕。雲淡山虛水自清,終老斯鄉可。

【注】

〔一〕 穎生:姜筠(1847—1919),字穎生,號宜軒,一號大雄山民。安徽懷寧人。光緒十七年(1891)舉人,官禮部主事。工書畫。

〔二〕 蕭閒:蕭灑悠閒。唐顧況《山居即事》詩:"下泊降茅仙,蕭閒隱洞天。"

〔三〕 謝幼輿:謝鯤。參見前《百字令·自題畫像》注。

〔四〕 頗:偏愛也。

〔五〕 嶡:音"厭",山高峻貌。東漢王延壽《魯靈光殿賦》:"嶡㟪嵫鼇。"

霓裳中序第一

古銅爵釵〔一〕,爲樊老作。

香斑認未滅〔二〕。喚醒昭陽古春色〔三〕。消受螺鬆黛怯〔四〕。幾對舞青鸞〔五〕,籠雲愁滑。妝梅點額〔六〕。話唐宮影事如霎〔七〕。凝情久,花梢褪粉〔八〕,輸與夢中蝶。　　愁絕。翠銷金蝕。那更問玉環圓缺。沉沉簾底舊月。似照雙棲〔九〕,交股重疊。清歌敲欲折〔一〇〕。暗搔遍吟邊短髮,東風老,二喬深鎖〔一一〕,笑向杜郎說。

【注】

〔一〕 銅爵釵:鑄成雀形的銅釵。銅爵,傳說中秦始皇的名馬。晉崔豹《古今注·鳥獸》:"秦始皇有七名馬:追風、白兔、躡景、犇電、飛翩、銅爵、神鳧。"五代馬縞《中華古今注·秦始皇馬》:"有七名馬……六曰銅雀。"

〔二〕 香斑:特指釵上銅銹。

〔三〕 昭陽:漢宮殿名。後泛指后妃宮殿。《三輔黃圖·未央宮》:"武帝時,後宮八區,有昭陽、飛翔、增成、合歡、蘭林、披香、鳳凰、鴛鴦等殿。"

〔四〕 螺鬆黛怯:髮髻鬆散,眉黛暗淡。螺,螺髻的省稱。螺殼狀的髮髻。宋侯寘《浣溪沙》詞:"雙綰香螺春意淺,緩歌金縷楚雲留。"黛,青黑色的顏料。古時女子用以畫眉。亦作婦女眉毛的代稱。

〔五〕"幾對"二句：寫銅釵的構型特徵與插在美人頭上的意態。

〔六〕"妝梅"句：《太平御覽》卷九七〇引《宋書》："武帝女壽陽公主人日臥於含章檐下，梅花落公主額上，成五出之花，拂之不去，皇后留之。自後有梅花妝，後人多效之。"

〔七〕影事：佛教語。謂塵世間一切事皆虛幻如影。《楞嚴經》卷五："縱滅一切見聞覺知，内守幽閉，猶爲法塵分别影事。"宋范成大《次韻李子永見訪》詩之一："混俗休超俗，居家似出家；有爲皆影事，無念即生涯。"亦泛指往事。

〔八〕"花梢"句：花將謝而花粉消彌。周邦彦《瑞龍吟》詞："章臺路。還見褪粉梅梢，試花桃樹。"

〔九〕"似照"句：指月照古釵如雀雙棲。釵由兩股簪子交叉組合而成，故云。

〔一〇〕"清歌"句：韓偓《閨情》詩："敲折玉釵歌轉咽，一聲聲入兩眉愁。"

〔一一〕"東風"二句：杜牧《赤壁》詩："東風不與周郎便，銅雀春深鎖二喬。"

徵　　招

德甫改官白下〔一〕，作《燕臺贈别》《金陵攬勝》二圖見意，瀕行索題，爲賦是解。

煮茶聲裏官簾静〔二〕，秋堂記聯吟侣〔三〕。癸巳同事京兆試闈，爲識德甫之始。風雨幾長歌，漫歲華如許。送人猶未苦。最苦送、春隨人去。黯黯離情，爲君唱徹，吳郎愁句〔四〕。　　前路。好山多，鞭絲颭、歷歷南徐北固〔五〕。酒醒憶觚棱〔六〕，定情牽燕樹〔七〕。登臨休弔古。試静夜、然犀江渚〔八〕。怒濤卷、海氣猶腥，隱石城龍虎〔九〕。

【注】

〔一〕德甫：王德甫(1862—?)又名王多甫，安徽黄山新豐人，1912年底當選爲安徽省衆議院議員，後任京議員。晚年歸故里。著有《蒲褐山房詩話》。　　白下：古地名。在今江蘇省南京市西北。唐移金陵縣於此，改名白下縣。後因用爲南京的别稱。

〔二〕官簾：此指試闈的風簾。

〔三〕"秋堂"句：指癸巳八月德甫與半塘等在秋闈煮茶聯句吟詩事。

〔四〕"吴郎愁"句：似指吴文英《唐多令》詞："何處合成愁。離人心上秋。縱芭蕉、不雨也颼颼。都道晚涼天氣好，有明月、怕登樓。　年事夢中休。花空煙水流。燕辭歸、客尚淹留。垂柳不縈裙帶住。漫長是、繫行舟。"

〔五〕南徐北固：東晉僑置徐州於京口城，南朝宋改稱南徐，即今江蘇省鎮江市。歷齊、梁、陳，至隋開皇年間廢。北固，山名。北固山在今江蘇省鎮江市東北。有南、中、北三峰。北峰三面臨江，形勢險要，故稱"北固"。

〔六〕觚稜：宮殿屋角瓦脊成方角稜瓣之形。亦藉指宮闕。《文選·班固〈西都賦〉》："設璧門之鳳闕，上觚稜而棲金爵。"呂向注："觚稜，闕角也。"

〔七〕燕樹：北京一帶的樹木。藉指北京城。

〔八〕"試靜"句：南朝宋劉敬叔《異苑》卷七："晉溫嶠至牛渚磯，聞水底有音樂之聲，水深不可測。傳言下多怪物。乃燃犀角而照之。須臾，水族覆火，奇形異狀。"

〔九〕石城龍虎：暗喻德甫去白下將有一番作爲。《太平御覽》卷一五六引晉吴勃《吴録》："劉備曾使諸葛亮至京，因睹秣陵山阜，歎曰：'鍾山龍盤，石頭虎踞，此帝王之宅。'"石城，古城名。又名石首城。故址在今江蘇省南京市清涼山。本楚金陵城，漢建安十七年孫權重築改名。城負山面江，南臨秦淮河口，當交通要衝，六朝時爲建康軍事重鎮。唐以後，城廢。

疏　影

譙君之殁[一]，九年所矣[二]。遺櫬猶旅寄蕭寺中[三]，以諱辰與先夫人同日[四]，前期設奠厝室[五]。癸巳初夏，嘗得"嫁得黔婁"三語，哀甚未能成章，偶憶舊句，續譜此詞，不知涕泗之何從也。

流光電駛。歎翠尊醑(1)處，幽恨同積去。嫁得黔婁[六]，身後飄零，休問生前百事。春光老去棠梨死[七]，算何止、埋憂無地。看枝頭、鵑血斑斑，似解替人垂淚。　　寂寞重門深鎖，露苔點徑滑，塵碣煙委[八]。滿目青山，何處歸雲，悵望窣波嫝禮[九]。明朝風雨皋魚泣[一〇]。是慣見、檀郎愁悴[一一]。屬苾芬、輕打齋鐘[一二]，漫遣斷魂驚墜[一三]。

【校】

（１）　"酹"，宣統本作"酬"。

【注】

〔一〕　譙君：指死去的妻子曹氏。

〔二〕　年所：年數。《尚書·君奭》："故殷禮陟配天，多歷年所。"

〔三〕　櫬：古時指内棺，後泛指棺材。　蕭寺：李肇《唐國史補》卷中："梁武帝造寺，令蕭子雲飛白大書'蕭'字，至今一'蕭'字存焉。"後因稱佛寺爲蕭寺。

〔四〕　諱辰：人死亡之日，忌日。　先夫人：指去世的母親。

〔五〕　厝室：死者安葬前暫時停靈之處。厝，停柩待葬。

〔六〕　"嫁得"三句：元稹《遣悲懷》三首之一："謝公最小偏憐女，自嫁黔婁百事乖。"黔婁，古貧士。參見前《鶯啼序》（遼天暗鶯）注。

〔七〕　棠梨：藉喻夫人曹氏。參見前《青衫濕遍》（中秋近也）注。

〔八〕　"塵碣"句：蒙塵的碑碣被煙霧籠罩，失去光澤。碣，圓頂石碑。委，捨棄，丢失。

〔九〕　窣波：指窣堵波。梵語。即佛塔。

〔一〇〕皋魚：人名。後成爲未能孝順父母、贍養老人者的代稱。參見前《霜葉飛》（縞衣染遍）注。

〔一一〕檀郎：《世説新語·容止》："潘岳妙有姿容、好神情。少時挾彈出洛陽道，婦人遇者莫不聯手共縈之。"岳小字檀奴，後因以"檀郎"爲婦女對夫婿或所愛慕的男子的美稱。此半塘自指。

〔一二〕苾芻：即比丘。本西域草名，梵語以喻出家的佛弟子。爲受具足戒者之通稱。玄奘《大唐西域記·僧訶補羅國》："大者謂苾芻，小者稱沙彌。"　齋鐘：寺廟報時、做佛事均需擊鐘，稱爲齋鐘。

〔一三〕"漫遣"句：不要讓死者的魂魄受到驚嚇。

阮　郎　歸

擬浣花〔一〕

雛鶯啼老怨春殘。餘香襟袖殷⁽¹⁾。朱弦辛苦再三彈。心期深訴難。　　金鴨冷〔二〕，黛蛾攢〔三〕。依依山上山〔四〕。將離花好自愁簪〔五〕。由他紅半闌。

【校】

（1）"殷"，《定稿》光緒三十二年本作"斑"。

【注】

〔一〕浣花：指韋莊詞。莊字端己，仕蜀王建至吏部侍郎同平章事。有《浣花集》。

〔二〕金鴨：一種鍍金的鴨形銅香爐。戴叔倫《春怨》詩："金鴨香消欲斷魂，梨花春雨掩重門。"

〔三〕黛蛾：猶黛眉。溫庭筠《晚歸曲》："湖西山淺似相笑，菱刺惹衣攢黛蛾。"

〔四〕"依依"句：因心上人外出而戀戀不捨。山上山，即"出"字，析字格修辭法。

〔五〕將離：芍藥的別名。唐蘇鶚《蘇氏演義》卷下："牛亨問曰：'將離別，贈之以芍藥者何？'答曰：'芍藥一名將離，故將別以贈之。'"

浣 溪 沙

題丁兵備丈畫馬〔一〕。

苜蓿闌干滿上林〔二〕。西風殘秣獨沉吟〔三〕。遺臺何處是黃金〔四〕。　空闊已無千里志〔五〕，馳驅枉抱百年心。夕陽山影自蕭森〔六〕。

【注】

〔一〕丁兵備：當即丁立鈞，曾任兵備道，善書畫。參見前《三姝媚》（休辭歌者苦）注。

〔二〕苜蓿：植物名。豆科，一年生或多年生。原產西域各國，漢武帝時，張騫使西域，始從大宛傳入。可供飼料或作肥料，亦可食用。《史記·大宛列傳》："（大宛）俗嗜酒，馬嗜苜蓿。漢使取其實來。於是天子始種苜蓿、蒲陶肥饒地。及天馬多，外國使來眾，則離宮別觀旁盡種蒲陶、苜蓿極望。"　闌干：縱橫交錯散亂貌。岑參《白雪歌送武判官歸京》詩："瀚海闌干百丈冰，愁雲黲淡萬里凝。"

〔三〕殘秣：馬吃剩的飼料。

〔四〕"遺臺"句：戰國燕昭王曾置千金於黃金臺上，延請天下賢士。參見前《摸魚子》(對燕臺)注。又《戰國策·燕策一》載燕昭王以千金求千里馬事。

〔五〕 空闊：杜甫《房兵曹胡馬》詩："所向無空闊，真堪托死生。"仇兆鰲注："無空闊，能越澗注坡。"　　千里志：曹操《龜雖壽》："老驥伏櫪，志在千里。"

〔六〕 "夕陽"句：宋龔開《瘦馬圖》詩："今日有誰憐瘦骨，夕陽沙岸影如山。"

紅　　情

葦灣觀荷〔一〕，與乙庵分賦紅情、緑意〔二〕。

橫塘煙冪〔三〕。正茜裳玉佩〔四〕，弄香瑤席〔五〕。相對相當，不是佳人也傾國。休問凌波舊影〔六〕，消瘦損、一棱圓碧〔七〕。只閒閒、鷗鷺忘機〔八〕，雲水任寬窄。　　脈脈。黯淒惻。乍亂蟬送秋，別愁如積。擬乘太乙〔九〕。喚起潛魚聽吹笛。漫倚桃根畫槳〔一〇〕，將迎處、翠陰愁夕。歎漠漠洲渚遠，寄情未得。

【注】

〔一〕 葦灣：故址在今北京宣武門外西南郊。原長滿蘆葦，後植荷花，爲當時觀荷勝地。

〔二〕 乙庵：沈曾植，號乙庵。參見前《三姝媚》(休辭歌者苦)注。

〔三〕 橫塘：泛指水塘。此指葦灣。賀鑄《青玉案》詞："凌波不過橫塘路。但目送、芳塵去。"

〔四〕 茜裳玉佩：喻絳紅色蓮花和翠玉般荷葉。茜，絳紅色。

〔五〕 瑤席：華美的筵席。姜夔《暗香》詞："但怪得、竹外疏花，香冷入瑤席。"

〔六〕 凌波舊影：唐長孫無忌《新曲二首》之二："回雪凌波游洛浦，遇陳王。婉約娉婷工語笑，侍蘭房。芙蓉綺帳還開掩，翡翠珠被爛齊光。長願今宵奉顏色，不愛吹簫逐鳳凰。"

〔七〕 棱：田埂。

〔八〕 閒閒：悠閒自得貌。宋劉辰翁《江城子》詞："未老得閒閒到老，無一事，和詩忙。"　　鷗鷺忘機：參見前《解語花》(雲低鳳闕)注。

〔九〕 太乙：指太乙舟。即太一蓮舟。胡仔《苕溪漁隱叢話前集》"韓子蒼"條:"李伯時(公麟)畫太一真人臥一大蓮葉中,手執書卷仰讀,蕭然有物外思。韓子蒼有詩題其上云:'太一真人蓮葉舟,脫巾露髮寒颼颼。……'"後又稱《太一真人圖》爲《太一蓮舟圖》,元好問有《太一蓮舟圖》詩。

〔一〇〕 桃根:相傳東晉大書法家王獻之的小妾名桃葉,後又納桃葉妹妹桃根爲妾。《樂府詩集·清商曲辭二·桃葉歌》郭茂倩解題引《古今樂錄》云:"《桃葉歌》者,晉王子敬(獻之)所作也。桃葉,子敬妾名,緣於篤愛,所以歌之。《隋書·五行志》曰:陳時江南盛歌王獻之《桃葉》詩。"據傳王獻之《桃葉歌》共三首,其一、二首云:"桃葉復桃葉,渡江不用楫。但渡無所苦,我自迎接汝。""桃葉復桃葉,桃樹連桃根。相憐兩樂事,獨使我殷勤。"

高 陽 臺(1)

羅襪侵塵〔一〕,翠綃封淚〔二〕,星河慵訊秋期〔三〕。十二巫峰〔四〕,夢闌雲雨霏微。猩紅漫説秋棠豔,問年年、腸斷誰知〔五〕。算何如,花是將離,草是相思〔六〕。　　玉纖禁否西風冷〔七〕,想深閨刀尺,應怯瓊絲〔八〕。爇遍旃檀〔九〕,多生難懺情癡〔一〇〕。瑤階玉軟春如水〔一一〕,記夜寒、吟袖同支〔一二〕。看籠煙,一抹遥山,愁鎖修眉〔一三〕。

【校】

(1) 文廷式《高陽臺·次韻半塘乙庵見寄之作》附半塘此詞有小序,作:"乙冬消寒,道希約作豔詞,因循未果。秋風容易,觸緒懷人。作此寄之。"

【注】

〔一〕 "羅襪"句:曹植《洛神賦》:"淩波微步,羅襪生塵。"
〔二〕 "翠綃"句:陳亮《水龍吟》詞:"羅綬分香,翠綃封淚,幾多幽怨。"翠綃,綠色的薄絹。封淚,被淚沾濕。封,塗抹。
〔三〕 "星河"句:謂懶得向銀河探看七夕約會之期。訊,詢問。秋期,指七夕。牛郎織女約會之期。
〔四〕 十二巫峰:即長江巫峽巫山十二峰。宋趙令畤《商調蝶戀花》十二首之十一:"夢覺高唐雲雨散。十二巫峰,隔斷相思眼。"柳永《離別難》

詞："望斷處,杳杳巫峰十二,千古暮雲深。"

〔五〕"猩紅"二句：《嫏嬛記》卷中引《采蘭雜誌》："昔有婦人思所歡不見,輒涕泣,恆灑淚於北牆之下。後灑處生草,其花甚媚,色如婦面,其葉正綠反紅,秋開,名曰斷腸花,又名八月春,即今秋海棠也。"

〔六〕相思：相思草。植物名。任昉《述異記》卷上："今秦趙間有相思草,狀如石竹,而節節相續。一名斷腸草,又名愁婦草,亦名霜草。"

〔七〕玉纖：纖細如玉的手指。多以指美人的手。溫庭筠《菩薩蠻》詞："玉纖彈處珍珠落,流多暗濕鉛華薄。"

〔八〕"想深閨"二句：想像閨中女子製作衣裳時會畏怯秋風。刀尺,裁剪工具。瓊絲,裁剪面料。

〔九〕旃檀：即檀香。可製器物,亦可入藥。寺廟中用以燃燒祀佛。

〔一〇〕多生：佛教以眾生造善惡之業,受輪回之苦,生死相續,謂之"多生"。

〔一一〕瑤階：玉砌的臺階。亦用為石階的美稱。　玉軟：暗喻膚體潔白而柔軟的女子。

〔一二〕吟袖同支：二人挽著衣袖一同吟詩。同支,同挽也。

〔一三〕修眉：長而美的眉毛。柳永《少年游》詞："日高花榭懶梳頭。無語倚妝樓。修眉斂黛,遙山橫翠,相對結春愁。"

摸　魚　子

乙庵贈詞〔一〕,有瓊樓玉宇之語。依調奉答,並寄仲弢〔二〕。

甚人天、風埃蒼莽〔三〕,蓬山知在何許〔四〕。麻姑盡見滄桑慣,背癢幾曾搔取〔五〕。休吊古。歎夢也驚心、前度修羅雨〔六〕。殷勤月戶。問八萬三千,碧流離裏,修卻廣寒否〔七〕。　煙霞表,珍重故人延佇。羅襟清淚空污〔八〕。家山舊說煙蘿閟,愁入姆隅蠻語〔九〕。揮手去。只淨得聞根〔一〇〕,便結團瓢住〔一一〕。瓊樓玉宇。擬枕藉游仙,蓬蓬栩栩〔一二〕,期爾黑甜路〔一三〕。

【注】

〔一〕乙庵：沈曾植,號乙庵。參見前《三姝媚》（休辭歌者苦）注。

〔二〕仲弢：黃紹箕（1854—1908）,字仲弢,一字穆琴,號鮮庵,浙江瑞安人。光緒六年（1880）進士，改庶吉士，授翰林院編修，官侍講，卒於湖北提學使任所。有《潞舸詞》一卷。

〔三〕人天：指人間。《韓詩外傳》卷四："所謂天，非蒼莽之天也；王者以百姓爲天。"

〔四〕蓬山：即蓬萊山。相傳爲仙人所居。沈約《桐柏山金庭館碑》："望玄洲而駿驅，指蓬山而永騖。"

〔五〕"麻姑"二句：葛洪《神仙傳》卷七"王遠"條："麻姑自説：'接待以來，已見東海三爲桑田。向到蓬萊，水又淺於往昔會時略半也，豈將復還爲陵陸乎？……又麻姑手爪不如人爪形，皆似鳥爪。蔡經中心私言：'若背大癢時得此爪以爬背，當佳也。'"

〔六〕修羅雨：唐釋道世《法苑珠林》卷七"降雨部"云："依《分別功德論》云'雨有三種：一天雨，二龍雨，三阿修羅雨。天雨細霧，龍雨甚麤，喜則和潤，瞋則雷電。阿修羅爲共帝釋鬥，亦能降雨，麤細不定。'"修羅，"阿修羅"的省稱。

〔七〕"殷勤"四句：段成式《酉陽雜俎·天咫》："其人笑曰：'君知月乃七寶合成乎？月勢如丸，其影日爍，其凸處也，常有八萬二千户修之，予即一數。'因開襆，有斤鑿數事。"八萬二千，一作八萬三千。蘇軾《正月一日雪中過淮謁客回作》詩之一："從來修月手，合在廣寒宮。"月户，修月的人家。後用以喻能文者。流離，即琉璃。寶石名。後亦指一種燒製成的釉料或玻璃。

〔八〕"羅襟"句：辛棄疾《木蘭花慢》詞："相思字，空盈幅。相思意，何時足。滴羅襟點點，淚珠盈掬。"

〔九〕嬢隅：音"居魚"，古代西南少數民族稱魚爲嬢隅。劉義慶《世説新語·排調》："郝隆爲桓公南蠻參軍……既飲，攬筆便作一句云：'嬢隅躍清池。'桓問嬢隅是何物，答曰：'蠻名魚爲嬢隅。'"後藉指少數民族語言。

〔一〇〕"只净"句：猶言使耳根清静。根，佛學名詞。佛家指能產生感覺、善惡觀念的機體或精神力量。如眼、耳、鼻、舌、身、意爲六根。

〔一一〕團瓢：即團焦。圓形草屋。馬致遠《任風子》第四折："編四圍竹寨籬，蓋一座草團瓢。"

〔一二〕蘧蘧栩栩：《莊子·齊物論》："昔者莊周夢爲蝴蝶，栩栩然蝴蝶也。自喻適志與，不知周也。俄然覺，則蘧蘧然周也。"

〔一三〕黑甜：蘇軾《發廣州》詩："三杯軟飽後，一枕黑甜餘。"自注："俗謂睡爲黑甜。"

念奴嬌

北湖雨泛〔一〕,同叔嶠〔二〕。

支離倦眼,早閉門飛夢,雲水光中。問訊閒鷗應見慣,十年能幾扶筇〔三〕。露葉傾珠,玉蓂搖佩〔四〕,涼意鎮惺忪。黛痕低壓〔五〕,吟懷淒斷遙峰。　誰與喚醒頑雲〔六〕,扣舷花底,高詠水晶宮。倩影亭亭嬌欲泣,撩人秋信匆匆。避棹魚赬〔七〕,掠波燕紫,蘋末乍回風〔八〕。衝泥歸路〔九〕,短轅愁入塵紅〔一〇〕。

【注】

〔一〕北湖:即積水潭。參見前《解語花》(雲低鳳闕)注。　雨泛:雨中泛舟。

〔二〕叔嶠:楊銳(1857—1898),字叔嶠,又字鈍叔,四川綿竹人。光緒十五年(1889)舉人,官內閣中書,特授四品卿銜,充軍機章京。戊戌"六君子"之一。存詞見《歷代蜀詞全輯》。

〔三〕扶筇:扶杖。朱熹《又和秀野》詩之一:"覓句休教長閉戶,出門聊得試扶筇。"

〔四〕蓂:同"荇"。水草名。花供觀賞,果入藥。

〔五〕黛痕:指淡黑色的濃雲。

〔六〕頑雲:密佈不散的烏雲。陸龜蒙《奉酬襲美苦雨見寄》:"頑雲猛雨更相欺,聲似虓號色如墨。"

〔七〕"避棹"句:指魚因受船槳驚嚇逃跑而尾部充血變紅。赬,指顏色變紅。

〔八〕蘋末:蘋的葉尖。指風所起處。宋玉《風賦》:"夫風生於地,起於青蘋之末。"

〔九〕衝泥:謂踏泥而行,不避雨雪。杜甫《崔評事弟許迎不到走筆戲簡》詩:"虛疑皓首衝泥怯,實少銀鞍傍險行。"

〔一〇〕短轅:《晉書·王導傳》:"初,曹氏性妒,導甚憚之,乃密營別館,以處衆妾。曹氏知,將往焉。導恐妾被辱,遽令命駕,猶恐遲之,以所執麈尾柄驅牛而進。司徒蔡謨聞之,戲導曰:'朝廷欲加公九錫。'導弗之覺,但謙退而已。謨曰:'不聞餘物,惟有短轅犢車,長柄麈尾。'"後以"短轅"指代牛車或粗陋小車。　塵紅:即紅塵。

小重山令

酬李髯見和葦灣之作〔一〕

誰采芙蓉寄所思〔二〕。蒼茫愁獨立、憺忘歸〔三〕。碧天如水乍晴時。蒹葭晚、花夢故依依〔四〕。　閒弄玉參差〔五〕。聽君歌一曲、儘淒迷。拗蓮難斷藕中絲。吟望渺、空外野鷗飛〔六〕。

【注】

〔一〕 李髯：李樹屛，薊州(一作蘇州)人。半塘家塾師，課讀半塘諸孫，助半塘校詞。

〔二〕 "誰采"句：《古詩十九首》："涉江采芙蓉，蘭澤多芳草。采之欲遺誰，所思在遠道。"

〔三〕 "蒼茫"句：《楚辭·九歌·山鬼》："表獨立兮山之上……留靈修兮憺忘歸。"憺，安樂，安定。

〔四〕 花夢：指楊花夢。猶春夢，美夢。馮延巳《菩薩蠻》詞："嬌鬟堆枕釵橫鳳，溶溶春水楊花夢。"

〔五〕 玉參差：樂器名，鑲玉的無底排簫。一說即玉笙。杜牧《望少華》詩之三："好伴羽人深洞去，月前秋聽玉參差。"

〔六〕 吟望：沉吟而遠望，似有所懷。杜甫《秋興八首》之八："彩筆昔曾干氣象，白頭吟望苦低垂。"

虞美人

扶頭兀兀長如醉〔一〕。諳盡愁滋味〔二〕。不知那處得歡多。依約危樓燈火、有笙歌。　十年一覺東風(1)諾。薄倖誰贏卻〔三〕。春波影事恨迢迢。聞道驚鴻來下、便魂銷〔四〕。

【校】

(1) "東風"，宣統本作"春風"。

【注】
〔一〕 扶頭：本指醉態。此指頭腦昏沉如醉。　兀兀：昏沉貌。元好問《雁門道中書所見》詩："金城留句浹，兀兀醉歌舞。"
〔二〕 "諳盡"句：辛棄疾《醜奴兒》詞："而今識盡愁滋味，欲說還休。欲說還休。卻道天涼好個秋。"
〔三〕 "十年"二句：杜牧《遣懷》詩："十年一覺揚州夢，贏得青樓薄倖名。"薄倖，薄情，負心。
〔四〕 "春波"二句：陸游《沈園》詩之一："傷心橋下春波綠，曾是驚鴻照影來。"

鷓鴣天

笑裏重簪金步搖〔一〕。鸚哥學語儘能嬌〔二〕。只愁淡月朦朧影，難驗微波上下潮〔三〕。　箋十色〔四〕，燭三條〔五〕。東風從此得愁苗〔六〕。靈蕤秘記分明在〔七〕，回首神峰萬仞高〔八〕。

【注】
〔一〕 金步搖：古代婦女的一種首飾。以金、珠裝綴，步則搖動，故名。白居易《長恨歌》："雲鬢花顏金步搖，芙蓉帳暖度春宵。"
〔二〕 "鸚哥"句：蘇軾《仇池筆記》卷下"李十八草書"條："劉十五（貢父）論李十八（公擇）草書，謂之'鸚哥嬌'。意謂鸚鵡能言，不過數句，大率雜以鳥語。"此自喻舉藝尚未成熟，故屢舉進士不第。鸚哥，鸚鵡的俗稱。
〔三〕 "難驗"句：謂難如潮水之有信。
〔四〕 箋十色：李肇《唐國史補》卷下："紙則有越之剡藤苔箋，蜀之麻面、屑末、滑石、金花、長麻、魚子十色箋。"
〔五〕 燭三條：胡仔《苕溪漁隱叢話後集》卷二一引《復齋漫錄》："《杜陽雜編》言：'舒元輿舉進士，既試，脂炬人皆自將。'以余考之，唐制如此耳。故《廣記》云：'唐制，舉人試日，既暮，許燒燭三條。'"
〔六〕 愁苗：比喻白髮。謂因愁而生，故稱。韋莊《宿泊孟津寄三堂友人》詩："只恐愁苗生兩鬢，不堪離恨入雙眉。"
〔七〕 靈蕤：即靈花。佛教語。謂神妙絢麗之天花。
〔八〕 神峰：或指半塘曾經追求的神聖目標。可望而不可即也。

齊 天 樂

伯華惠題拙集[一],依調奉酬,並示子蕃[二]。

青銅霜訊先秋至[三],吟邊鬢絲愁裊。佇月清琴[四],囊詩古錦[五],費卻精神多少[六]。孤懷暗惱。只冷雁哀蟬,有時同調。白眼看天[七],榆枋莽蒼任昏曉[八]。　人生憂始識字[九],料君衣帶孔,應也移了[一〇]。說鬼忘疲,似人亦喜[一一],好是冥情物作平表[一二]。江南賀老。問斷盡詞腸,奈他愁抱[一三]。不見成生[一四],逃禪拼醉倒[一五]。

【注】

〔一〕伯華:桂念祖(1869—1915),一名赤,字伯華,江西德化(今九江)人。光緒二十三年(1897)舉人,深於佛學。從康、梁變法,後留學日本,客死東京。有詞見《藝蘅館詞選》戊卷。

〔二〕子蕃:成昌,字子蕃,號南禪。參見前《齊天樂》(青鞵踏遍)注。

〔三〕青銅霜訊:謂鏡裏白髮消息。青銅,代指銅鏡。

〔四〕"佇月"句:指在月下彈琴。佇月,讓月亮停留。

〔五〕"囊詩"句:把詩句裝進錦囊。

〔六〕"費卻"句:王安石《韓子》詩:"力去陳言誇末俗,可憐無補費精神。"

〔七〕"白眼"句:杜甫《飲中八仙歌》:"宗之瀟灑美少年,舉觴白眼望青天,皎如玉樹臨風前。"

〔八〕"榆枋"句:謂已見識狹小,胸無大志,打發時日。《莊子·逍遥游》:"鵬之徙於南冥也,水擊三千里,摶扶摇而上者九萬里。……蜩與學鳩笑之曰:'我決起而飛,搶榆枋,時則不至而控於地而已矣,奚以之九萬里而南爲?'"莽蒼,即郊野。《莊子·逍遥游》:"適莽蒼者,三餐而返,腹猶果然。"成玄英疏:"莽蒼,郊野之色,遥望之不甚分明也。"

〔九〕"人生"句:蘇軾《石蒼舒醉墨堂》詩:"人生識字憂患始,姓名粗記可以休。"

〔一〇〕"料君"二句:沈約《與徐勉書》:"百日數旬,革帶常應移孔;以手握臂,率計月小半分。以此推算,豈能支久?"衣帶孔移,指消瘦。

〔一一〕"說鬼"二句:葉夢得《避暑録話》卷上:"子瞻在黄州及嶺表,每旦起,不招客相與語則必出而訪客。所與游者亦不盡擇,各隨其人高下,談諧放蕩,不復爲畛畦,有不能談者則强之説鬼,或辭無有,則曰:'姑妄言之。'於是聞者無不絶倒,皆盡歡而後去。"

〔一二〕 "好是"句:指並非陰間或世外之事。好是,豈是。物表,物外,世俗之外。

〔一三〕 "江南"三句:賀鑄《青玉案》詞:"碧雲冉冉蘅皋暮,彩筆新題斷腸句。試問閒愁都幾許。一川煙草,滿城風絮,梅子黃時雨。"

〔一四〕 成生:即成昌,字子蕃,號南禪。

〔一五〕 "逃禪"句:逃出禪戒而放肆喝醉。杜甫《飲中八仙歌》:"蘇晉長齋繡佛前,醉中往往愛逃禪。"

十 拍 子

同人集天寧寺餞叔衡〔一〕,用泰西法照像〔二〕。是集會者十人,照成,命曰《晉寺題襟圖》。繫之以詞。

風日琴尊自適〔三〕,形骸爾汝都忘。眼底誰憐天下士,醉裏無何別有鄉〔四〕。鬢眉驚老蒼。　　漫説空中色相〔五〕,最難塵外徜徉〔六〕。領取題襟珍重意〔七〕,那不江湖引興長。驪歌悲未央〔八〕。

【注】

〔一〕 天寧寺:參見前《解語花》(天開霽色)注。　　叔衡:丁立鈞。參見前《三姝媚》(休辭歌者苦)注。

〔二〕 泰西:猶極西。舊泛指西方國家,一般指歐美各國。

〔三〕 風日:有風的晴和日子。晏殊《漁家傲》詞:"畫鼓聲中昏又曉。時光只解催人老。求得淺歡風日好。齊揭調。神仙一曲《漁家傲》。"　　琴尊自適:彈琴飲酒,自得其樂。宋米芾《人安帖》:"舊治偃藩上游,琴尊足以自適,時來則爲蒼生起耳。"

〔四〕 "醉裏"句:蘇軾《十拍子》詞:"醉裏無何即是鄉。東坡日月長。"

〔五〕 空中色相:佛教語。佛教把一切有形的物質稱爲"色",這些物質均屬因緣而生,其本質是空。意謂色相本身即是空幻不實,無根無形。《般若菠蘿蜜多心經》:"色不異空,空不異色;色即是空,空即是色。受、想、行、識,亦復如是。"《涅槃經·德王品四》:"(菩薩)示現一色,一切衆生各各皆見種種色相。"

〔六〕塵外：猶言世外。漢張衡《思玄賦》："游塵外而瞥天兮,據冥翳而哀鳴。"唐孟浩然《武陵泛舟》詩："坐聽閒猿嘯,彌清塵外心。"

〔七〕題襟：題詩唱和。晚清姚華《論文後編・目錄下》："既而用宏於題襟,途廣於贈答,語妙書工,旁開藻飾,鐫崖鏒木,渙衍寰區,巨可及於江山,瑣亦周於廁溷。"清錢謙益《和東坡西臺詩韻》之二："肝腸迸裂題襟友,血淚模糊織錦妻。"

〔八〕驪歌：告別的歌。南朝梁劉孝綽《陪徐僕射晚宴》詩："洛城雖半掩,愛客待驪歌。"

踏 莎 行

荷淨波涼,草枯塵細。一年最是秋容易。生憐花鴨儘能言〔一〕,橫塘冷暖真知未〔二〕。　落寞吟情,刁騷涼吹〔三〕。耽閒偏識愁滋味〔四〕。白波浩蕩指鷗天〔五〕,紅闌那角秋無際。

【注】

〔一〕"生憐"句：蘇軾《戲書吳江三賢畫像・陸龜蒙》詩："千首文章二頃田,囊中未有一錢看。卻因養得能言鴨,驚破王孫金彈丸。"王十朋集注引程璜曰："陸龜蒙有鬥鴨一欄,頗極馴養。一旦驛使過焉,挾彈斃其尤者。龜蒙曰：'此鴨善人言,見欲附蘇州上進,使者奈何斃之？'使人懼,盡與囊中金,以塞其口。徐使問人語之狀,龜蒙曰：'能自呼名耳。'"生憐,愛憐。

〔二〕"橫塘"句：蘇軾《惠崇春江晚景》詩："竹外桃花三兩枝,春江水暖鴨先知。"

〔三〕刁騷涼吹：斷斷續續的涼風。刁騷,稀疏貌,此謂斷續。宋呂勝己《木蘭花慢》詞："對軒轅古鏡,照華髮、短刁騷。"

〔四〕耽閒：貪閒,好閒。

〔五〕"白波"句：杜甫《奉贈韋左丞丈二十二韻》詩："白鷗沒浩蕩,萬里誰能馴。"

謁 金 門

涼恁早〔一〕。夢冷被池驚覺〔二〕。瘦影如花羞自照。素娥知不道〔三〕。　愁問玉關芳草〔四〕。何日玉關人到〔五〕。鏡約釵盟言總好〔六〕。尾生誰是了〔七〕。

【注】

〔一〕 恁：如此地，這般地。表程度的副詞。
〔二〕 被池：爲保持被子蓋在上身的一頭不沾汗垢而縫上的布帛。池，邊飾。　唐顔師古《匡謬正俗・池氊》："今人被頭別施帛爲緣者，猶謂之被池。"宋蔣捷《金玉戔子》詞："心字夜香消，人孤另、雙鵝被池羞看。"
〔三〕 知不道：知而不言也。
〔四〕 玉關芳草：即門外芳草。玉關，門閂的美稱，代指門。唐許玫《題雁塔》詩："寶輪金地壓人寰，獨坐蒼冥啓玉關。"
〔五〕 玉關：即玉門關。此泛指北方關隘。李白《清溪半夜聞笛》詩："羌笛梅花引，吳溪隴水情。寒山秋浦月，腸斷玉關聲。"
〔六〕 鏡約：孟棨《本事詩・情感》載：南朝陳太子舍人徐德言與妻樂昌公主恐國破後兩人不能相保，因破一銅鏡，各執其半，約於他年正月望日賣破鏡於都市，冀得相見。後陳亡，公主没入越國公楊素家。德言依期至京，見有蒼頭賣半鏡，出其半相合。德言題詩云："鏡與人俱去，鏡歸人不歸；無復嫦娥影，空留明月輝。"公主得詩悲泣不食。素知之，即召德言，以公主還之，偕歸江南終老。　釵盟：男女以細釵作爲信物定盟，表示彼此愛情終生相守。白居易《長恨歌》："唯將舊物表深情，鈿合金釵寄將去。釵留一股合一扇，釵擘黄金合分鈿。但令心似金鈿堅，天上人間會相見。"
〔七〕 尾生：古代傳説中堅守信約的男子。《莊子・盜跖》："尾生與女子期於梁下，女子不來，水至不去，抱梁柱而死。"

憶　舊　游

夔笙寄詞問訊〔一〕，依調代束。

儘沉吟攬鏡，惆悵憑闌，愁裏關河。巖桂飄香屑〔二〕，底雁邊秋信〔三〕，儂處偏多。夢中認得歸路，净綠渺湘波。歎吹映光陰〔四〕，彈棋心事〔五〕，能幾消磨。　嫦娥。漫斟酌，説清淺蓬萊，依樣笙歌。浩蕩孤雲外，想百年青鬢，汝亦輕皤。故山猿鶴無恙〔六〕，生計問漁蓑。好留取巉巖，題名遲小我牽蘿蘿〔七〕。夔笙以近刻定林題名見寄。

【注】

〔一〕 夔笙：況周頤。參見前《南浦》（踏徧六街）注。
〔二〕 巖桂：即桂花。木犀的別名。宋張邦基《墨莊漫録》卷八："（木犀花）湖南呼九里香，江東呼巖桂，浙人曰木犀。"
〔三〕 底：爲何，爲什麽。
〔四〕 吹呹：《莊子·則陽》："夫吹筦也，猶有嗃也；吹劍首者，呹而已矣。堯舜，人之所譽也；道堯舜於戴晉人之前，譬猶一呹也。"呹，音"譎"。以口吹物發出的細小聲音。喻微不足道。
〔五〕 彈棋心事：謂心情如下棋，緊張而不能平靜。李商隱《無題》詩："莫近彈棋局，中心最不平。"彈棋，即下棋。《西京雜記》卷二："成帝好蹴踘，群臣以蹴踘爲勞體，非至尊所宜。帝曰：'朕好之，可擇似而不勞者奏之。'家君作彈棋以獻。帝大悅。"後亦稱弈棋爲彈棋。
〔六〕 故山猿鶴：吳潛《賀新郎》詞："我亦故山猿鶴怨，問何時、歸棹雙溪渚。"
〔七〕 遲：等待。　牽薜蘿：代指歸隱。薜蘿，薜荔和女蘿。兩者皆野生植物，常攀緣於山野林木或屋壁之上。因藉指隱者或高士的住所。辛棄疾《鷓鴣天》詞："翠竹千尋上薜蘿。東湖經雨又增波。只因買得青山好，卻恨歸來白髮多。"

減字木蘭花

婆娑醉舞〔一〕。呵壁無靈天不語〔二〕。獨上荒臺。秋色蒼然自遠來〔三〕。古人不見。滿目荊榛文字賤。莫莫休休〔四〕。日鑿終爲渾沌憂〔五〕。

【注】

〔一〕 婆娑：醉態蹣跚貌。葛洪《抱朴子·酒誡》："漢高婆娑巨醉，故能斬蛇鞠旅。"
〔二〕 呵壁：失意者發泄胸中憤懣。漢王逸《〈天問〉序》："屈原放逐，彷徨山澤。見楚有先王之廟及公卿祠堂……因書其壁，呵而問之，以泄憤懣。"
〔三〕 "獨上"二句：杜甫《登高》詩："萬里悲秋常作客，百年多病獨登臺。"
〔四〕 莫莫休休：意即罷了，算了。陳師道《減字木蘭花》詞："莫莫休休。

白髮簪花我自羞。"

〔五〕 "日鑿"句：《莊子·應帝王》："南海之帝爲儵，北海之帝爲忽，中央之帝爲渾沌。儵與忽時相與遇於渾沌之地，渾沌待之甚善。儵與忽謀報渾沌之德，曰：'人皆有七竅以視聽食息，此獨無有，嘗試鑿之。'日鑿一竅，七日而渾沌死。"

八 聲 甘 州

九日柬夢湘〔一〕，有懷道希、子苾〔二〕。

甚風塵才慰別離心，無端又悲秋。記年時勝賞，疏林古寺，落日荒邱。回首故人何處，襟上酒痕留。自把茱萸看〔三〕，負了盟鷗〔四〕。　莫倚西風破帽〔五〕，怕黃花消瘦〔六〕，戴也應羞。只闌干彔曲〔七〕，不斷似清愁。送飛鴻，暮天莽蒼，便憑高、誰與豁吟眸〔八〕。休延佇、望浮雲外〔九〕，西北高樓。

【注】

〔一〕 夢湘：王以敏。參見前《三姝媚》（吟情休浪苦）注。
〔二〕 道希：文廷式。參見前《摸魚子》（卷疏簾）注。　子苾：張祥齡。參見前《三姝媚》（吟情休浪苦）注。
〔三〕 茱萸：參見前《霜花腴》（龍山會渺）注。
〔四〕 盟鷗：參見前《揚州慢》（天末程遥）注。
〔五〕 "破帽"句：蘇軾《南鄉子》詞："酒力漸消風力軟，颼颼。破帽多情卻戀頭。"
〔六〕 黃花消瘦：李清照《醉花陰》詞："簾捲西風，人比黃花瘦。"
〔七〕 彔曲：清黃景仁《憶餘杭》詞："彔曲紅闌欹斷沼，潑剌游鱗窺夢悄。"
〔八〕 豁吟眸：放寬吟詩者的視野。
〔九〕 "休延佇"二句：《古詩十九首》："西北有高樓，上與浮雲齊。"

南 鄉 子

槐廬書來〔一〕，舉似夔笙近詞"春便歸休，儂定歸何處"之句，若不勝其淒咽者。譜此爲二君解嘲。

聽唱懊儂歌〔二〕。瘦損東陽値幾何〔三〕。天地無情人有恨,知麽。春去春來且任他。　取醉莫蹉跎〔四〕。哀樂縱橫似擲梭〔五〕。來日大難眞早計〔六〕,呵呵。今日騰騰任運那〔七〕。

【注】

〔一〕 槐廬:龍繼棟。參見前《解語花》(天開霽色)注。
〔二〕 懊儂歌:即《懊憹歌》。樂府吳聲歌曲名,産生於東晉和南朝吳地民間。內容皆爲抒寫男女愛情受到挫折的苦惱。現存歌詞十四首。
〔三〕 "瘦損"句:指爲閒情消瘦不値得。東陽,指沈約,曾官東陽太守。參見前《齊天樂》(青銅霜訊)注。
〔四〕 蹉跎:失時。阮籍《詠懷》詩之五:"娛樂未終極,白日忽蹉跎。"
〔五〕 擲梭:喻時光迅疾。《雲笈七籤》第一一三:"紅顔三春樹,流年一擲梭。"
〔六〕 來日大難:《樂府詩集·相和歌辭十一·善哉行》:"來日大難,口燥唇乾。"本指往日艱難。後亦用以指前途困難重重。
〔七〕 騰騰:舒緩貌,悠閒貌,司空圖《柏東》詩:"冥得機心豈在僧,柏東閒步愛騰騰。"　任運那:謂聽憑命運安排。《宋書·王景文傳》:"有心於避禍,不如無心於任運。"那,用同"挪"。移動。

點　絳　唇

一夕西風,堆檐黃葉知多少。亂鴉啼曉。歸夢屏山繞〔一〕。　坐憶杉園〔二〕,三徑應荒了〔三〕。東籬悄。斷煙衰草。靜夜潛虯嘯〔四〕。

【注】

〔一〕 "歸夢"句:宋張樞《清平樂》詞:"鳳樓人獨。飛盡羅心燭。夢繞屏山三十六。依約水西雲北。"
〔二〕 杉園:當指半塘先世所建桂林杉湖別墅。
〔三〕 "三徑"句:陶潛《歸去來兮辭》:"三徑就荒,松菊猶存。"
〔四〕 "靜夜"句:謂夜深人靜時滴漏聲聽起來像深水的龍在嘯吟。劉克莊《賀新郎》詞:"何必游嵩少。屋邊山、松風浩蕩,虎龍吟嘯。"

賀 新 涼

辛峰至自汴梁〔一〕，出示⁽¹⁾所作和稼軒詞數十篇，讀之喜不自禁。即用稼軒韻，題此索和。辛峰將就鹽官於淮南〔二〕，以觀事漸⁽²⁾留度歲〔三〕。離合之感，雖不能無慨於中，而風雪聯牀，歌聲相答，此樂亦平生得未曾有也。

心事從何説。算平生、等閒消盡，酒漿裘葛〔四〕。回首麻衣十年恨〔五〕，淚盡隴山冰雪〔六〕。黯循遍、絲絲華髮〔七〕。何物向禽兒女累〔八〕，負歸雲、夢杳瀧岡月〔九〕。聽夜雨，共蕭瑟。　　暫時攜手還輕別。望江湖、風塵澒洞〔一〇〕，星萍離合〔一一〕。一度相逢一回老，冷語淒然砭骨。且莫對、寒螿愁絶。四海子由真健者〔一二〕，慣商歌、斫地錚如鐵〔一三〕。霜竹冷，爲君裂〔一四〕。

【校】

（１）《清季四家詞》本《定稿》無"示"字。
（２）"漸"，宣統本作"暫"。

【注】

〔一〕辛峰：王維熙（？—1899），字辛峰，一字稚霞，廣西桂林人。半塘胞弟。曾官兩淮鹽務。詞學稼軒，粗豪慷慨，於粵西詞人中獨樹一幟。　汴梁：今河南省開封市。

〔二〕淮南：今江蘇省揚州市，爲清代兩淮鹽務衙門所在地。

〔三〕觀事：朝見皇上之事。覲，音"進"。朝見帝王。《新唐書·李錡傳》："憲宗即位，不假藉方鎮，故倔强者稍稍入朝。錡不自安，亦三請覲。"

〔四〕裘葛：泛指四時衣服。裘，冬衣；葛，夏衣。亦藉指寒暑時序變遷。

〔五〕"回首"句：作者長期以未中進士爲憾。麻衣，舊時舉子所穿的麻織物衣服。李賀《野歌》："麻衣黑肥衝北風，帶酒日晚歌田中。"王琦彙解："唐時舉子皆著麻衣，蓋苧葛之類。"因以藉指應試舉子。此應指其父去世（1881）至此已十四年。

〔六〕隴山：古都長安附近山名。又稱隴阪、隴坻。酈道元《水經注·斤江水》："隴山、終南山、惇物山在扶風武功縣西南也。"此處藉指北京附

〔七〕循：撫摩。

〔八〕"何物"句：謂不像向長和禽慶一樣受兒女婚嫁之累。向禽，指向長和禽慶。參見前《臨江仙》（爆竹聲中）注。

〔九〕瀧岡：山岡名。在江西省永豐縣南鳳凰山。歐陽修葬其父母於此，並爲文鐫於阡表，即世所傳誦之《瀧岡阡表》。羅大經《鶴林玉露》卷五："歐陽公居永豐縣之沙溪，其考崇公葬焉，所謂瀧岡阡是也。厥後，奉母鄭夫人之喪歸合葬。載青州石鐫《阡表》，石綠色，高丈餘，光可鑒。"此指半塘祖墳所在之桂林城東半塘尾。

〔一〇〕鴻洞：虛空混沌，漫無涯際。《淮南子·精神訓》："古未有天地之時，惟像無形，窈窈冥冥，芒芠漠閔，澒濛鴻洞，莫知其門。"高誘注："皆無形之象。"

〔一一〕星萍：星散的浮萍。星，分散。

〔一二〕"四海"句：蘇軾《送晁美叔發運右司年兄赴闕》詩："我年二十無朋儔，當時四海一子由。"此以蘇軾弟蘇轍代指其弟辛峰。

〔一三〕"慣商"句：指辛峰詞悲歌慷慨，如金屬斫地有聲。商歌，悲涼的歌。商聲淒涼悲切，故稱。

〔一四〕"霜竹"二句：用獨孤生吹裂李謩笛事。見《太平廣記》卷二〇四引《逸史》。霜竹，竹名。竹皮白如霜，大者爲篙，細者爲笛。因藉指笛。黄庭堅《念奴嬌》詞："老子平生，江南江北，最愛臨風曲。孫郎微笑，坐來聲噴霜竹。"

木蘭花慢

今年春日，頗動故園之思，嘗倩恒齋丁丈繪《湖樓歸意圖》[一]，並賦詞寄興。既而歸不可遂，而恒齋出守，畫亦不可得。頃閲辛峰詞，有用稼軒翠微樓韻題杉湖別墅一闋，林容水態，模繪逼真，益令人根觸不已。故鄉風訊[二]，咄咄逼人。南望清灕[三]，正不獨一丘一壑，繫人懷抱。依韻屬和，辛峰其知我悲也。

童游牽夢慣，剗占斷、好湖山[四]。記習靜觀魚[五]，偷閒飼鶴，少日花間[六]。憑闌。舊人漸老，甚青紅猶説舊雕闌。萬里驚心南望，亂峰雲鎖愁鬟[七]。畫圖(1)，空向句中看。誰與證清歡[八]。恁蕭颯秋聲，漸催霜訊，冷逼江關。煙彎。倩誰寄語,問晨猿夜鶴可相安。但遣林亭無恙,梅花儘耐春寒。

【校】

（1）　檢《詞譜》卷二九,此詞似用蔣捷《木蘭花慢》（傍池闌倚遍）一體,下片起句二字當藏短韻。此調有不押詞中三處短韻之又一體。此詞如作押此三短韻解,則"闌"字重韻,"圖"字失韻;如作不押短韻解,則本押短韻處與下句不能連讀。未知其故。

【注】

〔一〕　恒齋丁丈：丁立鈞號恒齋。參見前《三姝媚》（休辭歌者苦）注。
〔二〕　風訊：喻指各種消息。
〔三〕　清灕：灕江。代指故鄉桂林。
〔四〕　矧：況且。
〔五〕　習靜：習養靜寂的心性。何遜《苦熱》詩："習靜閟衣巾,讀書煩几案。"
〔六〕　少日：年少之時。辛棄疾《定風波》詞："少日春懷似酒濃,插花走馬醉千鍾。"
〔七〕　愁鬟：形如婦女環形髮髻的山峰。辛棄疾《水龍吟》詞："遙岑遠目,獻愁供恨,玉簪螺髻。"
〔八〕　清歡：清雅恬適之樂。舊題唐馮贄《雲仙雜記·少延清歡》："陶淵明得太守送酒,多以春秋水雜投之,曰：'少延清歡數日。'"

沁　園　春

島佛祭詩〔一〕,豔傳千古。八百年來,未有爲詞修祀事者。今年辛峰來京度歲,倡酬之樂,雅擅一時。因於除夕陳詞以⁽¹⁾祭,譜此迎神,而以送神之曲屬吾弟焉。

詞汝來前,酹汝一杯,汝敬聽之。念百年歌哭,誰知我者〔二〕,千秋沉瀣,若有人兮〔三〕。芒角撐腸〔四〕,清寒入骨,底事窮人獨坐詩〔五〕。空中語〔六〕,問綺情懺否〔七〕,幾度然疑〔八〕。　　玉梅冷綴苔枝〔九〕。似笑我吟魂蕩不支。歎春江花月,競傳宮體〔一〇〕,楚山雲雨〔一一〕,枉托微詞。畫虎文章〔一二〕,屠龍事業〔一三〕,淒絶商歌入破時〔一四〕。長安陌,聽喧闐簫鼓〔一五〕,良夜何其〔一六〕。

【校】

（1）"以",宣統本作"已"。

【注】

〔一〕"島佛"句：舊題唐馮贄《雲仙雜記》卷四引《金門歲節》："賈島嘗以歲除,取一年所得詩,祭以酒脯曰：'勞吾精神,以是補之。'"島佛,指賈島。孫光憲《北夢瑣言》卷七："進士李洞慕賈島,欲鑄而頂戴,嘗念賈島佛。"

〔二〕"念百年"二句：杜甫《南征》詩："百年歌自苦,未見有知音。"

〔三〕"千秋"二句：喻自己與詞如朋友相得。沆瀣,彼此契合,意氣相投。清馮桂芬《重建張忠敏公祠記》："蓋有瓣香之誠,沆瀣之契焉。"《楚辭·九歌·山鬼》："若有人兮山之阿,被薜荔兮帶女蘿。"

〔四〕"芒角"句：蘇軾《郭祥正家醉畫竹石壁上,郭作詩為謝且遺古銅劍二》詩："枯腸得酒芒角出,肝肺槎牙生竹石。"芒角,棱角。指人的鋒芒或銳氣。

〔五〕底事：何事,為甚麼。

〔六〕空中語：釋惠洪《冷齋夜話》卷一〇"邪言罪惡之由"條："法雲秀關西,鐵面嚴冷,能以理折人。魯直名重天下,詩詞一出,人爭傳之。師嘗謂魯直曰：'詩多作無害,豔歌小詞可罷之。'魯直笑曰：'空中語耳,非殺非偷,終不至坐此墮惡道。'師曰：'若以邪言蕩人淫心,使彼逾禮越禁,為罪惡之由,吾恐非止墮惡道而已。'魯直領之,自是不復作詞曲耳。"

〔七〕綺情：美妙的情致,多指男女情愛。沈約《繡像贊》："絢發綺情,幽摘寶術。"

〔八〕然疑：將信將疑,懷疑。《楚辭·九歌·山鬼》："君思我兮然疑作。"

〔九〕"玉梅"句：姜夔《疏影》詞："苔枝綴玉。有翠禽小小,枝上同宿。"范成大《范村梅譜》："又有苔鬚垂於枝間,或長數寸,風至,綠絲飄飄可玩。"

〔一〇〕"歎春江"二句：《春江花月夜》為樂府吳聲歌曲,陳後主所首創,所作歌詞豔麗。宮體,《南史·梁本紀下》："(蕭綱)雅好賦詩,其自序云：'七歲有詩癖,長而不倦。'然帝文傷於輕靡,時號'宮體'。"

〔一一〕楚山雲雨：同巫山雲雨。出自宋玉《高唐賦》。

〔一二〕畫虎：比喻仿效失真,反而弄得不倫不類。《後漢書·馬援傳》：

"(馬援)兄子嚴、敦并喜譏議……(馬援)書誡之曰：'……効季良不得，陷爲天下輕薄子，所謂畫虎不成反類狗者也。'"

〔一三〕 屠龍：《莊子·列禦寇》："朱泙漫學屠龍於支離益，單千金之家。三年技成，而無所用其巧。"

〔一四〕 "凄絕"句：商調歌曲調情哀婉，彈到"入破"時更其凄絕。入破，謂樂聲驟然變爲繁碎。唐宋大曲專用語。大曲每套均有十餘遍，分屬散序、中序、破三大段，入破即爲破這一段的第一遍。《新唐書·五行志二》："至其曲遍繁聲，皆謂之入破。……破者，蓋破碎云。"

〔一五〕 喧闐：喧嘩，熱鬧。杜甫《鹽井》詩："君子慎止足，小人苦喧闐。"

〔一六〕 "良夜"句：《詩·小雅·庭燎》："夜如何其，夜未央。"

沁　園　春

代詞答

詞告主人，醻君一觴〔一〕，吾言滑稽。歎壯夫有志，雕蟲豈屑〔二〕，小言無用〔三〕，芻狗同嗤〔四〕。搗麝塵香〔五〕，贈蘭服媚〔六〕，煙月文章格本低〔七〕。平生意，便俳優帝畜〔八〕，臣職奚辭。　　無端驚聽還疑。道詞亦窮人大類詩〔九〕。笑聲偷花外〔一〇〕，何關著作，情移笛裏，聊寄相思。誰遣方心〔一一〕，自成遌舌〔一二〕，翻訝金荃不入時〔一三〕。今而後，倘相從未已，論少卑之〔一四〕。

【注】

〔一〕 "醻君"句：敬君一杯也。醻，音"叫"；飲盡杯中酒，乾杯。《禮記·曲禮上》："長者舉未醻，少者不敢飲。"

〔二〕 "歎壯夫"二句：《揚子法言》卷二："或問：'吾子少而好賦？'曰：'然。童子雕蟲篆刻。'俄而曰：'壯夫不爲也。'"

〔三〕 小言：不合大道的言論。《莊子·齊物論》："大言炎炎，小言詹詹。"

〔四〕 芻狗：古代祭祀時用草紮成的狗。《老子》："天地不仁，以萬物爲芻狗；聖人不仁，以百姓爲芻狗。"魏源本義："結芻爲狗，用之祭祀，既畢事則棄而踐之。"

〔五〕 "搗麝"句：溫庭筠《達摩支曲》："搗麝成塵香不滅，拗蓮作寸絲難絕。"

〔六〕"贈蘭"句：《左傳》："鄭文公有賤妾曰燕姞,夢天使與己蘭,曰:'余爲伯儵,余而祖也。以是爲而子。以蘭有國香,人服媚之如是。'"

〔七〕煙月文章：吟花弄月的文章。

〔八〕"便俳優"句：《漢書·嚴助傳》："相如常稱疾避事,朔、皋不根持論,上頗俳優畜之。"俳優,雜戲演員。

〔九〕詞亦窮人：歐陽修《梅聖俞詩集序》："然則非詩之能窮人,殆窮者而後工也。"

〔一〇〕聲偷花外：填詞有偷聲減字法,即省略一聲偷渡過去之意。花外,南宋詞人王沂孫有《花外集》。

〔一一〕方心：方正之心。《管子·霸言》："夫先王之争天下也以方心,其立之也以整齊,其理之也以平易。"

〔一二〕遝舌：即多嘴,話多。遝,音"踏",紛繁貌。錢謙益《文毅趙公神道碑》："自時厥後,交口遝舌,明與公等爲難。"

〔一三〕金荃：溫庭筠詞集名。歐陽炯《花間集序》："近代溫飛卿復有《金荃集》。""荃"、"筌"字通。

〔一四〕"論少"句：歷來論者以爲詩尊詞卑,半塘固代詞申之。《史記·張釋之傳》："釋之既朝畢,因前言便宜事,文帝曰:'卑之毋甚高論,令今可施行也。'"

一萼紅

唐花〔一〕

占春陽。恁番風未試〔二〕,紅紫燦成行。冷宦心情〔三〕,斜街煙月〔四〕,殷勤點綴年光。試窺取、娉婷倩影,似嬌慵、無力困新妝。臘鼓聲中〔五〕,錦幡風裏,誰與平章〔六〕。　　好是金張門第〔七〕,幾簾深護玉〔八〕,酒暖浮香。鶴夢方酣,蝶魂猶蟄,知他春爲誰忙。煩寄語、雪中高士〔九〕,漫百花、頭上傲孤芳。冷落柳邊青眼,待臘舒將〔一〇〕。

【注】

〔一〕唐花：溫室栽培的花卉。參見前《一萼紅》(短牆隈)注。

〔二〕番風：參見前《浪淘沙》(春殢小梅梢)注。

〔三〕冷宦：冷官。職務清閒的官。元盧琦《送吳元珍》詩："冷宦莫嗟鄉

〔四〕 斜街:位於北京市西城區東北部,地安門以北外大街鼓樓前。原名"鼓樓斜街",清末街内以經營旱煙袋、水煙袋等煙具爲主,改稱"煙袋斜街"。

〔五〕 臘鼓:中國古代習俗,在臘日或臘前一日擊鼓去疫,迎接春天的到來。《吕氏春秋·季冬》"命有司大儺旁磔"漢高誘注:"今人臘歲前一日擊鼓驅疫,謂之逐除。"宗懍《荆楚歲時記》:"十二月八日爲臘日,諺語:臘鼓鳴,春草生。村人並擊細腰鼓,戴胡頭,及作金剛力士以逐疫。"又古諺云:"臘鼓動,農人奮。"

〔六〕 平章:評論。宋嚴羽《沁園春》詞:"問訊溪莊,景如之何,吾爲平章。自月湖不見,江山零落,驪塘去後,煙月淒涼。"

〔七〕 金張門第:累世顯宦家的住宅。金張,漢時金日磾、張安世二人的並稱。二氏子孫相繼,七世榮顯。後因用爲顯宦的代稱。《漢書·蓋寬饒傳》:"上無許史之屬,下無金張之托。"顔師古注引應劭曰:"金,金日磾也。張,張安世也。"

〔八〕 護玉:保護花。王沂孫《無悶》詞:"凍雲一片,藏花護玉,未教輕墜。"

〔九〕 雪中高士:指梅花。周邦彦《花犯》詞:"更可惜、雪中高士(按,一本作"樹"),香篝薰素被。"

〔一〇〕 "待臘"句:等到臘月才開放。杜甫《小至》詩:"岸容待臘將舒柳,山意沖寒欲放梅。"

滿 庭 芳

除夕同辛峰守歲作〔一〕。

頌酒椒馨〔二〕,飣盤餳懶〔三〕,年華爆竹聲中。小窗春意,花影入燈紅。俯仰百年身世,飛騰倦、爛醉都慵。還堪慰,天涯兄弟,冰雪一尊同。　　歡悰〔四〕。思少日,據牀喝雉〔五〕,撥火然松。甚繞膝都盧〔六〕,翻惱兒童。剩遣吟邊心眼,梅柳外、省識東風。春聲動,六街車馬〔七〕,催趁景陽鐘〔八〕。

【注】

〔一〕 辛峰:半塘弟王維熙,字辛峰,一字稚霞。參見前《賀新涼》(心事從

〔二〕"頌酒"句：古俗陰曆正月初一進椒酒於家長；又晉劉臻妻陳氏曾於正月初一獻《椒花頌》，後常用"椒花"或"椒頌"爲春節之典。庾信《正旦蒙趙王賫酒》詩："柏葉隨銘至，椒花逐頌來。"

〔三〕飣盤餳懶：盤碟中的膠牙餳無人動，在那原封不動。舊俗除夕過年，膠牙餳是各家必備之食品。吳文英《喜遷鶯·福山蕭寺歲除》詞："藍尾杯單，膠牙餳澹，重省舊時羈旅。"

〔四〕歡悰：歡樂。何遜《與崔録事別兼叙攜手》詩："道術既爲務，歡悰苦未並。"

〔五〕喝雉：泛指賭博。雉，骰色的一種。陸游《風順舟行甚疾戲書》詩："呼盧喝雉連暮夜，擊兔伐狐窮歲年。"

〔六〕都盧：古時博戲，用木制骰子五枚，每枚兩面，一面塗黑，畫牛犢；一面塗白，畫雉，一擲五子皆黑者爲盧，爲最勝采；五子四黑一白者爲雉，是次勝采。賭博時爲求勝采，往往且擲且喝。

〔七〕六街：指京城。

〔八〕景陽鐘：南朝齊武帝以宮深不聞端門鼓漏聲，置鐘於景陽樓上。宮人聞鐘聲，早起裝飾。後稱皇宮鐘聲爲"景陽鐘"。李賀《畫江潭苑》詩之四："今朝畫眉早，不待景陽鐘。"

摸魚子

丁酉正月二日立春〔一〕

倚雕闌、玉尊親酹，今年春定多許〔二〕。東風悄逐年光轉，芳訊未應遲暮。春且住。更休把萬千、紅紫輕分付〔三〕。憑高望取。儘放盡青青，天涯草色，没卻燒痕否〔四〕。　　憑誰省，貼燕黏雞情緒〔五〕。九衢何限簫鼓。渲桃染柳尋常事，顛倒春城兒女〔六〕。閒自數。只夢裹尋芳、解識山香舞〔七〕。吟情浪苦。縱寂寞劉郎，惜香心在〔八〕，誰問舊花譜。

【注】

〔一〕丁酉：光緒二十三年(1897)。

〔二〕多許：猶衆多。王讜《唐語林·賞譽》："上林多許樹，不藉一枝棲。"

〔三〕"春且"二句：辛棄疾《摸魚兒》詞："春且住。見説道、天涯芳草迷歸路。"
〔四〕"儘放"三句：蘇軾《正月二十日往岐亭，郡人潘古郭三人送余於女王城東禪莊院》詩："稍聞決決流冰谷，盡放青青沒燒痕。"燒痕，野火的痕跡。
〔五〕"貼燕"句：史達祖《東風第一枝》詞："黏雞貼燕，想占斷、東風來處。"貼燕，宗懍《荊楚歲時記》："立春日悉剪彩爲燕以戴之，帖'宜春'二字。"黏雞，舊俗以正月初一爲雞日，畫雞貼在門上，以示謹始。
〔六〕"顛倒"句：意即讓城里兒女們忙樂壞了！
〔七〕山香舞：指《舞山香》曲。參見前《高陽臺》（柳外青旗）注。
〔八〕"縱寂"二句：指唐劉禹錫兩次遭貶，回京後兩次賦玄都觀桃花詩諷刺政敵。

滿　江　紅

辛峰生日

二十年來，曾幾度、壽君巵酒〔一〕。風信轉、春融月朗〔二〕，帝城燕九〔三〕。吉語快拏臣去疾〔四〕，好花同祝人長壽。憶向來、寂寞看雲心，眠清晝〔五〕。金石韻〔六〕，塤箎奏〔七〕。春正永，杯親侑〔八〕。數歡情盡勝，等閒攜手。帶水簪山曾有約〔九〕，白鬚紅頰長相守〔一〇〕。對玉梅、珍重說心期，花應否。

【注】

〔一〕"壽君"句：舉酒爲辛峰祝壽。壽，祝壽，祝福。多指奉酒祝人長壽。巵，古代盛酒器。
〔二〕風信：此指風向消息。張繼《江上送客游廬山》詩："晚來風信好，併發上江船。"
〔三〕燕九：正月十九日。參見前《水龍吟》（東風不送）注。
〔四〕"吉語"句：意即快讓秦吉了來模仿人說"臣去疾"！秦吉了，俗稱"八哥"，是一種智商極高的鳥，能學人語。吉語，雙關，既謂秦吉了語，又指吉祥語。
〔五〕看雲心：悠然自樂的閒適心情。王維《終南別業》詩："行到水窮處，坐看雲起時。"
〔六〕金石韻：謂辛峰文筆剛健犀利，可作金石聲。《隋書·音樂志中》："文辭金石韻，毫翰風飆豎。"

〔七〕 塤箎：塤、箎皆古代樂器，二者合奏時聲音相應和。因常以"塤箎"比喻兄弟親密和睦。《詩·小雅·何人斯》："伯氏吹塤，仲氏吹箎。"毛傳："土曰塤，竹曰箎。"鄭玄箋："伯仲，喻兄弟也。我與女恩如兄弟，其相應和如塤箎，以言俱爲王臣，宜相親愛。"孔穎達疏："其恩亦當如伯仲之爲兄弟，其情志亦當如塤箎之相應和。"塤，音"熏"，古代用陶土燒製的一種吹奏樂器，圓形或橢圓形，有六孔，亦稱"陶塤"。箎，音"尺"，古書上説的一種竹，此竹做成的八孔笛即以竹名名之。

〔八〕 侑：勸酒。《詩·小雅·楚茨》："以爲酒食，以享以祀，以妥以侑，以介景福。"毛傳："侑，勸也。"

〔九〕 帶水句：指兄弟曾經約定同回故鄉終老。帶水簪山，代指桂林。韓愈《送桂州嚴大夫》詩："江作青羅帶，山如碧玉簪。"

〔一〇〕白鬚紅頰：老健之貌。宋李先《與杜秀才》詩："白鬚映紅頰，疑是羲皇人。"

金縷曲(1)

十髮庵橫覽圖〔一〕，爲子大通守作〔二〕。

底處容橫覽。乍披圖、光摇銀海，濤崩雲幻。嘯倚長風歌楚些〔三〕，那管魚龍驚眩〔四〕。似聞道、蓬萊清淺。不是才人工綺語〔五〕，問壯懷、飛動憑誰遣。強半是，淚痕泫。　　卅年瓢笠游情倦〔六〕。黯風塵、關河極目，寄愁天遠。消盡輪蹄多少鐵，算只華胥堪戀〔七〕。漫輸與、江山題遍。老去維摩思面壁〔八〕，任雲煙、過眼空禪觀〔九〕。中有語，待君轉。

【校】

（1） 查程頌萬《十髮居士全集》刻本王鵬運《題詞》，多有相異處，謹録全詞如下，以曉識者：底事堪橫覽。乍披圖、雲頽海立，縱橫奇幻。子大有橫覽圖。嘯倚長風歌變徵。一任魚龍悲慘。似聞道、蓬萊清淺。不是才人工綺語，問壯懷、飛動憑誰遣。看中有、淚珠泫。　　半生湖海游踪倦。試沉吟、煙塵極目、寄愁天遠。費盡輪蹄多少鐵，算只華胥堪戀。漫輸與、江山題遍。老去維摩思面壁，莽風花、都入枯禪觀。空中語，待君轉。——《金縷曲·爲程頌萬〈十髮居士全集·定巢詞〉題詞》

【注】

〔一〕十髮庵：程頌萬（1865—1932），字子大，一字鹿川，號十髮居士。湖南寧鄉人。少有文才，善應對，擅詩詞書法。屢試未第，對時局新學甚爲熱心，後畢生致力於教育和實業。著有《十髮庵叢書九種》、《美人長壽庵詞》、《定巢詞》等。

〔二〕通守：官名。即通判。隋開皇時置，佐理郡務，職位略低於太守。清代稱爲"通守"。

〔三〕楚些：《楚辭·招魂》是沿用民間流行的招魂詞的形式而寫成，句尾皆有"些"字。後因以"楚些"指招魂歌，亦泛指楚地的樂調或《楚辭》。蘇軾《蝶戀花·暮春》詞："憑仗飛魂招楚些。我思君處君思我。"些，音"梭"。

〔四〕魚龍驚：宋范成大《念奴嬌》詞："濤生殘夜，魚龍驚聽橫笛。"

〔五〕才人：有才情的文人。王融《報范通直》詩："三楚多秀士，江上復才人。"　綺語：纖婉言情之辭。世人多以指婉約詞的語言風格。

〔六〕瓢笠：和尚雲游時隨身攜帶的瓢勺和斗笠。藉指行蹤。

〔七〕華胥：黄帝所夢見的自然和平之王國，代指美好夢境。典出《列子·黄帝》。

〔八〕維摩：維摩詰的省稱。佛經中人名。《維摩詰經》中説他和釋迦牟尼同時，是毘耶離城中的一位大乘居士。嘗以稱病爲由，向釋迦遣來問訊的舍利弗和文殊師利等宣揚教義。爲佛典中現身説法、辯才無礙的代表人物。後常用以泛指修大乘佛法的居士。　面壁：佛教語。《五燈會元·東土祖師·菩提達摩大師》："當魏孝明帝孝昌三年也，寓止於嵩山少林寺，面壁而坐，終日默然。人莫之測，謂之壁觀婆羅門。"後因以稱面向牆壁坐禪靜修。

〔九〕禪觀：寺院。吳文英《瑞鶴仙》詞："班回柳院。蒲團底，小禪觀。望罘罳明月，初圓此夕，應共嬋娟茂苑。"

長 亭 怨 慢

六月二十五日，泛舟葦灣，有感而作。

泛一舸、鬧紅深處。離緒年年，斷魂波路。明鏡窺妝，輕漪送馥暫容與〔一〕。酒人星散，誰共我、花間住。新恨渺滄洲，更蘋末、驚飆如訴〔二〕。　　凝佇。

聽哀蟬怨咽,似説陰晴無據。横塘夢影,最難忘、搴芳前度。料今夜、玉笛飛聲〔三〕,定吹墮、涼雲如雨。怕寂寞闌干,閒了江南愁句〔四〕。

【注】

〔一〕 容與:從容閒舒貌。《楚辭·九歌·湘夫人》:"時不可兮驟得,聊逍遥兮容與。"

〔二〕 驚飆:突然而起的暴風,狂風。宋王之道《水調歌頭》詞:"敗屋擁破衲,驚飆漫颶颺。"

〔三〕 玉笛飛聲:李白《春夜洛城聞笛》詩:"誰家玉笛暗飛聲,散入春風滿洛城。此夜曲中聞折柳,何人不起故園情。"

〔四〕 "江南愁"句:指賀鑄《青玉案》詞:"碧雲冉冉蘅皋暮,彩筆新題斷腸句。試問閒愁都幾許。一川煙草,滿城風絮,梅子黄時雨。"黄庭堅《寄賀方回》詩:"解作江南斷腸句,只今惟有賀方回。"

月 華 清

中秋柬次珊〔一〕

望遠供愁,吟秋似訴〔二〕,迢迢清漏初轉。容易年華,又是桂輪光滿〔三〕。看九霄、圓缺無心,甚萬里、陰晴能變。璀璨。問浮雲卷處,可消弦管。蜃彩迷離休炫〔四〕。試認取高寒,瓊樓天半〔五〕。老蚌胎圓〔六〕,枉費鮫人淚點。快相期、汗漫乘風〔七〕,把衣袂、京塵齊浣。如願。漫等閒負卻,酒瓢詩卷。

【注】

〔一〕 次珊:張仲炘(1854—1919),字慕京,號稚山、次珊、瞻園,江夏(今湖北武昌)人。光緒三年(1877)進士,官至通政司參議,敢言有聲。有《瞻園詞》三卷。

〔二〕 吟秋:秋蟲鳴叫。

〔三〕 桂輪:指月。傳説月中有桂樹,故稱。李涉《秋夜題夷陵水館》詩:"凝碧初高海氣秋,桂輪斜落到江樓。"

〔四〕 "蜃彩"句:指空中蜃樓不要炫耀迷離的美景。蜃,傳説中的蛟屬。能吐氣成海市蜃樓。迷離,模糊不明,難以分辨。炫,通"衒"。顯示;誇耀。
〔五〕"試認"二句:即取蘇軾中秋詞"瓊樓玉宇,高處不勝寒"寓意。
〔六〕"老蚌"句:將月亮比喻爲老蚌所含之珍珠。
〔七〕汗漫:廣大無邊貌。《淮南子·俶真訓》:"至德之世,甘暝於溷澖之域而徙倚於汗漫之宇。"

采 桑 子

題駕老三十歲照〔一〕。

丰姿濯濯靈和柳〔二〕,聞說當年。人望如仙。思曼風流乍眼前〔三〕。 卅年撰杖從游晚〔四〕,依約眉山。笠屐蒼然〔五〕。顧影知公欲放顛〔六〕。

【注】

〔一〕駕老:孫楫,號駕航,半塘稱駕航年丈。參見前《摸魚子》(倚高寒)注。
〔二〕"丰姿"句:《世說新語·容止》:"有人歎王恭形茂者云:'濯濯如春月柳。'"丰姿,風度儀態。濯濯,明净貌、清朗貌。靈和柳:指宮廷中的春柳。參見前《滿江紅》(十載旗亭)注。
〔三〕"思曼"句:張緒字思曼。參見前《滿江紅》(十載旗亭)注。
〔四〕撰杖:對老者、尊者的敬辭。《禮記·曲禮上》:"侍坐於君子,君子欠伸,撰杖、屨,視日蚤莫,侍坐者請出矣。"鄭玄注:"撰猶持也。"孔穎達疏:"志疲則欠,體疲則伸。君子自執杖,在坐著屨。升堂時杖屨在側。若倦則自起,持之瞻視庭影,望日蚤晚也。禮卑者、賤者,請進不請退。退由尊者。……欲起之漸,故侍坐者得請出。"
〔五〕"依約"二句:指照片似《東坡笠屐圖》。張端義《貴耳集》卷上:"東坡在儋耳,無書可讀;黎子家有柳文數册,盡日玩誦。一日遇雨,藉笠屐而歸,人畫作圖。"眉山,蘇軾四川故里。
〔六〕放顛:豪放不拘,放縱顛狂。陳維崧《賀新郎》詞:"高館燈如繡,屈指算、攝衣登座,放顛時有。"

八聲甘州

九日招同理臣、次珊、古微[一],登高小集,約拈是解。

甚無風雨到重陽[二],騷屑尚關懷[三]。向郊原散策[四],暫隨鐘梵[五],同上崔嵬[六]。莫訝東籬岑寂,戲馬亦荒臺[七],快縱高樓目,秋色佳哉。　休問明年誰健[八],只樽前點撿[九],離緒紛來。眷故人天末[一〇],絲竹寫清哀。歎浮鷗、百年身世,算升沉、無據且銜杯。須拚醉、正涼蟾午[一一],笑口齊開[一二]。

【注】

〔一〕理臣:高燮曾(1841—1917),一名楠忠,字理臣,湖北孝感人。同治十三年(1874)進士,授翰林院編修。擢順天府府丞,遷廣西道監察御史。光緒二十五年(1899)去職。後受山西巡撫岑春煊聘主持中西學堂。　次珊:張仲炘。參見前《月華清》(望遠供愁)注。　古微:朱孝臧(1857—1931),原名祖謀,字古微,號漚尹,又號彊村。浙江歸安(今湖州市)人,光緒九年(1883)進士,官至禮部右侍郎。辛亥革命後寓居上海,以遺老自居。有《彊村語業》三卷、《集外詞》一卷,並校輯唐宋金元人詞爲《彊村叢書》。

〔二〕甚無風雨:反用潘大臨重陽賦詩句意。參見前《摸魚子》(莽天涯)注。

〔三〕騷屑:擾亂,動亂。杜甫《喜雨》詩:"農事都已休,兵戎況騷屑。"

〔四〕散策:拄杖散步。杜甫《鄭典設自施州歸》詩:"北風吹瘴癘,羸老思散策。"

〔五〕鐘梵:寺院的鐘聲和誦經聲。白居易《正月十五日夜東林寺學禪》詩:"新年三五東林夕,星漢迢迢鐘梵遲。"

〔六〕崔嵬:山頂。《詩·小雅·谷風》:"習習谷風,維山崔嵬。"毛傳:"崔嵬,山巔也。"

〔七〕"戲馬"句:指戲馬臺。中國著名古跡。在今江蘇省徐州(古彭城)銅山縣南,即西楚霸王項羽當年所建之涼馬臺。晉義熙中之重九日,劉裕(後廢晉爲南朝宋武帝)曾大會賓客賦詩於此。宋程垓《長相思》詞:"酒孤斟。客孤吟。戲馬臺荒露草深。英雄何處尋。"

〔八〕"休問"句：杜甫《九日藍田崔氏莊》詩："明年此會知誰健，醉把茱萸子細看。"
〔九〕點撿：用同"點檢"。查核，清點。晏殊《木蘭花》詞："當時共我賞花人，點檢如今無一半。"
〔一〇〕"眷故"句：杜甫有《天末懷李白》詩。天末，歲末也。
〔一一〕涼蟾：指秋月。李商隱《燕臺詩》："月浪沖天天宇濕，涼蟾落盡疏星入。"
〔一二〕"笑口"句：杜牧《九日齊山登高》詩："塵世難逢開口笑，菊花須插滿頭歸。"

祝英臺近

不寐

卷羅帷，攲繡枕，涼月夜窗到。響促金輪〔一〕，鐘點再三報。難忘舊日花間，回燈添酒〔二〕，鎮惆悵、玉繩輕曉〔三〕。　　夢雲杳。一般醉不成眠，風情異年少。顧影徘徊，燈蕊弄孤照。誰知滿目風塵，華胥宛在，看栩栩、蝶魂清悄〔四〕。

【注】

〔一〕金輪：喻太陽。宋張鎡《八聲甘州》詞："誰喚金輪出海，不帶一雲浮。才上青林頂，俄轉朱樓。"
〔二〕"回燈"句：白居易《琵琶行》詩："移船相近邀相見，添酒回燈重開宴。"回燈，重新掌燈。
〔三〕玉繩：星名。常泛指群星。《文選》卷二張衡《西京賦》："上飛闥而仰眺，正睹瑤光與玉繩。"李善注引《春秋元命苞》曰："玉衡北兩星為玉繩。"
〔四〕"華胥"二句：《列子·黃帝》："（黃帝）晝寢，而夢游於華胥氏之國。華胥氏之國在弇州之西，台州之北，不知斯齊國幾千萬里。蓋非舟車足力之所及，神游而已。其國無帥長，自然而已；其民無嗜欲，自然而已……黃帝既寤，怡然自得。"《莊子·齊物論》："昔者莊周夢為蝴蝶，栩栩然蝴蝶也。自喻適志與！不知周也。俄然覺，則蘧蘧然周也。不知周之夢為蝴蝶與？蝴蝶之夢為周與？周與蝴蝶則必有分矣。此之謂物化。"

滿 江 紅

鄺兒爲余卜生壙於譙君墓次〔一〕,賦此以志。他日當遍徵同人和作,刻之山中,爲半塘增一故實。似視螭背豐碑〔二〕,風味差勝也。

笑揖青山,便從此、雲歸也得〔三〕。試認取、半塘東畔,峰巒闔闢〔四〕。陶令未開三益徑〔五〕,扈君早辦千秋宅〔六〕。更無煩、記荋告山靈〔七〕,應相識。碑漫擬,征西勒〔八〕。塚未近〔九〕,要離側。只隨宜呼取,酒人詞伯。與雷酒人及詩人黄香圍墓,皆相距不遠。地下竟償偕隱願,塵緣(1)何日勞生息〔一○〕。和長吟、神往白楊風〔一一〕,秋蕭瑟。漢扈君磚文曰:持節使者北宫衛令扈君千秋之宅,建武二十八年五月丙午,工李邑作。見《蘆浦筆記》二。

【校】

(1)"塵緣",《定稿》光緒三十二年本作"區中"。

【注】

〔一〕鄺兒:半塘之子王鄺,原名瑞周,字以南,爲其兄維翰第三子過繼。　卜:選擇。　生壙:生前預造的墓穴。

〔二〕螭背豐碑:指墓碑。古時墓碑額刻螭形,座作龜形,故稱。王安石《李公神道碑》:"伐石西山,作爲螭龜,營之墓上,勒此銘詩。"螭,古代傳説中無角的龍。

〔三〕雲歸:乘雲歸去。謂仙逝。蘇軾《過永樂文長老已卒》詩:"初驚鶴瘦不可識,旋覺雲歸無處尋。"

〔四〕闔闢:或作"翕闢",開合,啓閉。翕,音"西"。語出《易·繫辭上》:"夫坤,其静也翕,其動也闢,是以廣生焉。"

〔五〕"陶令"句:指尚未做好歸隱的準備。陶令,即陶淵明。三益,謂直、諒、多聞。《論語·季氏》:"孔子曰:益者三友,損者三友。友直,友諒,友多聞,益矣。"此藉指良友。江淹《雜體詩·陶徵君田居》:"素心正如此,開徑望三益。"

〔六〕"扈君"句:謂鄺兒早早(爲詞人)策劃修築好了墳塋。扈君,參後作者自注,當爲東漢人,扈姓;扈,又可訓爲"從",鄺乃半塘從子。千秋

〔七〕 記莂：寫文章。莂，音"別"，佛教文體名，詩曰偈，文曰莂。梁簡文帝《善覺寺碑》："已於恒沙佛所，經受記莂。"

〔八〕 征西勒：原意指征討敵國勝利後立碑刻石，引申爲爲國立功後再刻石銘記。曹操《讓縣自明本志令》："欲爲國家討賊立功，欲望封侯作征西將軍。"

〔九〕 "塚未近"二句：《後漢書·梁鴻傳》："（梁鴻）卒，伯通等爲求葬地於吳要離塚傍，咸曰：'要離烈士，而伯鸞（梁鴻字）清高，可令相近。'"

〔一〇〕 勞生：《莊子·大宗師》："夫大塊載我以形，勞我以生，佚我以老，息我以死。"後以"勞生"指辛苦勞累的生活。息，停止，停息。

〔一一〕 白楊風：《古詩十九首》："古墓犂爲田，松柏摧爲薪。白楊多悲風，蕭蕭愁殺人。思還故里閭，欲歸道無因。"駱賓王《傷祝阿王明府》詩："誰堪孤隴外，獨聽白楊風。"

翠樓吟

吳秋農爲作《湖樓歸意圖》〔一〕，用石帚自製曲題此〔二〕。蓋有會於感昔傷今之語也。

積翠堆檐，輕紅搖浪，樓臺現來彈指〔三〕。君從何處得，怪毫末、清妍如此〔四〕。依依松桂。似喚客山靈，撩人霞思〔五〕。焚香對。天涯回首，舊家情味〔六〕。　　最是。門掩雙榕〔七〕，負五湖鷗約，主人知未。十年塵土面〔八〕，乍招我、尋盟雲水。孤吟誰會。悵蔣徑蓬蒿〔九〕，吳艤迢遞〔一〇〕。闌干外。參差疑有，夢痕低綴〔一一〕。

【注】

〔一〕 吳秋農：吳穀祥（1848—1905?），字秋農，號秋圃，浙江嘉興人，工山水，亦能畫松，並擅人物、花卉。與吳昌碩、任伯年並譽爲"晚清三大家"。游京師，聲譽雀起，晚客上海賣畫。

〔二〕 石帚：南宋詞人姜夔。

〔三〕 樓臺句：謂吳氏畫技嫻熟，輕鬆自如地一揮而就。

〔四〕 "怪毫末"句：蘇軾《書王定國所藏〈煙江疊嶂圖〉》詩："使君何從得

此本,點綴毫末分清妍。"毫末,指筆端。清妍,美好。

〔五〕 霞思:此謂雲霞之思、出世之想。

〔六〕 舊家:猶從前。楊萬里《答章漢直》詩:"老裏睡多吟裏少,舊家句熟近來生。"

〔七〕 "門掩"句:半塘故里杉湖別墅門前有兩株大榕樹。

〔八〕 "十年"句:指半塘夫人曹氏死後歸葬家鄉,時已十年。蘇軾《江城子》詞:"十年生死兩茫茫……縱使相逢應不識,塵滿面,鬢如霜。"

〔九〕 蔣徑:即"蔣生徑"。《文選》卷三〇謝靈運《田南樹園激流植援》詩:"唯開蔣生徑,永懷求羊蹤。"李善注:"《三輔決錄》曰:'蔣詡,字元卿,隱於杜陵,舍中三徑,惟羊仲、求仲從之游。二仲皆挫廉逃名。'"

〔一〇〕 吳艖:吳地的小船。用范蠡泛舟歸隱事。艖,小船。

〔一一〕 "夢痕"句:謂留存有夢中的殘餘印象。

更漏子

菊初黄,楓乍赤。依舊去年秋色。回翠袖,掩紅冰〔一〕。鸚慵喚不應。眷餘歡,消綺語。惜取樽前金縷〔二〕。雲葉亂〔三〕,月華生。歌聲分外清。

【注】

〔一〕 掩紅冰:掩淚。掩面而泣。紅冰,喻淚水。形容感懷之深。王仁裕《開元天寶遺事》卷三"紅冰"條:"楊貴妃初承恩召,與父母相別,泣涕登車,時天寒,淚結爲紅冰。"

〔二〕 金縷:曲調《金縷曲》、《金縷衣》的省稱。羅隱《金陵思古》詩:"綺筵《金縷》無消息,一陣征帆過海門。"

〔三〕 雲葉:猶雲片,雲朵。南朝陳張正見《初春賦得池應教》詩:"春光落雲葉,花影發晴枝。"

摸魚子

以《彙刻宋元人詞》贈次珊〔一〕,承賦詞報謝,即用原調酬之。

莽風塵、雅音寥落〔二〕，孤懷鬱鬱誰語。十年鉛槧殷勤抱〔三〕，弦外獨尋琴趣〔四〕。堪歎處。恁拍到紅牙、心事紛如許〔五〕。低徊弔古。試一酹前修〔六〕，有靈詞客，知我斷腸否。　　文章事，覆瓿代薪朝暮〔七〕。新聲那辨鐘缶〔八〕。憐渠抵死耽佳句〔九〕，語便驚人何補。君念取。底斷譜零縑、留得精神住〔一〇〕。停辛佇苦。且醉上金臺〔一一〕，酣歌擊筑〔一二〕，雜遝任風雨〔一三〕。

【注】

〔一〕　彙刻宋元人詞：指半塘所刻《四印齋所刻詞》。
〔二〕　雅音：正音，有益於風教的詩歌和音樂。《宋書・樂志一》："魏文侯雖好古，然猶昏睡於古樂，於是淫聲熾而雅音廢矣。"此指宋元詞。
〔三〕　鉛槧：古人書寫與印刷文字的工具。鉛，鉛粉；槧，音"欠"，書版。此指雕板。此以"鉛槧"指校勘、刻印。
〔四〕　"弦外"句：《晉書・陶潛傳》："（潛）性不解音，而蓄素琴一張，弦徽不具（即無弦琴）。每朋酒之會，則撫而和之曰：'但識琴中趣，何勞弦上聲。'"此指從詞外尋求清潤的雅趣。
〔五〕　紅牙：古代樂器。用紅色檀木製成，唱歌時用以記拍，控制節奏。南宋俞文豹《吹劍續錄》載：東坡在玉堂日，有幕士善歌，因問："我詞何如柳七？"對曰："柳郎中詞，只合十七八女郎，執紅牙板，歌'楊柳岸，曉風殘月'。學士詞，須關西大漢，銅琵琶，鐵綽板，唱'大江東去'。"東坡為之絕倒。
〔六〕　前修：即前賢，指宋元詞人。《楚辭・離騷》："謇吾法夫前修兮，非世俗之所服。"
〔七〕　覆瓿：即覆醬瓿，蓋醬壇。《漢書・揚雄傳下》："巨鹿侯芭常從雄居，受其《太玄》、《法言》焉，劉歆亦嘗觀之，謂雄曰：'空自苦！今學者有祿利，然尚不能明《易》，又如《玄》何？吾恐後人用覆醬瓿也。'雄笑而不應。"後用以比喻著作毫無價值，或無人理解，不被重視。　　代薪：當柴燒。
〔八〕　鐘缶：《楚辭・卜居》："黃鐘毀棄，瓦釜雷鳴；讒人高張，賢士無名。"朱熹集注："黃鐘，謂鐘之律中黃鐘者，器極大而聲最閎也。瓦釜，無聲之物。雷鳴，謂妖怪而作聲如雷鳴也。"黃鐘，古之打擊樂器，多為廟堂所用。瓦缶，古代陶土制的打擊樂器。
〔九〕　"憐渠"二句：杜甫《江上值水如海勢聊短述》詩："為人性僻耽佳句，語不驚人死不休。"憐渠，可憐他。
〔一〇〕　斷譜零縑：殘譜殘書。自謙稱所輯《彙刻宋元人詞》。縑，雙絲織的淺黄色細絹,作書寫用。

〔一一〕 金臺:在今北京朝陽區中西部,古稱黄金臺。參見前《摸魚子》（對燕臺）注。劉辰翁《洞仙歌》詞:"看明年此日,人在黄金臺上,早整頓、乾坤事了。"

〔一二〕 酣歌擊筑:《史記・刺客列傳》:"荆軻嗜酒,日與狗屠及高漸離飲於燕市。酒酣以往,高漸離擊筑,荆軻和而歌於市中,相樂也。已而相泣,旁若無人者。"

〔一三〕 雜遝:紛雜繁多貌。劉勰《文心雕龍・知音》:"夫篇章雜遝,質文交加,知多偏好,人莫圓該。"

念 奴 嬌

玉佩一事,長二寸弱,寬半之。盤螭宛轉〔一〕,中刻瑶草二小篆,疑爲馬士英故物〔二〕。紀之以詞。吾家又藏士英畫扇,儷以周延儒書〔三〕,皆足供好事一粲也。

夢華遺恨〔四〕,話南朝影事,誰教玉碎〔五〕。漫擬苕華鎸宛轉〔六〕,腹草家瑶云爾〔七〕。制想牙牌〔八〕,臭餘腰玉〔九〕,名字參差是。沙蟲江上〔一〇〕,未隨塵劫輕委〔一一〕。　　贏得圖畫飄零,玉瑛塗抹,辱及桃根妓〔一二〕。扇底曾窺名印小〔一三〕,篆勢殷殷猶記〔一四〕。射馬謡新〔一五〕,用牛語譃〔一六〕,塵垢難磨洗。梅花冠劍,只今光照淮水〔一七〕。

【注】

〔一〕 盤螭:盤捲的無角龍。曹植《桂之樹行》:"上有棲鸞,下有盤螭。"

〔二〕 馬士英:(約1591—1646),貴州貴陽人,別字瑶草。萬曆四十四年(1616)中會試,又三年成進士。崇禎五年(1632)任宣府巡撫,因擅取公帑行賄,坐遣戍,流寓南京。崇禎末起爲兵部右侍郎,總督廬州、鳳陽等處軍務。明亡後,聯江北四鎮,擁立福王監國,進東閣大學士兼兵部尚書,排斥史可法,援引阮大鋮,獨斷專權,大敵當前,仍忙於内部争鬥,致使揚州失陷,清軍逼近南京。《明史》入《奸臣傳》。

〔三〕 周延儒:(1593—1644),字玉繩,號挹齋,宜興宜城鎮人。少聰穎,有文名。二十歲連中會元、狀元。累遷至首輔,後因抗擊清兵不力且謊報戰績,事敗賜死。《明史》入《奸臣傳》。

〔四〕夢華：謂追思往事恍如夢境。《列子·黃帝》："晝寢而夢，游於華胥氏之國。"

〔五〕"話南"二句：指南明王朝的迅速覆亡。

〔六〕苕華：美玉名。《竹書紀年》卷上："癸命扁伐山民，山民進女於桀二人，曰琬曰琰。后愛二人。女無子焉，斷其名於苕華之玉，苕是琬，華是琰。"

〔七〕"腹草"句：傳說馬士英遁逃台州後，入四明山削髮為僧，建州貝勒命剝其皮，實之以草。時以周、馬作聯云："周延儒字玉繩，先賜玉、後賜繩，繩繫延儒頸，一同狐狗之斃；馬士英號瑤草，家藏瑤、腹藏草，草貫士英皮，遂作犬羊之鞞。"

〔八〕"制想"句：指玉佩的形狀像牙牌。制，體制，樣式。牙牌，象牙腰牌。宋元以後為官員身份證。

〔九〕"臭餘"句：指玉佩帶有瑤草的餘香。

〔一〇〕"沙蟲"句：似指馬士英敗亡前倉皇逃竄、士卒傷亡事。《明史·馬士英傳》："無何，士英、國安率衆渡錢塘窺杭州，大兵擊敗之，溺江死者無算。"

〔一一〕"未隨"句：指玉佩經過戰亂之後仍得以幸存。委，捨棄，丟棄。

〔一二〕"贏得"三句：馬士英善畫，但後人惡其權奸之名。有人將其畫上姓名添加筆劃，嫁名明末金陵名妓馮玉瑛，以售其畫作。半塘認為這侮辱了妓女的名聲。言外意指馬士英之流比妓女還不如。塗抹，隨意地寫或畫。

〔一三〕名印：刻有私人姓名的印章。《資治通鑑·後周太祖廣順二年》："穀未能執筆，詔以三司務繁，令刻名印用之。"

〔一四〕篆勢：篆書的形體氣勢。

〔一五〕射馬謠：明末用杜詩為民謠："射人先射馬，擒賊先擒王。"馬指馬士英，王指王鐸。

〔一六〕"用牛"句：清初民間聯語云："自成不成，福王無福，兩下皆非真主；北人用牛，南人用馬，一般俱是畜生。"其中牛指李自成軍師牛金星，馬即馬士英。

〔一七〕"梅花"二句：指史可法戰死揚州事。揚州城外梅花嶺上有史可法衣冠塚。冠劍，古代官員戴冠佩劍，因以"冠劍"指官職或官吏。按揚州在淮水之南。

金縷曲

謝士修贈菊[一]

獨對黃花笑。笑年來、花慵似我,未忺開早。費盡東籬催花句[二],才見一枝霜曉。訝鶴骨、璘璘清峭[三]。插鬢自憐雙影瘦,底旁觀、忽被淵明惱。道孤負,秋光了。　瓦盆分遺長安道[四]。似酸寒、腐儒叢裏,延來二妙[五]。敵虎蟹螯如龍酒,差稱此花風調[六]。問輪與、春紅多少。淡到秋心偏爛漫,要生機、突兀將霜傲。拜君惠,幾傾倒。士修謂花有喜意,人皆知之,然尤以怒勝,蓋謂生氣遠出,不可遏抑也。其語甚新。

【注】

〔一〕 士修:管廷獻(1846—1914),字士修,山東莒縣(今屬五蓮縣)人。光緒九年(1883)進士。歷任翰林院編修、國史館協修、江南道監察御史、永平府知府、直隸候補道等職。爲官清廉,勤政愛民。素負文望,著有《莒州志稿》、《梅園奏議》、《梅園詩文集》等。

〔二〕 "費盡"句:自從陶淵明《飲酒》之五"采菊東籬下,悠然見南山"一詩後,宋詞中提及"東籬"詠菊之作甚多。如周邦彥《六幺令》詞:"輕鑣相逐。沖泥策馬,來折東籬半開菊。"以李清照《醉花陰》中"東籬把酒黃昏後。有暗香盈袖。莫道不消魂,簾捲西風,人比黃花瘦"最爲著名。

〔三〕 "訝鶴"句:驚歎菊花的風姿。鶴骨,伶仃瘦骨。璘璘,明亮閃爍貌。清峭,清麗挺拔。

〔四〕 "瓦盆"句:指管士修用瓦盆盛菊花分送京城諸友。

〔五〕 "似酸寒"二句:以菊花喻士修,稱其與菊爲京城小官們的二位妙友。

〔六〕 "敵虎"二句:狀龍爪菊的風神及蓬勃生機。陸游《秋日村舍》詩:"芋肥一本可專車,蟹壯兩螯能敵虎。"宋葛長庚《賀新郎》詞:"來此人間不知歲,仍是酒龍詩虎。"

鷓鴣天

檢得鶴公遺劄[一],皆商榷文字書也。愴念今昔,感歎成篇。

塵海蕭寥説賞音〔二〕。年時翦燭夜堂深。陳思敬禮言如在〔三〕,流水高山感不禁。　抽斷簡,拂香蟫〔四〕。性靈披豁憶題襟〔五〕。夢中割盡邱遲錦〔六〕,一夕悲秋雪滿簪〔七〕。

【注】

〔一〕　鶴公:許玉瑑號鶴巢。參見前《浪淘沙》(春殢小梅梢)注。
〔二〕　蕭寥:蕭索寂寥。五代徐鉉《題雷公井》詩:"撜霱愚公谷,蕭寥羽客家。"　賞音:知音。曹植《求自試表》之一:"夫臨博而企竦,聞樂而竊抃者,或有賞音而識道也。"
〔三〕　"陳思"句:指許鶴巢信中曾將半塘比曹植。曹植,封陳王,死後諡曰思。敬禮,以禮相敬。
〔四〕　蟫:音"銀",蠹魚。蝕衣服、書籍的蛀蟲。
〔五〕　"性靈"句:回憶與許鶴巢唱酬時抒寫胸懷的坦誠。性靈,內心世界。泛指精神、思想、情感等。披豁,敞開、開誠。
〔六〕　"夢中"句:《南史·江淹傳》:"淹少以文章顯,晚節才思微退。云爲宣城太守時罷歸,始泊禪靈寺渚,夜夢一人,自稱張景陽,謂曰:'前以一匹錦相寄,今可見還。'淹探懷中,得數尺與之,此人大恚曰:'那得割截都盡?'顧見丘遲,謂曰:'餘此數尺,既無所用,以遺君。'自爾淹文章躓矣。"李群玉《寄長沙許侍御》詩:"未以彩毫還郭璞,乞留殘錦與丘遲。"
〔七〕　雪滿簪:指白頭。

高　陽　臺

十月九日,西爽閣展登高〔一〕,同子美、筱芸、遂父〔二〕。

烏帽欹塵,黃花款客,良辰醉豈無名〔三〕。不放秋殘,闌干高處同憑。年來萬事灰人意,只看山、雙眼還青〔四〕。最堪憐,多病登臺,杜老心情〔五〕。　矜嚴一飯君休笑〔六〕,問幾人解道,願醉愁醒。鬢底霜華,知他關甚陰晴。塞鴻莫更驚寒切,算秋聲、今後誰聽。倚天風,廣樂如聞〔七〕,雲外韶䕎〔八〕。

【注】

〔一〕　西爽閣:舊址在今北京土地廟下斜街山西會館,可望西山。
〔二〕　子美:宗紹,或作宗韶,字子美,號石君。參見前《湘月》(對花無語)

注。　　筱芸：陳迪吉(1854—?)，字筱雲，一作曉芸，江西新建人。光緒三十年(1904)進士。　　邃父：即王汝純。參見前《解語花》(天開霽色)注。

〔三〕無名：沒有正當理由。《史記·淮陰侯列傳》："此壯士也。方辱我時，我寧不能殺之邪？殺之無名，故忍而就於此。"

〔四〕"只看山"句：辛棄疾《賀新郎》(甚矣吾衰)詞："我見青山多嫵媚，料青山、見我應如是。情與貌，略相似。"

〔五〕"多病"二句：杜甫《登高》詩："萬里悲秋常作客，百年多病獨登臺。"

〔六〕"矜嚴"句：蘇軾《王定國詩集敘》："古今詩人衆矣，而杜子美爲首。豈非以其流落饑寒，終身不用，而一飯未嘗忘君也歟？"矜嚴，莊重嚴肅。

〔七〕廣樂：盛大之樂。多指仙樂。《史記·趙世家》："我之帝所甚樂，與百神游於鈞天，廣樂九奏萬舞，不類三代之樂，其聲動人心。"

〔八〕韶頀：帝舜和帝嚳時樂名。亦泛指古樂。韓愈、孟郊《城南聯句》詩："歲律及郊至，古音命韶頀。"

玉　樓　春

擬鍾隱〔一〕

蓬山桃熟傳開宴〔二〕。青鳥欲窺珠幕遠〔三〕。導師何幸遇飛瓊〔四〕，下界居然容曼倩〔五〕。　　神清紫府分明見〔六〕。蘚壁光輝生玉篆〔七〕。新銘不拓五雲書〔八〕，絳縷絲絲縈恨遍〔九〕。

【注】

〔一〕鍾隱：李煜(937—978)，字重光，初名從嘉，號鍾隱、蓮峰居士。南唐後主，公元961—975年在位。其詞主要收集在《南唐二主詞》中。

〔二〕蓬山：此謂西王母所住的仙山。李商隱《無題》詩："劉郎已恨蓬山遠，更隔蓬山一萬重。"

〔三〕珠幕：珍珠製成的帷幕，指珍珠簾。蘇軾《哨遍》詞："睡起畫堂，銀蒜押簾，珠幕雲垂地。"

〔四〕導師：引路人。《百喻經·殺商主祀天喻》："入大海之法，要須導師，然後可去。"　　飛瓊：仙女名。後泛指仙女。《漢武帝內傳》：

"王母乃命諸侍女……許飛瓊鼓震靈之簧。"唐顧況《梁廣畫花歌》："王母欲過劉徹家,飛瓊夜入雲輧車。"

〔五〕 "下界"句:舊題班固撰《漢武故事》:"(東方)朔呼短人曰:'巨靈,阿母還來否?'短人不對,因指謂上:'王母種桃,三千年一結子;此兒不良,已三過偷之,失王母意,故被謫來此。'上大驚,始知朔非世中人也。"下界,指人間,相對天上而言。白居易《曲江醉後贈諸親故》詩:"中天或有長生藥,下界應無不死人。"曼倩:西漢東方朔字曼倩。

〔六〕 紫府:道教稱仙人所居處。葛洪《抱朴子·祛惑》:"及至天上,先過紫府,金床玉幾,晃晃昱昱,真貴處也。"

〔七〕 玉篆:篆書的美稱。多指典籍、文告、符籙上的文字。漢王褒《立通道觀詔》:"聖哲微言,先賢典訓,金科玉篆,秘迹遺書,并宜弘闡,一以貫之。"

〔八〕 五雲書:本指唐韋陟用草書署名的字體。段成式《酉陽雜俎續集·支諾皋下》:"(韋陟)每令侍婢主尺牘,往來復章,未常自剳,受意而已。詞旨重輕,正合陟意。而書體遒利,皆有楷法,陟唯署名。嘗自謂所書'陟'字,如五朵雲,當時人多仿效,謂之郇公五雲體。"此指符籙上的篆體字。

〔九〕 絳縷:紅色絲線。杜牧《出宮人》詩之一:"十年一夢歸人世,絳縷猶封繫臂紗。"

齊 天 樂

讀《金陵詩文徵》所錄疇丈遺著〔一〕,感賦。

一從玉局飛仙去,清琴久塵淒調〔二〕。落月牽愁,驚濤撼夢,誰訪茂陵遺稿〔三〕。虛堂夜悄。尚仿佛平生,掀髯(1)悲嘯。莫賦招魂〔四〕,惹他幽恨到華表〔五〕。　堂堂忠孝大節,叢殘文字裏〔六〕,誰證孤抱。郭泰人師〔七〕,灌夫弟畜〔八〕,慚負針砭多少〔九〕。玄亭夢杳〔一〇〕。嘆我亦無端,鬢絲衰早。彈淚西風,霜空孤鶴渺〔一一〕。

【校】

(1) "掀髯",《定稿》光緒三十二年本作"奮髯"。

【注】

〔一〕《金陵詩文徵》：端木埰曾編選有《金陵詩徵錄》。半塘所謂"疇丈遺著"當指此書。　疇丈：端木埰,字子疇。參見前《大江東去》(熙豐而後)注。

〔二〕"一從"二句：以端木埰比蘇軾,謂其去世之後,自己失去了知音。蘇軾曾提舉玉局觀,後人遂以"玉局"稱蘇軾。劉克莊《摸魚兒》詞："恨玉局飛仙,石湖絶筆,孤負這風韵。"端木埰撰《宋詞賞心錄》,選宋代詞人十七家,詞十九首,蘇軾選二首,表示其對于蘇軾的欽敬。同時,端木埰"性兀傲,不與時俗諧","自甘冷僻","最惡權貴人,意所不愜,必面斥之",晚年自稱"平生豪氣未除",與蘇軾人格相近。其詞風亦有似東坡清雄剛健者。半塘此喻,自有所本。

〔三〕茂陵遺稿：以司馬相如喻端木埰,將埰所編《金陵詩徵錄》喻爲司馬相如謝世後的遺稿。《史記·司馬相如傳》："相如既病免,家居茂陵。天子曰：'司馬相如病甚,可往從悉取其書；若不然,後失之矣。'使所忠往,而相如已死,家無書。問其妻,對曰：'長卿……時時著書,人又取去,時空居。長卿未死時,爲一卷書,曰有使者來求書,奏之。無他書。'其遺劄書言封禪事,奏所忠。忠奏其書,天子異之。"

〔四〕賦招魂：蘇軾《正月二十日,與潘、郭二生出郊尋春,忽記去年是日同至女王城作詩。乃和前韵》詩："已約年年爲此會,故人不用賦招魂。"招魂,招死者或生者之魂。《楚辭》有《招魂》篇。

〔五〕華表：用丁令威化鶴歸來典實,哀感端木埰仙去。參見前《齊天樂》(片帆催入)注。

〔六〕"叢殘"句：指未經整理的零亂文稿。叢殘,瑣碎,零亂。

〔七〕"郭泰"句：以郭泰以喻端木埰,尊稱端木埰是自己的老師。《後漢書·郭太傳》："(郭太)性明知人,好獎訓士類。……遂閉門教授,子弟以千數。"按郭太即郭泰。《後漢書》撰者范曄父名泰,因避父諱而改"泰"爲"太"也。

〔八〕"灌夫"句：指端木埰平素照料自己像季布關照灌夫一樣,呵護如親弟弟。《史記·季布傳》："長事袁絲,弟畜灌夫、籍福之屬。"畜,對待,照料。

〔九〕針砭：用砭石製成的石針。亦謂針灸治病。此喻端木埰對半塘的啓發開導。

〔一〇〕玄亭：揚雄曾著《太玄》,其在四川成都住宅遂稱草玄堂或草玄亭,亦簡稱"玄亭"。此代指端木埰故居。

〔一一〕 孤鶴：再用丁令威化鶴事，謂端木埰仙化而逝。

瑞 鶴 仙 影

寄酬瑟軒南寧〔一〕

十年消息南鴻渺，天涯禁慣離緒〔二〕。尺書無恙〔三〕，廉泉快酌〔四〕，使君良苦。城南聽雨。早忘了、花間俊語〔五〕。話前遊，分箋拜石〔六〕，與疇丈鶴公聯吟舊事。鄰笛乍悽楚〔七〕。　誰料分裾後〔八〕，人事音書，寂寥如許。彞歌數起，夢難尋、武陵源路〔九〕。怪得新詞，也惆悵、庭槐獨撫。共清光、落月挂柳夜向午。

【注】

〔一〕 瑟軒：彭鑾，字瑟軒。參見前《摸魚子》(鎮無聊)注。

〔二〕 禁慣：已經禁受慣了。禁，忍耐，禁受著。

〔三〕 尺書：書信。駱賓王《從軍中行路難二首》之二："春來秋去移灰琯，蘭閨柳市芳塵斷。雁門迢遞尺書稀，鴛被相思雙帶緩。"

〔四〕 "廉泉"句：謂瑟軒為官清廉。《南史·胡諧之傳》："帝(指宋明帝)言次及廣州貪泉，因問(范)柏年：'卿州復有此水不？'答曰：'梁州唯有文川、武鄉、廉泉、讓水。'又問：'卿宅在何處？'曰：'臣所居廉讓之間。'"貪泉，《晉書·吳隱之傳》："隆安中，以隱之為龍驤將軍、廣州刺史、假節，領平越中郎將。未至州二十里，地名石門，有水曰貪泉，飲者懷無厭之欲。隱之既至，語其親人曰：'不見可欲，使心不亂。越嶺喪清，吾知之矣。'乃至泉所，酌而飲之，因賦詩曰：'古人云此水，一歃懷千金。試使夷齊飲，終當不易心。'及在州，清操踰厲。"

〔五〕 俊語：高明的言辭，妙語。朱熹《游晝寒分韻得竹字》："後生更矗矗，俊語非碌碌。"

〔六〕 "話前遊"二句：指半塘等人曾依調同和姜夔自製曲事。參見前《長亭怨慢》(自湖上)詞序。

〔七〕 "鄰笛"句："竹林七賢"中的嵇康和向秀二人，交誼很厚。後來，嵇康被晉王司馬昭誣陷殺害。向秀作《思舊賦》懷念故人，其賦序曰："余逝將西邁，經其舊廬。……鄰人有吹笛者，發音寥亮。追思曩昔游宴

〔八〕 分裾：分離。裾，音"居"，衣服的前後襟。
〔九〕 "彝歌"二句：謂外族入侵戰事數起，故瑟軒與詞人俱無法實現歸隱的願望。彝歌，外族歌曲，暗指外族入侵事。杜甫《閣夜》詩："野哭千家聞戰伐，夷歌幾處起漁樵。"夷歌，即彝歌。武陵源，今湖南常德桃源縣一帶。從北方去南寧，湖南爲必經之地。又武陵源爲隱逸之所、和平之鄉，一語雙關。

祝英臺近

古微見示新作〔一〕，吟諷不能去口，依韻成此，不足言和也。

袖藏鉤〔二〕，花覆局〔三〕，一一墜歡記。箏雁塵封，慵覓個人字。是誰玉笛飛聲，星辰昨夜，又容易、夢雲吹起。　　憶前事。爭信冷落琴心，相如倦游矣〔四〕。吹絮拈花，愁多懺無計。早知中酒光陰，困人如此，悔輕到、碧油簾底〔五〕。

【注】

〔一〕 古微：朱孝臧，原名祖謀，字古微，號漚尹，又號彊村。參見前《八聲甘州》(甚無風雨)注。

〔二〕 藏鉤：古代的一種游戲。相傳漢昭帝母鉤弋夫人少時，手拳入宮，漢武帝展其手，得一鉤，後人乃作藏鉤之戲。邯鄲淳《藝經·藏鉤》："義陽臘日飲祭之後，叟嫗兒童爲藏鉤之戲，分爲二曹，以交(校)勝負。"

〔三〕 花覆局：《三國志·魏書·王粲傳》："(王粲)觀人圍棋，局壞，粲爲覆之。棋者不信，以帊蓋局，使更以他局爲之。用相比較，不失一道。"後謂棋局亂後，重新布棋如舊爲"覆局"。亦用以形容聰慧。此指以花覆蓋棋局再另行布棋如舊。

〔四〕 "爭信"二句：《史記·司馬相如列傳》："是時，卓王孫有女文君新寡，好音，故相如繆與令相重，而以琴心挑之。"琴心，琴聲表達的情意。

〔五〕 碧油簾：青綠色的油布車帷。即"碧油幢"。南齊時公主所用，唐以後御史及其他大臣多用之。《南齊書·輿服志》："自輦以下，二宮御車，皆綠油幢，絳系絡。御所乘，雙棟。其公主則碧油幢云。"唐方幹《上越州楊巖中丞》詩："試把十年辛苦志，問津同拜碧油幢。"

祝英臺近

<small>疊韵酬仲淵[一]</small>

綠苔侵,紅杏鬧[二],新恨有誰記。易綉鴛鴦,難綉合歡字。那時羅帶圍風[三],扇紈規月[四],已知是、彩雲將起。　　鏡中事[五]。依然眉語能通[六],春夢也闌矣。金縷花枝,醒醉總隨計。問他銀押留香[七],紅腔換拍[八],算何似、織綃泉底[九]。

【注】

〔一〕仲淵:黃思衍(1867—1910),字仲淵,號淵父、少陔。湖南善化人。有《湘蘅館遺稿》。

〔二〕"紅杏"句:宋宋祁《玉樓春》詞:"綠楊煙外曉寒輕,紅杏枝頭春意鬧。"

〔三〕羅帶圍風:羅帶圍繞身體隨風旋飄。形容瀟灑倜儻的風韻。

〔四〕扇紈規月:紈扇裁剪成圓月的形狀。形容女子手執白團扇美白嫻靜的儀態。

〔五〕鏡中事:指虛幻情愛之事。

〔六〕眉語:眉目傳情示意。南朝梁劉孝威《都縣遇見人織率爾寄婦》詩:"窗疏眉語度,紗輕眼笑來。"

〔七〕銀押:門簾的銀質鎮墜。

〔八〕紅腔:美妙動聽的女音。元謝宗可《賣花聲》詩:"春光叫遍費千金,紫韵紅腔細細吟。"

〔九〕織綃泉底:自出機杼之謂。歐陽炯《花間集》序:"織綃泉底,獨殊機杼之功。"宋黃昇《中興以來絕妙詞選》卷七評詞人史達祖《梅溪詞》引宋張鎡(功父)所爲《序》云:"蓋生之作,辭情俱到。織綃泉底,去塵眼中。妥帖輕圓,特其餘事。"

浣溪沙

<small>會經堂夜雪口占[一]</small>

碎玉玲瓏折葉聲[二]。虛堂寒沁夢難成。風簾官燭淚縱橫[三]。成句。

破曉暗迷窗紙白,酷春空負地爐青〔四〕。五年吟事玉樓清〔五〕。癸巳十月,亦看雪於此。

【注】

〔一〕 會經堂：明清兩代科舉考試考官閲卷之地。位於北京城東建國門大街路北原貢院内。參見前《摸魚子》(倚高寒)詞。
〔二〕 "碎玉"句：元好問《聞笛》詩："牙板急隨聲不斷,滿天敲碎玉玲瓏。"
〔三〕 "風簾"句：黄庭堅《觀伯時畫馬》詩："儀鸞供帳饗虱行,翰林濕薪爆竹聲,風簾官燭淚縱横。"
〔四〕 酷春：買酒。春,唐人呼酒為春,後沿用之。李白《哭宣城善釀紀叟》詩："紀叟黄泉裏,還應釀老春。"王琦注："唐人名酒多帶春字。"
地爐：《莊子·大宗師》："今一以天地為大爐,以造化為大冶,惡乎往而不可哉!"後因以"地爐"為大地陶冶萬物的神爐。此指大地。
〔五〕 玉樓：華麗樓臺。唐宗楚客《奉和幸安樂公主山莊應制》詩："玉樓銀榜枕嚴城,翠蓋紅旗列禁營。"

蜩知集

照 田 津

燭影搖紅

用王晉卿韻[(1)][一]。同次珊、夢湘、韻珊、再雲、伯香作[二]，是爲戊戌詞社第一集[三]。

吟袖年年，酒邊頻試春寒淺。倦歌殘醉尚憒騰[四]，驚又年光轉。笑索梅花漸慣。喜巡檐、橫枝倩盼[五]。試燈天氣，擊筑心情[六]，除伊窺見。　側帽臨風[七]，搔餘霜鬢還愁短。新聲催換共誰聽，悵恨蓬山遠[八]。可是春雲聚散[九]。黯關河、愁生望眼。那堪回首，昨夜星辰，舊家庭院[一〇]。

【校】

（1）《燭影搖紅》九十六字體，用此韻者，黃昇《唐宋諸賢絕妙詞選》載王詵（晉卿）作，曾慥《樂府雅詞拾遺》載周邦彥作（今本《清真》《片玉》二集均未收），證以《能改齋漫錄》所記，晉卿所作爲五十字之《憶故人》，與此無涉，應改作"用周美成韻"爲宜。

【注】

〔一〕王晉卿：王詵（1036—約1093），字晉卿，太原人，徙居開封。全斌裔孫。工詩善畫。神宗熙寧二年（1069）以右侍禁、駙馬都尉選尚英宗女蜀國長公主。官至留後。卒謚榮安。

〔二〕次珊：張仲炘。見前《月華清》（望遠供愁）注。　夢湘：王以敏。參見前《三姝媚》（吟情休浪苦）注。　韻珊：裴維偘（1856—？），字君復，號韻珊，一號雲杉，一作韞山，河南祥符人。光緒六年（1880）進士。官福建道監察御史、順天府尹。有《香草亭詞》一卷。　再雲：華輝（1860—？），字佳龢，號再雲，江蘇崇仁人。曾官御史。　　伯香：黄桂清，字伯香，號養吾。光緒九年（1883）進士。散館授編修，歷任雲南鄉試主考、福建道監察御史、北京巡防五城街御史、廣西思恩知府、湖南衡州知府、四川保寧知府。

〔三〕戊戌詞社：即光緒二十四年（1898），王鵬運在北京主持的文人雅集唱和的咫村詞社。

〔四〕懵騰：迷迷糊糊。韓偓《馬上見》詩："去帶懵騰醉，歸因困頓眠。"

〔五〕"笑索"二句：杜甫《舍弟觀赴藍田取妻子到江陵喜寄》詩之二："巡檐索共梅花笑，冷蕊疏枝半不禁。"巡檐，來往於檐前。

〔六〕擊筑：喻指慷慨悲歌或悲歌送別。筑，古代一種弦樂器，似箏，以竹尺擊之，聲音悲壯。《史記·刺客列傳》："至易水之上，既祖，取道，高漸離擊筑，荆軻和而歌，爲變徵之聲，士皆垂淚涕泣。"

〔七〕側帽：斜戴帽子。《周書·獨孤信傳》："在秦州，嘗因獵，日暮，馳馬入城，其帽微側，詰旦，而吏人有戴帽者，咸慕信而側帽焉。"後以謂灑脱不羈的裝束。

〔八〕"惆悵"句：李商隱《無題四首》之一："劉郎已恨蓬山遠，更隔蓬山一萬重。"

〔九〕"可是"句：晏殊《蝶戀花》詞："醉別西樓醒不記。春夢秋雲，聚散真容易。"

〔一〇〕"昨夜"二句：李商隱《無題二首》之一："昨夜星辰昨夜風，畫堂西畔桂堂東。"

好　事　近

疊韓仲止韻〔一〕

心事阿誰知，記把莒華親刻〔二〕。解惜綠窗幽夢，有階前新月〔三〕。　年年花底説留春，贏得是追憶。聞道今年春閏，問番風消息。

【注】

〔一〕韓仲止：韓淲（1159—1224），字仲止，號澗泉，宋尚書韓元吉子。有《澗泉集》。

〔二〕莒華：美玉名。《竹書紀年》卷上："癸命扁伐山民，山民進女於、桀二人，曰琬曰琰。后愛二人。女無子焉，斲其名於莒華之玉，莒是琬，華是琰。"後遂以喻德容美好的女子。陳陶《旅次銅山途中先寄溫州韓使君》詩:"亂山滄海曲,中有橫陽道。束馬過銅梁,苔華坐堪老。"

〔三〕 "解惜"二句:蘇軾《昭君怨》詞:"誰作桓伊三弄,驚破綠窗幽夢。新月與愁煙,滿江天。"

臨 江 仙

夢得家山二語,漫譜此詞,非同咸陟之占〔一〕,無事太人之卜〔二〕;夢生於想,歌也有思,皆不知其然而然也(1)。

歌哭無端燕月冷,壯懷消到今年。斷歌淒咽若爲傳〔三〕。家山春夢裏,生計酒杯前。　茅屋石田荒也得,夢歸猶是家山〔四〕。南雲回首落誰邊。擬呵湘水壁,一問左徒天〔五〕。

【校】

（1） 小序《定稿》光緒三十二年本作"枕上得家山二語,漫譜此調。夢生於想,歌也有思,不自知其然而然也"。

【注】

〔一〕 咸陟:周人占夢法的一種。《周禮·春官·大卜》:"掌三夢之灋:一曰致夢,二曰觭夢,三曰咸陟。"鄭玄注:"咸,皆也;陟之言得也,讀如'王德翟人'之德,言夢之皆得,周人作焉。"

〔二〕 太人:即大人。周代占夢之官。《詩·小雅·斯干》:"大人占之,維熊維羆。"朱熹集傳:"大人,太卜之屬,占夢之官也。"

〔三〕 若爲:怎堪。王維《送楊少府貶郴州》詩:"明到衡山與洞庭,若爲秋月聽猿聲？"

〔四〕 "茅屋"二句:杜甫《醉時歌》:"先生早賦歸去來,石田茅屋荒蒼苔。"石田,貧瘠的田地。

〔五〕 "擬呵"二句:漢王逸《〈天問〉序》:"屈原放逐,彷徨山澤。見楚有先王之廟及公卿祠堂,圖畫天地山川神靈,琦瑋僪佹,及古賢聖怪物行事,因書其壁,呵而問之,以洩憤懣。"後因以"呵壁"爲失意者發洩胸中憤懣之典實。左徒,戰國時楚國官名。後人因屈原曾爲楚懷王左徒,即用以指屈原。

醉落魄

用薛叔載韻〔一〕

長懷無著〔二〕。離憂調苦還慵作。酒腸詩膽都蕭索。悵觸愁心,孤雁遠天落。　愁來似與春成約。無言相對憐紅萼〔三〕。等閒心事誰評泊〔四〕。喚得春醒(1)〔五〕,蝶夢總難覺〔六〕。

【校】

（1）"醒",宣統本作"醒"。

【注】

〔一〕薛叔載：薛夢桂,字叔載,號梯飆,永嘉(今浙江溫州市)人。南宋理宗寶祐元年(1253)進士。嘗知福清縣,仕至平江倅。父大圭,紹熙間上書乞立儲。

〔二〕長懷：遐想,悠思。劉向《九歎·遠逝》："情慨慨而長懷兮,信上皇而質正。"

〔三〕"無言"句：姜夔《暗香》詞："翠尊易泣。紅萼無言耿相憶。"

〔四〕評泊：思量,忖度。史達祖《蝶戀花》詞："幾夜湖山生夢寐。評泊尋芳,只怕春寒裏。"

〔五〕春醒：春日醉酒後的困倦。元稹《襄陽爲盧竇紀事》詩之三："猶帶春醒懶相送,櫻桃花下隔簾看。"

〔六〕蝶夢：《莊子·齊物論》："昔者莊周夢爲蝴蝶,栩栩然蝴蝶也。自喻適志與,不知周也。俄然覺,則蘧蘧然周也。"後來文人多用蝶夢喻人生、世事之無常。唐崔塗《春夕旅懷》詩："蝴蝶夢中家萬里,杜鵑枝上月三更。"

角招

夔笙寄示新刻菱影詞〔一〕,見憶之作,一再不已,而與吾弟唱酬,復有見稚霞如見幼霞之語〔二〕。故人情重,不可無以報也。即用竹西雪夜寄懷原調酬之〔三〕,並寄稚霞。

重回首。君應不信,梅邊風趣非舊。黯然驚別久。幾度夢牽,隋苑煙柳〔四〕。春愁盡有。況節物、中人如酒。待剪西窗夜燭。怕今雨不堪聽,話巴山時候〔五〕。　　　　傺偆。庾郎賦就。飄零也説,生比垂楊瘦〔六〕。墜歡君記否。酒凝游塵,依然襟袖。新詞入手。更夢草、心情輕逗〔七〕。莫負簫聲月後。好傳語、卯君知〔八〕,杯同酬。

【注】

〔一〕 夔笙:況周頤。參見前《南浦》(踏倦六街)後注。
〔二〕 "復有"句:況周頤《菱影詞》有《壽樓春》一首,其小序云:"別幼霞三年矣,見稚霞如見幼霞。"稚霞,半塘弟王維煕,字辛峰,一字稚霞。參見前《賀新涼》(心事從何説)注。
〔三〕 竹西:指今揚州。杜牧《題揚州禪智寺》"誰知竹西路,歌吹是揚州"詩句和姜夔《揚州慢》"淮左名都,竹西佳處"詞句而得名。
〔四〕 "隋苑"句:指代揚州風光。隋苑,園名。隋煬帝時所建。即上林苑,又名西苑。故址在江蘇省揚州市西北。
〔五〕 "待剪"三句:李商隱《夜雨寄北》詩:"何當共剪西窗燭,卻話巴山夜雨時。"
〔六〕 "庾郎"三句:庾信《枯樹賦》:"昔年種柳,依依漢南;今看摇落,悽愴江潭。樹猶如此,人何以堪?"
〔七〕 夢草:用謝靈運夢見謝惠連因得"池塘生春草"句事。梅堯臣《留題希深美檜亭》詩:"栽萱北堂近,夢草故池連。"參見前《喜遷鶯》(楚天凝望)注。
〔八〕 卯君:卯年生的人。此指半塘弟辛峰。蘇軾《子由生日以檀香觀音像及新合印香銀篆盤爲壽》詩:"東坡持是壽卯君,君少與我師皇墳。"趙次公注:"卯君,子由也。子由己卯生,故云。"

新雁過妝樓

分調賦瞻園所藏雙星渡鵲硯〔一〕,拈韻得雙字。

星彩微茫〔二〕。琳腴嫩、開函秋滿吟窗〔三〕。漫疑片石,天外有客攜將。消得天孫離別恨〔四〕,玉蟾淚滴盡淒涼。任翱翔。墨池影亂〔五〕,雁字分行〔六〕。　　呼童幾回淨滌,愛紫雲凝液〔七〕,紋錦舒章〔八〕。算除鳳咮〔九〕,誰更比翼文房〔一〇〕。憐他十眉捧處〔一一〕,要天上人間影總雙。摩挲對,畫屏閒敞(1),煤麝留香〔一二〕。

【校】

（1）《詞譜》載此調三首均九十九字體。此首九十八字,"畫屏閒敞"按《詞譜》當爲五字句,疑脫一字。

【注】

〔一〕瞻園：張仲炘,字慕京,號稚山、次珊,又號瞻園,有《瞻園詞》。參見前《月華清·中秋柬次珊》注。　　雙星渡鵲：疑硯匣或硯上刻有牽牛、織女雙星及鵲橋等圖案。

〔二〕星彩：星光,此指"雙星"。賈島《送朱兵曹回越》詩："星彩練中見,澄江豈有泥。"

〔三〕琳腴：猶言玉液瓊漿。此指晶瑩的硯石。宋高似孫《硯箋》卷一引《容齋硯跋》："色如豬肝蒲萄,瑩徹可鑒,粹然紫琳腴。"　　函：藏硯之匣。

〔四〕天孫：星名。即織女星。《史記·天官書》"婺女,其北織女。織女,天女孫也",司馬貞索隱："織女,天孫也。"此用牛郎織女故事。

〔五〕墨池：指硯。宋范正敏《遯齋閒覽·墨地皮棚》："王僧彥父名師古,常自呼硯爲墨池。"

〔六〕雁字：成列而飛的雁群。群雁飛行時常排成"一"或"人"字,故稱。唐白居易《江樓晚眺景物鮮奇吟玩成篇寄水部張員外》詩："風翻白浪花千片,雁點青天字一行。"

〔七〕紫雲凝液：指硯石色如紫雲凝結,晶瑩如玉液。

〔八〕紋錦舒章：指硯石看上去如彩色的錦緞舒展其花紋。

〔九〕鳳咮：硯名。蘇軾《鳳咮硯銘》序："北苑龍焙山,如翔鳳飲下之狀。當其咮,有石蒼黑,緻如玉。熙甯中,太原王頤以爲硯。余名之曰鳳咮。"

〔一〇〕文房：書房。元稹《酬樂天東南行》詩："文房長遣閉,經肆未曾鋪。"筆、墨、紙、硯爲文房四寶。

〔一一〕十眉：藉指十個美女。亦泛指眾美女。蘇軾《蘇州閶丘江君二家雨中飲酒》詩之二："五紀歸來鬢未霜,十眉環列坐生光。"自注："容滿、嬋態等十妓從游也。"

〔一二〕 煤麝：指麝煤。即麝墨。含有麝香的墨。後泛指名貴的香墨。韓偓《橫塘》詩：「蜀紙麝煤添筆媚，越甌犀液發茶香。」

眉　嫵

新月。用碧山韻〔一〕。

乍玉奩開匣，雲幕垂鉤，煙外弄新暝〔二〕。漫訝銀蟾瘦，婆娑意，依稀叢桂香徑〔三〕。錦衾夢穩。數團圞、如慰幽恨。最憐是、畫裏彎環處，襪羅步雲冷〔四〕。　　人世悲歡休問。悵黛蛾愁畫，羞對明鏡。待續纖纖曲〔五〕，初弦試、宵闌誰玩光景〔六〕。漏聲漸永。看玉繩、相倚斜正〔七〕。算能幾當頭，莫負隔花倩影。

【注】
〔一〕 碧山：參見前《聲聲慢》（長房縮地）注。
〔二〕 新暝：晴明的黃昏。暝，日暮，傍晚。
〔三〕 "婆娑"二句：謂依稀可見月中桂樹枝葉紛披。婆娑，猶扶疏，紛披貌。
〔四〕 "最憐是"二句：狀如彎環的月兒似美女穿羅襪的纖腳在清冷的雲端行走。曹植《洛神賦》："凌波微步，羅襪生塵。"彎環，南唐馮延巳《菩薩蠻》詞："殘月尚彎環，玉箏和淚彈。"
〔五〕 纖纖曲：新月尖細貌。鮑照《玩月城西門廨中》詩："始見西南樓，纖纖如玉鉤。"
〔六〕 初弦：指陰曆每月初七八的月亮。其時月如弦之初始，又稱"新月"。庾肩吾《奉使江州舟中七夕》詩："九江逢七夕，初弦值早秋。"
〔七〕 玉繩：星名。常泛指群星。漢張衡《西京賦》："上飛闥而仰眺，正睹瑤光與玉繩。"李善注引《春秋元命苞》曰："玉衡北兩星爲玉繩。"蘇軾《洞仙歌》詞："試問夜如何，夜已三更，金波淡、玉繩低轉。"

鶯　啼　序

辛峰寄示與張丈午橋酬唱近作〔一〕，依調賦寄，並呈張丈。

南雲又歸塞雁，觸離懷未已。掩虛幌、聽雨年年，對牀成約空寄〔二〕。試東望,迢遥汴泗〔三〕,愁心暗逐春潮尾。任吟筒〔四〕,解訴相思,怨歌慵理。滿目風塵,冉冉暗老,剩孤筇倦倚〔五〕。省新恨、鷤鴂聲中〔六〕,斷紅驚又輕墜〔七〕。便等閒、傷春怨別〔八〕,已消得、司勳憔悴。歎人生,除是忘情,更無深致。　綺懷渾懶,芳事猶遲,況風訊正屬。愁更憶、竹西歌吹〔九〕,舊日尊俎,賭酒人非,染衣香膩。江天凝望,秋笳側聽,《淮海秋笳集》,午橋詞社舊刻也。〔一〇〕髯仙同向靈辰祝〔一一〕,喜花間、捧遍高賢袂〔一二〕。坡公生日有詞。清愁黯黯,爲君撚斷吟髭〔一三〕,暮雲鏡空如水。　霜天回首,濁酒澆詞,拜玉梅影裏。漫惆悵、清尊檀板〔一四〕,負了華年,話到傷心,只拚沉醉。驚寒語鶴〔一五〕,迷煙幻蜃〔一六〕,江湖極目悲頩洞〔一七〕,怕長鑱、無覓埋憂地〔一八〕。儘教清似冰甌,午橋齋名。試按新聲,也應變徵〔一九〕。

【注】

〔一〕張丈午橋:張丙炎(1826—1905),字竹山,號午橋、藥農,一號榕園,江蘇儀徵人,咸豐三年(1853)由舉人任内閣中書,咸豐九年(1859)成進士,官廣東廉州知府、候選道。有《冰甌館詞》。

〔二〕"掩虛幌"二句:韋應物《示全真元常》詩:"寧知風雪夜,復此對牀眠。"又蘇轍《逍遥堂會宿二首》之一:"逍遥堂後千尋木,長送中宵風雨聲。誤喜對牀尋舊約,不知漂泊在彭城。"

〔三〕汴泗:古二水名。此代指徐州。韓愈《汴泗交流贈張僕射》詩,孫汝聽題注:"貞元十五年,公在徐州張建封幕。汴水徐之西,泗水徐之南,故以名篇。"

〔四〕吟筒:古時封寄詩稿的竹筒。代指所寄詩稿。

〔五〕"剩孤"句:謂老大倦怠,孤獨得只剩一根拐杖可以依靠。

〔六〕鷤鴂:一作"鵜鴂",杜鵑鳥。辛棄疾《賀新郎》詞:"綠樹聽鵜鴂。……啼鳥還知如許恨,料不啼清淚長啼血。誰共我,醉明月。"

〔七〕斷紅:飄零的花瓣。周邦彥《六醜·薔薇謝後作》詞:"恐斷紅尚有相思字,何由見得。"

〔八〕"便等閒"二句:李商隱《杜司勳》詩:"刻意傷春復傷別,人間唯有杜司勳。"司勳,官名。此指唐詩人杜牧。

〔九〕竹西歌吹:杜牧《禪智寺》詩:"誰知竹西路,歌吹是揚州。"

〔一〇〕《淮海秋笳集》:咸、同年間,甘泉(今江蘇江都)人黄錫禧與張午橋等詞人結消寒詞社,李肇增輯集曰《淮海秋笳集》。

〔一一〕"髯仙"句:指一同慶祝東坡生日。髯仙,指蘇軾。蘇軾多髯,嘗自

〔一二〕 "喜花間"句：指與許多高尚賢良的人相聚。高賢，指高尚賢良的人。捧袂，指相見。

〔一三〕 吟髭：杜荀鶴《亂後再逢汪處士》詩："笑我於身苦，吟髭白數莖。"

〔一四〕 "漫惆悵"四句：周邦彥《粉蝶兒慢》詞："當韶華、未可輕辜雙眼。賞心隨分樂，有清尊檀板。每歲嬉游能幾日，莫使一聲歌欠。"

〔一五〕 "驚寒"句：宋石孝友《滿江紅》詞："雁陣驚寒，故喚起、離愁萬斛。"宋毛滂《夜游宮》詞序："僕養一鶴，去田間以屬鄭德俊家。今縣齋新作陽春亭，旁見近山數峰，因德後歸，以此語鶴，便知僕居此不落寞也。"

〔一六〕 "迷煙"句：宋陳允平《渡江雲》詞："煙沉霧迥，怪蜃樓、飛入清虛。"

〔一七〕 "江湖"句：杜甫《自京赴奉先縣詠懷五百字》詩："憂端齊終南，澒洞不可掇。"澒洞，綿延彌漫貌。

〔一八〕 "怕長鑱"句：擔心拿著鐵鍬，也找不到埋憂愁的地方。《後漢書·仲長統傳》："百慮何爲？至要在我。寄愁天上，埋憂地下。"長鑱，長柄鐵鍬。

〔一九〕 變徵：古音階中的變調，發音悽楚悲咽。《史記·荆軻傳》："高漸離擊筑，荆軻和而歌，爲變徵之聲，士皆垂淚涕泣。"

瑞　鶴　仙

古微移居上斜街[一]，鄰顧俠君小秀野草堂[二]，即查查浦故居也[三]。賦詞徵和。因憶咸、同間，吾宗龍壁翁居此時[四]，適得王元章墨梅十二巨幀[五]，遂榜其西齋曰"十二洞天梅花書屋"。事見龍壁山房庚申集暨茂陵秋雨詞(1)。藉廣古微所未備，並以諗(2)後之志東京夢華者，俾有考焉[六]。

翠深天尺五。認秀野風流，銀灣斜處[七]。閒鷗淡容與[八]。是百年見慣，騷壇旗鼓[九]。春風胥宇[一〇]。想生香、梅花萬樹。正南窗、暖入橫枝，約略洞天雲古。　　凝佇。朋箋韻事[一一]，拄笏高情[一二]，承平簪組[一三]。藤交陰嫵[一四]。誰共覓,舊題句。勸先生莫忘,玉壺觴我,準備新詩賞雨[一五]。怕窺檐、一角西山,笑人自苦。

【校】

（1）《定稿》光緒三十二年本無"暨茂陵秋雨詞"六字。
（2）"譡",《定稿》光緒三十二年本作"諗"。

【注】

〔一〕 古微：朱孝臧,原名祖謀,字古微,號漚尹,又號彊村。參見前《八聲甘州》(甚無風雨)注。　　上斜街：位於北京宣武區西北部。東起宣武門外大街,西至下斜街。斜街過去是河流故道。明代上斜街曾稱西斜街,清代分上、下斜街。

〔二〕 顧俠君：顧嗣立(1669—1722),字俠君,江蘇長洲(蘇州)人。康熙五十一年(1712)進士,改翰林院庶吉士。散館授知縣,引疾歸。其家本有秀野堂。寓京宣武門壕上(今上斜街)三忠祠內,小屋數椽,題名小秀野,名冠京師文人中。曾刊刻《元詩選》,並著有《秀野集》等。

〔三〕 查查浦：查嗣瑮(1652—1733),字德尹,號查浦,海寧袁花人。查慎行弟。康熙三十九年(1700)進士,選翰林院庶吉士,授編修,官至侍講。後因弟查嗣庭案株連,遣戍關西,卒於戍所。著有《查浦詩鈔》等。

〔四〕 龍壁翁：王拯,號龍壁山人,爲半塘前輩親戚。參見前《青山濕遍》(中秋近也)注。

〔五〕 王元章：王冕(1287—1359),字元章,號竹齋,煮石山農,別號梅花屋主,浙江諸暨人。元代著名畫家、詩人。工畫墨梅,有《竹齋詩集》傳世。

〔六〕 "並以"二句：意即爲後來想要撰寫如《東京夢華錄》那樣的著作的人提供詳審的參考資料。譡,使知悉,告知。《東京夢華錄》是宋代孟元老撰寫的一部專以追述北宋都城東京開封府城市風貌的筆記體散文著作。所記大多是宋徽宗崇寧到宣和(1102—1125)年間北宋都城東京開封的情況,爲我們描繪了這一歷史時期居住在宋代京城的上至王公貴族、下及庶民百姓的日常生活情景,是研究北宋都市社會生活、經濟文化的一部極其重要的歷史文獻。

〔七〕 銀灣：上斜街原本是一條河流,稱銀灣。

〔八〕 容與：安閒自得。屈原《九歌·湘夫人》："時不可兮驟得,聊逍遙兮容與。"宋張孝祥《水調歌頭》(隆中三顧)詞："綸巾羽扇容與,爭看

〔九〕騷壇旗鼓：指詩壇領袖。旗鼓，旗與鼓。古代軍中指揮戰鬥的用具。喻指首領。

〔一〇〕胥宇：察看可築房屋的地基和方向。猶相宅。《詩·大雅·緜》："爰及姜女，聿來胥宇。"毛傳："胥，相；宇，居也。"孔穎達疏："自來相土地之可居者。"

〔一一〕朋箋韻事：指多人唱和作詩詞的往事。朋，二。《詩·豳風·七月》："朋酒斯饗，曰殺羔羊。"毛傳："兩樽曰朋。"

〔一二〕拄笏高情：爲官而保持清雅的高情逸志。南朝宋劉義慶《世說新語·簡傲》："王子猷作桓車騎參軍，桓謂王曰：'卿在府久，比當相料理。'初不答，直高視，以手版拄頰云：'西山朝來，致有爽氣。'"

〔一三〕承平簪組：太平時期的官員。簪組，冠簪和冠帶。藉指官宦。蘇軾《寄劉孝叔》詩："高蹤已自雜漁釣，大隱何曾棄簪組。"

〔一四〕藤交陰嬝：像藤蔓一樣聯絡交織，像綠陰一樣婆娑美好。

〔一五〕"玉壺"二句：舊題司空圖《二十四詩品》"典雅"條："玉壺買春，賞雨茅屋。"

百 字 令

和仲淵似園小坐〔一〕，用玉田韻〔二〕。

餘寒猶滯，甚槐街喧遍〔三〕，報晴鐘鼓。芳節三分都過二〔四〕，闌檻幾家春聚。漁父桃花〔五〕，王孫芳草〔六〕，休問年時路。西山今日，高樓心事無數〔七〕。　那得卻掃如君〔八〕，不知許事，自適閒中趣。老境閉門(1)思種菜，未要木奴千樹〔九〕。長劍慵看，酒杯擲下，飛夢滄洲去〔一〇〕。化爲兩鳥，忘機共狎鷗鷺〔一一〕。

【校】

（1）"閉門"，《清季四家詞》本、《清名家詞》本《定稿》作"閒門"。

【注】

〔一〕仲淵：黃思衍。參見前《祝英臺近》（綠苔侵）注。　似園：位於今北京崇文門外東興隆街，爲清末大太監李蓮英私宅之一。　又恩溥，字似園，滿洲人。曾官陝西道監察御史。有《歸耕草堂工部集》。

疑恩溥家亦有園名似園。
〔二〕用玉田韻：宋張炎（玉田）原詞爲《壺中天·賦秀野園清暉堂》。"百字令"與"壺中天"均爲"念奴嬌"之異名。
〔三〕槐街：京城大街。參見前《徵招》（槐街芳事）注。
〔四〕芳節：陽春時節。亦泛指佳節、良時。此指春天。南朝宋劉鑠《代收淚就長路》詩："時往從朝露，年來驚夕氳，徘徊去芳節，依遲從遠軍。"李白《愁陽春賦》："兼萬情之悲歡，玆一感於芳節。若有一人兮湘水濱，隔雲霓而見無因。"
〔五〕"漁父"句：唐張志和《漁歌子》（又名《漁父辭》）："西塞山前白鷺飛，桃花流水鱖魚肥。青箬笠，綠蓑衣，斜風細雨不須歸。"又陶淵明《桃花源記》載武陵漁父沿溪捕魚，"忽逢桃花林"事。
〔六〕"王孫"句：《楚辭·招隱士》："王孫游兮不歸，春草生兮萋萋。"
〔七〕"西山"二句：《古詩十九首》之"西北有高樓"："西北有高樓，上與浮雲齊。……上有弦歌聲，音響一何悲！……一彈再三歎，慷慨有餘哀。不惜歌者苦，但傷知音稀。願爲雙鴻鵠，奮翅起高飛。"
〔八〕卻掃：不再掃徑迎客。謂閉門謝客。王粲《寡婦賦》："闔門兮卻掃，幽處兮高堂。"
〔九〕木奴千樹：《三國志·吳書·孫休傳》"丹陽太守李衡"裴松之注引習鑿齒《襄陽記》："（衡）於武陵龍陽汎洲上作宅，種甘橘千株。臨死，敕兒曰：'汝母惡我治家，故窮如是。然吾州里有千頭木奴，不責汝衣食，歲上一匹絹，亦可足用耳……吳末，衡甘橘成，歲得絹數千匹，家道殷足。'"後因稱柑橘樹爲"木奴"。
〔一〇〕"長劍"三句：劉長卿《初貶南巴至鄱陽題李嘉祐江亭》詩："白首看長劍，滄洲寄釣絲。"
〔一一〕"忘機"句：宋倪偁《蝶戀花》詞："茅屋三間臨水路。棐几明窗，待把蟲魚注。我已忘機狎鷗鷺。溪山買得幽深處。"參見前《解語花》（雲低鳳闕）注。

百　字　令

上巳前一日大雪〔一〕，戲疊前韻。

過春社了〔二〕，怪寒聲尚凝，叢祠簫鼓。誰遣青春頭便白，笑對千峰螺聚〔三〕。

燕剪裁冰,鶯梭織玉,奇絕湔裙路〔四〕。柳圈誰試〔五〕,飛花渾不知數。爭信狡獪東皇〔六〕,要令紅紫,也識清寒趣。賦筆華林誇巨麗,還是等閒芳樹。萬頃瓊田〔七〕,三山瑤草,耕欲呼龍去。輕澌搖碧〔八〕,影迷煙外翹鷺〔九〕。

【注】

〔一〕上巳:舊時節日名。漢以前以陰曆三月上旬巳日爲"上巳";魏晉以後,定爲三月三日,不必取巳日。

〔二〕"過春"句:襲用宋史達祖《雙雙燕》詞首句。春社,春季祭祀土地神的日子。古無定日,先秦、漢、魏、晉各代擇日不同。自宋代起,以立春後第五個戊日爲社日。然此後又有官社、民社之分。民社爲二月二日,俗稱"土地公公生日";官社日期不變,其祭祀爲國家祀典,在社稷壇舉行。古代春社日,官府及民間皆祭社神祈求豐年,里中有飲酒、分肉、賽會、婦女停針線之俗。《禮記·明堂位》:"是故夏礿、秋嘗、冬烝、春社、秋省,而遂在蜡,天子之祭也。"唐張籍《吳楚歌詞》:"庭前春鳥啄林聲,紅夾羅襦縫未成。今朝社日停針線,起向朱櫻樹下行。"唐王駕《社日》詩:"桑柘影斜春社散,家家扶得醉人歸。"

〔三〕"誰遣"二句:指許多青翠的山峰被冰雪覆蓋。螺聚,衆山相聚如螺殼。

〔四〕湔裙:參見前《鵲踏枝》(譜到陽關)注。

〔五〕柳圈:舊俗清明節用柳條編圈戴在頭上,謂可去毒避邪。段成式《酉陽雜俎·忠志》:"三月三日,賜侍臣細柳圈,言帶之免蠆毒。"張炎《慶春宮》詞序:"都下寒食,游人甚盛,水邊花外,多麗環集,各以柳圈被禊而去,亦京洛舊事也。"

〔六〕東皇:司春之神。《楚辭·九歌》首篇爲《東皇太一》。吳文英《瑞鶴仙》詞:"澹春姿雪態,寒梅清泚。東皇有意。旋安排、闌干十二。"

〔七〕"萬頃"三句:指雪後大地如瓊田,想要耕種芝草還只得呼喚天龍來才行。瓊田,傳說中能生靈草的田。《海內十洲記·祖洲》:"鬼谷先生云:'東海祖洲上有不死之草,生瓊田中,或名爲養神芝。'"《海內十洲記·方丈洲》:"方丈洲在東海中心……上專是群龍所聚……仙家數十萬,耕田種芝草,課計頃畝如種稻狀。"李賀《天上謠》詩:"王子吹笙鵝管長,呼龍耕煙種瑤草。"

〔八〕"輕澌"句:游動的冰塊在碧綠的水面上飄搖。

〔九〕翹鷺:鷺鳥站立時常抬頭遠望,故名。

鷓鴣天

詠燭

百五韶光雨雪頻〔一〕,輕煙惆悵漢宫春〔二〕。只應憔悴西窗底,消受觀書老去身。　　花影暗,淚痕新。郢書燕説向誰陳〔三〕。不知餘蠟堆多少,孤注曾無一擲人〔四〕。

【注】

〔一〕 百五:寒食日。在冬至後的一百零五天。宗懍《荆楚歲時記》:"去冬至節一百五日,即有疾風甚雨,謂之寒食。禁火三日,造餳、大麥粥。"參見前《浣溪沙》(聞道東風)注。

〔二〕 "輕煙"句:韓翃《寒食》詩:"日暮漢宫傳蠟燭,輕煙散入五侯家。"

〔三〕 郢書燕説:《韓非子·外儲説左上》:"郢人有遺燕相國書者,夜書,火不明,因謂持燭者曰'舉燭',而誤書'舉燭'。舉燭,非書意也。燕相國受書而説之,曰:'舉燭者,尚明也;尚明也者,舉賢而任之。'燕相白王,王大悦,國以治。治則治矣,非書意也。"

〔四〕 "孤注"句:《宋史·寇準傳》:"欽若曰:'澶淵之役,陛下不以爲恥,而謂準有社稷功,何也?'帝愕然曰:'何故?'欽若曰:'城下之盟,《春秋》恥之;澶淵之舉,是城下之盟也。以萬乘之貴而爲城下之盟,其何恥如之?'帝愀然爲之不悦。欽若曰:'陛下聞博乎?博者輸錢欲盡,乃罄所有出之,謂之孤注。陛下,寇準之孤注也。斯亦危矣。'"

金縷曲

送乙庵奉諱南歸〔一〕,即之武昌帥幕〔二〕。

淚灑東門道。悵淒淒、麻衣去國〔三〕,寒深春悄。骯髒記傾燕市酒〔四〕,眼底幾人同調。早换盡、中年懷抱。風雨滄溟天萬里,正波翻、鼇軸迷蓬島〔五〕。看子去,恨多少。　　南樓風月傳清嘯〔六〕。望東南、長城隱隱,籌邊人老〔七〕。不見嚴詩編杜集,要遣沙場塵掃。莫輕負、江山文藻〔八〕。儻有前期休重問〔九〕,暗摩挲、銅狄心如搗〔一○〕。吟未已,雁聲渺。

【注】

〔一〕 乙庵：沈曾植，號乙庵。參見前《三姝媚》（休辭歌者苦）注。

奉諱：謂居喪。《禮記·曲禮上》："卒哭乃諱。"陳澔集説："凡卒哭之前，猶用事生之禮，故卒哭乃諱其名。"蓋父母没，孝子不忍言親之名，故諱之。後人因稱居喪爲"奉諱"。此指沈曾植居父喪。

〔二〕 "即之"句：指沈曾植受湖廣總督張之洞之聘，往武昌主講兩湖書院。

〔三〕 麻衣去國：穿著孝服離開京城。麻衣，古時喪服。《禮記·間傳》："又期而大祥，素縞麻衣。"鄭玄注："謂之麻者，純用布，無采飾也。"去國，離開國都。

〔四〕 骯髒：高亢剛直貌。骯，音"慷"。東漢趙壹《疾邪詩》之二："伊優北堂上，骯髒倚門邊。"

〔五〕 "正波翻"句：波浪打翻了支撑神山的巨鼇以致神山迷失。此喻國勢危急。參見前《浣溪沙》（離垢天空）注。

〔六〕 南樓風月：晏幾道《虞美人》詞："南樓風月長依舊。别恨無端有。倩誰横笛倚危闌。今夜落梅聲裏、怨關山。"李白《陪宋中丞武昌夜飲懷古》詩："清景南樓夜，風流在武昌。"又《與史郎中欽聽黄鶴樓上吹笛》詩："黄鶴樓中吹玉笛，江城五月落梅花。"

〔七〕 "望東南"二句：指東南海疆防務局勢隱憂重重，而籌劃邊境事務的人物卻勞久無功。似對當時主持防務的李鴻章等表示失望。

〔八〕 "不見"三句：以杜甫受知遇於嚴武、嚴武詩得入杜詩集而流傳的典實，勉勵沈曾植佐張之洞幕府，定能有一番作爲。蘇軾《岐亭五首》之二："君無廢此篇，嚴詩編杜集。"趙次公注："嚴謂嚴武，杜謂杜甫，杜詩集載嚴武詩數篇。"江山文藻：杜甫《詠懷古跡五首》之二："江山故宅空文藻，雲雨荒臺豈夢思。"

〔九〕 前期：事前或過去的約定。

〔一〇〕 "暗摩挲"句：《後漢書·方術·薊子訓傳》："時有百歲翁，自説童兒時見子訓賣藥於會稽市，顔色不異於今。後人復於長安東霸城見之，與一老翁共摩挲銅人，相謂曰：'適見鑄此，已近五百歲矣。'"銅狄，《漢書·五行志下之上》："史記秦始皇二十六年，有大人長五丈，五履六尺，皆夷狄服，凡十二人，見於臨洮……是歲始皇初并六國，反喜以爲瑞，銷天下兵器，作金人十二以象之。"後因稱"銅人"爲"銅狄"。

摸 魚 子

和友人春游詞

話春游、依稀香影,情絲搖曳芳晝。朝雲例伴髯蘇老〔一〕,盡要綺懷消受。惆悵久。歎我亦卅年、參不情禪透〔二〕。迎桃問柳〔三〕。竟輸與棲香,蘧蘧夢蝶,花底鎮廝勾〔四〕。　　相逢處,快喚吳姬壓酒〔五〕。我歌君起爲壽〔六〕。芳菲滿眼渾無賴,鶯燕也應僝僽。還信否。只説到消魂、此恨人人有。花前月後。算醉了休醒,溫柔鄉裏〔七〕,一笑暫開口。

【注】

〔一〕朝雲:人名。蘇軾之妾。據傳本爲錢塘妓(一説蘇軾妻王氏陪嫁丫鬟),姓王,蘇軾官錢塘時納爲妾。初不識字,後從軾學書,並略通佛理。軾貶官惠州,數妾散去,獨朝雲相隨。髯蘇:指蘇軾。

〔二〕"歎我"句:作者自謂經過三十年仍然沒有參透關於情愛的道理。情禪,指有關情愛的道理、哲理。

〔三〕"迎桃"句:藉用晉王獻之迎桃根、桃葉事,泛指冶游。參見前《紅情》(橫塘煙冪)詞注。

〔四〕廝勾:貼近,相接。石孝友《洞仙歌》詞:"問蓬山別後,幾度春歸,歸去晚,開得蟠桃廝勾。"

〔五〕吳姬壓酒:李白《金陵酒肆留別》詩:"風吹柳花滿店香,吳姬壓酒勸客嘗。"壓酒,米酒釀製將熟時,壓榨取酒。

〔六〕爲壽:謂席間向尊長敬酒或贈送禮物,並祝其長壽。《漢書·高帝紀下》:"莊入爲壽。"顏師古注:"凡言爲壽,謂進爵於尊者,而獻無疆之壽。"

〔七〕溫柔鄉:喻美色迷人之境。漢伶玄《趙飛燕外傳》:"是夜進合德,帝大悦,以輔屬體,無所不靡,謂爲溫柔鄉。語嬺曰:'吾老是鄉矣,不能效武皇帝求白雲鄉也。'"

浣 溪 沙

次韻夢湘〔一〕

春淺春深燕子知。番風有信未嫌遲。只愁忘了海棠詩〔二〕。　　誰與禁持方夜雨〔三〕,等閒攀折易空枝。弄寒天氣惜花時。

【注】

〔一〕 夢湘:王以敏。參見前《三姝媚》(吟情休浪苦)注。
〔二〕 海棠詩:蘇軾《海棠》詩:"東風裊裊泛崇光,香霧空蒙月轉廊。只恐夜深花睡去,故燒高燭照紅妝。"
〔三〕 禁持:擺布,折磨。元高栻散曲套數《商調·集賢賓·怨別》:"坐不穩神魂飄蕩,睡不寧鬼病禁持。"

前　　調

刻楮難工漫畫沙〔一〕。故人心事寄煙霞。西堂回首任天涯。　閒對孤雲商去住,坐看飛鳥笑橫斜〔二〕。相期不負一春花。

【注】

〔一〕 刻楮:《韓非子·喻老》:"宋人有爲其君以象爲楮葉者,三年而成。豐殺莖柯,毫芒繁澤,亂之楮葉之中而不可別也。"象,指象牙。後因以喻技藝工巧或治學刻苦。　畫沙:比喻書畫家的技藝高明,變化多姿,内涵豐富。元劉祁《歸潛志》卷九:"閒閒公以正大九年五月十二日下世,此卷最爲暮年手書,故能備鍾、張諸體,於屋漏雨、錐畫沙之外,别有一種風氣,令人愛之而不厭也。"
〔二〕 "坐看"句:宋石孝友《鷓鴣天》詞:"驚秋遠雁橫斜字,噪晚哀蟬斷續弦。"

浣　溪　沙

疊韻答次珊〔一〕

許事人間未要知。杜鵑聲裏日遲遲。低頭臣甫更無詩〔二〕。　身世相看原蟣虱〔三〕,文章何處不駢枝〔四〕。楚蘭腸斷獨醒時〔五〕。

【注】

〔一〕 疊韻:再用前作品同一韻寫詩填詞。　次珊:張仲炘。見前《月華清》(望遠供愁)注。
〔二〕 "杜鵑"二句:杜甫有《杜鵑行》、《杜鵑》等詩多首,其《杜鵑》詩云:

"西川有杜鵑,東川無杜鵑。涪萬無杜鵑,雲安有杜鵑。……杜鵑暮春至,哀哀叫其間。我見常再拜,重是古帝魂。……君看禽鳥情,猶解事杜鵑。今忽暮春間,值我病經年。身病不能拜,淚下如迸泉。"

〔三〕蟻虱：比喻卑賤或微小。葛洪《抱朴子·吴失》："笑蟻虱之宴安,不覺事異而患等。"

〔四〕駢枝：比喻多餘無用的東西。《莊子·駢拇》："是故駢於足者,連無用之肉也。枝於手者,樹無用之指也。多方駢枝於五藏之情者,淫僻於仁義之行,而多方於聰明之用也。"

〔五〕楚蘭：因蘭草盛產於楚地,屈原《楚辭》中又多所歌詠,故用以代稱屈原。　獨醒：《楚辭·漁父》："屈原曰：'舉世皆濁我獨清,衆人皆醉我獨醒,是以見放。'"

前　　調

萬里長風萬里沙。晚晴消息散餘霞〔一〕。百年趄趄是生涯〔二〕。　短鍤未妨行處荷〔三〕,戒香不放定中斜〔四〕。且拈新句酹新花。

【注】

〔一〕晚晴句：謝朓《晚登三山還望京邑》詩："餘霞散成綺,澄江静如練。"

〔二〕趄趄：音"路促"。局促,窘迫。張衡《東京賦》："狹三王之趄趄,軼五帝之長驅。"

〔三〕"短鍤"句：用劉伶飲酒放曠事。參見前《點絳唇》（種豆爲萁）注。

〔四〕戒香：佛教謂戒律能滌除塵世的污濁,故以"香"喻。亦指所燃之香。司空圖《爲東都敬愛寺講律僧惠確化募雕刻律疏》："啓秘藏而演毗尼,熏戒香以消煩惱。"　定：梵語的意譯,即入定。三學或六度之一。謂心專注於一境而不散亂。元稹《定僧》詩："野僧偶向花前定,滿樹狂風滿樹花。"

倦　尋　芳

分調賦閏重三拈韻得二字〔一〕。

絆春婪尾〔二〕,補禊遨頭〔三〕,芳信猶滯。曲水濺裙,未用詞誇月二〔四〕。佳約采香迷舊徑〔五〕,歲華紀勝添新麗。鳳樓西,看如弓月小,慣牽吟思。　　歎老去、綺懷渾懶,數到歡游〔六〕,前事慵理。難袚清愁〔七〕,那問好春餘幾。又見青旗楊柳外,倦吟紅芍東風裏。任輸他,蝶魂癡,夢迷花底。王嵎詞:曲水濺裙三月二。

【注】

〔一〕 閏重三:即閏三月初三。據查,光緒二十四年(1898)閏三月,是知該詞作於是年。　　拈韻:隨意取用某一韻,與"限韻"相對。清李漁《奈何天·逼嫁》:"拈韻做來的詩,不足取信,教他限個韻來。"

〔二〕 絆春:留春。絆,牽制。　　婪尾:最後,末尾。宋楊萬里《八月朔曉起趣辦行李》詩:"雨後晨先起,花間濕也行。破除婪尾暑,領略打頭清。"

〔三〕 補禊:參見前《慶清朝》(杏酪初分)注。　　遨頭:宋代成都自正月至四月浣花,太守出游,士女縱觀,稱太守爲"遨頭"。陸游《老學庵筆記》卷八:"四月十九日成都謂之浣花,遨頭宴於杜子美草堂滄浪亭,傾城皆出,錦繡夾道,自開歲宴游至是而止。"

〔四〕 "曲水"二句:宋王嵎《夜行船》詞:"曲水濺裙三月二,馬如龍鈿車如水。"

〔五〕 采香:陽春山月野外採集芬芳花草。今江蘇省蘇州市西南靈巖山前有采香徑。劉禹錫《館娃宮》詩:"唯餘采香徑,一帶繞山斜。"范成大《吳郡志·古跡一》:"采香徑,在香山之傍小溪也。吳王種香於香山,使美人泛舟於溪以采香。今自靈巖山望之,一水直如矢,故俗又名箭涇。"

〔六〕 歡游:司空曙《送曹同椅》詩:"惆悵空相送,歡游自此疏。"

〔七〕 袚清愁:姜夔《翠樓吟》(月冷龍沙)詞:"天涯情味。仗酒袚清愁,花銷英氣。"袚,去除也。

探春慢

春草。用白石"衰草愁煙"韻〔一〕。

離恨題江〔二〕,夢吟憶謝〔三〕,萋萋愁滿晴野。燒淺痕蘇〔四〕,雪融泥潤,何處輕盈換馬〔五〕。三月江南暮,剩幾許、閒情陶寫。最憐抽盡蔫紅〔六〕,萬千心事如話。　　休問蘼蕪舊徑，重爲采餘香，幽怨盈把〔七〕。金谷園荒〔八〕，銅鞮歌冷〔九〕，游事不禁春冶〔一〇〕。南北東西路，付斷雨、零煙高下。醉不成眠，碧雲誰藉遙夜〔一一〕。

【注】

〔一〕白石：南宋詞人姜夔。　　衰草愁煙：姜夔《探春慢》詞上片云："衰草愁煙，亂鴉送日，風沙迴旋平野。拂雪金鞭，欺寒茸帽，還記章臺走馬。誰念漂零久，漫贏得、幽懷難寫。故人清沔相逢，小窗閒共情話。"

〔二〕"離恨"句：江淹《別賦》："春草碧色，春水綠波。送君南浦，傷如之何！"

〔三〕"夢吟"句，指謝靈運夢見族弟謝惠連而得"池塘生春草"句事。參見前《喜遷鶯》（楚天凝望）注。

〔四〕"燒淺"句：枯草經野火焚燒後到春天復蘇。燒痕，野火的痕跡。蘇軾《正月二十日往岐亭》詩："稍聞決決流冰谷，盡放青青没燒痕。"

〔五〕"何處"句：姜夔《玲瓏四犯》詞："揚州柳，垂官路。有輕盈換馬，端正窺户。"輕盈，指美女。換馬，據唐李亢《獨異志》卷中："後魏曹彰，性倜儻。偶逢駿馬，愛之，其主所惜也。彰曰：'余有美妾可換，唯君所選。'馬主因指一妓，彰遂换之。"

〔六〕嫣紅：深紅色。亦指鮮豔的紅花。嫣，用同"嫣"。杜牧《春晚題韋家亭子》詩："嫣紅半落平池晚，曲渚飄成錦一張。"

〔七〕"休問"三句：漢樂府《上山采蘼蕪》："上山采蘼蕪，下山逢故夫。長跪問故夫，新人復何如？新人雖言好，未若故人姝。顔色類相似，手爪不相如。新人從門入，故人從閤去。新人工織縑，故人工織素。織縑日一匹，織素五丈餘。將縑來比素，新人不如故。"蘼蕪，一種香草，葉子風乾可以做香料。古人相信蘼蕪可使婦人多子。

〔八〕金谷園：指晉石崇於金谷澗中所築的園館。石崇曾寫《金谷詩序》記其事。林逋《點絳唇》詞："金谷年年，亂生春色誰爲主。"

〔九〕銅鞮歌：指《白銅鞮》歌。即《白銅蹄》。南朝梁歌謠名。《隋書·音樂志上》："初，武帝之在雍鎮，有童謠云：'襄陽白銅蹄，反縛揚州兒。'識者言，白銅蹄謂馬也；白，金色也。及義師之興，實以鐵騎，揚州之士，皆面縛，果如謡言。故即位之後更造新聲，帝自爲之詞三曲。"梁武帝所作多寫離別。如其《襄陽白銅鞮歌三首》之二："陌頭征人去，閨中女下機。含情不能言，送別沾羅衣。"

〔一〇〕"游事"句：意謂即便"臺荒"、"歌冷"，仍不能阻止春日冶游之事。
〔一一〕碧雲：碧空中的雲。多用以表達離情別緒。賀鑄《青玉案》(淩波不過)詞："碧雲冉冉蘅皋暮，彩筆新題斷腸句。試問閒愁都幾許？一川煙草，滿城風絮，梅子黃時雨。" 藉：撫慰，安慰。蘇軾《卜算子·感舊》詞："還與去年人，共藉西湖草。莫惜樽前仔細看，應是容顏老。"

齊 天 樂

匡山梅社圖，為瞻雲覺公作〔一〕，人琴之感，謂楊少文明經也〔二〕。

舊游記識匡君面〔三〕，煙霞幾曾孤往〔四〕。生客慚余〔五〕，遠公知我〔六〕，不遣歲寒盟爽〔七〕。人天供養〔八〕。正玉照空山〔九〕，冷雲無恙。行腳圖成〔一〇〕，定呼明月荷鋤上。　人琴何限感觸〔一一〕，草玄遺墨在〔一二〕，奇句誰賞。文字因緣，色香性識〔一三〕，參入枯禪都妄〔一四〕。攢眉聽講。待說到無生〔一五〕，萬花齊放。猶是風塵，披吟懸夢想〔一六〕。

【注】

〔一〕瞻雲覺公：待考。
〔二〕楊少文：待考。　明經：明清對貢生的尊稱。
〔三〕"舊游"句：參見前《喜遷鶯》(楚天凝望)注。匡君，指江西廬山。相傳殷周之際有匡俗兄弟七人結廬於此，故稱匡廬。亦稱匡君。
〔四〕孤往：指歸隱的嚮往。陶潛《歸去來兮辭》："懷良辰以孤往，或植杖而耘耔。"
〔五〕"生客"句：不瞭解我的人替我感到慚愧。生客，陌生人。唐李紳《入揚州郭》詩："畏沖生客呼童僕，欲指潮痕問里閭。"
〔六〕遠公：晉高僧慧遠，居廬山東林寺，世人稱爲遠公。
〔七〕"不遣"句：不違背堅守的盟約。歲寒，即歲寒心，喻堅貞自守的執著心態。盟爽，即爽盟，違背盟約。
〔八〕"人天"句：謂諸世間衆生都來禮佛。人天，佛教語。六道輪回中的人道和天道。亦泛指諸世間、衆生。《大寶積經·被甲莊嚴會三》："能爲世導師，映蔽人天衆；演說無所畏，我禮勝丈夫。"供養，佛教稱以香花、明燈、飲食等資養三寶(佛、法、僧)爲"供養"，並分財供養、法供養兩種。香花、飲食等爲財供養；修行、利益衆生叫法供養。供養即禮佛，或施捨僧人、出資修繕寺廟等。

〔九〕 玉照：指月光。宋周密《三犯渡江雲》詞：「千林未緑，芳信暖、玉照霜華。共憑高，聯詩唤酒，暝色奪昏鴉。」

〔一〇〕 行腳：謂僧人爲尋師求法而游食四方。段成式《酉陽雜俎·玉格》：「此桃去此十餘里，道路危險，貧道偶行腳見之，覺異，因掇數枚。」

〔一一〕 "人琴"句：劉義慶《世説新語·傷逝》：「王子猷、子敬俱病篤，而子敬先亡……子敬素好琴，（子猷）便徑入坐靈牀上，取子敬琴彈。弦既不調，擲地云：'子敬子敬，人琴俱亡！'慟絕良久，月餘亦卒。」

〔一二〕 草玄：參見前《徵招》（街南老樹）注。

〔一三〕 性識：佛教稱衆生的根性心識。《隋書·經籍志四》：「初，釋迦説法，以人之性識根業各差，故有大乘小乘之説。」

〔一四〕 枯禪：佛教語。佛教徒稱静坐參禪爲枯禪。因其長坐不卧，呆若枯木，故又稱枯木禪。武俠小説中認爲坐枯禪亦可增加内力。少林寺渡厄、渡劫、渡難三老僧坐枯禪經年，佛學與武學均有極高造詣。

〔一五〕 無生：佛教語。謂没有生滅，不生不滅。王維《登辨覺寺》詩：「空居法雲外，觀世得無生。」

〔一六〕 披吟：翻閲吟誦。

掃 地 花(1)

用美成韻〔一〕。同夢湘、叔由作〔二〕。

信風乍歇，又萬緑迷煙〔三〕，暮鵑聲楚。斷雲颺縷。惹游絲暗逐，落紅低舞。静掩閒門，短夢頻驚夜雨。送愁去，曲曲畫屏(2)，猶是愁處。　　芳意誰更許。悵濺淚酬花，餞春無路〔四〕。玉尊翠俎。問何人省識，酒邊情素。柳外斜陽，倚到危闌最苦〔五〕。漫延佇。聽重城、鬧晴簫鼓。卷中和周之作，皆用元刻《清真集》，與時本間有出入。

【校】

（1）《掃地花》，又名《掃地游》、《掃花游》。檢《片玉詞》作《掃花游》，宋元人填此調者多作《掃花游》。《清真集》則作《掃地花》。

（2）《詞譜》卷二四載美成原詞此句作五字句"問一葉怨題",《全宋詞》作"想一葉怨題",《片玉詞》作四字句："一葉怨題"。半塘詞從後者作四字句。

【注】

〔一〕美成：宋代詞人周邦彥,字美成,號清真居士。
〔二〕夢湘：王以敏。參見前《三姝媚》（吟情休浪苦）注。　叔由：易順豫（1865—1920）,字叔由,號伏庵,湖南龍陽（今湖南漢壽）人。光緒二十九年（1903）進士,官江西臨川縣知縣。有《琴思樓詞》一卷。
〔三〕萬綠：姜夔《驀山溪》詞："才因老盡,秀句君休覓。萬綠正迷人,更愁入、山陽夜笛。"
〔四〕"餞春"句：黃庭堅《清平樂》詞："春歸何處。寂寞無行路。若有人知春去處。喚取歸來同住。"
〔五〕"柳外"二句：辛棄疾《摸魚兒》詞："閒愁最苦。休去倚危闌,斜陽正在,煙柳斷腸處。"

還京樂

用美成韻酬叔問〔一〕。

又春去,觸撥、年時影事羞重理〔二〕。指袖中詩卷〔三〕,古來一例,精神空費。看綠陰無際。芳菲那逐餘花委。問素月,因甚滴遍,方諸清淚〔四〕。　歎青尊底。甚黃塵烏帽,消磨不盡,狂奴疏俊氣味〔五〕。相期醉倒西園〔六〕,儘浮沉、等閒瓜李〔七〕。恁風懷、消夢繞屏山,歌翻井水〔八〕。怨抑誰家笛,聲聲如喚愁悴〔九〕。

【注】

〔一〕叔問：鄭文焯。參見前《鶯啼序》（無言畫闌）注。
〔二〕觸撥：觸動撩撥。范成大《秋前風雨頓涼》詩："酒杯觸撥詩情動,書卷招邀病眼開。"　影事：佛教語。謂塵世間一切事皆虛幻如影。亦泛指往事。
〔三〕指袖：晏幾道《生查子》詞："垂淚送行人,濕破紅妝面。玉指袖中彈,一曲清商怨。"
〔四〕問素月三句：《淮南子·覽冥訓》："夫陽燧取火於日,方諸取露於月。"陸龜蒙《自遣》詩之十五:"月娥如有相思淚,只待方諸寄兩行。"方諸,古代在月下承露取水的器具,常以藉喻月亮或嫦娥。

〔五〕"消磨"二句:消磨不掉狂士疏曠俊逸的習性。狂奴,《後漢書·逸民傳·嚴光》:"司徒侯霸與光素舊,遣使奉書。使人因謂光曰:'公聞先生至,區區欲即詣造,迫於典司,是以不獲。願因日暮,自屈語言。'光不答,乃投札與之,口授曰:'君房足下,位至鼎足,甚善。懷仁輔義天下悦,阿諛順旨要領絶。'霸得書,封奏之,帝笑曰:'狂奴故態也。'"

〔六〕醉倒西園:辛棄疾《蝶戀花》詞:"點檢笙歌多釀酒。蝴蝶西園,暖日明花柳。醉倒東風眠永晝。覺來小院重携手。"

〔七〕"儘浮沉"句:柳永《女冠子》詞:"以文會友,沉李浮瓜忍輕諾。別館清閒,避炎蒸、豈須河朔。但樽前隨分,雅歌豔舞,盡成歡樂。"參見前《解語花》(天開霽色)注。

〔八〕"歌翻"句:葉夢得《避暑録話》卷下:"余仕丹徒,嘗見一西夏歸朝官云:'凡有井水飲處,即能歌柳詞。'言其傳之廣也。"

〔九〕"怨抑"二句:周邦彦《月下笛》詞:"誰知怨抑。静倚官橋吹笛。映宫牆、風葉亂飛,品高調側人未識。想開元舊譜,柯亭遺韻,盡傳胸臆。"

還 京 樂

疊韻再酬叔問。

話歸去,又見、扁舟散髮乘興理〔一〕。訪舊鷗西磧〔二〕,定應笑客,游情輕費。裊醉吟天際〔三〕。三山影落空波委〔四〕。向鏡裏,重認舊日,飄花殘淚。甚吴篷底。款衣紃釵鈿〔五〕,浮名肯換,淺斟低唱雋味〔六〕。君看九陌黄塵,枉低徊、上林朱李〔七〕。任徜徉、還載酒尋香〔八〕,吹簫弄水。坐對孤雲渺,無心休問榮悴〔九〕。

【注】

〔一〕"又見"句:李白《宣州謝朓樓餞別校書叔雲》詩:"人生在世不稱意,明朝散髮弄扁舟。"劉義慶《世説新語·任誕》:"王子猷居山陰。夜大雪……忽憶戴安道,時戴在剡。即便夜乘小船就之,經宿方至,造門不前而返。人問其故,王曰:'吾本乘興而行,興盡而返,何必見戴?'"

〔二〕西磧:指西磧山,在鄭文焯舊游地蘇州。《江南通志·輿地志·山川·蘇州府》:"鄧尉山在錦峰山西南,去城七十里……鄧尉西行,歷鳥山、觀山、朝山塢、西磧山、彈山、過長旗嶺、竺山,至玄墓。出入湖山間,居人愛植梅樹,花開時數十里如積雪。諸山惟西磧最高大。"

〔三〕裊:形容聲音宛轉悠揚。

〔四〕"三山"句:李白《登金陵鳳凰臺》詩:"三山半落青天外,二水中分白鷺洲。"

〔五〕"款衣"句:指喜歡與歌伎在一起。款,投合,融洽。衣紉釵鈿,女子服飾。此指代歌伎。

〔六〕"浮名"二句:柳永《鶴沖天》詞:"忍把浮名,換了淺斟低唱。"

〔七〕"枉低徊"句:枉自留戀京城生活。低徊,徘徊流連。上林,古宮苑名。泛指帝王的園囿。朱李,肉質紅色的李子。《西京雜記》卷一:"初修上林苑,羣臣遠方各獻名果異樹……李十五:紫李、綠李、朱李、黃李。"

〔八〕"任徜徉"二句:宋吳文英《瑞鶴仙》詞:"更醉乘、玉井秋風,採花弄水。"尋香,即採花也。

〔九〕榮悴:榮枯。喻人世的盛衰。《後漢書·鄧禹傳論》:"榮悴交而下無二色,進退用而上無猜情。"

翠　樓　吟

賦怩村藤花〔一〕

壓架塵輕,攢枝蕊密,流蘇障空如繪。虛檐生倒影,看禾矯、龍蛇初蛻〔二〕。垂垂芳意。正暖日烘晴,融風催霽〔三〕。疏簾外。短歌誰按,紫雲低綴。　　勝地。重訪平泉〔四〕,看巷深門掩,好春猶麗。夢吟佳句少,幾辜負、花陰沉醉。闌干閒倚。漫刺眼芳菲,驚心榮悴。商新味。食單同試〔五〕,漢宮酥膩。

【注】

〔一〕怩村:北京萬青藜別墅。參見前《探芳信》(正芳晝)注。　藤花:

紫藤花。

〔二〕 夭矯：妖嬈矯健。秦觀《好事近》詞："飛雲當面化龍蛇，夭矯轉空碧。醉臥古藤陰下，了不知南北。" 初蛻：指紫藤莖幹如初蛻皮的龍蛇般嬌嬈。

〔三〕 融風：指東北風。《左傳·昭公十八年》："丙子，風。梓曰：'是謂融風，火之始也。'"杜預注："東北曰融風。融風，木也。木，火母，故曰火之始。"

〔四〕 平泉：指平泉莊。唐李德裕家莊園，風景絕佳，故址在洛陽。唐康駢《劇談錄·李相國宅》："（平泉莊）去洛陽三十里，卉木臺榭，若造仙府。"白居易《醉游平泉》詩："洛客最閒唯有我，一年四度到平泉。"

〔五〕 食單：食譜，菜單。宋鄭望之《膳夫錄·食單》："韋僕射巨源有燒尾宴食單。"

木 蘭 花 慢

長椿寺〔一〕

刹那催世換，向劫外〔二〕、認滄桑。甚影幻人天，金銷木塔〔三〕，帕蝕宮黃〔四〕。興亡。倩誰説與，剩粥魚齋鼓響虛廊〔五〕。畫裏慈雲宛在〔六〕，定中法雨猶香〔七〕。　　詞場。韻事幾回商。懷古引愁長。悵傑閣煙埋〔八〕，勝流星散〔九〕，春老苔荒。淒涼。石幢斷影，共飛花無語送殘陽〔一〇〕。山色憑闌不見，暮天吟思蒼茫。王漁洋《登寺後妙光閣》詩："不見西山色，蒼茫雲外深。"

【注】

〔一〕 長椿寺：位於今北京長椿街。建於明萬曆二十年（1592），康熙年間因地震頹毀，後由首輔馮溥捐資重葺。雖有改建但原有建築今基本完整。寺中原有一滲金多寶佛銅塔，已移至萬壽寺。

〔二〕 劫外：即劫外天。謂未遭受災難之天地，猶淨土。清龔自珍《己亥雜詩》之一五一："小別湖山劫外天，生還如證第三禪。"

〔三〕 "金銷"句：木塔上的金飾已經銷蝕。

〔四〕 "帕蝕"句：指佛殿上帷帳的黃色已經消退。帕，指帳子。宮黃，本指古代婦女額上塗飾的黃色。此指黃色。

〔五〕 "剩粥"句：黃庭堅《贈清隱持正禪師》詩："水鳥風林成佛事，粥魚齋鼓到江船。"粥魚，即木魚。刳木爲魚形，其中鏧空，扣之作聲，懸於廊下。僧寺於粥飯或集聚僧衆時用之。齋鼓意類同。

〔六〕 慈雲：佛教語。比喻慈悲心懷如雲之廣被世界、衆生。梁簡文帝《大法頌》："慈雲吐澤，法雨垂涼。"

〔七〕 法雨：佛教語。喻佛法。佛法普度衆生，如雨之潤澤萬物。《法華經·化城喻品》："普雨大法雨，度無量衆生。"

〔八〕 傑閣：高大宏敞的樓閣。

〔九〕 勝流：名流。當時傑出的人物。

〔一〇〕"共飛"句：五代魏承班《生查子》詞："煙雨晚晴天，零落花無語。難話此時心，梁燕雙來去。"

木 蘭 花 慢

净業寺〔一〕

湖光澄净業，話名跡、指西涯〔二〕。看斷刹迷煙〔三〕，閒門映柳，曲徑封苔。清齋〔四〕。甚時結夏〔五〕，對白蓮齊趁野風開。吟思淡縈秋水，暗塵軟隔宫槐。　　經臺〔六〕。塵眼幾回揩。鷗鷺定應猜。認勝國林泉〔七〕，承平壇坫〔八〕，鈴語猶哀〔九〕。徘徊。冷煙落照，好溪山何事帶愁來。蝦菜扁舟未得〔一〇〕，古亭休訪雲偎。

【注】

〔一〕 净業寺：位於今北京西城區德勝門内西順城街，積水潭（又名净業湖）之北。環境幽静，南臨水岸，樹木成蔭，頗有江南雲水之勝，尤爲盛夏消暑之佳境，明清文人多至此流覽。

〔二〕 西涯：即積水潭，亦名净業湖。參見前《解語花》（雲低鳳闕）注。

〔三〕 斷刹：孤聳的寺廟。斷，陡峭。

〔四〕 清齋：謂素食，長齋。支遁《五月長齋》詩："令月肇清齋，德澤潤無疆。"

〔五〕 結夏：佛教僧尼自陰曆四月十五日起静居寺院九十日，不出門行動，謂之"結夏"。又稱結制。曹松《送僧入蜀過夏》詩："師言結夏入巴峰，雲水回頭幾萬重。"

〔六〕 經臺：用於諷誦佛經的平臺。謝靈運《山居賦》："面南嶺，建經臺；

倚北阜,築講堂;傍危峰,立禪室;臨潺流,列僧房。"

〔七〕 勝國:被滅亡的國家。《周禮·地官·媒氏》:"凡男女之陰訟,聽之於勝國之社。"鄭玄注:"勝國,亡國也。"按,亡國謂已亡之國,爲今國所勝,故稱"勝國"。後因以指前朝。

〔八〕 壇坫:法壇。舉行祈禱法事的壇場。

〔九〕 鈴語:風鈴聲。

〔一〇〕 蝦菜句:謂不能歸隱。參見前《湘月》(冷官趣別)注。

木蘭花慢

憫忠寺〔一〕

去天才一握〔二〕,看閣亞、石壇松〔三〕。問劫換支那〔四〕,能消幾杵,煙外疏鐘。憫忠。舊題翠墨〔五〕,試碑尋貞觀暝雲封。分得金仙淚點〔六〕,一齊彈與東風。　　房櫳。禪徑曲還通〔七〕。芳事到輕紅〔八〕。悵眼底春光,吟邊古意,併入愁濃。孤筇。等閒倦倚,算百年殘醉劇匆匆。怕惹人天舊恨,鶴歸休話遼東〔九〕。

【注】

〔一〕 憫忠寺:即法源寺。參見前《湘月》(對花無語)注。

〔二〕 "去天"句:清孫承澤《春明夢餘錄》卷六六:"唐憫忠寺建於貞觀十九年。太宗憫東征士卒戰亡者,收其遺骸,葬幽州城西十餘里許,爲哀忠墓;又於幽州城內建憫忠寺,作佛事以超度之。中有高閣,故但以閣名。唐諺'憫忠高閣,去天一握'是也。"

〔三〕 亞:壓。

〔四〕 支那:古代印度等國稱中國爲支那(即英文 China 的音譯)。

〔五〕 翠墨:鮮明的墨色,色澤鮮明的字跡。蘇轍《次韻子瞻題孫莘老墨妙亭》:"愛之欲取恨無力,旋揉翠墨濡黃繒。"

〔六〕 金仙淚點:喻興亡之感。參見前《翠樓吟》(磬落風圓)注。

〔七〕 "禪徑"句:唐常建《破山寺後禪院》詩:"曲徑通幽處,禪房花木深。"

〔八〕 輕紅:牡丹的一種。歐陽修《洛陽牡丹記·花釋名》:"輕紅者,單葉深紅花,出青州,亦曰青州紅……其色類腰帶輕,故謂之輕紅。"輕,

〔九〕 "鶴歸"句：用丁令威事。參見前《齊天樂》(片帆催人)注。

木 蘭 花 慢

聖安寺〔一〕

梵天留幻影〔二〕，又瑞像、禮旃檀〔三〕。看松老鱗荒〔四〕，亭虛鴿怖〔五〕，堆徑蒼煙。泠然。晚花漾雨，算無塵何處不空山〔六〕。吟到軒轅石鼎〔七〕，素雲高擁詞仙〔八〕。　　流連。陳跡扣禪關〔九〕。苔古蝕碑殘。更誰認前朝，影堂龍象〔一〇〕，原廟衣冠〔一一〕。空壇。似聞鶴語，悵低徊文字底因緣。軼事漫徵大定〔一二〕，可游聊志長安。

【注】

〔一〕 聖安寺：遺址位於北京宣武門外南橫街西口。參見前《翠樓吟》(磬落風圓)注。

〔二〕 梵天：佛經中稱三界中的色界初三重天爲"梵天"。其中有"梵眾天"、"梵輔天"、"大梵天"。多特指"大梵天"，亦泛指色界諸天。《百喻經·貧人燒粗褐衣喻》："汝今當信我語，修諸苦行，投巖赴火，舍是身已，當生梵天，長受快樂。"

〔三〕 瑞像：佛教語。稱佛教始祖釋迦牟尼之像。南朝梁元帝《與蕭詧議等書》："瑞像放光，倏將旬日。"　旃檀：即檀香。可製器物，亦可入藥。寺廟中用以燃燒祀佛。

〔四〕 "看松"句：齊己《游道林寺四絕亭觀宋杜詩版》詩："古石生寒仞，春松脫老鱗。"鱗，指松樹的鱗狀皮。

〔五〕 鴿怖：佛教傳說：一鴿爲獵人所逐，飛向佛旁，佛以身影蔽鴿，鴿乃不怖。《大般涅槃經》卷二八：佛言："我昔一時與舍利弗及五百弟子，俱共止住摩伽陀國瞻婆大城。時有獵師追逐一鴿。是鴿惶怖，至舍利弗影，猶故顫慄如芭蕉樹；至我影中，身心安隱，恐怖得除。是故當知，如來世尊畢竟持戒，乃至身影猶有是力。"

〔六〕 無塵：超塵脫俗，不著塵埃。即"無欲"。塵，凡塵，紅塵，表示世欲。

〔七〕 軒轅石鼎：茶名。明李東陽《士常得男疊前韻奉賀》詩："東樓若許吟詩到,聯盡軒轅石鼎茶。"石鼎,陶製的烹茶用具。
〔八〕 "素雲"句:姜夔《翠樓吟》詞:"此地宜有詞仙,擁素雲黃鶴,與君游戲。"
〔九〕 禪關:禪門。常以喻悟徹佛教教義必須越過的關口。李白《化城寺大鐘銘》:"方入於禪關,覩天宫崢嶸,聞鐘聲瑣屑。"
〔一〇〕 影堂:寺廟道觀供奉佛祖、尊師真影之所。唐李遠《聞明上人逝寄友人》詩:"他時若更相隨去,秖是含酸對影堂。"
〔一一〕 原廟:《史記·高祖本紀》:"及孝惠五年,思高祖之悲樂沛,以沛宫爲高祖原廟。"裴駰集解:"謂'原'者,再也。先既已立廟,今又再立,故謂之原廟。"
〔一二〕 大定:金世宗年號(1161—1189)。

木 蘭 花 慢

花之寺〔一〕

鳳城挑菜路〔二〕,記攜酒、訪花之。正雲見華鬘〔三〕,香生蜀錦〔四〕,闌檻春遲。支離。倦游老眼,只年年不負灩陽時。未用疏鐘遠引,玉驄自識招提〔五〕。　　攀枝。前事問誰知。鄰笛莫輕吹〔六〕。歎幾番開落,鬢絲霜點,吟袖塵緇〔七〕。天涯。暗牽别恨,拂莓牆慵覓舊題詩〔八〕。贏得殘僧目笑〔九〕,對花長是攢眉。

【注】
〔一〕 花之寺:故址在今北京宣武門外宣武醫院。參見前《宴清都》(歡意隨春)注。
〔二〕 鳳城:古都城别稱。此謂北京城。賀鑄《沁園春》詞:"宫燭分煙,禁池開鑰,鳳城暮春。向落花香裏,澄波影外,笙歌遲日,羅綺芳塵。"　　挑菜:古代風俗。每年農曆二三月,百草生發,青年婦女多至郊外挖取野菜,以應時節,供制春盤,稱爲挑菜,唐宋時並以二月初二日爲挑菜節。宋周密《武林舊事》卷二:"二月一日,謂之'中和節',唐人最重,今惟作假,及進單羅御服,百官服單羅公裳而已。二日,宫中排辦挑菜御宴。先是,内苑預備朱緑花斛,下以羅帛作小卷,書品目於上,系以紅絲,上植生菜、薺花諸品。俟宴酬樂作,自中殿以次,各以金篦挑之。"又卷一〇:"現樂堂賞瑞香,社日社飯,玉照堂西賞緗梅,南湖挑菜。"宋陸游《水龍吟·春日游摩訶池》詞:"挑菜初閒,禁煙將近,一城絲管。"

〔三〕雲見華鬘:天空雲彩呈現出華鬘的影像。華鬘,佛教語。即用鮮花串成的裝飾物。鬘,音"蠻"。《玄應音義》卷一:"頂言俱蘇摩,此譯云華;摩羅,此譯云鬘。……案西國結鬘師多用蘇摩那花(花色黃白,甚香,高三四尺,四垂似蓋),行列結之,以爲條貫,無問男女貴賤,皆此莊嚴,或首或身,以爲飾好。則諸經中有華鬘、天鬘、寶鬘等,同其事也。"

〔四〕蜀錦:海棠的別稱。王十朋《蜀錦亭》詩"猶餘蜀中錦,愛惜比甘棠"自注:"蜀錦,海棠也。"

〔五〕"玉驄"句:謂馬兒認得去花之寺的舊路。宋俞國寶《風入松》詞:"一春長費買花錢。日日醉花邊。玉驄慣識西湖路,驕嘶過、沽酒壚前。紅杏香中簫鼓,綠楊影裏秋千。"招提,寺院的別稱。此指花之寺。

〔六〕"前事"二句:似指前《宴清都》(歡意隨春)詞所謂"四月望日,謝子石前輩招飲花之寺"之事。此時謝氏已過世,遂有"問誰知。鄰笛莫輕吹"之嘆。鄰笛,用向秀過故人嵇康舊居,聞鄰人吹笛,而詠《聞笛賦》以寄傷悼事。

〔七〕吟袖塵緇:謂自己的衣服都被灰塵染黑了。晉陸機《爲顧彥先贈婦》詩:"京洛多風塵,素衣化爲緇。"

〔八〕苺牆:長滿青薹的院牆。周邦彥《風流子》(新綠小池塘)詞:"羨金屋去來,舊時巢燕,土花繚繞,前度苺牆。"

〔九〕目笑:目視而竊笑。《史記·平原君虞卿列傳》:"平原君竟與毛遂偕。十九人相與目笑之,而未發也。"司馬貞索隱引鄭玄曰:"皆目視而輕笑之。"

木蘭花慢

龍樹寺〔一〕

晴檐飛絮雪〔二〕,認柳外、幾停驂〔三〕。記春雨聽鶯,秋風送雁,愁滿雲嵐。澄潭。一灣漲綠,照十年吟鬢竟鬖鬖〔四〕。賦得蘭成枯樹〔五〕,半生哀樂深諧。　　精藍[六]。幽意共誰探。萬葦緑方酣。話選勝年時[七]，尚書朱履[八]，名士青衫。疏簾。暗迷舊影，付空梁新燕語呢喃。誰識長懷落落[九]，夕陽黄到樓尖[一〇]。同治辛未，潘文勤宴下第公車四十二人於龍樹寺，皆一時名勝也。説者以擬臨朐相國萬柳堂己未禊飲。

【注】

〔一〕　龍樹寺：又稱古龍樹院。故址在北京陶然亭西北、龍爪槐胡同内。《道咸以來朝野雜記》："龍樹寺，俗名龍爪槐，在江亭西北。門前野趣瀟灑，爲諸寺之首。内有蒹葭簃，當年爲文士吟嘯之所。"

〔二〕　絮雪：如雪花飄飛的柳絮。

〔三〕　幾停驂：停留好幾輛馬車。驂，同駕一車的三匹馬。泛指馬或馬車。蘇軾《清平樂》詞："秋原何處攜壺。停驂訪古踟躕。"

〔四〕　"照十"句：半塘《慶清朝》(杏酪初分)詞記光緒十三年與端木埰、許玉瑑龍樹寺補禊事，距此約十年。鬖鬖，音"三三"。毛髮散亂貌。

〔五〕　蘭成枯樹：南北朝詩人庾信，字蘭成，有《枯樹賦》傳世。

〔六〕　精藍：佛寺，僧舍。宋高翥《常熟縣破山寺》詩："古縣滄浪外，精藍縹緲間。"

〔七〕　選勝：尋游名勝之地。張籍《和令狐尚書平泉東莊近居李僕射有寄十韻》："探幽皆一絶，選勝又雙全。"

〔八〕　尚書朱履：指達官顯貴。朱履，紅色的鞋。古代顯貴者所穿。南朝梁沈約《登高望春》詩："齊童躡朱履，趙女揚翠翰。"《新唐書·車服志》："皇太子之服……白韤、赤舄、朱履，加金塗銀扣飾。"

〔九〕　長懷落落：高遠的胸懷，落落寡合。落落，形容孤高，不同流俗。李綱《辭免尚書右僕射第一表》："志廣材疏，自笑落落而難合。"

〔一〇〕　"夕陽"句：半塘《疏影》(幾番游屐)詞記與端木埰游龍樹寺，其自注云："斜日西山黄到樓，壁上張温和聯語也。"

西　　河

燕臺懷古[一]，用美成金陵懷古韻。

游俠地。河山影事還記。蒼茫風色淡幽州[二]，暗塵四起[三]。夢華誰與説興亡，西山濃翠無際。　　劍歌壯[四]，空自倚。西飛白日難繫[五]。參差煙樹隱觚棱,薊門廢壘〔六〕。斷碑漫酹望諸君〔七〕,青衫鉛淚如水〔八〕。　酒酣擊筑訪舊市。是荆高、歌哭鄉里〔九〕。眼底莫論何世。又盧溝冷月〔一〇〕,無言愁對。易水蕭蕭悲風裹(1)〔一一〕。

【校】

（1）　結三句斷句與美成原詞不同,參見前《西河》（分攜地）校。

【注】

〔一〕　燕臺：古臺名,又名金臺、黄金臺。參見前《摸魚子》（對燕臺）注。

〔二〕　幽州：州名。漢武帝所置十三部刺史之一。東漢治所在薊（今北京城西南）,轄境相當今河北北部及遼寧等地。唐陳子昂有《登幽州臺歌》。

〔三〕　"暗塵"句：四處被塵埃籠罩。喻時局動亂,外侮四起。

〔四〕　劍歌壯：唐李白《少年行三首》之一："擊筑飲美酒,劍歌易水湄。經過燕太子,結托并州兒。少年負壯氣,奮烈自有時。……"

〔五〕　"西飛"句：唐唐彦謙《春早落英》詩："紛紛從此見花殘,轉覺長繩繫日難。"

〔六〕　薊門：原指古薊門關。唐代以關名置薊州後亦泛指薊州（今薊縣）一帶。此指北京城西德勝門外西北隅之薊丘,古稱薊門。"薊門煙樹"爲燕京八景之一,在金代稱爲"薊門飛雨"。

〔七〕　望諸君：《戰國策・燕策二》："昌國君樂毅爲燕昭王合五國之兵而攻齊,下七十餘城,盡郡縣之以屬燕,三城未下而燕昭王死。惠王即位,用齊人反間,疑樂毅而使騎劫代之將。樂毅奔趙,趙封以爲望諸君。"

〔八〕　"青衫"句：謂令讀書人傷心流淚。青衫,指稱作者及其同調。鉛淚,李賀《金銅仙人辭漢歌》："茂陵劉郎秋風客,夜聞馬嘶曉無跡。……空將漢月出宮門,憶君清淚如鉛水。"宋王沂孫《齊天樂・蟬》詞："銅仙鉛淚似洗,歎攜盤去遠,難貯零露。"

〔九〕　"酒酣"二句：《史記・刺客列傳》："荆軻既至燕,愛燕之狗屠及善擊筑者高漸離。荆軻嗜酒,日與狗屠及高漸離飲於燕市,酒酣以往,高漸離擊筑,荆軻和而歌於市中,相樂也,已而相泣,旁若無人者。"筑,古代弦樂器,形似琴筝,有十三弦,弦下有柱。演奏時,左手按弦的一端,右手執竹尺擊弦發音。起源於楚地,其聲悲亢而激越,在先秦時廣爲流傳。

〔一〇〕 盧溝冷月：“燕京八景”有“盧溝曉月”。盧溝橋在今北京市西南豐臺區永定河上，爲北京最古老的聯拱石橋。姜夔《揚州慢》詞：“波心蕩，冷月無聲。”

〔一一〕 “易水”句：《史記·刺客列傳》：“太子及賓客知其事者，皆白衣冠以送之。至易水之上，既祖，取道，高漸離擊筑，荆軻和而歌，爲變徵之聲，士皆垂淚涕泣。又前而爲歌曰：‘風蕭蕭兮易水寒，壯士一去兮不復還！’復爲羽聲忼慨，士皆瞋目，髮盡上指冠。於是荆軻就車而去，終已不顧。”

水 龍 吟

分韻賦(1)白芍藥得後字。

倚闌獨殿群芳〔一〕，肯將顏色隨紅瘦。冰壺凝液，玉盤承露〔二〕，蝶窺蜂逗。壓架酴醾〔三〕，吹簾柳絮，影迷階甃〔四〕。悵彩鸞信杳(2)〔五〕，月斜煙淡，知甚處，香來驟。　　歌舞揚州最好〔六〕，正春濃、瓊花開後。含顰欲語，將離有恨，粉痕微皺。和露簪餘，嬌分素靨，酥凝纖手〔七〕。只鬢絲老去，西園寂寞，把韶華負。

【校】

（１） 《清季四家詞》本《定稿》無“賦”字。
（２） “杳”，《定稿》光緒三十二年本作“渺”。

【注】

〔一〕 殿：居後而出衆。蘇軾《雨晴後至四望亭》詩之一：“殷勤木芍藥，獨自殿餘春。”

〔二〕 “冰壺”二句：擬白芍藥冰清玉潔之風神氣質。

〔三〕 “壓架”句：戴復古《次韻君玉春日》詩：“壓架酴醾老，翻階芍藥遲。”

〔四〕 階甃：磚砌的臺階。甃，指磚。音“宙”。

〔五〕 彩鸞：即鸞鳥。李商隱《寓懷》詩：“彩鸞餐顥氣，威鳳入卿雲。”

〔六〕 “歌舞”句：唐杜牧《題揚州禪智寺》詩：“誰知竹西路，歌吹是揚州。”

〔七〕 “和露”三句：謂美人頭簪白芍藥，人花相映共增嬌媚。

花　犯

集次珊寓齋[一]，用美成韻，爲叔問錄別[二]。

問將離，年年送客，相看甚情味。暗愁如綴。空冷落豐臺[三]，芳訊穠麗。知君寂寞闌干倚。有人占鵲喜[四]。料此際、夢香西崦[五]，離懷縈繡被。
高歌眼中更何人，天涯看此去，淒然愁悴。春漸老，輕紅逐、暮鵑聲墜。金荷底、莫嫌醉倒[六]，君不見、年芳風雨裏。算盡勝、暮雲停處，情牽江上水。

【注】

〔一〕　次珊：張仲炘。參見前《月華清》（望遠供愁）注。　寓齋：此指張仲炘寓所。

〔二〕　錄別：舊題李陵《與蘇武詩》又稱《錄別詩》。後以"錄別"稱分別時作詩相贈答。

〔三〕　豐臺：參見前《掃花游》（彎環十八）注。

〔四〕　占鵲喜：南唐馮延巳《謁金門》詞："終日望君君不至，舉頭聞鵲喜。"宋黃機《更漏子》詞："候蛛絲，占鵲喜。依舊濃愁一紙。"

〔五〕　西崦：西山。李商隱《送從翁從東川弘農尚書幕》詩："一川虛月魄，萬崦自芝苗。"

〔六〕　金荷：即金荷葉。金製蓮葉形的杯皿。胡仔《苕溪漁隱叢話後集·山谷上》："山谷云：'八月十七日，與諸生步自永安城，入張寬夫園待月，以金荷葉酌客。'"

瑞　鶴　仙

四月十日待漏作[一]。

玉階清似水。看樹色千門，建章初啓[二]。雞籌報花底[三]。乍佩聲隱約[四]，曉光搖曳。文書靜倚。記年時、薇開正麗。又槐陰、坐到宵分[五]，回首鳳池清泚。　　龍尾[六]。百年曾見，六合無塵[七]，萬方送喜。觚棱望裏。玉繩轉，想澄霽[八]。只春衫舊影，御溝愁照，換了霜絲短悴[九]。漫低徊、折檻風高[一〇]，壯心漸已[一一]。

【注】

〔一〕待漏：古代百官晨集於待漏院，準備朝拜帝王，謂"待漏"。唐李肇《唐國史補》卷中："舊百官早朝，必立馬於望仙建福門外，宰相於光宅車坊，以避風雨。元和初，始製待漏院。"宋王禹偁有著名散文《待漏院記》。

〔二〕"看樹"二句：指宮中掩映在樹後的諸門陸續打開。建章，漢代長安宮殿名。《三輔黃圖·漢宮》："武帝太初元年，柏梁殿災。粵巫勇之曰：'粵俗，有火災即復大起屋，以厭勝之。'帝於是作建章宮，度爲千門萬戶。宮在未央宮西，長安城外。"

〔三〕雞籌：王維《和賈舍人早朝大明宮之作》詩："絳幘雞人報曉籌，尚衣方進翠雲裘。"雞人，指宮廷中專管更漏之人。籌，更籌。古代夜間報更用的計時竹籤。

〔四〕佩聲：官員們身上佩戴的玉器等相碰擊的聲音。杜甫《鄭駙馬宅宴洞中》詩："自是秦樓壓鄭谷，時聞雜佩聲珊珊。"

〔五〕宵分：夜半。《魏書·崔楷傳》："亮由君之勤恤，臣用劬勞，日昃忘餐，宵分廢寢。"

〔六〕龍尾：指宮殿前呈斜坡狀的甬道。宋李上交《近事會元》卷一："唐高宗咸亨元年三月，改長安蓬萊宮爲含元殿。側有龍尾道，自平階至地凡詰曲七轉，曰丹鳳門，北望宛如龍尾下垂於地焉。"白居易《醉後走筆酬劉五主簿長句》詩："步登龍尾上虛空，立去天顏無咫尺。"

〔七〕"六合"句：指天下太平。六合，天地四方。指普天之下。杜甫《後出塞五首》之三："六合已一家，四夷且孤軍。遂使貔虎士，奮身勇所聞。"

〔八〕澄霽：即廓清，謂安定天下。

〔九〕霜絲短悴：白頭髮變短，更顯憔悴。杜甫《春望》詩："白頭搔更短，渾欲不勝簪。"

〔一〇〕折檻：喻直言諫諍。參見前《滿江紅》(荷到長戈)注。

〔一一〕壯心句：曹操《龜雖壽》詩："烈士暮年，壯心不已。"

綺寮怨

以疇丈、鶴公所書聯吟詞卷[一]，屬叔問作《感舊圖》於後[二]。卷中同人，唯瑟公與余尚無恙[三]，而十年久別，萬里相望，歎逝傷離，不能已已。用美成澀體〔四〕，以寫嗚咽。

莫向黃壚回首〔五〕，斷歌催恨生。聽燕語、似惜華年，行吟處、蘚徑塵凝。東風吹愁不去，空贏得、淚墨懷袖盈〔六〕。憶舊游、望杳孤雲，人天感、歎息還自驚。　　想念素襟共傾〔七〕。闌干萬里，花前惜別同憑。顧影伶俜。剩華髮、對山青〔八〕。江關故人無恙，試說與、若爲情。今宵酒醒。空梁月落處〔九〕，愁更明。

【注】

〔一〕疇丈：端木埰，字子疇。參見前《大江東去》（熙豐而後）注。　　鶴公：許玉瑑號鶴巢。參見前《浪淘沙》（春殢小梅梢）注。
〔二〕叔問：鄭文焯。參見前《鶯啼序》（無言畫闌）注。
〔三〕瑟公：彭鑾字瑟軒。參見前《摸魚子》（鎮無聊）注。
〔四〕澀體：指艱澀難讀、自成一格的文章體式。計有功《唐詩紀事·徐彥伯》：“彥伯爲文，多變易求新，以‘鳳閣’爲‘鵷閣’、‘龍門’爲‘虬戶’……進士效之，謂之徐澀體。”清先著《詞潔》卷五：“美成詞，乍近之覺疏樸苦澀，不甚悅口，含咀之久，則舌本生津。”
〔五〕黃壚：即黃公壚。劉義慶《世說新語·傷逝》載：“（王濬沖）乘軺車，經黃公酒壚下過，顧謂後車客：‘吾昔與嵇叔夜、阮嗣宗共酣飲於此壚……自嵇生夭、阮公亡以來，便爲時所羈紲。今日視此雖近，邈若山河。’”後世因用“黃壚”作悼念亡友之辭。
〔六〕淚墨：唐孟郊《歸信吟》：“淚墨灑爲書，將寄萬里親。書去魂亦去，兀然空一身。”
〔七〕素襟：本心。亦指平素的襟懷。晉陶潛《乙巳歲三月爲建威參軍使都經錢溪》詩：“一形似有制，素襟不可易。”
〔八〕“剩華髮”句：吳文英《八聲甘州·陪庾幕諸公游靈巖》詞：“問蒼波無語，華髮奈山青。”
〔九〕“空梁”句：杜甫《夢李白》二首之一：“落月滿屋梁，猶疑照顏色。”

點絳脣

臨桂城東半塘尾之麓〔一〕，吾家先隴在焉，余以半塘自號，蓋不忘誓墓意也。叔問云：蘇州去城三四里，有半塘彩雲橋〔二〕，是一勝跡，宜君居之。異日必爲高人嘉踐,當擬作小詞記之,盍先唱歟？爲賦是解。

水膩雲香[三],吳城分半山塘路。小橋西塊[四]。甚日從君去。　無那浮生[五],只向風塵住。歸期誤。故山輕負。投老知何處[六]。

【注】

〔一〕　臨桂城：即今桂林市。半塘尾位於廣西師範大學育才校區南大門左側。

〔二〕　半塘彩雲橋：位於今蘇州市郊橫塘鎮,跨京杭大運河。七里山塘從山塘橋到彩雲橋剛過一半,故彩雲橋一帶又稱半塘。

〔三〕　水膩句：宋吳文英《尾犯·贈陳浪翁重客吳門》詞："翠被落紅妝,流水膩香,猶共吳越。十載江楓,冷霜波成纈。"

〔四〕　塊：音"兔"。橋兩頭靠近平地的地方。

〔五〕　無那：無奈。

〔六〕　投老：垂老,臨老。陶潛《感士不遇賦》："夷投老以長飢,回早夭而又貧。"

琴調相思引

《西磧尋香圖》[一],爲叔問舍人作。

聞説移紅訪范村。折梅清唱最消魂[二]。笑呼白石,簫外認前身[三]。花影暗迷釵底月,水香如接夢中雲。煙波回首,分得五湖春[四]。

【注】

〔一〕　西磧：指西磧山,在鄭文焯（叔問）舊游地蘇州。參見前《還京樂》（話歸去）注。

〔二〕　"聞説"二句：姜夔《暗香》詞序："辛亥之冬,予載雪詣石湖,止既月。授簡索句,且徵新聲。作此兩曲。石湖把玩不已,使工妓肄習之。"又姜夔《玉梅令》詞序："石湖宅南隔河有浦曰范村,梅開雪落,竹院深静；而石湖畏寒不出,故戲及之。"移紅,指折紅梅。

〔三〕　"笑呼"二句：此以姜夔爲鄭文焯前身,鄭亦精通音律。

〔四〕　五湖春：宋吕渭老《水龍吟·寄竹西》："五湖春水茫茫,夢魂夜逐楊花去。汀花岸草,佳人微笑,眼波橫注。"

玲瓏四犯

叔由南歸[一]，用美成韻留別。依韻酬之。

簾底清歌，又按到陽關，淒感頑豔。送盡餘芳，空憶笑桃春臉[二]。無語自酹東風，爲底將、花零亂[三]。算衫痕鬢影輕換。贏得落紅羞見。　翠陰新展湘紋薦[四]。記樽前、舊題清茜[五]。懷人只有西山識，相向長青眼[六]。千里共此夜光，定不隔、關河更點。願素心莫似，雲意倦，輕分散。

【注】

〔一〕 叔由：易順豫，字叔由，號伏庵。參見前《掃地花》(信風乍歇)注。
〔二〕 "空憶"句：唐崔護《題都城南莊》詩："人面不知何處去，桃花依舊笑春風。"
〔三〕 爲底：爲何，爲什麼。
〔四〕 湘紋薦：湖南斑竹編的涼席。叔由爲湖南漢壽人，故有是説。湘紋，湘妃竹(斑竹)的花紋。薦，席子。
〔五〕 清茜：清新美好貌。
〔六〕 青眼：認同相悦的眼神。參見前《摸魚子》(對燕臺)注。

眉嫵

戲叔問用石帚韻連句[一]。

正春歸芳榭，夢覺銀屏[二]，淒絕看花眼。古微細雨芹泥觑[三]，巢痕冷，棲梁還妒新燕。叔由落紅乍款[四]。話彩箋、門巷增感[五]。半塘鎮贏得、點滴東風淚[六]，對芳醑慵暖[七]。古　何限。江湖蕭散。倚水雲蘆笛，空寫柔翰[八]。由知否鷗盟在，三山北，年時曾繫吟纜[九]。半去鴻數點。算後期、攜手人遠。古怕重過城南，腸斷處、驀相見[一〇]。由

【注】

〔一〕 戲叔問：據詞中作者自注，此詞爲朱祖謀(古微)、易順豫(叔由)、王鵬運(半塘)三人連句調侃鄭文焯而作。　連句：詞社、詩社作詩

詞之法。數人聚集，定一主題，選一韻部，由某一人首句，第二、第三人連續前句之意而吟詠之，一次循環，直至終篇。

〔二〕銀屏：銀灰色屏風。白居易《素屏謠》詩："爾不見當今甲第與王宮，織成步障銀屏風。綴珠陷鈿貼雲母，五金七寶相玲瓏。"

〔三〕"細雨"句：史達祖《雙雙燕》詞："芳徑，芹泥雨潤。"芹泥，燕子築巢所用的草泥。黦，音"月"，黃黑色。

〔四〕"落紅"句：落花飄到身邊。款，至。

〔五〕彩箋：彩色信箋，指情書。宋晏殊《鵲踏枝》詞："欲寄彩箋兼尺素。山長水闊知何處。"

〔六〕鎮：常常。宋高觀國《祝英臺近》詞："遥想芳臉輕顰，凌波微步，鎮輸與沙邊鷗鷺。" 東風淚：宋周邦彦《燭影搖紅》詞："爭奈雲收雨散。憑闌干、東風淚滿。海棠開後，燕子來時，黃昏深院。"

〔七〕芳醑：美酒。唐胡宿《古別》詩："九帳青油徒自負，百壺芳醑豈消憂。"

〔八〕柔翰：指毛筆。左思《詠史》詩："弱冠弄柔翰，卓犖觀群書。"

〔九〕吟纜：詩人的船纜。指代船。宋周密《拜星月慢》詞："一夜落月啼鵑，喚四橋吟纜。蕩歸心、已過江南岸。"

〔一〇〕"怕重過"二句：反用唐崔護《題都城南莊》詩意，意即害怕的是：正腸斷時，見到了去年的桃花人面，那可怎麼辦。

繞佛閣

送夢湘用清真韻連句〔一〕。

燭華夜斂〔二〕。孤客待發，愁動荒館。由吟趁宵短。漸看曉色、稀微上虛幔〔三〕。半玉尊醑滿。扶醉上馬，花外人遠。古羌笛淒惋(1)。渭城罷唱〔四〕，依依綠楊岸。由 落寞念行色，鄭重征衫慈母線〔五〕。半回首故人、風花空濕面。古定夢繞觚棱，銀漏催箭〔六〕。由旅懷誰見。怕注目神州，絲鬢零亂。半待歸來、翠箋重展〔七〕。古

【校】

（1）"惋"，各本清真原韻作"婉"，作者改協同音字。

【注】

〔一〕夢湘：王以敏。參見前《三姝媚》（吟情休浪苦）注。

〔二〕燭華：即"燭花"。梁元帝《對燭賦》："燭燼落,燭華明。"

〔三〕虛幔：薄而透光的簾幔。明高啓《池亭晝臥》詩："曲闌虛幔映滄浪,長日宜眠夢蝶牀。"

〔四〕渭城：此指渭城曲,也即王維《送元二使安西》詩："渭城朝雨裛輕塵,客舍青青柳色新。勸君更盡一杯酒,西出陽關無故人。"又名《陽關曲》、《陽關三疊》。渭城,即秦代都城咸陽。漢高祖元年改名新城,後廢。武帝元鼎三年復置,改名渭城。東漢併入長安縣。治所在今陝西咸陽東北二十里。

〔五〕慈母線：唐孟郊《游子吟》："慈母手中線,游子身上衣。臨行密密縫,意恐遲遲歸。誰言寸草心,報得三春暉。"

〔六〕"銀漏"句：謂時間過得很快。銀漏,銀飾的漏壺。漏壺中插入一根標竿,稱爲箭。箭下用一隻箭舟托浮在水面。壺中水滴出時,箭下沉,藉以指示時刻。宋劉過《賀新郎》詞："依約雛鶯囀柳。任箭滴、銅壺銀漏。"

〔七〕翠箋：書寫所用紙張的美稱,此以寫詩填詞所用紙張借指作詞。

蕎山溪

感興用美成韻。

西園花委,狼藉疑無路。已是綠成陰,更驚人、鵑聲處處。疏簾窣地〔一〕,流影不禁風〔二〕,無一語。空延佇。春又今年去。　　新弦舊曲。贏得青衫雨〔三〕。歷落古今情〔四〕,盡消磨、盲翁村鼓〔五〕。高歌酹月〔六〕,悽斷倚闌心,深杯舉。孤光注。愁入雲千縷。

【注】

〔一〕窣地：垂到地面。窣,音"蘇",下垂。

〔二〕流影：月光。李白《王昭君二首》之一："漢家秦地月,流影照明妃。一上玉關道,天涯去不歸。"

〔三〕青衫雨：白居易《琵琶行》詩："座中泣下誰最多,江州司馬青衫濕。"

〔四〕歷落：磊落,灑脫不拘。《晉書·桓彝傳》："顗嘗歎曰:'茂倫嵚崎歷

〔五〕"盡消磨"句：陸游《小舟游近村舍舟步歸》詩："斜陽古柳趙家莊，負鼓盲翁正作場。死後是非誰管得，滿村聽説蔡中郎。"

〔六〕"高歌"句：蘇軾《念奴嬌》詞："人生如夢，一尊還酹江月。"

吉 了 犯⁽¹⁾

得仲兄書卻寄〔一〕。兄近貽我《大方廣圓覺經》〔二〕，令一心受持〔三〕，自可宣幽導滯，毋爲是鬱鬱也。故末章及之。用美成韻。

畫檻、倚流光暗移，亂愁誰掃。顛毛漸縞〔四〕。人間世、夢迷清窈〔五〕。聯牀舊約、聽雨何時虛堂悄〔六〕。只山色屠顏〔七〕，瘦出千林表。解餘酲〔八〕，共香醑〔九〕。　　京國倦游〔一〇〕，望裏家山，雲深松桂寫〔一一〕。去住兩自失〔一二〕，幾腸斷，齊煙小〔一三〕。算百計、逃禪好〔一四〕。夢西行、趺跏思證道〔一五〕。怕對此茫茫，佛日還愁照〔一六〕。辦蒲團〔一七〕，且投老⁽²⁾〔一八〕。

【校】

（1）《吉了犯》：即《倒犯》之異名。按檢《清真集》作《吉了犯》，正如本集半塘《掃地花》自注所云："卷中和周之作，皆用元刻《清真集》，與時本間有出入。"

（2）本詞末二句《片玉詞》及《詞譜》均作五字句："奈何人自老"；獨《清真集》作六字句："奈何人自衰老"。半塘正從《清真集》。

【注】

〔一〕仲兄：半塘仲兄名維翰，字仲培，同治十三年（1874）進士，户部郎中，官至河南中州糧鹽道，加按察使銜。居汴梁，宦囊甚豐。

〔二〕大方廣圓覺經：佛經名。圓覺，佛教語。指佛家修成圓滿正果的靈覺之道。此經即從大方廣三義論圓覺之旨。

〔三〕受持：佛教語。謂領受在心，持久不忘。《百喻經·婦詐稱死喻》："如彼外道，聞他邪説，心生惑著，謂爲真實，永不可改，雖聞正教，不信受持。"

〔四〕顛毛：頭頂之髮。劉克莊《念奴嬌》詞："顛毛雖禿，尚堪封管城子。"　縞：全白。

〔五〕 "人間"句：辛棄疾《念奴嬌》詞："怎得身似莊周，夢中蝴蝶，花底人間世。"清窈，清新而幽邈的境界。

〔六〕 聯牀：謂兄弟情誼。參見前《喜遷鶯》(楚天凝望)注。

〔七〕 屑顏：斑駁陸離貌。司馬光《和張文裕初寒》詩之四："晴空煙澹泊，返照雪屑顏。"

〔八〕 餘酲：猶宿醉。劉禹錫《和牛相公題姑蘇所寄太湖石兼寄李蘇州》詩："煩熱近還散，餘酲見便醒。"

〔九〕 醥：音"漂白"的"漂"。清酒。杜甫《聶耒陽書致酒肉》詩："禮過宰肥羊，愁當置清醥。"

〔一〇〕 京國：京城，國都。曹植《王仲宣誄》："我公實嘉，表揚京國。"

〔一一〕 窎：音"釣"。遥遠。

〔一二〕 去住：猶去留。司空曙《峽口送友人》詩："峽口花飛欲盡春，天涯去住淚沾巾。"

〔一三〕 齊煙：李賀《夢天》詩："遥望齊州九點煙，一泓海水杯中瀉。"

〔一四〕 逃禪：指遁世而參禪。唐牟融《題寺壁》詩："聞道此中堪遁跡，肯容一榻學逃禪。"

〔一五〕 趺跏：音"夫加"。雙足交疊而坐。　證道：猶悟道。陳善《捫虱新話·漢儒誤讀〈論語〉》："予舊曾爲中庸之說，謂《中庸》者，吾儒證道之書也。"

〔一六〕 佛日：對佛的敬稱。佛教認爲佛之法力廣大，普濟衆生，如日之普照大地，故以日爲喻。《觀無量壽經》："唯願佛日教我，觀於清净業處。"

〔一七〕 蒲團：用蒲草編成的圓形墊子。多爲僧人坐禪和跪拜時所用。唐歐陽詹《永安寺照上人房》詩："草席蒲團不掃塵，松間石上似無人。"

〔一八〕 投老：告老還鄉。王羲之《十七帖》："實望投老，得盡田里骨肉之歡。"

丹　鳳　吟

四月二十七日夜雨初霽〔一〕，用清真韻。

忽漫驚飆吹雨，夢破青綾〔二〕，寒侵朱閣〔三〕。苔深愁滑，芳徑頓迷重幕。今朝昨夜,寂寥誰訴,步影星搖,歸情雲薄。漫憶新題斷句,展遍紅箋,吟思淒咽殘角〔四〕。　　太息壯心老去,祖生漸厭雞唱惡〔五〕。底處延朝爽〔六〕,怕驕陽猶是,山翠輕鑠〔七〕。玉梅風笛,那便曲中催落〔八〕。夜色沉沉誰與語,剩淚珠成握。畫簾影事〔九〕,偏此時記著。

【注】

〔一〕"四月"句:清李岳瑞《春冰室野乘·都門詞事彙録》"紀翁協揆去國"條:"常熟之去國也,正當戊戌變法之初。彊村詞中有《丹鳳吟》一首,題爲《和半塘四月二十七日雨霽之作》,即詠此事也。"半塘此首亦當爲翁同龢去職而發。翁同龢(1830—1904),字叔平,號松禪,別署均齋、瓶笙、瓶廬居士、并眉居士等,別號天放閒人,晚號瓶庵居士。江蘇常熟人。咸豐六年(1856)狀元。官至協辦大學士、户部尚書、參機務。光緒戊戌政變前夕,罷官歸里。卒後追諡文恭。

〔二〕青綾:青色的有花紋的絲織物。古時貴族常用以製被服帷帳。南北朝庾信《謝趙王賚白羅袍袴啓》:"永無黄葛之嗟,方見青綾之重。"

〔三〕朱閣:朱漆樓閣。達官顯宦所居。元代通政院亦稱"朱閣",秩從二品。陸機《贈尚書郎顧彦先》詩之二:"玄雲拖朱閣,振風薄綺疏。"

〔四〕殘角:遠處隱約的號角聲。張先《行香子》詞:"月橋邊、青柳朱門。斷鐘殘角,又送黄昏。"

〔五〕"祖生"句:反用祖逖"聞雞起舞"的典故,針砭時弊。《晉書·祖逖傳》説,祖逖"與劉琨俱爲司州主簿,情好綢繆,共被同寢","中夜聞荒雞鳴,蹴琨覺,曰:'此非惡聲也。'因起舞。"

〔六〕朝爽:早晨明朗開豁的景象。劉義慶《世説新語·簡傲》:"王子猷……以手版拄頰云:'西山朝來致有爽氣。'"

〔七〕"怕驕陽"二句:指擔心烈日要將青山熔化。似有所諷。鑠,熔化,銷鑠。

〔八〕"玉梅"二句:李白《與史郎中欽聽黄鶴樓上吹笛》詩:"一爲遷客去長沙,西望長安不見家。黄鶴樓中吹玉笛,江城五月落梅花。"

〔九〕"畫簾"句:晏殊《浣溪沙》詞:"閒役夢魂孤燭暗,恨無消息畫簾垂。且留雙淚説相思。"

十二時⁽¹⁾

用柳屯田韻〔一〕。

正遥天,亂雲吹散,煩暑盈襟初洗〔二〕。記話雨、深宵離思〔三〕。漸逗虛堂秋氣。樹色新宮〔四〕,濤聲故國〔五〕,幾暗愁驚起。誰念取、杜老憂時,付與鏡中,白作平髮離離垂耳〔六〕。　消醉吟、風塵滿目〔七〕,泛泛虛舟不繫〔八〕。托命長鑱〔九〕,隨身短鋤,覓遍埋憂地〔一〇〕。悄倚闌似夢,風煙暗淡望裏。　聽朱樓、新聲乍換,那解當歌深意〔一一〕。拂斗槎靈〔一二〕,談瀛詩壯〔一三〕,遠夢縈秋被。怕種桑海上〔一四〕,松雲舊山輕棄〔一五〕。

【校】

(1) 查此調《欽定詞譜》柳永詞作《十二時慢》,並注:《花草粹編》無"慢"字(按:《全宋詞》亦從《花草粹編》)。另據《全宋詞》,存朱敦儒《十二時》四十六字令曲一首,即《憶少年》之別名。

【注】

〔一〕 柳屯田:北宋詞人柳永,曾官屯田員外郎,後世稱其爲"柳屯田"。

〔二〕 "煩暑"句:宋程垓《好事近》詞:"急雨鬧冰荷,銷盡一襟煩暑。趁取晚涼幽會,近翠陰濃處。"

〔三〕 "記話"句:宋寇準《虛堂》詩:"虛堂寂寂草蟲鳴,欹枕難忘是舊情。斜月半軒疏樹影,夜深風露更凄清。"

〔四〕 新宮:新建的宮室或宗廟。《春秋·成公三年》:"甲子,新宮災。"杜預注:"三年喪畢,宣公神主新入廟,故謂之新宮。"

〔五〕 "濤聲"句:劉禹錫《石頭城》詩:"山圍故國周遭在,潮打空城寂寞回。"

〔六〕 "誰念"三句:杜甫《覽鏡呈柏中丞》詩:"鏡中衰謝色,萬一故人憐。"又《秋興八首》之八:"彩筆昔曾干氣象,白頭吟望苦低垂。"

〔七〕 消醉吟:酒醒後吟詩。白居易《武丘寺路宴留別諸妓》詩:"漸消醉色朱顏淺,欲語離情翠黛低。莫忘使君吟詠處,女墳湖北武丘西。"

〔八〕 虛舟:謂任其漂流的舟楫。常比喻人事飄忽,播遷無定。高適《同薛司直諸公秋霽曲江俯見南山作》詩:"片雲對漁父,獨鳥隨虛舟。"

〔九〕 "托命"句:謂託付命運於農耕生涯。

〔一〇〕 "隨身"二句:宋劉克莊《長相思》詞:"勸一杯。復一杯。短鍤相隨死便埋。英雄安在哉。"《晉書·劉伶傳》:劉伶"常乘鹿車,攜一壺酒,使人荷鍤(鐵鍬)而隨之,謂曰:'死便埋我。'"《後漢書·仲長統傳》:"百慮何爲?至要在我。寄愁天上,埋憂地下。"

〔一一〕 "那解"句:曹操《短歌行》:"對酒當歌,人生幾何。譬如朝露,去日苦多。"

〔一二〕 "拂斗"句:宋之問《奉和晦日幸昆明池應制》詩:"舟淩石鯨度,槎拂斗牛回。"參見前《望江南》(雲水畔)注。

〔一三〕 談瀛:李白《夢游天姥吟留別》:"海客談瀛洲,煙濤微茫信難求。"後以"談瀛"指談論海外事。黃遵憲《爲何翽高兵部題象山圖》詩:"叩門海客偶談瀛,發篋《陰符》或論兵。"

〔一四〕 種桑海上:南朝宋謝靈運《種桑》詩:"俾此將長成,慰我海外役。"

〔一五〕 松雲:指隱居之境。李白《贈孟浩然》詩:"紅顔棄軒冕,白首卧松雲。"

琵 琶 仙

鐵三爲録《桂林巖洞記》[一],用白石韻題後。

簪帶尋盟[二],悔輕負、舊日親題雲葉[三]。佳約空憶驂鸞[四],南音自淒絶[五]。看一片、江山畫裏,惜都付、暮天鳴鴂。五夜歸心[六],三秋望眼,知共誰説。　漫贏得、猿鶴空山[七],悵煙雨、年年誤芳節。抛斷故園松桂,剩飄零榆莢[八]。燈影颭、烏絲細展[九],有黛痕、隱映箋雪[一〇]。又是殘醉天涯[一一],司去勳傷别[一二]。

【注】

〔一〕 鐵三:魏絨,字鐵珊,亦作鐵三,鐵衫。參見前《高陽臺》(柳外青旗)注。　桂林巖洞記:《桂林諸巖洞記》一卷,明董傳策撰。

〔二〕 簪帶:冠簪和紳帶,此處代指桂林。韓愈《送桂州嚴大夫》詩:"蒼蒼森八桂,兹地在湘南。江作青羅帶,山如碧玉簪。户多輸翠羽,家自種黄柑。遠勝登仙去,飛鸞不假驂。"

〔三〕 雲葉：可以在葉面題詩的大片的樹葉。辛棄疾《烏夜啼·廓之見和復用前韻》詞："千尺蔓，雲葉亂，繫長松。卻笑一身纏繞、似衰翁。"

〔四〕 駿鸞：參見前《摸魚子》（愛新晴）注。此句爲回應韓愈"飛鸞不假駿"句意。

〔五〕 南音：南方口音。唐劉禹錫《采菱行》："屈平祠下沅江水，月照寒波白煙起。一曲南音此地聞，長安北望三千里。"

〔六〕 五夜：指戊夜，即第五更。唐崔琮《長至日上公獻壽》詩："五夜鐘初動，千門日正融。"

〔七〕 "漫贏得"二句：謂自己久未歸隱，情疏猿鶴；猿鶴離開，山林也空了。宋毛滂《浣溪沙》詞："松菊秋來好在無。寄聲猿鶴莫情疏。淵明不老久踟蹰。"

〔八〕 "拋斷"二句：意即離開了生長松桂的南方，來到生長榆樹的北方受盡飄零之苦。榆莢，榆樹的果實。初春時先於葉而生，聯綴成串，形似古錢，俗呼榆錢。此指代榆樹。

〔九〕 烏絲：即烏絲欄。古籍版本學術語。謂古籍卷册中，絹、紙類有織成或畫成之界欄，紅色者謂之朱絲欄，黑色者謂之烏絲欄。烏形容其色黑，絲形容其界格之細。宋袁文《甕牖閒評》卷六："黃素細密，上下烏絲織成欄，其間用朱墨界行，此正所謂烏絲欄也。"清葉德輝《書林清話》引《藏書紀要》云："汲古閣影宋精抄，古今絕作，字畫、紙張、烏絲、圖章追摹宋刻，爲近世無有。"

〔一〇〕 箋雪：白色的箋紙。

〔一一〕 殘醉天涯：鐵三性嗜酒。遂有此説。前《高陽臺》（柳外青旗）詞有句云："盡流連，淚浥青衫，酒浣銀箋。""酒人一別渾如雨，問柘枝、老爲誰顛。"

〔一二〕 司勳：唐詩人杜牧曾官司勳員外郎，人稱"杜司勳"。此以喻魏緘。李商隱《杜司勳》詩："刻意傷春復傷別，人間唯有杜司勳。"

鷓 鴣 天

讀史偶得，率成二闋〔一〕。

卅載龍門世共傾〔二〕，腐儒何意占狂名〔三〕。武安私第方稱壽，臨賀嚴裝促辦行〔四〕。　　驚割席〔五〕，憶橫經〔六〕。天涯明日是春城〔七〕。上尊未拜官家賜〔八〕,頭白江湖號更生〔九〕。

【注】

〔一〕"讀史"二句:清李岳瑞《春冰室野乘·都門詞事彙錄》"《鷓鴣天》詠史"條:"兩首皆指常熟去國事。"常熟,指翁同龢,江蘇常熟人。晚清政壇的重要人物。先後擔任同治、光緒兩代帝師。歷任户部、工部尚書、軍機大臣兼總理各國事務衙門大臣。光緒戊戌年,因捲入"帝黨"與"后黨"的政治鬥爭而被慈禧厭惡、遭光緒猜疑而突遭廢黜。退居常熟故里。死後追謚文恭。參見前《丹鳳吟》(忽漫驚飆)注。

〔二〕"卅載"句:翁氏咸豐六年(1856)中狀元(俗稱"登龍門"),至光緒二十四年(1898)被罷免,在朝廷任要職四十二年。"卅"疑有誤。世共傾,世人都仰慕、傾倒。

〔三〕腐儒:迂腐的儒生。常指不會變通、不通世事、讀死書而不明踐履之人。《荀子·非相》:"故《易》曰:'括囊,無咎無譽。'腐儒之謂也。"杜甫《江漢》詩:"江漢思歸客,乾坤一腐儒。"此疑指翁氏曾極力推薦給光緒的維新派人物康有爲。在翁同龢被慈禧與光緒開缺回籍十四天後的戊戌(1898)六月二十九日,李鴻章致函其子李經方云:"學堂之事,上意甚爲注重,聞每日與樞廷討論者多學堂、工商等事,惜瘦駑庸懦輩不足贊襄,致康有爲輩竊東西洋皮毛,言聽計從。近來詔書皆康黨條陳,藉以敷衍耳目,究之無一事能實做者。"(陳秉仁整理:《李鴻章致李經方書札》,收入上海圖書館歷史文獻研究所編《歷史文獻》第8輯,上海古籍出版社,2004年,第103—104頁。)

〔四〕"武安"二句:《史記·魏其武安侯列傳》:"夏,丞相取燕王女爲夫人,有太后詔,召列侯宗室皆往賀。魏其侯過灌夫,欲與俱。夫謝曰:'夫數以酒失得過丞相,丞相今者又與夫有郤。'魏其曰:'事已解。'强與俱。飲酒酣,武安起爲壽,坐皆避席伏。已魏其侯爲壽,獨故人避席耳,餘半膝席。灌夫不悦,起行酒,至武安,武安膝席曰:'不能滿觴。'夫怒,因嘻笑曰:'將軍貴人也,屬之!'時武安不肯。"後來灌夫終因此事得罪丞相武安侯田蚡(太后的胞弟)而被殺。稱壽,祝人長壽。嚴裝,裝束整齊。清郭則澐《清詞玉屑》卷六:"翁文恭之罷斥前一日,適賜壽。半塘《鷓鴣天》詞所謂'武安私第方稱壽,臨賀嚴裝促辦行'者也。"

〔五〕割席:暗指翁氏失去光緒信任。劉義慶《世説新語·德行》:"管寧華歆……又嘗同席讀書,有乘軒冕過門者,寧讀如故,歆廢書出看。

寧割席分坐曰：'子非吾友也。'"後以"割席"謂朋友絕交。
〔六〕憶橫經：追憶當年翁氏向光緒橫陳經籍、講學輔導的情境。橫經，指受業或讀書。李白《上安州裴長史書》："常橫經籍書，製作不倦，迄於今三十春矣。"
〔七〕春城：指江蘇常熟，翁同龢故鄉。
〔八〕"上尊"句：謂翁同龢離京歸里，作爲上尊的帝王師而未能得與光緒辭別。上尊，古代祭祀或燕飲時放在上位的酒杯。《禮記·郊特牲》："黃目，鬱氣之上尊也。"孔穎達疏："祭祀時列之最在諸尊之上，故云上也。"黃目，一種用黃銅雕飾的酒杯。指翁同龢。官家，臣下對皇帝的尊稱。《資治通鑑·晉成帝咸康三年》胡三省注："西漢謂天子爲縣官，東漢謂天子爲國家，故兼而稱之。"宋王觀《清平樂·應制》詞："黃金殿裏。燭影雙龍戲。勸得官家真個醉。進酒猶呼萬歲。"此指光緒。翁同龢被廢黜是慈禧與光緒兩人的決定。
〔九〕"頭白"句：慰勉翁同龢白頭（六十九歲）遭黜歸隱江湖，如獲新生。

前　　調

群彥英英祖國門〔一〕。向來宏長屬平津〔二〕。臨歧獨下蒼生淚〔三〕，八百孤寒愧此君〔四〕。　　傾別酒，促歸輪。壯懷枉自托風雲〔五〕。劇憐彩鷁乘濤處〔六〕，親見蓬萊海上塵。

【注】

〔一〕"群彥"句：謂朝廷有才華的俊士們紛紛來國門餞行。英英，俊美而有才華。祖，出行時祭祀路神。引申爲餞行。
〔二〕宏長：弘大深遠。　　平津：古地名。代指翁同龢。漢時爲平津邑，武帝封丞相公孫弘爲平津侯。後多以泛指丞相等顯貴。
〔三〕"臨歧"句：謂翁氏被黜，離別京城，獨爲蒼生悲戚，非爲一己哀傷也。
〔四〕"八百"句：王定保《唐摭言》卷三"好放孤寒"條："李太尉德裕頗爲寒畯開路。及謫官南去，或有詩曰：'八百孤寒齊下淚，一時南望李崖州。'"此反用其意。孤寒，指出身低微的貧寒士人。此處藉指得到翁氏舉薦、出身寒微的"帝黨"成員（康有爲等）以及當時各省居京的新派舉人和新式學會會員。因變法失敗而"愧"對爲此而獲罪的翁氏也。

〔五〕"壯懷"句：惋惜翁同龢將壯志托付於光緒的"維新"事業，而中道遭受罷黜。

〔六〕"劇憐"二句：慨嘆翁氏在罷歸的船上就親眼看到了戊戌變法失敗的結局，見證了人事滄桑。彩鷁，彩舟。鷁，水鳥名，古代達官貴人船隻常畫鷁於船首。李白《涇川送族弟錞》詩："中流漾彩鷁，列岸叢金羈。"蓬萊，參見前《摸魚子》（甚人天）注。

迷 神 引

戊戌五日〔一〕，以瓣香清泉，敬祀三閭〔二〕。倚樂章譜迎神，亦《九歌》遺制也〔三〕。

萬古騷心沉湘恨(1)〔四〕，佩影尚迷江渚。紉蘭樹蕙〔五〕，夢行吟處。聳高冠、曳長劍〔六〕，儼相遇。簫鼓龍舟發〔七〕，憶荆楚。玉軑雲旗遠〔八〕，渺何許。　桂酒椒漿〔九〕，潔共寒泉注〔一〇〕。又艾符搖〔一一〕，榴花吐。獨醒人往〔一二〕，卜居意〔一三〕，憑誰訴。薜蘿深〔一四〕，猿狖嘯〔一五〕，愁延佇。明月東門〔一六〕，夜吟正苦。空堂馨香薦，淚如雨。

【校】

（1）檢《詞譜》卷二五，本調首句當入韻，半塘或偶失檢。

【注】

〔一〕五日：指陰曆五月初五端午節。

〔二〕三閭：指屈原。屈原曾任楚國三閭大夫，掌昭、屈、景三姓貴族。

〔三〕九歌：《楚辭》篇名。原爲湖湘一帶遠古歌曲的名稱，屈原據民間祭神樂歌改作或加工而成。共十一篇。

〔四〕騷心：指屈原《離騷》的主旨，即一腔忠貞憂愁國事之心。　沉湘恨：傳說屈原被逐，至於湘江之濱，憂憤國事，作《懷沙》之賦，懷石自沉汨羅江。

〔五〕"紉蘭"句：《楚辭·離騷》："扈江離與辟芷兮，紉秋蘭以爲佩……余既滋蘭之九畹兮，又樹蕙之百畝。"紉蘭，佩戴香草，喻修養美好德行；樹蕙，種植香草，喻培育優秀學生。

〔六〕"聳高"句：《楚辭·九章·涉江》："帶長鋏之陸離兮，冠切雲之

〔七〕"簫鼓"句：宋甄龍友《賀新郎》詞："清江舊事傳荆楚。歎人情、千載如新，尚沉菰黍。且盡樽前今日醉，誰肯獨醒吊古。泛幾盞、菖蒲綠醑。兩兩龍舟争競渡，奈珠簾、暮捲西山雨。看未足，怎歸去。"

〔八〕"玉軑"句：《楚辭·離騷》："屯余車其千乘兮，齊玉軑而並馳。駕八龍之婉婉兮，載雲旗之委蛇。"玉軑，玉飾的車轄。藉指華麗的車。雲旗，以雲爲彩繪之旌旗。

〔九〕"桂酒"句：《楚辭·九歌·東皇太一》："蕙肴蒸兮蘭藉，奠桂酒兮椒漿。"桂酒，用玉桂浸製的美酒。泛指美酒。

〔一〇〕寒泉：清冽的泉水或井水。《易·井》："井洌寒泉，食。"

〔一一〕艾符：端午節的吉祥物。古俗，端午日懸艾蒿於門户，並黏貼符籙以袪邪惡。

〔一二〕"獨醒"句：王逸《楚辭章句·漁父》："屈原既放，游於江潭，行吟澤畔，顏色憔悴，形容枯槁。漁父見而問之曰：'子非三閭大夫與？何故至於斯？'屈原曰：'舉世皆濁我獨清，衆人皆醉我獨醒，是以見放。'"

〔一三〕卜居：《楚辭》篇名。王逸《楚辭章句·卜居》："卜居者，屈原之所作也。屈原履忠貞之性而見嫉妬；念讒佞之臣承君順非而蒙富貴，己執忠直而身放棄，心迷意惑，不知所爲。乃往至太卜之家，稽問神明，決之蓍龜，卜己居世，何所宜行，冀聞異筴，以定嫌疑，故曰卜居也。"

〔一四〕薜蘿：《楚辭·九歌·山鬼》："若有人兮山之阿，被薜荔兮帶女蘿。"

〔一五〕猿狖：泛指猿猴。《楚辭·九章·涉江》："深林杳以冥冥兮，乃猿狖之所居。"

〔一六〕東門：東城門。清王鳴盛《蛾術編》卷四〇："漢唐時州郡多在京師之東，士大夫游宦於京者，出入皆取道東門。"

尉 遲 杯

用美成韻寄懷辛峰[一]，並酬戴君玉生[二]。

東華路。正黯黯、遠目迷煙樹[三]。淒皇扇底驚風[四]，誰障西塵來處。江郎賦後,都收拾、離情付南浦〔五〕。最無憀,數遍飛紅,好春零亂將去。　還是夢裹揚州〔六〕,看楊柳、河橋勝賞頻聚。暗水吹香雷塘晚〔七〕,渾不管、流螢自舞〔八〕。花前共、啼鶯换拍,悵淒咽、瓊簫獨夜語。是何時、一舸相攜,醉吟同訪仙侶〔九〕。

【注】

〔一〕辛峰:王維熙,字辛峰,一字稚霞,半塘胞弟。參見前《賀新涼》(心事從何)注。

〔二〕戴君玉生:戴文俊,字玉生,魏塘(今浙江嘉善)人。同治七年(1868)曾隨宦温州,達二十一年之久,有《甌江竹枝詞》百首。

〔三〕"東華"二句:時半塘胞弟辛峰在兩淮鹽務任上,衙門在揚州,欲往必出東門,題曰"寄懷",故有是説。東華門參見前《水調歌頭》(把酒看天)注。

〔四〕"淒皇"句:晏幾道《鷓鴣天》詞:"舞低楊柳樓心月,歌盡桃花扇底風。"

〔五〕"江郎"二句:江淹《别賦》:"送君南浦,傷如之何。"

〔六〕"還是"句:唐杜牧《遣懷》詩:"十年一覺揚州夢,赢得青樓薄倖名。"宋姜夔《揚州慢》詞:"杜郎俊賞,算而今、重到須驚。縱豆蔻詞工,青樓夢好,難賦深情。"楊柳,《隋書·煬帝紀上》:"辛亥,發河南諸郡男女百餘萬開通濟渠。"又《志第十九》:"煬帝即位……自板渚引河達於淮海,謂之御河(按,即"通濟渠")。河畔築御道樹以柳。"宋陳韋華《蘭陵王》詞:"淮山舊相識。記急處笙歌,静裏鋒鏑。隋堤楊柳猶春色。"

〔七〕雷塘:地名。在今江蘇揚州城北。隋唐時爲風景勝地。隋煬帝葬此。羅隱《煬帝陵》詩:"君王忍把平陳業,只博雷塘數畝田。"

〔八〕"流螢"句:《隋書·帝紀·煬帝下》:"上於景華宫徵求螢火,得數斛,夜出游山放之,光遍巖谷。"唐李商隱《隋宫》詩:"於今腐草無螢火,終古垂楊有暮鴉。"

〔九〕"是何時"二句:《後漢書·郭太傳》:"林宗(郭太字)唯與李膺同舟而濟,衆賓望之,以爲神仙焉。"仙侶,指人品高尚、心神契合的朋友。杜甫《秋興》詩之八:"佳人拾翠春相問,仙侶同舟晚更移。"

青 玉 案

夢中得句,云是《詠簾》詩也。醒而憶其三,語云"東風吹愁水痕直"、"小瓊壓浪湘紋碧"、"簾底盈盈吹恨聲"。以久不作詩,戲演其意爲長短句。此調向叶去上,諧婉可誦,偶以入聲譜之,音節殊不類,恐不免轉折怪異之譏矣。

小瓊壓浪湘紋碧〔一〕。顧隻影、鴛幃寂〔二〕。吹盡東風愁似昔。暗塵不起,篆煙將息。簾底波痕直。　　盈盈遠恨輕吹出。玉笛聲殘黛螺濕〔三〕。彈斷鮫珠無氣力〔四〕。小屏山路,西江水驛〔五〕。欲問誰知得。

【注】

〔一〕 湘紋:湘竹所製印有花紋的簟席。宋韓淲《浣溪沙》詞:"水邊紅袂映斜曛。柳陰荷氣簟湘紋。"
〔二〕 鴛幃:繡有鴛鴦或華彩的帷帳,常用以代指閨閣。顧敻《楊柳枝》詞:"秋夜香閨思寂寥,漏迢迢。鴛帷羅幌麝煙銷,燭光搖。"柳永《六幺令》詞:"好天良夕。鴛帷寂寞,算得也應暗相憶。"
〔三〕 黛螺:婦女眉毛的代稱。李煜《長相思》詞:"澹澹衫兒薄薄羅,輕顰雙黛螺。"
〔四〕 鮫珠:用張華《博物志》卷九神話傳說中鮫人泣淚化珠故事。比喻淚珠。參見前《齊天樂》(新霜一夜)注。劉辰翁《寶鼎現》詞:"燈前擁髻,暗滴鮫珠墜。"
〔五〕 "小屏"二句:宋趙令畤《蝶戀花》詞:"飛燕又將歸信誤,小屏風上西江路。"

蕙 蘭 芳 引

叔問瀕行〔一〕,用美成秋懷韻留別,以起調鶯韻適符余字也,依韻寄酬,淒澀之音,恰與離懷相發。

空外翰音〔二〕,更無翼、解鶱孤鶩〔三〕。看燕燕鶯鶯,酣舞亂紅敗綠〔四〕。舊游漫省,想月色、還明華屋。問照花倩影,記否吟邊絲竹。　　湧鏡晴瀾,縈巾秋雪,管甚寒燠〔五〕。塵生弦柱(1),休問往時法曲〔六〕。川途牢落,定驚換目〔七〕。誰更憐、日暮袖羅幽獨〔八〕。

【校】

（1）　本句疑脱一字。檢《詞譜》,此調八十四字,本句當爲五字句,美成原詞本句作"更花管雲箋"。

【注】

〔一〕　叔問：鄭文焯。參見前《鶯啼序》(無言畫闌)注。
〔二〕　翰音：飛向高空的聲音。比喻徒有虛聲。《易·中孚》："翰音登於天,貞凶。"王弼注："翰,高飛也。飛音者,音飛而實不從之謂也。"
〔三〕　鶱：音"先"。振翼高飛貌。齊梁沈約《天淵水鳥應詔賦》："將鶱復斂翮,回首望驚雌。"
〔四〕　"看燕"二句：辛棄疾《念奴嬌》詞："西真姊妹……燕燕鶯鶯相並比,的當兩團兒雪。合韻歌喉,同茵舞袖……迥然雙蕊奇絶。"
〔五〕　寒燠：冷熱。藉指時間。一寒一燠,代表一年。
〔六〕　法曲：古代樂曲。東晉南北朝稱作法樂。因起源於域外佛教法會而得名。後與西域各族音樂以及漢族清商樂結合,逐漸形成隋朝的法曲。其樂器有鐃鈸、鐘、磬、幢簫、琵琶。至唐朝又攙雜道曲而發展至極盛階段。著名的曲子有《赤白桃李花》、《霓裳羽衣》等。
〔七〕　"川途"二句：周邦彦《氐州第一》詞："景物關情,川途換目,頓來催老。"川途,亦作"川塗"。道路,路途。牢落,孤寂,無聊。換目,景色變換。
〔八〕　"誰更憐"句：杜甫《佳人》詩："天寒翠袖薄,日暮倚修竹。"

浪淘沙慢

用美成韻,寄酬雨人梁山〔一〕。

畫闌外,雲停枉渚〔二〕,日淡層堞〔三〕。芳事西園又發。新聲蜀道換闋。乍海燕歸來心似結。故人遠、萬里離折〔四〕。想聽雨高齋耿遥夜〔五〕,孤吟定愁絶。　　淒切。小屏静倚寥闊。對莽莽河山,新亭淚、欲語先暗咽〔六〕。嗟酒醒天涯,何止傷別。舊歡漸竭。消綺懷空負、梅邊風月〔七〕。入手愁生蠻箋疊〔八〕。年芳晚,暮鵑未歇。鳳簫冷、圓靈終恨缺〔九〕。倚金縷、欲寄相思〔一〇〕,望一白,巉巉夢怯峨眉雪〔一一〕。

【注】

〔一〕 雨人:鄧鴻荃,字雨人,一字遠臣,號休庵。參見前《燭影搖紅》(才出囂塵)注。　　梁山:原四川梁山縣,今重慶市梁平縣。
〔二〕 枉渚:古地名。枉水流入沅水的小水灣,在今湖南常德市南。《楚辭·九章·涉江》:"朝發枉渚兮,夕宿辰陽。"
〔三〕 堞:城上呈齒形的矮牆,也稱女牆。
〔四〕 離折:多歧而曲折。
〔五〕 高齋:高雅的書齋。常用作對他人屋舍的敬稱。孟浩然《宴張別駕新齋》詩:"高齋徵學問,虛薄濫先登。"　　耿:心情不安。盧照鄰《贈李榮道士》詩:"獨有南冠客,耿耿泣離群。"
〔六〕 新亭淚:參見前《鶯啼序》(無言畫闌)注。
〔七〕 綺懷:青春年少的懷抱。
〔八〕 蠻箋:即蜀箋,唐時指四川地區所造彩色花紙。唐羅隱《清溪江令公宅》詩:"蠻箋象管夜深時,曾賦陳宮第一詩。"
〔九〕 鳳簫:即排簫。比竹爲之,參差如鳳翼,故名。沈佺期《鳳簫曲》:"昔時嬴女厭世紛,學吹鳳簫乘彩雲。"　　圓靈:指月亮。唐吳融《八月十五夜禁直寄同僚》詩:"中秋月滿盡相尋,獨入非煙宿禁林。曾恨人間千里隔,更堪天上九門深。明涵太液魚龍定,靜鎖圓靈象緯沉。目斷枚皋何處在,闌干十二憶登臨。"
〔一〇〕 倚金縷:譜一首《金縷曲》。古代作詞,稱"倚聲填詞",故詞別名"倚聲"。
〔一一〕 "望一白"二句:只要望見一縷白色,晚上也會因夢見險峻的峨眉山頂皚皚白雪而膽怯。巉巉,形容山勢峭拔險峻。

鷓鴣天

續讀史吟〔一〕,補錄端午次日作。

屬國歸來重列卿〔二〕。楊家金穴舊知名〔三〕。似傳重訂冰山録〔四〕,那得長謠潁水清〔五〕。　　仙仗人〔六〕,篋書傾〔七〕。空令請劍壯朱生〔八〕。好奇事盡歸方朔〔九〕,殿角微聞叩首聲〔一〇〕。

【注】

〔一〕 讀史吟:清李岳瑞《春冰室野乘·都門詞事彙録》"《鷓鴣天》詠史"條:"此首指南海張樵野尚書事。"張陰桓(1837—1900),字樵野,廣東南海人。納資爲知縣,歷任駐歐美多國公使,累遷户部左侍郎。因贊襄戊戌維新被充軍新疆,義和團運動時在戍所被殺。著有《三洲日記》。

〔二〕 "屬國"句:以蘇武回國後得到朝廷器重,喻指張陰桓從歐美回國得遷左侍郎。據《漢書·蘇武傳》,蘇武使匈奴二十年不降,回國後任典屬國。列卿,指九卿。

〔三〕 楊家:指唐玄宗朝楊貴妃兄弟姐妹諸家。 金穴:藏金之窟。喻豪富之家。《後漢書·郭皇后紀上》:"況(郭況)遷大鴻臚,帝數幸其第,會公卿諸侯親家飲燕,賞賜金錢縑帛,豐盛莫比。京師號況家爲金穴。"

〔四〕 冰山:喻不可長久依賴的靠山。唐王仁裕《開元天寶遺事》卷二"依冰山"條:"楊國忠權傾天下,四方之士,爭詣其門。進士張彖者,陝州人也,力學有大名,志氣高大,未嘗低折於人。人有勸彖令修謁國忠,可圖顯榮。彖曰:'爾輩以謂楊公之勢,倚靠如泰山,以吾所見,乃冰山也,或皎日大明之際,則此山當誤人爾。'後果如其言。"

〔五〕 "那得"句:謂哪能長久保持富貴安寧。《史記·魏其武安侯列傳》:"(灌)夫不喜文學,好任俠,已然諾。諸所與交通,無非豪桀大猾。家累數千萬,食客日數十百人。陂池田園,宗族賓客爲權利,橫於潁川。潁川兒乃歌之曰:'潁水清,灌氏寧;潁水濁,灌氏族。'"後灌夫果然因得罪皇太后而遭族誅之禍。

〔六〕 仙仗:指皇帝的儀仗。岑參《奉和中書賈至舍人早朝大明宮》詩:"金闕曉鐘開萬户,玉階仙仗擁千官。"

〔七〕 篋書:此謂官吏上呈給朝廷的奏摺等。篋,竹箴、藤條編織的小箱。杜甫《奉贈李八丈判官(曛)》詩:"篋書積諷諫,宮闕限奔走。"

〔八〕 "空令"句:用漢朱雲請劍以誅佞臣事。參見前《滿江紅》(荷到長戈)注。

〔九〕 "好奇"句:《漢書·東方朔傳》:"朔之詼諧,逢占射覆,其事浮淺,行於衆庶,童兒牧豎,莫不炫耀。而後世好事者因取奇言怪語附著之朔。"

〔一〇〕"殿角"句:《漢書·東方朔傳》:"久之,朔紿騶朱儒曰:'上以若曹無益於縣官,耕田力作固不及人,臨眾處官不能治民,從軍擊虜不任兵事,無益於國用,徒索衣食,今欲盡殺若曹。'朱儒大恐,啼泣。朔教曰:'上即過,叩頭請罪。'居有頃,聞上過,朱儒皆號泣頓首。"

太 常 引

綠槐蟬咽午陰趑〔一〕。殘夢尚婆娑〔二〕。不是愛婆娑。這幾日、風多雨多。　迎涼散帶〔三〕,消憂擊柱〔四〕,醉醒一行窩〔五〕。攬鏡意蹉跎。歎白髮、催人幾何。

【注】

〔一〕趑:疾走貌,音"梭"。引申指太陽西斜、落山。《說文·走部》:"趑,走意。"段玉裁注:"今京師人謂日跌爲晌午趑。"
〔二〕婆娑:盤桓,逗留。三國魏杜摯《贈毌丘儉》詩:"騏驥馬不試,婆娑槽櫪間。"
〔三〕散帶:解開衣帶。
〔四〕擊柱:用劍刺柱。鮑照《擬行路難十八首》之五:"對案不能食,拔劍擊柱長歎息。"
〔五〕行窩:可以小住的安適之所。宋劉克莊《水龍吟》詞:"願老身無事,小車乘興,名園内、行窩裏。"清黃遵憲《人境廬之鄰有屋數間》詩:"半世浮槎夢裏過,歸來隨地覓行窩。"

念 奴 嬌

同理臣、古微〔一〕,觀荷葦灣,用白石"鬧紅一舸"韻。

涉江舊徑,又翩然一棹,重攜吟侶⑴。難得鷗邊盟未改,香影紛無重數。初日詩心,野風花氣,涼沁宵來雨。紅衣驚墜,斷腸愁詠新句。　遲暮。自惜清歡,餘情煙水,肯逐輕塵去。高柳晚蟬嘶未已〔二〕,聲亂蒹葭汀浦。陳跡雲迷,好游人老,誰挽流光住。扁舟歸興,綠榕湖上波路〔三〕。

【校】

（1）《詞譜》卷二八載白石《念奴嬌》（鬧紅一舸）詞，上片第二、三句作"記來時，常與鴛鴦爲侶"。半塘詞此二句格律稍異。

【注】

〔一〕理臣：高燮曾，一名楠忠，字理臣。參見前《八聲甘州》（甚無風雨）注。　古微：朱孝臧，原名祖謀，字古微，號漚尹，又號彊村。參見前《八聲甘州》（甚無風雨）注。

〔二〕"高柳"句：宋張輯《念奴嬌》詞："繋船高柳，晚蟬嘶破愁寂。"

〔三〕"扁舟"二句：謂葦灣蕩舟，仿佛回歸家鄉桂林，在榕湖綠波上踏浪前行。與周邦彦《蘇幕遮》詞所謂"故鄉遥，何日去。家住吳門，久作長安旅。五月漁郎相憶否。小楫輕舟，夢入芙蓉浦"有異曲同工之妙。

月　華　清

雨夜讀《枚如詞話》所載林俟村、鄧嶰筠沙角眺月詞〔一〕，意有所感，依韻成此，窗外檐聲，正瀟瀟未已也。

螺島浮青〔二〕，蜃煙消紫〔三〕，年時光景無際。雨僽風僝，那復凄迷堪此。泛深杯、喝月情豪〔四〕，倚短策、倦游人醉。前事〔五〕。是幾回圓缺，頓乖吟思。　誰弄鮫珠夢裏〔六〕。任碧海塵飛，影搖煙市〔七〕。錦瑟弦空〔八〕，回首桂輪香細。溯銀瀾、秋汛初生，剩翠被、雨聲驚睡。澄霽。歎謝郎枉賦，月明千里〔九〕。

【注】

〔一〕枚如詞話：謝章鋌（1820—1903），字枚如，別號藤陰客、江田生，晚號藥階退叟，福建長樂人。光緒三年（1877）進士，官内閣中書。有《酒邊詞》，又有《賭棋山莊詞話》。後言林鄧二人詞調寄《月華清》，載《賭棋山莊詞話》續編卷二。　林俟村：林則徐（1785—1850），字元撫，號石麟，又號少穆，晚號俟村老人，福建侯官（今閩侯縣）人。與鄧廷楨同爲禁煙抗英的民族英雄。嘉慶十六年（1811）進士。道光二十年（1840）官兩廣總督，尋被遣戍伊犁，放回後復官至雲貴總督。卒諡文忠。著有《雲左山房詩鈔》(附詞)。　鄧嶰筠:鄧廷楨(1775—1846),字維周,號嶰筠,晚號剛木老人,江蘇江甯(今南京市)人。嘉慶六年(1801)進士,道光間官兩廣總督。時值禁煙,與英艦六接戰,英艦皆傷退,終其任不得入虎門。後調閩浙,坐事戍伊犁。後召回,官終陝西巡撫。工詞,有《雙硯齋詞》一卷。　沙角:山名。在廣東東莞縣虎門海口外,逼近大洋,形勢陡峭,爲船舶必經之路。清嘉慶間建炮臺於此。

〔二〕螺島:如螺的小島,喻沙角山。
〔三〕蜃煙:即海市蜃樓。暗喻鴉片戰爭硝煙。
〔四〕喝月:喝令月亮。形容氣概豪邁。李賀《秦王飲酒》詩:"酒酣喝月使倒行,銀雲櫛櫛瑤殿明。"
〔五〕前事:清光緒十九年(1839)三月十日,欽差大臣林則徐奉命抵達廣東禁煙,同年六月三日至二十五日,在虎門銷毀鴉片二百三十七萬餘斤。光緒二十年(1840)英國發動侵華戰爭。次年一月至二月清軍將領陳連陞與關天培等在此率衆抗擊英軍,不幸戰敗。
〔六〕鮫珠:喻眼淚。因中國戰敗而下淚。參見前《齊天樂》(新霜一夜)注。
〔七〕"任碧海"二句:寫當年銷煙及海戰的景象如海市蜃樓奇異虛幻。煙市,即"蜃煙",暗喻燒毀鴉片的煙霧。
〔八〕"錦瑟"句:李商隱《錦瑟》詩:"錦瑟無端五十弦,一弦一柱思華年。"
〔九〕"歎謝郎"二句:南朝宋謝莊《月賦》:"美人邁兮音塵闕,隔千里兮共明月。"

塞 翁 吟

風雨時至,溽熱如炙,綠杉見投新詠〔一〕,率賦以當報章〔二〕。昔紫霞翁論擇腔〔三〕,謂此調衰颯〔四〕,戒人毋作,然邪許相勞與興會飆舉者〔五〕,聲情自異。得失之故,願與綠杉相尋於弦外也。

萬木酣風處,空際暮色蕭森。暗雨氣,小樓陰。聽高下蟬吟。雷聲忽送千山響,驚破衆竅如喑〔六〕。看一霎,斷雲沉。卷舒本無心。　　清琴。商歌歇、苔痕細數,香徑杳、前游重尋。任逐熱、長安袣襟〔七〕,自高卧、世覓羲皇〔八〕,散髮抽簪〔九〕。濃雰未解,望里懸知〔一〇〕,猶鬱疏襟〔一一〕。

【注】

〔一〕 緑杉：即緑杉居士文仲恭。名文悌，滿洲正黄旗人。

〔二〕 報章：酬答以詩文。

〔三〕 紫霞翁：南宋詞人楊纘，字繼翁，號守齋，又號紫霞翁。參見前《徵招》（周情柳思）注。　擇腔：填詞術語。又叫擇調、擇曲或選聲。楊纘《作詞五要》："第一要擇腔。"即選擇適當的詞牌填詞。宋人張炎《詞源》卷下"製曲"條也説："作慢詞，看是甚題目，選擇曲名，然後命意。"

〔四〕 衰颯：衰老蕭條，氣象萎靡。明沈德符《野獲編·科場·閣臣典試》："吳崇仁以次輔領春闈，而假元之事起，狼狼去國，爲天下笑，真所謂盛滿之後，必有衰颯也。"

〔五〕 邪許：《淮南子·道應訓》："今夫舉大木者，前呼邪許，後亦應之，此舉重勸力之歌也。"

〔六〕 "雷聲"二句：打雷後千山皆聞響聲，各種細小的聲音聽不到了。衆竅，衆多的孔穴。《莊子·齊物論》："泠風則小和，飄風則大和，厲風濟則衆竅爲虚。"瘖，啞。

〔七〕 "任逐熱"句：姚寬《西溪叢語》卷下："杜甫《送高三十書記》云：'觸熱向武威。'程曉《三伏詩》云：'今世褦襶子，觸熱到人家。'據《炙轂子》云：'褦襶，笠子也。'《集韻》：'褦，音奈；襶，音戴。二字，不曉事也。'"

〔八〕 "自高卧"句：陶潛《與子儼等疏》："常言五六月中，北窗下卧，遇涼風暫至，自謂是羲皇上人。"羲皇，即伏羲氏。《文選》卷四八揚雄《劇秦美新》："厥有雲者，上罔顯於羲皇。"李善注："伏羲爲三皇，故曰羲皇。"

〔九〕 散髮：披散頭髮。喻指棄官隱居，逍遥自在。《後漢書·袁閎傳》："延熹末，黨事將作，閎遂散髮絶世，欲投跡深林。"　抽簪：謂棄官引退。古時作官的人須束髮整冠，用簪連冠於髮，故稱引退爲"抽簪"。沈約《應詔樂游苑餞吕僧珍詩》："將陪告成禮，待此未抽簪。"

〔一○〕 懸知：料想，預知。庾信《和趙王看伎》："懸知曲不誤，無事畏周郎。"

〔一一〕 "猶鬱"句：重新讓開朗的胸襟又鬱結起來。疏襟，即暢懷。杜甫《上後園山腳》詩："曠望延駐目，飄颻散疏襟。"

醉花陰

姬人抱賢嗜誦宋元人小詞〔一〕。夏夜燈火不可親,偃臥北窗,令回還⁽¹⁾循誦,時復入聽,亦迎涼幽致也。

臥聽清吟消篆縷〔二〕。抵得紅簫否〔三〕。香挹素馨微〔四〕,方曲疏簾〔五〕,不辨涼生處。　老懶心情渾漫與〔六〕。剩訂花間譜〔七〕。學道未應妨〔八〕,笑問維摩〔九〕,可是朝華誤〔一〇〕。

【校】

（1）"還",《定稿》光緒三十二年本作"環"。

【注】

〔一〕姬人抱賢:半塘妾。參見前《玉漏遲》(月和人意)注。

〔二〕篆縷:香爐繚繞的煙圈兒。宋潘汾《賀新郎》詞:"篆縷銷香鼎。翠沉沉、庭陰轉午,畫堂人靜。"

〔三〕紅簫:唐無名氏《烏氏葬碑》:"牛領岡頭,紅簫籠下。葬用兩日,手板相亞。"清鄒祗謨《憶漢月·答索歷》詞:"縱使百年膠漆。三萬六千時日。紅簫翠帳幾多歡,又被閑愁攪越。"

〔四〕素馨:植物名。本名耶悉茗,佛書作"鬘華"。常綠灌木,初秋開花,花白色,香氣清冽。吳曾《能改齋漫錄·方物》:"嶺外素馨花,本名耶悉茗花⋯⋯唯花潔白,南人極重之,以白而香,故易其名。"

〔五〕方曲:竹織方扇。多用以障面。《北史·楊愔傳》:"後有選人魯漫漢,自言猥賤,獨不見識。愔曰:'卿前在元子思坊騎禿尾草驢,經見我不下,以方曲障面,我何不識卿？'漫漢驚服。"

〔六〕"老懶"句:杜甫《江上值水如海勢聊短述》詩:"老去詩篇渾漫與,春來花鳥莫深愁。"

〔七〕花間譜:即《花間》詞譜。《花間集》是五代後蜀人趙崇祚編輯的一部詞集,其中絕大多數爲令曲,是我國文學史上的第一部文人詞集。

〔八〕學道:指學仙或學佛。《漢書·張良傳》:"乃學道,欲輕舉。"顏師古注:"道謂仙道。"

〔九〕維摩:佛教語,即維摩詰菩薩,爲諸大菩薩之代表。他有妻子和一兒一女,一家四口,平日以法自娱。是佛化家庭的最早典範,被稱爲是佛陀時代第一居士。《維摩詰經》,就是記載維摩詰居士所説的不可思議解脱法門的經典。

〔一〇〕 朝華誤:據傳佛陀曾至毘舍離城,維摩的兒子善思童子獻花與佛,佛陀爲他説法,當下就證得"無生法忍"。半塘妾抱賢未能生小孩,因而半塘在這裏與抱賢開玩笑説,是不是你也獻花給佛的緣故。朝華,早晨開的花朵。

還 京 樂

用美成韻,和古微〔一〕。

雨初霽,檻外、雲羅萬疊誰爲理。歎賦情蕭瑟,空教庾信,江關詞費〔二〕。正暗愁無際。驚秋一葉青桐委。算客燕,花底濺慣,傷時淒淚〔三〕。　　向銅荷底〔四〕。儘殷勤商略,空憐減盡,聞雞中夜興味〔五〕。漫漫海上紅桑〔六〕,怕春城、笑人桃李。甚閒情、還碧訝看朱〔七〕,雲誇煉水〔八〕。鄭重傳宫譜〔九〕,新聲爲起凋悴〔一〇〕。

【注】

〔一〕 古微:朱孝臧,原名祖謀,字古微,號漚尹,又號彊村。參見前《八聲甘州》(甚無風雨)注。

〔二〕 "歎賦"三句:杜甫《詠懷古跡五首》之一:"庾信平生最蕭瑟,暮年詩賦動江關。"

〔三〕 "算客"三句:杜甫《春望》詩:"感時花濺淚,恨别鳥驚心。"

〔四〕 銅荷:銅燭臺的荷葉形底盤。歐陽修《滿路花》詞:"銅荷融燭淚,金獸齧扉環。"

〔五〕 "聞雞"句:用祖逖聞雞起舞事。參見前《百字令》(男兒墮地)注。

〔六〕 紅桑:王嘉《拾遺記》卷一:"窮桑者,西海之濱有孤桑之樹,直上千尋,葉紅椹紫,萬歲一實,食之後天而老。"唐曹唐《小游仙詩》之三十四:"秦皇漢武死何處,海畔紅桑花自開。"

〔七〕 碧訝看朱:形容眼花不辨五色。王僧孺《夜愁》詩:"誰知心眼亂,看朱忽成碧。"

〔八〕 "雲誇"句:劉安《淮南子·地形訓》:"音有五聲,宫其主也;色有五章,黃其主也;味有五變,甘其主也;位有五材,土其主也。是故煉土生木,煉木生火,煉火生雲,煉雲生水,煉水反土;煉甘生酸,煉酸生辛,煉辛生苦,煉苦生鹹,煉鹹反甘;變宮生徵,變徵生商,變商生羽,變羽生角,變角生宮。"

〔九〕 宫譜:各宫調的曲譜。泛指詞學典籍。

〔一〇〕 "新聲"句:自負之辭。即謂我們的詞作尚屬"新聲",可以起到振起文壇衰敗憔悴之風的作用。凋悴,衰敗憔悴。顔之推《顔氏家訓·文章》:"(席毗)嘲劉逖云:'君輩辭藻,譬如榮華,須臾之翫,非宏才也;豈比吾徒千丈松樹,常有風霜,不可凋悴矣!'"

八聲甘州

九日,十詰簃小集〔一〕。

倚西風天宇乍澄清,深杯未須辭。把茱萸笑插,多情破帽〔二〕,此意應知。記否滿城風雨,吟思幾禁持〔三〕。漫訝秋容淡,香冷東籬。　贏得今年身健,歎素心相對,莫遣輕違。看江湖鴻雁,弄影正南飛。任低徊、牛山凄淚〔四〕,算酒邊、愁抱古今稀。秋堂静、話登臨處,醉眼猶迷。

【注】

〔一〕 十詰簃:不詳。
〔二〕 "多情"句:蘇軾《南鄉子》詞:"酒力漸消風力軟,颼颼。破帽多情卻戀頭。"
〔三〕 "記否"二句:用潘大臨重陽賦詩事。參見前《摸魚子》(莽天涯)注。禁持,受干擾。
〔四〕 "任低徊"句:《列子·力命》:"齊景公游於牛山,北臨其國城,而流涕曰:'美哉國乎!鬱鬱芊芊,若何滴滴,去此國而死乎?使古無死者,寡人將去斯而之何?'"杜牧《九日齊山登高》詩:"古往今來只如此,牛山何必獨沾衣。"後以"牛山淚"喻爲人生短暫、世事變幻無常而悲歎。

水　龍　吟

戊戌小除〔一〕，立己亥春〔二〕，夢湘約(1)同作〔三〕。

歲寒禁慣冰霜，來年翻訝春何早。錦幡颭處〔四〕，玉梅香裏，酬春一笑。春遣儂愁，儂將春負，悶懷丁倒〔五〕。算重城煙景，花明柳媚，原未覺、繁華少。　　大塊文章誰假〔六〕，占春先、翠蛾兒鬧〔七〕。番風無賴，催完芳信，便催人老。金埒游情〔八〕，玉壺吟思〔九〕，莫教閒了。看忘情彩勝〔一〇〕，盈盈弄影，向釵梁裊〔一一〕。

【校】

（1）《定稿》光緒三十二年本無"約"字。

【注】

〔一〕小除：指小年。陰曆十二月二十三或二十四日。亦有指除夕前一日者。查光緒二十四年（戊戌）十二月二十三日立春。

〔二〕己亥：指光緒二十五年（1899）。

〔三〕夢湘：王以敏。參見前《三姝媚》（吟情休浪苦）注。

〔四〕錦幡：彩色的春幡，又稱"幡勝"或"彩勝"。舊俗於立春日或掛春幡於樹梢，或剪繒絹成人形或吉祥物小幡，連綴簪之於頭上，以示迎春之意。徐陵《雜曲》："立春曆日自當新，正月春幡底須故。"

〔五〕丁倒：顛倒。丁、顛雙聲，通用。南朝宋劉義康《讀曲歌》之四八："鹿轉方相頭，丁倒欺人目。"

〔六〕"大塊"句：李白《春夜宴從弟桃李園序》："陽春召我以煙景，大塊假我以文章。"大塊，大自然，大地。

〔七〕蛾兒：一作"鬧蛾兒"。古代婦女於元宵節前後插戴在頭上的剪綵而成的應時飾物。趙長卿《探春令》詞："鬧蛾兒轉處，熙熙笑語，百萬紅妝女。"

〔八〕金埒：劉義慶《世說新語·汰侈》："於時人多地貴，濟（王濟）好馬射，買地作埒，編錢匝地竟埒。時人號曰'金埒'。"徐震堮校箋："謂築短垣圍之以爲界埒。"埒，音"列"。場地周圍的矮圍墻。

〔九〕"玉壺"句：高潔的詩情。玉壺，喻高潔的胸懷。王昌齡《芙蓉樓送辛漸》詩之一："洛陽親友如相問,一片冰心在玉壺。"
〔一〇〕 彩勝:古代的一種飾物。參見前"錦幡"注。立春日用五色紙或絹剪製成小旌旗、燕、蝶、金錢等形狀,簪於髻上,以示迎春。宋高承《事物紀原·歲時風俗·彩勝》載:"《初學記》曰:'人日剪綵爲勝,起於晉代賈充夫人所作,取黃母(西王母)戴勝之義也。'"詩文中常用爲立春之事典。
〔一一〕 釵梁:釵的主幹部分。庾信《鏡賦》:"懸媚子於搔頭,拭釵梁於粉絮。"

校夢龕集

東風第一枝

己亥人日社集四印齋〔一〕,賦得人日題詩寄草堂〔二〕,同次珊、韻珊、笏卿、古微、夢湘、曼仙作(1)〔三〕。

句占花先,春歸雁後,銷歲物候(2)如許〔四〕。絶憐開寶詩人〔五〕,感時幾縈別緒。多情梅柳〔六〕,似解惜、城南幽旅。憶彩箋、迸淚題殘〔七〕,頓觸亂愁千縷。　　醒醉裏、盛年暗度。歌哭外、舊游何處〔八〕。已拚書劍飄零〔九〕,老懷倦裁秀句。天閒一我〔一〇〕,更愧爾、高三十五〔一一〕。只小窗、清夢(3)橋西,約略歲朝吟趣(4)〔一二〕。

【校】

（１）《定稿》光緒三十二年本序無"同次珊、韻珊、笏卿、古微、夢湘、曼仙作"句。

（２）"銷歲物候",《定稿》光緒三十二年本作"銷凝歲事"。

（３）"清夢",《定稿》光緒三十二年本作"慵夢"。

（４）此闋區圖稿本文字多有出入:"句占花先"作"句索春先","春歸"作"歸遲","銷歲物候"作"驚心節序","幾縈"作"幾牽","多情"作"依依","城南幽旅"作"天涯羈旅","題殘"作"幽吟","醒醉裏"作"彈指頃","盛年"作"歲華","歌哭外"作"抬眼望","舊游"作"故人","老懷倦裁"作"悶懷倦題","天閒一我"作"龍鍾如我","清夢"作"間(陳柱刻本改閒)夢"。按上述異文上圖稿本原同區圖稿本,後改此。

【注】

〔一〕 己亥人日:清光緒二十五年(1899)正月初七日。　　四印齋:半塘北京寓所名。參見前《大江東去》（熙豐而後）注。

〔二〕 "賦得"句：高適《人日寄杜二拾遺》詩："人日題詩寄草堂，遙憐故人思故鄉。"賦得，凡摘取古人成句爲詩題，題首多冠以"賦得"二字。科舉時代的試帖詩，因試題多取成句，故題前均有"賦得"二字。亦應用於應制之作及詩人集會分題。後遂將"賦得"視爲一種詩體。即景賦詩者也往往以"賦得"爲題。詞人分賦類同。

〔三〕 次珊：張仲炘。參見前《月華清》（望遠供愁）注。　韻珊：裴維侒，字君復，號韻珊，一號雲杉，一作韞山。參見前《燭影搖紅》（吟袖年年）注。　笏卿：左紹佐（1846—1927），字季雲，號笏卿，別號竹勿生，湖北應山人。光緒六年（1880）進士，官刑部主事。官至廣東南韶連道。辛亥後隱居滬上。有《竹勿齋詞鈔》一卷。　曼仙：章華（1872—1930），字曼仙，號嘯蘇，湖南長沙人。光緒二十一年（1895）進士，官郵傳部郎中、軍機章京。有《淡月平芳館詞》一卷。

〔四〕 銷歲：度歲，消磨歲月。

〔五〕 開寶詩人：指詩人杜甫、高適。開寶，即開元（713—741）、天寶（742—755），唐玄宗年號。

〔六〕 "多情"句：高適《人日寄杜二拾遺》詩："柳條弄色不忍見，梅花滿枝空斷腸。"

〔七〕 "迸淚"句：杜甫《追酬故高蜀州人日見寄》詩："自蒙蜀州人日作，不意清詩久零落。今晨散帙眼忽開，迸淚幽吟事如昨。嗚呼壯士多慷慨，合遝高名動寥廓。歎我淒淒求友篇，感時鬱鬱匡君略。"

〔八〕 "歌哭"句：杜甫《早行》："歌哭俱在曉，行邁有期程。孤舟似昨日，聞見同一聲。"

〔九〕 "已拚"句：高適《人日寄杜二拾遺》詩："一臥東山三十春，豈知書劍老風塵。"

〔一〇〕 天閑：皇帝養馬的地方。梅堯臣《傷馬》詩："況本出天閑，因之重怊悵。"

〔一一〕 "更愧"句：高適《人日寄杜二拾遺》詩："龍鍾還忝二千石，愧爾東西南北人。"高三十五，即高適，群從兄弟排行第三十五。

〔一二〕 歲朝：陰曆正月初一。《後漢書·周盤傳》："歲朝會集諸生，講論終日。"李賢注："歲朝，歲旦。"

瑤 華

水仙

盤虛暈月〔一〕,佩冷搖煙〔二〕,幻楚雲千疊〔三〕。香銷粉印(1),妝鏡裏、隱約眉黃新抹〔四〕。淩波步遠,鎮凝想、微塵(2)羅襪〔五〕。問斷魂(3)、幽曲誰招(4)〔六〕,竟夜玉笙(5)吹徹〔七〕。　無言獨倚東風,算紙帳梅痕〔八〕,堪並孤潔。冰心漫訴,春思渺、譜入琴絲愁絕〔九〕。峭寒禁慣〔一〇〕,夢不到、西園(6)蜂蝶。是幾時、淨綠浮湘〔一一〕,一棹水天清闊(7)。

【校】

(1) "香銷粉印",上圖稿本原作"香融粉印",區圖稿本原作"香融膩粉",後改此。
(2) "微塵",上圖稿本原作"生塵",後改此。區圖稿本同。
(3) "斷魂",上圖稿本原作"斷腸",後改此。區圖稿本同。
(4) "幽曲誰招",區圖稿本原作"誰與招魂",後改此。
(5) "竟夜玉笙",上圖稿本原作"静夜鵝笙",後改此。區圖稿本同。
(6) "西園",上圖稿本原作"翩翾",後改此。區圖稿本同。
(7) "清闊",上圖稿本原作"空闊",後改此。區圖稿本同。

【注】

〔一〕"盤虛"句:指水仙花如朦朧的月光下的空盤子。暈月,有暈圈的月亮。
〔二〕"佩冷"句:指水仙花如仙女行走於寒煙之中,似乎傳來佩環搖動的聲音。
〔三〕楚雲:以女子秀美的髮髻狀水仙葉叢。杜審言《戲贈趙使君美人》詩:"紅粉青娥映楚雲,桃花馬上石榴裙。"
〔四〕眉黃:指額黃。六朝婦女施於額上的黃色塗飾。唐時仍有。其制起於漢時。此指水仙花蕊。
〔五〕"淩波"三句:曹植《洛神賦》:"淩波微步,羅襪生塵。"黃庭堅《王充道送水仙花五十枝欣然會心爲之作詠》詩:"淩波仙子生塵襪,水上輕盈步微月。是誰招此斷腸魂,種作寒花寄愁絕。"

〔六〕"問斷魂"句：辛棄疾《賀新郎·賦水仙》詞："弦斷招魂無人賦,但金杯的皪銀臺潤。愁殢酒,又獨醒。"

〔七〕"竟夜"句：李璟《攤破浣溪沙》詞："細雨夢回雞塞遠,小樓吹徹玉笙寒。"

〔八〕紙帳：以藤皮繭紙縫製的帳子。明高濂《遵生八箋》卷八《起居安樂箋下》"紙帳"條："用藤皮繭紙纏於木上,以索纏緊,勒作皺紋,不用糊,以線折縫縫之。頂不用紙,以稀布爲頂,取其透氣。或畫以梅花,或畫以蝴蝶,自是分外清致。"

〔九〕"春思"句：姜夔《齊天樂》詞："寫入琴絲,一聲聲更苦。"

〔一〇〕"峭寒"句：慣於禁受寒冷。峭寒,料峭的寒意。宋徐積《楊柳枝》詩："清明前後峭寒時,好把香綿閒抖擻。"

〔一一〕净綠浮湘：在碧綠的湘水上泛舟。唐宋之問《自湘源至潭州衡山縣》詩："浮湘沿迅湍,逗浦凝遠盼。漸見江勢闊,行嗟水流漫。"

探 春 慢

夢湘用梅溪《東風第一枝》韻賦春雪索和〔一〕,次玉田韻報之〔二〕。

琪樹生花〔三〕,玉田凝碧〔四〕,春淺不教妝淡。韻事探梅〔五〕,清詞詠絮〔六〕,記得前番飛霰。草際青回處,想潤入、裙腰一半〔七〕。似憐芳信猶遲(1),天葩先爲飄散。　料理試燈芳苑〔八〕。問彩映雕瓊〔九〕,等閒誰見。浮白餘酣〔一〇〕,踏青留約,休遣玉龍吹怨〔一一〕。峭向東闌倚,任輪與、梨雲烘暖〔一二〕。風外春聲,消寒何處庭院。

【校】

（1）"遲",區圖稿本同;上圖稿本原作"逢",後改此。

【注】

〔一〕梅溪：史達祖,字邦卿,號梅溪,宋汴京(今河南開封)人。有《梅溪詞》一卷。

〔二〕玉田：南宋詞人張炎,字叔夏,號玉田,又號樂笑翁。參見前《齊天樂》(青鞋踏遍)注。

〔三〕"琪樹"句：楊萬里《賀吉州李州守臘雪》詩："八邑山川一千里,盡種琪樹璣爲英。"琪樹,仙境中的玉樹。此喻被雪覆蓋的樹。
〔四〕玉田：傳說中產玉之田。此形容冰雪覆蓋的田野。李紳《登禹廟降雪》詩："玉田千畝合,瓊室萬家開。"
〔五〕探梅：尋訪梅花。陸游《初冬夜宴》詩："泛菊已成前日夢,探梅又續去年狂。"
〔六〕詠絮：東晉謝道韞曾以"柳絮因風起"的詩句比擬雪花飛舞,其叔父謝安大爲讚賞。《世說新語·言語》："謝太傅寒雪日内集,與兒女講論文義。俄而雪驟,公欣然曰：'白雪紛紛何所似？'兄子胡兒曰：'撒鹽空中差可擬。'兄女曰：'未若柳絮因風起。'公大笑樂。"
〔七〕裙腰：比喻狹長的小路。白居易《杭州春望》詩："誰開湖寺西南路,草綠裙腰一道斜。"
〔八〕試燈：參見前《驀山溪》(流雲試雨)注。
〔九〕雕瓊：玉雕,將凝凍之特殊樹物等喻爲冰雕藝術品。
〔一〇〕浮白：滿飲大杯酒。參見前《蘭陵王》(小屏側)注。
〔一一〕"休遣"句：宋仇遠《酹江月》詞："回首雪裏關山,玉龍吹怨,似替人幽咽。"
〔一二〕梨雲：常用以詠雪。唐岑參《白雪歌送武判官歸京》詩："北風捲地白草折,胡天八月即飛雪。忽如一夜春風來,千樹萬樹梨花開。"元陳樵《玉雪亭》詩之一："梨雲柳絮共微茫,春入園林一色芳。"

長　亭　怨(1)

題王又點詞卷〔一〕,用卷中歲暮寄別韻。

更休憶、賦愁時節。短筑悲涼〔二〕,壯懷如接。拍岸崩濤〔三〕,感時淒淚海天闊〔四〕。奈何頻喚,那恨與、清歌闋。斷夢幾驚心,看亂疊、遥空雲葉。

淒切。望天涯不見,黯黯釃寒城闕〔五〕。江湖載酒〔六〕,漫猶是、客腸愁結。數風信、恰到梅邊〔七〕,要吟思、參差清發〔八〕。怕變徵聲中〔九〕,依舊鬢絲催雪。

【校】

（1）此調即"長亭怨慢"。上圖稿本此首眉上有注云："此首寫在後《鳳池吟》第二首後。"又後《鳳池吟》與《宴清都》二首間有注云:"《長亭怨》一首寫在該處。"

【注】

〔一〕 王又點:王允晳(1867—1929),字又點,號碧棲,福建長樂人。光緒十一年(1885)舉人。官安徽婺源縣知縣。有《碧棲詞》一卷。

〔二〕 短筑:即筑,古代弦樂器,形似琴,有十三弦。演奏時,左手按弦的一端,右手執竹尺擊弦發音。吳泳《魚游春水》詞:"滿地松花不掃。鎮日春愁縈懷抱。誰能擊筑長歌,吹笛清嘯。"

〔三〕 "拍岸"句:蘇軾《念奴嬌》詞:"亂石崩雲,驚濤拍岸,捲起千堆雪。"

〔四〕 "感時"句:杜甫《春望》詩:"感時花濺淚,恨別鳥驚心。"

〔五〕 釀寒:酷寒,嚴寒。厲鶚《齊天樂》詞:"濕粉樓臺,釀寒城闕,不見春紅吹到。"

〔六〕 江湖載酒:宋吕渭老《二郎神》詞:"飄泊。江湖載酒,十年行樂。甚近日、傷高念遠,不覺風前淚落。"

〔七〕 風信:即番風、信風。隨著季節變化應時吹來的風。參見前《浪淘沙》(春殢小梅梢)注。

〔八〕 參差:很快,頃刻。 清發:清明煥發。李白《宣州謝朓樓餞別校書叔雲》詩:"蓬萊文章建安骨,中間小謝又清發。"

〔九〕 變徵聲:參見前《水龍吟》(銀箋偷譜)注。

東風第一枝

項用玉田《探春》韻,奉酬夢湘和梅溪春雪之作。復書以玉田韻律,皆視梅溪爲易,意若未甚慊者〔一〕。再用梅溪韻成此,且督夢湘和玉田也。

一白分梅〔二〕,交光待月〔三〕,吟邊葺袖偎暖。短檐滴玉聲輕〔四〕,小池點冰暈淺。纖綃誰鏤,似巧鬥、春紅香軟。定有人、閒指桃符〔五〕,錯認彩盤銀燕〔六〕。 闌倦倚、纈生醉眼〔七〕。花乍撲、凍凝酒面。去鴻留印芳堤〔八〕,閙蛾未鬧上苑〔九〕。春愁醒未,看繚亂、游絲如線。盼弄晴、風外秋千〔一〇〕,甚日隔牆窺見。 繚韻。次珊改云:彈餘珠淚、又攪入、春愁成繚。又"凍凝"本作"香凝",次珊以不入律改正。余性疏慢,不能守律過嚴,自與次珊往復,始一字不敢忽,亦一字不容忽。倡酬之樂與切劘之雅,皆軟紅香土中不輕有也。

【注】
〔一〕 慊:通"愜"。滿足,滿意。
〔二〕 "一白"句:宋仇遠《瑶花慢》詞:"把一白、分與梅花,要點壽陽妝額。"
〔三〕 "交光"句:待到月亮出來可見雪月交輝的美景。柳永《望遠行》詞:"彤雲收盡,别有瑶臺瓊樹。放一輪明月,交光清夜。"交光,指雪月交輝。
〔四〕 滴玉:指冰凌融化。
〔五〕 桃符:古代掛在大門上的兩塊畫著神荼、鬱壘二神的桃木板,以爲能壓邪。至五代時在桃木板上書寫聯語,其後書寫於紙上,稱爲春聯。
〔六〕 彩盤銀燕:古時元旦有畫燕以迎春的習俗。司空曙《酬衛長林歲日見呈》詩:"今朝彩盤上,神燕不須雷。"清乾隆帝弘曆《立春日春帖子》詩之二:"朱户葦桃才獻歲,彩盤韭薤又挑青。社前飛舞看銀燕,臘後昭蘇入畫屏。"
〔七〕 纈生醉眼:蘇舜欽《奉酬公素學士見招之作》詩:"神迷耳熱眼生纈,嚼盡寶墨狂酲消。"纈,音"協"。眼發花時出現在眼前的星星點點。多用於形容醉眼。
〔八〕 "去鴻"句:蘇軾《和子由澠池懷舊》詩:"人生到處知何似,應似飛鴻踏雪泥。泥上偶然留指爪,鴻飛那復計東西。"
〔九〕 鬧蛾:參見前《水龍吟》(歲寒禁煙)注。
〔一〇〕 "風外秋千"二句:張先《青門引》詞:"樓頭畫角風吹醒。入夜重門靜。那堪更被明月,隔牆送過秋千影。"

鳳池吟

春冰

薄碾綃雲〔一〕,愛琉璃滑,掩映麗日輕明。記宵闌酒渴〔二〕,吟邊細嚼〔三〕,齒頰香凝。問訊天街,幾時銅碗替春聲〔四〕。臨池好趁〔五〕,微凹烘暖〔六〕,晝永窗晴。　　心期説與誰識,怕東風難解,徹骨寒清。儘鳳鞋嬉(1)慣〔七〕,莫教忘了,節近燒燈〔八〕。影瀉流澌,最憐波底玉山傾〔九〕。頭綱到〔一〇〕,幾欣人、沸試瓶笙〔一一〕。

【校】
(1)"嬉",上圖稿本原作"抬",後改此。

【注】

〔一〕"薄碾"句：指春冰如綃素般薄雲碾壓而成。綃素，作書畫用的白色薄絹。　唐張彥遠《歷代名畫記·論畫體工用拓寫》："古人畫雲，未爲臻妙，若能沾溼綃素，點綴輕粉，縱口吹之，謂之吹雲。"

〔二〕酒渴：指酒後口渴。李群玉《答友人寄新茗》詩："愧君千里分滋味，寄與春風酒渴人。"

〔三〕"吟邊"句：邊吟詩邊嚼冰。

〔四〕"幾時"句：指春去夏來。銅碗，即冰盞。舊時賣冷食、冷飲或其他食品者所擊的銅盞。明劉侗、于奕正《帝京景物略·春場》："立夏日，啓冰，賜文武大臣，編氓得賣買，手二銅盞疊之，其聲磕磕，曰冰盞。"清文昭《京師竹枝詞》之五："食罷朱櫻與蠟櫻，賣冰銅碗已錚錚。疏簾清簟堪逃暑，處處蒲桃引竹棚。"元稹《和樂天早春見寄》詩："雨香雲淡覺微和，誰送春聲入棹歌。"

〔五〕臨池：《晉書·衛恒傳》："漢興而有草書……弘農張伯英者，因而轉精甚巧。凡家之衣帛，必書而後練之。臨池學書，池水盡黑。"後因以"臨池"指學習書法，或作爲書法的代稱。此指寫字。

〔六〕"微凹"句：把冰塊在硯池中融化。微凹，指硯。陸游《書室明暖，終日婆娑其間，倦則扶杖至小園，戲作長句》詩之二："重簾不捲留香久，古硯微凹聚墨多。"

〔七〕鳳鞋：舊時女子所穿的繡花鞋。以鞋頭花樣多繪鳳凰，故稱。

〔八〕燒燈：舉行燈會或燈市。指元宵節。蔣捷《絳都春》詞："歸時記約燒燈夜。早拆盡、秋千紅架。"

〔九〕玉山傾：喻水邊冰塊因融化而倒入水中。

〔一〇〕頭綱：指驚蟄前或清明前製成的首批貢茶。蘇軾《七年九月自廣陵召還汝公乞詩乃復用前韻》之一："上人問我遲留意，待賜頭綱八餅茶。"查慎行注："熊蕃《北苑茶錄》：'每歲分十餘綱，淮白茶，自驚蟄前興役，浹日乃成，飛騎疾馳，不出仲春，已至京師，號爲頭綱。'《苕溪漁隱叢話》：'北苑細色茶，五綱，凡四十三品，共七千餘餅。粗色茶，七綱，凡五品，共四萬餘餅。東坡《題汝公詩卷》'待賜頭綱八餅茶'，即今粗色紅綾袋餅八者是也。'"

〔一一〕忺人：誘人，令人欣喜。　瓶笙：古時以瓶煎茶，微沸時發音如吹笙，故稱。蘇軾《瓶笙》詩引："劉幾仲餞飲東坡，中觴聞笙簫聲……出於雙瓶，水火相得，自然吟嘯，蓋食頃乃已。坐客驚歎，得未曾有，請作《瓶笙》詩記之。"

鳳 池 吟

再賦春冰

粉凝鮫珠〔一〕,漬紅綃滑,豔福定共梅修〔二〕。記黃橙醉擘,玉纖脂膩,金斗香留〔三〕。殢暖忺寒〔四〕,爲伊消渴試輕甌〔五〕。花前笑説,聰明如爾,才稱溫柔。　　新妝向曉奩啓,幾翠罍呵凍〔六〕,看慣梳頭。只衛家司馬,綺懷消得,玉樣風流〔七〕。夢憶紗櫥〔八〕,素馨親剪熨香篝〔九〕。深深願,祝輕凘、莫放行舟〔一〇〕。宋詞:笑擘黃橙酒半醒,玉壺金斗欲生冰。見《陽春白雪》。又史邦卿詞:素馨枾荺太寒生,多剗春冰。

【注】

〔一〕 "粉凝"句:指成顆粒狀的春冰如晶瑩的珍珠。鮫珠,神話傳説中鮫人淚珠所化的珍珠。參見前《齊天樂·秋光》(新霜一夜)注。

〔二〕 豔福:謂春冰能夠與梅花同在,相映成美趣畫圖,真是修來的艷福。

〔三〕 金斗:飲器。孔平仲《懷井儀堂》詩:"金斗倒垂交勸飲,玉蟾分面各題詩。"

〔四〕 "殢暖"句:指酒後畏暖喜寒。殢,音"替","被……困擾"之謂。忺,喜歡。

〔五〕 "爲伊"句:指沖茶以解酒渴。甌,杯、碗之類的飲具。

〔六〕 翠罍:即翠罍油,古代婦女用以護髮的油脂。宋蔣捷《木蘭花慢·冰》詞:"妝樓。曉澀翠罍油。倦鬟理還休。"　呵凍:噓氣將凍凝的翠罍油化開。

〔七〕 "只衛家"三句:《晉書·衛瓘傳》:"(衛玠)總角乘羊車入市,見者皆以爲玉人,觀之者傾都。驃騎將軍王濟,玠之舅也,俊爽有風姿,每見玠輒歎曰:'珠玉在側,覺我形穢。'又嘗語人曰:'與玠同游,冏若明珠之在側,朗然照人。'……丞相王導教曰:'衛洗馬明當改葬,此君風流名士,海内所瞻,可修薄祭,以敦舊好。'"司馬,疑爲"洗馬"之誤。衛玠曾官太子洗馬。

〔八〕 紗櫥:當即"紗幮"。紗帳。室内張施用以隔層或避蚊。司空圖《王官》詩之二:"盡日無人只高卧,一雙白鳥隔紗幮。"

〔九〕 "素馨"句:將冰花喻爲潔白的素馨花,以强調春冰的温暖與芬芳。

〔一〇〕 輕凘:剛解凍的溪河上漂浮的薄薄春冰。宋趙彥端《滴滴金》詞:

"澄溪暝度輕漸白。對平湖、澹煙隔。"

宴　清　都

閨怨用蘋洲韻(1)〔一〕

愁沁眉根懶。餘酲醒，籤聲花外驚亂〔二〕。回燈就影，偎衾紀夢，墜歡餘半。襪塵已逐春空〔三〕，怕影入、菱花也換〔四〕。幾悵恨、十二巫峰〔五〕，朝雲暮雨誰管。　　凝妝記倚高樓〔六〕，歸帆望處，天近人遠。花前酒盞(2)。風前羅帶，爲誰消減。姮娥倘解憐儂〔七〕，試雙照、天涯淚眼〔八〕。怕青驄、縱有來時，好春漸晚。

【校】

（1）　上圖稿本有作者自注："此戊戌吟社舊作，《蜩知集》失載。偶於夾袋中得之，附錄於此。"區圖稿本無此小注。

（2）　《全宋詞》第 8295 頁載草窗原詞此句作"持杯顧曲"，未用韻。本詞"盞"字是韻。

【注】

〔一〕　蘋洲：南宋詞人周密。參見前《采綠吟》(小苑槐風靜)注。
〔二〕　籤聲：古代晚間報更時，更籤擲地的響聲。歐陽修《夫人閣》詩之五："玉殿籤聲玉漏催，彩花金勝巧先裁。"
〔三〕　襪塵：曹植《洛神賦》："休迅飛鳧，飄忽若神，凌波微步，羅襪生塵。"
〔四〕　菱花：鏡子。唐駱賓王《王昭君》詩："金鈿明漢月，玉箸染胡塵。古鏡菱花暗，愁眉柳葉顰。"
〔五〕　十二巫峰：用戰國宋玉《高唐賦》詠楚襄王遇巫山神女事。參見前《紫玉簫》(團扇歌闌)注。宋趙令畤商調《蝶戀花》鼓子詞十二首之十一："夢覺高唐雲雨散。十二巫峰，隔斷相思眼。"
〔六〕　"凝妝"句：王昌齡《閨怨》詩："閨中少婦不知愁，春日凝妝上翠樓。"
〔七〕　姮娥：《淮南子·覽冥訓》："羿請不死之藥於西王母，姮娥竊以奔月。"高誘注："姮娥，羿妻。羿請不死之藥於西王母，未及服之，姮娥盜食之，得仙，奔入月中，爲月精也。"姮，本作"恒"，俗作"姮"。漢代因避文帝劉恒諱，改稱常娥，通作嫦娥。

〔八〕 "試雙"句：杜甫《月夜》詩："何時倚虛幌，雙照淚痕乾。"

清 平 樂

十四日晨起，意有所會，率筆書此，以俟賞音。栩栩然蝶，蘧蘧然周，必於夢覺間求之〔一〕，滯矣(1)。

花間清坐。坐久渾忘我。好句自來還錯過。斷續幽禽如和〔二〕。　邈然山水虛深。昭文欲鼓無琴〔三〕。誰信百年泡幻〔四〕，等閒一刻千金。

【校】
（1）《定稿》光緒三十二年本無"栩栩然蝶"後數句。上圖稿本序上有注："'賞音'後不著一字為佳。"

【注】
〔一〕 "栩栩"三句：參見前《摸魚子》(甚人天)注。
〔二〕 幽禽：樹深處鳴聲幽雅的小鳥。姜夔《月下笛》詞："與客攜壺，梅花過了，夜來風雨。幽禽自語。啄香心、度牆去。"
〔三〕 "昭文"句：《莊子·齊物論》："有成與虧，故昭氏之鼓琴也；無成與虧，故昭氏之不鼓琴也。昭文之鼓琴也，師曠之枝策也，惠子之據梧也，三子之知，幾乎！"昭文，古善琴者。
〔四〕 泡幻：謂虛幻。王禹偁《月波樓詠懷》詩："身世喻泡幻，衣冠如贅瘤。"

東 風 第 一 枝

元夕雨中用梅溪韻〔一〕，同夢湘作，並約次珊、古微和(1)。

膏潤銅街〔二〕，煙籠火樹〔三〕，春城清(2)颺更鼓。暗塵愁斂餘香，俊約(3)恐乖舊處〔四〕。銀球飛迸，漫吟想、雲開星聚。要彩光、流照天衢，散卻半空霏霧〔五〕。　風乍過、管弦時度。寒自忍、綺羅倦侶。伴人蜜炬分光〔六〕，買春玉壺覓句〔七〕。閒門深閉，任芳節、陰晴無據。聽笑歸(4)、閒話鄰娃〔八〕，月共去年人去。

【校】

（1）《剩稿》光緒三十二年本、區圖稿本無"並約次珊、古微和"句。
（2）"清"，《剩稿》光緒三十二年本作"輕"。
（3）"俊約"，上圖稿本原作"後約"，後改此。
（4）"笑歸"，上圖稿本原作"喚歸"，後改此。

【注】

〔一〕元夕：農曆正月十五日，即元夜、元宵，又稱上元節。
〔二〕"膏潤"句：雨露滋潤京城。銅街，代指京都鬧市。參見前《高陽臺》（柳外青旗）注。
〔三〕火樹：比喻從上而下繁盛地成串排列的燈火。唐蘇味道《正月十五夜》詩："火樹銀花合，星橋鐵鎖開。"
〔四〕"俊約"句：歐陽修《生查子·元夕》詞："去年元夜時，花市燈如晝。月上柳梢頭，人約黃昏後。今年元夜時，月與燈依舊。不見去年人，淚濕春衫袖。"
〔五〕"銀球"四句：描狀放煙花的情境。天衢，天街。此指京城。《文選》卷二張衡《西京賦》："豈伊不虔思於天衢，豈伊不懷歸於枌榆。"劉良注："天衢，洛陽也。"
〔六〕蜜炬：蠟燭。周邦彥《荔枝香近》詞："何日迎門，小檻朱籠報鸚鵡，共翦西窗蜜炬。"
〔七〕"買春"句：飲酒吟詩。舊題司空圖《二十四詩品》"典雅"條："玉壺買春，賞雨茅屋。"春，指酒。
〔八〕"聽笑歸"句：姜夔《鷓鴣天》詞："芙蓉影暗三更後，臥聽鄰娃笑語歸。"

驀山溪

塵緣相誤。大錯從何鑄〔一〕。歸夢碧山遙，水雲空、人間難住。落梅如雪，拂面作春寒〔二〕，登廣武〔三〕，泣新亭〔四〕，先我傷心許。　　雨巾風帽〔五〕，著酒(1)長安路〔六〕。老至厭悲歌，炙銀簧、玉靴寒冱〔七〕。百年浩蕩〔八〕，憔悴惜初心〔九〕，飛鳥外，落霞(2)邊，那是愁來處。

【校】

（1）"著酒"，區圖稿本作"吹醉"；上圖稿本原作"吟醉"，後改"吹醉"，再改此。
（2）"落霞"，上圖稿本原作"落雯"，後改此。

【注】

〔一〕"大錯"句：辛棄疾《賀新郎》（把酒長亭）詞："鑄就而今相思錯，料當初、費盡人間鐵。長夜笛，莫吹裂。"
〔二〕"落梅"二句：李煜《清平樂》詞："砌下落梅如雪亂，拂了一身還滿。"
〔三〕登廣武：《晉書·阮籍傳》："（阮籍）嘗登廣武，觀楚漢戰處，歎曰：'時無英雄，使豎子成名。'"廣武，古城名。故址在今河南滎陽東北廣武山上。有東西二城。隔澗相對。楚漢相爭時，劉、項各佔一城，互相對峙。《史記·項羽本紀》："項王已定東海，來西與漢俱臨廣武而軍，相守數月。"
〔四〕泣新亭：參見前《鶯啼序》（無言畫闌）注。
〔五〕"雨巾"句：范成大《正月十四日雨小集夜歸》詩："燈市淒涼燈火稀，雨巾風帽笑歸遲。"雨巾，即林宗巾。《後漢書·郭太傳》："（郭太）嘗於陳梁間行遇雨，巾一角墊，時人乃故折巾一角，以為'林宗巾'。"
〔六〕著酒：醉酒。著，貪戀。
〔七〕"炙銀"句：指把嚴寒凍結的笙簧烘暖。唐崔顥《岐王席觀妓》詩："拂匣先臨鏡，調笙更炙簧。"炙簧，烘暖笙簧。玉靴，指玉靴笙。宋李萊老《西江月》詞："更深猶喚玉靴笙，不管西池露冷。"寒冱，嚴寒凍結；冱，音"互"。唐陳岵《履春冰賦》："因潤下而生德，由寒冱以生姿。"
〔八〕"百年"句：指人生無常。浩蕩，無常，不定。南朝梁何遜《入西塞示南府同僚》詩："年事以蹉跎，生平任浩蕩。"
〔九〕初心：本意，本心。陸游《木蘭花慢》詞："奈華嶽燒丹，青谿看鶴，尚負初心。"

玉漏遲

百獲亭夜宴有贈〔一〕

清歌花外裊。卅年綺夢，無端驚覺。影散優曇〔二〕，那似情塵難掃〔三〕。栀觸春衫淚點，又雛燕、泥人癡小。新恨悄。渭城還唱，何戡淒調〔四〕。　　幾度顧影臨風,問舊日當歌,是何年少。花落花開,詩裏劉郎輕老〔五〕。愁訴貞元軼事〔六〕,只我也、不禁潦倒。休暗惱。明朝鏡霜添了。

【注】

〔一〕 百獲亭:待考。
〔二〕 優曇:佛教語,即優曇鉢花。俗稱曇花。《妙法蓮華經·方便品》:"佛告舍利佛,如是妙法,諸佛如來,時乃説之,如優曇鉢花,時一現耳。"蘇轍《那吒》詩:"佛如優曇難值遇,見者聞道出生死。"
〔三〕 情塵:指情愛,情慾。佛教視情慾若塵垢。王維《戲贈張五弟諲》詩之三:"吾生好清静,蔬食去情塵。"
〔四〕 "渭城"二句:用劉禹錫《與歌者何戡》詩事。參見前《摸魚子》(甚陰陰)注。
〔五〕 劉郎:指劉禹錫。
〔六〕 貞元軼事:味詞意,殆指唐代詩人白居易與劉禹錫參與貞元政治革新而遭罷黜,離别二十三年後,於敬宗寶曆二年(826)在揚州重逢賦詩事。劉禹錫《酬樂天揚州初逢席上見贈》詩:"巴山楚水淒涼地,二十三年棄置身。懷舊空吟聞笛賦,到鄉翻似爛柯人。沉舟側畔千帆過,病樹前頭萬木春。今日聽君歌一曲,暫憑杯酒長精神。"貞元,唐德宗年號(785—805)。此作似以暗傷戊戌變法失敗事。

御 街 行

漁洋山人有贈雁詞〔一〕,曹珂雪嘗和之〔二〕。春宵風雨,歸鴻送聲,亦擬作一解。

小窗夜静寒生處。嘹唳征鴻度〔三〕。問誰憐爾苦隨陽〔四〕,珍重雲羅前路。春波蒲稗,鷺翹梟没,回首應輸與〔五〕。　驚寒往事休重訴〔六〕。空付琴邊語。此行定自雁峰回〔七〕,消息嶺雲安否。江湖滿地〔八〕,得歸儘好,無處無風雨。

【注】

〔一〕 漁洋山人:清王士禛別號。參見前《翠樓吟》(磬落風圓)注。
〔二〕 曹珂雪:曹貞吉(1634—1698),字升階,又字升六,號實庵,山東安邱人。康熙三年(1664)進士,考授内閣中書,以疾辭湖廣學政歸里。有《珂雪詞》二卷。

〔三〕嘹唳:形容聲音響亮淒清。謝朓《從戎曲》:"嘹唳清笳轉,蕭條邊馬煩。"

〔四〕隨陽:跟著太陽運行。指候鳥依季節而定行止。《尚書‧禹貢》"陽鳥攸居"孔傳:"隨陽之鳥,鴻雁之屬,冬月所居於此澤。"孔穎達疏:"日之行也,夏至漸南,冬至漸北,鴻雁之屬,九月而南,正月而北。"

〔五〕"春波"三句:指相比之下鴻雁不如鷺鳥和野鴨悠閒自在。蒲稗,蒲草與稗草。鷺翹句,鷺鳥抬頭遠望,野鴨潛水。

〔六〕"驚寒"句:蘇軾《卜算子‧孤雁》詞:"驚起卻回頭,有恨無人省。揀盡寒枝不肯棲,寂寞沙洲冷。"

〔七〕雁峰:回雁峰。在今湖南衡陽。傳說北雁南飛至此不過,遇春而回。

〔八〕"江湖"句:杜甫《秋興八首》之七:"關塞極天唯鳥道,江湖滿地一漁翁。"

解 連 環

秋千

謝娘池閣〔一〕。詫⁽¹⁾東風俊賞,鳳鷥飄泊〔二〕。弄倩影、裙帶牽愁,儘著作平⁽²⁾意絆春,柳絲嫌弱。背立無言〔三〕,記前度、庭花驚落。算年光爛錦,付與隔牆,語笑⁽³⁾依約〔四〕。　重扃鎖煙漠漠〔五〕。只多情夜月,留照紅索。悄不慣、簾外輕寒,數歡事橋東,又總閒卻。有限餘香,忍一任、游蜂狂撲〔六〕。向黃昏、繡牀困倚⁽⁴⁾,鬢蟬自掠〔七〕。

【校】

(1) "詫",《剩稿》光緒三十二年本作"鬥"。

(2) 《剩稿》光緒三十二年本無小注"作平"。上圖稿本頁眉有批註云:"'作平'二字可省。"

(3) "語笑",《剩稿》光緒三十二年本作"笑語"。

(4) "困倚",《剩稿》光緒三十二年本作"倦倚"。

【注】

〔一〕謝娘:唐宰相李德裕家謝秋娘爲名歌妓。後因以"謝娘"泛指歌妓。

李賀《惱公》詩:"春遲王子態,鶯囀謝娘慵。"晏殊《訴衷情》詞:"夜寒濃。謝娘愁臥,潘令閒眠,心事無窮。"

〔二〕"鳳鶯"句:原喻有才之人不得志,飄泊不定,此以鳳飛鶯翔喻女士蕩秋千的縹緲姿態。

〔三〕"背立"句:宋薛幾聖《漁家傲·梅影》詞:"雪月照梅溪畔路。幽姿背立無言語。冷浸瘦枝清淺處。香暗度。妝成處士橫斜句。"

〔四〕"付與"二句:蘇軾《蝶戀花》詞:"牆裏秋千牆外道。牆外行人,牆裏佳人笑。笑漸不聞聲漸悄。多情卻被無情惱。"

〔五〕"重扃"句:歐陽修《蝶戀花》詞:"庭院深深深幾許。楊柳堆煙,簾幕無重數。"重扃,關閉著的重重門戶。漢武帝《落葉哀蟬曲》:"虛房冷而寂寞,落葉依於重扃。"

〔六〕"有限"二句:吳文英《風入松》詞:"黃蜂頻撲秋千索,有當時、纖手香凝。"

〔七〕鬌蟬:即蟬鬌。古代婦女的一種髮式。兩鬌薄如蟬翼,故稱。晉崔豹《古今注·雜注》:"魏文帝宮人絕所寵者,有莫瓊樹、薛夜來、田尚衣、段巧笑,日夕在側,瓊樹乃製蟬鬌。縹眇如蟬翼,故曰蟬鬌。"晏幾道《更漏子》詞:"釵燕重,鬌蟬輕,一雙梅子青。"

風 入 松

社集玉湖趺館[一],題金冬心畫梅[二]。

嫩寒籬落憶山村[三]。水月寫春痕。茜裳翠袖相逢處,是逋仙、曾裊吟魂[四]。疏影橫斜清淺,暗香浮動黃昏[五]。　歐畫師著意與傳神。仿佛見真真[六]。黛眉清潤唇脂膩,付春風、詞筆溫存[七]。自笑老懷癡絕,佩環日盼昭君[八]。口脂、眉黛,冬心自題語。蔣伯生跋贈墨竉,以遣嫁明妃爲喻。故戲及之。

【注】

〔一〕玉湖趺館:當指朱祖謀家樓館。朱氏《采綠吟》詞序云:"湖趺漾爲吾鄉煙水勝處……暇當倩客作玉湖趺館圖。"

〔二〕金冬心:金農(1687—1764),字壽門、司農、吉金,號冬心,又號稽留山民、曲江外史、昔耶居士等。浙江仁和(今杭州)人,久居揚州。揚州八怪之一。平生未仕,曾被薦舉博學鴻詞科,入京未試而返。博學多才,精篆刻、鑒定、善畫,尤精墨梅。著有《冬心畫梅題記》等。

〔三〕嫩寒:輕寒。王詵《踏青游》詞:"金勒狨鞍,西城嫩寒春曉。" 籬落:即籬笆。柳宗元《田家》詩之二:"籬落隔煙火,農談四鄰夕。"

〔四〕逋仙:宋林逋隱於西湖孤山,不娶,種梅養鶴以自娛,人謂之"梅妻鶴子",後世常以"逋仙"稱譽之。 吟魂:詩情,詩思。唐李咸用《雪》詩:"高樓四望吟魂斂,卻憶明皇月殿歸。"

〔五〕"疏影"二句:林逋《山園小梅二首》之一:"疏影橫斜水清淺,暗香浮動月黃昏。"

〔六〕真真:杜荀鶴《松窗雜記》:"唐進士趙顏於畫工處得一軟障,圖一婦人甚麗,顏謂畫工曰:'世無其人也,如可令生,余願納爲妻。'畫工曰:'余神畫也,此亦有名,曰真真,呼其名百日,晝夜不歇,即必應之,應則以百家彩灰酒灌之,必活。'顏如其言,遂呼之百日……果活,步下言笑如常。"後因以"真真"泛指美人。

〔七〕"付春風"句:姜夔《暗香》詞:"何遜而今漸老,都忘卻春風詞筆。"

〔八〕"佩環"句:杜甫《詠懷古跡五首》之三:"畫圖省識春風面,環佩空歸月夜魂。"佩環,玉佩。昭君,王昭君。姜夔《疏影》詞:"昭君不慣胡沙遠,但暗憶、江南江北。想佩環、月夜歸來,化作此花幽獨。"

念 奴 嬌

日望樓春眺〔一〕,有懷仲弓(1)。

東風吹面,又等閒春色,三分過二。歡事難期花易老,莫放闌干閒裏。怨極書空〔二〕,愁來説夢〔三〕,舊曲還慵理。春雲無恙,林鶯休訴憔悴。 遥指一角飛檐,百年裙屐盛〔四〕,江家亭子〔五〕。韋杜風煙(2)天尺五〔六〕,消得流光如水。經醉湖山,笑人魚鳥〔七〕,自惜登臨意。小桃紅綻,嫣然知向誰媚。

【校】

(1) "仲弓",疑爲"仲恭"之誤。張仲炘《角招》"畫闌憑"序云:"左笏卿招同人消夏於文仲恭寓樓。酒酣對月更唱疊和,涼露侵衣,聞寺鐘鏗然,逡巡始散。昔與仲恭一燈相對時無此豪邁也。"(《瞻園詞》)

(2) "風煙",《清季四家詞》本《定稿》作"風輕",疑誤。

【注】

〔一〕 日望樓：文仲恭家之樓閣。據張仲炘《繞佛閣》（霽煙半斂）詞序云："薄暮訪文仲恭日望樓不值，用清真韻寄意，即以贈别。"另《浪淘沙慢》（黯凝望）序云："余游龍樹寺始於丙子春闈放榜之夕，少長十人流連沾醉，通籍以後足跡罕經。戊戌之秋，文仲恭侍御僦居寺之東樓，又數數過從者兩月餘。仲恭去，或與諸生講藝，或偕同志聯吟，月輒三四至，遂長結香火緣矣。今年正月，余偕高理臣少京兆同日被放，將出國門，知好諸公復觴餞於此，繪日望樓餞别圖，各以詩詞見贈。……時光緒庚子二月十二日。"聯繫前面《角招》序可知文仲恭寓所即在龍樹寺院内日望樓。另，章華亦有《角招·社集日望樓》詞（《淡月平芳館詞》）。

〔二〕 書空：南朝宋劉義慶《世説新語·黜免》："殷中軍被廢，在信安，終日恒書空作字。揚州吏民尋義逐之，竊視，唯作'咄咄怪事'四字而已。"後以"書空咄咄"爲歎息、憤慨之典。蘇軾《行香子·秋興》詞："問公何事，不語書空。但一回醉，一回病，一回慵。"

〔三〕 説夢：周邦彦《鳳來朝》詞："説夢雙蛾微斂。錦衾温、酒香未斷。"

〔四〕 裙屐：藉指衣著時髦的富家子弟。趙翼《陪松崖漕使宴集九峰園並爲湖舫之游作歌》："綺寮砥室交掩映，最玲瓏處集裙屐。"

〔五〕 江家亭子：即江亭，亭爲康熙中水部郎江藻所建。亦稱陶然亭。

〔六〕 韋杜：唐代韋氏、杜氏的並稱。參見前《齊天樂》（鬱葱喬木）注。

〔七〕 魚鳥：魏晉嵇康《與山巨源絶交書》："游山澤，觀魚鳥，心甚樂之。"

花心動

花朝〔一〕。用夢窗韻。

無賴東風，底匆匆、催到酴醾花時候〔二〕。錦樣韶華，水樣輕寒，春意困人如酒。月圓難得花生日(1)〔三〕，芳心事、姮娥知否。好珍重，鳳鞋舊約〔四〕，俊游休負。　　春社(2)前番散後〔五〕。還忺雨忺晴〔六〕，較量難就。刀尺深閨〔七〕，待試輕衫，腰衩可憐消瘦〔八〕。庭陰撲蝶年年慣，誰惜取、粉香紅溜〔九〕。燕來也、閒情爲伊暗逗。

【校】

（1） 夢窗《花心動》（十里東風）詞此句，《夢窗稿》作"乍看搖曳金絲袖"，

《詞譜》作"乍看搖曳金絲綏",均入韻;《全宋詞》作"乍看搖曳金絲細",不入韻。半塘詞此句不入韻。

(2) "春社",區圖稿本原作"春色",後改此。

【注】

〔一〕花朝:參見前《浪淘沙》(春殢小梅梢)注。

〔二〕酹花:花謝時以酒祭花。酹,以酒澆地,表示祭奠。吳文英《龍山會》詞:"驚雁落清歌,酹花倩、觥船快瀉。"

〔三〕"月圓"句:俗有"月夕花朝"之諺,故謂花好月圓的日子很難得。

〔四〕鳳鞋:古代仕女繡得有鳳凰圖案的繡花鞋,亦泛指繡花鞋。此句謂女伴相邀郊野挑菜、踏青。宋仲殊《踏莎行》詞:"鳳鞋濕透立多時,不言不語厭厭地。"

〔五〕春社:參見前《百字令》(過春社了)注。

〔六〕忺雨忺晴:欲雨欲晴。

〔七〕"刀尺"句:指閨閣的女紅活計。沈佺期《剪綵》詩:"寒依刀尺盡,春向綺羅生。"

〔八〕"腰衩"句:謂腰肢瘦損。史達祖《三姝媚》詞:"諱道相思,偷理綃裙,自驚腰衩。"

〔九〕粉香紅溜:喻花兒紛紛飄落。與前句聯讀,意謂在庭園撲蝴蝶,誰會憐惜花兒都被撲打得紛紛飄落了呢。朱彝尊《燕山亭》詞:"燕外游絲,惹多少、粉香紅溜。"紅溜,指花兒飄落。溜,滑落。

楊 柳 枝

擬花間〔一〕

賦裏長楊舊有名〔二〕。即看眉樣亦傾城〔三〕。朝元(1)閣上春風軟,莫更思量作雨聲〔四〕。

【校】

(1) "朝元"句,《定稿》光緒三十二年本作"春風軟入朝元閣"。

【注】

〔一〕花間：《花間集》，五代後蜀趙崇祚編，選晚唐五代十八家詞五百首。

〔二〕長楊：秦漢宮名。故址在今陝西省周至縣東南。《三輔黄圖·秦宮》："長楊宮在今盩厔縣東南三十里，本秦舊宮，至漢修飾之以備行幸。宮中有垂楊數畝，因爲宮名；門曰射熊館。秦漢游獵之所。"揚雄有《長楊賦》。

〔三〕眉樣：畫眉的式樣。喻柳葉初生如眉。

〔四〕"朝元"二句：杜常《華清宮》詩："朝元閣上西風急，都入長楊作雨聲。"朝元閣，唐代閣名。故址在陝西臨潼驪山華清宮內，爲唐玄宗與楊貴妃常游之地。

前　　調

飛絮空蒙鎖畫樓。年年寒食聽離留〔一〕。爭信龍池三二月〔二〕，片風絲雨欲驚秋。

【注】

〔一〕離留：亦稱黄離留、黄鸝留、黄栗留。即黄鸝。鳥名。身體黄色，自眼部至頭後部黑色，嘴淡紅。鳴聲動聽，常被飼養作籠禽。也叫鶬鶊或黄鶯。

〔二〕龍池：藉指北京皇城。程大昌《雍録》卷四"興慶宮説"條："大興京城東南角有坊名'隆慶'，中有明皇爲諸王時故宅。宅有井，井溢成池，中宗時數有雲龍之祥，帝亦數幸以厭當之。後引龍首堰水注池，池面益廣，即龍池也。明皇開元二年七月以宅爲宮……是爲興慶宮也……玄宗自蜀回居此宮。"

齊　天　樂

馬神廟海棠〔一〕，百年故物也。春事方酣，意古微日吟賞其下〔二〕，不能無詞，擬此待和。

豔陽初破瓊姬睡〔三〕,依稀沁園軼事〔四〕。繡幄圍鴛,簫臺駐鳳〔五〕,隔斷香紅塵世。繁華夢裏。記別殿承恩〔六〕,綠章催霽〔七〕。幾番去⁽¹⁾花風,舊時香色怎⁽²⁾憔悴。　承平歌舞漫憶,儘燒殘絳燭,密意誰會〔八〕。海燕移家〔九〕,仙雲換影,贏得嬬娥⁽³⁾清淚〔一〇〕。殷勤步綺〔一一〕。莫付與鶯鄰,妒春桃李。黃月簾低,倩魂縈倦蕊〔一二〕。

【校】

（1）《定稿》光緒三十二年本"番"字後無小注"去"。

（2）"怎",《定稿》光緒三十二年本、區圖稿本作"底";上圖稿本原作"底",後改此。

（3）"嬬娥",區圖稿本作"嫠蟾";上圖稿本原作"嫠蟾",後改此。

【注】

〔一〕馬神廟:位於今北京景山東街（原馬神廟街）,始建於明正統十一年（1446）。

〔二〕古微:朱祖謀。參見前《八聲甘州》（甚無風雨）注。

〔三〕瓊姬:傳說芙蓉城中仙女名。藉指美女。趙彥衛《雲麓漫鈔》卷一〇:"王迥字子高,族弟子立,爲蘇黃門壻,故兄弟皆從二蘇游。子高後受學於荆公。舊有周瓊姬事,胡徽之爲作傳,或用其傳作《六幺》。東坡復作《芙蓉城》詩,以實其事。"此藉指海棠。

〔四〕沁園:園林名。爲東漢明帝女沁水公主所有。建初二年被竇憲所奪。後泛稱公主的園林爲"沁園"。乾隆第四女和嘉公主有故第在馬神廟附近。

〔五〕"簫臺"句:用蕭史與弄玉吹簫引鳳並乘鳳仙去事。參見前《鶯啼序》（西風漫歌）注。

〔六〕別殿:正殿以外的殿堂。唐韓琮《公子行》詩:"紫袖長衫色,銀蟬半臂花。帶裝盤水玉,鞍繡坐雲霞。別殿承恩澤,飛龍賜渥窪。控羅青裹轡,鏤象碧熏䋶。意氣傾歌舞,闌珊走鈿車。袖障雲縹緲,釵轉鳳歆斜。珠籠迎歸箔,雕籠晃醉紗。唯無難夜日,不得似仙家。"

〔七〕"綠章"句:陸游《花時遍游諸家園》詩:"綠章夜奏通明殿,乞借春陰護海棠。"綠章,即青詞。舊時道士祭天時所寫的奏章表文,用朱筆寫在青藤紙上,故名。

〔八〕"儘燒"二句:蘇軾《海棠》詩:"只恐夜深花睡去,更燒高燭照紅妝。"

〔九〕"海燕"句:劉禹錫《烏衣巷》詩:"舊時王謝堂前燕,飛入尋常百姓家。"

〔一〇〕嬭娥：嫦娥。吳潛《糖多令》詞："想嬭娥，自古多愁。安得仙師呼鶴駕，將我去，廣寒游。"

〔一一〕步綺：綺羅製作的步障。杜甫《中宵》詩："西閣百尋餘，中宵步綺疏。"

〔一二〕倩魂：少女的夢魂。此指海棠花魂。

鳳凰臺上憶吹簫

社集香草亭賦簫〔一〕。

明月依然，玉人何處，畫橋流水參差〔二〕。記短歌催酒〔三〕，惜別年時。休問笛家舊譜〔四〕，寒食近、煙柳絲絲。憐消受，分香手汗，浥潤脣脂〔五〕。　孤飛。野雲跡渺〔六〕，還一舸煙波，應譜(1)新詞〔七〕。問歲寒疊鼓〔八〕，春夢應迷。何事潛蛟夜舞，歌慷慨、懷古增悲〔九〕。頻吟弄(2)，夫君未來，要眇誰思〔一〇〕。

【校】

(1)"應譜"，《定稿》光緒三十二年本、區圖稿本作"自和"；上圖稿本原作"自和"，後改此。

(2)"頻吟弄"，區圖稿本作"勞吟望"；上圖稿本原作"勞吟望"，後改此。

【注】

〔一〕香草亭：在今北京朝陽門外之芳草園，園已廢。

〔二〕"明月"三句：杜牧《寄揚州韓綽判官》詩："二十四橋明月夜，玉人何處教吹簫。"參差，古代樂器名。後稱爲洞簫，即無底的排簫。

〔三〕"記短歌"句：曹操《短歌行》："對酒當歌，人生幾何。"短歌，指《短歌行》，樂府平調七曲之一。

〔四〕"休問"句：周邦彦《月下笛》詞："靜倚官橋吹笛。映宮牆、風葉亂飛，品高調側人未識。想開元舊譜，柯亭遺韻，盡傳胸臆。"

〔五〕"分香"二句：指美人吹簫時手汗和口脂把簫沾濕。

〔六〕"孤飛"二句：張炎《詞源》："姜白石如野雲孤飛，去留無跡。"

〔七〕"還一二"句：姜夔《過垂虹》詩："自作新詞韻最嬌，小紅低唱我吹簫。曲終過盡松陵路，回首煙波十四橋。"

〔八〕疊鼓：指擊鼓聲。蘇軾《游博羅香積寺》詩："霏霏落雪看收面，隱隱疊鼓聞春糠。"

〔九〕"何事"二句：蘇軾《赤壁賦》："於是飲酒樂甚，扣舷而歌之。歌曰：'桂棹兮蘭槳，擊空明兮泝流光。渺渺兮予懷，望美人兮天一方。'客有吹洞簫者，倚歌而和之，其聲嗚嗚然，如怨如慕，如泣如訴，餘音裊裊，不絕如縷，舞幽壑之潛蛟，泣孤舟之嫠婦。"

〔一〇〕"夫君"二句：《楚辭·九歌·湘君》："美要眇兮宜修……望夫君兮未來，吹參差兮誰思。"要眇，美好貌。

玉 蝴 蝶

香草亭賦蝶。

莫問南園風景〔一〕，可憐幽草，知爲誰芳。作意翩翩〔二〕，春恨不到花房。夢初回、粉痕微(1)褪〔三〕，妝乍試、眉樣偸長〔四〕。細評量。等閒圖畫，休說滕王〔五〕。　　回廊。佳人撲處，翠衫羅扇(2)，慣擲流光。唾碧闌干〔六〕，算來不負是眠香〔七〕。絮花晚、任迷望眼〔八〕，彩絲軟、那繫柔腸。占春陽。玉奴身世〔九〕，未礙輕狂。

【校】

（1）"微"，上圖稿本原作"凝"，後改此。

（2）"羅扇"，上圖稿本原作"羅袖"，後改此。

【注】

〔一〕"莫問"句：晉張協《雜詩》之八："藉問此何時，蝴蝶飛南園。"南園，泛指園圃。

〔二〕翩翩：上下飛動貌。朱淑真《春日行》詩："何處飛來雙蛺蝶，翩翩飛入尋香徑。"

〔三〕"夢初回"句：宋儲泳《齊天樂》詞："輕衫粉痕褪了，絲緣餘夢在，良宵偏短。"

〔四〕"眉樣"句：以蝴蝶兩道長觸鬚喻女子長眉。

〔五〕"等閒"二句：王建《宮詞》："内中數日無呼喚，揭得滕王蛺蝶圖。"

〔六〕唾碧：當指唾絨。古代婦女刺繡，每當停針換線、咬斷繡線時，口中常沾留綫絨,隨口吐出,俗謂唾絨。元虞集《竹杏沙頭鸂鶒》詩:"荷花啼鳥銀屏暖,卧看窗間唾碧茸。"

〔七〕 眠香:史達祖《玉篸凉》詞:"藍橋雲樹正緑,料抱月、幾夜眠香。"

〔八〕 絮花:即楊花柳絮。宋施樞《西河柳》詩:"一把輕絲拂地垂,柔梢淺淺抹燕脂。絮花吹盡枝方長,卻憾春風未得知。"

〔九〕 玉奴:南朝齊東昏侯妃潘氏,小名玉兒,詩詞中多稱"玉奴"。又唐玄宗妃楊太真小名玉奴。此謂宫中貴婦。

水 龍 吟

梨花

是誰刻意裁冰,要争六出天葩麗〔一〕。華清浴罷(1),玉容寂寞〔二〕,啼妝初試〔三〕。淡極成妍,空中有色,餘花漫比(2)。儘千紅萬紫,枝頭春鬧〔四〕,自占得(3)、青蕪地〔五〕。　　桹觸吟邊新恨,絮飛時、東闌閒倚〔六〕。芳心一點,微酸醖釀〔七〕,暗憐幽意。夢也闌珊,斷橋任說,暮雲無際〔八〕。只愁他(4)風雨,含情脈脈,正重門閉〔九〕。"夢不到梨花路,斷橋長,無限暮雲。"夢窗詞也。(5)

【校】

(1) "浴罷",《剩稿》光緒三十二年本作"月冷"。

(2) "漫比",區圖稿本作"怎比";上圖稿本原作"怎比",後改此。

(3) "占得",區圖稿本作"占立";上圖稿本原作"占立",後改此。

(4) "愁他",區圖稿本作"憂愁";上圖稿本原作"憂愁",後改此。

(5) 《剩稿》光緒三十二年本無自注。

【注】

〔一〕 六出天葩:指雪花,成六角形。出,花分瓣叫出。天葩,非凡的花。韓愈《醉贈張秘書》詩:"東野動驚俗,天葩吐奇芬。"

〔二〕 "華清"二句:白居易《長恨歌》詩:"春寒賜浴華清池,温泉水滑洗凝脂。侍兒扶起嬌無力,始是新承恩澤時。……雲鬢半偏新睡覺,花冠不整下堂來。風吹仙袂飄飄舉,猶似霓裳羽衣舞。玉容寂寞淚闌干,梨花一枝春帶雨。"

〔三〕 啼妝:東漢時,婦女以粉薄拭目下,有似啼痕,故名。《後漢書·五行志一》:"啼妝者,薄拭目下若啼處……始自大將軍梁冀家所爲,京都歙然,諸夏皆仿效。"五代韋莊《閨怨》詩:"啼妝曉不乾,素面凝香雪。"

〔四〕 "枝頭"句:宋宋祁《玉樓春》詞:"綠楊煙外曉寒輕,紅杏枝頭春意鬧。"

〔五〕 "自占"句:周邦彥《水龍吟·梨花》詞:"素肌應怯餘寒,豔陽占立青蕪地。"

〔六〕 "悵觸"二句:蘇軾《東欄梨花》詩:"梨花淡白柳深青,柳絮飛時花滿城。惆悵東欄一株雪,人生看得幾清明。"

〔七〕 "芳心"二句:指梨花成實,梨核帶酸味。

〔八〕 "夢也"三句:宋王質《清平樂》詞:"斷橋流水。香滿扶疏里。忽見一枝明眼底。人在山腰水尾。　梨花應夢紛紛。征鴻叫斷行雲。不見綠毛幺鳳,一方明月中庭。"宋吳文英《戀繡衾》詞:"夢不到梨花路,斷長橋、無限暮雲。"

〔九〕 "只愁"三句:宋李重元《憶王孫》詞:"杜宇聲聲不忍聞。欲黃昏。雨打梨花深閉門。"

石　州　慢

補題《春明秋餞圖》,寄耕夫同年鄂(1)中〔一〕。

滿目關河,霏雨換晴,離思宜(2)軫〔二〕。前歡共認襟痕〔三〕,暮色乍催霜信。一樽相屬,起舞更爲君歌,蒼茫底用前期問。圖畫料難傳,黯秋心一寸。　愁損。半簾華月,萬里荒波(3),百年塵鬢。安遠樓高〔四〕,籌筆金狨閒隱〔五〕。功名鏡裏〔六〕,自笑老去悲秋,吟邊心事消磨盡。堤柳又青青,遲天涯芳訊。

【校】
(1) "鄂",上圖稿本原作"郢",後改此。
(2) "宜",區圖稿本作"空";上圖稿本原作"空",後改此。
(3) "荒波",區圖稿本作"鯨波";上圖稿本原作"鯨波",後改此。

【注】
〔一〕 耕夫:待考。

〔二〕輵:盛多湊集貌。《淮南子·兵略訓》:"畜積給足,士卒殷輵。"高誘注:"輵,乘輪多盛貌。"杜甫《秋日夔府詠懷奉寄鄭監李賓客一百韻》:"宵旰憂虞輵,黎元疾苦駢。"

〔三〕襟痕:泛指衣服上的淚痕。唐喻坦之《陳情獻中丞》詩:"取進心甘鈍,傷嗟骨每驚。塵襟痕積淚,客鬢白新莖。"

〔四〕安遠樓:故址在武昌黃鵠山上,一名南樓。建於宋淳熙十三年(1186)。姜夔曾自度《翠樓吟》詞紀之。其小序云:"淳熙丙午冬,武昌安遠樓成,與劉去非諸友落之,度曲見志。"

〔五〕籌筆:運筆籌畫。今四川廣元縣北有籌筆驛,相傳諸葛亮出兵攻魏,在這裏籌畫軍事。唐李商隱有《籌筆驛》詩。唐唐彥謙《興元沈氏莊》詩:"江繞武侯籌筆地,雨昏張載勒銘山。" 金狨:狨皮製成的鞍墊。狨毛長而金黃,故稱。黃庭堅《次韻宋楙宗三月十四日到西池都人盛觀翰林公出遨》:"金狨繫馬曉鶯邊,不比春江上水船。"任淵注:"金狨謂狨毛金色,國朝禁從皆跨狨鞍。"此當藉指皇帝近侍。吳文英《水龍吟·壽尹梅津》詞:"槐省。紅塵晝靜。午朝回、吟生晚興。春霖繡筆,鶯邊清曉,金狨旋整。"

〔六〕"功名"句:謂功名只是鏡中之相,終歸虛無。宋馮時行《漁家傲·冬至》詞:"雲覆衡茅霜雪後。風吹江面青羅皺。鏡裏功名愁裏瘦。閒袖手。去年長至今年又。"

醜奴兒慢

南禪值社[一],即題(1)其《明湖問柳圖》。按漁洋山人《秋柳》詩,李兆元箋謂(2)"弔亡明而作"[二]。趙國華云(3)"紀明藩故官人事"[三]。李箋載《天壤閣叢書》[四],趙說(4)見《青草堂集》。詞成,示穎生[五],云(5)"曾見舊家《精華錄》,《秋柳》詩題下,有'送寇白門南歸'五字(6)[六],云"出漁洋手稿"。是又一說也。因識(7)之,以徵異撰。

東風柳眼[七],閒閱興亡多少。儘搖漾鵲華秋色[八],暮暮朝朝。擬托微波,暗愁空溯白門潮[九]。幾回眠起,亭荒北渚,夢冷南朝。 算只舊時,闌干水面[一〇],親見魂消。更誰訪、樽前翠袖[一一],畫外銀簫。莫話滄桑,撩人風絮又倡條。長歌欲和,玉關(8)怨曲[一二],煙水迢迢。

【校】

（1）"即題"，《剩稿》光緒三十二年本作"徵題"。
（2）"箋謂"，《剩稿》光緒三十二年本作"箋云"。
（3）"云"，《剩稿》光緒三十二年本作"以爲"。
（4）《剩稿》光緒三十二年本無"李箋載天壤閣叢書趙説"十字。
（5）"云"，《剩稿》光緒三十二年本作"謂"。
（6）"五字"，當作"六字"。
（7）《剩稿》光緒三十二年本、區圖稿本無"因識"二句。
（8）"玉關"，區圖稿本原作"玉闌"，後改此。

【注】

〔一〕南禪：成昌，號南禪。參見前《齊天樂》（青鞋踏遍）注。　值社：輪值召集詞人社集。
〔二〕李兆元：字勺洋（約1756—1826後），山東萊州府掖縣人。乾隆五十九年（1794）舉人，嘉慶六年（1801）大挑分發河南，歷署縣事。有《十二筆舫雜録》及詩箋三種。
〔三〕趙國華：字菁衫（1838—1894），直隸豐潤（今河北豐潤）人。同治二年（1863）進士，官至山東沂州知府。工詩古文詞，嫻六法，有《青草堂集》。
〔四〕天壤閣叢書：清王懿榮輯，同治、光緒間福山王氏天壤閣家塾刊本。
〔五〕穎生：姜筠。參見前《卜算子》（構景未須奇）注。
〔六〕寇白門：寇湄，明清之際秦淮名妓，能度曲吟詩，善畫蘭。後嫁保國公朱國弼。清初朱國弼籍没入都，寇湄籌措萬金爲之贖身。後寇氏流落金陵而死。
〔七〕柳眼：早春初生的柳葉如人睡眼初展，故稱。元稹《生春》詩之九："何處生春早，春生柳眼中。"
〔八〕鵲華：喻月光。清李慈銘《月華清·秋末寄懷》詞："正鵲華紅葉，待君題句。"
〔九〕白門：舊時南京的别稱，因六朝建康南門宣陽門又名白門，故稱。清吴偉業《琴河感舊》詩之一："白門楊柳好藏鴉，誰道扁舟蕩槳斜。"
〔一〇〕"闌干"句：指許多柳條垂下水面。闌干，縱橫散亂貌，交錯雜亂貌。
〔一一〕翠袖：暗指寇湄。
〔一二〕玉關怨曲：王之涣《涼州詞》詩："羌笛何須怨楊柳，春風不度玉門關。"

氐州第一

和次珊^{(1)〔一〕}。

何事干卿〔二〕,笙鳳喚起〔三〕,當歌對酒情抱。舞扇留雲,邊笳訴月,淒絕繁華⁽²⁾露草。三五年時〔四〕,記舊約、房櫳深窈。張緒風前〔五〕,秦宮花底〔六〕,負春多少。　又試新聲鶯燕小。話前事、亂愁誰掃。迷蝶春心〔七〕,聞蟬客思〔八〕,甚夢醒人杳。乍開簾、驚見處,歌塵惹、閒情絕倒〔九〕。玉笛從今,定愁翻、伊涼別調〔一〇〕。

【校】

（1）題後《賸稿》光緒三十二年本還有"約古微同作"五字。
（2）"繁華",《賸稿》光緒三十二年本作"榮華"。

【注】

〔一〕次珊：張仲炘。參見前《月華清》（望遠供愁）注。
〔二〕"何事"句：宋馬令《南唐書》卷二一載,中主李璟曾戲問馮延巳："吹縐一池春水,干卿何事？"馮答道："未如陛下'小樓吹徹玉笙寒'。"中主悅。
〔三〕笙鳳：即鳳笙。應劭《風俗通‧聲音‧笙》："《世本》：'隨作笙。'長四寸、十二簧、像鳳之身,正月之音也。"後因稱笙爲"鳳笙"。
〔四〕三五年時：俗稱少年時期。
〔五〕張緒：代指柳。參見前《滿江紅》（十載旗亭）注。
〔六〕秦宮：漢大將軍梁冀嬖奴。《後漢書‧梁冀傳》："冀愛監奴秦宮,官至太倉令。得出入壽所。壽見宮,輒屏御者,托以言事,因與私焉。"李商隱《可歎》詩："梁家宅裏秦宮入,趙后樓中赤鳳來。"
〔七〕"迷蝶"句：李商隱《錦瑟》詩："莊生曉夢迷蝴蝶,望帝春心托杜鵑。"
〔八〕"聞蟬"句：駱賓王《在獄詠蟬》詩："西陸蟬聲唱,南冠客思侵。"
〔九〕絕倒：大笑不能自持。蘇軾《游博羅香積寺》詩："詩成捧腹便絕倒,書生說食真膏肓。"
〔一〇〕伊涼別調：《新唐書‧禮樂志十二》："天寶樂曲,皆以邊地名,若《涼州》、《伊州》、《甘州》之類。"《樂府詩集‧近代曲辭》之《伊州》題解引《樂苑》曰："《伊州》，商調曲，西京節度蓋嘉運所進也。"又《涼州》題解引《樂苑》曰："《涼州》，宮調曲，開元中西涼府都督郭知運進。"

三　姝　媚⁽¹⁾

四月十日病起，偶過怩村〔一〕，回憶年時，吟事甚盛，此時好夢難尋，孤游易感，不知來者之何如今也。賦寄叔問長洲〔二〕，叔由蕪湖〔三〕。

東園花下路。記盟香年時〔四〕，倦賡零句〔五〕。病起心情，洗芳林厭聽，夜來風雨。開到將離，春自老、無人爲主。蝶鬧蜂喧，遮莫紛紛，總過牆去〔六〕。　　杜宇催人休苦。問廢綠迷津〔七〕，勸歸何處。花影吹笙，敞畫簾空憶，月明前度〔八〕。那得流光，將恨與、頹波東注〔九〕。目斷停雲靄靄，清琴自語。

【校】
（１）　上圖稿本、區圖稿本調名誤作《三株媚》，據《定稿》光緒三十二年本改。

【注】
〔一〕　怩村：北京萬青藜別墅。參見前《探芳信》（正芳晝）注。
〔二〕　叔問：鄭文焯，字叔問，光緒元年舉人。曾旅食蘇州，爲巡撫幕客四十餘年。辛亥革命後以清遺老自居，卒葬鄧尉山。參見前《鶯啼序》（無言畫闌）注。　　長洲：今蘇州。唐置長洲縣即此。明清皆爲江蘇蘇州府治。
〔三〕　叔由：易順豫。參見前《掃地花》（信風乍歇）注。
〔四〕　盟香：焚香膜拜，宣誓締約。此指當年詞人結成怩村詞社。
〔五〕　賡：即賡韻。依照別人詩詞的用韻作詩填詞。賡，音"庚"，繼續，連續。
〔六〕　"蝶鬧"三句：唐王駕《雨晴》詩："蜂蝶紛紛（一作飛來）過牆去，卻疑春色在鄰家。"遮莫，儘管，任憑。亦作"遮末"。
〔七〕　廢綠：喻衰頹的草色。周密《獻仙音·吊雪香亭梅》詞："一片古今愁，但廢綠、平煙空遠。無語消魂，對斜陽、衰草淚滿。"

〔八〕 "花影"三句：范成大《醉落魄》詞："花影吹笙，滿地淡黃月。"
〔九〕 頽波：往下流的水勢。酈道元《水經注·沔水》："泉湧山頂，望之交橫，似若瀑布，頽波激石，散若雨灑，勢同厭源風雨之池。"

滿　庭　芳

蜀葵〔一〕

清陰分蕉，孤標疑竹〔二〕，當階生意嫣然。盤欹影側，珠顆寫勻圓〔三〕。應費畫工點染〔四〕。看花葉、層疊翩翻。涼生處，斜陽豔錦，微斂(1)晚風前。堪憐。重五近、榴紅艾綠，相映爭妍〔五〕。底詩人評泊，多處翻嫌〔六〕。花外闌干幾尺，遮不住、倩影珊珊〔七〕。鄉園好，新苗乍茁，風味憶春盤〔八〕。

【校】
(1) "微斂"，上圖稿本原作"凝斂"，後改此。

【注】
〔一〕 蜀葵：又名一丈紅、熟季花、麻桿花、戎葵、吳葵、衛足葵、胡葵。多年生草本。莖直立而高。葉互生，心臟形。花呈總狀花序頂生單瓣或重瓣，有紫、粉、紅、白等色，與木槿花相類。
〔二〕 孤標：山、樹等特出的頂端，此指蜀葵花莖挺直。唐李山甫《松》詩："孤標百尺雪中見，長嘯一聲風裏聞。"
〔三〕 "盤欹"二句：指葉上露珠傾瀉。寫，傾瀉。
〔四〕 "應費"句：謂天然的花序凝露，想必畫家也難描繪。上海博物館藏有南宋佚名絹本《蜀葵圖》，設色妍麗，對比強烈。描繪細緻工整，色澤濃厚，墨線幾不得見，花開之姿被表現得分外妖嬈。
〔五〕 "重五"二句：謂五月五端陽節將臨，石榴花紅艷，艾葉翠綠，相互與蜀葵爭妍。
〔六〕 "底詩"二句：唐陳標《蜀葵》詩："眼前無奈蜀葵何，淺紫深紅數百窠。能共牡丹爭幾許，得人嫌處只緣多。"評泊，評論，評判。宋張炎《摸魚兒》詞："乾坤靜裏閒居賦。評泊水經茶譜。"
〔七〕 珊珊：高潔飄逸貌。
〔八〕 春盤：古代風俗，立春日以韭黃、果品、餅餌等簇盤爲食，或饋贈親友,稱春盤。帝王亦於立春前一天,以春盤並酒賜近臣。蜀葵嫩葉可食,故云。

渡 江 雲

《清真集》中諸⁽¹⁾調〔一〕,夢窗多擬作〔二〕,俊茂處能似之,言外絕不相襲。四月十有八日,意有所觸,偶拈是解⁽²⁾。

流紅春共遠〔三〕,夢迷紫曲〔四〕,風迫海雲飛。近來沽酒伴,除指青旗,那處繫斑騅。黃金鑄淚〔五〕,記弄珠〔六〕、江上人回。懷舊吟、笑持明鏡,流影共徘徊。　天涯。殷勤別緒,只有何戡〔七〕,黯愁生清渭。回首憐、蓬萊雲氣,都隔紅埃⁽³⁾〔八〕。東風無奈流鶯老,那更禁、鷓鴣聲催。休採擷,江南紅豆誰栽〔九〕。

【校】
(1) "諸",上圖稿本原作"各",後改此。
(2) 區圖稿本序作:"清真集中各調,夢窗多擬之,穠摯不減美成,面目則絕不相襲。四月十有八日,意有所觸,偶拈是解,真耶,夢耶,恐質之解人,無一是處。"上圖稿本序原同區圖稿本,後改如上文。
(3) "紅埃",區圖稿本作"煙埃";上圖稿本原作"煙埃",後改此。

【注】
〔一〕清真集:宋詞人周邦彥的詞集名。
〔二〕夢窗:南宋詞人吳文英,字君特,號夢窗。
〔三〕流紅:漂流在水中的落花。
〔四〕紫曲:指歌伎所居之地。吳文英《風流子》詞:"溫柔酣紫曲,揚州路、夢繞翠盤龍。"
〔五〕"黃金"句:張炎《瑣窗寒》詞:"彈折素弦,黃金鑄出相思淚。"
〔六〕弄珠:《文選》卷四張衡《南都賦》:"耕父揚光於清泠之淵,游女弄珠於漢皋之曲。"李善注引《韓詩外傳》:"鄭交甫將南適楚,遵彼漢皋臺下,乃遇二女,佩兩珠,大如荊雞之卵。"
〔七〕何戡:唐元和、長慶間之善歌者。參見前《摸魚子》(甚陰陰)注。
〔八〕紅埃:紅塵。指飛揚的塵土。《魏書·崔光傳》:"秋末久旱,塵壤委深,風霾一起,紅埃四塞。"
〔九〕 "休採擷"二句:王維《相思》詩:"紅豆生南國,秋來發幾枝。願君多採擷,此物最相思。"

徵　　招

夔笙自廣陵游鄂〔一〕,賦詞寄懷,卻和(1)。

幾年落拓揚州夢,樊川倦游情味〔二〕。一笛落梅風〔三〕,又吟篷孤倚〔四〕。江山仍畫裏。只無那、暮天愁黳(2)〔五〕。白帢飄零(3)〔六〕,紅簫(4)岑寂,暗消英氣。　　迢遞(5)。楚天長,懷人處、扁舟舊時曾繫〔七〕。黃鶴倘歸來,問飛仙醒未〔八〕。行歌休吊禰〔九〕。怕塵浣、素襟(6)殘淚。斷雲碧(7)、醉拂闌干,正夜空如水。

【校】

（1）"卻和",區圖稿本作"倚調以和";上圖稿本原作"倚調以和",後改此。小序《薇省詞鈔》本作"奉和玉梅詞人見懷之作"。
（2）"黳",《薇省詞鈔》本作"思";上圖稿本原作"思",後改此。
（3）"飄零",區圖稿本作"蕭騷";上圖稿本原作"蕭騷",後改此。
（4）"紅簫",區圖稿本作"綠陰";上圖稿本原作"綠陰",後改此。
（5）"迢遞",《薇省詞鈔》本作"迤邐"。
（6）"素襟",《薇省詞鈔》本作"斷襟"。
（7）"斷雲碧",《薇省詞鈔》本作"碧雲遠"。

【注】

〔一〕 夔笙:況周頤。參見前《南浦》(踏倦六街)注。　　廣陵:今江蘇省揚州市的古稱。　　鄂:今湖北省武漢市。
〔二〕 "幾年"二句:杜牧《遣懷》詩:"落魄江湖載酒行,楚腰纖細掌中輕。十年一覺揚州夢,贏得青樓薄倖名。"按杜牧有《樊川集》。
〔三〕 "一笛"句:李白《與史郎中欽聽黃鶴樓上吹笛》詩:"黃鶴樓中吹玉笛,江城五月落梅花。"
〔四〕 吟篷:詩人的船。宋陳人傑《沁園春》詞:"此去長安,説似交游,我來自東。向兼葭極浦,吟篷泊雨,梧桐孤店,醉幘欹風。"

〔五〕愁鬢：被愁緒所淹没。鬢，遮蔽。
〔六〕白帢：白色便帽。帢，音"恰"。張華《博物志》卷九："漢中興，士人皆冠葛巾。建安中，魏武帝造白帢，於是遂廢。"
〔七〕"扁舟"句：周邦彦《西河·金陵懷古》詞："斷崖樹，猶倒倚，莫愁艇子曾繫。"
〔八〕"黄鶴"二句：唐崔顥《黄鶴樓》詩："昔人已乘黄鶴去，此地空餘黄鶴樓。黄鶴一去不復返，白雲千載空悠悠。"陸游《入蜀記》卷五："黄鶴樓，舊傳費禕飛升於此，後忽乘黄鶴來歸，故以名樓，號爲天下絶景。"按黄鶴樓故址在今湖北省武漢市蛇山的黄鶴磯頭。
〔九〕吊禰：吊念禰衡。禰，禰衡，東漢末名士。恃才傲物，始得罪曹操，後得罪劉表，劉表將其遣送給江夏（今武漢）太守黄祖任書記。相傳黄祖長子射曾在漢陽江心洲上大會賓客，有人獻鸚鵡，禰衡作《鸚鵡賦》，洲遂名"鸚鵡洲"。後衡得罪黄祖被殺，亦葬此。唐崔顥《黄鶴樓》詩："晴川歷歷漢陽樹，芳草萋萋鸚鵡洲。"

祝英臺近

掩荆扉，疏翠盞⁽¹⁾，獨自甚情緒。記送春歸，羅帕斷題句〔一〕。新陰欺月迷煙，悶懷難托〔二〕，只憑仗、流鶯低訴。　畫中路。舊游攜伴題香⁽²⁾〔三〕，沿緣肯回顧。夢枕驚餘，哽咽淚如雨。杜郎刻意年年，爲誰傷别〔四〕，鎮腸斷、一簾風絮〔五〕。

【校】
（1）"翠盞"，區圖稿本作"酒盞"；上圖稿本原作"酒盞"，後改此。
（2）"題香"，區圖稿本作"盟香"；上圖稿本原作"盟香"，後改此。

【注】
〔一〕"羅帕"句：宋張炎《國香》詞序："沈梅嬌，杭妓也，忽於京都見之。把酒相勞苦，猶能歌周清真《意難忘》、《臺城路》二曲，因囑余記其事。詞成，以羅帕書之。"
〔二〕"悶懷"句：周邦彦《解連環》詞："怨懷無托。嗟情人斷絶，信音遼邈。"
〔三〕題香：題寫詩詞，贈與女性朋友。周密《長亭怨慢》詞："醉墨題香，聞簫橫玉盡吟趣。"

〔四〕 "杜郎"二句：李商隱《杜司勳》詩："刻意傷春復傷別，人間唯有杜司勳。"杜郎，指杜牧，曾官司勳員外郎。

〔五〕 "鎮腸斷"句：周邦彥《瑞龍吟》詞："斷腸院落，一簾風絮。"

角　招

笏卿招同人社集日望樓[一]，限調同賦。按白石此詞，前拍緲字是藉叶，換頭袖字非韻，往與叔問論律(1)如是。夢湘舊譜黃鍾清角調[二]，即用此說。次珊、韻珊皆嚴於持律[三]，一字不輕下者，並以質之(2)。

傍城路。登臨歲歲年年(3)，酒抱慵訴。軟紅彌望處。只有晚山，眉翠如故。推排未去[四]。怕眼冷、窺人鷗鷺。不見題詩舊主。是前日杜鵑聲，換新來愁緒。　　休負。彩箋按拍(4)，烏紗倚醉，花外閒尊俎。笑桃曾覓句[五]。轉首風煙，綠陰壇樹。吟情浪苦。聽梵落、禪天鐘鼓[六]。莫漫愁生日暮。看天際、正輕陰，涼蟾(5)吐。

【校】

(1) "論律"，上圖稿本原作"證律"，後改此。

(2) 《剩稿》光緒三十二年本序作"笏卿招集龍樹寺，限調同賦"。

(3) 本句白石原詞作"一葉凌波縹緲"，"緲"字非韻。序中既云是藉叶，則此句半塘自當用韻。

(4) 本句白石原詞作"畫船障袖"，"袖"字是韻。序中既云"袖"字非韻，則此句半塘自未用韻。

(5) "涼蟾"，上圖稿本原作"銀蟾"，後改此。

【注】

〔一〕 笏卿：左紹佐，字季雲，號笏卿，別號竹勿生。參見前《東風第一枝》(句佔花先)注。　　日望樓：北京龍樹寺院內文仲恭家之樓閣。參見前《念奴嬌》(東風吹面)注。

〔二〕 黃鍾清角調：即《角招》。姜夔《徵招》詞序："此曲依晉史名曰'黃鍾下徵調'；《角招》曰'黃鍾清角調'。"

〔三〕 次珊：張仲炘。參見前《月華清》（望遠供愁）注。　韻珊：裴維佽。參見前《燭影搖紅》（吟袖年年）注。

〔四〕 推排：謂隨著歲月推移。王僧虔《戒子書》："吾在世，雖乏德業，要復推排人間數十許年，故是一舊物。"

〔五〕 笑桃：唐崔護《題都城南莊》詩："去年今日此門中，人面桃花相映紅。人面不知何處在，桃花依舊笑春風。"

〔六〕 梵落：誦經聲四處散落。梵，指誦念佛經之聲。

三　姝　媚(1)

次珊讀唐人息夫人不言賦〔一〕，有感於外結舌而內結腸，先箝心而後箝口之語。賦詞索和，聊復繼聲，亦"盍各"之旨也〔二〕。

蘼蕪春思遠〔三〕。采芳馨愁貽〔四〕，黛痕深斂。薄命憐花，倚東風羅袖，淚珠偷泫〔五〕。暝入西園，容易又、林禽聲變〔六〕。那得相思，付與青蘋〔七〕，自隨蓬轉〔八〕。　　惆悵羅衾捫遍。便夢隔歡期〔九〕，舊恩還戀。芳意回環，認鴛機錦字〔一〇〕，斷腸緘怨。縷縷絲絲，拚裊盡、香心殘篆。漫想歌翻璧月，臨春夜滿〔一一〕。

【校】

（1） 上圖稿本、區圖稿本調名誤作《三株媚》，據《定稿》光緒三十二年本改。

【注】

〔一〕 息夫人不言賦：唐白敏中撰。息夫人，即息嬀。《左傳·莊公十四年》："蔡哀侯爲莘故，繩（稱譽）息嬀以語楚子，楚子如息，以食入享，遂滅息。以息嬀歸，生堵敖及成王焉。未言。楚子問之。對曰：'吾一婦人而事二夫，縱弗能死，其又奚言？'"

〔二〕 盍各：各抒己見。《論語·公冶長》："顏淵、季路侍，子曰：'盍各言爾志。'"

〔三〕 "蘼蕪"句：《古詩十九首》："上山采蘼蕪，下山逢故夫。"

〔四〕 "采芳"句：《楚辭·九歌·山鬼》："被石蘭兮帶杜衡，折芳馨兮遺所思。"

〔五〕"薄命"三句：王維《息夫人》詩："看花滿眼淚，不共楚王言。"

〔六〕"容易"句：謝靈運《登池上樓》："池塘生春草，園柳變鳴禽。"

〔七〕青蘋：一種生於淺水中的草本植物。宋玉《風賦》："夫風生於地，起於青蘋之末。"

〔八〕"自隨"句：唐羅隱《酬黃從事懷舊見寄》詩："長繩繫日雖難絆，辯口談天不易窮。世事自隨蓬轉在，思量何處是飛蓬。"

〔九〕"便夢"句：納蘭性德《浪淘沙》詞："暗憶歡期真似夢，夢也須留。"

〔一〇〕"認鴦"句：劉克莊《玉樓春·戲林推》詞："易挑錦婦機中字，難得玉人心下事。"

〔一一〕"漫想"二句：用陳後主與張麗華事喻息侯與息夫人過去的豪奢生活。《陳書·張貴妃傳》："至德二年，乃於光照殿前起臨春、結綺、望仙三閣。……後主每引賓客對貴妃等游宴，則使諸貴人及女學士與狎客共賦新詩，互相贈答，採其尤豔麗者以爲曲詞，被以新聲，選宮女有容色者以千百數，令習而歌之，分部迭進，持以相樂。其曲有《玉樹後庭花》、《臨春樂》等，大指所歸，皆美張貴妃、孔貴嬪之容色也。其略曰：'璧月夜夜滿，瓊樹朝朝新。'"

鷓鴣天(1)〔一〕

向與二三同志，爲讀史之約，意有所得，即以《鷓鴣天》紀之，取便吟諷，久而不忘也(2)。人事作輟，所爲無幾。今年四五月間，久旱酷熱。呫呫閉門，再事丹鉛〔二〕，漫成此解，並告同志，毋忘前約，爲之不已。亦乙部得失之林也〔三〕。嗣是所得，仍名曰《讀史吟》云(3)。

注籍常通神虎門〔四〕。書生恩遇本無倫(4)。鬼神語秘驚前席〔五〕，挽輅謀工拾後塵〔六〕。　空折角〔七〕，笑埋輪〔八〕。寓言秦鹿底翻新〔九〕。可憐一闋成何事〔一〇〕，贏得班姬苦乞身〔一一〕。

【校】

（1）"鷓鴣天"，《定稿》光緒三十二年本作"是調"。

（2）《定稿》光緒三十二年本無"也"字。

（3）《定稿》光緒三十二年本無"嗣是所得，仍名曰讀史吟云"二句。

（4）"無倫"，《定稿》光緒三十二年本作"無論"。

【注】

〔一〕鷓鴣天：清李嶽瑞《春冰室野乘·都門詞事彙錄》"《鷓鴣天》詠史"條："此首爲朱古微學士、張次珊參議劾某官事發，折角埋輪，指兩人姓也。"

〔二〕丹鉛：指點勘書籍用的朱砂和鉛粉。亦藉指校訂之事。韓愈《秋懷詩》之七："不如覷文字，丹鉛事點勘。"

〔三〕乙部：古代群書四部分類法的第二部。隋以前稱子部書爲乙部，唐以後稱史部書爲乙部。《舊唐書·經籍志上》："四部者，甲乙丙丁之次也。甲部爲經……乙部爲史。"

〔四〕注籍：古代朝臣受彈劾，情節較重者，在家聽候處理。同時在家門上貼"注籍"兩字，以避免與人往來。　神虎門：古宮門名。位於南朝時建康（今南京市）皇宮的西首。《宋書·武帝紀下》："（武帝）性尤簡易，常著連齒木屐，好出神虎門逍遥，左右從者不過十餘人。"

〔五〕"鬼神"句：《漢書·賈誼傳》："上因感鬼神事，而問鬼神之本。誼具道所以然之故。至夜半，文帝前席。"李商隱《賈生》詩："可憐夜半虛前席，不問蒼生問鬼神。"

〔六〕"挽輅"句：《史記·劉敬叔孫通列傳》："婁敬脱挽輅，衣其羊裘，見齊人虞將軍曰：'臣願見上言便事。'……夫高祖起微細，定海内，謀計用兵，可謂盡之矣。然而劉敬脱挽輅一説，建萬世之安，智豈可專耶？"劉敬，本姓婁，爲劉邦重要謀士。挽輅，車上供牽引用的橫木。代指所拉的車子。

〔七〕折角：喻雄辯。《漢書·朱雲傳》："是時，少府五鹿充宗貴幸，爲《梁丘易》。自宣帝時，善梁丘氏説，元帝好之，欲考其異同，令充宗與諸易家論。充宗乘貴辯口，諸儒莫能與抗，皆稱疾不敢。會有薦雲者，召入……既論難，連拄五鹿君。故諸儒爲之語曰：'五鹿嶽嶽，朱雲折其角。'"

〔八〕埋輪：指不畏權貴，直言正諫。據《後漢書·張綱傳》："漢安元年，選遣八使徇行風俗，皆耆儒知名，多歷顯位；唯綱年少，官次最微。餘人受命之部，而綱獨埋其車輪於洛陽都亭，曰：'豺狼當路，安問狐狸！'"綱遂上書彈劾大將軍梁冀，揭露其罪惡，京都爲之震動。

〔九〕秦鹿：以秦二世皇權旁落隱喻晚清政局。鹿，喻皇權。《史記·淮陰侯列傳》："秦失其鹿，天下共逐之。"

〔一〇〕一鬨：指没有經過認真準備和嚴密組織，一下子行動起來。

〔一一〕贏得句：《漢書·外戚列傳》："趙氏姊弟驕妬，（班）倢伃恐久見危,求供養太后長信宫,上許焉。倢伃退處東宫,作賦自傷悼。"

掃 地 花⁽¹⁾

曉雨初霽,獨游葦灣,迎涼弄水,容與於荷香柳影間。風景依然,俯仰增慨,不知境之移我情耶,抑各隨所遇爲欣戚也〔一〕。偶拈美成雙調,爲雲水問〔二〕。

柳陰翠合,正玉鏡酣妝〔三〕,茜裳嬌舞〔四〕。浦蟬韻午。倚紋疏記得〔五〕,曳風前度。漫惜孤游,盡勝閒牀卧雨。澹容與。一葉溯紅⁽²⁾,爲載愁去〔六〕。　　塵影頻自顧。笑葛陂練單〔七〕,又盟鷗鷺〔八〕。舊香換⁽³⁾否〔九〕。怕回飆颺麴〔一〇〕,錦機輕污〔一一〕。思與雲閒,一晌留人小住。耿無語。望層樓、鬧花深處。

【校】

（1）"掃地花",《剩稿》光緒三十二年本作"掃花游",同調異名。

（2）《詞譜》引美成（周邦彦）原詞此句作五字句:"問一葉怨題。"《全宋詞》作:"想一葉怨題。"《片玉詞》作四字句:"一葉怨題。"半塘原詞從後者作四字句。《剩稿》光緒三十二年本作五字句:"剩一葉溯紅。"

（3）"換",上圖稿本原作"在",後改此。

【注】

〔一〕欣戚:高興與憂愁。明洪應明《菜根譚》:"子生而母危,鏹積而盜窺,何喜非憂也;貧可以節用,病可以保身,何憂非喜也。故達人當順逆一視,而欣戚兩忘。"

〔二〕雲水問:如雲之飄逸,如水之自由的問題。表達向往閒雲野鶴、飄逸自由生涯的旨趣。

〔三〕玉鏡酣妝:如玉鏡的湖面荷花盛開。盧祖皋《瑞鶴仙》詞:"夢回時,細翦荷衣,尚倚半酣妝面。"

〔四〕"茜裳"句:喻荷葉風中翻卷狀。

〔五〕紋疏:同綺疏,有花紋的紗窗。黃庭堅《滿庭芳》詞:"香渡闌干屈曲,紅妝映、薄綺疏櫺。"

〔六〕"一葉"二句:張炎《綺羅香·紅葉》詞:"萬里飛霜,千林落木,寒豔不招春妒。……甚荒溝、一片淒涼,載情不去載愁去。"

〔七〕 葛帔練單:《南史·任昉傳》:"西華冬月著葛帔練裙,道逢平原劉孝標,泫然矜之,謂曰:'我當爲卿作計。'"葛帔,用葛製成的披肩。練單,粗麻單衣。

〔八〕 盟鷗鷺:指歸隱,參見前《揚州慢》(天末程遥)注。

〔九〕 舊香:宋陳師道《南鄉子》詞:"急雨打寒窗。雨氣侵燈暗壁缸。窗下有人挑錦字,行行。淚濕紅綃減舊香。"

〔一〇〕 回飆:旋轉的狂風。唐李頎《彈棋歌》詩:"回飆轉指速飛電,拂四取五旋風花。" 麴:指麴塵。淡黄色塵土。

〔一一〕 錦機:泛指織機。宋吳泳《沁園春》詞:"文章高下隨時。料織錦應須用錦機。愧老無健筆,高凌月脅,病無佳句,下解人頤。"

掃 地 花

觀荷葦灣,載菡萏數枝歸作清供,亦逃空谷者之足音也〔一〕。寵之以詞,仍用美成雙調(1)。

綺霞散馥〔二〕,正午枕涼回,緑窗人悄。佩環縹緲(2)〔三〕。映芸籤亂葉〔四〕,倚嬌宜笑。漫障(3)青羅,倩影臨風更好。自吟繞。白髮暗搔(4),愁被花惱。
　幽意誰共道。訝似水閒門,朵雲還到〔五〕。點塵浄掃。換籌花醉客〔六〕,舊時懷抱。夢入滄浪〔七〕,笛裏歌翻水調〔八〕。畫屏小。寫豐容、玉蟾低照。

【校】

(1) 《剩稿》光緒三十二年本無"寵之以詞仍用美成雙調"十字。

(2) "縹緲",上圖稿本原作"飄緲",後改此。

(3) "障",上圖稿本原作"幛",後改此。

(4) "白髮"句,《剩稿》光緒三十二年本作五字句"奈白髮暗搔"。

【注】

〔一〕 逃空谷者之足音:《莊子·徐無鬼》:"夫逃虛空者……聞人足音跫然而喜矣。"

〔二〕 綺霞:喻數朵荷花相映襯,明豔如薄紗般雲霞。

〔三〕 佩環:指代仙女。李白《桂殿秋》詞:"河漢女,玉煉顏,雲輧往往在人間。九霄有路去無跡,裊裊香風生佩環。"

〔四〕 "映芸"句:指荷花映襯著圖書册頁。芸籤,書籤。亦藉指書籍。葉,書頁。

〔五〕 朵雲:喻連片荷花。

〔六〕 "换籌"句:謂以花爲籌行酒令的游戲。南宋陳元靚《事林廣記·樂事酒令》輯得宋無名氏酒令詞一組,另加行令規則和説明,如《卜算子令》:"先取花一支,然後行令,唱其詞,逐句指點。舉動稍誤,即行罰酒。 我有一枝花(指自身,復指花),斟我些兒酒(指自令斟酒)。唯願花心似我心(指花,指自身頭)。歲歲長相守(放下花枝,叉手)。滿滿泛金杯(指酒盞),重把花來嗅(把花以鼻嗅)。不願花枝在我旁(把花向下座人),付於他人手(把花付下坐接去)。"

〔七〕 "夢入"句:指夢到古《滄浪歌》。《孟子·離婁上》:"有孺子歌曰:'滄浪之水清兮,可以濯我纓;滄浪之水濁兮,可以濯我足。'"

〔八〕 水調:曲調名。杜牧《揚州》詩之一:"誰家唱《水調》,明月滿揚州。"自注:"煬帝鑿汴渠成,自造《水調》。"辛棄疾《水調歌頭》詞:"種柳人今天上,對酒歌翻水調,醉墨捲秋瀾。老子興不淺,歌舞莫教閒。"

極 相 思

伏日銀灣曉望〔一〕,用(1)夢窗韻。

悄風低颭煙痕。山翠小眉分。悠然誰會,凉生短葛〔二〕,思渺孤雲。 節物春明殘夢裏,俯官河、愁蕩吟魂〔三〕。踏波兒女〔四〕,關心尚數,笳鼓朝昏〔五〕。

【校】

(1) "用",《剩稿》光緒三十二年本作"同"。

【注】

〔一〕 伏日:又稱伏天。三伏的總稱。古代也專指三伏中祭祀的一天。古人以爲,伏天之時,陰氣迫於陽氣而藏伏,故名之。宋吳自牧《夢粱録·六月》:"六月季夏,正當三伏炎暑之時,内殿朝參之際,命翰林司供給冰雪……以解暑氣。" 銀灣：位於北京宣武區西北部的上斜街。原本是一條河流，稱銀灣。

〔二〕 短葛：用葛布做的夏衣。

〔三〕 官河：古人常稱運河爲官河，此即謂銀灣。宋仇遠《阮郎歸》詞："官河柳帶結春風。高樓小燕空。"

〔四〕 踏波：在水上行走。多指乘船。

〔五〕 笳鼓：笳聲與鼓聲。藉指軍樂。《南史·曹景宗傳》："時韻已盡，唯餘競、病二字。景宗便操筆，斯須而成，其辭曰：'去時兒女悲，歸來笳鼓競。藉問行路人，何如霍去病。'帝歎不已。"

金　縷　歌(1)

六月十六夜，日望樓對月〔一〕

此夕真無價〔二〕。俯危樓、羅雲四捲，玉盤高掛。袢暑人間消欲盡〔三〕，涼韻未秋先藉〔四〕。又銀漢、沉沉西瀉。凝白闌干塵不到，是天然、愛酒能詩社。淩浩渺，最宜夜。　乘風敢擬游仙也。檢塵襟、卅年緇素〔五〕，暫時陶寫。玉宇瓊樓歸路迴，高處清寒猶怕〔六〕。莫輕放、花間三雅〔七〕。狂態姮娥應見慣〔八〕，倚商歌、漫惜知音寡〔九〕。看獨鶴〔一〇〕，正來下。

【校】

（1） 調名，《定稿》光緒三十二年本作"金縷曲"，同調異名。

【注】

〔一〕 日望樓：北京龍樹寺院内文仲恭家之樓閣。參見前《念奴嬌》（東風吹面）注。

〔二〕 "此夕"句：蘇軾《蝶戀花·密州上元》詞："燈火錢塘三五夜。明月如霜，照見人如畫。帳底吹笙香吐麝。此般風味應無價。"

〔三〕 袢暑：猶溽暑，炎暑。袢，音"凡"。宋方回《夏夜聞雨》詩："可以逃袢暑，征徒盍少休。"

〔四〕 "涼韻"句：意謂本屬盛夏卻如此涼爽，該不是老天將秋天先藉給我們了吧。

〔五〕 塵襟：世俗胸襟。唐黄滔《寄友人山居》詩："茫茫名利内，何以拂塵襟。" 　　緇素：黑白衣服。《孔叢子·公孫龍》："以絲麻加之女工，爲緇素青黃，色名雖殊，其質則一。"

〔六〕 "玉宇"二句：蘇軾《水調歌頭·壬辰中秋》詞："我欲乘風歸去，又恐瓊樓玉宇，高處不勝寒。"

〔七〕 三雅：古酒器名，代指酒。宋曾慥《類説》卷六〇："劉表子弟號爵爲三雅。大曰伯雅，受七升；次曰仲雅，受六升；又次曰季雅，受五升。"宋吴淑《酒賦》："三雅既聞於劉表，百榼仍傳於子路。"

〔八〕 姮娥：即嫦娥。姮，音"恒"。

〔九〕 商歌：悲涼的歌，求自薦的歌。參見前《夢芙蓉》(遥空雲浪)注。

〔一〇〕 獨鶴：朱熹《鷓鴣天》詞："生羽翼，上煙霏。回頭只見塚累累。未尋跨鳳吹簫侣，且伴孤雲獨鶴飛。"

南　樓　令(1)

掠鬢練花長〔一〕。筠棚捲夕涼〔二〕。晚風輕、軟玉(2)生香〔三〕。記得酒闌新月上，頻倚醉、近釵梁〔四〕。　　老去不禁狂。通簾泥舊芳〔五〕。話青樓、殘夢荒唐。知是溫柔知薄倖，好持似、少年場〔六〕。

【校】

（１）《定稿》光緒三十二年本調名作"唐多令"。

（２）"軟玉"，《定稿》光緒三十二年本作"暖玉"。

【注】

〔一〕 練花：即楝花。宋湯恢《倦尋芳》詞："餳簫吹暖，蠟燭分煙，春思無限。風到楝花，二十四番吹遍。"

〔二〕 筠棚：即竹棚。

〔三〕 軟玉：比喻潔白柔軟之物。此指女人之手。唐秦韜玉《吹笙歌》："纖纖軟玉捧暖笙，深思香風吹不去。"

〔四〕 釵梁：釵的主幹部分。南北朝庾信《鏡賦》："懸媚子於搖頭，拭釵梁於粉絮。"

〔五〕 通簾：即門簾。蘇舜欽《春日晚晴》詩："樹色通簾翠，煙姿著物明。"　　泥：留有。

〔六〕 好持似：拿來相比恰似。　　少年場：年輕人聚會的場所。白居易

《重陽席上賦白菊》:"滿園花菊鬱金黃,中有孤叢色似霜。還似今朝歌酒席,白頭翁入少年場。"

醜 奴 兒

夏日限調詠燕,分韻得紅字,二首(1)

鬥春花底呢喃語,記占香紅〔一〕。倩影翻空。玉樹羞誇舞袖工〔二〕。　石巢點拍傳箋處〔三〕,休(2)訴金風〔四〕。消息驚鴻。玳瑁梁深睡正濃〔五〕。

【校】

(1)《剩稿》光緒三十二年本無"二首"二字。
(2)"休",《剩稿》光緒三十二年本作"羞"。

【注】

〔一〕香紅:喻花。顧況《春懷》詩:"園鶯啼已倦,樹樹隕香紅。"
〔二〕玉樹:喻舞女。唐沈亞之《盧金蘭墓誌》:"爲緑腰玉樹之舞,故衣製大袂長裾。"
〔三〕點拍:音樂的節拍。唐南卓《羯鼓錄》:"若製作諸曲,隨意即成。不立章度,取適短長,應指散聲,皆中點拍。"此指燕子跳動如敲打節拍。　傳箋:傳遞信箋,送信。宋趙以夫《大酺》詞:"便好倩、佳人插帽,貴客傳箋,趁良辰、賞心行樂。"
〔四〕金風:即秋風。杜牧《秋感》詩:"金風萬里思何盡,玉樹一窗秋影寒。"
〔五〕玳瑁梁:畫梁的美稱。唐沈佺期《古意》詩:"盧家少婦鬱金堂,海燕雙棲玳瑁梁。"

前　　調

黃昏簾幕微微雨,可是春融。王謝堂中〔一〕。何處聞歌不懊儂〔二〕。　閑情脈脈憑誰訴,遮莫匆匆〔三〕。潦倒隨風。掠水還應惜老紅〔四〕。

【注】

〔一〕"王謝"句：唐劉禹錫《烏衣巷》詩："舊時王謝堂前燕，飛入尋常百姓家。"

〔二〕懊儂：即"懊憹"。煩惱。樂府吳聲歌曲有《懊儂歌》。參見前《南鄉子》(聽唱懊儂歌)注。

〔三〕遮莫：儘管，任憑。亦作"遮末"。

〔四〕老紅：行將萎謝的紅花。李賀《昌谷》詩："層圍爛洞曲，芳徑老紅醉。"王琦彙解："老紅，花之紅而將萎者。"此指水中的落花。

滿 江 紅

辛峰歿於泰州〔一〕。七月三日設奠成服〔二〕，賦此招魂。老懷慘結，墨淚俱枯矣。

淚灑椒漿〔三〕，誰通道、望風酹爾。試屈指、天涯骨肉，只今餘幾。一個那堪今又弱〔四〕，諸孤藐爾知何似〔五〕。最傷心、愁病念兄衰，書新至。　　對牀約〔六〕，歸耕計。投老待，君料理。甚無端噩夢，驚人至此。地下倘仍親舍伴(1)〔七〕，固應勝我悽惶耳。賦招魂、如墨海雲昏，魂來未。

【校】

(1)"地下"句，區圖稿本作"此去倘仍先子側"；上圖稿本原同區圖稿本，後改"地下倘仍先子伴"，頁眉有批校云："'此去'擬易'地下'，'側'易'伴'，'先子'擬以'親舍'易之。詞例不空格，'親舍'亦未安。此句仍乞自酌。"按此當爲鄭文焯批校，後《半塘定稿》從之。

【注】

〔一〕辛峰：王維熙，字辛峰，半塘胞弟。參見前《賀新涼》(心事從何)注。　　泰州：今江蘇泰州市。

〔二〕成服：舊時喪禮大殮之後，親屬按照與死者關係的親疏穿上不同的喪服，叫"成服"。《禮記·奔喪》："三日成服，拜賓送賓皆如初。"

〔三〕椒漿：即椒酒，是用椒浸製而成的酒。因酒又名漿，故稱椒酒爲椒漿。古代多用以祭神。《楚辭·九歌·東皇太一》："蕙肴蒸兮蘭藉，奠桂酒兮椒漿。"王維《椒園》詩："椒漿奠瑤席，欲下雲中君。"

〔四〕 "一個"句：《左傳·昭公三年》："（齊公孫竈卒），晏子曰：'惜也……二惠競爽猶可，又弱一個焉，姜其危哉！'"弱，死亡的代稱。

〔五〕 "諸孤"句：《陳書·世祖本紀》："諸孤藐爾，反國無期，須立長主，以寧宇縣。"藐爾，幼小貌。

〔六〕 對牀約：兄弟相聚談心時的約定。蘇轍《逍遙堂會宿二首》之一："誤喜對牀尋舊約，不知漂泊在彭城。"

〔七〕 親舍伴：指和死去的父母做伴。《舊唐書·狄仁傑傳》："其親在河陽別業，仁傑赴并州，登太行山，南望見白雲孤飛，謂左右曰：'吾親所居，在此雲下。'瞻望佇立久之，雲移乃行。"後因以"白雲親舍"爲思念親人的典故。親舍，父母所居。

百 字 令

叔問寄贈魏普泰二年法光造像記〔一〕，文曰：爲弟劉桃扶北征，願平安還。時予季新亡，讀之慘然。賦此以寄，叔問去秋亦有鴒原之痛也〔二〕。

深龕禮佛〔三〕，乍摩挲斷碣，潸然欲涕。大願人天空記取，憔悴看雲心事〔四〕。千劫難磨〔五〕，三生誰認〔六〕，此恨何時已。天親無著〔七〕，羨他塵外兄弟〔八〕。　　還記客歲分襟〔九〕，秋心黯澹，君灑鴒原淚。爭信江湖書尺到，我亦飄搖如此。佛也無靈，天乎難問，散偈西風裏〔一〇〕。蒲團投老〔一一〕，相期同證禪契〔一二〕。

【注】

〔一〕 叔問：鄭文焯。參見前《鶯啼序》（無言畫闌）注。　　魏普泰二年：北魏節閔帝元恭普泰二年（532）。　　法光造像：全名爲《魏比丘尼法光造像》，據清末童大年在造像拓片上的題記，可知此北魏佛像石片爲鄭文焯父親鄭瑛棨（蘭坡）任巡撫時"得於龍門山中"，後來由鄭文焯收藏，不久散佚而輾轉嶺南，後由童大年收藏，並請人拓十餘紙分送給朋友珍藏。

〔二〕 鴒原之痛：謂親兄弟去世的哀慟。《詩·小雅·常棣》："脊令在原，兄弟急難。"鄭玄箋："水鳥，而今在原，失其常處，則飛則鳴，求其類，天性也。猶兄弟之於急難。"脊令，也寫作"鶺鴒"。後因以"鴒原"謂兄弟友愛。杜甫《贈韋左丞丈濟》詩:"鴒原荒宿草,鳳沼接亨衢。"

〔三〕 深龕:即神龕。舊時供奉佛像或神主、祖宗的小閣子。龕,音"堪"。

〔四〕 看雲:杜甫《恨別》詩:"思家步月清宵立,憶弟看雲白日眠。"

〔五〕 千劫:佛教語。指曠遠的時間與無數的生滅成壞。唐太宗《聖教序》:"無滅無生歷千劫。"現多指無數災難。

〔六〕 三生:意謂前生、今生、來生,源於佛教的因果輪回學説,後"三生石"、"三生緣"成爲中國歷史上意涵愛情、友情、親情生生不息、永不磨滅的象徵。

〔七〕 天親:指父母、兄弟、子女等血親。《隋書·楊慶傳》:"夔敬之與漢高,殊非血胤;吕布之於董卓,良異天親。" 無著:佛教語。無所羈絆,無所執著。《藝文類聚》卷七七引梁元帝《梁安寺刹下銘》:"有識之所虔仰,無著之所招提。"

〔八〕 塵外:猶言世外。張衡《思玄賦》:"游塵外而瞥天兮,據冥翳而哀鳴。"

〔九〕 客歲:去年。明劉世教《合刻〈李杜分體全集〉序》:"客歲南邁,從子鑒進而請曰:'先生必將箋而後行乎?夫解者之不必箋,而箋者之不必解也。'" 分襟:猶離別,分袂。王勃《春夜桑泉別王少府序》:"他鄉握手,自傷關塞之春;異縣分襟,竟切悽愴之路。"

〔一○〕 散偈:謂佛教偈語唱誦詞四處消散。偈,偈語。是附綴於佛經的讀後感或在修行實踐中的感悟文字。多爲四句整齊的韵文組成。著名偈語有唐代高僧慧能的《菩提偈》:"菩提本無樹,明鏡亦非臺。本來無一物,何處惹塵埃。"

〔一一〕 蒲團:乾蒲草葉片編織的圓形坐墊。寺廟通用的坐具。

〔一二〕 證禪契:參悟通達佛理。證,佛教語。參悟得道,修行得道。

醉　太　平

西湖隱山〔一〕,吾鄉巖洞最勝處。薇生侍御貽我韶石〔二〕,高廣不盈尺,六洞宛轉,通明幽窅,頗與相似。因名曰"壺天意隱",並繫以詞。

驚雲勢偏。流霞態妍。一壺嵐翠蒼然。乍家山眼前。　湖天洞天。南潛北潛。山靈招隱年年〔三〕。觸閒愁萬千。南潛、北潛,二洞名,近隱山,均在湖上。隱山六洞:一朝陽,二夕陽,三南華,四北牖,五嘉蓮,六白雀。詳《桂海虞衡志》。

【注】

〔一〕西湖隱山：位於今桂林市西郊西山公園內。本名盤龍崗，石山中空爲六洞，互通，幽曲窈妙，如龍蟠洞內。唐代桂管觀察使李渤引渠水開闢西湖，以水回護之。自唐以來，成爲有名的風景勝地，今隱山六洞已爲旅游開發所廢。

〔二〕薇生侍御：惲毓鼎(1863—1918)，字薇孫，一作薇生，號澄齋，河北大興人，祖籍江蘇常州。光緒十五年(1889)進士，歷任日講起居注官、翰林院侍講、侍讀學士、國史館總纂、憲政研究所總辦等職。有《澄齋集》。　韶石：美石。

〔三〕山靈：山神。元房皞《送王升卿》詩："我欲從君覓隱居，卻恐山靈嫌俗駕。"

浣 溪 沙

夢得蓬萊七字，足成此解。

冷落騷詞楚調吟。夢痕和淚漬羅襟[一]。玉箏斜柱綠塵侵[二]。　苦恨垂楊遮望眼，閒邀旅燕話歸心。蓬萊清淺客愁深。

【注】

〔一〕"夢痕"句：宋趙彥端《琴調相思引》詞："燕語似知懷舊主，水生只解送行人。可堪詩墨，和淚漬羅巾。"

〔二〕"玉箏"句：宋蔣捷《白苧》詞："斜陽院宇，任蛛絲冒遍，玉箏弦索。"

綠 意

蒹葭

涼生藻國[一]。正暮雲無際，低映叢碧[二]。欲寄相思，迴溯爲勞[三]，商聲似助蕭瑟[四]。平生雅識江湖味，只自惜、客帆輕擲。是幾番、弄影回塘，短鬢晚花爭白。　風景鳧潭最好[五]，小艓坐聽雨，驚上新月(1)。斷雁聲中，秋色蒼然，沉恨有誰禁得。詩人不盡離披感[六]，怕水墨圖成愁絕(2)。乍眼明、蓼際疏紅[七]，點破半汀清寂。

【校】

（1）"驚上新月"，《剩稿》光緒三十二年本作"吹上涼魄"。

（2）"愁絕"，《剩稿》光緒三十二年本作"愁極"。

【注】

〔一〕藻國：水鄉。吳文英《過秦樓》詞："藻國淒迷，曲瀾澄映，怨入粉煙藍霧。"

〔二〕叢碧：指成叢的碧綠色蒹葭。張孝祥《滿江紅》詞："凝望眼、吳波不動，楚山叢碧。"

〔三〕"洄溯"句：《詩·秦風·蒹葭》："溯洄從之，道阻且長。"

〔四〕商聲：秋聲。《文選》卷二三阮籍《詠懷詩》之十："素質游商聲，悽愴傷我心。"李善注："《禮記》曰：'孟秋之月，其音商。'"

〔五〕鳧潭：即野鳧潭，上有兼葭簃。今闢爲陶然亭公園。參見前《壽樓春》（嗟春來何遲）注。

〔六〕離披：衰殘、凋敝貌。南朝梁蕭子暉《冬草賦》："有閒居之蔓草，獨幽隱而羅生；對離披之苦節，反蕤葳而有情。"

〔七〕蓼：音"聊"。指水蓼，生長水邊或水中，一年生，草本。莖紅褐色至紅紫色。

月　華　清

己亥中秋〔一〕

夜冷蛩疏，天空⁽¹⁾雁斷，秋懷寂寂如許。圓缺驚心，又是良辰輕負。問今夕、分外光明，曾照得、幾家歡聚。誰訴。倚空樽倦憶，廣寒儔侶〔二〕。　　漫説霓裳舊譜〔三〕。歎老去才知，管弦悽楚。默數華年〔四〕，換了⁽²⁾幾般幽素〔五〕。甚時遣、似水閒愁，都化作、半空飛霧。凝佇。正吟邊桂子〔六〕，暗香飄⁽³⁾雨。

【校】

（1）"天空"，區圖稿本作"星稀"；上圖稿本原作"星稀"，後改此。

（2）"換了"句，區圖稿本作"換到幾般情愫"；上圖稿本原同區圖稿本，後改此。

（3）"香飄"，《剩稿》光緒三十二年本作"飄香"。

【注】

〔一〕己亥：清光緒二十五年（1899），即戊戌變法第二年。

〔二〕廣寒儔侶：指舊日在朝廷共事的朋友。廣寒宮，月宮也。道家所謂北方仙宮。《黃庭內景經·口爲》："審能修之登廣寒。"梁丘子注："廣寒，北方仙宮之名。……《洞真經》云：冬至之日，月伏於廣寒之宮，其時育養月魄於廣寒之池，天人采青華之林條，以拂日月光也。"詞中取蘇軾《水調歌頭》中秋詞"我欲乘風歸去……高處不勝寒"的寓意，以喻慈禧太后掌控的朝廷。

〔三〕霓裳舊譜：《太平廣記》卷二二《神仙·羅公遠》："開元中，中秋望夜，時玄宗於宮中玩月。公遠奏曰：'陛下莫要至月中看否。'乃取拄杖，向空擲之，化爲大橋，其色如銀，請玄宗同登。約行數十里，精光奪目，寒色侵人，遂至大城闕。公遠曰：'此月宮也。'見仙女數百，皆素練寬衣，舞於廣庭。玄宗問曰：'此何曲也？'曰：'霓裳羽衣也。'玄宗密記其聲調，遂回，卻顧其橋，隨步而滅。且召伶官，依其聲調作《霓裳羽衣曲》。"

〔四〕華年：李商隱《錦瑟》詩："錦瑟無端五十弦，一弦一柱思華年。"

〔五〕幽素：深藏不露的幽情素心。吳文英《祝英臺近》詞："舊尊俎，玉纖曾擘黃柑，柔香繫幽素。"

〔六〕"正吟"二句：宋之問（一作駱賓王）《靈隱寺》詩："桂子月中落，天香雲外飄。"

臨 江 仙

擬稼軒〔一〕

暮北朝南忙底許，多時齒冷樵風〔二〕。先生疏放是天慵〔三〕。醉鄉閒日月，安穩住無功〔四〕。　　注籍黃齋三百甕，腐儒食料原充〔五〕。思量無地著窮通〔六〕。忘機秋水觀〔七〕，得意大槐宮〔八〕。

【注】

〔一〕稼軒：南宋詞人辛棄疾，字幼安，號稼軒。

〔二〕齒冷：恥笑。因笑則張口，牙齒會感到冷，故稱。《南齊書·孝義傳·樂頤》："人笑褚公，至今齒冷。"　　樵風：《後漢書·鄭弘傳》：

"鄭弘字巨君,會稽山陰人。"李賢注引南朝宋孔靈符《會稽記》:"射的山南有白鶴山,此鶴爲仙人取箭。漢太尉鄭弘嘗采薪,得一遺箭,頃有人覓,弘還之,問何所欲,弘識其神人也,曰:'常患若邪溪載薪爲難,願旦南風,暮北風。'後果然。"後因以"樵風"指順風、好風。

〔三〕"先生"句:《元史·熊朋來傳》:"四方學者因其(指熊朋來)所自號,稱爲天慵先生。"疏放,放縱,不受拘束。杜甫《狂夫》詩:"欲填溝壑唯疏放,自笑狂夫老更狂。"

〔四〕"醉鄉"二句:王績,字無功,嗜酒,著《醉鄉記》。《新唐書》《舊唐書》有傳。又李煜《烏夜啼》詞:"醉鄉路穩宜頻到,此外不堪行。"

〔五〕"注籍"二句:陸游《齋中雜題》詩之三:"書生每苦饑,得飯已可賀。黃齏三百甕,自是天所破。"注籍,指登記入冊。黃齏,鹹醃菜。腐儒,迂腐之儒者。食料,用作食物的原料。如糧食、蛋品、魚、肉等。

〔六〕窮通:困厄與顯達。《莊子·讓王》:"古之得道者,窮亦樂,通亦樂,所樂非窮通也;道德於此,則窮通爲寒暑風雨之序矣。"

〔七〕忘機:參見前《解語花》(雲低鳳闕)注。　秋水觀:辛棄疾退居江西鉛山瓢泉時所建堂觀名。其《瑞鷓鴣》詞云:"膠膠擾擾幾時休,一出山來不自由。秋水觀中秋月夜,停雲堂下菊花秋。"又其《哨遍·秋水觀》詞乃化用《莊子·秋水》篇而爲之。

〔八〕大槐宮:唐李公佐《南柯太守傳》記廣陵淳于棼夢游大槐安國,被招爲駙馬,拜南柯太守,享盡榮華富貴。夢覺,乃知所游爲宅南大槐下一蟻穴。後以此比喻富貴權勢之虛幻無常。黃庭堅《元豐癸亥經行石潭寺,見舊和棲蟾詩甚可笑,因削柎滅藥別和一章》:"千里追奔兩蝸角,百年得意大槐宮。"

朝　中　措

擬玉田〔一〕

亂蛩聲咽雨蕭蕭。誰與惜秋宵。燈暗豆花愁落〔二〕,袖寒棋子慵敲。　安排清課〔三〕,閒眠淺醉,昨暮明朝。不是巴江春水〔四〕,等閒休擲吟瓢〔五〕。

【注】

〔一〕玉田:南宋詞人張炎。參見前《齊天樂》(青鞋踏遍)注。

〔二〕 豆花：喻燭淚。吳文英《慶春宮》詞："重洗清杯，同追深夜，豆花寒落愁燈。"

〔三〕 清課：原指佛教日修之課。後用以指清雅的功課。袁枚《隨園詩話》卷六："毛謝以詩曰：'閨中清課剪冰紈，夫寫篔簹婦寫蘭。'"

〔四〕 巴江：古水名。《三巴記》的巴江指今四川嘉陵江；《太平寰宇記》的巴江指今四川通江縣巴水；《元豐九域志》始稱《水經注》中北水爲巴江，即今四川南江、巴中、平昌境内的南江。宋馮時行《青玉案》詞："相思難寄，野航蓑笠，獨釣巴江雨。"

〔五〕 吟瓢：即"詩瓢"，指貯放詩稿的器具。計有功《唐詩紀事》"唐球"條："球居蜀之味江山，方外之士也。爲詩撚藁爲圓，納入大瓢中。後臥病，投於江曰：'斯文苟不沉没，得者方知吾苦心爾。'至新渠，有識者曰：'唐山人瓢也。'"

減字木蘭花

擬樵歌〔一〕

人生行樂〔二〕。老子婆娑歌帶索〔三〕。蒼鶻參軍〔四〕。竿木逢場底是真〔五〕。壺公知我〔六〕。獨醒何人真計左〔七〕。夢繞雲屏〔八〕，一桁山如故國青〔九〕。

【注】

〔一〕 樵歌：詞集名。宋詞人朱敦儒（1081—1159），字希真，洛陽人。其詞集名《樵歌》。

〔二〕 "人生"句：漢楊惲《報孫會宗書》："人生行樂耳，須富貴何時。"辛棄疾《洞仙歌》詞："人生行樂耳，身後虛名，何似生前一杯酒。"

〔三〕 婆娑：逍遥，閒散自得。　帶索：以繩索爲衣帶。形容貧寒清苦。《列子·天瑞》："孔子游於太山，見榮啓期行乎郕之野，鹿裘帶索，鼓琴而歌。"

〔四〕 蒼鶻參軍：唐宋時"參軍戲"腳色名。李商隱《驕兒詩》："忽復學參軍，按聲唤蒼鶻。"鶻，音"胡"。

〔五〕 竿木逢場：《景德傳燈録·道一禪師》："鄧隱峰辭師，師云：'什麼處去？'對云：'石頭去。'師云：'石頭路滑。'對云：'竿木隨身，逢場作戲。'"謂悟道在心，不拘時地。後以"竿木逢場"謂隨事應景。范成大《題湘山大施堂》詩:"若論大施門前事,竿木逢場且賦詩。"
〔六〕 壺公:傳説中的仙人。《齊天樂》(年年亭上)注。
〔七〕 計左:謂計慮不當,無助於事。《明史·海瑞傳》:"用人而必欲其唯言莫違,此陛下之計左也。"
〔八〕 雲屏:喻層疊之山峰。元虞集《寄答桂風子先生》詩:"雲屏第九疊,相與浴晨暾。"
〔九〕 一桁:謂一行,一列。五代韋莊《灞陵道中》詩:"春橋南望水溶溶,一桁晴山倒碧峰。"桁,音"横"。

點絳唇

擬秋巖〔一〕

莫更憑高,闌珊草色天涯暮〔二〕。亂山無數。雲意閒⁽¹⁾如許。　一葉扁舟,夢到尋詩處。愁延佇。斷鴻聲苦〔三〕。寂寞龍湫雨〔四〕。

【校】
(1) "閒",區圖稿本原作"苦",後改此。

【注】
〔一〕 秋巖:當作"秋崖"。方岳(1199—1262),字巨山,自號秋崖,祁門人。宋理宗紹定五年(1232)進士。累官至吏部侍郎,歷知饒、撫、袁三州,加朝散大夫。有《秋崖集》,收詞一卷。
〔二〕 闌珊:暗淡,零落。
〔三〕 斷鴻:失群的孤雁。辛棄疾《水龍吟·登建康賞心亭》詞:"落日樓頭,斷鴻聲裏,江南游子。把吳鉤看了,闌干拍遍,無人會、登臨意。"
〔四〕 龍湫雨:舊傳,若歲大旱,取虎顱骨納之龍湫,雨則時降。龍湫,上有懸瀑下有深潭之謂。

卜算子⁽¹⁾

擬蕭閒〔一〕

把酒酹黃花,人盡陶彭澤〔二〕。三徑無資也是歸〔三〕,此意誰能得。　漫誦北風詩〔四〕,自愧南村宅〔五〕。憑仗秋山爲解嘲,明秀森寒碧〔六〕。

【校】

(1) 《定稿》此首列在《點絳唇》之前。

【注】

〔一〕 蕭閒:金蔡松年(1107—1159),字伯堅。父蔡靖爲真定府判官,遂爲真定(今河北正定縣)人。累官吏部尚書,右丞相加儀同三司。自號蕭閒老人。文筆雅潔,元好問謂百年以來,樂府推伯堅與吳彥高,號吳蔡體。著有《蕭閒公集》,詞集名《明秀集》。

〔二〕 陶彭澤:東晉詩人陶淵明,曾爲彭澤縣令八十一日,後人遂以縣名稱之。

〔三〕 三徑無資:指無經濟條件隱居。宋王炎《歲暮官舍書懷二首》之二:"三徑無資出宦游,歸心日夜繞松楸。"

〔四〕 北風詩:《詩·邶風·北風》:"北風其涼,雨雪其雱。"序云:"《北風》,刺虐也。衛國並爲威虐,百姓不親,莫不相攜持而去焉。"

〔五〕 南村宅:陶潛《移居》詩之一:"昔欲居南村,非爲卜其宅。聞多素心人,樂與數晨夕。"

〔六〕 森寒碧:清冷的翠緑色。姜夔《暗香》詞:"長記曾攜手處,千樹壓、西湖寒碧。"

一 斛 珠

擬東山〔一〕

鎖香簾箔〔二〕。酒腸不受牢愁縛。舊時記共瓊枝約〔三〕。拚負華年,肯負鈿箏索〔四〕。 夢痕散似風吹籜〔五〕。歡情老作春雲薄。空將醉眼閒中著。袖手低徊,花底看人樂。

【注】

〔一〕 東山:賀鑄(1052—1125),字方回,衛州(今河南汲縣)人。娶宗室女,授右班殿直。元祐中,通判泗州,又倅太平州。退居吳下,築室於橫塘,自號慶湖遺老。詞集名《東山寓聲樂府》。

〔二〕"鎖香"句：門簾、窗簾留住香氣。簾箔，以竹、葦編成的簾子。白居易《北亭》詩："前檻捲簾箔，北牖施牀席。"

〔三〕瓊枝：玉枝，喻美女。唐韋應物《龜頭山神女歌》："皓雪瓊枝殊異色，北方絕代徒傾國。"

〔四〕"拚負"二句：意爲不要辜負青春年華，應及時行樂。鈿，鈿釵，古代婦女頭飾。索，琴弦，藉代琴、瑟、箏等弦樂。肯，反詰，怎肯，焉肯之意。

〔五〕籜：竹筍皮衣，竹長成逐漸脱落。俗稱筍殼。

戀繡衾

擬梅溪〔一〕

澹蛾山色入畫真〔二〕。撲游衫、都是翠痕〔三〕。寫不盡、幽修意〔四〕，把詩魂、分付斷雲。　　軟紅睞眼長安市，底相看、還似故人。乍憶得、妝臺畔，點吳娘、眉黛暈新〔五〕。

【注】

〔一〕梅溪：史達祖，字邦卿，號梅溪。有《梅溪詞》一卷。

〔二〕澹蛾山色：山色遠看如蛾眉淡掃。宋賀鑄《小重山》詞："淡蛾輕鬢似宜妝。歌扇小，煙雨畫瀟湘。"

〔三〕翠痕：喻青山。宋王沂孫《掃花游》詞："斷紅甚處。但匆匆換得，翠痕無數。"

〔四〕幽修意：幽眇而綿長的意緒。

〔五〕吳娘：古代歌妓吳二娘，此謂歌女。白居易《寄殷協律》詩："吳娘暮雨蕭蕭曲，自別江南更不聞。"自注："江南《吳二娘曲》詞云：'暮雨蕭蕭郎不歸。'"後泛指吳地美女。唐施肩吾逸句："顛狂楚客歌成雪，媚賴吳娘笑是鹽。"宋翁卷《白紵詞》："急竹繁絲互催逼，吳娘嬌濃玉無力。"

浣溪沙

擬梅屋〔一〕

漸覺新寒上被池〔二〕。曲屏山亞夢雲欹〔三〕。團團明月影愁窺。　　試展眉圖迷眼纈〔四〕,暗移裙衩⁽¹⁾惜腰肢。刀圭難已有情癡〔五〕。

【校】

（１）"裙衩",上圖稿本原作"裙釵",後改此。

【注】

〔一〕梅屋：許棐（？—1249），字忱父，自號梅屋，海鹽人。嘉熙中，隱居秦溪。有《獻醜集》、《梅屋詩餘》。
〔二〕被池：參見前《謁金門》（涼恁早）注。
〔三〕亞：掩映，掩閉。南唐沈彬《金陵雜題》詩之一："古樹著行臨遠岸，暮山相亞出微煙。"
〔四〕眉圖：雙眉的模樣。袁宏道《廣陵曲戲贈黃昭質，時昭質校士歸》："肌香熏透繡羅襦，小立窗前拭粉朱。掛起眉圖親與較，果然顏色勝當壚。"　　眼纈：眼花時所見的星星點點。蘇軾《聚星堂雪》詩："未嫌長夜作衣棱，卻怕初陽生眼纈。"纈，音"協"。
〔五〕刀圭：中藥的量器名。代指藥物。王績《采藥》詩："且復歸去來，刀圭輔衰疾。"

醉花陰

擬幽棲〔一〕

自斷閒愁拋棄久。難斷杯中酒。薄醉倚闌干〔二〕，顧影憐花，花是因誰瘦。　　寂寥⁽¹⁾庭院人歸後。半臂寒添⁽²⁾驟〔三〕。不爲愛悲秋，月皎風清，好景都如舊。

【校】

（１）"寂寥",上圖稿本原作"寂寞",後改此。
（２）"寒添",上圖稿本原作"添寒",後改此。

【注】

〔一〕幽棲：朱淑真，號幽棲居士，宋錢塘（今杭州市）人。有《斷腸詩集》、《斷腸詞》。

〔二〕薄醉：微醉，淺醉。宋盧祖皋《漁家傲》詞："薄醉起來行蘚徑。多幽興。悠然一霎風吹醒。"

〔三〕半臂：短袖或無袖上衣。邵博《聞見後録》卷二〇："李文伸言東坡自海外歸毗陵，病暑，著小冠，披半臂，坐船中。"

阮郎歸

擬清溪〔一〕

小窗西日透紋紗。飛塵生影花。似聞將雨報林鴉〔二〕。啼聲清潤些。
風蕩漾，樹夭斜〔三〕。晴光憎暮霞。卧驚殘溜響檐牙〔四〕。暖瓶新試茶〔五〕。

【注】

〔一〕清溪：明代詩人邵亨貞，號清溪。參見前《東風第一枝》（寒重花慵）注。

〔二〕林鴉：吴文英《塞垣春》詞："夢鶯回，林鴉起，曲屏春事天遠。"

〔三〕夭斜：謂樹枝被風吹得歪斜貌。清王士禛《浣溪沙》詞："殘夢未遥猶眷戀，篆煙初裊半夭邪。"

〔四〕殘溜：雪化後或雨後在房、篷頂零星流下的水滴。吴文英《探芳信》詞："九街頭，正軟塵潤酥，雪銷殘溜。"明文徵明《新晴》詩："初陽動檐瓦，殘溜時自滴。"

〔五〕新試茶：蘇軾《望江南》詞："休對故人思故國，且將新火試新茶。詩酒趁年華。"

八聲甘州

九日，同古微登翠微山〔一〕，宿靈光天游閣下〔二〕。

記年時載酒説題糕〔三〕，登臨厭塵紅〔四〕。乍翠微高望，川原澄霽，一拓心胸。净洗菊英香色，吟思渺西風。雁冷憮飛處，嵐翠秋空〔五〕。　看取乾坤須洞，想杜陵老眼，醉裏應同〔六〕。儘長歌慘澹，清響答疏鐘。好收拾、悲秋懷抱，對萬山、雲氣入杯中〔1〕。流連久、又西池月〔七〕，影落虬松。

【校】

（１）"對萬"句,區圖稿本作:"對山青、雲白倚闌中";上圖稿本原同區圖稿本,後改此。

【注】

〔一〕古微:朱祖謀。參見前《八聲甘州》(甚無風雨)注。　翠微山:位於今北京石景山區與海澱區交界處,八大處公園之上,爲香峪大梁東南坡的山峰之一,北與香山遥相對應。山勢和緩,南麓多古寺,長安寺、靈光寺、三山庵、大悲寺、龍王堂(龍泉寺)、香界寺、寶珠洞、證果寺等依山而建,合稱八大處,爲京郊著名游覽區。
〔二〕靈光天游閣:即翠微山靈光寺天游閣。
〔三〕題糕:邵博《聞見後録》卷一九:"劉夢得作《九日詩》,欲用糕字,以《五經》中無之,輒不復爲。宋子京以爲不然。故子京《九日食糕》有詠云:'飆館輕霜拂曙袍,糗餈花飲鬥分曹。劉郎不敢題糕字,虚負詩中一世豪。'"後遂以"題糕"作爲重陽題詩之典。
〔四〕塵紅:"紅塵"之倒文。
〔五〕"雁冷"二句:杜牧《九日齊山登高》詩:"江涵秋影雁初飛,與客攜壺上翠微。"
〔六〕"看取"三句:杜甫《自京赴奉先縣詠懷五百字》詩:"憂端齊終南,澒洞不可掇。"又《九日藍田崔氏莊》詩:"明年此會知誰健,醉把茱萸仔細看。"
〔七〕西池:相傳爲西王母所居瑶池的異稱。此泛指西方。清龔自珍《夢玉人引》詞:"陡然聞得,青鳳下西池。"

水　龍　吟

筱珊自山中入都〔一〕,賦詞寫懷,倚調以和（１）。

夢中觸撥閒雲,青鞋偶踏長安道〔二〕。舊歡新恨,天涯回首,牽情多少。泥絮禪心〔三〕,風花狂魄（２）〔四〕,相看一笑。儘緇塵易化〔五〕,故人知否,襟上剩（３）、煙霞繞。　顧我年來氉氉〔六〕。説巖肩、甚時真到〔七〕。煙蓑雨笠〔八〕,望君如在,玉壺瓊島〔九〕。萬里孤游,扁舟乘興,超然物表。怕清吟擁鼻〔一〇〕,徘徊未許,便東山老〔一一〕。

【校】

（１）此詞作於光緒二十五年（1899）九月，《藝風堂友朋書札》卷下録此詞序作"奉和筱珊先生，即希正誤"。

（２）"泥絮"二句，區圖稿本作："古井波瀾，五陵裘馬"；上圖稿本原同區圖稿本，後改此。

（３）"剩"，區圖稿本作"只"；上圖稿本原作"只"，後改此。

【注】

〔一〕筱珊：繆荃孫，字炎之，號筱珊。參見前《八聲甘州》（黯銷魂）注。

〔二〕"青鞋"句：辛棄疾《點絳唇》詞："青鞋自喜，不踏長安市。"青鞋，指草鞋。

〔三〕"泥絮"句：喻萬念寂滅，不動塵心。參見前《百字令》（剡溪雲懶）注。

〔四〕"風花"句：猶言神魂飛蕩如風中之花。秦觀《蝶戀花》詞："閒折海榴過翠徑。雪貓戲撲風花影。"

〔五〕緇塵：黑褐色塵土。秦觀《漁家傲》詞："霜拆凍髭如利剪。情莫遣。素衣一任緇塵染。"

〔六〕氁氉：煩惱。音"帽臊"。五代韋莊《買酒不得》詩："停尊待爾怪來遲，手挈空瓶氁氉歸。"

〔七〕巖扃：山洞門。藉指隱居之處。杜甫《橋陵詩三十韻因呈縣內諸官》詩："瑞芝產廟柱，好鳥鳴巖扃。"

〔八〕煙蓑雨笠：隱士裝束。宋吳潛《摸魚兒》詞："數青史榮名，到底三無二。浮生似寄。爭似得江湖，煙蓑雨笠，不被蝸蠅繫。"

〔九〕玉壺瓊島：指仙境。玉壺，據《後漢書·方術傳下·費長房》，東漢費長房欲求仙，見市中有老翁懸一壺賣藥，市畢即跳入壺中。費便拜叩，隨老翁入壺。但見玉堂富麗，酒食俱備。知老翁乃神仙。後遂用"玉壺"指仙境。瓊島，傳說中的仙島，仙人的居所。

〔一〇〕"怕清"句：《晉書·謝安傳》："安本能爲洛下書生詠，有鼻疾，故其音濁，名流愛其詠而弗能及，或手掩鼻以效之。"後以"擁鼻吟"指用雅音曼聲吟詠。擁鼻，掩鼻。

〔一一〕"徘徊"二句：《世説新語·排調》："謝公在東山，朝命屢降而不動。後出爲桓宣武司馬。將發新亭，朝士咸出瞻送。高靈時爲中丞，亦往相祖，先時多少飲酒，因倚如醉戲曰：'卿屢違朝旨，高臥東山，諸人每相與言："安石不肯出，將如蒼生何？"今亦蒼生將如卿何？'謝笑而不答。"

惜 秋 華

校夢龕社集詠雁[一]

萬里長風，正高樓送目，吟懷酬處。斷影自憐，愁生楚天殘雨[二]。歸心暗落江湖，向夢裏、忺聽柔櫓[三]。相將，又漁歌弄暝，秋橫南浦。　霜訊鎮如許。問驚寒昨夜，有人知否[四]。怕歲晚盟，未穩舊鷗新鷺。蒼茫水驛平沙，乍恨牽、玉關前度[五]。誰訴。付盧郎(1)、月中笛譜[六]。

【校】

（1）"盧郎"，上圖稿本原作"雲郎"，後改此。

【注】

〔一〕校夢龕：即"校夢窗詞"，不用"窗"而用"龕"，表示對於南宋詞人吴文英（夢窗）的崇仰和敬意。半塘《虞美人·題校夢龕圖》序云："往與漚尹同校夢窗詞成，即擬作圖以紀。今年冬，見明王綦畫軸，秋林茅屋，二人清坐，若有所思，笑謂漚尹曰，是吾校夢龕圖也，不可無詞，因拈此調。圖作於萬曆丁酉，乃能爲三百年後人傳神寫意，筆墨通靈，誠未易常情測哉。光緒庚子十月記。"

〔二〕"正高樓"四句：張炎《甘州》詞："正憑高送目，西風斷雁，殘月平沙。未覺丹楓盡老，搖落已堪嗟。無避秋聲處，愁滿天涯。"

〔三〕"忺聽"句：喜歡聽行船划槳的聲音。

〔四〕"問驚"二句：宋石孝友《滿江紅》詞："雁陣驚寒，故喚起、離愁萬斛。"

〔五〕"乍恨"句：張炎《解連環·孤雁》詞："暮雨相呼，怕蓦地、玉關重見。"

〔六〕"付盧郎"句：傳說唐時有盧家子弟，爲校書郎時年已老，因晚娶而遭妻怨。宋錢易《南部新書》丁卷："盧家有子弟，年已暮猶爲校書郎，晚娶崔氏女，崔有詞翰，結褵之後，微有慊色。盧因請詩以述懷爲戲。崔立成詩曰：'不怨盧郎年紀大，不怨盧郎官職卑，自恨妾身生較晚，不見盧郎年少時。'"後用爲典故。周邦彦《玉樓春》詞："夕陽深鎖綠

暗 香

冬至逢雪，問琴閣社集〔一〕，用白石詠梅(1)韻。

水天(2)一色。對玉龍舞處〔二〕，橫吹羌笛〔三〕。點點翠(3)鈿〔四〕，沁到梅心乍忺摘〔五〕。休説寒銷九九〔六〕，應凍澀、飄花吟筆〔七〕。算未若、羔酒人家〔八〕，歡意競歌席。　　鄉國。路寂寂。記醉踏晚山，冷翠飛積〔九〕。新弦自泣。潑水衾寒夢還憶。知東風醒未，天淡入、無情愁碧。料(4)只有、河畔柳，岸容待得〔一○〕。

【校】

(1)《剩稿》光緒三十二年本序無"詠梅"二字。區圖稿本序作："冬至逢雪，用白石詠梅韻，問琴閣社集同賦。"上圖稿本原同區圖稿本，後改此。

(2)"水天"句，區圖稿本作"暗回春色"；上圖稿本原同區圖稿本，頁眉有批校云："'春色'，'春'字應易以入聲作平字。玉田作於此處全改平，未協。拙作曾和石帚，首句作'水天一色'。敢以奉貽，未知於意云何？"按此當爲鄭文焯批校，後《半塘剩稿》從之。

(3)"翠"，區圖稿本作"酥"；上圖稿本原作"酥"，後改此。

(4)"料"，區圖稿本作"想"；上圖稿本原作"想"，批校云："擬易'料'字較妥溜。"後《半塘剩稿》從之。

【注】

〔一〕問琴閣：宋育仁(1857—1931)，字芸子，號問琴閣主人，四川富順人。光緒十二年(1886)丙戌科進士，改翰林院庶吉士。光緒十五年四月，散館，授翰林院檢討。光緒十七年(1891)出典廣西鄉試，任副考官。光緒二十年(1894年)，隨使歐洲，派充駐英二等參贊官。光緒末任典禮院候補學士。著作彙編爲《問琴閣叢書》。

〔二〕玉龍：喻雪。宋張元《雪》詩："戰退玉龍三百萬，敗鱗殘甲滿空飛。"

〔三〕"橫吹"句：笛曲有《梅花落》。韋莊《汧陽間》詩："牧童何處吹羌笛，一曲梅花出塞聲。"

〔四〕 翠鈿：喻翠綠色梅花初苞。

〔五〕 忺摘：欲摘，願摘。李清照《聲聲慢》詞："滿地黄花堆積，憔悴損，如今有誰忺摘。"

〔六〕 寒銷九九：由冬至日起，歷八十一日，每九天爲一"九"，依次爲"一九"、"二九"至"九九"。亦指"九九"中最末九天，俗稱"九九艷陽天"。趙翼《消寒》詩："轉眼消寒過九九，春光又到豔陽時。"

〔七〕 飄花吟筆：五代王仁裕《開元天寶遺事》卷二"夢筆頭生花"條："李太白少時，夢所用之筆頭上生花，後天才贍逸，名聞天下。"

〔八〕 羔酒：即羊羔酒，又稱羔兒酒。蘇軾《二月三日點燈會客》詩："試開雲夢羔兒酒，快瀉錢塘藥玉船。"

〔九〕 "鄉國"四句：姜夔《暗香》詠梅詞："江國。正寂寂。歎寄與路遥，夜雪初積。"

〔一〇〕 "料只有"二句：杜甫《小至》詩："岸容待臘將舒柳，山意衝寒欲放梅。"岸容，指岸邊的景色。

三　姝　媚(1)

唐花(2)

春酣冰雪裏。問誰催梢頭，萬千紅紫。占盡繁華，是年年三九，玉梅花底。芳訊潛通〔一〕，那更待、番風頻試〔二〕。惆悵宵來，簾閣寒添，蝶蜂蘇未。　　莫負斜街芳事〔三〕。記冷逼茸裘〔四〕，瘦筇閒倚〔五〕。點檢珍叢〔六〕，黯吟懷愁入，冬烘身世〔七〕。一霎繽紛，應悟到、枯榮彈指(3)〔八〕。寂寞美人林下〔九〕，月寒照水(4)。

【校】

(1) 上圖稿本、區圖稿本調名原作《三株媚》，據《剩稿》光緒三十二年本改。

(2) 《剩稿》光緒三十二年本題作"唐花和閨枝"。

(3) "應悟"句，區圖稿本作"應笑倒、枯禪彈指"；上圖稿本原同區圖稿本，後改此。

(4) "月寒"句，上圖稿本原作"月明似水"，後改此。

【注】

〔一〕"芳訊"句:意謂悄悄傳來花消息。潛通:暗自相通,悄悄地傳遞消息。

〔二〕番風:參見前《浪淘沙》(春殢小梅梢)注。

〔三〕斜街:參見前《一萼紅》(占春陽)注。

〔四〕茸裘:用濃密柔細的獸毛製成的禦寒衣服。周密《六幺令》詞:"誰念絮帽茸裘,歎幼安今老。"

〔五〕瘦筇:手杖。筇竹,節高幹細,可作手杖。賈島《延壽里精舍寓居》詩:"雙履與誰逐,一尋青瘦筇。"

〔六〕珍叢:周邦彥《六醜·薔薇謝後作》詞:"靜繞珍叢底,成歎息。"

〔七〕冬烘:迂腐,淺陋。范成大《冬日田園雜興》詩之十:"長官頭腦冬烘甚,乞汝青錢買酒回。"

〔八〕枯榮:指人生興盛與衰落。曹勳《四檻花》詞:"須記歲月堪驚。最難管、蒼華滿鏡生。心地常自樂,誰能問枯榮。"

〔九〕美人林下:宋王安中《北山移文哨遍》序:"陽翟蔡侯原道,恬於仕進。其內吕夫人有林下風。"

鎖窗寒

殘雪

濕粉(1)樓臺〔一〕,銷塵(2)巷陌,淡煙初裊(3)。山眉乍展〔二〕,霽色遥明林表〔三〕。點蒼苔、屐痕漸晞,故人昨夜尋詩到。問王孫知否,天涯偷換,舊時芳草〔四〕。　　吟繞。空淒悄。又(4)瘦入梅梢,一痕春小。瓊琚共賞〔五〕,徹骨誰憐寒峭。泛扁舟、興闌未歸〔六〕,舊游暗淡只(5)鴻爪〔七〕。剩殘花(6)、點鬢成絲〔八〕,待遣東風掃。

【校】

(1) "濕粉",區圖稿本作"粉濕"。

(2) "銷塵",區圖稿本作"塵凝";上圖稿本原作"塵凝",後改此。

(3) "裊",上圖稿本原作"惹",後改此。

(4) "又",上圖稿本原作"看",後改此。

(5) "只",區圖稿本作"飛";上圖稿本原作"飛",後改此。

（6）　"殘花",區圖稿本作"飄花";上圖稿本原作"飄花",後改此。

【注】

〔一〕　"濕粉"句：厲鶚《齊天樂》詞："濕粉樓臺,釃寒城闕,不見春紅吹到。"
〔二〕　"山眉"句：指雪開始融化,山頭露出。辛棄疾《臨江仙》詞："晚山眉樣翠,秋水鏡般明。"
〔三〕　"霽色"句：祖詠《終南望餘雪》詩："林表明霽色,城中增暮寒。"
〔四〕　"問王孫"三句：《楚辭・招隱士》："王孫游兮不歸,春草生兮萋萋。"
〔五〕　瓊琚：精美的玉佩。喻雪。明茅平仲《夜行船序・宴薊鎮宛在亭四景》套曲："風漸寒同雲密佈,雪亂舞滿地瓊琚。"
〔六〕　"泛扁舟"句：《世說新語・任誕》："王子猷居山陰,夜大雪,眠覺,開室,命酌酒。四望皎然,因起彷徨,詠左思《招隱詩》。忽憶戴安道,時戴在剡,即便夜乘小船就之。經宿方至,造門不前而返。人問其故,王曰：'吾本乘興而行,興盡而返,何必見戴？'"
〔七〕　"舊游"句：蘇軾《和子由澠池懷舊》詩："人生到處知何似,應似飛鴻踏雪泥。泥上偶然留指爪,鴻飛那復計東西。"
〔八〕　鬢成絲：姜夔《側犯》詞："誰念我、鬢成絲,來此共尊俎。"

庚子秋詞

卜算子

夢裏半塘秋[一],斷壁迷煙柳。詩意空明指似誰,鷗外涼蟾透。　　愁向酒邊新,拙是年來舊。話到江湖白髮心[二],猿鶴驚人瘦[三]。

【注】

〔一〕半塘:王鵬運桂林故里祖塋所在。參見前《浣溪沙》(畫裏家山)詞後自注。

〔二〕"話到"句:李商隱《安定城樓》詩:"永憶江湖歸白髮,欲回天地入扁舟。"

〔三〕"猿鶴"句:辛棄疾《沁園春·帶湖新居將成》詞:"三徑初成,鶴怨猿驚,稼軒未來。"

朝中措

西山顔色到今朝。眉翠不禁消[一]。畫外閒情誰會,愁邊斷句慵敲[二]。　　幾時歸去,晴鐘野寺[三],雨屐溪橋[四]。萬里驚塵望斷,舊家煙水迢迢[五]。

【注】

〔一〕"西山"二句:西山的顔色像翠眉一樣經受不住時間的消磨,變得暗淡了。眉翠,遠望一痕山色蒼翠如眉。吳文英《浪淘沙》詞:"山遠翠眉長。高處淒涼。"

〔二〕"愁邊"句:辛棄疾《鷓鴣天》詞:"愁邊剩有相思句,搖斷吟鞭碧玉梢。"

〔三〕 晴鐘：宋趙功可《聲聲慢》詞："留連處，忽一聲山外，吹度晴鐘。"
〔四〕 雨屐：方岳《酹江月》詞："茶灶筆牀將雨屐，吟到梅花消息。"
〔五〕 "萬里"二句：遠望萬里外的故鄉，只見滿目亂塵，煙水迢迢。驚塵，爭戰揚起的塵土。喻時局混亂。唐胡宿《函谷關》詩："天開函谷壯關中，萬古驚塵向此空。"

點絳唇

用夢窗韻

倦對秋光〔一〕，亂紅認得愁來路〔二〕。燕簾鶯樹〔三〕。空憶尋春處。　　酒醒西樓，恨逐新鴻去。游情貯。斷雲如縷。吹淚驚風絮〔四〕。

【注】

〔一〕 "倦對"句：宋鄧肅《江城子》詞："已對秋光成感慨，更夜永，漏聲長。"
〔二〕 "亂紅"句：宋黃機《摸魚兒》詞："亂紅也怨春狼藉，搵得淚痕無數，腸斷處。"
〔三〕 "燕簾"句：張炎《朝中措》詞："燕簾鶯戶，雲窗霧閣，酒醒啼鴉。"
〔四〕 "吹淚"句：宋高觀國《永遇樂》詞："空淒黯、西風細雨，盡吹淚去。"

相見歡

夜涼哀角聲聲〔一〕。斷疏更。愁對南飛孤雁、帶參橫〔二〕。　　人不見。征塵遠。夢難成。又是絮蛩飄雨、落秋燈〔三〕。

【注】

〔一〕 哀角：悲壯的角聲。角，古樂器名。出自西北游牧民族，鳴角以示晨昏。軍中多用作軍號。葛長庚《酹江月》詞："滿地蒼苔，一聲哀角，疏影歸幽渺。"
〔二〕 參橫：參星橫斜。表示天色將明。宋韓元吉《水龍吟》詞："斗轉參橫，半簾花影，一溪寒水。"
〔三〕 絮蛩：蟋蟀鳴聲不斷。

前　　調

枕函殘夢初驚。欲三更。愁聽星鴻霜角、下重城〔一〕。　　人何處。塵迷路。恨難平。還是淚痕和酒、不分明〔二〕。

【注】
〔一〕　星鴻霜角：黑夜飛鴻和寒天號角。宋魏了翁《水調歌頭》詞："清燕臥霜角，月魄幾回哉。一聲雲雁清叫，推枕賦歸來。"
〔二〕　"還是"句：吳文英《三姝媚》詞："湖山經醉慣。漬春衫、啼痕酒痕無限。"

醜　奴　兒

沙鷗笑客頭如雪，瘦倚西風。衰鬢憐儂。老色還應鬥酒紅〔一〕。　　年年酣醉東華路，不似霜楓。掩映秋容。得意寒山夕照中。

【注】
〔一〕　老色：衰老之色。陸游《寄陳魯山正字》詩："青衫二十年，老色上鬢鬢。"　鬥酒：相互猜拳以決勝負，輸者飲酒。王維《偶然作六首》之二："田舍有老翁，垂白衡門裏。有時農事閒，鬥酒呼鄰里。"

人　月　圓

煙塵滿目蘭成賦〔一〕，休唱憶江南。昏昏海日，金臺重上〔二〕，淚點青衫〔三〕。　　西山一角，向人如笑，寥落何堪。不如歸去，生涯白水〔四〕，家世黃甘〔五〕。

【注】
〔一〕　蘭成：南北朝詩人庾信，小字蘭成。《哀江南賦》是其名作。
〔二〕　金臺：即燕臺、黃金臺。參見前《摸魚子》（對燕臺）注。

〔三〕 "淚點"句：白居易《琵琶行》詩："座中泣下誰最多，江州司馬青衫濕。"
〔四〕 "生涯"句：指清貧生活。白水，泛指清水。
〔五〕 "家世"句：半塘家鄉在桂林。韓愈《送桂州嚴大夫》詩："戶多輸翠羽，家自種黃柑。遠勝登仙去，飛鸞不假驂。"桂州治所在今桂林市。黃甘，即黃柑。

清平樂

釣竿別後〔一〕。塵染春衫透。帶眼朝朝憐漸瘦〔二〕。知否輕衾如舊。　　幾時歸掃蒼苔〔三〕。樵青相伴行杯〔四〕。還我門前五柳〔五〕，笑他堂上三槐〔六〕。

【注】

〔一〕 釣竿：藉指漁人，即隱逸之士。元喬吉《漁父詞》："箬笠底風雲縹緲，釣竿頭活計蕭條。船輕棹，一江夜潮，明月臥吹簫。"
〔二〕 "帶眼"句：每天自感消瘦。參見前《齊天樂》（青銅霜訊）注。
〔三〕 "幾時"句：指歸隱。杜甫《醉時歌》："先生早賦《歸去來》，石田茅屋荒蒼苔。"
〔四〕 樵青：顏真卿《浪跡先生玄真子張志和碑》："肅宗嘗錫奴婢各一，玄真配為夫妻，名夫曰漁僮，妻曰樵青。"後因以指女婢。此當指半塘姬人抱賢。　　行杯：指傳杯飲酒。李白《與夏十二登岳陽樓》詩："雲間連下榻，天上接行杯。"王琦注："傳杯而飲曰行杯。"
〔五〕 門前五柳：陶潛《五柳先生傳》："先生不知何許人也，亦不詳其姓字。宅邊有五柳樹，因以為號焉。"
〔六〕 堂上三槐：邵伯溫《聞見錄》卷八："（王）祐素知其（指其子旦）必貴，手植三槐於庭，曰：'吾子孫必有為三公者。'已而果然。天下謂之三槐王氏。"後王祐子孫建三槐堂，故址在今河南省開封東門外。蘇軾有《三槐堂銘》。

菩薩蠻

紅塵不上荷衣冷〔一〕。天涯望斷飛鴻影。歸夢碧湘西〔二〕。溪山有舊題。　　旅愁誰得似。不飲常如醉。何處度疏鐘〔三〕。亂雲千萬重。

【注】
〔一〕荷衣：張志和《漁父歌》："霅溪灣裏釣漁翁，舴艋爲家西復東。江上雪，浦邊風，笑著荷衣不歎窮。"
〔二〕"歸夢"句：夢想回到碧綠如玉的湘江西南的故鄉。
〔三〕度疏鐘：飄來稀疏的鐘聲。

鷓 鴣 天

無計消愁獨醉眠。倦看星斗鳳城邊〔一〕。舊時勝賞迷游鹿，入夜秋聲雜斷猿〔二〕。　空暗淡，漫流連。眼中不分此山川〔三〕。何堪歌酒東華路〔四〕，淚盡西風理斷弦〔五〕。

【注】
〔一〕鳳城：指京城北京。
〔二〕"舊時"二句：狀宮室荒涼。清郭則澐《清詞玉屑》卷六以爲半塘《庚子秋詞》諸作皆有所指，此首"謂（八國）聯軍盤據禁苑，叫囂塵陌也"。勝賞，名勝。
〔三〕不分：不料。唐陳陶《水調詞》之二："容華不分隨年去，獨有妝樓明鏡知。"
〔四〕東華路：參見前《尉遲杯》（東華路）注。
〔五〕斷弦：蘇軾《定風波》詞："花謝絮飛春又盡。堪恨。斷弦塵管伴啼妝。"

踏 莎 行

彩扇初閒〔一〕，疏砧催斷〔二〕。雲山北向征人遠。驚塵莫漫怨飄風〔三〕，岫眉好試新妝面〔四〕。　夢境迷離，心期千萬。絲絲縷縷愁難翦。不辭舞袖爲君垂〔五〕，瑣窗雲霧知深淺。

【注】
〔一〕彩扇：江淹《扇上彩畫賦》："碧臺寂兮無人，蔓丹草與朱塵。度俄然如一代，經半景若九春。命增得爲彩扇兮，出入玉帶與綺紳。"

〔二〕 疏砧：稀疏的擣衣聲。唐盧景亮《寒夜聞霜鐘》詩：「何城亂遠漏，幾處雜疏砧。」

〔三〕 驚塵：唐胡宿《函谷關》詩：「天開函谷壯關中，萬古驚塵向此空。」

〔四〕 岫眉：猶遠山眉。王禹偁《送姚著作之任宣城》詩：「檻外澄江練不收，窗中遠岫眉初印。」岫，峰巒。

〔五〕 「不辭」句：暗指有報效朝廷之心。岑參《長門怨》詩：「舞袖垂新寵，愁眉結舊恩。」

眼兒媚

青衫淚雨不曾晴〔一〕。衰鬢更星星〔二〕。蒼茫對此，百端交集，恨滿新亭〔三〕。　雁聲遙帶邊聲落〔四〕，萬感入秋燈。風沙如夢，愁揮綠綺〔五〕，醉拂青萍〔六〕。

【注】

〔一〕 「青衫」句：白居易《琵琶行》詩：「座中泣下誰最多，江州司馬青衫濕。」

〔二〕 「衰鬢」句：左思《白髮賦》：「星星白髮，生於鬢垂。」

〔三〕 「恨滿」句：指憂國傷時的悲憤心情。參見前《鶯啼序》（無言畫闌）注。

〔四〕 「雁聲」句：黃庭堅《次韻劉景文登鄴王臺見思五首》之一：「歸鴉度晚景，落雁帶邊聲。」邊聲，指邊境警報。元劉祁《歸潛志》卷一一：「既至京師，邊聲益急，聞北兵阻荊江。」

〔五〕 綠綺：古琴名。傅玄《琴賦》序：「齊桓公有鳴琴曰號鐘，楚莊有鳴琴曰繞梁，中世司馬相如有綠綺，蔡邕有焦尾，皆名器也。」此泛指琴。

〔六〕 青萍：古寶劍名。葛洪《抱朴子·博喻》：「青萍、豪曹，剡鋒之精絕也。」此泛指劍。

小重山

一角晴嵐翠拂衣。憑闌看鬢影、覺秋肥〔一〕。亂雲深處瘦筇支。題糕約、曾説菊花時〔二〕。　吟嘯憶東籬〔三〕。年年沽酒處、鳳城西。山靈休訝客情非〔四〕。平蕪冷、心事斷鴻知。

【注】
〔一〕 "憑闌"句：吴文英《醉桃源·芙蓉》詞："憑闌人但覺秋肥，花愁人不知。"
〔二〕 題糕約：相約在重陽節一起賦詩。參見前《八聲甘州》（記年時載酒說題糕）注。　　說菊花：孟浩然《過故人莊》詩："待到重陽日，還來就菊花。"
〔三〕 憶東籬：陶潛《飲酒》詩："采菊東籬下，悠然見南山。"李清照《醉花陰》詞："東籬把酒黄昏後，有暗香盈袖。莫道不消魂，簾捲西風，人比黄花瘦。"
〔四〕 山靈：山神。《文選·班固〈東都賦〉》："山靈護野，屬御方神。"李善注："山靈，山神也。"辛棄疾《沁園春》詞："清溪上，被山靈卻笑，白髮歸耕。"

一　落　索

屏曲秋山橫紫〔一〕。曉妝如洗。幾年詩裏負青鞋，懶更憶、雲門寺〔二〕。
冷落琴邊幽意。側商生指〔三〕。斷雲似識客心孤〔四〕，又疊疊、奇峰起。

【注】
〔一〕 橫紫：宋趙師俠《蝶戀花》詞："不用南山橫紫翠。悠然消得因花醉。"
〔二〕 "幾年"二句：杜甫《奉先劉少府新畫山水障歌》："若耶溪，雲門寺，吾獨胡爲在泥滓。青鞋布襪從此始。"雲門寺，參見前《燭影摇紅》（才出囂塵）詞注。
〔三〕 側商：沈括《夢溪筆談》卷五："古樂有三調聲，謂清調、平調、側調也。王建詩云'側商調裏唱伊州'是也。今樂部中有三調樂，品皆短小，其聲噍殺，唯道調小石法曲用之。雖謂之三調樂，皆不復辨清平側聲，但比他樂特爲煩數耳。"賀鑄《鷓鴣天》詞："轟醉王孫玳瑁筵。渴虹垂地吸長川。側商調裏清歌送，破盡窮愁直幾錢。"
〔四〕 "斷雲"句：宋石孝友《一剪梅》詞："同在他鄉，又問征途。離歌聲裏客心孤。"

秋蕊香

寂寞香紅泣露〔一〕。酒醒綺窗秋暮。倚闌淚濕調鶯處〔二〕。換得聲聲杜宇。　高樓西北應如故〔三〕。隱煙霧。塞鴻不爲帶愁去。夜夜風風雨雨。

【注】

〔一〕泣露：晏殊《蝶戀花》詞："檻菊愁煙蘭泣露，羅幕輕寒，燕子雙飛去。明月不諳離恨苦，斜光到曉穿朱戶。"

〔二〕調鶯：調逗黃鶯。張炎《水龍吟》詞："一番雨過，一番春減，催人漸老。倚檻調鶯，捲簾收燕，故園空杳。"

〔三〕"高樓"句：《古詩十九首》："西北有高樓，上與浮雲齊。"

太常引

蕭疏短髮不禁搔〔一〕。歸夢楚天遙。飲酒讀《離騷》。問名士、何時價高〔二〕。　可堪搖落〔三〕，閒身如葉，風色滿亭皋。魂斷倩誰招。記醉踏、楊花謝橋〔四〕。

【注】

〔一〕"蕭疏"句：杜甫《春望》詩："白頭搔更短，渾欲不勝簪。"張孝祥《念奴嬌》詞："短鬢蕭騷襟袖冷，穩泛滄溟空闊。"

〔二〕"飲酒"二句：劉義慶《世說新語·任誕》："王孝伯言：'名士不必須奇才，但使常得無事，痛飲酒，熟讀《離騷》，便可稱名士。'"

〔三〕"可堪"句：庾信《枯樹賦》："桓大司馬聞而歎曰：'昔年種柳，依依漢南。今看搖落，悽愴江潭。樹猶如此，人何以堪！'"

〔四〕"魂斷"二句：晏幾道《鷓鴣天》詞："夢魂慣得無拘檢，又踏楊花過謝橋。"

前調

愁懷得酒湧如潮。心事付蓬飄〔一〕。月落雁群高。亂峽影、星河動摇〔二〕。　　商聲夜起,斷雲北望,梁燕乍離巢。魂已不禁消。休更説、消魂灞橋〔三〕。

【注】

〔一〕　蓬飄:像蓬草枯萎後隨風飄蕩。蔣捷《行香子》:"紅了櫻桃。綠了芭蕉。送春歸、客尚蓬飄。"
〔二〕　"亂峽"句:杜甫《閣夜》詩:"五更鼓角聲悲壯,三峽星河影動摇。"
〔三〕　灞橋:橋名。本作霸橋。《三輔黄圖》卷六"橋"條:"霸橋在長安東,跨水作橋。漢人送客至此橋,折柳贈别。王莽時,霸橋災,數千人以水沃救不滅,更霸橋爲長存橋。"

燕　歸　梁(1)

一院秋陰覆古槐。冷翠護莓薹。西山晴色照行杯〔一〕。記年年、雁初回。
好音遠帶關雲落,塵夢笑醒才〔二〕。猶憐懷抱未全開〔三〕。斷腸聲、在金徽〔四〕。

【校】

(1)　有正本調下有題"用夢窗韻"。《燕歸梁》此體《詞譜》不載。《夢窗稿》載夢窗原詞《燕歸梁·對雪醒坐上雲麓先生》,下片第二句作五字句"孤館閉更寒",檢《全宋詞》則作"孤館閉、五更寒"。

【注】

〔一〕　行杯:指傳杯飲酒。唐杜荀鶴《雪中别詩友》詩:"酒寒無小户,請滿酌行杯。若待雪消去,自然春到來。"
〔二〕　笑醒才:"才笑醒"之倒文。
〔三〕　"猶憐"句:崔珏《哭李商隱》詩之二:"虚負凌雲萬丈才,一生襟抱未曾開。"
〔四〕　金徽:琴上繫弦之繩。藉指琴。唐黄滔《塞上》詩:"金徽互鳴咽,玉笛自淒清。"

夜 游 宫

蛩外秋聲送雨。乍將恨、和愁都訴。曾是紅簾醉吟處〔一〕。倚芳尊,暗消魂,舊題句。　　梁燕拋人去〔二〕。空夢繞、龍池千樹〔三〕。目斷風鴉陣飛舞。掩房櫳,對秋燈,幾凝佇。

【注】
〔一〕 紅簾:吳文英《宴清都》詞:"弄喜音、鵲繞庭花,紅簾影動。"
〔二〕 燕拋人去:周邦彥《蝶戀花》詞:"粉蝶多情,飛上釵頭住。若遣郎身如蝶羽。芳時爭肯拋人去。"
〔三〕 龍池:猶鳳池。指中書省。陳子昂《爲陳舍人讓官表》:"司言鳳綍,揮翰龍池。"

虞 美 人 影

紅綃浥淚情誰見〔一〕。憔悴鏡臺妝面。消息玉關應轉〔二〕。歡動眉間雁〔三〕。　　銀箋讀罷重開卷〔四〕。愁結冰絲難剪〔五〕。纖月光回一線。獨背殘陽看〔六〕。

【注】
〔一〕 "紅綃"句:陸游《釵頭鳳》詞:"春如舊,人空瘦。淚痕紅浥鮫綃透。"
〔二〕 "消息"句:陸游《月上海棠》詞:"燕子空歸,幾曾傳、玉關邊信。"
〔三〕 "歡動"句:指高興時雙眉展動如雁展翼。
〔四〕 銀箋:白色信箋。指情書。賀鑄《綠頭鴨》詞:"翠釵分、銀箋封淚,舞鞋從此生塵。"
〔五〕 冰絲:指冰蠶所吐的絲。常用作蠶絲的美稱。藉指琴弦。《全唐詩》卷八六四載《湘妃詩》四首之二:"碧杜紅蘅縹緲香,冰絲彈月弄清涼。"
〔六〕 "獨背"句:羅隱《旅舍書懷寄所知》二首之二:"可憐別恨無人見,獨背殘陽下寺樓。"

月 中 行

溪山猶是暗愁侵。煙雨望中深。舊盟鷗鳥漫重尋〔一〕。啼鴂弄秋陰〔二〕。蘭成搖落江潭恨〔三〕，憑誰爲、寄語青禽〔四〕。霜鐘寒約斷煙沉。獨客莫登臨。

【注】
〔一〕 舊盟鷗鳥：參見前《揚州慢》（天末程遥）注。姜夔《慶宫春》詞："槳蓴波，一蓑松雨，暮愁漸滿空闊。呼我盟鷗，翩翩欲下，背人還過木末。"
〔二〕 啼鴂：即鵙鴂。張炎《千秋歲》詞："數聲鶗鴂。又報芳菲歇。惜春更把殘紅折。雨輕風色暴，梅子青時節。"
〔三〕 "蘭成"句：庾信《枯樹賦》："桓大司馬聞而歎曰：'昔年種柳，依依漢南；今看搖落，悽愴江潭。樹猶如此，人何以堪。'"蘭成，庾信小字。
〔四〕 青禽：即青鳥。喻信使。李白《寓言》詩之二："遥裔雙彩鳳，婉孌三青禽。"王琦注引《山海經》："三青鳥，皆西王母使也。"

前 調

初寒簾幕舊游心〔一〕。愁極酒須斟。昏鴉如墨下平林。暝色赴煙深。懷人野水閒鷗外，停雲感〔二〕、自寫清琴。青衫白髮已難禁〔三〕。憔悴況而今。

【注】
〔一〕 舊游心：宋方千里《齊天樂》詞："看風動疏簾，浪鋪湘簟。暗想前歡，舊游心事寄詩卷。"
〔二〕 停雲感：思念親友之情。參見前《探芳信》（正芳晝）注。
〔三〕 "青衫"句：歐陽修《聖俞會飲》詩："嗟余身賤不敢薦，四十白髮猶青衫。"青衫，古時學子所穿之服。泛指官職卑微。

霜天曉角

吟窠碎竹[一]。分得鷗波緑[二]。長記江鄉秋老,寒香映、幾叢菊[三]。　　徑曲。森似玉[四]。夢中吟嘯熟。孤負天寒羅袖,流泉已、下山濁[五]。

【注】

〔一〕吟窠:吟詩的小房間,指詩人的書房。　　碎竹:細小的竹子。范成大《醉落魄》詞:"好風碎竹聲如雪。昭華三弄臨風咽。鬢絲撩亂綸巾折。涼滿北窗,休共軟紅説。"

〔二〕鷗波:鷗鳥生活的水面。比喻悠閒自在的退隱生活。陸游《雜興》詩:"得意鷗波外,忘歸雁浦邊。"

〔三〕寒香:清洌的香氣。向子諲《清平樂》詞:"人間塵外。一種寒香蕊。疑是月娥天上醉。戲把黄雲捼碎。"

〔四〕森似玉:竹子翠緑如碧玉。森,陰沉幽暗貌。

〔五〕"孤負"二句:杜甫《佳人》詩:"在山泉水清,出山泉水濁。……天寒翠袖薄,日暮倚修竹。"

前調

清霜送馥。江上橙初熟。千點金丸如畫,輕帆卸、洞庭曲[一]。　　斫玉[二]。螯勝肉。齏酸篘正緑[三]。明日西風吹醒,誰知在、軟紅宿[四]。

【注】

〔一〕輕帆卸:行船到達目的地,需卸下帆篷靠岸停泊。故"卸帆",也即船靠岸的意思。

〔二〕斫玉:切斷潔白的蟹螯。向子諲《西江月》詞:"得意穿雲度水,及時斫玉分金。兹游了卻未來心。怪我歸遲一任。"

〔三〕齏:用醋、醬拌和,切成碎末的菜或肉。《周禮·天官·醢人》:"以五齊、七醢、七菹、三臡實之。"鄭玄注:"齊,當讀爲齏……凡醢醬所和,細切爲齏。"孫詒讓正義:"齏爲切和細碎之名,故菜、肉之細切者通謂之齏。"齏,音"機"。　　篘:音"抽"。濾酒用的竹具。亦指酒。蘇軾《和子由聞子瞻將如終南太平宮溪堂讀書》詩："近日秋雨足，公餘試新篘。"

〔四〕 軟紅：猶紅塵，喻俗世的繁華或浮躁的都市，此指凡塵。

極 相 思

碧天愁訊秋娥〔一〕。消息盼銀河。憑誰識得，機邊錦字〔二〕，擬托微波。心影襟痕殘淚在〔三〕，到秋期、風露應多。幾時真個，羅雲四捲，玉鏡重磨〔四〕。

【注】

〔一〕 秋娥：嫦娥，指月亮。宋程俱《九日塊坐無聊，越州使君季野舍人見過敝廬。會方回承議亦至，因游章公山林，登覽甚適。越州置酒，暮夜乃歸。作詩一首》："不知日雲暮，初月忽已升。秋娥亦徘徊，流光代華燈。"

〔二〕 錦字：指錦字書。即前秦蘇蕙寄給丈夫竇滔的織錦回文詩。後多用以指妻子給丈夫的書信。《晉書·列女傳》："竇滔妻蘇氏，始平人也，名蕙，字若蘭。善屬文。滔，苻堅時為秦州刺史，被徙流沙，蘇氏思之，織錦為回文旋圖詩對贈滔。宛轉迴圜以讀之，詞甚淒惋。"范成大《道中》詩："客愁無錦字，鄉信有燈花。"宋孫惟信《風流子》詞："啼妝，東風悄，菱花在，擬倩錦字封還。應想恨蛾凝黛，慵髻堆鬟。"

〔三〕 心影：謂衣襟上留下的淚痕為心的影像。吳文英《玉樓春》詞："闌干獨倚天涯客。心影暗凋風葉寂。千山秋入雨中青，一雁暮隨雲去急。"

〔四〕 "玉鏡"句：指月亮出來。玉鏡，比喻明月。唐張子容《璧池望秋月》詩："滿輪沉玉鏡，半魄落銀鉤。"

極 相 思

紀夢

芙蓉殘夢驚回。禪意冷湖猜〔一〕。誰分秀句，嶺雲特髻〔二〕，花雨雙

鞋〔三〕。　　一語當前誰轉得，話清涼、塵境休迷〔四〕。分明指點，水雲面目，瓶鉢歸來。(1)〔五〕

【校】

（１）　此原有小注云："夢游蘭若。若有長老問侍者名，侍者誦'芙蓉湖上三更面'句，並指門外云：'此水前爲熱湖，後爲冷湖，只隔一堤，而芳意冷湖獨盛。'長老意似未慊，且曰：'冷熱一境，世界盡然，誰隔也？'然夢中僅見二侍者，長老則聲影並未相接，不知何以得其言意，繼復得'嶺雲'八字，與前夢在若斷若續間，是一是二，不復能識矣。庚子閏八月十二日半塘僧鶩夢醒記。"

【注】

〔一〕　禪意：佛禪意趣。劉長卿《尋南溪常山道人隱居》詩："溪花與禪意，相對亦忘言。"

〔二〕　"嶺雲"句：山峰上繚繞的雲霧如髮髻。特，單個。髻，在頭頂或腦後盤成各種形狀的髮髻。喻指山峰。蘇軾《送張天覺得山字》詩："晴空浮五髻，晻靄卿雲間。"

〔三〕　花雨：佛教語。諸天爲讚歎佛説法之功德而散花如雨。《仁王經·序品》："時無色界雨諸香華，香如須彌，華如車輪。"後用爲讚頌高僧頌揚佛法之詞。李白《尋山僧不遇作》詩："香雲徧山起，花雨從天來。"

〔四〕　塵境：凡塵世俗的境界。宋吳潛《祝英臺近》詞："天教一舸江湖，數椽澗壑，漸擺脱、世間塵境。"

〔五〕　"瓶鉢"句：算命者稱半塘有半僧人命，半塘因自號"半僧"。瓶鉢，僧人出行所帶的餐具。瓶盛水，鉢盛飯。劉長卿《送靈澈上人歸嵩陽蘭若》詩："唯將舊瓶鉢，卻寄白雲中。"

戀繡衾

博山平篆瑞腦芳〔一〕。小簾垂、寒沁茜窗〔二〕。驚夢到、長楸畔〔三〕，暝堤空、煙鎖暮楊。　　鈿車羅幕前游認〔四〕，馬蹄輕、塵換舊香。攬點點、青衫淚，倚吟韉、西日恨長〔五〕。

【注】

〔一〕博山：博山爐的簡稱。鮑照《擬行路難》詩之二：“洛陽名工鑄爲金博山，千斲復萬鏤，上刻秦女攜手仙。” 瑞腦：香料名。即龍腦。李清照《醉花陰》詞：“薄霧濃雲愁永晝。瑞腦消金獸。”

〔二〕茜窗：絳紅色紗窗。

〔三〕長楸：高大的梓樹。古代常種於道旁。《離騷·九章·哀郢》：“望長楸而太息兮，涕淫淫其若霰。”王逸注：“長楸，大梓。言己顧望楚都，見其大道長樹，悲而太息。”

〔四〕鈿車：用金寶嵌飾的車子。白居易《潯陽春·春來》詩：“金谷蹋花香騎入，曲江碾草鈿車行。”蔣捷《女冠子·元夕》詞：“但夢裏隱隱，鈿車羅帕。吳箋銀粉砑。待把舊家風景，寫成閒話。笑綠鬟鄰女，倚窗猶唱，夕陽西下。”

〔五〕吟鞯：藉指詩人的馬車。鞯，音"薦"，馬鞍下的墊子。周密《六幺令》詞："宮袍帶月，醉裏應迷灞陵道。風靜瓊林翠沼。片片隨春到。吟鞯十里新堤，怪四山青老。" 西日：落日。宋向滈《南歌子》詞："路盡湘江水，人行瘴霧間。昏昏西日度嚴關。天外一簪初見、嶺南山。"

好　事　近

高柳曲池陰〔一〕，記卧白雲秋夕。橫笛衆山皆響，正月生蒼壁〔二〕。　接天烽火隔名藍〔三〕，游事負雙屐〔四〕。昨夜山靈相語，剩荒煙浮碧。

【注】

〔一〕"高柳"句：柳永《少年游》詞："長安古道馬遲遲。高柳亂蟬棲。"

〔二〕蒼壁：蒼翠的山崖。陸游《好事近》詞："揮袖別人間，飛躡峭崖蒼壁。尋見古仙丹灶，有白雲成積。"

〔三〕接天烽火：指八國聯軍入侵北京事。 名藍：有名的伽藍。即名寺。陸游《入蜀記》卷四六："(八月八日)登華嚴羅漢閣……皆極天下之壯麗，雖閩浙名藍，所不能逮。"

〔四〕雙屐：指南朝詩人謝靈運的登山木屐。謝靈運喜歡游山，自製木屐，上山時去前齒，下山時去後齒，優哉游哉，傳爲佳話。姜夔《水調歌頭》詞："不問王郎五馬，頗憶謝生雙屐，處處長青苔。東望赤城近，吾興亦悠哉。"

前　　調

何處暮笳聲〔一〕,吹動碧天秋色。閒數寒林鴉點,倚西風愁立。　傷心莫漫賦蕪城〔二〕,花暗夢中筆〔三〕。撩亂冷楓紅舞〔四〕,尚牽人吟憶。

【注】

〔一〕暮笳:汪元量《疏影》詞:"有隴頭、折贈殷勤,又恐暮笳吹落。"笳,即胡笳,中國古代北方民族的一種樂器,類似笛子。

〔二〕"傷心"句:鮑照有《蕪城賦》,描寫揚州經戰亂後的荒涼景象。此藉以指被八國聯軍踐踏蹂躪後的北京城。

〔三〕花暗:黃庭堅《看花回》詞:"爛熳墜鈿墮履,是醉時風景,花暗燭殘,歡意未闌,舞燕歌珠成斷續。"

〔四〕"撩亂"句:姜夔《法曲獻仙音》詞:"過秋風、未成歸計,誰念我、重見冷楓紅舞。"

夜　行　船

倦枕驚秋雙淚費〔一〕。無人喚、玉妃梳洗〔二〕。寶鏡生塵〔三〕,蘋花點鬢〔四〕,贏得近來愁悴。　悶對羅屏書一紙。空腸斷、酒邊何世。翠被西亭,餘香猶凝,那惜夜涼如水〔五〕。

【注】

〔一〕倦枕:宋胡翼龍《少年游》詞:"曉鶯聲脆雨花乾。倦枕夢初殘。"

〔二〕玉妃:仙女。《雲笈七籤》卷二五:"玉妃忽見,其名密華,厥字鄰倩。"疑暗指光緒珍妃。該年八國聯軍入京,慈禧挾光緒倉皇西逃,臨行前命太監投珍妃於井(一説珍妃"投井自盡")。味全詞語境、情境,疑似代光緒言傷悼之情也。

〔三〕寶鏡:鏡子的美稱。南朝陳徐陵《爲羊兗州家人答餉鏡》詩:"信來贈寶鏡,亭亭似團月。"

〔四〕"蘋花"句:鬢添白髮。蘋草開白花,故云。

〔五〕"翠被"三句：李商隱《夜冷》詩："西亭翠被餘香薄，一夜將愁向敗荷。"

訴　衷　情

用夢窗韻。

水雲如夢阻盟鷗〔一〕。煙草亂汀洲。寂寥幽意誰會，愁入曲江秋〔二〕。空攬鏡，漫登樓。暗吳鉤〔三〕。青山隱几〔四〕，烏角尋鄰〔五〕，臣甫低頭〔六〕。

【注】

〔一〕盟鷗：指歸隱，參見前《揚州慢》(天末程遙)注。
〔二〕曲江：指曲江池。在今陝西省西安市東南。秦爲宜春苑，漢爲樂游原，水流曲折，故稱。隋文帝以曲名不正，更名芙蓉園。唐復名曲江。開元中更加疏鑿，爲都人中和、上巳等盛節游賞勝地。參康駢《劇談錄・曲江》、樂史《太平寰宇記・關西道一・雍州》。此藉指京城名苑。
〔三〕吳鉤：春秋時期吳地出產的彎型的寶刀，這裏泛指寶劍。辛棄疾《水龍吟》詞："把吳鉤看了，闌干拍遍，無人會、登臨意。"
〔四〕"青山"句：對著青山假寐。隱几，靠伏几案。《孟子・公孫丑下》："有欲爲王留行者，坐而言，不應，隱几而卧。"
〔五〕"烏角"句：杜甫《南鄰》詩："錦里先生烏角巾，園收芋栗不全貧。"烏角巾，古代葛製黑色有摺角的頭巾。常爲隱士所戴。
〔六〕"臣甫"句：杜甫《北征》詩："東胡反未已，臣甫憤所切。"又《秋興八首》之八："彩筆昔曾干氣象，白頭吟望苦低垂。"

訴　衷　情

無邊光景只供愁。衰鬢不禁秋。關山今夜明月，誰唱大刀頭〔一〕。　征雁遠，野煙浮。倚層樓。荆高何處〔二〕，冷落金臺〔三〕，日淡幽州〔四〕。

【注】

〔一〕大刀頭：據《漢書・李陵傳》：漢武帝時李陵敗降匈奴，昭帝即位，遣陵故人任立政等三人至匈奴招陵。單于置酒賜漢使者，"立政等見陵，未得私語，即目視陵，而數數自循其刀環，握其足，陰諭之，言可還歸漢也"。刀環在刀之頭，後即以"大刀頭"作爲"還"字的隱語。高適《送劉評事充朔方判官賦得征馬嘶》詩："歧路風將遠，關山月共愁。贈君從此去，何日大刀頭。"

〔二〕 荆高：參見前《西河》"游俠地"注。
〔三〕 金臺：參見前《西河》"游俠地"注。
〔四〕 幽州：參見前《西河》"游俠地"注。

謁金門

霜信驟。消得驚秋人瘦〔一〕。昨日紅蓮今日藕。斷腸君信否。　　人世悲歡原偶〔二〕。休怨雨雲翻覆。寶玦珊瑚珍重取〔三〕。五陵佳氣有〔四〕。

【注】

〔一〕 "消得"句：意謂驚秋消磨得人瘦了。消得，消磨得、折磨得。
〔二〕 原偶：原本成對而在。意即有歡便有悲，悲歡無處不在。蘇軾《水調歌頭》詞："人有悲歡離合，月有陰晴圓缺，此事古難全。"
〔三〕 "寶玦"句：杜甫《哀王孫》詩："腰下寶玦青珊瑚，可憐王孫泣路隅。"寶玦，珍貴的佩玉。
〔四〕 "五陵"句：喻王運不絕，佳氣尚存。杜甫《哀王孫》："哀哉王孫慎勿疏，五陵佳氣無時無。"郭則澐《清詞玉屑》卷六以爲此首"哀首禍親貴也"。五陵，西漢高帝葬長陵，惠帝葬安陵，景帝葬陽陵，武帝葬茂陵，昭帝葬平陵，謂之五陵。

醉落魄

題復葊《歸隱圖》〔一〕

關山難越。經時夢斷江頭楫〔二〕。畫圖聊慰相如渴〔三〕。顧影徘徊〔四〕，月是故溪月。　　先生歸計吾知決。天寒芳草愁消歇。筇枝健步郼筒滑〔五〕。不聽啼鵑，底事聽鳴鳩〔六〕。

【注】

〔一〕 復葊：宋育仁（1858—1931），字芸子，號芸巖，晚號復葊、道復，四川富順（今屬四川省自貢市）人，光緒十二年（1886）進士。光緒二十年（1894）任出使英、法、意、比四國公使參贊，曾任廣西鄉試主考。中國早期資產階級改良主義思想家。"葊"，古"庵"字。

〔二〕 "經時"句：指坐船返鄉歸隱的夢想屢次落空。楫，船槳。藉指船。

〔三〕 相如渴：漢司馬相如患有消渴疾，即糖尿病。李商隱《漢宮詞》："侍臣最有相如渴，不賜金莖露一杯。"此指宋育仁歸隱的渴望。

〔四〕 "顧影"句：蔣捷《高陽臺》詞："宛轉憐香，徘徊顧影，臨芳更倚苔身。"

〔五〕 筇枝：竹杖。張祜《贈僧雲棲》詩："麈尾與筇枝，幾年離石壇。"
郫筒：竹制盛酒具。郫，音"皮"。杜甫《將赴成都草堂途中有作先寄嚴鄭公》詩之一："魚知丙穴由來美，酒憶郫筒不用沽。"仇兆鼇注："《成都記》：成都府西五十里，因水標名曰郫縣，以竹筒盛美酒，號爲郫筒。《華陽風俗錄》：郫縣有郫筒池，池旁有大竹，郫人刳其節，傾春釀於筒，苞以藕絲，蔽以蕉葉，信宿香達於竹外，然後斷之以獻，俗號郫筒酒。"

〔六〕 "不聽"二句：（既然）不聽啼鵑的，爲何要聽鳴鳩的呢？杜鵑啼聲似"不如歸去"。底事，何事，爲什麼。鳴鳩，即鵜鴂，三月即鳴，至夏猶未止。常用其始鳴以喻春逝。《楚辭》："恐鵜鴂之先鳴兮，使夫百草爲之不芳。"辛棄疾《賀新郎》詞："綠樹聽鵜鴂，更那堪、鷓鴣聲住，杜鵑聲切。"詞前小序云："鵜鴂、杜鵑實兩種。見《離騷補注》。"

鬲溪梅令

五年閒卻繡工夫〔一〕。舊情疏。又是花枝鸞鏡、巧相扶〔二〕。翠鈿還記無〔三〕。　巫雲明滅夢回初〔四〕。小踟躕。珍重河魚天雁、數行書〔五〕。紅綃千淚珠〔六〕。

【注】

〔一〕 "五年"句：歐陽修《南鄉子》詞："弄筆偎人久，描花試手初。等閒妨了繡功夫。"

〔二〕 "又是"句：周密《大聖樂》詞："輕妝了，裛涼花絳縷，香滿鸞鏡。"歐陽修《南鄉子》詞："走來窗下笑相扶。愛道畫眉深淺入時無。"

〔三〕"翠鈿"句：賀鑄《菩薩蠻》詞："絳裙金縷摺。學舞腰肢怯。簾下小憑肩。與人雙翠鈿。"

〔四〕"巫雲"句：唐盧仝《樂府雜曲·有所思》："心斷絶，幾千里，夢中醉臥巫山雲，覺來淚滴湘江水。湘江兩岸花木深，美人不見愁人心。"參見前《紫玉簫》(團扇歌闌)注。巫雲，即巫山雲。

〔五〕"珍重"句：《樂府詩集·相和歌辭十三·飲馬長城窟行之一》："呼兒烹鯉魚，中有尺素書。"《漢書·蘇武傳》："教使者謂單于，言天子射上林中，得雁，足有繫帛書。"

〔六〕"紅綃"句：馮延巳《應天長》詞："枕上夜長只如歲，紅綃三尺淚。"紅綃，紅色薄綢緞。

浣 溪 沙

日落西亭酒醒時。忘機鷗鳥近人飛〔一〕。愁生翠被玉溪詩〔二〕。　冰繭閒看書細字〔三〕，玉猧爭肯拂殘棋〔四〕。倚闌無語獨歸遲。

【注】

〔一〕忘機鷗鳥：劉長卿《送路少府使東京便應制舉》詩："誰念滄洲吏，忘機鷗鳥群。"忘機，參見前《解語花》(雲低鳳闕)注。

〔二〕"愁生"句：李商隱《夜冷》詩："西亭翠被餘香薄，一夜將愁向敗荷。"按：李商隱號玉溪生。

〔三〕冰繭：冰蠶所結的繭。此用作紙的美稱。宋許棐《贈芸窗》詩："只是霜毫冰繭紙，才經拈起便新奇。"

〔四〕"玉猧"句：段成式《酉陽雜俎·忠志》："上夏日嘗與親王棋，令賀懷智獨彈琵琶，貴妃立於局前觀之。上數子將輸，貴妃放康國猧子於坐側。猧子乃上局，局子亂，上大悦。"猧，音"窩"，小狗。

浣 溪 沙

又一體〔一〕

蝴蝶成團高下舞。亂紅有意將春去〔二〕。煙暝平臺千萬樹〔三〕。　南園影事還堪數〔四〕。淚眼倚樓頻獨語〔五〕。催花莫待黃昏雨。

【注】

〔一〕 此首下片起句押韻,於前首爲又一體。
〔二〕 亂紅句:宋李季蕚《木蘭花》詞:"欲將春去問殘花,花亦不言春已暮。"(見《全宋詞》附錄)
〔三〕 平臺:古臺名。故址在今河南商丘縣東北。漢梁孝王築,並曾與鄒陽、枚乘等游此。謝惠連在此作《雪賦》,故又名"雪臺"。南齊蕭子隆《山居序》:"西園多士,平臺盛賓。"李白《梁園吟》:"天長水闊厭遠涉,訪古始及平臺間。平臺爲客憂思多,對酒遂作《梁園歌》。"
〔四〕 南園:即抗風軒,故址在今廣州城東南大忠祠側。明初,孫蕡、王佐、黃哲、李德、趙介結社唱酬於此,稱南園五先生。寫詩力去宋元風習,以上追三唐爲旨歸。嘉靖間,歐大任、梁有譽、黎民表、吳旦、李時行又聚會抗風軒,復振南園之風,稱南園後五先生。清光緒間,張之洞任兩廣總督,乃將前後五子合稱南園十先生,並建南園十先生祠。
〔五〕 "淚眼"句:歐陽修《蝶戀花》詞:"淚眼問花花不語,亂紅飛過秋千去。"

海棠春令

翠陰濃合閒庭院〔一〕。露紅靜、春寬夢遠〔二〕。繡幕盡低垂〔三〕,已被流鶯見。　錦城芳事笙歌斷〔四〕。更攜酒、開簾待燕。無賴是楊花,不把閒愁限〔五〕。

【注】

〔一〕 "翠陰"句:吳文英《醉桃源》詞:"翠陰濃合曉鶯堤。春如日墜西。"
〔二〕 "露紅"句:吳文英《鶯啼序》詞:"倚銀屏、春寬夢窄,斷紅濕、歌紈金縷。"
〔三〕 "繡幕"句:宋趙孟堅《花心動》詞:"畫堂鎮日閒晴晝,金爐冷、繡幕低垂。"
〔四〕 錦城:又名錦官城,成都古稱。此處或指北京。
〔五〕 "閒愁"句:賀鑄《青玉案》詞:"試問閒愁都幾許?一川煙草,滿城風絮,梅子黃時雨。"限,阻隔。

醉桃源

用夢窗韻。

驚塵飛雨度年華。邊聲咽暮霞[一]。酒懷不逐亂愁加[二]。憑高雙眼花。　空掩淚,底回車[三]。飄零四海家。有人歸夢祝檣鴉[四]。雲帆遼海斜。

【注】

〔一〕 "邊聲"句:彭孫遹《初從嶺外歸,家兄仲謀有〈喜駿孫歸自嶺南〉之作。次韻十首》之七:"城外邊聲咽暮笳,西風颯颯暗飛沙。"
〔二〕 亂愁:周邦彥《早梅芳》詞:"亂愁迷遠覽,苦語縈懷抱。謾回頭,更堪歸路杳。"
〔三〕 底:何故,爲什麽。
〔四〕 "有人"句:洪邁《夷堅三志》己卷第八"富池廟詩詞"條:"大江富池口,隸興國軍,有甘寧將軍廟,殿宇雄嚴,行舟過之者,必具牲禮祗謁……李子永嘗自西下,舟次散花洲,有神鴉飛立檣竿,久之東去,即遇順風。"

柳梢青

曉色參橫[一]。短棚秋靜,支枕殘更[二]。雲外燈昏,日邊人到[三],消息閑聽。　柳絲綰恨津亭。問酒醒、今宵未曾[四]。十日清游,平原約在[五],愁上眉棱[六]。

【注】

〔一〕 "曉色"句:唐鄭錫《望月》詩:"高堂新月明,虛殿夕風清。素影紗窗靄,浮涼羽扇輕。稍隨微露滴,漸逐曉參橫。遙憶雲中詠,蕭條空復情。"參,星名,二十八宿之一,酉時現於西方,黎明時現於東方。
〔二〕 支枕:以手支著枕頭而卧,未能入眠,或睡醒懶牀狀。葉適《西江月》詞:"啄殘樓老付誰論。謾要睡餘支枕。"

〔三〕日邊：比喻京師附近或帝王左右。《宋書·符瑞志》："伊摯將應湯命，夢乘船過日月之傍。"李白《行路難》："閒來垂釣碧溪上，忽復乘舟夢日邊。"此當指逃亡在外的光緒帝身邊。

〔四〕"柳絲"二句：柳永《雨霖鈴》詞："今宵酒醒何處？楊柳岸、曉風殘月。"

〔五〕"十日"二句：《史記·范睢蔡澤列傳》："（秦昭王）乃詳爲好書遺平原君曰：'寡人聞君之高義，願與君爲布衣之友，君幸過寡人，寡人願與君爲十日之飲。'"後因以"十日飲"比喻朋友連日歡聚。陸厥《奉答內兄希叔》詩："平原十日飲，中散千里游。"

〔六〕眉棱：雙眉上沿略高出部位。李賀《聽穎師琴歌》："竺僧前立當吾門，梵宮真相眉棱尊。"

鳳來朝

熱淚向風墮。壓城頭、壞雲磊砢〔一〕。正黃頭市飲、歌相和〔二〕。歎回面、有人過〔三〕。　目斷西征烽火〔四〕。動哀吟、杜陵飯顆〔五〕。自滅燭、深宵坐。又點點、亂磷大⁽¹⁾。

【校】

（1）"磷大"，有正本同。"大"，見戈載《詞林正韻》第九部，去聲，韻同"個"。

【注】

〔一〕"壓城"句：庾信《同盧記室從軍》詩："箭飛如疾雨，城崩似壞雲。"壞雲，散亂破碎的雲朵。藉指圍城的強大軍隊。磊砢，眾多委積貌。司馬相如《上林賦》："蜀石黃碝，水玉磊砢。"郭璞注："磊砢，魁壘貌也。"

〔二〕黃頭：女真一部落名黃頭女真。宋人蔑稱金人爲黃頭奴。陸游《僕頃在征西大幕，登高望關輔樂之，每冀王師拓定得卜居焉。暇日記此意以示子孫》詩："遼東黃頭奴，稔惡天震怒。"此當指入侵的八國聯軍。

〔三〕回面：轉過臉。晏殊《踏莎行》詞："祖席離歌，長亭別宴。香塵已隔猶回面。"

〔四〕 目斷句：指慈禧挾光緒帝西奔西安事。
〔五〕 杜陵飯顆：傳爲李白《戲贈杜甫》詩："飯顆山頭逢杜甫，頭戴笠子日卓午。藉問別來太瘦生，總爲從前作詩苦。"此當半塘以杜甫自況。

杏 花 天

青桐翠竹驚涼吹〔一〕。誤多少、相思睡味。夢闌不分人憔悴〔二〕。腸斷熏香被底。　空憐取、北征客至〔三〕。更休倚、東方婿貴〔四〕。簫臺鳳去春雲脆〔五〕。還惜題紅舊字〔六〕。

【注】

〔一〕 青桐：樹木名。即梧桐。因其皮青，故稱。賈思勰《齊民要術·種槐柳楸梓梧柞》"梧桐"自注："今人以其皮青，號曰'青桐'也。"　涼吹：涼風。唐錢起《早下江寧》詩："暮天微雨散，涼吹片帆輕。"
〔二〕 不分：不料。
〔三〕 "空憐"句：東漢班彪有《北征賦》，唐杜甫有《北征》詩，均描寫戰亂中的奔波流離景象。
〔四〕 "更休"句：《古樂府·日出東南隅行》："東方千餘騎，夫婿居上頭。"
〔五〕 簫臺鳳去：用蕭史與弄玉吹簫引鳳並乘鳳仙去事。參見前《鶯啼序》（西風漫歌）注。
〔六〕 "還惜"句：用唐人紅葉題詩事。參見前《浣溪沙》（聞道東風）注。王沂孫《水龍吟·落葉》詞："前度題紅杳杳。溯宮溝、暗流空繞。"

前　調

遥天白雁參差起〔一〕。袖寒重、玉樓倦倚。孤吟淚濕西風字。心事清霜鏡底〔二〕。　空回首、長門價貴。更誰識、文園病悴〔三〕。行雲不解將愁寄。惆悵琴心夢裏〔四〕。

【注】

〔一〕 白雁：孔平仲《孔氏談苑》"白雁爲霜信"條："北方有白雁，似雁而小，色白。秋深至則霜降，河北人謂之霜信。"

〔二〕清霜鏡底：即鏡底清霜，謂鏡子中的花白頭髮也。清霜，喻頭髮黑白相間。辛棄疾《鷓鴣天》詞："一夜清霜變鬢絲。怕愁剛把酒禁持。玉人今夜相思不，想見頻將翠枕移。"

〔三〕"空回首"二句：司馬相如《長門賦》序："孝武皇帝陳皇后時得幸，頗妒，別在長門宫，愁悶悲思。聞蜀郡成都司馬相如天下工爲文，奉黄金百斤，爲相如、文君取酒，因於解悲愁之辭。而相如爲文以悟主上，皇后復得幸。"又《史記·司馬相如列傳》："相如口吃而善著書，常有消渴疾；與卓氏婚，饒於財。其進仕宦，未嘗有與公卿國家之事，稱病閒居，不慕官爵。"按司馬相如曾任孝文園令，故以文園指相如。

〔四〕琴心：《史記·司馬相如列傳》："是時卓王孫有女文君新寡，好音，故相如繆與令相重，而以琴心挑之。"劉克莊《賀新郎》詞："欲托朱弦寫悲壯，這琴心、脈脈誰堪許。"

少年游

年時簪菊翠微巔。秋色滿群山。雁路攜壺〔一〕，鷗鄉散策〔二〕，都作等閒看。　而今風雨重陽近〔三〕，病骨怯新寒。如夢如醒，無花無酒，獨自倚闌干。

【注】

〔一〕"年時"三句：杜牧《九日齊山登高》詩："江涵秋影雁初飛，與客攜壺上翠微。塵世難逢開口笑，菊花須插滿頭歸。"

〔二〕散策：拄杖散步。策，竹杖。杜甫《鄭典設自施州歸》詩："北風吹瘴癘，羸老思散策。"宋楊無咎《隔浦蓮》詞："披衣散策，閒庭吟繞紅藥。"

〔三〕"而今"句：用潘大臨重陽賦詩事。參見前《摸魚子》(莽天涯)注。

前　調

拿雲心事記當年〔一〕。天路許追攀〔二〕。玉帶金魚〔三〕，美人名馬〔四〕，文字重(1)藏山〔五〕。　而今憔悴干戈裏，老子已癡頑〔六〕。霜後秋菘〔七〕，雨前春茗〔八〕，一覺足千歡。

【校】

（1）"重"，有正本作"待"。

【注】

〔一〕"拏雲"句：李賀《致酒行》詩："少年心事當拏雲，誰念幽寒坐嗚呃。"

〔二〕天路：喻及第、出仕等。唐王建《山中寄及第故人》詩："如何棄我去，天路忽騰驤。"

〔三〕"玉帶"句：飾玉的腰帶和金質的魚符或魚袋。古代貴官所用。辛棄疾《洞仙歌·爲葉丞相作》詞："見朱顔綠鬢，玉帶金魚，相公是，舊日中朝司馬。"

〔四〕"美人"句：指代富貴生活。司馬相如《美人賦》："……有女獨處，婉然在牀。奇葩逸麗，淑質豔光……皓體呈露，弱骨豐肌……臣乃脈定於内，心正於懷。信誓旦旦，秉志不回。翻然高舉，與彼長辭。"傅玄《乘輿馬賦序》："往日劉備之初降也，太祖賜之駿馬，使自至廐選之，歷名馬以百數，莫可意者。"

〔五〕"文字"句：司馬遷《報任少卿書》："僕誠以著此書，藏諸名山，傳之其人，通邑大都，則僕償前辱之責。"原謂將著作藏於書府，傳之後人。後謂著作極有價值，能傳之後世。重，去聲。

〔六〕"老子"句：陸游《遣興》詩："老子癡頑慣轉蓬，殘年懶復問窮通。"癡頑，謂藏拙，不合流俗。

〔七〕"霜後"句：指貧寒生活。菘，蔬菜名。通常稱白菜。《南齊書·周顒傳》："文惠太子問顒菜食何味最勝，顒曰：'春初早韭，秋末晚菘。'"

〔八〕"雨前"句：指穀雨前採製的新茶，稱雨前茶。宋張掄《訴衷情》詞："閒中一盞建溪茶。香嫩雨前芽。磚爐最宜石銚，裝點野人家。"

少　年　游

又一體。

孤光憐月，衰顔藉酒〔一〕，杯底覺天寬。黄葉堆檐，青山繞屋，禁得帶愁看〔二〕。　　休嗟白髮，離離垂耳，流浪幾時還。風鶴驚心〔三〕，江湖滿地〔四〕，歸夢也闌珊〔五〕。

【注】

〔一〕"衰顏"句：蘇軾《縱筆三首》之一："小兒誤喜朱顔在，一笑那知是酒紅。"

〔二〕禁得：承受得住。此處作反詰語氣，即怎禁得。辛棄疾《品令》詞："江邊朱户。忍追憶、分攜處。今宵山館，怎生禁得，許多愁緒。"

〔三〕"風鶴"句：形容疑懼惶恐，自相驚擾。明張煌言《上魯國主啓》："若輕爲移蹕，則風鶴頻驚，臣罪誰諉？"風鶴，猶言"風聲鶴唳"。

〔四〕"江湖"句：指流落江湖。杜甫《秋興八首》之七："關塞極天唯鳥道，江湖滿地一漁翁。"

〔五〕闌珊：零亂、困窘貌。劉克莊《解連環·甲子生日》詞："老冉冉、歡意闌珊，縱桃葉多情，難喚同渡。"

畫　堂　春

清歌都作斷腸聲〔一〕。小園斜月朧明。海棠濃睡近三更〔二〕。誰喚春醒(1)。　　自是楊花輕薄，等閒易逐浮萍〔三〕。墜歡如夢隔銀屏。慵訴心情。

【校】

（1）"醒"，有正本作"醒"。

【注】

〔一〕"清歌"句：方千里《浣溪沙》詞："無數流鶯遠近飛。垂楊裊裊弄晴暉。斷腸聲裏送春歸。"

〔二〕"海棠"句：釋惠洪《冷齋夜話》卷一"詩出本處"條："東坡作海棠詩曰：'只恐夜深花睡去，高燒銀燭照紅妝。'事見《太真外傳》，曰：'上皇登沉香亭，詔太真妃子，妃子時卯醉未醒，命力士從侍兒扶掖而至，妃子醉顔殘妝，鬢亂釵橫，不能再拜。上皇笑曰："豈是妃子醉，真海棠睡未足耳。"'"

〔三〕"自是"二句：蘇軾《水龍吟·次韻章質夫楊花詞》自注云："舊説楊花入水爲浮萍。驗之信然。"

河瀆神

雲壓雁風低^{〔一〕}。寒沁瑤窗夢迷。漏長愁聽汝南雞^{〔二〕}。故關客未成歸^{〔三〕}。　聞道南枝消息轉^{〔四〕}。驛使殷勤千萬。攀折休辭人遠^{〔五〕}。等閒魂斷羌管。

【注】

〔一〕雁風：指秋風。周密《醉落魄》詞：“寒侵徑葉，雁風擊碎珊瑚屑。”

〔二〕汝南雞：古代汝南所産之雞，善鳴。徐陵《烏棲曲》之二：“惟憎無賴汝南雞，天河未落猶争啼。”

〔三〕故關：古代的關隘。庾信《別周尚書弘正》詩：“扶風石橋北，函谷故關前。”

〔四〕南枝：藉指梅花。蘇軾《次韻蘇伯固游蜀岡送李孝博奉使嶺表》詩：“願及南枝謝，早隨北雁翻。”王文誥輯注引趙次公曰：“南枝，梅也。”

〔五〕“驛使”二句：《太平御覽》卷一九：“《荊州記》曰：陸凱與范曄爲友，在江南寄梅花一枝詣長安與曄，並贈詩云：‘折梅逢驛使，寄與隴頭人。江南無所有，聊贈一枝春。’”

更漏子

繡簾低，煙穗直^{〔一〕}。寂寞畫屏秋夕。榆塞遠^{〔二〕}，雁書回。始終情費猜。　酒邊吟，燈下課^{〔三〕}。閒夢新來慵作⁽¹⁾。弓樣月，兩頭纖。歸期九月三^{〔四〕}。

【校】

（1）“作”，有正本小注“去”，即讀爲去聲。

【注】

〔一〕煙穗直：指無風時香煙筆直上升。陸游《慈雲院東閣小憩》詩：“香濃煙穗直，茶嫩乳花圓。”

〔二〕榆塞：《漢書・韓安國傳》：“蒙恬爲秦侵胡，闢數千里，以河爲竟。累石爲城，樹榆爲塞，匈奴不敢飲馬於河。”後因以“榆塞”泛稱邊關、邊塞。

〔三〕 課：占卜的一種。釋惠洪《冷齋夜話》卷九"課術有驗無驗"條："有日者能課,使之課,莫不奇中。"

〔四〕 "弓樣"三句：白居易《暮江吟》詩："可憐九月初三夜,露似真珠月似弓。"

武　陵　春

風月無端驚草草〔一〕,漫擊唾壺歌〔二〕。攤飯澆書事盡多〔三〕。愁奈老夫何。　　一笑軒髯天付與〔四〕,雅稱鬢雙皤。少日心情倦鳥過〔五〕。春夢尚濃麽。

【注】

〔一〕 驚草草：隨隨便便就受驚嚇了。葉夢得《臨江仙》詞："草草一年真過夢,此生不恨萍浮。"

〔二〕 "漫擊"句：《世說新語·豪爽》："王處仲每酒後,輒詠'老驥伏櫪,志在千里。烈士暮年,壯心不已'。以如意打唾壺,壺邊盡缺。"

〔三〕 "攤飯"句：陸游《春晚村居雜賦》詩之五："澆書滿挹浮蛆甕,攤飯橫眠夢蝶牀。"自注："東坡先生謂晨飲爲澆書,李黃門謂午睡爲攤飯。"

〔四〕 軒髯：即掀髯。大笑時髯鬚揚起貌。張孝祥《蝶戀花》詞："千古是非渾忘了。有時獨自掀髯笑。"軒,上舉,揚起。

〔五〕 少日：年少之時。辛棄疾《定風波》詞："少日春懷似酒濃,插花走馬醉千鍾。"　　倦鳥：喻倦游人。宋庠《巡視河防置酒晚歸作》詩之一："天長倦鳥没,山晚跛牂回。"

愁　倚　闌　令

風侵幕,月窺廊。怨更長。訴盡枕函多少恨,是啼螿。　　心事休更參商〔一〕。釵鈿約、記取蘭房〔二〕。莫似秋棠顏色好,斷人腸。

【注】

〔一〕 參商：參星和商星。參星在西,商星在東,此出彼没,永不相見。杜甫《贈衛八處士》詩：“人生不相見，動如參與商。”

〔二〕釵鈿約：白居易《長恨歌》：“回頭下望人寰處，不見長安見塵霧。惟將舊物表深情，鈿合金釵寄將去。釵留一股合一扇，釵擘黃金合分鈿。但教心似金鈿堅，天上人間會相見。”　　蘭房：猶香閨。舊時婦女所居之室。《文選·潘岳〈哀永逝文〉》：“委蘭房兮繁華，襲窮泉兮朽壤。”吕延濟注：“蘭房，妻嘗所居室也。”

蝶　戀　花(1)

海色雲光搖不定。愁裏天涯，畫裏屏山影。下九似聞消息近〔一〕。游仙斷夢回孤枕〔二〕。　　難洗啼妝慵對鏡〔三〕。眉黛唇脂，都是相思印。數遍落紅春未醒。流鶯啼老垂楊徑〔四〕。

【校】

（1）　有正本調下題有“和復莽韻”。

【注】

〔一〕下九：農曆每月十九日。《古詩爲焦仲卿妻作》：“初七及下九，嬉戲莫相忘。”聞人倓箋注引《琅嬛記》：“九爲陽數。古人以二十九日爲上九，初九日爲中九，十九日爲下九。每月下九，置酒爲婦女之歡，名曰陽會。”

〔二〕游仙：道教的一種超然物外的生活體驗。東晉郭璞首創《游仙詩》十四首，曹植、李白等均有游仙詩。宋陳三聘《減字木蘭花》詞：“游仙夢杳。啼鳥聲中春又曉。未著烏紗。獨坐溪亭數落花。”

〔三〕啼妝：東漢時，婦女以粉薄拭目下，有似啼痕，故名。《後漢書·五行志》：“啼妝者，薄拭目下若啼處……始自大將軍梁冀家所爲，京都歙然，諸夏皆放效。”此借指美人的淚痕。宋沈唐《望南雲慢·木芙蓉》詞：“曉來寒露，嫩臉低凝，似帶啼妝。”

〔四〕“流鶯”句：宋康與之《江城子》詞：“枝上流鶯啼勸我，春欲去，且留春。”

賀　聖　朝

紅綃私語傳新燕。話心期誰見〔一〕。桃陰香徑又成蹊〔二〕，隔笑春人面〔三〕。　　落英隨水，輕塵漾麴〔四〕，比閒愁深淺。手持環玦問東風〔五〕，漫後期還綣〔六〕。

【注】

〔一〕　心期：心中的期盼。辛棄疾《祝英臺令》詞："鬢邊覷。試把花卜心期，才簪又重數。"
〔二〕　"桃陰"句：《史記·李將軍列傳論》："余睹李將軍悛悛如鄙人，口不能道辭。及死之日，天下知與不知，皆爲盡哀。彼其忠實心誠信於士大夫也？諺曰：'桃李不言，下自成蹊。'此言雖小，可以諭大也。"
〔三〕　"隔笑"句：唐崔護《題都城南莊》詩："去年今日此門中，人面桃花相映紅。人面不知何處去，桃花依舊笑春風。"
〔四〕　"輕塵"句：指揚起淡黃色塵土。酒麴上所生菌其色淡黃如塵，故云。
〔五〕　環玦：玉環和玉玦，並爲佩玉。《荀子·大略》："絕人以玦，反絕以環。"楊倞注："古者，臣有罪，待放於境，三年不敢去；與之環則還，與之玦則絕。皆所以見意也。"後用"環玦"表示官員的内召和外貶。亦用爲偏義，謂招還。劉禹錫《望賦》："望如何其望最傷，俟環玦兮思帝鄉。"
〔六〕　後期：後會。唐方干《送沛縣司馬丞之任》詩："羈游故交少，遠別後期難。"

前　調

花前苦語情如見〔一〕。話嬌春雙燕〔二〕。東風夢斷謝堂深〔三〕，任巫雲天遠〔四〕。　　喁喁如和〔五〕，盈盈似笑，漫微波猶綣。玳梁明月照雙棲，是誰家庭院〔六〕。

【注】

〔一〕　苦語：周邦彥《早梅芳》詞："亂愁迷遠覽，苦語縈懷抱。謾回頭，更堪歸路杳。"
〔二〕"話嬌"句：此句倒裝，即雙燕話嬌。
〔三〕謝堂：劉禹錫《烏衣巷》詩："舊時王謝堂前燕，飛入尋常百姓家。"
〔四〕巫雲：參見前《鬲溪梅令》(五年閒卻)注。
〔五〕喁喁：低語聲。此形容燕鳴呢喃。
〔六〕微波：謂雙燕對視如美女眼波顧盼。
〔七〕"玳梁"二句：沈佺期《古意》詩："盧家少婦鬱金堂，海燕雙棲玳瑁梁。"

滿宮花

樹參差，雲懵懂〔一〕。塵暗道山銀甕〔二〕。野鳥啼上女牀枝〔三〕，鴛瓦夜寒霜重〔四〕。　　大旗翻，征鼓動。屑外樓臺如夢〔五〕。金仙分得素娥愁，淚結欹盤清汞〔六〕。此詞懵懂、屑、汞四字，皆詩牌所無，以藉用過多，罰令再作。復成一闋(1)，漚、忍二公〔七〕，皆從而和之，燭未見跋。共得九闋，爲向來所未有。天下事顧不利用罰哉？九月初三夜記。

【校】

（1）"一闋"，有正本作"二闋"。

【注】

〔一〕雲懵懂：雲霧迷漫。張炎《江城子》詞："老樹無根雲懵懂，憑寄語，米家船。"
〔二〕"塵暗"句：指國家出現禍亂。道山，傳說中的仙山。蘇軾《上虢州太守啓》："至於事簡訟稀，瀟灑有道山之況。"銀甕，銀質盛酒器。古代傳說常以爲祥瑞之物。政治清平，則銀甕出。杜甫《洗兵馬》："寸地尺天皆入貢，奇祥異瑞争來送。不知何國致白環，復道諸山得銀甕。"
〔三〕"野鳥"句：猶言鸞鳥不現，野鳥來登，致使國家不安寧。李商隱《碧城》詩之一："閬苑有書多附鶴，女牀無樹不棲鸞。"女牀，山名。《山海經·西山經》："西南三百里，曰女牀之山……有鳥焉，其狀如翟而五采文，名曰鸞鳥，見則天下安寧。"
〔四〕鴛瓦：鴛鴦瓦。泛指宮殿瓦當。李商隱《當句有對》詩："密邇平陽接上蘭,秦樓鴛瓦漢宮盤。"
〔五〕 蜃外樓臺:指樓臺如海市蜃樓般虛幻。
〔六〕 "金仙"二句:指月光下的金銅仙人傷心流淚。欹盤,承露盤傾側。清汞,猶鉛淚。參見前《翠樓吟》(磬落風圓)注。
〔七〕 漚忍:指漚尹,朱祖謀;忍庵,劉福姚。

前　　調

賦閒情,思昨夢。顛倒鈿蟬釵鳳[一]。早知紅豆賺人多[二],多事當階親種。　舊弦移,鄰笛送。雲壓梁塵不動[三]。渭城歌斷酒闌時[四],明日扶頭愁重[五]。

【注】

〔一〕 鈿蟬:鑲嵌金、銀、玉、貝等物的蟬形髮飾。宋汪藻《醉落魄》詞:"結兒梢朵香紅扐,鈿蟬隱隱搖金碧。"　釵鳳:即釵頭鳳。婦女首飾。釵頭作鳳形,故名。
〔二〕 賺:哄騙;誆騙。
〔三〕 梁塵不動:藉音樂不感人,寫心情鬱悶。宋趙長卿《武陵春》詞:"滿引千鍾酒又醇。歌韻動梁塵。"
〔四〕 渭城:渭城曲,即《陽關三疊》。以王維《送元二使安西》詩譜曲的古代送別名曲。
〔五〕 扶頭:形容醉態。此指酒醉醒後又飲少量淡酒用以解醒,稱"扶頭酒"。辛棄疾《定風波》詞:"昨夜山公倒載歸。兒童應笑醉如泥。試與扶頭渾未醒。休問。夢魂猶在葛家溪。"

滿　宮　花

戲作

柳車焚[一],嘉果供。珍重五窮親送[二]。咄哉斗米不能神,結束蕭仙安用[三]。　嘯塵梁[四],窺鮓甕[五]。愧爾揶揄情重[六]。妄言妄聽老東坡[七],今日也應色動[八]。

【注】

〔一〕柳車：喪車。王維《爲楊郎中祭李員外文》："悲《薤歌》之首路,哀柳車之就轍。"

〔二〕五窮：韓愈作《送窮文》,謂智窮、學窮、文窮、命窮和交窮是使人困厄不達的五個窮鬼,遂三揖而送之。後常以"五窮"喻厄運。陸游《閑中樂事》詩之二："五窮雖偃蹇,二豎已奔亡。"

〔三〕"咄哉"二句：指用一斗米飯也不能使蕭仙起到驅鬼的作用。吴文英《滿江紅》詞："結束蕭仙,嘯梁鬼,依還未滅。"咄,嘆詞。表示嗟歎。結束,捆紮。蕭仙,指用蕭艾紮成以作驅鬼之神。

〔四〕嘯塵梁：韓愈《原鬼》："有嘯於梁,從而燭之,無見也。斯鬼乎？曰：'非也。'"

〔五〕鮓甕：用於醃製魚肉等食品的陶甕。元湯舜民《雙調風入松·題馬氏吴山景卷》離亭宴煞尾："三般兒異哉：胭脂嶺高若捨身臺,瑪瑙坡寬如入鮓甕,珍珠池險似迷魂海。"

〔六〕揶揄：原意爲要弄、嘲笑,此處指開玩笑。參見前《燭影搖紅》(絲竹何心)注。

〔七〕"妄言"句：指蘇軾在黄州及嶺表喜談鬼。參見前《齊天樂》(青銅霜訊)注。

〔八〕色動：臉色改變。《戰國策·趙策一》："知過出見二主,入說知伯曰：'二主色動而意變,必背君,不如令殺之。'"

鶯聲繞紅樓(1)

消息青禽問有無〔一〕。纏綿意、裙帶親書。是誰垂淚解還珠〔二〕。愁入合歡襦〔三〕。　　花影迷鸞鏡〔四〕,秋風冷、夢遠平蕪。金蓮隨步底須扶〔五〕。暗塵上氍毹〔六〕。

【校】

(1) 此調首見《白石道人歌曲》卷二,《詞譜》、《詞律》均未收。

【注】

〔一〕青禽：青鳥。參見前《月中行》"溪山猶是"注。

〔二〕"纏綿"二句：張籍《節婦吟》詩："君知妾有夫,贈妾雙明珠。感君纏綿意,繫在紅羅襦……還君明珠雙淚垂,何不相逢未嫁時。"
〔三〕 合歡襦:繡有對稱圖案花紋的短衣、短襖。一般爲舊時少女、少婦服飾。漢辛延年《羽林郎》詩:"長裾連理帶,廣袖合歡襦。"
〔四〕 鸞鏡:裝飾有鸞鳥圖案的銅鏡。鸞鳥是古代傳説的神鳥。《太平御覽》卷九一六引南朝宋范泰《鸞鳥詩》序:"昔罽賓王結罝峻祁之山,獲一鸞鳥,王甚愛之,欲其鳴而不致也。乃飾以金樊,饗以珍羞。對之逾戚,三年不鳴。夫人曰:'聞鳥見其類而後鳴,何不懸鏡以映之!'王從言。鸞覩影感契,慨焉悲鳴,哀響中霄,一奮而絶。"後多指妝鏡。歐陽修《漁家傲》詞:"秋水静。仙郎彩女臨鸞鏡。"
〔五〕 "金蓮"句:《南史·齊紀下·廢帝東昏侯》:"鑿金爲蓮華以帖地,令潘妃行其上,曰:'此步步生蓮華也。'"後因以"金蓮"稱美人步態之美。李商隱《南朝》詩:"誰言瓊樹朝朝見,不及金蓮步步來。"
〔六〕 氍毹:音"曲魚"。一種毛織或毛與其他材料混織的毯子。可用作地毯、壁毯、牀毯、簾幕等。《三輔黄圖·未央圖》:"温室以椒塗壁,被之文繡……規地以罽賓氍毹。"舊時戲臺演出常鋪紅色氍毹,因以"氍毹"或"紅氍毹"代稱戲臺。清李漁《閒情偶寄·聲容·鞋襪》:"使登歌舞之氍毹,則爲走盤之珠。"

南 鄉 子

山色落層城。不爲塵多減舊青。只有看山前度客,愁生。獨倚高樓眼倦橫。　　檐角暮雲停〔一〕。懷遠傷高淚欲傾〔二〕。昨夢橫汾西去路,聲聲。塞雁驚寒不忍聽〔三〕。

【注】
〔一〕 暮雲停:喻指對親友的思念。參見前《探芳信》(正芳晝)注。
〔二〕 "懷遠"句:張先《一叢花令》詞:"傷高懷遠幾時窮。無物似情濃。"
〔三〕 "昨夢"三句:阮閲《詩話總龜》卷二四《感事門》引《明皇傳信記》云:"明皇將幸蜀,登花萼樓,使樓前善水調者登樓而歌曰:'山川滿目淚沾衣,富貴榮華得幾時。不見而今汾水上,惟有年年秋雁飛。'顧侍者曰:'誰爲此?'對曰:'宰相李嶠詞也。'明皇曰:'真才子。'不待曲終而去。"

前　　調

殘雨滴疏更。秋在涼雲第幾層。此際素娥方耐冷,淒清。敲折瑤釵調不成[一]。　綃帕淚痕凝。倦酒無多帶夢醒。提起謚簫捐扇事[二],盈盈。似水清愁一夜生。

【注】

〔一〕"敲折"句:指以玉釵敲擊節拍而不能成調。韓偓《閨情》詩:"敲折玉釵歌轉咽,一聲聲入兩眉愁。"瑤釵,玉釵。

〔二〕謚簫:漢王褒《洞簫賦》:"幸得謚爲洞簫兮,蒙聖主之渥恩。"謚,古代帝王、貴族、大臣、士大夫或其他有地位的人死後,據其生前事跡評定的帶有褒貶意義的稱號。《禮記·檀弓下》:"公叔文子卒,其子戍請謚於君曰:'日月有時,將葬矣。請所以易其名者。'"鄭玄注:"謚者,行之跡。"亦泛指稱、號。《文選·司馬相如〈喻巴蜀檄〉》:"身死無名,謚爲至愚。"　捐扇:喻古代宮女年老色衰而見棄。班婕妤《怨歌行》詩:"新裂齊紈素,皎潔如霜雪。裁爲合歡扇,團團似明月。出入君懷袖,動搖微風發。常恐秋節至,涼風奪炎熱。棄捐篋笥中,恩情中道絶。"

迎　春　樂

用清真韻。

行歌醉哭狂蹤跡[一]。嗟垂老、杜陵客[二]。又西風、冷逼銅駝陌[三]。愁暗結、霜蕪側[四]。　不信屋烏頭解白[五]。只無計、勞生容息。落日滿城塵,驚望眼,迷南北[六]。

【注】

〔一〕"行歌"句:杜甫《寄李十二白二十韻》詩:"醉舞梁園夜,行歌泗水春。"又杜甫《早行》詩:"歌哭俱在曉,行邁有期程。"

〔二〕杜陵客:指杜甫。杜甫的遠祖杜預是京兆杜陵人,杜甫本人又曾經在杜陵附近的少陵住過，因而自稱爲少陵野老、杜陵遠客。杜甫《立春》詩：" 春日春盤細生菜，忽憶兩京梅發時。盤出高門行白玉，菜傳纖手送青絲。巫峽寒江那對眼，杜陵遠客不勝悲。此身未知歸定處，呼兒覓紙一題詩。"

〔三〕銅駝陌：即銅駝街。在今河南省洛陽市故洛陽城中。以道旁曾有漢鑄銅駝兩枚相對而得名。爲古代著名的繁華區域。劉禹錫《楊柳枝》詩："金谷園中鶯亂飛，銅駝陌上好風吹。"常藉指京都繁華、游樂之區。

〔四〕霜蕪：指磧鹵之地。元楊載《冬至次韻張宣撫》之一："雲水連天暗，霜蕪滿地荒。"

〔五〕烏頭解白：《燕丹子》卷上："燕太子丹質於秦，秦王遇之無禮，不得意，欲求歸。秦王不聽，謬言令烏頭白，馬生角，乃可許耳。丹仰天歎，烏即白頭，馬生角，秦王不得已而遣之。"

〔六〕"落日"三句：杜甫《哀江頭》詩："黃昏胡騎塵滿城，欲往城南忘南北。"

喜團圓

牢愁欲畔〔一〕，長貧有約，短夢無痕。驚看鏡裏頭顱在，且料理閒身。　　艱難一飽，書成乞米〔二〕，秋到思蓴〔三〕。輸他軟嚼〔四〕，牛心行炙〔五〕，人乳蒸豚〔六〕。

【注】

〔一〕"牢愁"句：《漢書·揚雄傳上》："又旁《惜誦》以下至《懷沙》一卷，名曰《畔牢愁》。"顏師古注引李奇曰："畔，離也。牢，聊也。與君相離，愁而無聊也。"《畔牢愁》爲揚雄所作辭賦篇名，已佚。

〔二〕"艱難"二句：張籍《贈賈島》詩："拄杖傍田尋野菜，封書乞米趁時炊。"

〔三〕思蓴：喻指思鄉歸隱。參見前《木蘭花慢》（茫茫塵海）注。

〔四〕軟嚼：韓愈《贈劉師服》詩："匙抄爛飯穩送之，合口軟嚼如牛呞。"

〔五〕"牛心"句：喻指豪侈。劉義慶《世說新語·汰侈》："王君夫有牛名八百里駁，常瑩其蹄角。王武子語君夫：'我射不如卿，今指賭卿牛，以千萬對之。'君夫既恃手快，且謂駿物無有殺理，便相然可，令武子先射。武子一起便破的,卻據胡牀,叱左右速探牛心來。須臾炙至,一臠便去。"

〔六〕 "人乳"句:喻指豪侈。劉義慶《世說新語·汰侈》:"武帝嘗降王武子家……食烝豚肥美異於常味。帝怪而問之。答曰:'以人乳飲豚。'帝甚不平,食未畢便去。"

上 行 杯(1)

侵階落葉秋陰重。鄰笛驚隨清梵送〔一〕。門巷依然。賭酒盟詩憶往年。回腸斷盡身猶在。翻羨騎鯨人大快〔二〕。鶴響天高。華表魂傷莫漫招〔三〕。悼徐仲文侍御。

【校】

(1) 《詞譜》卷八《偷聲木蘭花》調後録馮延巳詞,後有小注云:"此詞只此一體,《陽春集》刻《上行杯》,今從張先集改定。"按考其格律,此調當名《偷聲木蘭花》。《詞譜》卷三另有《上行杯》一調,與此不同。

【注】

〔一〕 鄰笛:喻指傷逝懷舊。參見前《疏影》(幾番游展)注。 清梵:僧尼的誦經聲。此指佛僧超度亡靈的聲音。南朝梁王僧孺《初夜文》:"大招離垢之賓,廣集應真之侶,清梵含吐,一唱三歎。"

〔二〕 騎鯨:亦作"騎京魚"。《文選》卷八揚雄《羽獵賦》:"乘巨鱗,騎京魚。"李善注:"京魚,大魚也,字或爲鯨。鯨亦大魚也。"後因以比喻隱遁或游仙。此指去世。

〔三〕 "鶴響"二句:用丁令威化鶴仙游事喻指徐氏去世。參見前《齊天樂》(片帆催人)注。

前 調

游塵亂拂嵐雲動〔一〕。駿馬名姬花底鞚〔二〕。夾徑琅玕〔三〕。舉扇匆匆欲障難。酸風如箭催人快〔四〕。象齒熏殘春夢改〔五〕。又是今宵。月落蒼山雁影高。

【注】

〔一〕游塵：指浮游的塵土。《洞冥記》："四面列種軟棗，條如青桂，風至自拂階上游塵。"

〔二〕"駿馬"句：蘇軾《虢國夫人夜游圖》詩："佳人自鞚玉花驄，翩如驚燕蹋飛龍。"鞚，謂控制、駕馭馬匹。

〔三〕琅玕：音"郎甘"，似玉的美石，似珠玉的仙樹，常用以形容竹之青翠。此指竹。杜甫《鄭駙馬宅宴洞中》詩："主家陰洞細煙霧，留客夏簟青琅玕。"仇兆鰲注："青琅玕，比竹簟之蒼翠。"

〔四〕酸風：指刺人的寒風。李賀《金銅仙人辭漢歌》："魏官牽車指千里，東關酸風射眸子。"

〔五〕象齒熏殘：指象牙裝飾的熏籠中香煙焚燒已盡。《西京雜記》卷一："漢制，天子玉几，冬則加綈錦其上，謂之綈几。以象牙爲火籠，籠上皆散華文。"溫庭筠《織錦詞》詩："象齒熏爐未覺秋，碧池已有新蓮子。"

醉花陰

九日⁽¹⁾擬易安。

愁似秋山常滿檻。酒味還輸釅〔一〕。佳節又重陽〔二〕。小院低窗，一例沉沉掩。　　黃花也似吟情減〔三〕。自倚風依黯。禁得幾消魂，丁屬姮娥〔四〕，莫遣修眉斂。

【校】

（1）"九日"，有正本作"重九"。

【注】

〔一〕輸釅：指酒味欠濃厚。蘇軾《正月二十日與潘郭二生出郊尋春，忽記去年是日同至女王城作詩，乃和前韻》："江城白酒三杯釅，野老蒼顏一笑溫。"

〔二〕"佳節"句：李清照《醉花陰》詞："佳節又重陽，玉枕紗櫥，半夜涼初透。"

〔三〕"黃花"句：李清照《醉花陰》詞："莫道不消魂，簾捲西風，人比黃花瘦。"

〔四〕 丁屬:即"叮囑"。

憶　秦　娥

邊雲裂。憑誰鑄得腸如鐵〔一〕。腸如鐵。烏頭馬角〔二〕,潮生潮滅。　淚珠彈向西風熱〔三〕。天長夢繞關山月〔四〕。關山月。秋笳聲斷〔五〕,暮鵑聲咽。

【注】

〔一〕 腸如鐵:宋蔡伸《謁金門》詞:"盡做剛腸如鐵。到此也應愁絕。回首斷山帆影滅。畫船空載月。"
〔二〕 "烏頭"句:喻歷盡困境。參見前《金縷曲》(塞草青青)注。
〔三〕 "淚珠"句:陳師道《東山謁外大父墓》詩:"少日拊頭期類我,暮年垂淚向西風。"
〔四〕 關山月:汪元量《憶秦娥》詞:"胡笳吹落關山月。關山月。春來秋去,幾番圓缺。"
〔五〕 秋笳:吳文英《念奴嬌》詞:"六曲闌干,一聲鸚鵡,霍地空花滅。夢回孤館,秋笳霜外嗚咽。"

紅　羅　襖

豔冷霜花淡〔一〕,寒重雁聲高。欹燈外秋風,幾回吹換,黃簾綠幕,夢雨蕭蕭〔二〕。　暮雲遠、思渺江皋〔三〕。何來六翮扶搖〔四〕。楚些斷魂招〔五〕。對落月、定識鬢華凋〔六〕。

【注】

〔一〕 豔冷:王沂孫《露華》詞:"嫩綠漸滿溪陰,簌簌粉雲飛出。芳豔冷、劉郎未應認得。"
〔二〕 夢雨:李商隱《重過聖女祠》詩:"一春夢雨常飄瓦,盡日靈風不滿旗。"王若虛《滹南詩話》卷下:"蕭閒云:'風頭夢,吹無跡。'蓋雨之至細,若有若無者,謂之'夢'……賀方回有'風頭夢雨吹成雪'之句,又云:'長廊碧瓦,夢雨時飄灑。'"

〔三〕 江皋：江岸，江邊地。《楚辭·九歌·湘夫人》："朝馳余馬兮江皋，夕濟兮西澨。"

〔四〕 六翮：謂鳥類雙翅中的正羽。藉指鳥。高適《別董大》詩之二："六翮飄颻私自憐，一離京洛十餘年。" 扶搖：盤旋而上，騰飛。《淮南子·覽冥訓》："（赤螭青虯）若乃至於玄雲之素朝，陰陽交爭，降扶風，雜凍雨，扶搖而登之，威動天地，聲震海內。"高誘注："扶搖，發動也。"

〔五〕 楚些：《楚辭·招魂》沿用楚國民間流行的招魂辭形式寫成，句尾皆有"些"字，即古人所說的"楚聲"。後因以"楚些"指招魂歌，亦泛指楚地的樂調或《楚辭》。

〔六〕 鬢華：鬢髮花白。歐陽修《采桑子》詞："鬢華雖改心無改，試把金觥，舊曲重聽，猶是當年醉裏聲。"

燭 影 搖 紅(1)

別夢西園，輕鶯啼破金籠小。瑤簪撥火炙銀簧〔一〕，香篆檀心裊〔二〕。惆悵歌雲暗繞〔三〕。早忘卻、相思舊調。鬢毛拂處，鏡霜應愧，宮花壓帽〔四〕。

【校】

（1） 本調四十八字，又有九十六字體，如周邦彥《燭影搖紅》（香臉輕勻，一作"香臉勻紅"）詞。

【注】

〔一〕 撥火：撥旺爐火。宋無名氏《浪淘沙》詞："簾外五更風。吹夢無蹤。畫樓重上與誰同。記得玉釵斜撥火，寶篆成空。" 炙銀簧：歲寒時烘暖銀質笙簧以備吹奏時發聲響亮。宋王安中《蝶戀花》詞："翠袖盤花金撚線。曉炙銀簧，勸飲隨深淺。"

〔二〕 "香篆"句：指用檀香所製心字香焚燒時的煙縷卷曲似篆文。歐陽修《一斛珠》詞："愁腸恰似沉香篆。千回萬轉縈還斷。"

〔三〕 歌雲：指聲震雲霄的動聽歌聲。《列子·湯問》："薛譚學謳於秦青，未窮青之技，自謂盡之，遂辭歸。秦青弗止，餞於郊衢，撫節悲歌，聲振林木，響遏行雲。薛譚乃謝求反，終身不敢言歸。"張先《鳳棲梧》詞："可惜歌雲容易去，東城楊柳東城路。"

〔四〕宫花：及第進士在皇帝賜宴時所戴的花。宋李宗諤《絶句》："戴了宫花賦了詩，不容重見赭黄衣。無憀獨出宫門去，恰似當年下第歸。"

巫山一段雲

秋色吴生畫〔一〕，溪聲賀若琴〔二〕。點塵不到碧山深〔三〕。詩意淡相尋。興往休懷古，愁多莫論今。閉門寒月照疏襟〔四〕。身世老書淫〔五〕。

【注】

〔一〕吴生：指唐代名畫家吴道子。唐朱景玄《唐朝名畫録·神品上》："明皇天寶中，忽思蜀道嘉陵江水，遂假吴生驛駟，令往寫貌。"

〔二〕賀若：指唐代琴師賀若夷或隋代賀若弼。宋朱翌《猗覺寮雜記》卷上："琴曲有《賀若》，最古淡。東坡云：'琴裏若能知賀若，詩中定合愛陶潛。'以賀若比潛，必高人。或謂賀若弼也。考弼之爲人，殊不類潛……余考之，蓋賀若夷也。夷善鼓琴，王涯居別墅，常使琴娱賓，見涯傳。"

〔三〕點塵：陸游《烏夜啼》詞："更無一點塵埃到，枕上聽新蟬。"

〔四〕疏襟：寬鬆的衣服，即便服。曹勛《歌頭·第四擫》："琴韻響，玉德鳳軫，聲轉瑶徽。疏襟曳履。或行或憑几。"

〔五〕書淫：舊稱嗜書成癖、好學不倦的人。《梁書·文學傳下·劉峻》："峻好學，家貧，寄人廡下，自課讀書，常燃麻炬，從夕達旦。時或昏睡，蓺其髮，既覺復讀。終夜不寐，其精力如此……清河崔慰祖謂之書淫。"

品　　令

晚風低颭。正簾外、月波愁漾〔一〕。仙夢暗逐春弦宕〔二〕。翠池佩影，花隱鴛鴦浪。　拍手歌呼燈火上。更斟情碧釀。千嬌凝睇迷珠網〔三〕。待將花樣〔四〕。圖入新屏障〔五〕。

【注】

〔一〕 月波: 指月光。《漢書·禮樂志》:"月穆穆以金波。"南朝宋王僧達《七夕月下》詩:"遠山斂氛祲,廣庭揚月波。"

〔二〕 春弦: 庾信《三月三日華林園馬射賦》:"陽管既調,春弦實撫。"

〔三〕 珠網: 綴珠呈網狀的帳幃。《文選》卷五九王巾《頭陀寺碑文》:"夕露爲珠網,朝霞爲丹雘。"呂延濟注:"珠網,以珠爲網,施於殿屋者。"

〔四〕 花樣: 吳文英《惜黄花慢》詞:"潮腮笑入清霜。鬥萬花樣巧,深染蜂黄。露痕千點,自憐舊色,寒泉半掬,百感幽香。"

〔五〕 屏障: 屏風。杜甫《韋諷録事宅觀曹將軍畫馬圖歌》:"貴戚權門得筆跡,始覺屏障生光輝。"

歸　去　來

用屯田韻〔一〕。

過了黄花雨〔二〕。風林净、亂山無數〔三〕。流光難縮垂楊縷。甚牢愁、偏易住。　昏昏八表雲停處〔四〕。攬江草、黯然離緒〔五〕。琵琶訴盡關山苦〔六〕。情難寄、塞鴻去。

【注】

〔一〕 屯田: 北宋詞人柳永曾官屯田員外郎。世稱"柳屯田"。

〔二〕 黄花雨: 即重陽雨。重陽日菊花盛開,又多雨,故云。宋柴元彪《蝶戀花》詞:"去年走馬章臺路。送酒無人,寂寞黄花雨。又是重陽秋欲暮。西風此恨誰分付。"

〔三〕 "亂山"句: 姜夔《長亭怨慢》詞:"日暮。望高城不見,只見亂山無數。"

〔四〕 八表: 八方之外,指極遠的地方。魏明帝曹叡《苦寒行》:"遺化布四海,八表以肅清。"

〔五〕 "攬江草"句: 杜甫《愁》詩:"江草日日唤愁生,巫峽泠泠非世情。"

〔六〕 "琵琶"句: 用王昭君出塞事。辛棄疾《賀新郎》詞:"馬上琵琶關塞黑,更長門、翠輦辭金闕。"

滴　滴　金

風花回首驚飄泊。畫堂深、幾春酌〔一〕。舊雨晨星夢無著〔二〕。歎人天蕭索。　　盤移淚共金仙落〔三〕。甚淒涼、斷雲薄。滿眼滄桑舊城郭。漫怨吟遼鶴〔四〕。

【注】
〔一〕　春酌：春飲，春宴。杜甫《醉時歌》："清夜沉沉動春酌，燈前細雨簷花落。"
〔二〕　"舊雨"句：老朋友少了，做夢都沒有着落。晨星，常以喻人或物之稀少。張華《情詩》之二："束帶俟將朝，廓落晨星稀。"
〔三〕　"盤移"句：喻興亡之痛。參見前《翠樓吟》(磬落風圓)注。
〔四〕　"滿眼"二句：用丁令威化鶴事。參見前《齊天樂》(片帆催人)注。

惜　春　郎

靈椿坊裏閒風日〔一〕。話影事愁極〔二〕。清香燕坐，嫩隅學語〔三〕，猿鳥分席〔四〕。　　晚節黃花香未得〔五〕。剩老眼能白〔六〕。幾向風、喚取撐犁〔七〕，慘入暮天寒碧(1)〔八〕。

【校】
(1)　"寒碧"，有正本作"愁碧"。

【注】
〔一〕　靈椿坊：在今北京安定門內大街之西靈光胡同一帶。清于敏中等撰《日下舊聞考》卷三八引《元一統志》云："靈椿坊取燕山竇十郎'靈椿一株老'之詩以名。"又引《析津志》云："靈椿坊在都府北。"
〔二〕　影事：參見前《霓裳中序第一》(香斑認未)詞注。
〔三〕　嫩隅句：當指學習外語。參見前《摸魚子》(甚人天)注。
〔四〕　"猿鳥"句：與隱逸之士同席飲宴。猿鳥，即猿鶴。藉指隱逸之士。分席，猶同席。宋楊炎正《水調歌頭》詞："獨把瓦盆盛酒，自與漁樵

〔五〕晚節黃花：菊花後衆花而凋謝。因用以稱頌晚年的節操。韓琦《九日水閣》詩："雖慙老圃秋容淡，且看黃花晚節香。"

〔六〕老眼能白：《晉書·阮籍傳》："籍又能爲青白眼。見禮俗之士，以白眼對之。及嵇喜來弔，籍作白眼，喜不懌而退；喜弟康聞之，乃齎酒挾琴造焉，籍大悦，乃見青眼。"

〔七〕撑犁：也寫作"撑裏"。《漢書·匈奴傳上》："匈奴謂天爲撑犁。"

〔八〕"慘入"句：宋丘崟《水調歌頭》詞："驚起沙汀鷗鷺，點破暮天寒碧。"

醉 鄉 春

星斗離離高掛〔一〕。雲外槍旗如畫〔二〕。石獸咽〔三〕，塞鴻飛，和我槌牀悲吒〔四〕。　　莫向長城飲馬〔五〕。花豹明駝相亞〔六〕。動霜管〔七〕，起邊愁，思量越石何人也〔八〕。

【注】

〔一〕離離：盛多貌。《詩·小雅·湛露》："其桐其椅，其實離離。"

〔二〕槍旗：將士陣營中的長矛與令旗。賈島《寄長武朱尚書》詩："不日即登壇，槍旗一萬竿。角吹邊月没，鼓絶爆雷殘。中國今如此，西荒可取難。白衣思請謁，徒步在長安。"

〔三〕石獸：古代帝王官僚墓前的獸形石雕。其種類和多寡依墓主的身份而分不同等級。《宋書·禮志二》："漢以後，天下送死奢靡，多作石室、石獸、碑銘等物。"

〔四〕和我句：與我發出的悲憤聲相應和。槌牀，發怒時搥打坐具。《古詩爲焦仲卿妻作》："阿母得聞之，槌牀便大怒。"《文選》卷郭璞《游仙詩》之五："臨川哀年邁，撫心獨悲吒。"李善注："吒，歎聲也。"

〔五〕長城飲馬：漢魏陳琳《飲馬長城窟行》："飲馬長城窟，水寒傷馬骨。"

〔六〕"花豹"句：朱彝尊《金明池》詞："更誰來、擊筑高陽，但滿眼、花豹明駝相接。"花豹，此指戰騎。《舊唐書·職官志二》："左右驍衛曰豹騎。"明駝，善走的駱駝。相亞，依次相接。

〔七〕霜管：即短簫。周密《塞垣春·采緑吟》詞："棹艤空明，蘋風度、瓊絲霜管清脆。"其小序云："甲子夏，霞翁會吟社諸友逃暑於西湖之環碧……酒酣，採蓮葉，探題賦詞。余得《塞垣春》，翁爲翻譜數字，短簫按之,音極諧婉……"
〔八〕越石:東晉劉琨字。據《晉書》本傳,劉琨有恢復中原之志。晉室南遷後,琨鎮守并州,與石勒、劉曜相抗。

前　　調

昨夜雨疏風亞〔一〕。紅紫一番嬌姹〔二〕。恰又是,踏青時,愁入越羅裙衩〔三〕。　　香性搗塵研麝〔四〕。樂事翻圖打馬〔五〕。漫容易,説琴心,相如病渴文君寡〔六〕。

【注】

〔一〕"昨夜"句:李清照《如夢令》詞:"昨夜雨疏風驟,濃睡不消殘酒。"亞,低拂。元稹《紅芍藥》詩:"煙輕琉璃葉,風亞珊瑚朶。"

〔二〕嬌姹:嬌媚,豔麗。梅堯臣《聽文都知吹簫》詩:"吾妻閨中聞不聞?稚女扳簾笑嬌姹。"

〔三〕越羅:越地(今杭州一帶)所産的蠶絲織品。范成大《菩薩蠻》詞:"黃梅時節春蕭索。越羅香潤吳紗薄。絲雨日曨明。柳梢紅未晴。"

〔四〕搗塵研麝:將麝香膏搗研成塵。溫庭筠《達摩支曲》詩:"搗麝成塵香不滅,拗蓮作寸絲難絶。"

〔五〕"樂事"句:以照圖經打馬爲樂事。打馬,古代博戲名。李清照《〈打馬圖經〉序》:"打馬世有二種:一種一將十馬,謂之關西馬;一種無將,二十四馬,謂之依經馬。流傳既久,各有圖經。"又李清照《打馬賦》:"打馬爰興,樗蒲遂廢,實小道之上流,乃深閨之雅戲。"

〔六〕"説琴心"二句:《史記·司馬相如列傳》:"是時,卓王孫有女文君新寡,好音,故相如繆與令相重,而以琴心挑之……相如口吃而善著書,常有消渴疾;與卓氏婚,饒於財。其進仕宦,未嘗有與公卿國家之事,稱病閒居,不慕官爵。"

惜　分　飛

挑盡燈花無好意〔一〕。寒沁茸裘似水〔二〕。一晌危闌倚。斷雲和恨參差起。　　隱隱關河殘月裏〔三〕。除是方諸有淚〔四〕。廿五秋更碎。睡濃那惜霜天悴。

【注】

〔一〕 燈花：燈芯餘燼結成的花狀物，俗以爲吉兆。杜甫《獨酌成詩》："燈花何太喜，酒綠正相親。"
〔二〕 茸裘：柔軟皮衣。周密《六幺令》詞："交映虛窗淨沼。不許游塵到。誰念絮帽茸裘，歎幼安今老。"
〔三〕 隱隱：宏大峻偉貌。周密《瑞鶴仙》詞："看六橋鶯曉，兩堤鷗暝。晴崗隱隱。映金碧、樓臺遠近。"
〔四〕 方諸有淚：此指嫦娥流淚。參見前《還京樂》（又春去）注。

關河令

邊聲沉沉雁共語〔一〕。作一天愁緒。望極關河，寒深雲欲度。　　天涯何限舊侶〔二〕。枉自戀、樓臺高處。斷夢都忘，衾塵誰念取。

【注】

〔一〕 "邊聲"句：范仲淹《漁家傲》詞："四面邊聲連角起。千嶂裏。長煙落日孤城閉。"黃庭堅《次韻劉景文登鄴王臺見思五首》之一："歸鴉度晚景，落雁帶邊聲。"
〔二〕 舊侶：老友。蘇軾《水龍吟》詞："因念浮丘舊侶，慣瑶池、羽觴沉醉。青鸞歌舞，銖衣搖曳，壺中天地。"

減字木蘭花

笑斟北斗。萬象在旁誰與友〔一〕。休惜沉酣。世味酸鹹已飽諳。　　側身孤詠〔二〕。鸞鶴天高難入聽〔三〕。豚栅雞棲〔四〕。漫放雄心太華齊〔五〕。

【注】

〔一〕 "笑斟"二句：張孝祥《念奴嬌》詞："盡吸西江，細斟北斗，萬象爲賓客。"斟北斗，用北斗爲酒樽斟酒。

〔二〕側身：傾側其身，表示戒懼不安。《詩·大雅·雲漢序》："遇災而懼，側身修行。"孔穎達疏："側者，不正之言，謂反側也。憂不自安，故處身反側。"

〔三〕"鸞鶴"句：鸞與鶴。相傳爲仙人所乘。藉指神仙。白居易《酬趙秀才贈新登科諸先輩》詩："莫羨蓬萊鸞鶴侶，道成羽翼自生身。"此當指慈禧之流。

〔四〕"豚柵"句：指簡陋的居所。豚柵，豬圈。雞棲，雞窩。蘇軾《自雷適廉宿於興廉村净行院》詩："荒凉海南北，佛舍如雞棲。"

〔五〕太華：西嶽華山。《山海經·西山經》："又西六十里，曰太華之山，削成而四方，其高五千仞，其廣十里，鳥獸莫居。"

前　　調

董龍雞狗〔一〕。休道今無惟古有。轉語誰參〔二〕。淒絶人天秘密禪〔三〕。霜高天迥。雁訊催寒秋欲暝。莫問歸期。淚盡楊朱路已歧〔四〕。

【注】

〔一〕"董龍"句：《晉書·載記第十二·王墮傳》："性剛峻疾惡，雅好直言。疾董榮、強國如仇讎，每於朝見之際，略不與言。人謂之曰：'董尚書貴幸一時，公宜降意。'墮曰：'董龍是何雞狗，而令國士與之言乎！'榮聞而慚恨，遂勸生誅之。及刑，榮謂墮曰：'君今復敢數董龍作雞狗乎？'墮瞋目而叱之。龍，榮之小字也。"李白《答王十二寒夜獨酌有懷》詩："孔聖猶聞傷鳳麟，董龍更是何雞狗。"

〔二〕轉語：佛教語。禪宗謂撥轉心機、使之恍然大悟的機鋒話語。如雲門三轉語、趙州三轉語等。陳善《捫虱新話·悟百丈不昧因果》："某甲對云：'不落因果，遂五百生，墜野狐身，今請和尚代一轉語，貴脱野狐身。'"

〔三〕人天：佛教語。六道輪回中的人道和天道。亦泛指諸世間、衆生。《大寶積經·被甲莊嚴會三》："能爲世導師，映蔽人天衆；演説無所畏，我禮勝丈夫。"　秘密禪：佛教指隱密深奥之法。龔自珍《重輯六妙門序》："昔者大師判八教曰：藏、通、别、圓、頓、漸、秘密、不定。"

〔四〕楊朱：先秦哲學家，戰國時期魏國人，字子居，生活年代在墨子與孟子之間,主張不損人,也不利他人。他的見解散見於《莊子》、《孟子》、《韓非子》、《呂氏春秋》等。《淮南子·說林訓》:"楊子見逵路而哭之,爲其可以南、可以北。"逵路,四通八達的大道。

天 門 謠

沉醉長安道〔一〕。酹殘酒、望諸空吊〔二〕。秋又老。換年時懷抱。　看似錦霜紅楓葉掃。側聽青鸞音更渺〔三〕。丸月小〔四〕。問瘦卻、姮娥多少。

【注】

〔一〕"沉醉"句:辛棄疾《最高樓·醉中有四時歌者爲賦》詞:"長安道,投老倦游歸。"

〔二〕望諸:指戰國時樂毅,趙國封其爲望諸君。參見前《西河》(游俠地)注。

〔三〕青鸞:又作"青鳥",古代神話中西王母的信使,後常用作信使的代稱。宋趙令畤鼓子詞《商調蝶戀花》之三:"廢寢忘餐思想遍。賴有青鸞,不必憑魚雁。密寫香箋論繾綣。春詞一紙芳心亂。"

〔四〕丸月:朱彝尊《摸魚子》詞:"一丸冷月,猶照夜深路。"

憶 悶 令

倚竹愁生珠未賣。算天寒同耐〔一〕。當時悔嫁王昌〔二〕,空怨吟誰會。密意傳羅帶〔三〕。望飛鴻天外。等閒便、喚得春醒〔四〕,應淚痕長在。

【注】

〔一〕"倚竹"二句:杜甫《佳人》詩:"侍婢賣珠回,牽蘿補茅屋……天寒翠袖薄,日暮倚修竹。"

〔二〕王昌:藉指女子外出的丈夫。參見前《疏影》(秋雲易夕)注。

〔三〕"密意"句:李白《相和歌辭·相逢行》:"光景不待人,須臾髮成絲。當年失行樂,老去徒傷悲。持此道密意,無令曠佳期。"晏幾道《清平樂》詞:"旋題羅帶新詩。重尋楊柳佳期。強半春寒去後,幾番花信來時。"

〔四〕春酲：春日醉酒後的困倦。宋高觀國《風入松》詞："繡被嫩寒清曉，鶯聲喚醒春酲。"

留春令

碧空鴻信。遠音如答，虛廊葉走。比似年年惜秋心〔一〕，只熱淚、多於舊。　安得中山千日酒〔二〕。任魂傷詩瘦〔三〕。不信楓林夜來霜，尚不是、愁時候〔四〕。

【注】

〔一〕惜秋心：吴文英《古香慢》詞："露粟侵肌，夜約羽林輕誤。剪碎惜秋心，更腸斷、珠塵蘚路。"

〔二〕千日酒：酒名。古代傳說中山人狄希所造，飲後長醉千日不醒。張華《博物志》卷五："昔劉玄石於中山酒家酤酒，酒家與千日酒，忘言其節度，歸至家當醉，而家人不知，以爲死也，權葬之。酒家計千日滿，乃憶玄石前來酤酒，醉向醒耳。往視之，云玄石亡來三年，已葬。於是開棺，醉始醒。俗云，玄石飲酒，一醉千日。"宋王中《干戈》詩："安得中山千日酒，酩然直到太平時。"

〔三〕詩瘦：因用心作詩而消瘦。杜甫《暮登四安寺鐘樓寄裴十（迪）》詩："暮倚高樓對雪峰，僧來不語自鳴鐘。孤城返照紅將斂，近市浮煙翠且重。多病獨愁常闃寂，故人相見未從容。知君苦思緣詩瘦，大向交游萬事慵。"

〔四〕愁時候：黃庭堅《驀山溪》詞："娉娉裊裊，恰近十三餘，春未透。花枝瘦。正是愁時候。"

鶴沖天(1)

風蕭蕭〔一〕，雨淒淒。芳訊冷西池。碧梧零落鳳皇枝〔二〕。池上野鴛飛。舊情牽，新句贈。履跡畫廊猶剩〔三〕。此時下馬桂堂東〔四〕。消盡氣如虹〔五〕。

【校】

（1）此調本名《喜遷鶯》，因韋莊《喜遷鶯》詞結句爲"争看鶴沖天"，故名。此調與八十餘字之《鶴沖天》如柳永《鶴沖天》(閒窗漏永)詞不同。另《喜遷鶯》又有一百零三字體長調。

【注】

〔一〕蕭蕭：象聲詞。風聲。《後漢書·列女傳·董祀妻》："處所多霜雪，胡風春夏起，翩翩吹我衣，蕭蕭入我耳。"

〔二〕"碧梧"句：杜甫《秋興八首》之八："香稻啄餘鸚鵡粒，碧梧棲老鳳凰枝。"

〔三〕履跡：足跡。岑參《長門怨》詩："綠錢生履跡，紅粉濕啼痕。"

〔四〕桂堂東：李商隱《無題》詩："昨夜星辰昨夜風，畫樓西畔桂堂東。身無彩鳳雙飛翼，心有靈犀一點通。"

〔五〕氣如虹：劉禹錫《贈元九侍御文石枕以詩獎之》："文章似錦氣如虹，宜薦華簪綠殿中。"

萬　里　春

春寒爾許。那是惜花情緒(1)〔一〕。倚危闌、卍字迴旋〔二〕，怕難(2)藏春住。鶯燕空傳語。漫猶是、倚簾吹絮。便玉門、解隔春風〔三〕，有笛聲偷度。

【校】

（1）檢《詞譜》、《欽定詞譜》同錄周邦彥《萬里春》詞，此句作五字句"簇清明天氣"，《詞譜》云："調見周邦彥《片玉詞》，《清真集》不載。"《欽定詞譜》在其後多出"故方千里、楊澤民、陳允平俱無和詞"十四字。檢《片玉詞》、《全宋詞》此句作六字句"簇定清明天氣"。半塘詞從之。

（2）"怕難"句，有正本作"怕藏春難住"。

【注】

〔一〕惜花情緒：秦觀《江城子》詞："春光還是舊春光。桃花香。李花香。淺白深紅，一一鬥新妝。惆悵惜花人不見，歌一闋，淚千行。"

〔二〕"倚危"句：清黃景仁《點絳唇·雨霽》詞："斜還整，斷無人處，卍字闌干影。"

〔三〕"玉門"二句：王之渙《涼州詞》詩："羌笛何須怨楊柳，春風不度玉門關。"

河　傳

春改〔一〕。愁在。倚危闌。閒憶吟邊。去年。隔花有時聞杜鵑。淒然。夢迷蜀國弦〔二〕。　　不信天涯人不老。悲遠道〔三〕。目極王孫草〔四〕。斷雲飛。歸未歸。休催。幾時流水西。

【注】

〔一〕　春改：春天過去。吳文英《浪淘沙》詞：“燕子不知春事改，時立秋千。”

〔二〕　蜀國弦：樂府相和歌辭名。又名《四弦曲》、《蜀國四弦》。南朝梁簡文帝、隋盧思道、唐李賀等均有此作。多言入蜀道路之艱難。《樂府詩集·相和歌辭五·四弦曲》引南朝陳智匠《古今樂錄》：“張永《元嘉技錄》有《四弦》一曲，《蜀國四弦》是也。居相和之末，三調之首。”

〔三〕　悲遠道：劉長卿《和州留別穆郎中》詩：“播遷悲遠道，搖落感衰容。今日猶多難，何年更此逢。”

〔四〕　王孫草：《楚辭·招隱士》：“王孫游兮不歸，春草生兮萋萋。”

前　調

螺黛〔一〕。多態。晚鶯天。愁裏依然。管弦。夢醒翠禽啼未闌〔二〕。無端。野田黃雀翻〔三〕。　　記否流蘇明月照〔四〕。春未悄。情爲誰顛倒。畫堂西。花影移。倦歸。斷腸雙袖攜。

【注】

〔一〕　螺黛：即“螺子黛”。古代婦女用來畫眉的一種青黑色礦物顏料。用作蛾眉的代稱。張先《醉桃源》詞：“淺螺黛，淡胭脂。開花取次宜。隔簾燈影閉門時。此情風月知。”

〔二〕　翠禽：翠鳥。郭璞《客傲》：“夫攀驪龍之髯，撫翠禽之毛，而不得絕霞肆、跨天津者，未之前聞也。”

〔三〕　“黃雀”句：曹植有《野田黃雀行》詩，抒發不能保護朋友的憤懣。後

〔四〕流蘇：用彩色羽毛或絲線等製成的穗狀垂飾物。常飾於車馬、帷帳等物上。《文選》卷三張衡《東京賦》："駙承華之蒲捎，飛流蘇之騷殺。"李善注："流蘇，五采毛雜之以爲馬飾而垂之。"

思　帝　鄉

更更〔一〕。湛然秋氣清〔二〕。愁問素娥今夜，若爲情。多少翠筵歌席，舞殘樺燭明〔三〕。換盡廣寒風水、不成聲。

【注】

〔一〕更更：都讀平聲，前爲名詞，後爲動詞。即半夜轉更。張先《菩薩蠻》詞："夜深不至春蟾見。令人更更情飛亂。翠幕動風亭。時疑響屧聲。"
〔二〕湛然：水清澈貌。干寶《搜神記》卷二〇："不數日，果大雨。見大石中裂開一井，其水湛然。"
〔三〕樺燭：古時用樺木皮卷成的燭，後泛稱蠟燭。沈佺期《和常州崔使君寒食夜》："無勞秉樺燭，晴月在南端。"

前　調

卿卿。鏡中雙笑生。寥落卅年襟袖，又蠻腥〔一〕。不信嗣宗雙眼〔二〕，向人還解青。那得子虛烏有、説生平〔三〕。

【注】

〔一〕蠻腥：對外族的蔑稱。吴文英《瑣窗寒·玉蘭》詞："蠻腥未洗，海客一懷凄惋。"
〔二〕嗣宗：阮籍字嗣宗，能爲青白眼。參見前《摸魚子》(對燕臺)注。
〔三〕子虛烏有：《漢書·司馬相如傳上》："相如以'子虛'，虛言也，爲楚稱；'烏有先生'者，烏有此事也，爲齊難；'亡是公'者，亡是人也，欲明天子之義。"

蕃女怨

冷雲橫抹秋冉冉〔一〕。風過塵糁〔二〕。驛邊沙,沙外樹。蒼然平楚〔三〕。晾鷹調馬向時情〔四〕。可憐生〔五〕。

【注】

〔一〕 冉冉:漸進貌。《楚辭·離騷》:"老冉冉其將至兮,恐脩名之不立。"
〔二〕 糁:音"傘"。煮熟的米粒,喻微塵。
〔三〕 平楚:謂從高處遠望,叢林樹梢齊平。謝朓《宣城郡內登望》詩:"寒城一以眺,平楚正蒼然。"
〔四〕 晾鷹:打獵後讓獵鷹休息。參後《菊花新》(不斷寒聲)注。 調馬:調馴馬匹。李端《贈郭駙馬》詩之二:"新開金埒看調馬,舊賜銅山許鑄錢。"
〔五〕 生:語助詞。很、非常之謂。

燕瑤池(1)

酣歌擊缶〔一〕。空延佇。栩栩。白雲哀雁同度。關河暮。秋聲滿樹。危闌拊。戍笳催〔二〕,山無重數。城陰路。煙蕪亂愁誰賦。傳心愫。絕無人處。衰楊語。

【校】

(1) 此調首見東坡詞,《詞譜》不載,《詞律》此調名《瑤池燕》。

【注】

〔一〕 擊缶:敲擊瓦缶。古人或以缶為樂器,擊打以表現和控制節奏。缶,瓦盆。《詩·陳風·宛丘》:"坎其擊缶,宛丘之道。"
〔二〕 戍笳:指邊塞胡笳聲。笳,即胡笳,古管樂器。漢時流行於塞北和西域一帶,其音悲涼。柳永《迷神引》詞:"一葉扁舟輕帆卷。暫泊楚江南岸。孤城暮角,引胡笳怨。"

前　　調

聽風聽雨。簾櫳暮。故故〔一〕。入懷輕燕雙語。傷春素。行雲似縷。消香炷〔二〕。　　弄明珠，年年洛浦〔三〕。鉛波注〔四〕。愁生瑣窗雲霧。紅牙譜〔五〕。周郎不顧。誰知誤〔六〕。

【注】
〔一〕故故：故意。辛棄疾《杏花天》詞："甚夢裏、春歸不管。楊花也笑人情淺。故故沾衣撲面。"
〔二〕香炷：燃著的香。南朝陳何楫《班婕妤怨》詩："獨臥銷香炷，長啼費錦巾。"
〔三〕"弄明珠"二句：曹植《洛神賦》："或戲清流，或翔神渚；或采明珠，或拾翠羽。從南湘之二妃，攜漢濱之游女。"洛浦，洛水之濱。張衡《思玄賦》："載太華之玉女兮，召洛浦之宓妃。"
〔四〕鉛波注：眼淚如注。語本李賀《金銅仙人辭漢歌》詩："空將漢月出宮門，憶君清淚如鉛水。"
〔五〕紅牙譜：即歌曲譜。紅牙，紅色牙板，古代戲曲打擊樂器，節響以表現和控制節奏。此指代音樂。
〔六〕"周郎"二句：用周瑜顧曲事。參見前《浣溪沙》（一卷新詞）注。

紅　窗　迴

絳蠟殘〔一〕，春酌悄。小屏倚、閒數亂山，暗愁爭⁽¹⁾掃。隨剗旋生如草〔二〕。　　望綿綿遠道〔三〕。軟約難憑，玉笛翻處，生怕換卻，舊日啼珠情抱〔四〕。宮漏催、剩春多少。且酹花醉倒。

【校】
（1）"爭"字後，有正本有小注"上"。

【注】
〔一〕絳蠟：紅燭。蘇軾《次韻代留別》："絳蠟燒殘玉斝飛，離歌唱徹萬

行啼。"
〔二〕 "暗愁"二句：秦觀《八六子》詞："恨如芳草，萋萋剗盡還生。"剗，同"鏟"。削除。
〔三〕 綿綿遠道：漢《古詩十九首·飲馬長城窟行》："青青河畔草，綿綿思遠道。遠道不可思，宿昔夢見之。"
〔四〕 啼珠：用張華《博物志》卷九神話傳説中鮫人泣淚化珠故事。指哭泣。參見前《齊天樂》（新霜一夜）注。晏幾道《木蘭花》詞："啼珠彈盡又成行，畢竟心情無會處。"

西 溪 子

夢醒淚痕猶在。釵約鏡盟空待〔一〕。聽檐聲，靈鵲賺〔二〕。芳期換〔三〕。愁絶渭川清淺〔四〕。不怨木蘭舟〔五〕。怨東流。

【注】

〔一〕 釵約鏡盟：猶鏡約釵盟。夫妻之間以釵和鏡作爲信物的誓約。參見前《謁金門》（涼恁早）注。
〔二〕 靈鵲句：謂喜鵲騙人。俗稱鵲能報喜。《禽經》："靈鵲兆喜。"張華注："鵲噪則喜生。"賺，音"撰"，原意爲盈利，如"賺錢"，此處有"哄騙"、"誆騙"之謂。
〔三〕 芳期：猶佳期。歐陽修《漁家傲》詞："思抱芳期隨塞雁，悔無深意傳雙燕。"
〔四〕 "愁絶"句：趙嘏《冷日過驪山》詩："冷日微煙渭水愁，翠華宮樹不勝秋。霓裳一曲千門鎖，白盡梨園弟子頭。"
〔五〕 木蘭舟：用木蘭樹造的船。南朝梁任昉《述異記》卷下："木蘭洲在潯陽江中，多木蘭樹。昔吴王闔閭植木蘭於此，用構宮殿也。七里洲中，有魯般刻木蘭爲舟，舟至今在洲中。詩家云木蘭舟，出於此。"後常用爲船的美稱，並非實指木蘭木所製。柳宗元《酬曹侍御過象縣見寄》詩："破額山前碧玉流，騷人遥駐木蘭舟。"

前 調[1]

吟望鳳樓煙靄。城闕五雲天外〔一〕。記年時，仙仗畔〔二〕。春將换。捧出天書璀璨〔三〕。風景又殘秋。殿西頭。

【校】

（1）　有正本《西溪子》二首順序互倒。

【注】

〔一〕　五雲：五色祥雲。范成大《南柯子·七夕》詞："晚香浮動五雲飛。月姊妒人、顰盡一彎眉。"
〔二〕　仙仗：神仙的儀仗。藉喻宮廷官員的隊列。張元幹《鷓鴣天·上元設醮》詞："瞻北闕，祝南山。遙知仙仗簇清班。何人曾侍傳柑宴，翡翠簾開識聖顏。"
〔三〕　天書：帝王的詔書。王勃《爲原州趙長史請爲亡父度人表》："天書屢降，手勅仍存。"

四　字　令

牀琴罷彈〔一〕。蘭膏自煎〔二〕。長風孤雁聲酸。替靈均問天〔三〕。　　霜嚴歲寒。星稀夜闌。舊時吹笛誰邊。算梅花可憐〔四〕。

【注】

〔一〕　牀琴：置於坐具旁的琴。陸游《秋雨》詩："壁簡積陰添蠹字，牀琴生潤咽弦聲。"
〔二〕　蘭膏：古代用澤蘭子煉製的油脂。可以點燈。《楚辭·招魂》："蘭膏明燭，華容備些。"王逸注："蘭膏，以蘭香煉膏也。"
〔三〕　"替靈均"句：參見前《聲聲慢》（腥餘海氣）注。
〔四〕　"舊時"二句：姜夔《暗香》詞："舊時月色。算幾番照我，梅邊吹笛。"

前　　調

妝螺態妍〔一〕。題裙意牽〔二〕。似嫌名字冰寒。著猩紅幾斑〔三〕。　　鶯簾自搴。蠻靴笑看〔四〕。淒涼香茗華年。倚牆花放顛〔五〕。

【注】

〔一〕妝螺：頭髮梳成螺髻狀。
〔二〕題裙：戀人分別時在衣裙上題字以作紀念。吳文英《永遇樂》詞："遺襪塵消，題裙墨黯，天遠吹笙路。"
〔三〕猩紅：鮮紅的顏色。劉克莊《卜算子·惜海棠》詞："片片蝶衣輕，點點猩紅小。道是天公不惜花，百種千般巧。"
〔四〕蠻靴：舞鞋。多用麂皮製成。唐舒元興《贈李翱》詩："湘江舞罷忽成悲，便脱蠻靴出絳帷。"
〔五〕"淒涼"二句：陳維崧《送入我門來》詞："香茗才情，簪花模樣，斜舒蜜色箋兒。"花放顛，花開正盛。放顛，放縱顛狂。杜甫《絕句》之九："設道春來好，狂風大放顛。"

芳草渡[(1)]

醒殘酒，試啼妝。量錦瑟〔一〕，抵愁長。羅襟自浣別時香。巫山斷夢，未改楚雲狂〔二〕。　　歸未得，怨春鶯[(2)]，簾影畔，幾斜陽。朝朝羞澀理銀簪。還知否，尋舊曲，不成商〔三〕。

【校】

(1) 《詞譜》、《詞律》所載《芳草渡》諸體與此詞格律不同。疑用賀鑄《芳草渡》(留征轡)詞(《全宋詞》第 1225 頁)一體。
(2) 賀鑄《芳草渡》詞下片第二句"遠蓬萊"用韻。

【注】

〔一〕錦瑟：有華美紋飾的瑟，是一種古代貴族弦索樂器。戰國前爲五十弦，後爲二十五弦。李商隱七律《錦瑟》詩幽怨淒絕，爲著名愁情詩。
〔二〕巫山二句：參見前《紫玉簫》(團扇歌闌)注。
〔三〕不成商：不成腔調。吳文英《風入松》詞："蟬聲空曳別枝長，似曲不成商。"

十二時

百年闌檻，百年孤抱，百年喬木〔一〕。神州乍回首，渺孤雲天北〔二〕。　　莽莽烽煙驚遠目〔三〕。倚長風、幾番歌哭。狂來向燕市,覓荆高殘筑〔四〕。

【注】

〔一〕"百年"三句:意謂人生百年,自己懷抱百年孤忠,欲報效朝廷,使得朝廷這株喬木百年蒼翠不老。百年闌檻,人生百年是一大界限。闌檻,即門檻,門限。范成大《重九日行營壽藏之地》詩:"縱有千年鐵門限,終須一個土饅頭。"
〔二〕孤雲:《文選》卷三〇陶潛《詠貧士》詩:"萬族各有托,孤雲獨無依。"李善注:"孤雲,喻貧士也。"
〔三〕莽莽烽煙:似指八國聯軍攻入北京城、火燒圓明園事。
〔四〕"狂來"二句:謂念及國耻大辱幾近瘋狂,欲尋找荆軻、高漸離之類的豪俠之士振興國威,但尋到的卻只是一派殘局。參見前《點絳脣》(侘傺無端)注。

怨　春　風(1)

大堤官柳依依〔一〕。愁接天涯。清渭秋殘夢不知〔二〕。斷雲遠、誰訊前期。　臨風咽遍參差〔三〕。濺淚(2)雨、驚魂强支。對寂寂羅幃,淒然獨憶,那是相思。

【校】

(1)《怨春風》調即《一斛珠》,但此詞格律與《詞譜》所載《一斛珠》詞調不合。
(2)"淚",有正本作"枕"。

【注】

〔一〕官柳:大道上的柳樹。杜甫《鄠城西原送李判官武判官赴成都府》詩:"野花隨處發,官柳著行新。"
〔二〕"清渭"句:杜甫《哀江頭》詩:"清渭東流劍閣深,去住彼此無消息。"
〔三〕參差:古代樂器名。洞簫,即無底的排簫。相傳爲舜造,像鳳翼參差不齊。《楚辭·九歌·湘君》:"望夫君兮未來,吹參差兮誰思。"王逸注:"參差,排簫也。"

西　江　月

夢逐歌雲暗繞，心隨眉黛深攢。隔簾新燕似長歎。春在落花風畔。　　袖底餘香偷賈〔一〕，槐陰(1)悄影憐潘〔二〕。千金笑靨買誰抃〔三〕。明月三分占斷〔四〕。

【校】

（1）"槐陰"，有正本作"牆陰"。

【注】

〔一〕餘香偷賈：劉義慶《世説新語·惑溺》云：晉韓壽美姿容，賈充辟爲司空掾。充女見而悦之，使侍婢潛修音問，及期往宿，家中莫知，並盜西域異香贈壽。充聞壽有奇香，乃考問女之左右，具以狀對。充秘其事，遂以女妻壽。

〔二〕憐潘：同情潘岳。晉潘岳少年美貌，然而三十多歲即頭髮花白。後人多以潘鬢作爲中年白頭的代稱。潘岳《秋興賦序》："晉十有四年，余春秋三十有二，始見二毛。"又《秋興賦》："悟時歲之遒盡兮，慨俯首而自省。斑鬢髟以承弁兮，素髮颯以垂領。"

〔三〕千金笑：南朝宋鮑照《代白紵曲》："齊謳秦吹盧女弦，千金雇笑買芳年。"《呂氏春秋》卷二二《慎行·疑似》："周宅酆、鎬，近戎人。與諸侯約：爲高葆禱於王路，置鼓其上，遠近相聞。即戎寇至，傳鼓相告，諸侯之兵皆至，救天子。戎寇當至，幽王擊鼓，諸侯之兵皆至，褒姒大説，喜之。幽王欲褒姒之笑也，因數擊鼓，諸侯之兵數至而無寇至。於後，戎寇真至，幽王擊鼓，諸侯兵不至，幽王之身乃死於驪山之下，爲天下笑。"　　抃：音"潘"。

〔四〕明月三分：唐徐凝《憶揚州》詩："天下三分明月夜，二分無賴是揚州。"

前　　調

酒醒渾忘春在，夢輕欲共雲閒。多時琴上不安弦〔一〕。不爲知音人遠。　　落落樽前風月〔二〕，悠悠笛裏關山〔三〕。流光已是等閒抃。底用楊絲深綰〔四〕。

【注】

〔一〕不安弦：蕭統《陶淵明傳》："淵明不解音律，而蓄無弦琴一張，每酒適，輒撫弄以寄其意。"

〔二〕落落：稀疏，零落。陸機《歎逝賦》："親落落而日稀，友靡靡而愈索。"

〔三〕笛裏關山：姜夔《霓裳中序第一》詞："沉思年少浪跡。笛裏關山，柳下坊陌。墜紅無信息。"

〔四〕"流光"二句：朱淑真《蝶戀花》詞："樓外垂楊千萬縷，欲繫青春，少住春還去。"

憶王孫

巫山夢雨幾時晴〔一〕。調笑聲中雜醉醒〔二〕。欲解羅襦不自勝〔三〕。意惺惺〔四〕。翠帶雙搓遠恨生〔五〕。

【注】

〔一〕巫山夢雨：參見前《紫玉簫》（團扇歌闌）注。

〔二〕調笑：戲謔取笑。辛延年《羽林郎》詩："依倚將軍勢，調笑酒家胡。"

〔三〕解羅襦：謝朓《贈王主簿二首》之二："輕歌急綺帶，含笑解羅襦。"

〔四〕惺惺：清醒明白貌。劉克莊《臨江仙》詞："玉笛鈿車當日事，東塗西抹都曾。等閒曲子壓和凝。縱游非草草，已醉強惺惺。"

〔五〕遠恨：離別之恨。孟郊《江邑春霖奉贈陳侍御》詩："天涯多遠恨，雪涕盈芳辰。"

前 調

雲山重疊短長亭。灞上衰楊是別聲〔一〕。尊酒何須怨渭城〔二〕。帶愁聽。鈴語郎當夢裏程〔三〕。

【注】

〔一〕灞上：也作霸上。在今陝西省西安市東南，藍田西。爲古代咸陽、長安附近軍事要地。也是唐代士大夫出長安時的送別之所。王維《送熊九赴任安陽》詩:"送車盈灞上,輕騎出關東。"
〔二〕 "尊酒"句:王維《送元二使安西》詩:"渭城朝雨裛輕塵,客舍青青柳色新。勸君更盡一杯酒,西出陽關無故人。"
〔三〕 鈴語郎當:宋王灼《碧雞漫志》卷五:"世傳明皇宿上亭,雨中聞牛鐸聲,悵然而起,問黃幡綽:'鈴作何語?'曰:'謂陛下特郎當!'特郎當,俗稱'不整治'也。"

雨 中 花

蝦菜歸心秋夢裏〔一〕。正望遠、愁生一葦〔二〕。牆燕窺人〔三〕,籠鶯待客〔四〕,别有相憐意。　　問費盡、羅襟多少淚。甚依舊、香留酒滯。桃葉誰迎(1)〔五〕,楊絲暗綰,恨逐東流水。

【校】
(1) "迎",有正本作"縈"。

【注】
〔一〕 蝦菜:參見前《湘月》(冷官趣別)注。
〔二〕 一葦:《詩·衛風·河廣》:"誰謂河廣,一葦杭之。"孔穎達疏:"言一葦者,謂一束也,可以浮之水上而渡,若桴栰然,非一根葦也。"後以"一葦"爲小船的代稱。
〔三〕 "牆燕"句:杜甫《發潭州》詩:"岸花飛送客,檣燕語留人。"
〔四〕 籠鶯:白居易《孟夏思渭村舊居寄舍弟》詩:"井鮒思反泉,籠鶯悔出谷。"
〔五〕 桃葉:參見前《紅情》(横塘煙羃)注。

前 調

側耳鵑聲愁似水。那更識、晴檐鵲喜〔一〕。碧沼蓮清,玉闌秋近,幾許憑高意。　　底不向、黃綢消午睡〔二〕。夢雲重、屏山慣倚。萬里歸舡〔三〕,十千沽酒,辦取花前醉〔四〕。

【注】

〔一〕鵲喜：南唐馮延巳《謁金門》詞："終日望君君不至，舉頭聞鵲喜。"
〔二〕黃綢：絲綢被褥。蘇軾《和孫同年卞山龍洞禱晴》詩："看君擁黃綢，高臥放晚衙。"
〔三〕歸艎：猶歸舟。《文選》卷四〇謝朓《拜中軍記室辭隋王牋》："唯待青江可望，候歸艎於春渚。"李周翰注："艎，舟名，王乘也。"
〔四〕"十千"二句：許渾《酬河中杜侍御重寄》詩："十千沽酒留君醉，莫道歸心似轉蓬。"十千，言酒價之貴。李白《將進酒》詩："陳王昔時宴平樂，斗酒十千恣歡謔。"

漁 歌 子〔一〕

禁花摧〔二〕，清漏歇。愁生輦道秋明滅〔三〕。冷燕支〔四〕，沉碧血〔五〕。春恨景陽羞説〔六〕。　翠桐飄，青鳳折〔七〕。銀牀影斷宮羅襪〔八〕。漲回瀾，暉映月。午夜幽香争發。

【注】

〔一〕漁歌子：近人黃濬《花隨人聖庵摭憶》："以予所知……王半塘《庚子秋詞》乙卷，調寄《漁歌子》……其中托詞寓諷，率指茲事（那拉氏殺珍妃）。"據説，珍妃支持光緒變法，遭慈禧嫉恨。1900年八國聯軍入京，慈禧挾光緒倉皇西逃，臨行前命太監投珍妃於井。
〔二〕禁花：宮苑裏的花，隱喻珍妃。許渾《洛陽道中》詩："風起禁花晚，月明宮樹秋。"
〔三〕輦道：可乘輦往來的宮中道路。《史記·孝武本紀》："乃立神明臺、井幹樓，度五十餘丈，輦道相屬焉。"
〔四〕燕支：即胭脂。紅色化妝品。王沂孫《水龍吟》詞："怕明朝、小雨濛濛，便化作燕支淚。"
〔五〕碧血：《莊子·外物》："萇弘死於蜀，藏其血，三年而化為碧。"後因以"碧血"稱忠臣烈士所流之血。
〔六〕景陽：南朝陳景陽宮中有景陽井，故址在今南京市玄武湖畔。隋兵南下，陳後主與貴妃張麗華、孔貴嬪並投此井，卒爲隋人牽出，張貴妃爲隋兵所殺。故又名辱井。井有石欄，呈紅色，好事者附會爲胭脂所染，呼爲胭脂井。

〔七〕 鳳折：喻皇后貴婦或美女夭折。唐羅虬《比紅兒詩》："鳳折鸞離恨轉深，此身難負百年心。紅兒若向隋朝見，破鏡無因更重尋。"
〔八〕 "銀牀"句：指珍妃被投於井後，井欄上掛著她穿過的襪子。銀牀，井欄。一說轆轤架。庾肩吾《九日侍宴樂游苑應令》詩："玉醴吹巖菊，銀牀落井桐。"

醉吟商小品

又正是、南山獻壽〔一〕，彩雲西見。舊恩新怨〔二〕。夢想瑤池宴〔三〕。冷落宫槐疏點。愁生帳殿〔四〕。

【注】
〔一〕 南山獻壽：《詩·小雅·天保》："如南山之壽，不騫不崩。"孔穎達疏："天定其基業長久，且又堅固，如南山之壽。"李白《春日行》："小臣拜獻南山壽，陛下萬古垂鴻名。"此似指慈禧壽辰。
〔二〕 新怨：似指清光緒二十四年（1898）九月，慈禧監禁属行變法維新的光緒帝愛新覺羅·載湉，並殺害譚嗣同等六君子的政變。
〔三〕 瑤池宴：神話傳說，西王母生日在瑤池設品嘗蟠桃的宴會。劉克莊《賀新郎》詞："來歲而今黃花節，早驂鸞、入侍瑤池宴。風浩蕩，海清淺。"
〔四〕 帳殿：古代帝王出行，休息時以帳幕爲行宮，稱帳殿。北周庾信《三月三日華林園馬射賦序》："止立行宮，裁舒帳殿。"倪璠注："帳殿，天子行幸所在以帳爲殿也。"此或暗指光緒被囚禁於中南海瀛臺之事。

前　　調

數不盡、閒愁萬縷(1)，柳絲遮斷。晚花撲面。池上輕萍滿〔一〕。訴與東風不管〔二〕。依依夢遠。

【校】
（1）"萬縷"，有正本作"萬點"。

【注】

〔一〕"晚花"二句：指柳絮入水化爲浮萍。晚花，指柳絮。參見前《東風第一枝》（懶蕊摶空）注。

〔二〕"訴與"句：宋蔣捷《祝英臺》詞："幾回傳語東風，將愁吹去，怎奈向、東風不管。"

醉 花 間

風急雁繩天外直〔一〕。夢回霜月白〔二〕。舊約岸練巾〔三〕，新恨分瑤席〔四〕。含情難默默。譃語憐頭責〔五〕。短簫新譜得。自家情緒自家知，怕知音，無處覓。

【注】

〔一〕雁繩：大雁列隊而飛如繩。宋蔣捷《瑞鶴仙》詞："玉霜生穗也。渺洲雲翠痕，雁繩低也。"

〔二〕霜月白：歐陽修《歸自謠》詞："蘆花千里霜月白。傷行色。來朝便是關山隔。"（按：一作馮延巳《歸國謠》詞）

〔三〕岸練巾：掀起粗麻頭巾，露出前額。形容態度灑脱或衣著簡率不拘。練，音"疏"，粗麻織物。參見前《金縷曲》（落落塵巾岸）注。

〔四〕分瑤席：同享華美的宴席。清董詔《游萬春寺》詩："半座喜分瑤席碧，一龕静對佛燈紅。"

〔五〕頭責：洪邁《容齋五筆》卷四"晉代遺文"條載：晉張敏有《頭責子羽文》，言秦子羽與張華等六人爲布衣之交，張華等顯達後，卻没有提攜秦生，"故（張敏）因秦生容貌之盛，爲頭責之文以戲之，並以嘲六子焉"。憐頭責，意即同情秦子羽。

慶 春 時

用小山韻〔一〕。

東風有約，年年步障〔二〕，長共花移。春人淚盡，春花自好，啼鴂漫催歸。玉龍吹處〔三〕，心事依舊深期。靈旗畫下〔四〕，鸞書遠寄〔五〕，香影異當時〔六〕。

【注】

〔一〕小山：北宋詞人晏幾道，字叔原，號小山，晏殊第七子。有《小山詞》傳世。

〔二〕步障：用以遮蔽風塵或阻隔視線的一種絲或麻、或毛的織品屏幕。曹植《妾薄命》詩之二："華燈步障舒光，皎若日出扶桑。"

〔三〕玉龍：喻笛。宋林逋《霜天曉角》詞："甚處玉龍三弄，聲搖動，枝頭月。"

〔四〕靈旗：道家用以求神拜神的旗幟或指有神靈護持的旗幟。劉禹錫《七夕》詩之一："河鼓靈旗動，嫦娥破鏡斜。"杜牧《即事》詩："竹帛未聞書死節，丹青空見畫靈旗。"

〔五〕鸞書：鸞鳥送來的書信。喻指聖旨。明李東陽《山水圖爲曰會中書題送體齋先生》詩："鸞書驛騎隨車輪，倏忽咫尺如有神。"

〔六〕香影：燃香的煙影。唐齊己《永夜》詩："香影浮龕象，瓶聲著井冰。尋思到何處，海上斷崖僧。"

前　　調

安排簫局〔一〕，評量酒價〔二〕，著意消寒。楊絲萬縷，婆娑善舞，不負倚闌干。　　回文織就〔三〕，眉黛應展宮彎〔四〕。青娥二八〔五〕，香盟宛在〔六〕，羞與薄情看〔七〕。

【注】

〔一〕簫局：熏籠的別名。王志堅《表異錄・器用》："《記事珠》：簫局，古熏籠也，一名秦篝。"

〔二〕酒價：唐鄭谷《輦下冬暮詠懷》詩："煙含紫禁花期近，雪滿長安酒價高。"

〔三〕回文：《晉書・列女傳・竇滔妻蘇氏》："竇滔妻蘇氏，始平人也，名蕙，字若蘭，善屬文。滔，苻堅時爲秦州刺史，被徙流沙，蘇氏思之，織錦爲回文旋圖詩以贈滔。宛轉迴圜以讀之，詞甚悽惋，凡八百四十字。"

〔四〕"眉黛"句：指因歡笑而展開眉頭。宮彎，本意指宮中女子把眉毛畫成彎曲的形狀，此指因憂鬱而皺眉。

〔五〕青娥：指美麗的少女。王建《白紵歌》之二："城頭烏棲休擊鼓，青娥

〔六〕 香盟：香閨中的盟約。指男女定情的誓言和盟約。
〔七〕 薄情：猶稱薄情郎，此爲女子對情郎嬌嗔的稱呼。元貫雲石《南呂一枝花·離悶·採茶歌》："望長安，盼雕鞍，夕陽花草樹遮山。疊翠堆嵐凝望眼，則我這薄情何處走雲山？"

胡　搗　練

夕簾風外颭春星，隔斷花南塵榻〔一〕。誰辦春郊壺榼〔二〕。便許(1)游情洽。　平生醒醉總隨緣，一笑長攜伶鍤〔三〕。心事冷雲殘衲〔四〕。寄語能言鴨〔五〕。

【校】
（1）"許"，有正本作"訝"。

【注】
〔一〕 塵榻：《後漢書·徐穉傳》載，陳蕃爲太守，在郡不接待賓客，特設一榻唯備穉來，去則懸之。穉久不至則灰塵積於榻。後因以"塵榻"爲優待賓客、禮賢下士的典故。
〔二〕 壺榼：泛指盛酒或茶水的容器。亦藉指鋪陳酒具飲酒。《淮南子·泛論訓》："溜水足以溢壺榼，而江河不能實漏卮。"榼，音"科"。盛酒器具，杯碗之屬。
〔三〕 長攜伶鍤：用劉伶飲酒放曠事。參見前《點絳唇》（種豆爲萁）注。
〔四〕 殘衲：破衣服。唐周賀《送忍禪師歸廬嶽》詩："龕燈度雪補殘衲，山日上軒看舊經。"衲，僧衣。因其常用許多碎布拼綴而成，故稱。亦泛指補綴過的衣服。
〔五〕 能言鴨：蘇軾《戲書吳江三賢畫像·陸龜蒙》詩："千首文章二頃田，囊中未有一錢看。卻因養得能言鴨，驚破王孫金彈丸。"王十朋集注引程璟曰："陸龜蒙有鬭鴨一欄，頗極馴養。一旦驛使過焉，挾彈斃其尤者。龜蒙曰：'此鴨善人言，現欲附蘇州上進，使者奈何斃之？'使人懼，盡與橐中金，以窒其口。徐使問人語之狀，龜蒙曰：'能自呼名耳。'"

前　　調

年年芳事厭唐花，夢想江梅煙蒳[一]。誰信銅壺冰合[二]。愁對寒雲壓[三]。　老夫無味已多時成句(1)，凍酒和愁頻呷。寄語寒香休怯[四]。好趁元綏臘[五]。

【校】

（1）《定稿》光緒三十二年本無小注"成句"二字。按"老夫無味已多時"，出姜夔《浣溪沙》（翦翦寒花小更垂）詞。

【注】

〔一〕蒳：植物名。《文選》卷五左思《吴都賦》："草則藿蒳豆蔻。"劉逵注引《異物志》："蒳，草樹也，葉如栟櫚而小，三月采其葉，細破，陰乾之，味近苦而有甘。"

〔二〕冰合：冰封。虞世南《擬飲馬長城窟》詩："有月關猶暗，經春隴尚寒。雲昏無復影，冰合不聞湍。"

〔三〕"愁對"句：杜甫《至日遣興奉寄北省舊閣老兩院故人二首》之二："孤城此日堪腸斷，愁對寒雲雪滿山。"

〔四〕寒香：指梅花清冽的香氣。亦藉指梅花。

〔五〕好趁元綏臘：意謂安安穩穩過好年。農曆正月初一，又叫元日、元旦，這天又正好是中國古代節氣五臘節中的天臘節（五臘節分別是：正月初一日天臘，五月初五日地臘，七月初七日道德臘，十月初一日民歲臘，十二月初八日王侯臘）。故有趁元綏臘之説。綏，安好。

鳳　孤　飛

用小山韻[一]。

直北暮雲無際[二]，別酒醒來緩。悵望天涯淚滿。只憑得、闌干暖。　月蕩漪瀾雙槳短[三]。愁難遣、柳塘花館[四]。聽到啼鵑歸未晚。甚留人弦管。

【注】

〔一〕小山：宋代詞人晏幾道號小山，詞集名《小山詞》。
〔二〕直北：正北。《史記·封禪書》："漢文帝出長安門若見五人於道北，遂因其直北立五帝壇，祠以五牢具。"杜甫《小寒食舟中作》詩："雲白山青萬餘里，愁看直北是長安。"
〔三〕漪瀾：水波。左思《吳都賦》："理翮整翰，容與自玩。雕啄蔓藻，刷蕩漪瀾。"漪，音"衣"。
〔四〕柳塘：唐嚴維《酬劉員外見寄》詩："柳塘春水漫，花塢夕陽遲。"

前　　調

記得洗花深酌〔一〕，繞座歌塵緩〔二〕。玉笛聲中月滿。酒氣漾、輕雲暖。破曉嬌鶯花夢短。愁依舊、謝娘池館〔三〕。芳事飄零春易晚。付遺鈿誰管〔四〕。

【注】

〔一〕洗花：指女子洗浴。韓偓《詠浴》詩："初似洗花難抑按，終憂沃雪不勝任。"
〔二〕歌塵：形容歌聲動聽。《文選》卷三〇晉陸機《擬古詩十二首》之九《擬東城一何高》："閒夜撫鳴琴，惠音清且悲。長歌赴促節，哀響逐高徽。一唱萬夫歎，再唱梁塵飛。思爲河曲鳥，雙游豐水湄。"唐李賢注引《七略》曰："漢興，魯人虞公善雅歌，發聲盡動梁上塵。"唐鄭谷《蠟燭》詩："多情更有分明處，照得歌塵下燕梁。"
〔三〕謝娘：參見前《解連環》(謝娘池閣)注。
〔四〕遺鈿：遺落的首飾。喻落花。吳文英《朝中措》詞："踏青人散，遺鈿滿路，雨打秋千。"

甘　草　子

用楊無咎韻〔一〕。

愁暮。折竹聲中，雪色明簾户(1)〔二〕。冷落歲寒心〔三〕，悵望城南路。　　回望五雲寒多處〔四〕。問法曲、玉龍誰數〔五〕。銀海沉沉浪淘去〔六〕。剩淚零如雨。

【校】

（1）"簾户",有正本作"窗户"。

【注】

〔一〕楊無咎(1097—1171)：字補之,自號逃禪老人、清夷長者、紫陽居士。宋臨江清江(今江西樟樹)人。高宗累徵不起。詩詞書畫皆精。今存《逃禪詞》一卷。

〔二〕"折竹"二句：白居易《夜雪》詩："已訝衾枕冷,復見窗户明。夜深知雪重,時聞折竹聲。"

〔三〕歲寒心：參見前《角招》(認襟袖)注。

〔四〕五雲：五色瑞雲。多作吉祥的徵兆。《南齊書·樂志》："聖祖降,五雲集。"亦指皇帝所在地。王建《贈郭將軍》詩："承恩新拜上將軍,當值巡更近五雲。"

〔五〕法曲：一種古代樂曲。東晉南北朝稱作法樂。因其用於佛教法會而得名。原爲含有外來音樂成分的西域各族音樂,後與漢族的清商樂結合,並逐漸成爲隋朝的法曲。至唐朝又攙雜道教音樂(道曲)而發展至極盛階段。著名的曲子有《赤白桃李花》、《大羅天曲》、《紫微八卦舞曲》、《降真招仙之曲》、《紫微送仙曲》、《霓裳羽衣》等,詞牌有《法曲獻仙音》。唐白居易《江南遇天寶樂叟》詩："能彈琵琶和法曲,多在華清隨至尊。"　　玉龍：喻笛。林逋《霜天曉角》詞："甚處玉龍三弄,聲搖動、枝頭月。"亦喻雪。宋張元《雪》詩："戰退玉龍三百萬,敗鱗殘甲滿空飛。"

〔六〕銀海：喻冰雪世界。

前　　調

年暮。永夕相思,夢冷寒蟲户〔一〕。料得五噫吟〔二〕,恨滿吴皋路〔三〕。　　風雪夜堂聯吟處。認淚墨、襟情如數〔四〕。昨夜尋君過江去。有接天寒雨。寄懷夔笙〔五〕。

【注】

〔一〕寒蟲：指蟋蟀。南朝梁王僧孺《與何炯書》："寒蟲夕叫,合輕重而同悲。"

〔二〕五噫吟：當即《五噫歌》。相傳爲東漢梁鴻所作。全詩五句,句末均有"噫"字。《後漢書·逸民傳·梁鴻》："因東出關,過京師,作《五噫之歌》曰：'陟彼北芒兮,噫！顧覽帝京兮,噫！宮室崔嵬兮,噫！人之劬勞兮,噫！遼遼未央兮,噫！'"

〔三〕吳皋：吳江邊。吳江,今吳淞江的別稱。吳文英《惜黃花慢》詞："送客吳皋。正試霜夜冷,楓落長橋。"

〔四〕淚墨：孟郊《歸信吟》詩："淚墨灑爲書,將寄萬里親。書去魂亦去,兀然空一身。" 襟情：襟懷,情懷。南朝宋劉義慶《世説新語·賞譽》："許掾嘗詣簡文,爾夜風恬月朗,乃共作曲室中語,襟情之詠,偏是許之所長,辭寄清婉,有逾平日。"唐權德輿《送信安劉少府自常州參軍選授》詩："襟情無俗慮,談笑成逸躅。"

〔五〕夔笙：況周頤。參見前《南浦》（踏倦六街）注。

臨　江　仙

酒聖詩豪今已矣〔一〕,晚風吹鬢僛僛〔二〕。此情惟有野梅知。收香滋艾蒳〔三〕,待臘苫橫枝。　　誰道情天長不老〔四〕,曉來白遍山眉〔五〕。釃寒城闕瘦筇支。天低雲意凍,風勁雁聲遲。

【注】

〔一〕酒聖：一般指傳説的釀酒首創人杜康,或謂杜甫。此謂豪飲的人。曾鞏《招澤甫竹亭閒話》詩："詩豪已分材難強,酒聖還諳量未寬。"　　詩豪：詩人中出類拔萃者。白居易曾謂劉禹錫爲詩豪,《劉白唱和集解》引用白居易的話説："彭城劉夢得,詩豪者也,其鋒森然,少敢當者。"

〔二〕僛僛：身姿搖晃、醉舞欹斜貌。僛,音"欺"。《詩·小雅·賓之初筵》："賓既醉止,載號載呶。亂我籩豆,屢舞僛僛。"毛傳："僛僛,舞不能自正也。"

〔三〕艾蒳：香草名。蘇軾《再和楊公濟梅花十絶》詩："憑仗幽人收艾蒳,國香未許世人知。"以喻梅花。

〔四〕 "誰道"句：李賀《金銅仙人辭漢歌》："衰蘭送客咸陽道，天若有情天亦老。"

〔五〕 白遍山眉：意謂積雪覆蓋，遠山皆白，似天亦有情而頭髮變白老去。山眉，指遠山。典出《西京雜記》卷二："司馬相如，初與卓文君還成都……文君姣好，眉色如望遠山。"後文人常以"遠山眉"喻女子貌美。

前　調

卅載夢雲吹不轉〔一〕，今朝欲醒猶疑。西風贏得鬢成絲。身如春繭縛，心似凍蠅癡〔二〕。　　城郭人民嗟滿眼，何須丁令來歸〔三〕。河山邈若酒人非。黄壚多少事，欲説不勝悲〔四〕。

【注】

〔一〕 "卅載"句：半塘同治九年（1870）中舉，至填此詞，恰三十年。

〔二〕 凍蠅：張鷟《朝野僉載》卷四："蘇味道才學識度，物望攸歸；王方慶體質鄙陋，言詞魯鈍，智不逾俗，才不出凡，俱爲鳳閣侍郎。或問元一曰：'蘇、王孰賢？'答曰：'蘇，九月得霜鷹；王，十月被凍蠅。'或問其故，答曰：'得霜鷹伎捷，被凍蠅頑怯。'"

〔三〕 "城郭"二句：用丁令威化鶴歸來事。參見前《齊天樂》（片帆催人）注。

〔四〕 "河山"三句：參見前《齊天樂》（西風吹醒）注。酒人，指嵇康、阮籍等人。

思　遠　人

潦倒蓬蒿三徑晚〔一〕，身世共蟲蟄〔二〕。撑腸廣廈，低頭江岸，吟嘯意誰識〔三〕。　　茂陵老盡秋風客〔四〕。那更一錢值。笑大户今朝〔五〕，醉鄉深處，紅箋爲生色〔六〕。

【注】

〔一〕 三徑：陶潛《歸去來兮辭》："三徑就荒，松菊猶存。"

〔二〕 蟲蟄：冬蟲蟄伏。驚蟄則復蘇。唐張説《喜度嶺》詩："寧知瘴癘地，生入帝皇州。雷雨蘇蟲蟄,春陽放學鳩。"

〔三〕 "撐腸"三句:意即誰能理解屈原、杜甫吟嘯的苦衷。撐腸廣廈,指杜甫,其《茅屋爲秋風所破歌》有"安得廣廈千萬間,大庇天下寒士俱歡顔"句。撐腸,猶滿腹。低頭江岸,似指屈原,《史記·屈原列傳》云:"屈原既放,披髮行吟澤畔。"澤畔,即江岸也。

〔四〕 "茂陵"句:李賀《金銅仙人辭漢歌》:"茂陵劉郎秋風客,夜聞馬嘶曉無跡。"秋風客,指漢武帝。武帝曾作《秋風辭》,故稱。

〔五〕 大户:指酒量大的人。飲酒量大稱大户,量小稱小户。《敦煌變文集·葉净能詩變文》:"帝又問:'尊師飲户大小?'净能奏曰:'此尊大户,直是飲流。'"

〔六〕 紅箋:唐代名箋紙,又名"浣花箋""薛濤箋"。傳爲唐代女詩人薛濤在四川成都浣花溪創製,顔色有深紅、粉紅兩種,用以寫信作詩或製作名片。晏幾道《思遠人》詞:"淚彈不盡臨窗滴,就硯旋研墨。漸寫到別來,此情深處,紅箋爲無色。"此反晏幾道句意而用之。

虞 美 人

題校夢龕圖。

往與漚尹同校夢窗詞成〔一〕,即擬作圖以紀(1)。今年冬,見明王綦畫軸〔二〕,秋林茅屋,二人清坐,若有所思,笑謂漚尹曰,是吾校夢龕圖也,不可無詞,因拈此調。圖作於萬曆丁酉〔三〕,乃能爲三百年後人傳神寫意,筆墨通靈,誠未易常情測哉。光緒庚子十月記〔四〕。

檀欒金碧樓臺好〔五〕。誰打霜花稿〔六〕。半生心賞不相違〔七〕。難得劫灰紅處、畫圖開〔八〕。　　清愁閒對闌干起。自惜丹鉛意。疏林老屋短檠邊〔九〕。便是等閒秋色、儘堪憐。

【校】

(1) "以紀",《定稿》光緒三十二年本作"紀之"。小序有正本作:"明王綦畫軸,紙本淺設色,秋林茅屋,二人清坐,若有所思。半僧笑曰:是吾校夢龕圖也。因拈此調,約漚尹同作,並索忍庵和之。圖作於萬曆二十五年丁酉,乃能爲三百年後人傳神寫意,筆墨通靈,誠未易常情測哉。光緒二十六年十月十八日記。"

【注】

〔一〕 漚尹：朱孝臧（祖謀、彊村）號。參見前《八聲甘州》（甚無風雨）注。

〔二〕 王綦：生卒年不詳，字履若，一作履石，明代吳縣（今江蘇蘇州）人，王穉登孫。性狷介，杜門以畫自娛。工山水，結構奇幻，別出新意，亦作人物、樹石、花鳥，隨意點染，不拘成法。所作筆墨高古，迥出流輩之外。

〔三〕 萬曆丁酉：明神宗萬曆二十五年（1597）。

〔四〕 光緒庚子：光緒二十六年（1900）。

〔五〕 "檀欒"句：吳文英《聲聲慢》詞："檀欒金碧，婀娜蓬萊，游雲不蘸芳洲。"檀欒，秀美貌。詩文中多用以形容竹。枚乘《梁王菟園賦》："修竹檀欒，夾池水，旋菟園，並馳道。"

〔六〕 霜花稿：指王綦畫。所繪爲秋景，畫亦爲古畫，故稱。

〔七〕 心賞：猶心愛。鮑照《代白頭吟》："心賞猶難恃，貌恭豈易憑？"

〔八〕 劫灰：指庚子年八國聯軍入侵北京、火燒圓明園的劫火餘灰。陸游《數年不至城府丁巳火後始見》詩："陳跡關心已自悲，劫灰滿眼更增欷。"參見前《鷓鴣天》（似水閒愁）注。

〔九〕 短檠：古代一種油燈的代稱。檠是托燈盤的立柱，上面是燈盤，盛油放置燈芯；以立柱的長短而分爲長檠和短檠，長檠只有富貴人家才能使用，一般人家多用短檠。韓愈《短燈檠歌》："長檠八尺空自長，短檠二尺便且光。"檠，音"情"。

酒 泉 子

水帶山簪〔一〕。好是驂鸞歸路〔二〕。嶺雲深，蕉雨暮。話湘南。　昨宵幽夢逐春帆。徑轉桄榔猶熟〔三〕。鷓鴣啼，芳草緑。客情忺〔四〕。

【注】

〔一〕 水帶山簪：指桂林。韓愈《送桂州嚴大夫》詩："蒼蒼森八桂，兹地在湘南。江作青羅帶，山如碧玉簪。戶多輸翠羽，家自種黃柑。遠勝登仙去，飛鸞不假驂。"

〔二〕 驂鸞歸路：參見前《摸魚子》（愛新晴）注。意謂這是歸隱回老家桂林的路。

〔三〕 桄榔：又名莎木，屬棕櫚科喬木，莖較粗壯，高五米至十餘米，葉簇生於莖頂。生長於廣西、海南、雲南和東南亞一帶。

〔四〕忭：歡喜。

前　　調

一笑軒髯⁽¹⁾。休問雲歸何處〔一〕。塞鴻迷,檐鵲語。暗愁添。　驚塵如墨點征衫。寒咽晚風哀筑〔二〕。隴頭吟〔三〕,曲江哭〔四〕。我何堪。

【校】

（1）"軒髯",有正本作"掀髯"。

【注】

〔一〕雲歸何處：謂人如浮雲飄忽不定,不知將去何方。
〔二〕哀筑：參見前《西河》（游俠地）注。
〔三〕隴頭吟：漢代樂府橫吹曲辭名。隴頭,指隴山,大致在今陝西隴縣到甘肅清水縣一帶。詩中常藉指邊塞。王維《隴頭吟》詩："長安少年游俠客,夜上戍樓看太白。隴頭明月迥臨關,隴上行人夜吹笛。關西老將不勝愁,駐馬聽之雙淚流。身經大小百餘戰,麾下偏裨萬戶侯。蘇武才爲典屬國,節旄空盡海西頭。"
〔四〕曲江哭：杜甫《哀江頭》詩："少陵野老吞聲哭,春日潛行曲江曲。"

前　　調

珍重雲藍〔一〕。寫遍相思新句。綠塵飛〔二〕,金縷譜〔三〕。紫泥函〔四〕。　當時春恨上眉尖。那問等閒笙局〔五〕。甚而今,還硯北〔六〕。憶花南〔七〕。

【注】

〔一〕雲藍：紙名。唐段成式在九江時自製。見段成式《寄溫飛卿箋紙》詩序。
〔二〕綠塵：綠色塵埃。李賀《河南府試十二月樂詞·二月》："薇帳逗煙生綠塵,金翹峨髻愁暮雲。"
〔三〕金縷：指《金縷曲》。詞牌名。此句謂填詞。

〔四〕紫泥：古人以泥封書信，泥上蓋印。皇帝詔書則用紫泥。《後漢書·光武帝紀上》"奉高皇帝璽綬"李賢注引蔡邕《獨斷》："皇帝六璽，皆玉螭虎紐……皆以武都紫泥封之。"此指封書之慎重。

〔五〕笙局：吹笙的場面。周邦彦《少年游》詞："錦幄初溫，獸煙不斷，相對坐調笙。"

〔六〕硯北：書案面南，人坐硯北。指從事寫作。宋張邦基《墨莊漫錄》卷一〇："唐段成式書云：'杯宴之餘，常居硯北。'"

〔七〕花南：南方的花。此句寫思憶南邊故鄉的花期。

前　調

弦語夜酣〔一〕。個人眉約如訴。畫春愁，飄篆縷。嚲瑤簪〔二〕。窺妝瞋燕自開簾〔三〕。嬌倚粉奩脂盝〔四〕。最宜人，屏曲六〔五〕。月分三〔六〕。夢中作。

【注】

〔一〕"弦語"句：謂夜深了還在聽"個人"彈撥箏或琵琶類絃樂器。晏幾道《生查子》詞："忍淚不能歌，試托哀弦語。弦語願相逢，知有相逢否。"

〔二〕嚲瑤簪：玉簪下垂貌。嚲，音"朵"。晚唐溫庭筠《過華清宮二十二韻》詩："內嬖陪行在，孤臣預坐籌。瑤簪遺翡翠，霜仗駐驊騮。"

〔三〕瞋燕自開簾：宋周密《浣溪沙》詞："不下珠簾怕燕瞋。旋移芳檻引流鶯。春光卻早又中分。　杏火無煙然綠暗，梨雲如雪冷清明。冶游天氣冶游心。"

〔四〕粉奩脂盝：古代盛梳妝用品的器具。盝，古同"簏"，竹箱或小匣。音"鹿"。

〔五〕屏曲六：即六曲屏，指六扇可折疊屏風。宋高觀國《卜算子》詞："幾日喜春晴，幾夜愁春雨。十二雕窗六曲屏，題遍傷春句。"

〔六〕月分三：唐徐凝《憶揚州》詩："蕭娘臉下難勝淚，桃葉眉頭易得愁。天下三分明月夜，二分無賴是揚州。"

金　鳳　鈎[(1)]

孤山昨夢游眺。憶招鶴、倦歌淒調〔一〕。斷雲殘照。幾聲清嘯。惆悵畫籠鶯老。　　好風吹遍青門道〔二〕。記望遠、贈君芳草。玉娥名噪〔三〕。錦箋書報〔四〕。空惹醉腸愁繞。

【校】

（１）　此詞格律同《全宋詞》第 1245 頁所載賀鑄《金鳳鉤》（江南又歎流寓）詞，與《詞譜》卷一一所載《金鳳鉤》各體均不合。

【注】

〔一〕　"孤山"二句：沈括《夢溪筆談·人事二》："林逋隱居杭州孤山，常畜兩鶴，縱之則飛入雲霄，盤旋久之，復入籠中。"孤山，山名。在今浙江杭州西湖。宋林逋曾隱居於此，世稱孤山處士。

〔二〕　青門：漢長安城東南門。本名霸城門，因其門色青，故俗稱"青門"。此代指北京城門。

〔三〕　玉娥：美貌的女子。南唐馮延巳《采桑子》詞："玉娥重起添香印，回倚孤屏。不語含情。水調何人吹笛聲。"

〔四〕　錦箋書：用彩色信箋寫的信，指情書。元孫周卿《南呂·罵玉郎帶過感皇恩採茶歌·閨情》："繡羅襦，錦箋書，當時封淚到曾無？屈指歸期空自數，倚蘭無語慢躊躇。"

思　越　人

用陽春韻〔一〕。

夢冷游情惡。尋舊跡、繡鴛疑削〔二〕。屏山掩卻。斷霞愁落。　　乍鳳尾傳箋題恨薄〔三〕。翠管親呵和淚閣〔四〕。無處著。甚靈珓、花前還約〔五〕。

【注】

〔一〕　陽春：馮延巳，字正中，南唐詞人。有《陽春集》。

〔二〕　繡鴛疑削：留下的腳印纖細，疑穿繡花鞋的小腳似被削小了一般。

〔三〕　鳳尾：即鳳尾箋。織有細紋的絲織物，用於書寫。唐陸龜蒙《説鳳尾諾》："鳳尾箋當番薄縷輕，其製作精妙靡麗，而非牢固者也。"元王逢《錢塘春感》詩之四："書題鳳尾仙曹喜，恩浹螭坳學士榮。"

〔四〕　"翠管"句：蔣捷《木蘭花慢》詞："謾細敲紫硯，輕呵翠管，吟思難抽。"翠管,指毛筆。呵,嘘氣使溫暖。閣,擱置,停輟。
〔五〕靈珓:指杯珓。一作環珓。占卜之具。用蚌殼或形似蚌殼的竹木兩片,投空擲於地,視其俯仰,以定吉凶。宋費袞《梁溪漫志·烏江項羽神》:"紹興辛巳,敵犯淮南,遇廟下駐軍,入致禱,擲珓數十,皆不吉。"

前　　調

聽慣鵑聲惡[一]。雲意冷、暮山(1)青削。芳時負卻。舊游零落。　　正倚竹寒生憐袖薄[二]。甚處濃春藏綺閣[三]。誰念著。怕歡事、和愁成約。

【校】
(1) "暮山",有正本作"四山"。

【注】
〔一〕鵑聲惡:宋邵伯溫《邵氏聞見録》卷一九:"治平間,(邵康節)與客散步天津橋上,聞杜鵑聲,慘然不樂。客問其故,則曰:'洛陽舊無杜鵑,今始至,有所主。'客曰:'何也?'康節先公曰:'不三五年,上用南士爲相,多引南人,專務變更,天下自此多事矣。'客曰:'聞杜鵑何以知此?'康節先公曰:'天下將治,地氣自北而南;將亂,自南而北。今南方地氣至矣。禽鳥飛類,得氣之先者也。……'"
〔二〕"倚竹"句:杜甫《佳人》詩:"天寒翠袖薄,日暮倚修竹。"
〔三〕綺閣:華麗的樓閣。葛洪《抱朴子·知止》:"仰登綺閣,俯映清淵。"

前　　調

老去風懷惡[一]。吟袖倚、瘦肩山削。前游誤卻。故園荒落[二]。　　看對檻閒雲如水薄。倦憶憑春花外閣。愁問著。第一是、盟鷗新約[三]。

【注】
〔一〕風懷惡:情緒很壞。風懷,指人的志趣抱負;又猶"風情",指男女相愛的情懷。如清朱彝尊有五言長詩《風懷二百韻》。

〔二〕"故園"句：唐杜審言《贈崔融二十韻》詩："相逢慰疇昔，相對敘存亡。草深窮巷毀，竹盡故園荒。"荒落，荒蕪冷落。《徐霞客游記·滇游日記六》："下二里，過補虛庵。亦稍荒落，恐日暮不入。"
〔三〕盟鷗：指歸隱，參見前《揚州慢》(天末程遙)注。

前　　調

懶賦秋聲惡。芳事換、舊歡都削。何時罷卻。暮笳聲落。　　歎紙帳燈昏披絮薄〔一〕。夢裏潛痕醒尚閣〔二〕。愁更著。減衣帶、腰圍憐約〔三〕。

【注】
〔一〕紙帳：一種用藤皮繭紙縫製成的帳子，以稀布爲頂，取其透氣。帳上常繪有梅花，情致清雅。唐、宋僧道及詩人隱士每喜用之。宋王質《滿江紅》詞："紙帳梅花，有叢桂、又有修竹。"
〔二〕"夢裏"句：夢醒後臉上仍留有淚痕。閣，含著，不使流下。
〔三〕腰圍憐約：可憐像沈約一樣腰圍日減。《梁書·沈約傳》："(約)與徐勉素善，遂以書陳情於勉曰：'吾弱年孤苦……歸之暮年……上熱下冷，月增日篤……百日數旬，革帶常應移孔；以手握臂，率計月小半分。以此推算，豈能支久？'"後人遂以"沈腰"喻日漸消瘦、體弱多病者。

遏　方　怨

黃葉雨，白蘋風〔一〕。夢落江湖，舊家煙蘿秋帳空。十年衫袖浼塵紅〔二〕。故人吟嘯處，與誰同。

【注】
〔一〕白蘋風：掠過蘋草之秋風。宋玉《風賦》："夫風生於地，起於青蘋之末。"姚合《送劉禹錫郎中赴蘇州》詩："太守吟詩人自理，小齋閒臥白蘋風。"起於青蘋爲春風，白蘋爲秋風。
〔二〕衫袖浼塵紅：衣衫被俗塵玷污，即看破紅塵的意味。浼，音"沃"，污染，弄髒。

前　　調

瓜步月^{〔一〕},竹樓風。舊日歡期,感君靈犀心暗通^{〔二〕}。卻愁花影下簾櫳^{〔三〕}。翠尊新約在^{〔四〕},莫匆匆。

【注】

〔一〕瓜步:地名。在今江蘇六合東南。有瓜步山,山下有瓜步鎮。古時瓜步山南臨長江,南北朝時屢爲軍事爭奪要地。步,今寫作"埠"。

〔二〕"靈犀"句:李商隱《無題》詩二首之一:"身無彩鳳雙飛翼,心有靈犀一點通。"

〔三〕簾櫳:窗簾和窗牖。也泛指窗簾和門簾。史達祖《惜黃花》詞:"獨自捲簾櫳,誰爲開尊俎。恨不得御風歸去。"

〔四〕翠尊:綠玉酒杯,亦泛指酒盃。周邦彥《浪淘沙慢》詞:"嗟萬事難忘,唯是輕別。翠尊未竭。憑斷雲留取,西樓殘月。"

前　　調

新月白,雜花紅。彩索秋千,隔牆偷覘無路通^{〔一〕}。不教鸚鵡傍房櫳。鏡奩脂粉滿,爲誰容^{〔二〕}。

【注】

〔一〕"隔牆"句:宋玉《登徒子好色賦》:"此女登牆窺臣三年,至今未許也。"覘,音"摻",偷看,窺視。《左傳·成公十七年》:"公使覘之,信。"杜預注:"覘,伺也。"

〔二〕爲誰容:意即爲誰打扮自己。典出西漢劉向《戰國策·趙策一》:"晉畢陽之孫豫讓,始事范中行氏而不説,去而就知伯,知伯寵之。及三晉分知氏,趙襄子最怨知伯,而將其頭以爲飲器。豫讓遁逃山中,曰:'嗟乎!士爲知己者死,女爲悦己者容。吾其報知氏之讎矣。'"

前　　調

霜沁柝〔一〕，月窺櫳。巷陌人家〔二〕，夜深燈花相映紅。白題歌舞眼朦朧〔三〕。醉來朱戶底，嘯呼風。

【注】

〔一〕柝：音"拓"，古代打更用的梆子。樂府民歌《木蘭辭》："朔氣傳金柝，寒光照鐵衣。"

〔二〕巷陌人家：周邦彥《西河》詞："燕子不知何世。入尋常、巷陌人家，相對如說興亡，斜陽裏。"

〔三〕白題歌舞：杜甫《秦州雜詩》之三："馬驕朱汗落，胡舞白題斜。"張邦基《墨莊漫錄》卷二："白題乃胡人謂氈笠也。子美所謂'胡舞白題斜'，胡人多爲旋舞，笠之斜似乎謂此也。"白題，古代匈奴部族胡人所戴的氈笠。一說，古代匈奴部族名。俗以白色塗額，故名。此詞似隱喻八國聯軍入侵北京事。

前　　調

槐葉落，露盤空〔一〕。夢怯催妝，夜闌不聞長樂鐘〔二〕。玉蟾香齧冷西風〔三〕。恨隨嗚咽水，御溝東〔四〕。

【注】

〔一〕露盤：即承露盤。漢武帝時建於建章宮。曹植《承露盤銘》："固若露盤，長存永貴。"

〔二〕長樂：本指長樂宮。西漢高祖時，就秦興樂宮改建而成。爲西漢主要宮殿之一。漢初皇帝在此視朝。惠帝後，爲太后居地。故址在今陝西西安市西北郊漢長安故城東南隅。亦用以泛指宮殿。錢起《贈闕下裴舍人》詩："長樂鐘聲花外盡，龍池柳色雨中深。"

〔三〕玉蟾：玉雕的蟾蜍。盛水容器。多作更漏與文具之用。李賀《李夫人》詩："玉蟾滴水雞人唱，露華蘭葉參差光。"　齧：音"涅"，同嚙，殘蝕，沖刷。

〔四〕 "恨隨"二句：乃哀時傷亂、心憂社稷的沉痛心情之表白。

前　　調

調石黛〔一〕，理絲桐〔二〕。難得蕭郎〔三〕，近來花前眉語通〔四〕。玉鉤簾卷錦堂東。眼迷丹頂鶴，舞隨風。

【注】

〔一〕 石黛：古代婦女用以畫眉的青黑色顏料。徐陵《〈玉臺新詠〉序》："南都石黛，最發雙蛾；北地燕脂，偏開兩靨。"
〔二〕 理絲桐：指彈琴。絲桐，指琴。古人削桐為琴，練絲為弦，故稱。《史記·田敬仲完世家》："若夫治國家而弭人民，又何為乎絲桐之間？"
〔三〕 蕭郎：似指劉向《列仙傳》所説的蕭史，秦穆公時人，善吹簫。穆公的女兒弄玉很喜歡他。二人成婚後，蕭史教會弄玉吹簫。後來雙雙成仙而去。唐以來詩詞常藉以指女子愛戀的男子。唐于鵠《題美人》詩："秦女窺人不解羞，攀花趁蝶出牆頭。胸前空帶宜男草，嫁得蕭郎愛遠游。"
〔四〕 眉語：謂用眉的舒斂傳情示意。宋劉克莊《清平樂》詞："貪與蕭郎眉語，不知舞錯伊州。"

梁　　州　　令

夜久忘寒沁。隔座沉煙同品〔一〕。狂來莫笑柘枝顛〔二〕，情多更覓瓊漿飲。　　橋西月色清流衽〔三〕。執手殷勤甚。歸來獨倚山枕〔四〕。夢塵暗逐歌圍錦〔五〕。

【注】

〔一〕 沉煙：沉香煙。沉香，熏香之極品。唐王琚《美女篇》詩："屈曲屏風繞象牀，菱菱翠帳綴香囊。玉臺龍鏡洞徹光，金爐沉煙酷烈芳。遥聞行佩音鏘鏘，含嬌欲笑出洞房。"
〔二〕 柘枝顛：沈括《夢溪筆談·樂律一》："寇萊公（準）好柘枝舞，會客必舞柘枝，每舞必盡日，時謂之'柘枝顛'。"

〔三〕 衽：衣襟。唐盧照鄰《還赴蜀中貽示京邑游好》詩："斂衽辭丹闕，懸旗陟翠微。"
〔四〕 山枕：枕頭。古代枕頭多用木、瓷等製作，中凹，兩端突起，其形如山，故名。温庭筠《更漏子》詞："山枕膩，錦衾寒，覺來更漏殘。"
〔五〕 歌圍錦：陸游《憶秦娥》詞："笙歌圍裏，錦繡叢中。"

前　　調

夜雨淒涼甚。點滴空階寒浸。清歌掩扇自思量，何人解擲纏頭錦〔一〕。篝燈珠淚空交衽〔二〕。惆悵年光⁽¹⁾荏。金蕉誰伴孤飲〔三〕。腰圍瘦過東陽沈〔四〕。

【校】
（1） "年光"，有正本作"年華"。

【注】
〔一〕 纏頭：古代歌舞藝人表演完畢，客以羅錦爲贈，稱"纏頭"。杜甫《即事》詩："笑時花近眼，舞罷錦纏頭。"後又作爲贈送妓女財物的通稱。
〔二〕 篝燈：燈置於竹籠中之謂也。《宋史·陳彭年傳》："彭年幼好學，母惟一子，愛之，禁其夜讀書，彭年篝燈密室，不令母知。"
〔三〕 金蕉：辛棄疾《謁金門》詞："一曲瑶琴纔聽徹，金蕉三兩葉。"鄧廣銘箋注："金蕉謂酒杯。"
〔四〕 "腰圍"句：謂比沈約更消瘦。東陽沈，指南朝詩人沈約，曾官東陽太守。參見前《齊天樂》（青銅霜訊）注。

前　　調

兀兀長如飲〔一〕。坐久寒欺重衽〔二〕。姮娥畢竟世情稀，清光夜夜疏窗浸。　　休將篆刻誇曹沈〔三〕。文字誰題品。參軍蠻語方稔〔四〕。誤人應識儒冠甚〔五〕。

【注】
〔一〕 兀兀：昏沉貌。金元好問《雁門道中書所見》詩："金城留旬浹，兀兀

〔二〕 重袘：夾衣。

〔三〕 篆刻：比喻書寫和精心爲文。揚雄《法言·吾子》："或問：'吾子少而好賦？'曰：'然，童子雕蟲篆刻。'俄而曰：'壯夫不爲也。'" 曹沈：謂曹植、沈約一類著名文學家。

〔四〕 參軍蠻語：用東晉郝隆熟悉少數民族語言事。參見前《摸魚子》(甚人天)注。稔，熟悉。音"忍"。

〔五〕 "誤人"句：杜甫《奉贈韋左丞丈二十二韻》詩："紈袴不餓死，儒冠多誤身。"儒冠，古代儒生戴的帽子。藉指儒生。

玉　團　兒

西風掠鬢鉛華薄〔一〕。夜烏斷、延秋夢覺〔二〕。錦帳珠簾，牙香誰炷〔三〕。沉恨依約。　玉璫簡札匆匆索〔四〕。寶篆澀、葳蕤乍鑰〔五〕。露掌移莖〔六〕，宮眉蹙黛〔七〕，愁黯簾閣。

【注】

〔一〕 鉛華：婦女化妝用的鉛粉。曹植《洛神賦》："芳澤無加，鉛華弗御。"

〔二〕 延秋：指延秋門。唐長安禁苑西門。天寶十四載冬，安禄山起兵叛亂。次年六月，唐玄宗即由延秋門出長安，赴蜀避難。杜甫《哀王孫》詩："長安城頭頭白烏，夜飛延秋門上呼。"

〔三〕 牙香：用多種香料研末製成的香。宋洪芻《香譜》有"牙香法"，詳載牙香的不同配方。唐王建《宮詞》之八十七："雖道君王不來宿，帳中長是炷牙香。"

〔四〕 玉璫：玉制的耳飾。藉指女子。杜牧《自宣州赴官入京題贈》詩："梅花落徑香繚繞，雪白玉璫花下行。" 簡札：用以書寫的竹簡木札。亦指功用與簡札相同的書寫用品。藉指文書，書信。

〔五〕 葳蕤：《太平廣記》卷三一六"劉照"條引《録異傳》：建安中河間太守劉照婦亡，後太守夢見一婦人，往就之，又遺一雙鎖，太守不能名，婦曰："此萎蕤鎖也。以金縷相連，屈伸在人，實珍物。吾方當去，故以相別，慎無告人！""萎蕤"亦寫作"葳蕤"。後因以"葳蕤"藉指鎖。韓翃《江南曲》："春樓不閉葳蕤鎖，緑水回通宛轉橋。"鑰，關，鎖閉。

〔六〕 "露掌"句：喻世事變幻。參見前《翠樓吟》(磬落風圓)注。

〔七〕"宫眉"句：指皺眉。宫眉，謂婦女依宫中流行樣式描畫的眉毛。李商隱《蝶》詩之三："壽陽公主嫁時妝，八字宫眉捧額黄。"

前　　調

朔風吹雪茸裘薄。暮笳咽、啼烏正惡。北斗秦城〔一〕，西山燕月，一例無著。　　聱牙身世春蠶縛〔二〕。剩醉眼、憑高錯愕。子夜清歌〔三〕，新亭殘淚〔四〕，來伴深酌。

【注】

〔一〕"北斗"句：杜甫《歷歷》詩："巫峽西江外，秦城北斗邊。"趙彦材注："長安城謂之北斗城。"

〔二〕聱牙：亦作"聱齖"。乖忤，抵觸。亦謂與人意見不同，不隨世俗。元結《自釋書》："彼聱叟不羞聱齖於鄰里，吾又安能慚漫浪於人間？"

〔三〕子夜清歌：即《子夜歌》，樂府曲名。以愛情題材爲主的五言詩。如"朝思出前門，暮思還後渚。語笑向誰道，腹中陰憶汝。"後來延伸出多種變曲。

〔四〕新亭殘淚：參見前《鶯啼序》（無言畫闌）注。

三　字　令〔一〕

春去遠，雁來遲。恨參差。金屋冷〔二〕，緑塵飛。玉關遥，羌笛怨，盡情吹〔三〕。　　從別後，數歸期〔四〕。幾然疑。紅爐暗〔五〕，玉繩低〔六〕。枕邊書〔七〕，襟上淚〔八〕，斷腸時〔九〕。

【注】

〔一〕三字令：清末郭則澐《清詞玉屑》卷六以爲此首"謂京僚疏請回鑾，而訂期屢展也"。

〔二〕金屋：黄金之屋。典出古小説《漢武故事》所載漢武帝劉徹幼兒時所説"若得阿嬌，當以金屋貯之"的故事。南朝梁柳惲《長門怨》詩："無復金屋念，豈照長門心。"

〔三〕"玉關"三句：歎朝政日非，自己與政務亦漸趨疏遠也。王之涣《涼州詞》詩:"羌笛何須怨楊柳,春風不度玉門關。"
〔四〕 數歸期:南唐馮延巳《長相思》詞:"憶歸期,數歸期。夢見雖多相見稀,相逢知幾時。"
〔五〕 紅爐:即燈花,紅色之餘燼也。劉禹錫《冬日晨興寄樂天》詩:"庭樹曉禽動,郡樓殘點聲。燈挑紅爐落,酒暖白光生。"
〔六〕 玉繩:星名。參見前《祝英臺近》(卷羅帷)注。杜甫《寄劉峽州伯華使君四十韻》詩:"伏枕思瓊樹,臨軒對玉繩。青松寒不落,碧海闊逾澄。"
〔七〕 枕邊書:韋應物《假中枉盧二十二書亦稱卧疾兼訝李二久不訪問……戲李二》詩:"微官何事勞趨走,服藥閒眠養不才。花裏棋盤憎鳥污,枕邊書卷訝風開。故人問訊緣同病,芳月相思阻一杯。應笑王戎成俗物,遥持麈尾獨徘徊。"
〔八〕 襟上淚:唐鄭史《永州送侄歸宜春》詩:"宋玉正秋悲,那堪更別離。從來襟上淚,盡作鬢邊絲。"
〔九〕 斷腸時:辛棄疾《菩薩蠻》詞:"風雨斷腸時。小山生桂枝。"

前　　調

風南北,水東西。路多歧〔一〕。人共物,是耶非。試憑高,日遠近,問誰知。　燕市上〔二〕,酒人稀。舞僛僛。天已醉,客何爲。吊田橫〔三〕,招正則〔四〕,是吾師。

【注】
〔一〕 路多歧:李白《行路難三首》之一:"行路難,行路難,多歧路,今安在。長風破浪會有時,直掛雲帆濟滄海。"
〔二〕 "燕市"二句:參見前《摸魚子》(莽風塵)注。
〔三〕 吊田橫:憑弔田橫一類忠義之士。參見前《定風波》(説到元黄)注。
〔四〕 招正則:招屈原之魂。《離騷》:"名余曰正則兮,字余曰靈均。"

南　歌　子

骯髒吟情倦〔一〕,微茫戰氣高〔二〕。山川(1)殘霸酒愁澆〔三〕。贏得學書學劍、總無聊〔四〕。　林壑應騰笑〔五〕,文章漫解嘲〔六〕。斷魂無著不須招〔七〕。老向空山和淚、讀《離騷》。

【校】

（１）　"山川"，有正本作"江山"。

【注】

〔一〕　骯髒：音"康藏"。高亢剛直貌。參見前《百字令》（天乎難問）注。

〔二〕　戰氣：戰鬥意氣，鬥志。《舊唐書·武宗紀》："戰氣方酣，再回魯陽之日；鼓音不息，三周不注之山。"

〔三〕　殘霸：指吳王夫差打敗越國而稱霸，但後又爲越所敗。吳文英《八聲甘州》詞："幻蒼崖雲樹，名娃金屋，殘霸宮城。"此指外敵入侵，山河破碎。

〔四〕　學書學劍：《史記·項羽本紀》："項籍少時學書不成，去學劍，又不成。"

〔五〕　騰笑：猶發出笑聲。孔稚珪《北山移文》："於是南嶽獻嘲，北壟騰笑。"

〔六〕　解嘲：西漢揚雄有《解嘲》文。

〔七〕　"斷魂"句：《楚辭》有《招魂》篇。

前　　調

夜氣沉殘月，秋聲激怒濤。短歌寒噤不堪豪[一]。坐看旄頭餘焰、拂雲高[二]。　　怒馬誰施勒，饑鷹已下絛[三]。堊書斜上語偏驕[四]。數到義熙年月、恨迢迢[五]。

【注】

〔一〕　寒噤：因受冷或受驚而身體顫抖。唐李洞《寄太白隱者》詩："高遮辭磧雁，寒噤入川人。"

〔二〕　旄頭：即昴星，西方白虎七宿之一，古人以爲胡星，禀肅殺之氣。武元衡《送徐員外還京》詩："旄頭星未落，分手轆轤鳴。"

〔三〕　"饑鷹"句：饑餓的獵鷹已經被解開繫繩。絛，絲繩，絲帶。孟浩然《南歸阻雪》詩："孤煙村際起，歸雁天邊去。積雪覆平皋，饑鷹捉寒兔。"

〔四〕　堊書：白粉書。堊，音"餓"。明楊慎《藝林伐山》載："曹憲副時中，華亭人。鄰有悍生,修其先世怨,以甼書公名於牛後,向其僮加鞭,因極口肆罵,欲以激公怒。僮歸以告。徐曰:'人罵我而若述之,是重罵我也。速往謝,無勞齒頰。'生不能難,於是修尺一,若爲候者,而中實痛詆。令人直入,跽上之。公不發,曰:'休矣,待吾僮來。'既百從者至,命火焚之,曰:'知若主於我無好言也。'生愧而止。年九十卒。"

〔五〕 義熙年月:《宋書·陶潛傳》:"自以曾祖晉世宰輔,恥復屈身後代。自高祖王業漸隆,不復肯仕。所著文章皆題其年月,義熙以前則書晉氏年號,自永初以來唯云甲子而已。"按義熙,晉安帝年號(405—418),永初,宋武帝年號(420—422)。

前　　調

翠袖香羅窄〔一〕,鈿車繡帶飄〔二〕。初三夜月第三橋。記得千金難買、可憐宵〔三〕。　　舊恨瓶沉水,新愁燕換巢。西風消減沈郎腰〔四〕。僥幸徽容扇影、別時描〔五〕。

【注】

〔一〕 翠袖:杜甫《佳人》詩:"天寒翠袖薄,日暮倚修竹。"
〔二〕 鈿車:用金寶嵌飾的車子。張炎《阮郎歸》詞:"鈿車驕馬錦相連。香塵逐管弦。"
〔三〕 "初三夜"三句:白居易《暮江吟》詩:"可憐九月初三夜,露似真珠月似弓。"蘇軾《臨江仙》詞:"徘徊花上月,空度可憐宵。"
〔四〕 沈郎腰:指秋來消瘦。參見前《齊天樂》(青銅霜訊)注。
〔五〕 徽容:美好的風範,美好的容貌。用爲畫像的美稱。周邦彥《法曲獻仙音》詞:"翠幙深中,對徽容、空在紈素。"

應　天　長

綠螺臨鏡憐妝褪〔一〕。鬥草輸多添酒暈〔二〕。月一鉤,香半寸。今夜花前消息準。　　倚紋枰〔三〕,欹紺鬢〔四〕。心怯小蘭釭燼〔五〕。省釋沉香殘恨〔六〕。謝娘羞藉問〔七〕。

【注】

〔一〕 綠螺：婦女眉毛的代稱。古時用螺形的黛墨以畫眉或作畫，故稱。

〔二〕 鬥草：即鬥百草。一種古代游戲。競採花草，比賽多寡優劣，常於端午行之。宗懍《荊楚歲時記》："五月五日，四民並蹋百草，又有鬥百草之戲。"晏殊《破陣子》詞："疑怪昨宵春夢好，元是今朝鬥草贏。笑從雙臉生。"

〔三〕 紋枰：圍棋棋盤。蘇軾《觀棋》詩："紋枰坐對，誰究此味；空鉤意釣，豈在魴鯉。"

〔四〕 紺鬒：深青色稠密的頭髮。鬒，美髮，音"枕"。吳文英《花犯》詞："還又見、玉人垂紺鬒。"

〔五〕 蘭釭：亦作"蘭缸"。燃蘭膏的燈。亦用以指精緻的燈具。南朝齊王融《詠幔》詩："但願置尊酒，蘭釭當夜明。"

〔六〕 省釋：想明白。

〔七〕 謝娘：參見前《解連環》（謝娘池閣）注。

前　　調

鶤弦移柱愁難準[一]。別鳳離鸞歌未忍[二]。粉痕消，香篆印[三]。睡起無聊推酒困。　　月窺簾，花掩鬒。屏上關山難認。雁足不傳幽恨[四]。蕊紅和淚盡[五]。

【注】

〔一〕 鶤弦移柱：指移宮轉調。鶤弦，用鶤雞筋做的琵琶弦。南朝梁劉孝綽《夜聽妓賦得烏夜啼》："鶤弦且輟弄，《鶴操》暫停徽。"

〔二〕 別鳳離鸞：琴曲有《雙鳳離鸞》。《西京雜記》卷二："慶安世年十五，爲成帝侍郎，善鼓琴，能爲《雙鳳離鸞》之曲。"

〔三〕 香篆印：女子睡覺時在臉上留下如香篆般的印痕。

〔四〕 "雁足"句：意謂沒有書信來，徒有幽恨而已。南朝梁王僧孺《詠擣衣》詩："尺素在魚腸，寸心憑雁足。"

〔五〕 "蕊紅"句：淚流完，而花也落完了。蕊紅，指紅花。張先《慶春澤》詞："銀塘玉字空曠。冰齒映輕唇，蕊紅新放。"

鋸解令

記歌桃葉渡江初〔一〕,費幾許、團團彩扇。凌波雙楫漫無情,慰紫燕、隔花望眼〔二〕。　畫闌淚濺。淒絶風聲颭晚。年年裁得嫁衣裳,卻不解、替誰壓線〔三〕。

【注】

〔一〕"桃葉"句:今江蘇省南京市秦淮河畔有桃葉渡,相傳晉王獻之在此作《桃葉歌》送其愛妾桃葉而得名。參見前《紅情》(橫塘煙冪)注。

〔二〕紫燕:也稱越燕。體形小而多聲,頷下紫色,營巢於門楣之上,分佈於江南。見宋羅願《爾雅翼·釋鳥三》。顧况《悲歌》:"紫燕西飛欲寄書,白雲何處逢來客。"

〔三〕"年年"二句:唐秦韜玉《貧女》詩:"苦恨年年壓金線,爲他人作嫁衣裳。"

前調

駐雲誰按酒邊詞〔一〕,翠袖冷、殘醺未唤〔二〕。新鶯舊燕自家春,底與較、夢長夢短〔三〕。　隔花淚眼。爛錦年芳盼斷〔四〕。東皇未必負春人〔五〕,只蕩得、暗愁一點。

【注】

〔一〕"駐雲"句:意謂誰在酒席宴上打著節拍聽唱小曲,歌聲動聽得讓雲也停下腳步諦聽。駐雲,形容歌聲響亮,音樂美妙。蘇軾《蘇州閶丘江君二家雨中飲酒》詩之一:"已煩仙袂來行雨,莫遣歌聲便駐雲。"按,猶按拍,擊節,打拍子。酒邊詞,宋向子諲詞集名《酒邊詞》。此謂歌筵酒畔所唱的曲子詞。

〔二〕殘醺:猶殘醉。酒後殘存的醉意。陸游《十一月四日夜半枕上口占》詩:"小室惛惛夜向分,幽人殘睡帶殘醺。"

〔三〕底與較:何必要與之計較。底,何也。

〔四〕爛錦年芳:喻青春年華。爛錦,燦爛如錦。

〔五〕東皇：參見前《百字令》(過春社了)注。　春人：游春的人。庾信《望美人山銘》："禁苑斜通，春人常聚。"

琴調相思引

夢裏留春不是春。殘花中酒病餘身。亂紅飛處，輕作出山雲〔一〕。　休道醉鄉歸路近，酒腸拚醉不辭頻〔二〕。任教風雨，愁損坐花人〔三〕。

【注】

〔一〕出山雲：喻由隱而仕之人。白居易《寄王質夫》詩："君作出山雲，我爲入籠鶴。"

〔二〕"休道"二句：李煜《烏夜啼》詞："醉鄉路穩宜頻到，此外不堪行。"

〔三〕坐花人：南朝梁劉孝綽《詠百舌》詩："山人惜春暮。旭旦坐花林。"王維《從岐王過楊氏別業應教》詩："興闌啼鳥換，坐久落花多。"王安石《北山》詩："細數落花因坐久，緩尋芳草得歸遲。"

傾杯令

入户鴻驚，窺檐鵲喜，乍展舊愁眉印〔一〕。風裏飄花成陣。雜佩淩波誰問〔二〕。　淒涼淚粉殘紅揾。甚愁人、年光偏閏〔三〕。屏山幾許心事，玉篆摩挲暗忖(1)〔四〕。

【校】

（1）"忖"字前有正本有"省"字。

【注】

〔一〕"乍展"句：意即乍展因愁苦而緊皺的眉頭。

〔二〕雜佩：連綴在一起的各種佩玉。《詩·鄭風·女曰雞鳴》："知子之來之，雜佩以贈之。"毛傳："雜佩者，珩、璜、琚、瑀、沖牙之類。"一説指佩玉的中綴，即琚瑀。王夫之《〈詩經〉稗疏·鄭風》："下垂者爲垂佩，中綴者爲雜佩。雜之爲言，間於其中也。則雜佩者專指琚瑀而言。"　淩波：比喻美人步履輕盈，如乘碧波而行。曹植《洛神賦》:"凌波微步,羅襪生塵。"

〔三〕 年光偏閏:指當年有閏月,時光漫長。閏,增添。

〔四〕 玉篆:篆書的美稱。多指典籍、文告、符籙上的文字。代指書信和書籍。漢王褒《立通道觀詔》:"聖哲微言,先賢典訓,金科玉篆,秘跡遺書,並宜弘闡,一以貫之。"《宋史·樂志十四》:"煌煌寶書,玉篆金縷。"

前　　調

鶴警霜嚴[一],城空月黑,節物不知春近。悵觸靈均幽憤。呵壁蒼茫難問[二]。　　闌干星斗寒光印。望瑶京、驚咕驕蜃[三]。司香夜降黄帕[四],夢裏鐘聲隱隱。

【注】

〔一〕 鶴警:《藝文類聚》卷九〇引晉周處《風土記》:"鳴鶴戒露,此鳥性警,至八月白露降,流於草上,滴滴有聲,因即高鳴相警,移徙所宿處。"朱敦儒《鵲橋仙》詞:"曲終鶴警露華寒,笑濁世、饒伊做夢。"

〔二〕 呵壁:李賀《公無出門》詩:"分明猶懼公不信,公看呵壁書問天。"

〔三〕 望瑶京句:驚訝地目睹繁華的京城被驕横的侵略者踐踏蹂躪。瑶京,繁華的京都。柳永《輪臺子》詞:"又爭似、卻返瑶京,重買千金笑。"咕,音"區",張口貌。蜃,傳説中的蛟屬,能吐氣成海市蜃樓。

〔四〕 "司香"句:指皇帝遣宦官賜香。劉克莊《扶胥三首》之三:"前祭京師奉祝詞,尊嚴不比百神祠。臺家今歲籌邊急,黄帕封香已過時。"司香,明内侍官名,多由宦官擔任,負責燒香祭祀等事宜。見《明史·職官志三》。黄帕,指代宦官。清震鈞《天咫偶聞·皇城》:"閶闔未開人語肅,正中黄帕御牀高。"

望　江　南

朝睡起,佳節不勝悲。愁裏光陰便晷短[一],劫餘身世怯灰飛[二]。生意幾時回。　　吟處望,頭白苦低垂[三]。應有卿雲輝紫閣[四],似聞芳訊報南枝[五]。歌罷意淒迷。

【注】

〔一〕便晷短：希望時間縮短。便，適宜。晷，音"軌"，日影，又指按照日影測量時間的儀器。藉指時間。

〔二〕"劫餘"句：謂八國聯軍入侵北京，如世逢大劫難。人幸存者，尚怯圓明園灰飛煙滅也。

〔三〕"吟處"二句：杜甫《秋興八首》之八："彩筆昔曾干氣象，白頭吟望苦低垂。"

〔四〕卿雲：即慶雲。一種彩雲，古人視爲祥瑞。《竹書紀年》卷上："十四年，卿雲見，命禹代虞事。" 紫閣：指帝居。漢崔琦《七蠲》："紫閣青臺，綺錯相連。"

〔五〕南枝：指梅花。參見前《河瀆神》（雲壓雁風）注。

玉 樓 春

南樓莫怨吹羌管。便不催春春也晚。釀成梅子帶酸心，付與花奴含淚眼〔一〕。　啼鵑那識人腸斷。新緑漸濃腰帶緩〔二〕。當時流水送飛花，流水(1)依然花去遠。

【校】

（1）"流水"，有正本作"臨水"。

【注】

〔一〕花奴：唐玄宗時汝南王李璡的小名。璡善擊羯鼓。唐南卓《羯鼓録》："上（玄宗）性俊邁，酷不好琴。曾聽彈琴，正弄未及畢，叱琴者出，曰：'待詔出去！'謂内官曰：'速召花奴將羯鼓來，爲我解穢！'"後詩文或以稱司羯鼓的歌妓和歌女。蘇軾《千秋歲》詞："坐上人如玉，花映花奴肉。"

〔二〕腰帶緩：指人消瘦。《古詩十九首》："相去日已遠，衣帶日已緩。"緩，寬綽，寬鬆。

前 調

春風簾底窺人慣。和月入懷人不見。驚飛金雁一箏塵〔一〕，惹起紅蕤雙枕怨〔二〕。　　照花前後憐嬌眄〔三〕。酒冷香殘襟淚滿。離歌那是斷腸聲，猶有斷腸人對面。

【注】

〔一〕　金雁：筝柱。温庭筠《彈箏人》詩："鈿蟬金雁皆零落，一曲《伊州》淚萬行。"

〔二〕　紅蕤：即紅蕤枕。傳說中的仙枕。唐張讀《宣室志》卷六載：玉清宮有三寶，碧瑶杯、紅蕤枕和紫玉函。紅蕤枕似玉微紅，有紋如粟。亦藉指繡枕。宋毛滂《小重山》詞："十年舊事夢如新。紅蕤枕，猶暖楚峰雲。"

〔三〕　"照花"句：温庭筠《菩薩蠻》詞："照花前後鏡，花面交相映。"眄，斜視。

前　　調

好山不入時人眼。每向人家稀處見。濃青一桁撥雲來〔一〕，沉恨萬端如霧散。　　山靈休笑緣終淺〔二〕。作計避人今未晚〔三〕。十年緇盡素衣塵〔四〕，雪鬢霜髯塵不染。

【注】

〔一〕　"濃青"句：一列青山從雲中露出。韋莊《灞陵道中作》詩："春橋南望水溶溶，一桁晴山倒碧峰。"桁，音"橫"，量詞，一桁即一橫排。

〔二〕　"山靈"句：辛棄疾《沁園春》詞："清溪上，被山靈卻笑，白髮歸耕。"

〔三〕　作計避人：做好歸隱的計劃。南朝陳江總《至德二年十一月十二日升德施山齋三宿決福懺悔》詩："四知無矯志，二施啓幽心。簡通避人物，偃息還山林。"

〔四〕　"十年"句：謂十年間白衣被灰塵染成黑色。喻慣見世俗污垢。南朝齊謝朓《酬王晉安》詩："誰能久京洛，緇塵染素衣。"

玉　樓　春

分和小山韻二十一首(1)。

落花風緊紅成陣〔一〕。睡重不知春遠近〔二〕。箏弦聲澀鎮慵調〔三〕，燕語情多羞藉問。　　屏山苦隔天涯信。咫尺關河千萬恨。樓前芳草遠連天〔四〕，望眼不隨芳草盡。

【校】

（１）　此序原在前忍庵詞調下，二十一首爲忍庵、半塘、漚尹三人所作總數。小序《定稿》光緒三十二年本作"和小山韻"。

【注】

〔一〕落花風：毛滂《調笑》詞："自是尋春來不早，落花風起紅多少。"
〔二〕睡重：睡得很沉。辛棄疾《清平樂》詞："春宵睡重。夢裏還相送。枕畔起尋雙玉鳳。半日才知是夢。"
〔三〕鎮：經常，長久。唐太宗李世民《詠燭》詩："鎮下千行淚，非是爲思人。"宋高觀國《祝英臺近》詞："遙想芳臉輕顰，凌波微步，鎮輸與沙邊鷗鷺。"
〔四〕"樓前"句：周邦彥《浣溪沙》詞："樓上晴天碧四垂。樓前芳草接天涯。勸君莫上最高梯。"

前　　調

閒雲何止催春晚。遮斷望京樓上眼〔一〕。犀簾有隙漏香多〔二〕，鮫帕無情盛淚滿〔三〕。　　柔腸已逐鵾弦斷〔四〕。風外闌干憑不暖。歸來十九醉如泥，禁得良宵更漏短〔五〕。

【注】

〔一〕望京樓：故址在今陝西臨潼縣驪山上。唐鄭處晦《明皇雜錄》補遺："洎至德中，車駕復幸華清宮，從官嬪御多非舊人。上於望京樓下命野狐奏《雨霖鈴》曲。未半，上四顧淒涼，不覺流涕。左右感動，與之歔欷。"
〔二〕犀簾：指簾幕。相傳犀牛角可避塵，用以押簾。任昉《述異記》卷上："卻塵犀，海獸也。燃其角辟塵；致之於座，塵埃不入。"朱敦儒《采桑子》詞："一番海角淒涼夢，卻到長安。翠帳犀簾。依舊屏斜十二山。"
〔三〕鮫帕：以鮫綃製成的手帕。鮫綃，傳說中鮫人所織的綃。亦藉指薄絹、輕紗。

〔四〕 鷗弦：參見前《應天長》（鷗弦移柱）注。

〔五〕 禁得：受得住，承受得起。吳文英《虞美人》詞："小簾愁捲月籠明。一寸秋懷、禁得幾蛩聲。"

前　　調

不辭沉醉東風裏。笑解金魚能值幾〔一〕。四條弦語軟於煙〔二〕，一桁簾痕清似水。　醉調銀甲寒侵指〔三〕。只有翠尊知客意。酒雲紅暈襯微渦，解向歌塵凝處起〔四〕。

【注】

〔一〕 "笑解"句：杜甫《陪鄭廣文游何將軍山林十首》之五："銀甲彈箏用，金魚換酒來。"金魚，金質的魚符。唐代親王及三品以上官員佩帶，開元初，從五品亦佩帶，用以表示品級身份。見《新唐書·車服志》。又李白《對酒憶賀監詩序》："太子賓客賀公，於長安紫極宮一見余，呼余爲'謫仙人'，因解金龜，換酒爲樂。"

〔二〕 四條弦語：指彈奏琵琶。按琵琶爲彈撥樂器。原流行於波斯、阿拉伯等地，漢代傳入我國。後經改造，圓體修頸，有四弦、十二柱。

〔三〕 銀甲：銀制的假指甲，套於指上，用以彈箏或琵琶等絃樂器。見上引杜甫"銀甲"詩句。

〔四〕 歌塵：歌聲震落梁上塵。形容歌聲動聽。典出《藝文類聚》卷四三引劉向《別錄》："漢興以來，喜《雅歌》者魯人虞公，發聲清哀，蓋動梁塵。"鄭谷《蠟燭》詩："多情更有分明處，照得歌塵下燕梁。"

前　　調

郎情似絮留難住〔一〕。柳絮飛時愁滿路。絮飛隨水有萍留〔二〕，郎去如風無覓處〔三〕。　流鶯花底休輕妒。不爲眠香朝掩户。關山月黑夢難通〔四〕，侵曉好尋(1)郎馬去〔五〕。

【校】

（１）"尋"，有正本作"隨"。

【注】

〔一〕情似絮：周邦彥《玉樓春》詞："人如風後入江雲，情似雨餘黏地絮。"
〔二〕"絮飛"句：指柳絮入水化爲浮萍。參見前《東風第一枝》（懶蕊搏空）注。
〔三〕無覓處：宋向子諲《清平樂》詞："薄情風雨。斷送花何許。一夜清香無覓處。卻返雲窗月户。"
〔四〕"關山"句：杜甫《夢李白二首》之一："故人入我夢，明我長相憶。恐非平生魂，路遠不可測。魂來楓林青，魂返關塞黑。今君在羅網，何以有羽翼。落月滿屋梁，猶疑照顔色。"
〔五〕尋郎馬：周邦彥《醉桃源》詞："情黯黯，悶騰騰。身如秋後蠅。若教隨馬逐郎行。不辭多少程。"蘇軾《水龍吟》詞："夢隨風萬里，尋郎去處，又還被、鶯呼起。"

前　　調

春愁漠漠慵窺鏡。一朵緑雲欹壓鬢〔一〕。暗思楚夢雨⁽¹⁾無蹤〔二〕，催放園花風有信。　　蜂黄蝶粉消難盡〔三〕。心事無多羞重問。向來學舞鬥腰肢〔四〕，那解當歌還有恨。

【校】

（１）"夢雨"，有正本作"雨夢"。

【注】

〔一〕緑雲：喻女子烏黑光亮的秀髮。韋莊《酒泉子》詞："緑雲傾，金枕膩。"
〔二〕楚夢：本指楚王游陽臺夢遇巫山神女事。後藉指短暫的美夢。多指男女歡會。李白《惜餘春賦》："披衛情於淇水，結楚夢於陽雲。"
〔三〕"蜂黄"句：王楙《野客叢書》卷二四"蝶粉蜂黄"條："《草堂詩餘》載張仲宗《滿江紅》詞：'蝶粉蜂黄都褪卻'注：'蝶粉蜂黄，唐人宫妝。'僕觀李商隱詩有曰：'何處拂胸資蝶粉，幾時塗額藉蜂黄。'知《詩餘》

所注爲不妄。唐《花間集》卻無此語。或者謂'蝶交則粉落,蜂交則黃落'。"

〔四〕鬥腰肢:李商隱《宮妓》詩:"珠箔輕明拂玉墀,披香新殿鬥腰肢。"鬥,比賽,爭勝。腰肢,亦作"腰支",指身段;體態。

前 調

杖藜省識青帘近〔一〕。村路杏花前度問〔二〕。客心久共斷雲閒,華髮羞從流水認。　塞鴻休送遙天信。老去難禁惟別恨。落英藉處惜餘春〔三〕,莫向樽前推酒盡。

【注】

〔一〕杖藜:拄著拐杖。藜,一種草本植物,莖直立,可作手杖。杜甫《別李秘書始興寺所居》詩:"妻兒待我且歸去,他日杖藜來細聽。"　青帘:舊時酒店門口掛的幌子。多用青布製成。鄭谷《旅寓洛陽村舍》詩:"白鳥窺魚網,青帘認酒家。"
〔二〕"村路"句:杜牧《清明》詩:"藉問酒家何處有,牧童遙指杏花村。"
〔三〕藉:音"急",踐踏。杜甫《催宗文樹雞柵》詩:"踏藉盤案翻,終日憎赤幘。"

前 調

春風消息南枝綻〔一〕。膩粉香雲吹不散〔二〕。誰驚花片落樽前,懊恨十三弦上雁〔三〕。　酬花休惜傾千盞。狂態問花應見慣〔四〕。一春消得幾扶頭〔五〕,莫怪春光來有限。

【注】

〔一〕"春風"句:指梅開報春。南枝,藉指梅花。參見前《河瀆神》(雲壓雁風)注。
〔二〕膩粉香雲:喻梅花。
〔三〕"懊恨"句:指聞箏聲而生怨恨。唐宋時教坊用箏均爲十三弦,因以代指箏。又箏柱斜列如雁行,稱爲箏雁。

〔四〕問花：歐陽修《蝶戀花》詞："淚眼問花花不語，亂紅飛過秋千去。"
〔五〕扶頭：醉酒後用以醒酒的淡酒，稱扶頭酒，此謂醉酒。唐姚合《答友人招游》詩："賭棋招敵手，沽酒自扶頭。"

菊 花 新

不斷寒聲空外響。長鋏欲歌悲骯髒〔一〕。屠狗賣漿人〔二〕，來共我、晾鷹臺上〔三〕。　風塵滿眼愁千丈，夢驂鸞、故山無恙〔四〕。何日水雲身〔五〕，容散髮、扁舟長往〔六〕。

【注】

〔一〕"長鋏"句：用戰國時齊孟嘗君食客馮諼彈鋏而歌事。參見前《金縷曲》(爽氣橫嵩少)注。　骯髒：高亢剛直貌。參見前《金縷曲》(淚灑東門)注。

〔二〕屠狗賣漿：《史記·樊酈滕灌列傳》："舞陽侯樊噲者，沛人也。以屠狗爲事。"屠狗，宰狗。參見前《浣溪沙》(珠履三千)注。《史記·信陵君列傳》："公子聞趙有處士毛公藏於博徒，薛公藏於賣漿家。……公子聞所在，乃間步往。從此兩人游甚歡。平原君聞之，謂其夫人曰：'始吾聞夫人弟公子天下無雙，今吾聞之，乃妄從博徒賣漿者游，公子妄人耳。'"陸游《野飲》詩："訪古頹垣荒塹裏，覓交屠狗賣漿中。"賣漿，出售茶水、酒、醋等飲料，舊爲微賤的職業。清田雯《易水》詩："舉朝送客歌聲苦，塞破蕭蕭易水濱。可笑燕丹謀大事，遍招屠狗賣漿人。"

〔三〕晾鷹臺：明劉侗、于奕正《帝京景物略·南海子》："城南二十里，有囿，曰南海子，方一百六十里。海中殿，瓦爲之……殿傍晾鷹臺，鷹撲逐以汗而勞之，犯霜雨露以濡而煦之也。"按晾鷹臺爲元代游獵之所，獵者常攜鷹休憩於此。後爲各朝皇家圍獵、習武之地。其地在今北京市郊南苑。

〔四〕驂鸞：參見前《摸魚子》(愛新晴)注。

〔五〕水雲身：佛教語。指行腳僧。因其身如行雲流水，居無定所，故稱。亦泛指來去自由、無所羈絆之身。周邦彥《迎春樂》詞："他日水雲身，相望處，無南北。"

〔六〕"散髮"句：指能夠棄官歸隱江湖。李白《宣州謝朓樓餞別校書叔雲》詩:"人生在世不稱意,明朝散髮弄扁舟。"散髮,披頭散髮。喻指棄官隱居,逍遥自在。

睿 恩 深(1)

東風消息雨中聽。簾影暗、盟釵香冷〔一〕。悄無言、悶對銀箋,剩六六、畫屏閒憑〔二〕。　料理傷春新病。翠袖薄、晚寒愁勁〔三〕。便花間、杜宇歸飛〔四〕,怕個裏、春人未醒〔五〕。

【校】

（1）　此調《詞譜》、《詞律》均未收。《全宋詞》僅存詞牌爲《睿恩新》的晏殊詞一首。

【注】

〔一〕　盟釵：男女雙方用來盟誓的髮釵。參見前《謁金門》(涼恁早)注。
〔二〕　六六畫屏：指繪有巫山三十六峰的屏風。元張觀光《春夢》詩："銅匜艾納翠氤氲,六六屏山酒半釃。"六六,謂巫山三十六峰,代指巫山。明汪道昆《高唐夢》雜劇："人醉我何醒,莫待黄粱先熟;明燭明燭,夢斷巫山六六。"
〔三〕　翠袖薄：杜甫《佳人》詩："絶代有佳人,幽居在空谷。……天寒翠袖薄,日暮倚修竹。"
〔四〕　杜宇：子規鳥的别稱。傳說古蜀國國王望帝名杜宇,失國身死後魂魄化爲杜鵑鳥,故稱。參見前《浣溪沙》(浪蕊浮花)注。
〔五〕　春人：懷春和傷春的人。清馮珍《滿江紅》詞："早朦朧,聽遍賣花聲,春人起。"

憶 漢 月

榆莢繞階風簌〔一〕。欲買春光無那〔二〕。等閒不是爲春愁,底事月斜深坐〔三〕。　年年湖上路,春好處、玉闌花妥〔四〕。醉醒鶯老不成聲,清淚帕羅紅涴〔五〕。

【注】

〔一〕"榆荚"句：榆荚被風吹著在臺階前旋轉。簸，揚起。
〔二〕無那：無奈。
〔三〕深坐：久坐。李白《怨情》詩："美人捲珠簾，深坐顰蛾眉。"
〔四〕花妥：猶花落。杜甫《重過何氏五首》之一："花妥鶯捎蝶，溪喧獺趁魚。"妥，垂落，掉下。
〔五〕涴：弄髒。王沂孫《高陽臺》詞："篝熏鵲錦熊氈。任粉融脂涴，猶怯癡寒。"

紅窗聽

睡覺花飛春似水。雲意遠、畫屏愁倚。子規那識人心苦〔一〕，儘催歸不已。　　指點群峰空外紫。襟痕暗、依稀認得，臨分痛淚〔二〕。舊情回首，掩銅華羞對〔三〕。

【注】

〔一〕子規：鳥名，又稱杜鵑、杜宇、布穀鳥。參見前《浣溪沙》（浪蕊浮花）注。
〔二〕臨分：猶臨別。分，分手。韓愈《示爽》詩："臨分不汝誑，有路即歸田。"
〔三〕掩銅華：指合上鏡子，羞於照鏡。銅華，銅鏡上的花，指代銅鏡。吳文英《尉遲杯》詞："臨池笑靨，春色滿、銅華弄妝影。"

思歸樂

簾幕寒輕芳訊(1)透〔一〕。消息近、梅開時候。玉萼有情應也瘦。惹淚濕、惜春衫袖(2)〔二〕。　　冷語問花花信否。歎月底、暗香誰嗅〔三〕。對花往往愛中酒。自憐好懷非舊。

【校】

（1）"訊"，有正本作"信"。
（2）《詞譜》卷一二《思歸樂》調下僅載柳永"天幕清和堪宴聚"詞一體，

下片結句作七字句"解再三、勸人歸去",有小注云:"《詞律》誤從汲古閣本,後段結句脫一字,今從《花草粹編》校正。平仄無他首可校。"按《詞律》卷八載柳詞下片結句作"再三喚人歸去",《全宋詞》第65頁載柳詞同《詞譜》。半塘此詞及後二首格律從《詞律》。

【注】
〔一〕芳訊:即花訊,花消息。張炎《掃花游》詞:"問春意。待留取斷紅,心事難寄。芳訊成撚指。甚遠客他鄉,老懷如此。"
〔二〕春衫袖:歐陽修《生查子》詞:"今年元夜時,月與燈依舊。不見去年人,淚濕春衫袖。"
〔三〕暗香:宋林逋《山園小梅》詩:"疏影橫斜水清淺,暗香浮動月黃昏。"

前　　調

刻意消愁愁似舊。歌未已、顰生蛾岫〔一〕。把盞酹春(1)釵欲溜。顧影惜、暗隨春瘦。　　瑞腦香消閒永晝〔二〕。引恨似、絮颭風柳。畫闌幾日又下九〔三〕。怕花替人僝僽。

【校】
(1)"春",有正本作"花"。

【注】
〔一〕"蛾岫"句:張炎《探芳信》詞:"歎歌冷鶯簾,恨凝蛾岫。"蛾,蛾眉;岫,峰巒。蛾岫,即遠山一樣美麗的眉毛。
〔二〕"瑞腦"句:李清照《醉花陰》詞:"薄霧濃雲愁永晝,瑞腦消金獸。"
〔三〕下九:農曆每月十九日。《古詩選・古詩爲焦仲卿妻作》:"初七及下九,嬉戲莫相忘。"清閏人佽箋注引《琅嬛記》:"九爲陽數。古人以二十九日爲上九,初九日爲中九,十九日爲下九。每月下九,置酒爲婦女之歡,名曰陽會。"

前　　調

行樂烏烏歌擊缶〔一〕。愁一似、雲排山走〔二〕。曉起惡寒閒袖手。看變滅、白衣蒼狗〔三〕。　　老去傭耕誰與耦〔四〕。攬鏡愧、雪霜盈首。竟須卯飲醉至酉〔五〕。閉門不知誰某〔六〕。

【注】

〔一〕 "行樂"句：指不慕富貴而及時行樂。參見前《點絳唇》（種豆爲萁）注。
〔二〕 "愁一似"句：指愁緒像雲山堆積，排遣不去。
〔三〕 白衣蒼狗：喻世事變化無常。杜甫《可歎》詩："天上浮雲如白衣，斯須改變如蒼狗。"
〔四〕 傭耕：謂受雇爲田主耕種。《史記·陳涉世家》："陳涉少時，嘗與人傭耕。"　　耦：二人並肩而耕。《周禮·地官·里宰》："以歲時合耦於鋤，以治稼穡。"鄭玄注："二耜爲耦，此言兩人相助，耦而耕也。"
〔五〕 卯飲：早晨六七點鐘飲酒。古有"莫飲卯時酒，昏昏醉到酉"的民諺。白居易《卯飲》詩："卯飲一杯眠一覺，世間何事不悠悠。"
〔六〕 誰某：猶某某。蘇軾《石鼓歌》："欲尋年歲無甲乙，豈有名字記誰某。"

鳳銜杯

青琴消歇餐霞願〔一〕。心事托、素波深淺〔二〕。聽到笛聲三弄、腸千轉〔三〕。拚敲折、瑤釵短。　　露囊攜〔四〕，淚珠滿。塵凝處、碧花凄泫〔五〕。可惜雙飛錦雁、遙天畔。不見么弦斷〔六〕。

【注】

〔一〕 青琴：傳說中的女神名。《史記·司馬相如列傳》："若夫青琴宓妃之徒，絕殊離俗，姣冶嫺都。"司馬貞索隱引伏儼曰："青琴，古神女也。"亦泛指姣美的歌姬舞女。　　餐霞：餐食朝霞。指修仙學道。《漢書·司馬相如傳下》："呼吸沆瀣兮餐朝霞。"顏師古注引應劭曰："《列仙傳》陵陽子言：春（食）朝霞，朝霞者，日始欲出赤黃氣也。夏食沆瀣，沆瀣，北方夜半氣也。並天地玄黃之氣爲六氣。"曹植《驅車篇》："封者七十帝，軒皇元獨靈。餐霞漱沆瀣，毛羽被身形。"

〔二〕 "心事"句：曹植《洛神賦》："無良媒以接歡兮,托微波而通辭。"
〔三〕 笛聲三弄：古曲名。即梅花三弄。唐李郢《贈羽林將軍》詩："惟有桓伊江上笛,卧吹三弄送殘陽。"
〔四〕 露囊：即承露囊。古代民俗承接朝露以祈福的器具。唐封演《封氏聞見記·降誕》："玄宗開元十七年,丞相張説遂奏以八月五日降誕日爲千秋節,百寮有獻承露囊者。"
〔五〕 碧花：碧桃花或緑色的花,多指緑牡丹。吴文英《漢宫春》詞："春恨重,盤雲墜髻,碧花翻吐瓊盂。"
〔六〕 幺弦：小弦,指琵琶的第四弦,亦藉指琵琶。宋舒亶《千秋歲》詞："莫把幺弦撥,怨極弦能説。"

前　　調

狂花舞徹金篦顫〔一〕。誰更唱、一聲河滿〔二〕。惆悵定場時節、弦偏慢〔三〕。愁輕逐、歌喉斷〔四〕。　　晚寒侵,鬢蟬亂。空自障、扇羅羞面〔五〕。底事含淒猶説、相思淺。知否玉階怨〔六〕。

【注】

〔一〕 金篦：古代婦女的一種金質首飾。亦可用以梳髮。唐末薛昭藴《女冠子》詞："求仙去也,翠鈿金篦盡舍。"
〔二〕 河滿：即《河滿子》,詞牌名,也作《何滿子》。唐玄宗（李隆基）開元年間,一個叫何滿的犯人,臨就刑時進此曲以贖死罪,聲情哀怨,後來就以何滿的人名爲此曲名。
〔三〕 定場：古曲藝表演術語,猶壓場。演員技藝高超之謂。蘇軾《虞美人》詞："定場賀老今何在,幾度新聲改？"
〔四〕 歌喉斷：即歌喉聲斷,歌聲戛然而止。張孝祥《念奴嬌》詞："不盡山川,無窮煙浪,幸負秦樓約。漁歌聲斷,爲君雙淚傾落。"
〔五〕 扇羅：即羅扇,古紈扇之一種。清王廷鼎《杖扇新録》載：以素羅爲之,形如滿月,亦有腰圓、六角諸式,以絨線繡人物、花果,精細如畫。清代嘉慶、道光間,盛行於閨閣。
〔六〕 玉階怨：漢樂府《相和歌·楚調曲》名,屬宫怨題材的哀曲。如李白《玉階怨》："玉階生白露,夜久侵羅襪。卻下水晶簾,玲瓏望秋月。"

鳳銜杯

又一體

津亭殘笛咽疏煙。話相思、容易經年。倚檻南山晴翠、落樽前〔一〕。多少恨，滿離弦〔二〕。　　嘶騎晚，占春偏。勸斜暉、休促歌筵。難道燕迎(1)鶯笑、一番番〔三〕。便算客愁刪〔四〕。

【校】

（1）"迎"，有正本作"吟"。

【注】

〔一〕倚檻：猶倚欄。唐盧拱《江亭寓目》詩："江郭帶林巒，津亭倚檻看。水風蒲葉戰，沙雨鷺鶿寒。"
〔二〕離弦：離別時所奏樂曲。唐錢起《送宋徵君讓官還山》詩："紫霞開別酒，黃鶴舞離弦。"
〔三〕燕迎鶯笑：比喻歌兒舞女的歡笑。
〔四〕刪：消除。

相思兒令

輕放燕雛雙入〔一〕，花絮亂風(1)檐。多少定巢深意〔二〕，簾底苦呢喃。　　影事暗逗眉尖〔三〕。話游情、愁病相兼。可憐拋盡紅羅〔四〕，鷓鴣誰唱江南〔五〕。

【校】

（1）"風"，有正本作"空"。

【注】

〔一〕輕放：輕鬆灑脫貌。宋趙彥端《訴衷情》詞："江梅初試兩三花。人意競年華。春工未敢輕放，深院擁吳娃。"
〔二〕定巢：謂歸燕回到昔日舊巢安定下來。宋寇準《點絳唇》詞："定巢新燕。濕雨穿花轉。"
〔三〕影事:指往事。參見前《霓裳中序第一》(香斑認未)注。
〔四〕紅羅:紅色的輕軟絲織品。多用以製作婦女衣裙。唐施肩吾《抛纏頭詞》:"翠娥初罷繞梁詞,又見雙鬟對舞時。一抱紅羅分不足,參差裂破鳳凰兒。"
〔五〕"鷓鴣"句:唐鄭谷《席上貽歌者》詩:"花月樓臺近九衢,清歌一曲倒金壺。座中亦有江南客,莫向春風唱鷓鴣。"

撼庭秋

窺人弦月如夢〔一〕。乍短簫淒送。嗚嗚咽咽,高高下下,響沉寒重〔二〕。秋桐影暗,哀蛩聲斷,此情誰共。惹青衫殘恨〔三〕,還隨塞角,幾聲催(1)動。

【校】
(1)"催",有正本作"吹"。

【注】
〔一〕"窺人"句:蘇軾《虞美人》詞:"波聲拍枕長淮曉,隙月窺人小。"
〔二〕響沉寒重:駱賓王《在獄詠蟬》詩:"露重飛難進,風多響易沉。無人信高潔,誰爲表予心。"
〔三〕"青衫"句:白居易《琵琶行》詩:"座中泣下誰最多,江州司馬青衫濕。"

秋夜雨

晴雷萬丈驚冬蟄。重城雲氣如墨〔一〕。誰家春事換,有夢裏、屠蘇消得〔二〕。　月華幾日當頭近,想素娥、流照淒寂〔三〕。旗影風外織〔四〕。定怕問、人間今夕〔五〕。

【注】
〔一〕重城:指宮城、都城。李白《鼓吹入朝曲》:"搥鐘速嚴妝,伐鼓啓重城。"

〔二〕屠蘇：酒名。一名"屠酥"。據明代屠隆的《遵生八箋》記載，用大黃等七味中藥材泡製的藥酒，叫屠蘇。古代風俗，於農曆正月初一飲屠蘇酒。宗懍《荆楚歲時記》："'正月一日'長幼悉正衣冠，以次拜賀，進椒柏酒，飲桃湯，進屠蘇酒……次第從小起。"蘇轍《除日》詩："年年最後飲屠酥，不覺年來七十餘。"

〔三〕素娥：嫦娥，指月亮。晏幾道《清平樂》詞："別後幾番明月，素娥應是消魂。"

〔四〕織：紛亂糾結。李白《菩薩蠻》詞："平林漠漠煙如織，寒山一帶傷心碧。"

〔五〕定怕問句：蘇軾《水調歌頭》詞："不知天上宫闕，今夕是何年？……起舞弄清影，何似在人間。"

珍　珠　令

花間艇子來何暮〔一〕。迷煙霧。問桃葉、春江誰渡〔二〕。彈淚憶歌塵，剩清愁一縷。　　鬥草湔裙游事阻〔三〕。夢不到、舊逢歡處。愁訴。(1)正寂寞春城，花飛人去。

【校】

（1）檢《詞譜》，此調爲五十二字體，所錄張炎詞此處作"待留與、薄情知道。知道。"後"知道"二字爲複沓疊韻。半塘此詞則未。又此調《詞律》未收。檢《山中白雲詞》卷八，張炎此調計有五十字，無後一"知道"，且有小注曰："別本疊'知道'二字。"

【注】

〔一〕艇子：小船。辛棄疾《賀新郎》詞："艇子飛來生塵步，唾花寒，唱我新翻句。"

〔二〕桃葉：用東晉王獻之作歌送愛妾桃葉事。參見前《紅情》（橫塘煙羃）注。

〔三〕鬥草湔裙：參見前《應天長》（綠螺臨鏡）注及《鵲踏枝》（譜到陽關）注。

西 地 錦

寂寂玉屏寒冱〔一〕。悵斷魂誰訴。閉門我亦，忘飢槁卧〔二〕，底袁公千古〔三〕。　料得千巖一素〔四〕。正殘鱗飛舞〔五〕。冷浮虹氣〔六〕，雲迷鼇背〔七〕，問寒消何許。

【注】

〔一〕　寒冱：嚴寒凍結，極寒。冱，音"互"。唐陳岵《履春冰賦》："因潤下而生德，由寒冱以生姿。"《新唐書・西域傳下・識匿》："王居寒迦審城，北臨烏滸河。地寒冱，堆阜曲摺，沙石流漫。"

〔二〕　忘飢槁卧：《後漢書・袁安傳》李賢注引《汝南先賢傳》："時大雪積地丈餘，洛陽令自出案行，見人家皆除雪出，有乞食者；至袁安門，無有行路。謂安已死。令人除雪入户，見安僵卧，問何以不出。安曰：'大雪，人皆餓，不宜干人。'令以爲賢，舉爲孝廉也。"槁卧，如枯木般不動地躺著。

〔三〕　底：爲何。宋趙長卿《雨中花慢》詞："東君底事，無賴薄倖，著意殘害鶯花。"

〔四〕　千巖一素：吳文英《醜奴兒慢・觀雪》詞："看真色、千巖一素，天澹無情。"

〔五〕　殘鱗飛舞：宋張元《詠雪》詩："五丁仗劍決雲霓，直上天河下帝畿。戰罷玉龍三百萬，敗鱗殘甲滿天飛。"

〔六〕　虹氣：舊指天地的精氣。《詩・鄘風・蝃蝀》"蝃蝀在東"毛傳："蝃蝀，虹也。夫婦過禮，則虹氣盛。"

〔七〕　鼇背：藉指大海。劉禹錫《送源中丞充新羅册立使》詩："煙開鼇背千尋碧，日涼鯨波萬頃金。"

定 風 波

用(1)瞻園韻〔一〕。

愁裏清尊莫放停〔二〕。笑看伶錔是歸程〔三〕。繞樹奇鵑啼不止〔四〕。曾幾。舊時春色酒邊青。　　識字毫端通畫意,審音宎畔得宮聲[五]。活計安排支枕睡。誰醉。先生(2)無夢也無醒。

【校】
（1）"用",《定稿》光緒三十二年本作"和"。
（2）"先生",《清季四家詞》本《定稿》同,《定稿》光緒三十二年本、清名家詞本作"生先"。

【注】
〔一〕瞻園:張仲炘的號,其又號稚山、次珊。參見前《月華清》(望遠供愁)注。
〔二〕清尊:美酒。辛棄疾《念奴嬌》詞:"休説往事皆非,而今云是,且把清尊酌。醉裏不知誰是我,非月非雲非鶴。"
〔三〕伶鍤:用劉伶飲酒放曠事。參見前《點絳唇》(種豆爲萁)注。
〔四〕奇鵼:鳥名。即鬼車鳥。傳説中的九頭鳥。郭璞《江賦》:"若乃龍鯉一角,奇鵼九頭。"
〔五〕宎:音"叫",洞穴,此指笛孔。東漢馬融《長笛賦》:"庨宎巧老,港洞坑谷。"　　宮聲:五音中的宮音。也指宮聲調。《管子·幼官》:"君服黃色,味甘味,聽宮聲,治和氣。"《禮記·月令》"其音宮"漢鄭玄箋:"季夏之氣和則宮聲調。"

一　剪　梅

碎踏瓊瑤步有聲[一]。難得看山,雪後塵清。隨身笠屐識吟情。不爲看山,眼爲誰青[二]。　　萬疊晴嵐繞郭明[三]。舊日看山,歡若平生。橐駝風過雜塵腥[四]。今日看山,只合曹騰[五]。

【注】
〔一〕"碎踏"句:指在雪地行走發出聲響。
〔二〕眼爲誰青:意即爲誰投以喜歡的眼神。參見前《摸魚子》(對燕臺)注。
〔三〕郭:城牆。李白《送友人》詩:"青山橫北郭,白水繞東城。"
〔四〕"橐駝"句:指祖國河山經外敵入侵後,留下片片塵垢和血腥痕迹。

杜甫《哀王孫》詩:"昨夜東風吹血腥,東來橐駝滿舊都。"橐駝,駱駝。橐,音"駝"。

〔五〕薈騰:模模糊糊,神志不清。唐韓偓《馬上見》詩:"和裙穿玉鐙,隔袖把金鞭。去帶薈騰醉,歸成困頓眠。"

夜 厭 厭(1)

潑蟻綠雲堆盎〔一〕。裊回腸、氣隨春蕩。開門明月正當頭,更南枝、犯寒先放〔二〕。　詩膽大來天不讓〔三〕。只低頭、小鬟清唱〔四〕。對花憂樂管誰先,儘消磨、四條弦上〔五〕。

【校】

(1) 此調《詞譜》、《詞律》均不載,《全宋詞》第 134 頁有張先《夜厭厭》(昨夜小筵歡縱)一詞。格律可參照之。

【注】

〔一〕"潑蟻綠"句:指美酒滿罈。蟻綠,新釀造的酒,代指美酒。新釀的酒還未濾清時,酒面浮起酒渣和泡沫,色微綠,細如蟻,稱爲"綠蟻"或"蟻綠"。後世用以代指新出的酒,後引申指美酒。李清照《漁家傲》詞:"共賞金尊沉綠蟻。莫辭醉。此花不與群花比。"

〔二〕南枝:指梅花。參見前《河瀆神》(雲壓雁風)注。

〔三〕"詩膽"句:唐劉叉《自問》詩:"酒腸寬似海,詩膽大於天。"

〔四〕小鬟:小髮髻,孩童的髮髻。代稱小婢。李賀《追賦畫江潭苑》詩:"小鬟紅粉薄,騎馬佩珠長。"

〔五〕四條弦:指琵琶。唐王建《宮詞》詩:"紅蠻杆撥貼胸前,移坐當頭近御筵。用力獨彈金殿響,鳳凰飛下四條弦。"

七 娘 子

眉間彩雁驚飛後〔一〕。理修蛾、著意春山鬥〔二〕。粉蝶香輕,玉蟲花瘦〔三〕。肯將新恨牽羅袖。　花間影事休回首。甚香囊、還似年時扣〔四〕。壓綫從今〔五〕,憑君記取。天吳舊樣殷勤繡〔六〕。

【注】

〔一〕 "眉間"句：指歡笑時雙眉閃動如雁飛。
〔二〕 修蛾：修長的眉毛。柳永《尉遲杯》詞："天然嫩臉修蛾，不假施朱描翠。"　　春山：春日山色黛青，因喻指婦人姣好的眉毛。李商隱《代董秀才卻扇》詩："莫將畫扇出帷來，遮掩春山滯上才。"
〔三〕 玉蟲：喻燈花。韓愈《詠燈花同侯十一》："黃裏排金粟，釵頭綴玉蟲。更煩將喜事，來報主人公。"毛滂《臨江仙》詞："曲終誰見枕琴眠。香殘虯尾細，燈暗玉蟲偏。"
〔四〕 香囊：盛香料的小囊。佩於身或懸於帳以爲飾物。秦觀《滿庭芳》詞："香囊暗解，羅帶輕分。漫贏得青樓，薄倖名存。"　　扣：繡花法之一，即扣繡。此句謂香囊一如舊時，未曾使用過。
〔五〕 壓綫：謂刺繡縫紉時按壓針綫。唐秦韜玉《貧女》詩："苦恨年年壓金綫，爲他人作嫁衣裳。"後以"壓綫"比喻徒爲別人辛苦忙碌。
〔六〕 "天吳"句：杜甫《北征》詩："牀前兩小女，補綻才過膝。海圖坼波濤，舊繡移曲摺。天吳及紫鳳，顛倒在短褐。"天吳，水神名。《山海經·海外東經》："朝陽之谷，神曰天吳，是爲水伯。"《山海經·大荒東經》："有神人，八首人面，虎身十尾，名曰天吳。"

錦　帳　春

中酒光陰〔一〕，傷春懷抱。亂紅促、啼鶯聲老。雨飄花，風捲絮，剩閒情多少。篆香猶裊。　　掛壁新弦〔二〕，題襟別調〔三〕。算舊日、踏摇聲好〔四〕。綠塵飛，璫劄報〔五〕。惹暗愁凄悄。倚闌西笑。

【注】

〔一〕 中酒：醉酒。岑參《與獨孤漸道別長句兼呈嚴八侍御》詩："中酒朝眠日色高，彈棋夜半燈花落。"
〔二〕 掛壁新弦：指掛在壁上的新琴。宋洪适《滿庭芳》詞："堪歎雲和（按：即"琴"）掛壁，弦半絶、鼠齧龍池。"
〔三〕 題襟：謂詩文唱和抒寫懷抱。《新唐書·藝文志四》載晚唐溫庭筠、段成式、余知古相互唱和所輯成的《漢上題襟集》十卷。後遂有"題襟"之説。清錢謙益《和東坡西臺詩韻》之二："肝腸迸裂題襟友，血淚模糊織錦妻。"
〔四〕 踏摇：即踏摇娘。南北朝及唐代雜以歌舞表演之散樂。《舊唐書·

音樂志二》："踏搖娘，生於隋末。隋末河内有人貌惡而嗜酒，常自號郎中，醉歸必毆其妻。其妻美色善歌，爲怨苦之辭。河朔演其曲而被之弦管，因寫其妻之容。妻悲訴，每搖頓其身，故號《踏搖娘》。近代優人頗改其制度，非舊旨也。"後藉指歌女。

〔五〕璫劄報：以首飾和書信回復。璫，古代婦女的耳飾。劄，又作"札"，謂古代書寫用的小而薄的木片，藉指書信。李商隱《春雨》："玉璫緘札何由達，萬里雲羅一雁飛。"

前　　調

冷月鳴笳〔一〕，朔風吹草。歎轉首、夢華多少〔二〕。倚殘枰〔三〕，吹短笛，自憑闌舒嘯〔四〕。不如歸好。　斗外城懸〔五〕，眼中人老。酒醒處、厭聞啼鳥。鍤埋伶〔六〕，詩祭島〔七〕。算此時情抱。問渠知道。

【注】

〔一〕鳴笳：吹奏笳笛。古代貴官出行，前導鳴笳以啓路；古戰場亦作進軍之號。曹丕《與朝歌令吴質書》："從者鳴笳以啓路，文學托乘於後車。"

〔二〕夢華：指美夢。《全唐詩》卷八六三《會真詩（楊敬真）》："人世徒紛擾，其生似夢華。誰言今昔裏，俯首視雲霞。"

〔三〕殘枰：下殘的棋局。枰，棋盤别稱。陸游《秋懷》十首之五："活火常煎茗，殘枰静拾棋。"

〔四〕舒嘯：放聲長嘯。陶潛《歸去來兮辭》："登東皋以舒嘯，臨清流而賦詩。"

〔五〕斗外句：唐蘇頲《奉和春日幸望春宫應制》詩："宫中下見南山盡，城上平臨北斗懸。"

〔六〕鍤埋伶：用晉劉伶飲酒放曠事。參見前《點絳唇》（種豆爲萁）注。

〔七〕詩祭島：用賈島祭詩事。參見前《沁園春》（詞汝來前）注。

調笑轉踏(1)

巴黎馬克格尼爾〔一〕

妾家高樓官道旁。山茶紅白分容光〔二〕。願作鴛鴦爲情死，托身不願邯鄲倡〔三〕。浮雲柳絮無根蒂。情絲宛轉終難繫。漫道郎情似海深,不抵巴尼半江水〔四〕。　江水。恨無已。淚盡題瓊書一紙〔五〕。紅香踠地塵難洗。淒絕名花輕委〔六〕。臉紅斷盡銅花底〔七〕。日夕明霞還起〔八〕。

【校】

（１）　此調《詞譜》與《詞律》均不載。曾慥《樂府雅詞》卷上録有鄭彥能此體,分詠十二女子,體式稍異。

【注】

〔一〕　馬克格尼爾：法國小仲馬著《茶花女》小説之女主人公名,今通譯作瑪格麗特。
〔二〕　山茶句：指茶花女愛插山茶花爲飾。
〔三〕　邯鄲倡：指歌伎。戰國時趙國產歌伎,趙都邯鄲,故以"邯鄲倡"稱趙國的歌伎。《古樂府·相逢狹路間》："堂上置樽酒,使作邯鄲倡。"《茶花女》小説之男主人公阿爾芒誤會自己心愛的戀人瑪格麗特,曾生氣地辱罵瑪格麗特是"無情無義的娼婦"。此句以茶花女的口吻,發誓來世托身,也不願再做妓女。
〔四〕　"漫道"二句：譴責阿爾芒,曾對茶花女表白自己情深似海,但遇到挫折,卻不能夠堅定不移地信賴對方,其情還不如塞納河的半江水,甭説"似海深"了。巴尼,即巴黎。其城市主要河道爲塞納河。
〔五〕　淚盡題瓊：善良的瑪格麗特在戀人阿爾芒父親的冷酷狡詐的欺騙下,迫不得已流盡悲愴的淚水,給戀人阿爾芒寫絕交信,阿爾芒卻誤會了瑪格麗特,這封信斷送了兩位青年的真摯的愛情,也釀成讓茶花女致命的悲慘結局。題瓊,指寫信。瓊,喻色澤晶瑩如瓊之信箋。前蜀毛文錫《贊浦子》詞："宋玉《高唐》意,裁瓊欲贈君。"
〔六〕　"紅香"二句：謂艷紅芬芳的茶花女被齷齪冷酷的現實玷污委屈而慘遭荼毒。紅香,代指茶花女。踠地,屈曲斜垂著地貌。踠,音"宛"。庾信《楊柳歌》："河邊楊柳百丈枝,別有長條踠地垂。"
〔七〕　"臉紅"句：指瑪格麗特得了肺病,照鏡見到自己臉色潮紅,逐漸轉而臉色蒼白,最後在銅鏡前了斷餘生,孤寂死去。
〔八〕　"日夕"句：謂茶花女死後,太陽照舊升起又落下,世界還是原來老樣子。表達出詞人對世態炎涼的深沉喟嘆。

山　花　子

天外冥鴻不可招[一]。十年心跡負團瓢[二]。老境蒼寒誰慰藉,月輪高。　　懶到冬山惟耐睡[三],愁呼濁酒等閒澆[四]。賴有梅梢春信逗,兩三椒[五]。

【注】

〔一〕冥鴻:高飛的鴻雁。揚雄《法言·問明》:"鴻飛冥冥,弋人何篡焉。"李軌注:"君子潛神重玄之域,世網不能制禦之。"後因以"冥鴻"喻避世隱居之士。陸龜蒙《和寄題羅浮軒轅先生所居》詩:"暫應青詞爲冗鳳,卻思丹徼伴冥鴻。"西漢淮南王劉安的門客淮南小山有《招隱士》一篇。

〔二〕團瓢:尖頂圓形草屋,又稱團焦、團巢。元馬致遠《任風子》雜劇第四折:"編四圍竹寨籬,蓋一座草團瓢。"此謂隱士陋居。

〔三〕冬山惟耐睡:宋郭熙《山水訓》:"真山水之煙嵐,四時不同。春山澹冶而如笑,夏山蒼翠而如滴,秋山明淨而如妝,冬山慘澹而如睡。"

〔四〕濁酒:農家村釀渾酒。杜甫《登高》詩:"艱難苦恨繁霜鬢,潦倒新停濁酒杯。"

〔五〕"賴有"二句:周密《法曲獻仙音》詞:"松雪飄寒,嶺雲吹凍,紅破數椒春淺。"椒,指梅花(梅中有椒萼梅)含苞未放,其形如椒。朱敦儒《鷓鴣天》詞:"前日尋梅椒樣綴,今日尋梅蜂已至。"

玉樹後庭花

用安陸韻[一]。

歌雲著意香紅鬥[二]。繡簾晴晝。誰教送客留髠[三],便醉腸論斗。　　屏山影換人非舊。惜春中酒。襪羅隨步塵生[四],早愁牽別後。

【注】

〔一〕安陸:北宋詞人張先,曾任安陸縣的知縣,人稱"張安陸"。《全宋詞》僅存《玉樹後庭花》一首，即張先的作品。其詞云："華燈火樹紅相鬥。往來如晝。橋河水白天青，訝別生星斗。　落梅穠李還依舊。寶釵沽酒。曉蟾殘漏心情，恨雕鞍歸後。"

〔二〕歌雲：參見前《燭影搖紅》（別夢西園）注。

〔三〕"誰教"二句：《史記·滑稽列傳·淳于髡》："威王大悅，置酒後宮，召髡賜之酒，問曰：'先生能飲幾何而醉？'對曰：'臣飲一斗亦醉，一石亦醉。'威王曰：'先生飲一斗而醉，惡能飲一石哉？其說可得聞乎？'髡曰：'賜酒大王之前，執法在傍，御史在後，髡恐懼俯伏而飲，不過一斗徑醉矣……日暮酒闌，合尊促坐，男女同席，履舄交錯，杯盤狼藉，堂上燭滅，主人留髡而送客，羅襦襟解，微聞香澤，當此之時，髡心最歡，能飲一石。'"

〔四〕"襪羅"句：曹植《洛神賦》："凌波微步，羅襪生塵。"

前　　調

十年薄倖何曾覺〔一〕。夢迷清曉。枕邊一曲山香〔二〕，訝清歌入妙。　紅巾花外銜飛鳥〔三〕。暗憐春好。屧廊偷認雙鴛〔四〕，羨玉階芳草。

【注】

〔一〕十年薄倖：杜牧《遣懷》詩："十年一覺揚州夢，贏得青樓薄倖名。"

〔二〕一曲山香：指《舞山香》曲。參見前《高陽臺》（柳外青旗）注。

〔三〕"紅巾"句：杜甫《麗人行》詩："楊花雪落覆白蘋，青鳥飛去銜紅巾。"

〔四〕"屧廊"句：吳文英《八聲甘州·陪庾幕諸公游靈巖》詞："時靸雙鴛響，廊葉秋聲。"屧廊，指響屧廊。春秋時吳王宮中的廊名。遺址在今江蘇省蘇州市西靈巖山。范成大《吳郡志·古跡》："響屧廊，在靈巖山寺。相傳吳王令西施輩步屧，廊虛而響，故名。今寺中以圓照塔前小斜廊為之，白樂天亦名'鳴屧廊'。"屧，音"謝"。木板拖鞋。

八　寶　裝(1)

錦屏山曲親展處〔一〕。新寒重，殷勤護。正暖(2)回紅袖。玉蟲影暗〔二〕，麝熏添炷。　淺吟簾底風催度。還容易、詩聲誤。是漏侵瓊管，不關素月，背花偷覷〔三〕。

【校】

（1）此調《詞譜》、《詞律》均未收。《全宋詞》第 124 頁載張先《八寶裝》（錦屏羅幌初睡起）詞可參校。

（2）"暖",有正本作"軟"。

【注】

〔一〕"錦屏"句：指把折疊的屏風展開。

〔二〕玉蟲：喻蠟炬或油燈之光焰。陸游《燕堂東偏一室夜讀書其間戲作》詩之二："油減玉蟲暗,灰深紅獸低。"

〔三〕"是漏"三句：夜深了,玉笛聲中,没被雲兒遮擋的月亮,似隔著梅花偷偷注視著吹笛的人。瓊管,玉笛。唐劉允濟《經廬嶽》詩："池樹宣瓊管,風花亂珠箔。"

鬥　雞　回(1)

年年花底,長恐酬春淺。竹杖攜,提壺唤〔一〕。布襪青鞋,笑呼山作伴〔二〕。　　吟邊漫憶清歡〔三〕,空對暮山蒽茜〔四〕。怯憑闌、人不見。玉笛聲聲,那消愁一半。

【校】

（1）此調《詞譜》、《詞律》均不載。

【注】

〔一〕提壺：即鵜鶘,水鳥名。在水中游動時,常發出粗啞的叫聲。

〔二〕"笑呼"句：周紫芝《蘇幕遮》詞："老相邀、山作伴。千里西來,始識廬山面。"

〔三〕清歡：清閒悠游、淡雅恬適的快樂。蘇軾《浣溪沙》詞："雪沫乳花浮午盞,蓼茸蒿筍試春盤。人間有味是清歡。"

〔四〕蒽茜：青綠色。江淹《顔特進延之侍宴》詩："青林結冥蒙,丹巘被蒽茜。"

摘 紅 英

春消息。枝南北。醉吟幾費何郎筆[一]。寒雲釀。吳波蕩[二]。擬托輕鷗，問花無恙[三]。　關山隔。愁橫笛。隴頭人去春無色[四]。青羅帳。橫枝樣[五]。片時清夢，黃昏月上[六]。

【注】

〔一〕 "春消息"三句：柳永《傾杯樂》詞："楚梅映雪數枝豔，報青春消息。年華夢促，音信斷、聲遠飛鴻南北。"南朝梁何遜《早梅》（詩題亦作《揚州法曹梅花盛開》）詩："兔園標物序，驚時最是梅。銜霜當路發，映雪擬寒開。枝橫卻月觀，花繞凌風臺。朝灑長門泣，夕駐臨邛杯。應知早飄落，故逐上春來。"何郎，指何遜。他喜歡梅花，寫作較多詠梅詩。
〔二〕 吳波：范成大《念奴嬌》詞："吳波浮動，看中流翻月，半江金碧。"
〔三〕 花無恙：劉過《六州歌頭》詞："但瓊花無恙，開落幾經秋。故壘荒丘。似含羞。"
〔四〕 隴頭人：參見前《一萼紅》（短牆隈）注。
〔五〕 橫枝樣：林逋《山園小梅》詩："疏影橫斜水清淺。"
〔六〕 黃昏月：陳亮《小重山》詞："小樓愁倚畫闌東。黃昏月，一笛碧雲風。"林逋《山園小梅》詩："暗香浮動月黃昏。"

慶 金 枝(1)

花殘月缺時[一]。倚閒醉、覓新題。斷雲巫峽影參差。愁黛浸明漪[二]。　海棠開後春紅薄[三]，香蝶夢、醒猶迷[四]。明朝花底玉驄嘶[五]。應是帶愁歸[六]。

【校】

（1） 此調《詞律》不載。半塘此詞及後首上片第三句均用韻，與《詞譜》卷七載無名氏《慶金枝》（莫惜金縷衣）一體稍異。

【注】

〔一〕花殘月缺：與"春花秋月"之良辰美景反其意而用之，以逗出一篇之"愁"旨。

〔二〕"愁黛"句：因人發愁，覺得巫山似將含愁帶恨的倒影映在明靜的江水中。愁黛，猶愁眉。此處用對象化審美的移情手法喻巫山。明漪，明净的漣漪，指江水。

〔三〕海棠開後：周邦彥《燭影搖紅》詞："海棠開後，燕子來時，黄昏庭院。"李清照《好事近》詞："長記海棠開後，正是傷春時節。"

〔四〕"香蝶夢"句：參見前《醉落魄》(長懷無著)注。

〔五〕玉驄嘶：參見前《木蘭花慢》(鳳城挑菜)注。

〔六〕帶愁歸：辛棄疾《滿江紅》詞："問春歸、不肯帶愁歸，腸千結。"

前　　調

香紅和夢飛。問誰解、是相思。短枰留得半殘棋。消受酒醒時。　　丙丁帖子匆匆畫〔一〕，怕晴雨、尚難知。籠鶯玉鎖隔花迷〔二〕。春恨覺來遲。

【注】

〔一〕丙丁帖子：求晴帖。朱敦儒《清平樂》詞："畫個丙丁帖子，前階後院求晴。"

〔二〕"籠鶯"句：吴文英《法曲獻仙音》詞："料鸚籠玉鎖，夢裏隔花時見。"玉鎖，鎖的美稱。

花　上　月　令

屏山如夢凍雲流〔一〕。解遮斷，幾分愁。等閒吟嘯誰知得，有輕鷗〔二〕。人海裏，泛虚舟〔三〕。　　得失未須詢季主〔四〕，慵畫虎〔五〕，任呼牛〔六〕。南樓風月知多少，歎淹留〔七〕。都付與、少年游。

【注】

〔一〕凍雲：嚴冬的陰雲。秦觀《青門引》詞："塞草西風，凍雲籠月，窗外曉寒輕透。"

〔二〕"等閒"二句：謂沒有機心的鷗鳥是自己的知己。

〔三〕虛舟：漫無目的、任其漂流的舟楫。常比喻人事飄忽,播遷無定。高適《同薛司直諸公秋霽曲江俯見南山作》詩："片雲對漁父,獨鳥隨虛舟。"

〔四〕季主：漢代卜筮者司馬季主。《史記·日者列傳》："司馬季主者,楚人也。卜於長安東市。"後用以指代卜筮者。晉張協《雜詩》之四："歲暮懷百憂,將從季主卜。"

〔五〕畫虎：比喻仿效失真,反而弄得不倫不類。參見前《沁園春》(詞汝來前)注。

〔六〕任呼牛：《莊子·天道》："昔者子呼我牛也,而謂之牛；呼我馬也,而謂之馬。"後以"呼牛呼馬"指毀譽由人,悉聽自然。

〔七〕"南樓"二句：晏幾道《虞美人》詞："南樓風月長依舊,別恨無端有。倩誰橫笛倚危闌。今夜落梅聲裏、怨關山。"

茶瓶兒

夢入江南天大〔一〕。逗花風、玉梅香妥〔二〕。嫩寒籬落偎雲臥。被翠羽、一聲啼破〔三〕。　滿目緇塵愁坐〔四〕。話行藏、磨驢還我〔五〕。江湖不是無煙舸〔六〕。歎作計、向來真左〔七〕。

【注】

〔一〕夢入江南：晏幾道《蝶戀花》詞："夢入江南煙水路。行盡江南,不與離人遇。睡裏消魂無説處。覺來惆悵消魂誤。"

〔二〕妥：妥當,正是時候。

〔三〕翠羽：翠鳥。顧況《芙蓉榭》詩："文魚翻亂葉,翠羽上危欄。"

〔四〕緇塵：黑色灰塵,塵霾。張炎《徵招》詞："京洛染緇塵,悠然意,獨對南山一笑。"

〔五〕行藏：《論語·述而》："用之則行,舍之則藏。"意謂被任用就出仕,不被任用就退隱。後遂用"行藏"指行跡、出處。　磨驢：拉磨之驢。指愚魯。蘇軾《伯父送先人下第歸蜀》詩："人稀野店休安枕,路入靈關穩跨驢。"又《安節將去,為誦此句,因以為韻,作小詩十四首送之》詩："應笑謀生拙,團團如磨驢。"

〔六〕煙舸：謂歸隱江湖所乘小船。陸游《桃源憶故人》詞："萬里江湖煙舸。脫盡利名韁鎖。世界元來大。"
〔七〕 左：不恰當，偏頗。

前　　調

凍碧連雲愁鎖〔一〕。曝晴檐、裹頭深坐〔二〕。曉來鴻雁南樓過。問露比、霜寒知麼。　　夢殘不恢重作〔三〕。倚危弦、自歌誰和〔四〕。斷襟認取潛痕涴〔五〕。記按徹、念家山破〔六〕。

【注】

〔一〕 凍碧：冰凍的江河湖泊之屬。杜牧《奉和僕射相公，春澤稍愆，聖君軫慮，嘉雪忽降，品彙昭蘇，即事書成四韻》詩："飄來雞樹鳳池邊，漸壓瓊枝凍碧漣。"
〔二〕 裹頭：裹紮頭巾；用布巾等包頭防凍。白居易《姚侍御見過，戲贈》詩："晚起春寒慵裹頭，客來池上偶同游。"
〔三〕 不恢：不願，不想。恢，音"先"。
〔四〕 危弦：急弦，高弦。晉張協《七命》："撫促柱則酸鼻，揮危弦則涕流。"李善注："鄭玄《論語》注曰：'危，高也。'侯瑾《箏賦》曰：'急弦促柱，變調改曲。'陸機《前緩歌行》曰：'大客揮高弦。'意與此同也。"李商隱《戲贈張書記》詩："危弦傷遠道，明鏡惜紅顏。"
〔五〕 斷襟：形容衣衫破舊狀。吳文英《三姝媚》詞："漬春衫、啼痕酒痕無限。又客長安，歎斷襟零袂，涴塵誰浣。"
〔六〕 念家山破：詞牌名。李煜自度曲。今失傳。宋馬令《南唐書·後主紀》："舊曲有《念家山》，王親演爲《念家山破》，其聲焦殺，而其名不祥，乃敗徵也。"清吳偉業《題冒辟疆名姬董白小像》詩之六："念家山破定風波，郎按新詞妾唱歌，恨殺南朝阮司馬，累儂夫婿病愁多。"

唐　多　令

衰草。和穗平〔一〕。

難剗是愁根〔二〕。連天沒燒痕〔三〕。漫萋萋、回首青門〔四〕。陌上銅駝如解語^[五],定相向、怨王孫。　　別恨共誰論。憑高空斷魂。更無煩、臘鼓催春^[六]。不見潛行悲杜老,曲江上、幾聲吞^[七]。

【注】

〔一〕 穗平:于齊慶(1856—1919),字安甫,號穗平,又號海帆,江都(今江蘇揚州市)人。光緒十二年(1886)進士,官至廣東布政使。有《小尋暢樓詩餘》一卷。
〔二〕 愁根:仇恨的根源。唐杜荀鶴《途中春》詩:"酒力不能久,愁根無可醫。"
〔三〕 燒痕:野火後留下的痕跡。蘇軾《正月二十日往岐亭》詩:"稍聞決決流冰谷,盡放青青沒燒痕。"
〔四〕 青門:參見前《金鳳鉤》(孤山昨夢)注。
〔五〕 銅駝:《晉書·索靖傳》:"靖有先識遠量,知天下將亂,指洛陽宮門銅駝,歎曰:'會見汝在荆棘中耳!'"
〔六〕 臘鼓:參見前《一萼紅》(占春陽)注。
〔七〕 "不見"二句:杜甫《哀江頭》詩:"少陵野老吞聲哭,春日潛行曲江曲。"此以安史之亂喻清庚子之亂。

江月晃重山

舞態筵前鴝鵒^[一],歌聲塞上琵琶。帝城雲樹亂昏鴉。低徊處,如掌雪飛花^[二]。　　詩袖飄零淚墨,醉鄉慘澹風沙。酒腸芒角自槎枒^[三]。無人會,空壁掃秋蛇^[四]。

【注】

〔一〕 "舞態"句:《晉書·謝尚傳》:"(謝尚)始到府通謁,導以其有勝會,謂曰:'聞君能作鴝鵒舞,一坐傾想,寧有此理否?'尚曰:'佳。'便著衣幘而舞。導令坐者撫掌擊節;尚俯仰在中,傍若無人,其率詣如此。"鴝鵒,音"渠玉",亦作"鸜鵒"。鳥名。俗稱八哥。
〔二〕 如掌雪:喻雪花甚大。唐羅鄴《大散嶺》詩:"過往長逢日色稀,雪花如掌撲行衣。"
〔三〕 "酒腸"句:指喝酒後鋒芒畢露。參見前《沁園春》(詞汝來前)注。槎枒,即槎牙。形容錯落不齊之狀。此指胸懷不平。

〔四〕"空壁"句：在牆壁上揮毫題字。秋蛇，喻書法拙劣，婉曲無狀。語出《晉書·王羲之傳論》："（蕭子雲）僅得成書，無丈夫之氣，行行若縈春蚓，字字如綰秋蛇。"蘇軾《龍尾硯歌》："麤言細語都不擇，春蚓秋蛇隨意畫。"

醉垂鞭

抱膝漫長吟〔一〕。高閣上。憑闌望。寒碧暮山深。依依傷客心。　梅花應念我。香初破。碧溪潯〔二〕。誰與證疏襟〔三〕。無弦壁上琴〔四〕。

【注】

〔一〕"抱膝"句：《三國志·蜀書·諸葛亮傳》"亮躬耕壟畝，好爲《梁父吟》。"裴松之注引三國魏魚豢《魏略》："每晨夕從容，常抱膝長嘯。"抱膝，抱膝而坐，有所思貌。

〔二〕潯：水邊。

〔三〕疏襟：疏放閒散的懷抱。杜甫《上後園山腳》詩："曠望延駐目，飄搖散疏襟。潛鱗恨水壯，去翼依雲深。"

〔四〕無弦：《晉書·陶潛傳》："（潛）性不解音，而蓄素琴一張，弦徽不具。每朋酒之會，則撫而和之曰：'但識琴中趣，何勞弦上聲。'"

浪淘沙

自題《庚子秋詞》後〔一〕。

華髮對山青〔二〕。客夢零星。歲寒濡呴慰勞生〔三〕。斷盡愁腸誰會得，哀雁聲聲。　心事共疏檠〔四〕。歌斷誰聽。墨痕和淚漬清冰。留得悲秋殘影在〔五〕，分付旗亭〔六〕。

【注】

〔一〕庚子秋詞：庚子年（1900）八國聯軍入侵北京，半塘與朱祖謀、劉福姚集宣武門外教場頭條胡同寓宅，相約填詞，成《庚子秋詞》二卷。

〔二〕"華髮"句：意即白髮對青山，感慨年歲老去而事業蹉跎。吳文英

《八聲甘州》詞:"問蒼波無語,華髮奈山青。"

〔三〕 濡呴:《莊子·大宗師》:"泉涸,魚相與處於陸,相呴以濕,相濡以沫。"後遂以呴濡(音"許如")比喻人與人之間相互慰藉,互相救助。此謂他們三人在國難中唱和,相互慰勉。　　勞生:《莊子·大宗師》:"夫大塊載我以形,勞我以生,佚我以老,息我以死。"後以"勞生"指辛苦勞累的生活。唐張喬《江南別友人》詩:"勞生故白頭,頭白未應休。"

〔四〕 疏檠:雕刻有花紋的燈架。指燈。

〔五〕 悲秋殘影:喻指半塘與朱祖謀、劉福姚等人唱和所輯成的《庚子秋詞》。

〔六〕 旗亭:參見前《徵招》(周情柳思)注。

春蟄吟

燕 山 亭

寄題叔問薊門秋柳圖〔一〕。

清角無端,吹起暗愁,一霎闌干催暮。回首舊游,漫想熏風,披拂萬千絲縷〔二〕。似此凋零,甚猶信、夕陽紅嫵。人去。又笛裏關山〔三〕,舊情輕訴。　誰道容易春歸,怕芳事難憑,岸容悽楚。輕煙巷陌,暖絮簾櫳。嬌春玉驄何處〔四〕。付與蘭成,寫恨滿、漢南愁句〔五〕。知否。殘夢裏、纖腰還舞〔六〕。

【注】

〔一〕 叔問:鄭文焯。參見前《鶯啼序》(無言畫闌)注。　薊門:參見前《西河》(游俠地)注。

〔二〕 "披拂"句:指夏天無數柳條被風吹動。《莊子·天運》:"風起北方,一西一東,有上彷徨,孰噓吸是?孰居無事而披拂是?"成玄英疏:"披拂,猶扇動也。"

〔三〕 笛裏關山:姜夔《霓裳中序第一》詞:"沉思年少浪跡。笛裏關山,柳下坊陌。墜紅無信息。"

〔四〕 嬌春玉驄:參見前《木蘭花慢》(鳳城挑菜)注。

〔五〕 "付與"二句:參見前《月中行》(溪山猶是)注。

〔六〕 "纖腰"句:宋陳允平《解蹀躞》詞:"岸柳飄殘黄葉,尚學纖腰舞。"

八聲甘州

寄酬瞻園[一]

撫危闌彈淚寄飛鴻,飄零不成行。甚遙天書尺,空山風雨,一例魂傷。休問酒邊日月,醉醒總殊鄉。逼仄風塵裏[二],慚愧庚桑[三]。　回首凫潭歡事[四],認短襟剩墨,何限思量。只西山斜日,依舊到簾黃。倚長風、幾回歌哭,歎酒徒、無處覓高陽[五]。別來意、算銅華底[六],霜信催忙[七]。

【注】

〔一〕 瞻園:張仲炘的號,其又號稚山、次珊。參見前《月華清》(望遠供愁)注。
〔二〕 逼仄:猶狹窄。唐李邕《鬥鴨賦》:"逼仄兮掔曳,聯翩兮踢躍。"
〔三〕 慚愧庚桑:據《莊子·庚桑楚》,庚桑楚為老聃之徒,提倡絕聖棄智,注重無為。
〔四〕 凫潭歡事:與瞻園同游京城名勝事。凫潭,指野凫潭。在今北京陶然亭公園内。
〔五〕 "歎酒徒"句:《史記·酈生陸賈列傳》:"初,沛公引兵過陳留,酈生踵軍門上謁⋯⋯使者出謝曰:'沛公敬謝先生,方以天下為事,未暇見儒人也。'酈生瞋目案劍叱使者曰:'走!復入言沛公,吾高陽酒徒也,非儒人也。'"後用"高陽酒徒"指嗜酒而放蕩不羈的人。
〔六〕 銅華:指銅鏡。吳文英《尉遲杯》詞:"臨池笑靨,春色滿、銅華弄妝影。"
〔七〕 霜信:原指秋天信息,此喻頭髮發白。葉夢得《水調歌頭》詞:"秋色漸將晚,霜信報黃花。"

尉遲杯

次漚尹寄弟韻[一]

和愁憑。檻曲冷。迤邐斜陽影。淒迷一角殘山,心事遙天催暝。飛鴻送響,驚獨客、空堂酒初醒[二]。颭清霜、幾葉宫槐,亂鴉如墨棲定。　誰念舊日神州,看青暗、齊煙九點寒凝[三]。清渭東流無消息[四],衰淚與、銀瓶水迸[五]。長歌斷、悲風自發,正塵黯、銅駝泣露梗[六]。問柴桑、甚日歸來,就荒空憶三徑[七]。

【注】

〔一〕漚尹寄弟:朱祖謀弟名重叔,其時已自京還里,故朱氏有寄弟之作。詞云:"危闌憑。看一點、南去飄鴻影。秋聲萬葉霜乾,天角陰雲籠暝。孤衾夜擁,殘燭颭、參差客愁醒。又爭知、痛哭蒼煙,野風獨樹吹定。　應念北斗金華,空腸斷、妖星戰氣猶凝。心定寒灰都無著,將恨與、哀筋亂迸。何時送、雲帆海角,更倩傍、天涯泣斷梗。問何如、杜曲吞聲,紫荆吹老山徑。"(據朱祖謀《彊邨詞剩稿》卷一《尉遲杯·今年烽火中促舍弟重叔南歸倚聲爲別慘不成章天寒歲晏稍得消息偶憶斷句足成此詞潁濱對牀之思杜陵書到之痛重叔讀之當亦汍瀾之橫集也》)

〔二〕"空堂"句:辛棄疾《哨遍》詞:"正商略遺篇,翩然顧笑,空堂夢覺題秋水。"

〔三〕齊煙九點:李賀《夢天》詩:"遙望齊州九點煙,一泓海水杯中瀉。"齊州,猶中州。指中國。

〔四〕"清渭"句:杜甫《哀江頭》詩:"明眸皓齒今何在,血污遊魂歸不得。清渭東流劍閣深,去住彼此無消息。"

〔五〕銀瓶水迸:白居易《琵琶行》:"銀瓶乍破水漿迸,鐵騎突出刀槍鳴。"

〔六〕"銅駝"句:喻戰亂後的北京城一派破敗景像。《晉書·索靖傳》:"靖有先識遠量,知天下將亂,指洛陽宮門銅駝,歎曰:'會見汝在荆棘中耳!'"露梗,經過霜露的帶刺草木。

〔七〕"問柴桑"二句:指何時才能像陶淵明那樣歸隱故鄉。柴桑,藉指陶淵明。因其故里在柴桑,故稱。陶潛《歸去來兮辭》:"三徑就荒,松菊猶存。"

綺寮怨

忍庵爲題《春明感舊圖》[一],依調約漚尹重作。於時瑟軒下世亦已數年[二],舊時吟侶盡矣。黃公壚下[三],往事消魂,況益以新亭涕淚耶[四]。

瞥眼秋雲何在,倚風心暗驚。更短角、訴盡邊愁〔五〕,平蕪渺、淚接孤城〔六〕。當時花前俊約,空回首、夜笛飛恨聲〔七〕。感夢華、影事依依,紅牙按、舊曲誰共聽〔八〕。　　對鏡自傷瘦生〔九〕。夷歌數起〔一〇〕,翻憐醉魄騎鯨〔一一〕。暮色零星。剩山意、向人青〔一二〕。淒涼袖中詩卷,尚偎影、共疏燈。愁懷倦醒。闌干舊憑處,塵正凝。

【注】

〔一〕　忍庵:劉福姚號忍庵。參見前《高陽臺》(柳外青旗)注。

〔二〕　瑟軒:彭鑾字瑟軒。參見前《摸魚子》(鎮無聊)注。

〔三〕　黃公壚:劉義慶《世說新語·傷逝》載:"(王濬沖)乘軺車,經黃公酒壚下過,顧謂後車客:'吾昔與嵇叔夜、阮嗣宗共酣飲於此壚……自嵇生夭、阮公亡以來,便為時所羈紲。今日視此雖近,邈若山河。'"後世因用"黃壚"作悼念亡友之辭。

〔四〕　新亭涕淚:指憂國傷時之情。參見前《鶯啼序》(無言畫闌)注。

〔五〕　短角:古軍中樂器,吹角之一種。元胡天游《送李德仁任祁陽和平巡檢》詩:"健兒提酒酌大汁,短角細吹梅花箋。"

〔六〕　淚接孤城:吳文英《尾犯》詞:"長亭曾送客,為偷賦、錦雁留別。淚接孤城,渺平蕪煙闊。"

〔七〕　"夜笛"句:典出山陽笛。《晉書》卷四九《向秀列傳》載,向秀與嵇康是鄰居好友,嵇康被司馬氏殺害後,向秀有一天黃昏經過嵇康舊廬。鄰人有吹笛者,發聲寥亮。向秀追想曩昔游宴之好,感音而歎,故作《思舊賦》曰:"將命適於遠京兮,遂旋反以北徂。濟黃河以氾舟兮,經山陽之舊居。瞻曠野之蕭條兮,息余駕乎城隅。……惟追昔以懷今兮,心徘徊以躊躇。棟宇在而弗毀兮,形神逝其焉如。昔李斯之受罪兮,歎黃犬而長吟。悼嵇生之永辭兮,顧日影而彈琴。託運遇於領會兮,寄余命於寸陰。聽鳴笛之慷慨兮,妙聲絕而復尋。佇駕言其將邁兮,故援翰以寫心。"

〔八〕　"舊曲"句:吳文英《水龍吟》詞:"貞元舊曲,如今誰聽,惟公和寡。"

〔九〕　瘦生:太瘦也。傳說為李白《戲贈杜甫》詩:"飯顆山頭逢杜甫,頭戴笠子日卓午。藉問別來太瘦生,總為從前作詩苦。"

〔一〇〕　夷歌:蠻夷之歌,此指外族歌曲,暗指八國聯軍入侵華北戰事。杜甫《閣夜》詩:"野哭千家聞戰伐,夷歌幾處起漁樵。"

〔一一〕　醉魄騎鯨:張元幹《念奴嬌》詞:"醉裏悲歌歌未徹,屋角烏飛星墜。對影三人,停杯一問,誰解騎鯨意。"陸游《秋波媚》詞:"東游我醉騎鯨去,君駕素鸞從。垂虹看月,天台采藥,更與誰同。"

〔一二〕 "剩山意"句:宋石孝友《南歌子》詞:"蟻酒浮明月,鯨波泛落星。春花秋葉幾飄零。只有廬山君眼、向人青。"

醜奴兒慢

龍樹寺西樓對雪〔一〕

無情淡碧〔二〕,天外晴嵐驚換。漫回首春城飛絮,新綠闌干。側帽枯吟〔三〕,孤懷如夢鎖愁煙。微茫林表〔四〕,誰將暮色,分付殘山。　梅萼笑人,筇枝屐齒〔五〕,不似當年。對一白、漫漫雲海〔六〕,鴻印愁看〔七〕。莫更憑高,玉樓浮動蜃光寒〔八〕。臨風吹淚,愁心暗寄,歸鳥行邊〔九〕。

【注】

〔一〕 龍樹寺:參見前《木蘭花慢》(晴檐飛絮)注。
〔二〕 淡碧:淡藍的晴空。宋方千里《解語花》詞:"長空淡碧,素魄凝輝,星斗寒相射。"
〔三〕 側帽:帽子偏斜,狀潦倒愁困貌。朱敦儒《鷓鴣天》詞:"樽前忽聽當時曲,側帽停杯淚滿巾。"　枯吟:苦吟。
〔四〕 林表:林梢,林外。謝朓《休沐重還丹陽道中》詩:"雲端楚山見,林表吳岫微。"
〔五〕 屐齒:木屐底齒。藉指足跡、游蹤。張孝祥《水龍吟》詞:"漫郎宅裏,中興碑下,應留屐齒。"
〔六〕 一白:指滿地潔白的雪。宋仇遠《瑤華慢·雪》詞:"踏青近也,且一白、何消三白。把一白、分與梅花,要點壽陽妝額。"
〔七〕 鴻印:鴻爪印跡。宋何夢桂《寄夾谷書隱》詩:"往事雪中鴻印跡,舊恩堂上燕銜泥。"
〔八〕 蜃光:猶蜃氣。産生海市蜃樓的霧氣。明王俌《游海珠寺示同游文憲使周僉憲》詩:"蜃光晴作霧,海氣晝成虹。"
〔九〕 "愁心"二句:意謂愁心託付予歸鳥,與歸鳥一道還家。行邊之"行",音"杭"。宋盧祖皋《木蘭花慢》詞:"吟寄疏梅驛外,思隨飛雁行邊。"

天 香

鹿港香〔一〕

百和熏薇〔二〕,千絲裊玉,氤氳小葉初展。翠鏤筠筒〔三〕,炷添螺甲〔四〕,約略海南春淺。溫馨半袖〔五〕,渾不數、牟尼珠串〔六〕。點檢西溪舊制〔七〕,根觸玉臺殘怨〔八〕。　　絶憐麝塵搗遍〔九〕。怕蠻腥、等閒還染〔一〇〕。算只翠篝留得〔一一〕,舊情一線〔一二〕。芳訊依然月底,甚泛入槎風似天遠〔一三〕。纖縷縈簾,南雲夢剪。香以施氏製者爲上,其封題曰:氤氳奇楠線。

【注】

〔一〕鹿港香:臺灣鹿港所製施金玉香(沉香、檀香等),施金玉香鋪於清乾隆二十一年(1756)創立於福建泉州,第二代傳人施粗,經第三代施光賜播遷臺灣鹿港,傳承至今,歷史悠久,盛名遠播。鹿港,屬臺灣省彰化縣,原名鹿仔港,又名小泉州。歷史上曾是臺灣的第二大城鎮,因盛產鹿皮而得名。

〔二〕百和:即百和香。由各種香料和成的香。《太平御覽》卷八一六引《漢武帝内傳》:"燔百和香,燃九微燈,以待西王母。"蘇軾《次韻滕大夫》組詩之三:"早知百和俱灰燼,未信人言弱勝强。"　　熏薇:如香氣濃鬱的薔薇。

〔三〕筠筒:竹筒,此指盛香器材。唐沈亞之《示舍弟兼寄侯郎》詩:"蒲葉吳刀綠,筠筒楚粽香。因書報惠遠,爲我憶檀郎。"

〔四〕螺甲:大螺殼。黄庭堅《有惠江南帳中香者戲答六言二首》之二:"螺甲割崑崙耳,香材屑鷓鴣斑。"任淵注:"《唐本草》曰:'蠡類生雲南者大如掌,青黄色,取靨燒灰用之。今合香多用,謂能發香,復來香煙。'按韻書蠡亦作螺。"

〔五〕溫馨:溫潤馨香。劉禹錫《唐侍御寄游道林嶽麓二寺詩見徵繼作》詩:"紫髯翼從紅袖舞,竹風松雪香溫馨。"

〔六〕牟尼珠串:即牟尼子。或稱數珠。佛教徒念佛、持咒、誦經時用來計數的成串珠子。亦用以稱清代朝服上的珠串。多用木槵子等製成,此指以沉香或檀香製成者,極其名貴,每串以二十七顆、一百零八顆爲常見。

〔七〕 西溪舊制：宋姚寬《西溪叢語》卷下"行香"條："行香。起於後魏及江左齊、梁間，每燃香燻手，或以香末散行，謂之行香。唐初因之。文宗朝，崔蠡奏設齋行香，事無經據，乃罷。宣宗復釋教，行其儀。朱梁開國，大明節，百官行香祝壽。石晉天福中，竇正固奏，國忌行香，宰臣跪爐，百官立班，仍飯僧百人，即爲規式。國朝至今因之。"

〔八〕 玉臺：玉飾的鏡臺，鏡臺的美稱。史達祖《風流子》詞："記窗眼遞香，玉臺妝罷。"

〔九〕 麝塵搗遍：温庭筠《達摩支曲》："搗麝成塵香不滅，拗蓮作寸絲難絶。"

〔一〇〕 "蠻腥"句：疑暗指從海上入侵的異域侵略者身上的氣味，將鹿港香污染。

〔一一〕 翠篝：竹製烘籠。宋胡翼龍《徵招》詞："一春長是雨。剩費卻、翠篝沉炷。"

〔一二〕 一線：指燃點的線香。

〔一三〕 槎風：送木筏上天河的風。參見前《望江南》（雲水畔）注。此指吹動帆船前進的風。王沂孫《天香·龍涎香》詞："訊遠槎風，夢深薇露，化作斷魂心字。"

水　龍　吟[(1)]

唐花

好春私到倡條[〔一〕]，算來未出天公意。幾回顛倒[〔二〕]，移花接木[〔三〕]，僵桃代李[〔四〕]。剪綵深宮[〔五〕]，移春曲檻[〔六〕]，漫誇新麗。算饒他凍蝶[〔七〕]，無端驚覺，翩翩到、羅幃底[〔八〕]。　問訊嬌藏金屋[〔九〕]，外邊寒、簾櫳知未[〔一〇〕]。花開頃刻，等閒還托，神仙游戲。醉醒匆匆，可憐狼藉，萬千紅紫。嘆惜香只有[〔一一〕]，春人淚點[〔一二〕]，灑霜風裏。

【校】

（1） 半塘此《水龍吟》及後首均一百二字，前後段各十一句四仄韻，與《詞譜》所列諸體稍異。與秦觀"小樓連苑橫空"一體稍類，不同處在於秦詞下片起句押韻，其他諸體有下片起句不押韻者。疑如夏承燾先生所云"一詞參用兩體"也。

【注】

〔一〕私到：因爲是温室裏的花，與春無關，故有是説。

〔二〕顛倒：上下、前後或次序倒置。温室花卉錯雜狀。

〔三〕移花接木：指嫁接花草樹木。清慵訥居士《咫聞録·兩世緣》：“李公有詩云：‘移花接木亦天然，今日團團先後全。’”常以喻暗用手段，以僞易真。

〔四〕“僵桃”句：《樂府詩集·相和歌辭三·雞鳴》：“桃在露井上，李樹生桃旁。蟲來齧桃根，李樹代桃殭。樹木身相代，兄弟還相忘！”

〔五〕翦彩：形容花開繁茂。司馬光《獨樂園新春》詩：“曲沼揉藍通底緑，新梅翦彩壓枝繁。”

〔六〕“移春”句：唐王仁裕《開元天寶遺事》卷二“移春檻”條：“楊國忠子弟每春至之時，求名花異木，植於檻中，以板爲底，以木爲輪，使人牽之自轉，所至之處檻在目前，而便即歡賞，目之爲移春檻。”

〔七〕饒：讓。李白《上皇西巡南京歌》之三：“柳色未饒秦地緑，花光不減上陽紅。”

〔八〕羅幬：此指用以護花保温的綾羅幬帳。《楚辭·招魂》：“翡阿拂壁，羅幬張些。”龔自珍《驛鼓》詩之一：“夜久羅幬梅弄影，春寒銀銚藥生香。”

〔九〕嬌藏金屋：此以美人喻藏在温室中的花。《漢武故事》：“帝以乙酉年七月七日生於猗蘭殿。年四歲，立爲膠東王。數歲，長公主嫖抱置膝上，問曰：‘兒欲得婦不？’膠東王曰：‘欲得婦。’長主指左右長御百餘人，皆云不用。末指其女問曰：‘阿嬌好不？’於是乃笑對曰：‘好！若得阿嬌作婦，當作金屋貯之也。’”金屋，華美之屋。

〔一〇〕簾櫳：窗簾和窗牖。也泛指門窗的簾子。此代指閨中人。

〔一一〕惜香：愛花。蘇軾《念奴嬌》詞：“最惜香梅，凌寒偷綻，漏泄春消息。”

〔一二〕春人：即惜春人、傷春人。宋高觀國《水龍吟》詞：“朝暮如今難準。枉教他、惜春人恨。”秦觀《念奴嬌》詞：“上苑風和，瑣窗晝静，調弄嬌鶯語。傷春人瘦，倚闌半餉延佇。”

前　調

賦唐花不類。漚尹、忍庵以爲得玉田生清空之致〔一〕。恕而存之。

馬塍休問東西〔二〕，冷箏怯對珍叢倚〔三〕。催花暖律〔四〕，殷勤誰向，曲中喚起。

怨綺愁羅〔五〕,東風不管,黯然如此。只麻茶老眼〔六〕,牽情香斗〔七〕,自吟望、冰霜裏。　　猶記偷春三九〔八〕,正紛紛、鬧紅如醉。筠籠催送,茜帷密護〔九〕,年涯流水〔一〇〕。贏得芳華,怨消魂到,六街春事〔一一〕。問笛邊舊月,新來弄影,到梅花未〔一二〕。

【注】

〔一〕玉田生清空之致:張炎《詞源》卷下:"詞要清空,不要質實。清空則古雅峭拔,質實則凝澀晦昧。"玉田生,即張炎。參見前《南浦》(新緑滿瀛洲)注。

〔二〕"馬塍"句:宋潛説友《咸淳臨安志》卷三〇"東西馬塍"條:"在餘杭門外,土細宜花卉。園人工於種接,都城之花皆取焉。或云塍當爲城,蓋錢王舊城。"周密《齊東野語》卷一六"馬塍藝花"條:"馬塍藝花如藝粟,橐駝之技名天下。非時之品,真足以侔造化,通仙靈。凡花之早放者名曰堂花(或作塘)。"馬塍,地名。在今浙江省餘杭縣西。宋代以産花著名。

〔三〕"冷篴"句:唐李洞《維摩暢林居》詩:"冷篴和雪倚,枯櫟帶雲燒。"

〔四〕暖律:古代以時令合樂律,温暖的節候稱"暖律"。羅隱《歲除夜》詩:"厭寒思暖律,畏老惜殘更。"

〔五〕怨綺愁羅:由於春恨,將豔麗多彩的繁花都看成爲仿佛春天織就的含愁帶怨的綺羅一般。宋翁元龍《水龍吟》詞:"情絲萬軸,因春織就,愁羅恨綺。"

〔六〕麻茶:模糊、迷蒙貌。唐李涉《題宇文秀才櫻桃》詩:"今日顛狂任君笑,趁愁得醉眼麻茶。"

〔七〕香斗:焚香所用敞口器具,與香爐有别。吳文英《慶春宫》詞:"鳴瑟傳杯,辟邪翻爐,繫船香斗春寬。"

〔八〕偷春三九:三九嚴寒時,透漏春消息也。本指梅花,此隱喻温室培育的唐花。秦觀《次韻朱李二君見寄二首》之二:"梅已偷春成國色,雲猶憑臘造天陰。"

〔九〕"筠籠"二句:寫對於唐花的精心護理。

〔一〇〕年涯:猶生涯,年齡、歲月。唐褚載斷句:"净名方丈雖然病,曼倩年涯未有多。"

〔一一〕六街:指京都北京。參見前《齊天樂》(卜居窮巷)注。

〔一二〕"問笛邊"三句:姜夔《暗香》詞:"舊時月色。算幾番照我,梅邊吹笛。唤起玉人,不管清寒與攀摘。"

摸 魚 子

冬筍

記雲帆、頭番春到〔一〕,筠籃如錦供御〔二〕。江皋俊味春盤飣〔三〕,不數冰天酪乳〔四〕。惆悵處。話饋歲風情、鄉夢生秋箚〔五〕。清饞慰否〔六〕。笑軟嚼年年〔七〕,老饕胸次〔八〕,約略盡千畝。　春明晚,回首夢華非故〔九〕。園蔬霜老慵覷。禪心玉版誰參得〔一○〕,塵暗連山風雨。愁幾許。甚消息驚雷、還戀閒尊俎〔一一〕。殷勤呪取〔一二〕。要燕子來時,龍孫競長〔一三〕,歸把釣竿去。

【注】

〔一〕 雲帆：高大的白色船帆,此藉指風。李白《行路難》詩："長風破浪會有時,直掛雲帆濟滄海。"　頭番：指二十四番風的第一道番風,即梅花風。

〔二〕 "筠籃"句：用漂亮的竹籃裝筍貢獻皇帝。筠籃,竹籃。

〔三〕 春盤：唐以來風俗,立春時家家户户準備春餅、生菜等食物,號春盤。此謂用冬筍作爲春盤的蔬菜。杜甫《立春》詩："春日春盤細生菜,忽憶兩京梅發時。盤出高門行白玉,菜傳纖手送青絲。"

〔四〕 不數：不亞於。秦觀《喜遷鶯》詞："簾幕籠雲,樓臺麗日,不數蓬萊仙洞。"　酪乳：牛羊馬等乳汁所製成的發酵乳品,俗稱酸奶。宋張耒《次韻答天啓》詩："三年河東走胡馬,絕口魚鰕便酪乳。"元薩都剌《贈答來復上人》詩之一："上人起飲黃封酒,可勝醍醐酪乳甜。"

〔五〕 饋歲：歲末相互饋贈問候。蘇軾有《歲晚相與饋問爲饋歲,酒食相邀呼爲別歲,至除夜達旦不眠爲守歲,蜀之風俗如是。余官於岐下,歲暮思歸而不可得,故爲此三詩寄子由》詩。　秋箚：此處引申指秋天的菜蔬。箚,同箸,竹製筷子。

〔六〕 清饞：吕本中《蔬食三首》之一："居然飽筍蕨,自足慰清饞。"

〔七〕 軟嚼：容易咀嚼,嚼來細軟可口。側面稱許冬筍美味可口。

〔八〕 老饕：極能飲食者。蘇軾《老饕賦》："蓋聚物之夭美,以養吾之老饕。"　胸次：胸懷。此藉指食量。

〔九〕 夢華：《列子·黄帝》第二載,黄帝"晝寢而夢,游于華胥氏之國。……神游而已。"後遂以"夢華"比喻追思往事和理想境界恍然如夢。蔣捷《南鄉子》詞："舊說夢華猶未了,堪嗟。才百餘年又夢華。"宋孟元老有筆記題名爲《東京夢華錄》。

〔一〇〕 禪心玉版：釋惠洪《冷齋夜話》卷七"東坡戲作偈語"條："(蘇軾)嘗要劉器之同參玉版和尚……至廉泉寺燒筍而食,器之覺筍味勝,問此筍何名,東坡曰：'即玉版也。此老師善說法,要能令人得禪悅之味。'於是器之乃悟其戲,爲大笑。"玉版,筍的別名。

〔一一〕 消息驚雷：歐陽修《戲答元珍》詩："殘雪壓枝猶有橘,凍雷驚筍欲抽芽。"

〔一二〕 呪：同"咒",禱告,祝告。《後漢書·獨行傳·諒輔》："時夏大旱,太守自出祈禱山川,連日而無所降。輔乃自暴庭中,慷慨呪曰：'輔爲股肱……敢自祈請,若至日中不雨,乞以身塞無狀。'"

〔一三〕 龍孫：筍的別稱。梅堯臣《韓持國遺洛筍》詩："龍孫春吐一尺芽,紫錦包玉離泥沙。"亦指小竹。

前　　調

記湘南、往時歸棹〔一〕,秋風吹老江步〔二〕。推篷香送連山竹〔三〕,浣盡客腸塵土。難忘處。是慰到鄉心、更聽連牀雨〔四〕。江空日暮。話別緒年年,冰霜共嚼,風味足清苦。　　飄零恨,除是燕來誰訴。翠尊愁憶前度。松筠舊約分明在〔五〕,著上春衫先誤。還念否。怕風雨漂搖、根節都非故。山靈聽取〔六〕。昨夢劚香泥〔七〕,相扶淺醉,歸興滿煙塢〔八〕。

【注】

〔一〕 湘南：湖南南部。此謂半塘故鄉廣西桂林。

〔二〕 江步：江邊的渡口、碼頭。步,同"埠"。楊萬里《過瓜洲鎮》詩："數棒金鉦到江步,一檣霜日上淮船。"

〔三〕 "推篷"句：意謂推開船篷可以聞到滿山竹子送來的清香。

〔四〕 連牀：並榻或同牀而臥。多形容兄弟情誼篤厚。白居易《奉送三兄》詩："杭州暮醉連牀臥,吳郡春游並馬行。"

〔五〕 松筠舊約：即松竹約,指堅牢的盟約。宋高觀國《東風第一枝》詞："羨韻高、只有松筠,共結歲寒難老。"

〔六〕 山靈：山神,山鬼。辛棄疾《沁園春》詞："清溪上,被山靈卻笑,白髮歸耕。"

〔七〕 劚：挖，掘。音"竹"。
〔八〕 煙塢：炊煙繚繞的村落。唐錢起《春郊》詩："水繞冰渠漸有聲，氣融煙塢晚來明。"塢，四面高中間低的地方；村落。

齊 天 樂

鴉

城南城北雲如墨〔一〕，紛紛颭空零亂〔二〕。落日呼群，驚風墜翼〔三〕，極目平林恨滿。蕭條歲晚。是幾度朝昏，玉顔輕換〔四〕。露泣宫槐，夜寒相與訴幽怨〔五〕。　新巢安否漫省〔六〕，繞枝棲未定〔七〕，珍重霜霰〔八〕。壞堞軍聲〔九〕，長天月色，誰識歸飛羽倦。江湖夢遠。記噪影檣竿〔一〇〕，舵樓風轉。意緒何堪，白頭搔更短〔一一〕。

【注】

〔一〕 "城南"句：交代"群鴉"所處環境的惡劣，暗示1900年八國聯軍攻破北京城的險惡政局。

〔二〕 颭空零亂：在天空飄動忽閃，雜亂無序。描狀了一種生靈突然遭暴力劫持，猝不及防的情狀。

〔三〕 驚風墜翼：被"驚風"吹折了翅膀，墜落在地上掙扎。晚清羅惇曧《庚子國變記》："二十一日，天未明，太后（慈禧）青衣徒步泣而出，帝（光緒）及后皆單袷從，至西華門外，乘騾車，從者載漪、溥俊、載勳、載瀾、剛毅等。妃主宫人，皆委之以去。珍妃帝所最寵，而太后惡之，既不及從駕，乃投井死，宫人自裁者無數。或走出安定門，道遇潰兵，被劫多散。王公士民，四出逃竄，城中火起，一夕數驚。滿洲婦女懼夷兵見辱，自裁者相藉也。"

〔四〕 玉顔：指宫女。王昌齡《長信秋詞》詩："玉顔不及寒鴉色，猶帶昭陽日影來。"此處化用王句翻出新意，謂群"鴉"原來都是"玉顔"，不過是幾個早晚便使它們變成寒傖墨色。

〔五〕 "露泣"二句：明寫寒夜鴉群棲息在宫槐枝頭、相互哭訴流離的酸楚，暗寫光緒珍妃在慈禧出逃前被迫投井自盡的哀怨禍事。

〔六〕 新巢：慈禧一行逃離北京，輾轉至西安暫駐。

〔七〕 "繞枝"句：曹操《短歌行》："月明星稀，烏鵲南飛。繞樹三匝，何枝

〔八〕霜霰：指嚴寒天氣。陶潛《歸園田居》詩之二："常恐霜霰至，零落同草莽。"

〔九〕壞堞：毀壞的城牆。羅隱《自湘川東下立春泊口阻風登孫權城》詩："危憐壞堞猶遮水，狂愛寒梅欲傍人。" 軍聲：軍樂。《周禮·春官·大師》："大師，執同律，以聽軍聲，而詔吉凶。"

〔一〇〕"噪影檣竿"二句：意即希望李子永遇順風的事重現，讓國家的桅船也遇順風，化險爲夷，復歸太平。參見前《醉桃源》(驚塵飛雨)注。

〔一一〕"白頭"句：杜甫《春望》詩："白頭搔更短，渾欲不勝簪。"按烏鴉有白頭頸者。半塘在此化用杜甫《春望》陳句，起到篇末點題，揭示全詞詠歎"國破山河在""恨別鳥驚心"的主旨。"白頭"句，既保持老杜詩意，又十分準確地描述了白頭烏鴉這一瞬間動作，乃江西派的"奪胎換骨"化用典故之法在半塘詞中的妙用。

桂　枝　香

銀魚

丁沽夢繞〔一〕。話膾玉晚秋〔二〕，霜味嘗飽。約略江魚入饌〔三〕，杜家詩好。長安風雪吾能説〔四〕，配虀酸、絶憐春小〔五〕。蟹青蚶赤，加餐喜共，故人書到〔六〕。　歎對案、清歡乍渺。憶割素心情〔七〕，消減多少。休問冰鱗〔八〕，江路一般愁抱。驚濤咫尺迷飛雪，怕撇波纖尾槙了〔九〕。玉盤香縷，梅邊甚日，叵羅重倒〔一〇〕。

【注】

〔一〕丁沽：舊天津海港名。顧祖禹《讀史方輿紀要》："原清沽港在(武清)縣南八十里，西接安沽港，東合丁字沽入於海。丁沽東南去天津六十里。"

〔二〕膾玉：喻切成細薄的白色魚片。吳文英《木蘭花慢》詞："一醉尊絲膾玉，忍教菊老松深。"

〔三〕江魚入饌：杜甫《送王十五判官扶侍還黔中》詩："青青竹筍迎船出，白白江魚入饌來。"

〔四〕長安風雪：沈括《夢溪筆談·藝文二》："金陵人胡恢，博物強記，善篆隸，臧否人物，坐法失官十餘年，潦倒貧困，赴選集於京師。是時韓魏公當國，恢獻小詩自達，其一聯曰：'建業關山千里遠，長安風雪一家寒。'魏公深憐之，令篆太學石經。因此得復官，任華州推官而卒。"

〔五〕齏酸：酸薑末。梅堯臣《冬夕會飲聯句》詩："乾果硬迸齒，寒齏酸滿胸。"

〔六〕"加餐"二句：漢樂府《飲馬長城窟行》詩："客從遠方來，遺我雙鯉魚，呼兒烹鯉魚。中有尺素書。長跪讀素書，書中竟何如？上言加餐飯，下言長相憶。"

〔七〕割素心情：杜甫《觀打魚歌》詩："君不見朝來割素鬐，咫尺波濤永相失。"

〔八〕冰鱗：冰水下的魚。亦泛指魚。江淹《燈夜和殷長史》詩："冰鱗不能起，水鳥望川梁。"

〔九〕尾頳：魚尾發紅。《詩·周南·汝墳》："魴魚頳尾，王室如毀。"毛傳："頳，赤也，魚勞則尾赤。"羅隱《西京崇德里居》詩："錦鱗頳尾平生事，卻被閒人把釣竿。"

〔一〇〕叵羅：西域語音譯，當地的一種飲酒器，口敞底淺。亦泛指酒杯。《北齊書·祖珽傳》："神武宴寮屬，於坐失金叵羅，竇泰令飲酒者皆脫帽，於珽髻上得之。"

驀山溪

夢中得句與此解起調適合，因足成之。索漚尹、忍庵同作[1]。

和愁帶恨，憑得闌干破。消息問梅魂〔一〕，料傷春、未應偏我。寒灰心死，猶自撥陰何〔二〕，堪絕倒，子桑琴，裹飯知誰過〔三〕。　　催年臘鼓〔四〕，不聽情猶可。吟袖貯寒多，共西山、凍眉深鎖。微茫斗外〔五〕，愁認帝王州〔六〕，自酹酒，問東皇〔七〕，真個春回麼。

【校】

（1）《定稿》小序無"索漚尹忍庵同作"七字。

【注】

〔一〕 "消息"句：宋趙以夫《念奴嬌》詞："樽前一笑，問梅花消息，幾枝開遍。"元張養浩《客中除夕》詩："香返梅魂春一脈，愁叢燈影夜千端。"

〔二〕 "寒灰"二句：黃庭堅《次韻答高子勉十首》之四："寒爐餘幾火，灰裏撥陰何。"陰何，南朝梁詩人何遜和陳詩人陰鏗的並稱。二人皆有詠梅佳作爲世人激賞。

〔三〕 "子桑"二句：《莊子·大宗師》："子輿與子桑友，而霖雨十日。子輿曰：'子桑殆病矣！'裹飯而往食之。至子桑之門，則若歌若哭，鼓琴曰：'父邪！母邪！天乎！人乎！'有不任其聲而趨舉其詩焉。"

〔四〕 臘鼓：參見前《一萼紅》（占春陽）注。

〔五〕 斗外：北斗星外，亦泛指北方。

〔六〕 帝王州：帝王居住的地方。亦用指京都。謝朓《入朝曲》："江南佳麗地，金陵帝王州。"

〔七〕 東皇：參見前《百字令》（過春社了）注。

西　窗　燭(1)

玉井詞人賦寒月於庚申之冬〔一〕，不勝雪路冰河之感。歲華容易，又四直上章矣〔二〕。長夜不眠，寒光侵户，偶讀《玉井山館詞》，依調賦此。不知舊時月色，視此何如也。

城笳乍動，暝色遥連，亂蕪一片如織〔三〕。便教萬里雲羅掃，怕今夜瓊樓，霜威正逼〔四〕。看繞枝、拍拍驚烏〔五〕，闌外林深影黑。　　恨堆積〔六〕。滅燭閒聽，如年殘漏，疑共方諸怨泣〔七〕。笛邊心事還慵訴，怎如此關山，吹愁未得。只不眠、坐對孤光〔八〕，冷逼塵襟咫尺〔九〕。

【校】

（1） 此調《詞譜》、《詞律》均不載。《全宋詞》第 8007 頁載譚宣子《西窗燭·雨霽江行自度》一首。

【注】

〔一〕 玉井詞人：許宗衡字海秋，有《玉井山館詩餘》一卷。參見前《徵招》（街南老樹）注。　　庚申：指咸豐十年（1860）。

〔二〕四直上章：即過去四十年。上章，天干中"庚"的別稱，用以紀年。《爾雅·釋天》："（太歲）在庚曰上章。"

〔三〕"暝色"二句：李白《菩薩蠻》詞；"平林漠漠煙如織，寒山一帶傷心碧。暝色入高樓，有人樓上愁。"

〔四〕"怕今夜"二句：蘇軾《水調歌頭》詞："又恐瓊樓玉宇，高處不勝寒。"

〔五〕"繞枝"句：曹操《短歌行》詩："月明星稀，烏鵲南飛；繞樹三匝，何枝可依。"拍拍，象聲詞。鳥禽鼓翅起飛之聲。韓愈《病鴟》詩："青泥掩兩翅，拍拍不得離。"

〔六〕恨堆積：周邦彥《蘭陵王》（柳陰直）詞："淒惻。恨堆積。漸別浦縈回，津堠岑寂。"

〔七〕方諸：古代在月下承露取水的器具。《淮南子·覽冥訓》："夫陽燧取火於日，方諸取露於月。"慧苑《華嚴經音義》引許慎注："方諸，五石之精，作圓器似杯，仰月則得水也。"許慎認爲方諸是用美玉雕琢成碗或杯的器具，用以月夜承露。學界比較認同此說。

〔八〕孤光：指月亮。張孝祥《念奴嬌》詞："應念嶺表經年，孤光自照，肝肺皆冰雪。"

〔九〕塵襟：塵俗的懷抱，世俗的胸襟。

絳都春

和南襌〔一〕，同夢窗韻。

盧家海燕。是棲慣玳梁〔二〕，流蘇雙卷〔三〕。曉夢暗驚，偷賦游仙緣終短〔四〕。曲屏芳事瑶臺伴〔五〕。乍山翠、眉痕同遠〔六〕。楚雲停處，江花照影，舊情如見。　　閒館。紅深翠曲，殢人處，記得瓊瓊回盼〔七〕。錦雁夜飛〔八〕，愁訴筝心銀河淺。盈盈甲醮清觴面〔九〕。待彈作、鮫珠教看〔一〇〕。算餘闌角蛛塵〔一一〕，未隨霧散。

【注】

〔一〕南襌：成昌，字子蕃，一字湟生，號子和、南襌。參見前《齊天樂》（青鞋踏遍）注。劉福姚（忍庵）有《絳都春·和南襌同夢窗韻》。朱祖謀有《燭影搖紅·上巳同半塘南襌登江亭》詞。

〔二〕"盧家"二句：沈佺期《古意》詩："盧家少婦鬱金堂，海燕雙棲玳

〔三〕流蘇：用彩色羽毛或絲線等製成的穗狀垂飾物，也藉指飾有流蘇的帷帳。韋莊《天仙子》詞："深夜歸來長酩酊，扶入流蘇猶未醒。"

〔四〕賦游仙：詠游仙詩。游仙詩，最早爲歌詠仙人漫游之情的詩，後來成爲道教詩詞的一種最常見體式。內容不出游仙、詠仙和慕仙三大類型。晉與唐宋間，文人亦有以狎妓詠游仙者。半塘此處"賦游仙"有退隱和歸田的意味。

〔五〕芳事：即花事，春天花開爛漫之情境。王沂孫《水龍吟·牡丹》詞："池館家家芳事。記當時、買栽無地。爭如一朵，幽人獨對，水邊竹際。"

〔六〕眉痕：指古代婦女畫過的眉，常用以喻遠山。周邦彥《蝶戀花》詞："愁入眉痕添秀美。無限柔情，分付西流水。"

〔七〕瓊瓊：明亮姣好的眼神。顧況《朝上清歌》："蕭寥天清而滅雲，目瓊瓊兮情感。"

〔八〕錦雁：指箏柱。因箏柱斜列如雁行，故稱。

〔九〕"盈盈"句：指美女斟滿酒，捧觴時指甲蘸酒，勸人暢飲。杜牧《後池泛舟送王十》詩："爲君蘸甲十分飲，應見離心一倍多。"

〔一○〕"待彈"句：把指甲上所蘸的酒水彈出去，化作淚珠。鮫珠，即淚珠，喻酒珠。

〔一一〕蛛塵：蛛網塵埃。楊萬里《黃雀食新》詩："三日荔枝香味變，況開醬瓿拂蛛塵。"

絳都春(1)

用日湖體次韻〔一〕，索南禪和。春訊將回，殘寒猶冽，冷紅生所謂"感音"淒異者也〔二〕。

吹梅院落〔三〕，甚麝熏試處，依樣留寒。午枕睡輕，金籠鶯鎖玉疏閒〔四〕。行雲不隔南山翠(2)〔五〕，斷籟誰憶宮彎〔六〕。酒闌空訴，愁春倦柳，送客衰蘭〔七〕。　　脈脈天涯別緒，剩釵蟬夢影〔八〕，蠟鳳清痕〔九〕。漫倚繡簾，玉臺圓月暗塵昏。飛鴻怯遞琴邊語〔一○〕，舊情淒入春鵑。斷腸應悔，當時袖笛畫闌。

【校】

（1）此首與前首同調異體。《詞譜》所錄陳允平《齊天樂》（秋千倦倚）一體,正是半塘次韻之作,題下有小注云:"雙調九十八字,前段十句四平韻一叶韻,後段九句四叶韻一叶韻。"

(2)據《詞譜》,此體前後段第六句均當叶韻,如上云陳允平詞分叶"懶"、"遠"二字。故疑半塘詞此處"翠"字及下片第六句"語"字乃叶其臨桂方言韻。

【注】

〔一〕日湖體:即南宋詞人陳允平體。陳允平,字君衡,號西麓,四明(今浙江寧波)人。有專門倚調奉和周邦彦詞的《西麓繼周集》一卷、《日湖漁唱》一卷。

〔二〕冷紅生:鄭文焯,自署冷紅詞客。參見前《鶯啼序》(無言畫闌)注。　感音悽異:鄭文焯《月下笛》詞序云:"戊戌八月十三日宿王御史宅,夜雨,聞鄰笛感音而作,和石帚。"王御史即指半塘。

〔三〕"吹梅"句:李清照《永遇樂》詞:"染柳煙濃。吹梅笛怨,春意知幾許。"

〔四〕玉疏:對人書法布局結構的美稱。徐陵《答族人梁東海太守長孺書》:"又承書札,銀鉤甚麗,玉疏依然。開封伸紙,破愁爲笑。"

〔五〕南山翠:宋潘希白《大有》詞:"戲馬臺前,采花籬下,問歲華、還是重九。恰歸來、南山翠色依舊。"

〔六〕宮彎:指宮樣彎眉。辛棄疾《鵲橋仙·爲岳母慶八十》詞:"臙脂小字點眉間,猶記得舊時宮樣。"馬致遠《漢宮秋》第一折《醉中天》曲:"將兩葉賽宮樣眉兒畫,把一個宜梳裏臉兒搽,額角香鈿貼翠花,一笑有傾城價。"

〔七〕"送客"句:李賀《金銅仙人辭漢歌》:"衰蘭送客咸陽道,天若有情天亦老。"

〔八〕鈿蟬:即鈿釵蟬鬢,暗指半塘亡妻。宋盧祖皋《木蘭花慢》詞:"記那回、歌管小樓中。玉果蛛絲暗卜,鈿釵蟬鬢輕籠。"

〔九〕蠟鳳:即鳳蠟,蠟燭的美稱。宋吳泳《洞庭春色》詞:"看承處,有簾犀透月,蠟鳳燒雲。"周邦彦《風流子》詞:"酒醒後,淚花銷鳳蠟,風幕捲金泥。"

〔一〇〕"飛鴻"句:蘇軾《哨遍·春詞》:"撥胡琴語,輕攏慢撚總伶俐。看緊約羅裙,急趣檀板,霓裳入破驚鴻起。"

瑞 鶴 仙

似園饋冰蔬[一],賦謝。用梅溪體[二]。

天涯驚歲暮。問投老心期[三],齏鹽甘否[四]。霜蔬擷瑤圃[五]。認玉壺冰潔[六],故人情愫。年華爾許。飣春盤、誰家翠縷[七]。待評量、世味鹹酸,惆悵爲君停筯[八]。　　凝竚。充腸藜莧[九],上齒宮商[一〇],冬心分取[一一]。清尊媚嫵。還領略,幾寒趣。只大官往事[一二],瘦羊分得[一三],夢影低徊正苦。且冷吟、閒醉消他[一四],舊盟漫負。

【注】

〔一〕 似園:恩溥,字似園,滿洲人。曾官陝西道監察御史。有《歸耕草堂工部集》。　　冰蔬:猶言清蔬。黃庭堅《次韻答秦少章乞酒》:"詩來獻窮狀,水餅嚼冰蔬。"宋方岳《望江南》詞:"湖海甚豪今倦矣,丘山雖壽竟如何。一笑薦冰蔬。"

〔二〕 梅溪體:南宋詞人史達祖詞體。

〔三〕 投老:辛棄疾《最高樓》詞:"長安道,投老倦游歸。七十古來稀。"

〔四〕 齏鹽:醃菜和鹽。藉指素食。齏,音"基"。韓愈《送窮文》:"太學四年,朝齏暮鹽,惟我保汝,人皆汝嫌。"後用以泛指清貧生活。

〔五〕 瑤圃:《楚辭·九章·涉江》:"駕青虯兮驂白螭,吾與重華游兮瑤之圃。"瑤圃,產玉的園圃,指仙境。此用作菜園的美稱。

〔六〕 "玉壺"句:王昌齡《芙蓉樓送辛漸》詩:"洛陽親友如相問,一片冰心在玉壺。"

〔七〕 春盤:參見前《木蘭花慢》(鳳城挑菜)注。

〔八〕 停筯:停住筷子。宋高觀國《菩薩蠻》詞:"紅縷間堆盤。輕明相映寒。纖柔分勸處。膩滑難停筯。"

〔九〕 藜莧:藜蘆和莧菜,泛指貧者所食之粗劣菜蔬。韓愈《崔十六少府攝伊陽,以詩及書見投,因酬三十韻》詩:"三年國子師,腸肚習藜莧。"

〔一〇〕 "上齒"句:指咀嚼菜蔬發出聲音。范仲淹《齏賦》:"陶家甕內,淹成碧綠青黃;揸大口中,嚼出宮商角徵。"

〔一一〕 冬心:冬日孤寂淒清的心情。江淹《燈賦》:"冬膏既凝,冬箭未度,悁連冬心,寂歷冬暮。"

〔一二〕 大官：即太官。官名。秦有太官令、丞，屬少府。兩漢因之。掌皇帝膳食及燕享之事。北魏時太官掌百官之饌，屬光禄卿。北齊、隋、唐因之。參閲《通典·職官七》。《後漢書·皇后紀上·和熹鄧皇后》："減大官、導官、尚方、内者服御珍膳靡麗難成之物。"李賢注："《漢官儀》曰：'大官，主膳羞也。'"

〔一三〕 "瘦羊"句：《後漢書·甄宇傳》："建武中，（甄宇）爲州從事，徵拜博士。"李賢注引《東觀漢記》："建武中每臘，詔書賜博士一羊。羊有大小肥瘦。時博士祭酒議，欲殺羊分肉，又欲投鈎，宇復恥之。宇因先自取其最瘦者，由是不復有爭訟。後召會問'瘦羊博士'所在，京師因以號之。"

〔一四〕 冷吟：在清冷的環境與心境中吟詩。宋李演《摸魚兒》詞："鷗且住。怕月冷吟魂，婉冉空江暮。"

東風第一枝

十二月十六日，立光緒二十七年辛丑春〔一〕。

舊月仍圓，新幡乍裊〔二〕，陽和今日回又〔三〕。夢華倦意辛盤〔四〕，剩寒尚欺客袖。商量風信〔五〕，莫只到、尋常梅柳。要凍雲、著意吹開，儘展碧山眉皺。　　牽別恨、兩京懷舊〔六〕。應送喜、萬方恐後。翠尊自酹東皇，雁程幾時北首〔七〕。含香簪勝〔八〕，問瘦損、春人知否。話一年、似夢光陰，暗觸酒懷僝僽。

【注】

〔一〕 光緒二十七年辛丑：即庚子國禍第二年，1901 年。作此詞時，尚在庚子年年末。

〔二〕 新幡：指春幡。春旗。參見前《水龍吟》（歲寒禁慣）注。

〔三〕 "陽和"句：春天的暖氣又回來。《史記·秦始皇本紀》："維二十九年，時在中春，陽和方起。"回又，"又回"之倒文。

〔四〕 辛盤：舊俗農曆正月初一，用蔥、韭等五種味道辛辣的菜蔬置盤中供食，取迎新之意。吴文英《解語花》詞："還鬥辛盤蔥翠。念青絲牽恨，曾試纖指。"

〔五〕 風信：即番風、信風。隨著季節變化應時吹來的風。參見前《浪淘

〔六〕兩京：指北京和西安行在。當時慈禧挾持光緒西逃，尚留滯西安。
〔七〕"雁程"句：大雁何時向北飛。似藉指光緒一行何時回北京。
〔八〕含香：古代婦女銜香於口以增芬芳之氣。唐張鷟《游仙窟》："豔色浮妝粉，含香亂口脂。"　簪勝：插戴首飾。勝，古代婦女首飾。《山海經·西山經》："西王母其狀如人，豹尾虎齒而善嘯，蓬髮戴勝，是司天之厲及五殘。"舊俗于立春日婦女剪綵成"人"或其他吉祥物作爲頭飾，稱爲春勝。蘇軾《章錢二君見和復次韻答之》詩："分無纖手裁春勝，況有新詩點蜀酥。"陳維崧《眉嫵·壬子除夕》詞："算今夜，笑語香街沸，有春勝雙颭。"可參南宋陳元靚《歲時廣記·賜春勝》。

金　明　池(1)

東華塵土〔一〕，惟四時芳事，差可與娛。三百年來，名流觴詠屢矣。今年夏秋以還，高臺曲池，禾黍彌望〔二〕，遑問一花一葉哉。春風當來，舊游如夢，閉門蟄處，益復無聊。偶憶辰齒常經芳事最盛(2)之處，各賦小詞，以寄遐想。蓋步兵之途既窮〔三〕，曲江之吟滋戚已〔四〕。嗟乎！慈仁之松〔五〕，廉墅之柳〔六〕，足以堅歲寒而資美蔭者，既邈不可得，即秋碧春紅，媚兹幽獨，亦復漂摇如此。風月有情，當亦替人於邑也〔七〕。賦扇子湖荷花第一(3)〔八〕

環佩臨風〔九〕，樓臺寫影，咫尺璿源路近〔一〇〕。秋色共、湖光無際，疏香背、冷雨暗引。記年年、翠陌籠鞭〔一一〕，是幾度神往，菰蘆深隱〔一二〕。算冷眼雲山，忘機鷗鷺〔一三〕，省識吟邊幽恨〔一四〕。　忽漫飛塵驚掠鬢。怕水佩風襟〔一五〕，舊情難問。芳時換、哀蟬曲破〔一六〕，花夢短、野鴛睡穩。裊空煙、複道垂楊〔一七〕，望太乙仙舟〔一八〕，歸期難準。剩泣露欹盤，飄零鉛淚，悄共銅仙偷搵〔一九〕。

【校】

（1）《清名家詞》本《定稿》題作《荷花》，《定稿》光緒三十二年本、《清季四家詞》本《定稿》題作《扇子湖荷花》。

（2）"盛"，《清季四家詞》本《定稿》作"勝"。

（3）《定稿》光緒三十二年本無"賦扇子湖荷花第一"八字。

【注】

〔一〕"東華"句：謂庚子國難後，圓明園被夷爲平地，滿目塵土。東華，參見前《水調歌頭》（把酒看天）注。

〔二〕禾黍彌望：禾黍滿眼，使人產生興亡之感。《詩·王風·黍離序》："《黍離》，閔宗周也。周大夫行役，至於宗周，過故宗廟宮室，盡爲禾黍，閔周室之顛覆，彷徨不忍去而作是詩也。"姜夔《揚州慢》詞《序》："……夜色初霽，薺麥彌望。……千巖老人以爲有《黍離》之悲也。"

〔三〕"蓋步兵"句：《晉書·阮籍傳》："（籍）時率意獨駕，不由徑路，車跡所窮，輒痛哭而返。"

〔四〕"曲江"句：杜甫《哀江頭》詩："少陵野老吞聲哭，春日潛行曲江曲。"

〔五〕慈仁之松：慈仁寺位於今北京宣武區廣安門內大街路北、舊斜街之西，殿前原有雙松樹，後不存。清于敏中等撰《日下舊聞考》卷五九引《燕都游覽志》："原大慈仁寺殿前二松，相傳元時舊植。臺石一株尤奇。"原按："大慈仁寺在廣寧門大街之北，門額曰大報國慈仁寺，亦稱報國寺。元時二松已無存。"

〔六〕廉墅之柳：廉氏萬柳堂的柳樹。元代重臣廉希憲，字善甫，布魯海牙之子。廉希憲於右安門外草橋建別墅名萬柳堂，清初大學士馮溥慕其名，於廣渠門內建別墅，亦取名萬柳堂。清于敏中等撰《日下舊聞考》卷五六引《燕都游覽志》："萬柳堂在廣渠門內，爲國朝大學士益都馮溥別業。"原按："元廉希憲萬柳堂在今右安門外，草橋相近。詳見郊坰門。此則臨朐馮溥別業，蓋慕其名而效之者也。"

〔七〕於邑：猶嗚咽。《史記·刺客列傳》："政姊榮聞人有刺殺韓相者，賊不得，國不知其名姓，暴其屍而縣之千金，乃於邑曰：'其是吾弟與……'乃大呼天者三，卒於邑悲哀而死政之旁。"王伯祥注："於邑，同'嗚咽'。悲哽。"

〔八〕扇子湖：北京原圓明園宮門外，有一東南走向輦道，乾隆二十八年（1763）前後，輦道兩旁相繼疏濬成湖，曰前湖。因形似扇面，俗稱扇面湖、扇子湖。

〔九〕"環佩"句：意謂當年扇子湖畔，王妃、宮女們如玉樹臨風。杜甫《詠懷古跡五首》之三："畫圖省識春風面，環佩空歸月夜魂。"杜甫"環佩"喻王昭君，半塘此處或暗喻珍妃。

〔一〇〕璿源：產珠的水流。璿，音"旋"。《文選》卷二六顏延之《贈王太

〔一一〕籠鞭：猶揮鞭。謂策馬。范成大《冬日田園雜興》詩之二："過門走馬何官職，側帽籠鞭戰北風。"

〔一二〕菰蘆：菰和蘆葦。藉指隱者所居之處；民間。《太平御覽》卷六一四引殷典《通語》："諸葛亮見之(指殷禮)歎曰：東吳菰蘆中，乃有奇偉如此。"

〔一三〕忘機鷗鷺：宋吳琚《浪淘沙》詞："岸柳可藏鴉。路轉溪斜。忘機鷗鷺立汀沙。咫尺鍾山迷望眼，一半雲遮。　臨水整烏紗。兩鬢蒼華。故鄉心事在天涯。幾日不來春便老，開盡桃花。"忘機，參見前《解語花》(雲低鳳闕)注。

〔一四〕省識：猶認識、洞察、理解。韓愈《赴江陵途中寄贈王二十補闕李十一拾遺李二十六員外翰林三學士》詩："汗漫不省識，恍如乘桴浮。"

〔一五〕水佩風襟：指荷花以水為佩，以風為衣襟。姜夔《念奴嬌》詞："三十六陂人未到，水佩風裳無數。"

〔一六〕"哀蟬"句：吳文英《過秦樓》詞："生怕哀蟬，暗驚秋被紅衰，啼珠零露。"

〔一七〕複道：樓閣或懸崖間有上下兩重通道，稱複道。《墨子·號令》："守宮三雜，外環隅為之樓，內環為樓，樓人葆宮丈五尺，為複道。"

〔一八〕太乙仙舟：指太乙蓮舟。參見前《紅情》(橫塘煙冪)注。

〔一九〕"剩泣露"三句：用李賀《金銅仙人辭漢歌》故實寫興亡之感。參見前《翠樓吟》(磬落風圓)注。

大　聖　樂

法源寺牡丹第二〔一〕

國色朝酣〔二〕，佛香風定，雨花深院。尚記得簾卷輕陰，困倚畫闌，人隔碧桃初見。恁識彩幡天一握〔三〕，乍回首、華鬘春共遠〔四〕。銷凝久，憶亭北舊情，清平愁按〔五〕。　東風等閒又轉。怕蝴蝶、飛歸魂欲斷〔六〕。算舊香彈指，樓臺都付，空花禪觀〔七〕。便折露華瑤階側，只消受春人雙淚眼〔八〕。留題在，莫輕拂、碧紗籠看〔九〕。

【注】

〔一〕 法源寺：即憫忠寺。參見前《湘月》（對花無語）注。

〔二〕 "國色"句：唐李濬《松窗雜録》："會春暮，内殿賞牡丹花。上（指唐玄宗）頗好詩，因問修己曰：'今京邑傳唱牡丹花詩，誰爲首出？'修己對曰：'臣嘗聞公卿間多吟賞中書舍人李正封詩，曰："國色朝酣酒，天香夜染衣。"'上聞之，嗟賞移時。"

〔三〕 彩幡：即彩勝。韋莊《立春》詩："雪圃乍開紅菜甲，彩幡新剪緑楊絲。"參見前《水龍吟》（歲寒禁慣）注。　　天一握：極言離天很近，僅在一握間。范成大《桑嶺》詩："回腸山百盤，揮手天一握。俯驚危棧穿，仰詫飛石落。"

〔四〕 華鬘：佛教語。即用鮮花串成的装飾物。鬘，音"蠻"。此以喻牡丹，取其莊嚴富貴之意也。《玄應音義》卷一："頂言俱蘇摩，此譯云華；摩羅，此譯云鬘。……案西國結鬘師多用蘇摩那花（花色黄白，甚香，高三四尺，四垂似蓋），行列結之，以爲條貫，無問男女貴賤，皆此莊嚴，或首或身，以爲飾好。則諸經中有華鬘、天鬘、寶鬘等，同其事也。"以華鬘裝飾于人身上，本來是印度風俗，但依戒律，僧人不得裝飾華鬘，僅能懸於室内，或以之供養佛。

〔五〕 "憶亭北"二句：唐李濬《松窗雜録》："開元中，禁中初重木芍藥，即今牡丹也。得四本：紅、紫、淺紅、通白者，上因移植于興慶池東沉香亭前。會花方繁開，上乘月夜召太真妃以步輦從。……上（指唐玄宗）曰：'賞名花，對妃子，焉用舊樂詞爲？'遂命龜年持金花箋，宣賜翰林學士李白進《清平調》詞三章。白欣承詔旨，猶苦宿醒未解，因援筆賦之：'……解釋春風無限恨，沉香亭北倚欄杆。'龜年遽以詞進，上命梨園子弟約略調撫絲竹，遂促龜年以歌，太真妃持玻璃七寶杯，酌西涼州蒲萄酒笑領（歌），意甚厚。上因調玉笛以倚曲，每曲遍將换，則遲其聲以媚之。"

〔六〕 "怕蝴蝶"句：林逋《山園小梅》詩："霜禽欲下先偷眼，粉蝶如知合斷魂。"

〔七〕 "算舊香"三句：謂霎時間亭臺樓閣都成了虛幻泡影。空花禪觀，即佛門"四大皆空"的"虛無"觀。宋曾覿《點絳唇》詞："今忘我。静中看破。萬事空花墮。"

〔八〕 "便折"二句：意謂即便在玉階旁摘下含帶露珠的花朵，也只是看到傷春人雙眼流出的淚水而已。

〔九〕 "留題"二句：指舊游題詩尚在，需要善自珍重。惜花惜人，饒煙水迷離之致。宋吳處厚《青箱雜記》卷六：“世傳魏野嘗從萊公（寇準）遊陝府僧舍，各有留題。後復同遊，見萊公之詩已用碧紗籠護，而野詩獨否，塵昏滿壁。時有從行官妓，頗慧黠，即以袂就拂之。野徐曰：'若得常將紅袖拂，也應勝似碧紗籠。'萊公大笑。”

帝臺春

豐臺芍藥第三[一]

村塢十八[二]。尋芳趁蜂蝶。誰種玉田，日暖生煙，紅綃初結[三]。記約鈿車拾翠處[四]，麴塵颺、洞天春別[五]。最留人，繭栗梢頭[六]，香融時節[七]。　　歌乍闋。芳事歇。剩皎潔。玉盤月。更莫訴飄零，解將離恨、只有暮鵑能說。風日從來媚桃李[八]，香色自憐譜花葉。證婪尾心情[九]，黯絲絲吟髮[一〇]。

【注】

〔一〕 豐臺：清潘榮陛《帝京歲時紀勝》“豐臺芍藥”條：“京都花木之盛，惟豐臺芍藥甲於天下。”參見前《掃花游》（彎環十八）注。

〔二〕 村塢：村莊。多指山村。庾信《杏花》詩：“依稀映村塢，爛熳開山城。”

〔三〕 “誰種”三句：以玉田喻芍藥花圃，每朵花如紅綃結成的玉。李商隱《錦瑟》詩：“滄海月明珠有淚，藍田日暖玉生煙。”

〔四〕 鈿車：參見前《戀繡衾》（博山平熱）注。　　拾翠：古代習俗，清明前後女仕們郊外踏青、鬥草、拾翠鳥羽毛祈福。曹植《洛神賦》：“或戲清流，或翔神渚；或采明珠，或拾翠羽。從南湘之二妃，攜漢濱之游女。”

〔五〕 麴塵：本指淺綠帶黃的顏色，此喻漫天飄飛的楊花。語本《禮記》“麴衣”注：“如鞠塵色。”“鞠”與“麴”二字通用。白居易《巴水》詩：“城下巴江水，春來似麴塵。”參見前《掃地花》（柳陰翠合）注。

〔六〕 繭栗：指植物的幼芽或蓓蕾。黃庭堅《寄王定國》詩序：“往歲過廣陵，值早春，嘗作詩云：……紅藥梢頭初繭栗，揚州風物鬢成絲。”

〔七〕 “香融”句：花香飄散的時節。融，《說文·鬲部》：“融，炊氣上出也。”

〔八〕 風日：風和日麗的日子。李白《宮中行樂詞》詩：“素女鳴珠佩，天人弄彩球。今朝風日好,宜入未央游。"

〔九〕 婪尾心情:花開到末尾,一派衰颯的頹喪心情。宋吴泳《摸魚兒》詞:"生來不向春頭上,卻跨暮春婪尾。"

〔一〇〕 吟髮:詩人的頭髮。杜荀鶴《秋晨有感》詩:"吟髮不長黑,世交無久情。"

八犯玉交枝

寄園朱藤第四(1)〔一〕

門掩青槐,架欹朱珞〔二〕,曲徑倩痕低亞〔三〕。惟有玲瓏檐外月,慣見琴樽瀟灑。尋芳攜酒,最憐才魄消沉〔四〕,花前吟事憑誰話。長記采香搴蔓〔五〕,年年初夏。　　惆悵舊日樓臺,翠陰覆處,黯然愁對鴛瓦。問誰信、東風裊娜,也分占、滄洲殘畫〔六〕。儘輸與、梨雲影謝〔七〕。腥塵不浣紅闌罅〔八〕。只夢憶繁枝,天池甚日歸來也〔九〕。余舊籍山陰。徐文長天池書屋青藤,聞至今尚存。

【校】

(1)《定稿》光緒三十二年本題下刪"第四"二字。

【注】

〔一〕 寄園:位於北京長椿寺西南(原下斜街、今長椿街路西)教子胡同。康熙朝户部給事中趙恒夫(吉士)居此時,在園内濬池纍石,分佈亭館,種植花木,一時成爲名園。改名寄園,爲文人雅集觴詠之地。趙以詩文和考據自娛,著有《寄園寄所寄》十二卷。乾隆年間亭館已圮,僅存遺址,老屋數間,樹木甚古。　　朱藤:即紫藤,又名藤蘿、招豆藤、黄環。春季開花,青紫色蝶形花冠,花紫色或深紫色。

〔二〕 朱珞:紫紅色纓絡。即用珠玉穿成的裝飾物。喻紫藤花。

〔三〕 低亞:低垂。宋孫浩然《離亭燕》詞:"天際客帆高掛,煙外酒旗低亞。"

〔四〕 才魄:才子魂魄,代指文人才士。韓偓《金陵》詩:"自古風流皆暗銷,才魄妖魂誰與招。"

〔五〕 采香搴蔓:提起藤蔓采摘香花。李賀《天上謠》詩:"玉宫桂樹花未落,仙妾采香垂珮纓。"

〔六〕滄洲殘畫：言外寓"黍離之悲"也。杜甫《題玄武禪師屋壁》詩："何年顧虎頭，滿壁畫滄洲。"滄洲，指水濱，多喻隱士居處。但此詞或即指河北滄州，天津渤海灣一帶，八國聯軍從此一路殺進北京城。索詞意，更切題旨。清末周岸登《蘭陵王·吊鄭叔問文焯》詞："滄洲殘畫，剩蠹紙，淚尚滴。"朱祖謀《夜行船》詞："半壁滄洲殘畫裏。西風咽、笛聲不起。恨水離煙，仙槎何處，卻趁撇波魚尾。"

〔七〕梨雲影謝：梨花盛開如雲，花謝即"雲影"謝去。全句意謂梨花雖如雲影之盛，但早已謝去，輸給了紫藤花。

〔八〕"腥塵"句：意謂八國聯軍血腥戰事，尚未污染到爬滿紅闌的紫藤，它們照樣開得燦爛如故。

〔九〕天池：徐渭（1521—1593），字文長，號天池生、天池漁隱、青藤道人、青藤老人等，山陰（今浙江紹興市）諸生，工詩文書畫。所居有青藤書屋。

夢橫塘

野鳧潭蘆花第五⁽¹⁾〔一〕

短碕飛雪〔二〕，別浦流雲〔三〕，暮天涼意初覺。野色遙連，暗隔斷、紅香城郭〔四〕。刻意尋秋，不堪愁鬢，等閒迷著。憶扁舟舊隱〔五〕，月落潮生，游情倦、風波惡。　江亭記得春歸，正迷離萬綠，雨潤闌角。短笛聲催，愁更說、踏青前約〔六〕。最憐是、驚鷗斷雁，聚影澄潭怨飄泊。付與霜楓，冷紅獨舞〔七〕，媚西風簾幕。

【校】

（1）《定稿》光緒三十二年本題下删"第五"二字。

【注】

〔一〕野鳧潭：在今陶然亭公園內。參見前《壽樓春》（嗟春來何遲）注。

〔二〕短碕：指河岸上蘆花飄飛。碕，曲折的河岸，音"奇"。漢袁康《越絕書·荊平王內傳》："漁者知其非常人也，欲往渡之，恐人知之，歌而往過之曰：'日昭昭，侵已施，與子期甫蘆之碕。'"

〔三〕別浦：河流入江海之處稱浦，或稱別浦。南朝宋謝莊《山夜憂吟》詩：

〔四〕紅香城郭：意猶今日所謂之"花花世界"。
〔五〕"憶扁舟"句：李商隱《安定城樓》詩："永憶江湖歸白髮，欲回天地入扁舟。"
〔六〕踏青：參見前《南浦》(新綠滿瀛洲)注。
〔七〕"付與"二句：姜夔《法曲獻仙音》詞："屢回顧。過秋風、未成歸計，誰念我、重見冷楓紅舞。"

夜飛鵲

花之寺海棠第六〔一〕

芳菲舊盟在〔二〕，攜酒年年。愁憶選勝花天〔三〕。疏鐘邀客鳳城畔，曇雲如錦初圓〔四〕。娉婷倚闌處，正不禁嬌困、蝶鬧蜂喧。詩人妙句，便蠻箋、十樣難傳〔五〕。　休問蕊珠軼事〔六〕，珍重記移根，春滿平泉〔七〕。回首承平觴詠，東風無賴，吹不成妍。是空是色〔八〕，懺繁華、欲禮枯禪〔九〕。歎輕陰誰護，惟應睡去，樺燭休燃〔一〇〕。

【注】

〔一〕花之寺：故址在今北京宣武門外。參見前《宴清都》(歡意隨春)注。
〔二〕舊盟：蓋指當年詞人們在花之寺社集時相約再聚的決定。
〔三〕選勝花天：在鮮花盛開時選擇名勝之地悠游。陸游《風入松》詞："萬金選勝鶯花海，倚疏狂、驅使青春。"
〔四〕曇雲：狀如曇花的白雲。曇花大而色白，圓如雲朵。此以喻成片盛開的白海棠。
〔五〕蠻箋：蜀地所產名貴的彩色箋紙。辛棄疾《賀新郎》詞："十樣蠻牋紋錯綺，粲珠璣。"蠻牋，即蠻箋。
〔六〕蕊珠軼事：疑指《紅樓夢》襲人事。《紅樓夢》第三回："原來這襲人亦是賈母之婢，本名蕊珠。"襲人姓花，賈寶玉取陸游《村居書喜》詩句"花氣襲人知驟暖，鵲聲穿竹識新晴"之意賜名爲"襲人"。花之寺，也以"花"冠名，這或是詞中所謂的"蕊珠軼事"所本。後句遂有"珍重記移根"作爲花襲人身世的呼應。《黃庭內景經》："太上大道玉晨君，閒居蕊珠作七言。"清蔣國祚注："蕊珠者，天上宮名。"唐吳融《便殿候對》詩:"宜呼畫入蕊珠宮,玉女窗扉薄霧籠。"宋徽宗趙佶《燕山亭·北行見杏花》詞:"新樣靚妝,豔溢香融,羞殺蕊珠宮女。"

〔七〕 平泉:參見前《翠樓吟》(壓架塵輕)注。

〔八〕 是空是色:佛教語。出自《般若波羅蜜多心經》:"舍利子,色不異空,空不異色;色即是空,空即是色。"這是觀世音菩薩對舍利子的教導,簡單表述了佛教哲學關於物質存在的多義性、依賴性、相對性、流變性的基本理念。佛教認爲,"色"即人們看到的"此時"的客觀世界的一切物質性存在,"空"則是物質性存在有其依賴性、依存性、相對性和有限性的另一種存在方式(不是"此時"能夠見到、聞到、觸到和感覺到的),這就是"空",而"空"并非虛無,也是一種存在,即"色"。這是佛教的"非此在"哲學,也是佛教的"我即是佛""人皆可佛"的相對論哲學觀的理論依據。

〔九〕 枯禪:静坐參禪。因參禪者長坐不卧,呆若枯木,故又稱枯木禪。宋元姚雲文《八聲甘州》詞:"人聲斷,虛齋半掩,月印枯禪。"

〔一〇〕 "輕陰"三句:反蘇軾《海棠》詩"只恐夜深花睡去,更燒高燭照紅妝"句意而用之,表達惜花之情。

鷓鴣天

庚子除夕

漏盡春城寂不嘩〔一〕。迎年爆竹是誰家。尋詩淚濺宜春字〔二〕,倚壁燈昏隔歲花〔三〕。　淹日月,困風沙。屠蘇無味酒慵賒〔四〕。共君今夜不須睡,坐看遙天北斗斜。

【注】

〔一〕 漏盡:謂計時的滴漏器中之水已滴完,新年開始。顧況《宮詞五首》之一:"禁柳煙中聞曉烏,風吹玉漏盡銅壺。"

〔二〕 宜春字:舊時立春及春節所剪或書寫的字樣。民間與宮中將其貼於窗户、器物、彩勝等之上,以示迎春。宗懍《荆楚歲時記》:"立春之日,悉剪綵爲燕戴之。帖'宜春'二字。"唐崔道融《春閨》詩之二:"欲剪宜春字,春寒入剪刀。"

〔三〕 "倚壁"句:靠著牆壁不睡,看除夕的燈花跨越了兩年。

〔四〕屠蘇：參見前《秋夜雨》（晴雷萬丈）注。

六州歌頭

辛丑元日連句〔一〕

不知今日，春色幾分回。鶯梅柳意。還憔悴。惜芳菲。渺天涯。漚回首神州路。千萬樹。煙塵冱〔二〕。靈旗舞〔三〕。神弦語〔四〕。總堪悲。忍贏得西風，老眼驚驕蜃〔五〕，淚不勝揮。鶯甚椒紅柏綠〔六〕，不放隔鄰杯〔七〕。吟鬢絲絲。苦低垂。漚　況年華負。心期誤〔八〕。蘭成賦〔九〕。杜陵詩〔一〇〕。忍煙雨外。南山翠。影迷離。記年時。蓂莢堯階坼〔一一〕，正日暖，上陽枝〔一二〕。鶯仙仗底。朝正使。萬方馳〔一三〕。不道長安，日遠空西望，雉尾雲移〔一四〕。漚黯樽前景物，拚得醉如泥。鶯燕休疑。忍

【注】

〔一〕辛丑：光緒二十七年（1901）。　　連句：參見前《齊天樂》（素心相對）注。

〔二〕冱：凍結，寒冷。張衡《思玄賦》："行積冰之磑磑兮，清泉冱而不流。"

〔三〕靈旗：戰旗。古代將士出征前必祭禱之，以求神靈護持，旗開得勝。一指畫有符籙的旗子，用以驅邪鎮鬼的道教法器。《漢書·禮樂志》："鐘鼓竽笙，雲舞翔翔，招搖靈旗，九夷賓將。"顏師古注："將猶從也。"劉克莊《沁園春》詞："但綸巾指授，關河震動，靈旗征討，夷漢賓將。"

〔四〕神弦：樂府清商曲吳聲歌曲中有神弦歌，多言神鬼之事。

〔五〕驕蜃：驕橫的大海怪。蜃，中國神話傳說的一種海怪，吹氣便成海市蜃樓。此似喻去年從海上入侵的八國聯軍。

〔六〕椒紅柏綠：指椒酒和柏酒。古代農曆正月初一用以祭祖或獻之於家長以示祝壽拜賀之意。漢崔寔《四民月令·正月》"各上椒酒於其家長"原注："正日進椒柏酒。椒是'玉衡'星精，服之令人能不老。柏亦是仙藥。進酒次第，當從小起，以年少者爲先。"

〔七〕隔鄰杯：杜甫《客至》詩："肯與鄰翁相對飲，隔籬呼取盡餘杯。"

〔八〕心期誤：吳文英《點絳唇·有懷蘇州》詞："可惜人生，不向吳城住。

心期誤。雁將秋去。天遠青山暮。"

〔九〕 蘭成賦：南北朝詩人庾信，小字蘭成，有《哀江南賦》，傷悼梁朝滅亡，感歎個人身世經歷，格局獨特，文字真實流暢、情緒淒婉，語言老成，寓意深刻。爲中國賦史中最爲傳誦之名篇，有"賦史"之稱。

〔一〇〕 杜陵詩：杜甫，自號杜陵野老。其詩關注民生疾苦，"每飯不忘君"，風格沉鬱頓挫，號稱"詩史"；人稱其爲"詩聖"。

〔一一〕 蓂莢句：葛洪《抱朴子·對俗》："唐堯觀蓂莢以知月。"蓂莢，古代傳說中的一種瑞草。它每月從初一至十五，每日結一莢；從十六至月終，每日落一莢。所以從莢數多少，可以知道是何日。一名曆莢。《竹書紀年》卷上："有草夾階而生，月朔始生一莢，月半而生十五莢；十六日以後，日落一莢，及晦而盡；月小，則一莢焦而不落。名曰蓂莢，一曰曆莢。"坼，特指植物的種子或花芽綻開。

〔一二〕 上陽：上陽宮。唐宮名。高宗時建於洛陽。杜牧《洛陽》詩："疑有女娥西望處，上陽煙樹正秋風。"此指清宮苑。

〔一三〕 "仙仗"三句：指光緒仍未回鑾，臣子們只能赴西安行朝正。仙仗，指皇帝的儀仗。朝正，古代諸侯和臣屬在正月朝見天子。漢以來通常在歲首元旦進行。也稱大朝會。

〔一四〕 "不道"三句：指在京城西望遠在西安的皇帝儀仗。雉尾，即雉尾扇。古代帝王儀仗用具之一。崔豹《古今注·輿服》："雉尾扇起於殷世，高宗時有雊雉之祥，服章多用翟羽。周制以爲王、后、夫人之車服，輿車有翣，即緝雉羽爲扇翣，以障翳風塵也，漢朝乘輿服之。後以賜梁孝王。魏晉以來無常，惟諸王皆得用之。"

慶 春 澤

和霞生庚子除夕〔一〕

花勝新情〔二〕，紅桑幻影〔三〕，年涯笳鼓聲催〔四〕。寸寸彎強〔五〕，愁邊歲月支離。老懷不耐傷春苦，倚彩箋、吉語親題。願東風，休遣輕塵，還涴芳枝。　　屠蘇莫厭隨人後，憶都盧情味〔六〕，絕倒年時〔七〕。幾杵疏鐘，等閒芳訊驚回。無聊自酹神荼語〔八〕，要隔離、喚盡餘杯〔九〕。盼歸雲，好趁鵝黃，千縷西池〔一〇〕。

【注】

〔一〕霞生：楊福璋，字霞生，山陰（今浙江紹興）人。

〔二〕花勝：即彩勝。參見前《水龍吟》（歲寒禁懱）注。《文選》卷三四曹植《七啓》"戴金摇之熠耀，揚翠羽之雙翹"，李善注引晉司馬彪《續漢書》："皇太后入廟先爲花勝，上爲鳳凰，以翡翠爲毛羽。"

〔三〕"紅桑"句：指長生不老之事。參見前《還京樂》（雨初霽）注。

〔四〕年涯：猶年邊、年尾。

〔五〕"寸寸"句：蘇軾《次前韻答子由》詩："百年不易滿，寸寸彎強弓。"

〔六〕都盧：漢時雜戲名。傅玄《正都賦》："都盧迅足，緣修竿而上下。"《文選》李善注引《太康地志》曰："都盧國其人善緣高。"

〔七〕絶倒：笑得前仰後合。蘇軾《游博羅香積寺》詩："詩成捧腹便絶倒，書生説食真膏肓。"　年時：當年那時，指孩提除夕看雜劇的年代。

〔八〕神荼：傳説中能制伏惡鬼的神人。常與另一神人鬱壘並稱。後世遂以爲門神，畫像醜怪兇狠。《論衡·訂鬼》引《山海經》："滄海之中，有度朔之山，上有大桃木，其屈蟠三千里，其枝間東北曰鬼門，萬鬼所出入也。上有二神人，一曰神荼，一曰鬱壘，主閲領萬鬼。惡害之鬼，執以葦索而以食虎。於是黄帝乃作禮以時驅之，立大桃人，門户畫神荼、鬱壘與虎，懸葦索以禦凶魅。"清富察敦崇《燕京歲時記·門神》："門神皆甲胄執戈，懸弧佩劍，或謂爲神荼、鬱壘，或謂爲秦瓊、敬德，其實皆非也。但謂之門神可矣。"

〔九〕"要隔籬"句：杜甫《客至》詩："肯與鄰翁相對飲，隔籬呼取盡餘杯。"

〔一〇〕"盼歸雲"三句：希望趁春天回家鄉。鵝黄，指淡黄色的新柳。王安石《半山即事》詩之三："含風鴨緑粼粼起，弄日鵝黄裊裊垂。"

玲瓏四犯

依白石雙調〔一〕，自題春明花事〔二〕。

有恨燕鶯，關情煙月〔三〕，游塵隔斷流水〔四〕。夢華誰信得〔五〕，數到樽前事。闌干倦吟自倚。黯青衫、淚痕清漬〔六〕。説與消魂，可憐都在，紅紫萬千里。　　樓臺望、迷蜃氣。酹東皇問取〔七〕，芳訊回未。好風披拂處，莫忘懷新意。新蒲細柳江頭恨，杜陵老、不禁憔悴〔八〕。游倦矣。餘情付、愁羅恨綺。

【注】

〔一〕白石雙調：即姜夔《玲瓏四犯·越中歲暮聞簫鼓感懷》一詞。姜夔此調不同於周邦彦創調《玲瓏四犯》，故《詞譜》列爲《别體》。

〔二〕春明花事：指前《金明池》（環佩臨風）以下六首詠京城花卉之作。

〔三〕"關情"句：歐陽修《玉樓春》詞："樽前擬把歸期說。未語春容先慘咽。人生自是有情癡，此恨不關風與月。"

〔四〕游塵：周密《六幺令·次韻劉養源賦雪》詞："交映虚窗凈沼。不許游塵到。誰念絮帽茸裘，歎幼安今老。"

〔五〕夢華：即美夢。亦指如夢的往事。語本《列子·黄帝》古人"夢遊華胥氏之國"之說。蔣捷《南鄉子·塘門元宵》詞："誰解倚梅花。思想燈球墜絳紗。舊說夢華猶未了，堪嗟。才百餘年又夢華。"

〔六〕"黯青衫"句：白居易《琵琶行》詩："座中泣下誰最多，江州司馬青衫濕。"

〔七〕東皇：參見前《百字令》（過春社了）注。

〔八〕"新蒲"二句：杜甫《哀江頭》詩："少陵野老吞聲哭，春日潛行曲江曲。江頭宫殿鎖千門，細柳新蒲爲誰緑。"

石 州 慢

用東山韻〔一〕

審聽歸鴻〔二〕，獨倚畫闌，愁滿寥闊。梅梢暖意初回，短角幾聲催折。玉龍吹處〔三〕，記倩説與東風，餘寒珍重封枝雪〔四〕。惆悵酒邊情，問繁聲誰節〔五〕。　　清發。謝郎才思〔六〕，禁慣飄零，舊吟都别。畫裏溪山，入夢還應淒絶。萋萋芳草，料也解怨王孫〔七〕，迷離如共愁腸結。算省識相思，只窺簾新月〔八〕。

【注】

〔一〕東山：北宋詞人賀鑄自編詞集名《東山樂府》。其《石州引》詞云："薄雨初寒，斜照弄晴，春意空闊。長亭柳色才黄，遠客一枝先折？煙横水際，映帶幾點歸鴻，東風消盡龍沙雪。還記出關來，恰如今時節。　　將發。畫樓芳酒，紅淚清歌，頓成輕别。已是經年，杳杳音塵多絶。欲知方寸，共有幾許清愁？芭蕉不展丁香結。枉望斷天涯，兩厭厭風月。"

〔二〕審聽：細聽。南朝齊王融《永明九年策秀才文》："審聽高居，載懷祇懼。"

〔三〕玉龍：喻笛。姜夔《疏影》詞："還教一片隨波去，又卻怨、玉龍哀曲。"

〔四〕封枝雪：周邦彥《菩薩蠻》詞："天憎梅浪發，故下封枝雪。"

〔五〕繁聲誰節：《宋史·樂志三》載楊傑言大樂七失云："言雖永，不可以逾其聲。今歌者或詠一言而濫及數律；或章句已闋而樂音未終，所謂歌不永言也。請節其煩聲，以一聲歌一言。"節，簡省。

〔六〕"清發"二句：李白《宣州謝朓樓餞別校書叔雲》詩："蓬萊文章建安骨，中間小謝又清發。"謝郎，即指謝朓。

〔七〕"萋萋"二句：《楚辭·招隱士》："王孫游兮不歸，春草生兮萋萋。"

〔八〕"算省識"二句：杜甫《詠懷古跡五首》之三："畫圖省識春風面，環佩空歸月夜魂。"

淒涼犯

用白石韻(1)

夕煙一抹。風簾靜、清吟不盡蕭索。鈿車寶馬〔一〕，歡情轉首，恨生清角〔二〕。傷春夢惡。斷紅沁殘陽影薄〔三〕。甚匆匆、珠旛彩勝〔四〕，障眼總塵漠〔五〕。　　休念開元日〔六〕，尺五城南〔七〕，踏歌聲樂〔八〕。麝塵濺處〔九〕，顫鸞龍、寶釵零落〔一〇〕。海樣鶯花〔一一〕，俊游事銅駝記著〔一二〕。只疏梅、月底弄影，未負約。

【校】

（1）此詞用姜夔《淒涼犯》（綠楊巷陌）詞韻。首句白石詞用"陌"字為韻，而半塘用"抹"字為韻。其他韻腳二者均同。

【注】

〔一〕鈿車寶馬：李清照《永遇樂》詞："來相召、香車寶馬，謝他酒朋詩侶。"

〔二〕清角：清越的號角。姜夔《揚州慢》詞："漸黃昏。清角吹寒，都在

〔三〕斷紅：飄零的花瓣。周邦彥《六醜》詞："恐斷紅、尚有相思字，何由見得。"

〔四〕珠旛：飾珠的旗幡。與彩勝同爲舊時立春日的裝飾物。唐鄭符《書事聯句》："步觸珠旛響，吟窺缽水澄。"

〔五〕塵漠：塵土迷蒙。王逸《楚辭章句·九思·疾世》："時昢昢兮且旦，塵漠漠兮未晞。"

〔六〕開元日：開元爲盛唐全勝時期。溫庭筠《過華清宮二十二韻》詩："憶昔開元日，承平事勝游。貴妃專寵倖，天子富春秋。"參見前《月華清》(夜冷蛩疏)注。

〔七〕尺五城南：即指京都。杜甫《贈韋七贊善》詩："鄉里衣冠不乏賢，杜陵韋曲未央前。爾家最近魁三象，時論同歸尺五天。"自注："俚諺曰：'城南韋杜，去天尺五。'"參見前《齊天樂》(鬱蔥喬木)注。

〔八〕踏歌：指行吟，邊走邊歌。李白《贈汪倫》詩："李白乘舟將欲行，忽聞岸上踏歌聲。"以上三句寫昔日詞人們在京城結社唱酬之樂。

〔九〕麝塵：即香塵。周密《戀繡衾》詞："粉黃衣薄沾麝塵。作南華、春夢乍醒。活計一生花裏，恨曉房、香露正深。"

〔一〇〕"顱鸞龍"句：蘇軾《軾在潁州與趙德麟同治西湖，未成，改揚州。三月十六日湖成，德麟有詩見懷次韻》詩："雷塘水乾禾黍滿，寶釵耕出餘鸞龍。"趙次公注："雷塘在揚州東北十里，煬帝所葬處。煬帝平昔游之，多從宮人，故時耕出寶釵焉。鸞龍則寶釵之飾也。"

〔一一〕海樣鶯花：陸游《風入松》詞："萬金選勝鶯花海，倚疏狂、驅使青春。"鶯花，藉喻歌伎。

〔一二〕"俊游"句：秦觀《望海潮》詞："金谷俊游，銅駝巷陌，新晴細履平沙。"

花　犯

用清真韻

渭城西，絲絲倦柳〔一〕，催人試愁味。雪欺霜綴〔二〕。休更說腰肢，風外纖麗。玳筵舊日清歌倚〔三〕。投壺天正喜〔四〕。尚仿佛、雲屏寒淺，添香偎繡被。
梨園至今散如煙〔五〕，風塵共弔影，驚心雕悴〔六〕。腸暗斷，凝碧上、管弦淒墜〔七〕。東風颭、落花似雪,誰更識、龜年愁病裏〔八〕。算付與、龍鍾雙袖,潛痕清瀉水〔九〕。

【注】

〔一〕"渭城"二句:王維《送元二使安西》詩:"渭城朝雨裛輕塵,客舍青青柳色新。"渭城,地名。本秦都咸陽,漢高祖元年改名新城,後廢。武帝元鼎三年復置,改名渭城。東漢併入長安縣。治所在今陝西咸陽東北二十里。

〔二〕"雪欺"句:趙長卿《探春令·賞梅十首》之八:"雨孱風瘦,雪欺霜妒,時光牢落。怎奈向、天與孤高出衆,一任傍人惡。"

〔三〕玳筵:玳瑁筵。謂豪華、珍貴的海鮮宴席。玳瑁,海龜的一種,最大可長到近五尺長,又稱鷹嘴海龜。隋江總《今日樂相樂》詩:"綺殿文雅道,玳筵歡趣密。"

〔四〕投壺:古代宴會禮制。亦爲娛樂活動。據《禮記·投壺》,賓主依次用矢投向盛酒的壺口,以投中多少決勝負,負者飲酒。《左傳·昭公十二年》:"晉侯以齊侯宴,中行穆子相。投壺,晉侯先,穆子曰:'有酒如淮,有肉如坻。宴君中此,爲諸侯師。'中之。"

〔五〕"梨園"句:杜甫《觀公孫大娘弟子舞劍器行》詩:"梨園弟子散如煙,女樂餘姿映寒日。"梨園,唐玄宗時教練宮廷歌舞藝人的地方。《新唐書·禮樂志十二》:"玄宗既知音律,又酷愛法曲,選坐部伎子弟三百教於梨園,聲有誤音,帝必覺而正之,號'皇帝梨園弟子'。宮女數百,亦爲梨園弟子,居宜春北院。"

〔六〕雕悴:即雕瘁。傷損病困,凋零憔悴。陸游《答劉主簿書》:"數十年之功,耗心疲力,雕悴齒髮而爲之。"

〔七〕"凝碧"句:王維《菩提寺禁,裴迪來相看,説逆賊等凝碧池上作音樂,供奉人等舉聲便一時淚下,私成口號,誦示裴迪》詩:"萬户傷心生野煙,百官何日再朝天。秋槐葉落空宮裏,凝碧池頭奏管弦。"唐鄭處誨《明皇雜録》補遺:"天寶末,群賊陷兩京,大掠文武朝臣及黄門、宫嬪、樂工……禄山尤致意樂工,求訪頗切,於旬日獲梨園弟子數百人。群賊因相與大會於凝碧池,宴僞官數十人,大陳御庫珍寶,羅列於前後。樂既作,梨園舊人不覺歔欷,相對泣下。群逆皆露刃持滿以脅之,而悲不能已。有樂工雷海清者,投樂器於地,西向慟哭。逆黨乃縛海清於戲馬殿,支解以示衆,聞之者莫不傷痛。"

〔八〕龜年愁病:杜甫《江南逢李龜年》詩:"岐王宅裏尋常見,崔九堂前幾度聞。正是江南好風景，落花時節又逢君。"唐鄭處誨《明皇雜錄》卷下："唐開元中，樂工李龜年、彭年、鶴年兄弟三人，皆有才學盛名。……其後，龜年流落江南，每遇良辰勝賞，爲人歌數闋。座中聞之，莫不掩泣罷酒。"唐李端《贈李龜年》詩："青春事漢主，白首入秦城。遍識才人字，多知舊曲名。風流隨故事，語笑合新聲。獨有垂楊樹，偏傷日暮情。"

〔九〕"算付與"二句：岑參《逢入京使》詩："故園東望路漫漫，雙袖龍鍾淚不乾。"龍鍾，沾濕貌。

望　梅

元夕用碧山韻(1)

凍梅春寂。倚清尊祝取，燭花休坼〔一〕。記往時、燈月光中，聽笑語千門，暖回簾額〔二〕。凝白闌干，暗換盡、遥天風色。問繁華在否，總逐暗塵〔三〕，等閒輕擲。　　華胥夢迷化國〔四〕。剩春衫淚點，風景空憶。看怨娥、深閉銀雲〔五〕，也愁對天街，霧飛香息。眼底三生，寫恨到、尋常簫笛〔六〕。話傳柑、絳籠影事〔七〕，望窮雁驛〔八〕。

【校】

（1）半塘步韻原作爲宋黄大輿編《梅苑》卷四所載《望梅》（畫闌人寂）詞，署王聖與（沂孫字）作，《花草粹編》、《詞綜》、《歷代詩餘》沿之。然黄大輿爲南北宋之間人，焉得將宋末人之作收入其書？顯爲後世無知者誤加撰人。半塘亦失考。唐圭璋編《全宋詞》將此詞收入書後所附無名氏作品（見《全宋詞》第9211頁）。

【注】

〔一〕燭花休坼：蠟燭不要燃盡。燭花，蠟燭燒完融成的花狀物。杜甫、李之芳《夏夜李尚書筵送宇文石首赴縣聯句》："雨稀雲葉斷，夜久燭花偏。"坼，開裂，音"徹"。

〔二〕"聽笑語"二句：宋李持正《人月圓令》詞："小桃枝上春風早，初試薄羅衣。年年樂事，華燈競處，人月圓時。　　禁街簫鼓，寒輕夜永，纖手重攜。更闌人散，千門笑語，聲在簾幃。"

〔三〕暗塵：周邦彦《解語花·元宵》詞："鈿車羅帕。相逢處,自有暗塵隨馬。年光是也。唯只見、舊情衰謝。"

〔四〕"華胥"句：參見前《高陽臺》(翠葉招涼)注。化國,教化施行之國,理想的安樂和平之境。

〔五〕怨娥：指月亮。吴文英《古香慢》詞："怨娥墜柳,離佩搖篊,霜訊南圃。"　銀雲：銀白色雲朵。《史記·封禪書》："三神山者,其傳在渤海中……其物禽獸盡白,而黄金銀爲宫闕,未至望之如雲。"李賀《秦王飲酒》詩："酒酣喝月使倒行,銀雲櫛櫛瑶殿明。"

〔六〕"眼底"三句：宋周伯陽《春從天上來》詞："仿佛石上三生。指蓬萊路,渺何許、月冷風清。倚南樓、一聲長笛,幾點殘星。"三生,佛教語,指前生、今生、來生。

〔七〕傳柑：北宋上元夜宫中有"傳柑"習俗。蘇軾《上元侍飲樓上》詩之三："歸來一點殘燈在,猶有傳柑遺細君。"自注："侍飲樓上,則貴戚争以黄柑遺近臣,謂之傳柑。"絳籠,紅色燈籠。

〔八〕雁驛：似指金雁驛。韋莊《漢州》詩："十日醉眠金雁驛,臨岐無限臉波横。"元郝天挺《唐詩鼓吹》"金雁驛"下注曰："漢州驛名也。"

玉　京　秋

用草窗韻〔一〕

吟袖闊。懷人耿遥夜,賦情空切。客愁點檢,紛如雲葉〔二〕。憔悴花間鬢影,甚東風、不上簪雪〔三〕。幾傷別。半生哀樂,與誰同説。　　斷夢醒來猶怯〔四〕。捲疏簾、山眉黛缺〔五〕。作計消愁〔六〕,惟應長醉,玉尊休歇。儘説春歸,已不是、前度尋芳時節。自淒咽。還憶梅邊舊月〔七〕。

【注】

〔一〕草窗：宋代詞人周密。參見前《探芳信》(正芳晝)注。

〔二〕"客愁點檢"二句：意謂檢點客愁,如雲朵般紛紜繁密。雲葉,猶雲片,雲朵。南朝陳張正見《初春賦得池應教》："春光落雲葉,花影發晴枝。"

〔三〕甚東風：全句意謂：東風爲何不能染青白髮。簪雪,指白髮。蘇軾《送表忠觀道士歸杭》詩："淒涼破屋塵凝座,憔悴雲孫雪滿簪。"

〔四〕"斷夢"句：唐杜荀鶴《旅寓》詩："畫角引風吹斷夢，垂楊和雨結成愁。"

〔五〕山眉黛缺：晏殊《清平樂》詞："春花秋草。只是催人老。總把千山眉黛掃。未抵別愁多少。"

〔六〕作計消愁：即作消愁計。宋曹勛《玉蹀躞》詞："少歡偶。人道消愁須酒。酒又怕醒後。這般光景，愁懷煞難受。"

〔七〕梅邊舊月：姜夔《暗香》詞："舊時月色。算幾番照我，梅邊吹笛。"

賀新郎

落梅，分用竹山韻〔一〕。

幽意憑誰領。認闌干、潛痕浣袖，斷紅猶靚。不信江南春歸易，喚取皋禽夢醒〔二〕。暗魂斷、黃昏疏影〔三〕。羌管聲聲催未已，最愁人、獨倚南樓聽。搖落恨，對流景。　巡檐淡月流華井〔四〕。算姮娥、多情解惜〔五〕，何郎清詠〔六〕。臺榭荒涼環佩遠，付與寒煙弄暝。問妝鏡、愁鸞誰整〔七〕。訴盡東風飄零事，只兩行、低雁聲相應。誰伴我，夜深冷。

【注】

〔一〕竹山：詞人蔣捷，字勝欲，號竹山，宋末元初陽羨（今江蘇宜興）人。南宋滅亡後，遁跡不仕，氣節爲時人所重，稱其"竹山先生"。長於詞，與周密、王沂孫、張炎並稱"宋末四大家"。有《竹山詞》一卷。這首詞亦是半塘在四印齋與朱祖謀、劉福姚唱酬之作。查朱祖謀有《金縷曲（即《賀新郎》）·落梅用竹山韻》一首，乃一一次蔣捷《賀新郎》"夢冷黃金屋"一詞原韻。劉福姚有《賀新郎·落梅分用竹山韻》一首，乃用"薄""弱"等韻。半塘此調用"領""靚"等韻。可知，朱祖謀"用竹山韻"爲首唱，劉、王分別用不同於蔣竹山的韻，是爲"分用韻"也。

〔二〕皋禽：鶴的別名。《文選》卷一三謝莊《月賦》："聆皋禽之夕聞，聽朔管之秋引。"李善注："《詩》曰：'鶴鳴九皋。'皋禽，鶴也。"韓愈《和崔舍人詠月》詩："花樹參差見，皋禽斷續聆。"

〔三〕"暗魂斷"句：林逋《山園小梅》詩："疏影橫斜水清淺，暗香浮動月黃昏。霜禽欲下先偷眼，粉蝶如知合斷魂。……"

〔四〕"巡檐"句：檐前月照如井水湧流。巡檐，來往於檐前。杜甫《舍弟觀赴藍田取妻子到江陵喜寄》詩之二："巡檐索共梅花笑，冷蘂疏枝半不禁。"流華，如水的月光。顏真卿《五言月夜啜茶聯句》詩："流華浄肌骨，疏瀹滌心原。"

〔五〕姮娥：嫦娥原名，因西漢時爲避漢文帝劉恒的諱而改稱嫦娥，又作常娥。姮，音"恒"。

〔六〕"何郎"句：指何遜《早梅》詩。參見前《摘紅英》（春消息）注。

〔七〕愁鸞：《藝文類聚》卷九〇載南朝宋范泰《鸞鳥詩序》："昔罽賓王結置峻卯之山，獲一鸞鳥，王甚愛之，欲其鳴而不致也，乃飾以金樊，饗以珍羞。對之愈戚，三年不鳴。其夫人曰：'嘗聞鳥見其類而後鳴，何不懸鏡以映之。'王從其意，鸞睹形悲鳴，哀響沖霄，一奮而絕。"

月下笛

用玉田韻〔一〕

入畫山殘，籠紗句蝕〔二〕，寄愁無處。寒汀敗葦，約略年時醉邊路。傷春心事長楊識，莫更作、朝元夜雨〔三〕。望孤雲天末〔四〕，雁歸人遠，悄然獨語。　　離緒。江關暮。亂蒲稗春波〔五〕，浴鳧翹鷺。危闌倦倚，數峰相對清苦〔六〕。便教玉笛催愁醒，問司馬、青衫濕否〔七〕。又落日、下層城，目斷殘鴉遠樹〔八〕。

【注】

〔一〕用玉田韻：宋張炎（玉田）《月下笛》詞："萬里孤雲，清游漸遠，故人何處。寒窗夢裏，猶記經行舊時路。連昌約略無多柳，第一是、難聽夜雨。謾驚回淒悄，相看燭影，擁衾誰語。　　張緒。歸何暮。半零落，依依斷橋鷗鷺。天涯倦旅。此時心事良苦。只愁重灑西州淚，問杜曲、人家在否。恐翠袖、正天寒，猶倚梅花那樹。"

〔二〕"籠紗"句：壁上題詩已受侵蝕。參見前《鶯啼序》（疏鐘漫催）注。

〔三〕"傷春"二句：宋杜常《華清宮》詩："朝元閣上西風急，都入長楊作雨聲。"參見前《楊柳枝》（賦裏長楊）注。

〔四〕天末：天邊、天際。杜甫有詩題爲《天末懷李白》。

〔五〕蒲稗：蒲草與稗草。《文選》謝靈運《石壁精舍還湖中》詩："芰荷疊映蔚,蒲稗相因依。"劉良注:"芰荷蒲稗,皆水草疊遞也。"

〔六〕 "數峰"句:姜夔《點絳唇》詞:"數峰清苦,商略黃昏雨。"

〔七〕 問司馬:白居易《琵琶行》詩:"座中泣下誰最多,江州司馬青衫濕。"

〔八〕 "又落日"二句:黃庭堅《宿廣惠寺》詩:"鴉啼殘照下層城,僧舍初寒夜氣清。"

喜遷鶯

用梅溪韻〔一〕

糟牀香滴〔二〕。數醉鄉日月〔三〕,亂塵驚隔。灞岸移春〔四〕,隋堤織暝〔五〕,風蔫柳絲猶直。等閒鶯燕地〔六〕,輕換卻,可憐春色。暗腸斷,是青衫白髮,花底殘客。　　游跡。漫重憶。幾許舊情,裂盡鄰家笛〔七〕。古道鵑聲,荒園蝶夢〔八〕,撩亂酒邊紅碧。此時桓子野,那聽得、清歌歷歷〔九〕。伴夜寂,只玉娥、送愁雲隙(1)〔一〇〕。

【校】

(1) 梅溪原詞結句,《詞綜》及《詞譜》作九字句"誤玉人夜寒、窗際簾隙",他書均作七字句"誤玉人、夜寒簾隙"。

【注】

〔一〕 梅溪:參見前《探春慢》(琪樹生花)注。

〔二〕 糟牀:參見前《湘月》(冷官趣別)注。

〔三〕 醉鄉:參見前《臨江仙》(暮北朝南)注。

〔四〕 "灞岸"句:指在灞橋折柳送別。參見前《沁園春》(橫覽九州)注。

〔五〕 "隋堤"句:唐韓琮《楊柳枝》詩:"梁苑隋堤事已空,萬條猶舞舊東風。"隋堤,隋煬帝時沿通濟渠、邗溝河岸修築的御道,道旁植楊柳,後人謂之隋堤。

〔六〕 鶯燕地:鶯歌燕舞的春事繁華處。宋陳允平《浣溪沙》詞:"柳底征鞍花底車。兩行香淚濕紅襦。別來鶯燕已春餘。"

〔七〕 裂盡鄰家笛:用"山陽笛"典傷逝懷舊。參見前《淒涼犯》(懷人永夕)注。元張之翰《酹江月》詞:"何處浮雲,微茫黯淡,便把青光隔。憑欄三歎,恨無長笛吹裂。"

〔八〕 蝶夢：參見前《醉落魄》（長懷無著）注。
〔九〕 "此時"二句：《世說新語·任誕》："桓子野每聞清歌，輒喚奈何。謝公聞之曰：'子野可謂一往有深情。'"
〔一〇〕 玉娥：嫦娥。指代月亮。

尾 犯

用夢窗韻

坐憶碧山雲〔一〕，蒼翠萬重，清夢飛越。無賴東風，又吹花如纈〔二〕。殘酒醒、玉蟲暗泣〔三〕，怨歌長、冰弦自折〔四〕。故人何處，觸撥亂愁，空外驚鴻咽。　　平生江海客，贏得刻意傷別(1)〔五〕。細雨輕塵，望秦城天闊〔六〕。感憔悴、江花誰采〔七〕，佩陸離、湘蘭恨結〔八〕。倦游心事，肯負故溪花外月。

【校】

（1）《詞譜》載《尾犯》有九十四、九十五字兩體，兩體不同在於本句或六字或七字。《夢窗丙稿》卷三、《詞律》卷一四載夢窗原詞此句作六字句"偷賦錦雁留別"，而《全宋詞》第 7401 頁載此詞本句作"爲偷賦、錦雁留別"。

【注】

〔一〕 碧山雲：謂隱逸之處。宋蘇庠《謁金門》詞："抖擻向來塵土。臥看碧山雲度。寄語故時猿鶴侶。未見心先許。"
〔二〕 纈：音"鞋"。染有彩文的絲織品。《魏書·高陽王雍傳》："奴婢悉不得衣綾綺纈。"
〔三〕 玉蟲暗泣：燃燒的蠟燭滴下蠟淚。玉蟲，指燭火。周密《夜行船》詞："寶獸頻添，玉蟲時剪，長記舊家時節。"
〔四〕 冰弦自折：岳飛《小重山》詞："欲將心事付瑤琴。知音少，弦斷有誰聽。"史達祖《燕歸梁》詞："今宵素壁冰弦冷，怕彈斷、沈郎魂。"冰弦，琴弦的美稱。
〔五〕 刻意傷別：李商隱《杜司勳》詩："刻意傷春復傷別，人間惟有杜司勳。"
〔六〕 秦城：謂秦長城，泛指長城。宋劉仁父《踏莎行·贈傀儡人劉師父》

詞:"不假牽絲,何勞刻木。天然容貌施妝束。把頭全仗姓劉人,就中學寫秦城築。"清黃景仁《擬飲馬長城窟》詩:"秦城蒼蒼漢月白,秋風飲馬城邊窟。"

〔七〕江花誰采:暗中檃括屈原《離騷》"扈江離與辟芷兮,紉秋蘭以爲佩。汩余若將不及兮,恐年歲之不吾與。朝搴阰之木蘭兮,夕攬洲之宿莽。日月忽其不淹兮,春與秋其代序"句意。

〔八〕佩陸離:屈原《離騷》:"高余冠之岌岌兮,長余佩之陸離。芳與澤其雜糅兮,唯昭質其猶未虧。忽反顧以游目兮,將往觀乎四荒。佩繽紛其繁飾兮,芳菲菲其彌章。民生各有所樂兮,余獨好修以爲常。"又《楚辭·劉向〈九歎·逢紛〉》:"薛荔飾而陸離薦兮,魚鱗衣而白蜺裳。"王逸注:"陸離,美玉也。"　　湘蘭恨結:宋陳允平《絳都春》詞:"霧蟬香冷,霞綃淚揾,恨襲湘蘭。"又《明月引》詞:"相思爲誰蘭恨銷。渺湘魂、無處招。"

陌　上　花

用蜕巖韻〔一〕

闌干暮色無聊,閒數趁巢鴉晚〔二〕。燕眄鶯瞪,花暗舊家亭館。清明過了春餘幾,入夢吟情淒斷。漫低徊影事,漢宮傳蠟,日斜煙散〔三〕。　　黯江郎賦筆〔四〕,天涯淚點,朝露停雲分半(1)〔五〕。譜出相思,那得玉笙簧暖〔六〕。雲羅到處關山窄〔七〕,滅燭愁聽歸雁。算生涯,剩有藥爐經卷〔八〕,伴先生懶。

【校】

（1）蛻巖原詞《陌上花》（關山夢裹歸來）,其下片開始數句,《詞譜》卷二六作:"滿羅衫、是酒痕凝處,唾碧啼紅相半。"《詞律》卷一五作:"滿羅衫是酒,香痕凝處,唾碧啼紅相半。"《蛻巖詞》及他本所錄此詞均同《詞律》。半塘所用格律亦同。

【注】

〔一〕蛻巖:張翥（1287—1368）,字仲舉,晉寧（今江蘇省武進縣）人。嘗拜李存爲師,並從仇遠受詩法。至元初,召爲國子助教,累官至翰林學士承旨。學者稱蛻庵先生。著有《蛻庵集》五卷、《蛻巖詞》二卷。

〔二〕 趁巢：急忙歸巢。趁，趕赴，奔赴。

〔三〕 "漢宮"二句：韓翃《寒食》詩："日暮漢宮傳蠟燭，輕煙散入五侯家。"

〔四〕 江郎：指南朝著名辭賦家江淹，其《別賦》、《恨賦》獨出機杼，爲賦史上久傳不衰的名篇。

〔五〕 朝露：曹操《短歌行》："對酒當歌，人生幾何，譬如朝露，去日苦多。"　停雲：陶潛《停雲詩》："靄靄停雲，濛濛時雨，八表同昏，平路伊阻。"

〔六〕 玉笙簧暖：周邦彦《慶宮春》詞："弦管當頭，偏憐嬌鳳，夜深簧暖笙清。"

〔七〕 雲羅：高入雲天的網羅。鮑照《舞鶴賦》："厭江海而游澤，掩雲羅而見羈。"

〔八〕 藥爐經卷：陸游《安公子》詞："人盡怪、詩酒消聲價。向藥爐經卷，忘卻鶯窗柳榭。"藥爐，煉丹的爐灶。經卷，道教經書。

祝英臺近

悼復園鶴〔一〕

調籠鶯〔二〕，歌筱鳳〔三〕，幽夢渺雲水〔四〕。舞態褵褷〔五〕，丹頂自矜異〔六〕。不須華表重來〔七〕，人民城郭，已悽斷、鳴陰聲裏〔八〕。　　話前事。誰教壽到胎禽〔九〕，誄筆轉憔悴。花石南園〔一〇〕，歷歷舊游記。絕憐弄影梅邊，臨風孤唳〔一一〕，尚依約、巢居高致〔一二〕。

【注】

〔一〕 復園：舊址位於今南京市舊總統府，當時爲清朝兩江總督署花園。

〔二〕 調籠鶯：調逗籠中的黃鶯，引其鳴唱。吳文英《永遇樂》詞："錦潋維舟，青門倚蓋，還被籠鶯喚。"

〔三〕 筱鳳：籠中的鳳凰。《楚辭·九章·懷沙》："鳳皇在筱兮，雞鶩翔舞。"筱，音"奴"，鳥籠。

〔四〕 "幽夢"句：鶴上能高飛九天，下則常居沼澤水邊，游於陰陽兩極，故有"渺雲水"之說。

〔五〕 褵褷：離披散亂貌，音"離師"。鶴善舞，褵褷，極狀鶴舞之時身姿輕盈變化無端之影像。唐釋齊己《荆門寄沈彬》詩："罷趨明聖懶從知，鶴氅褵襩遂性披。"

〔六〕自矜異：以爲與衆不同而自我矜持。

〔七〕"華表"二句：用丁令威化鶴事。參見前《齊天樂》(片帆催人)注。

〔八〕鳴陰：明孫承恩《贈董子元移居次張月鹿韻二首》之一："庭有鳴陰鶴,林多求友鶯。"

〔九〕壽到胎禽：丹頂鶴又稱仙鶴,是鶴中之王,其生命周期長,是長壽之禽。胎禽,鶴的別稱。李時珍《本草綱目·禽一·鶴》(釋名)引八公《相鶴經》："鶴乃羽族之宗,仙人之驥,千六百年乃胎產,則胎仙之稱以此。世謂鶴不卵生者誤矣。"

〔一〇〕南園：參見前《浣溪沙》(蝴蝶成團)注。

〔一一〕孤唳：謂一鶴獨鳴。米芾《題蘇氏薛稷二鶴》詩："遼海未稀顧螻蟻,仰霄孤唳留清耳。從容雅步在庭除,浩蕩閒心存萬里。"

〔一二〕巢居：謂上古或邊遠之民於樹上築巢而居。後指隱居。鶴以沼澤、低洼水邊爲活動與棲息地,高蹈獨步,其死後亦如"巢居",故有是説。

念奴嬌

二月十二日妙光閣下感賦〔一〕

沉屯雲亂〔二〕,倚闌干愁對,春山顏色。芳事無情翻有信〔三〕,依舊小桃紅坼。鳥語關關〔四〕,簾痕灩灩〔五〕,容易繁華擲。樓臺無恙〔六〕,到來多少塵隔〔七〕。　漫憶楚客當年〔八〕,朋箋花底〔九〕,秀語分寒碧。吹淚庭槐親酹取,此是滄桑曾歷。落日琴聲,遥天蜃氣,新恨誰消得。回腸斷盡,隔籬休送殘笛。

【注】

〔一〕妙光閣：清初"江左三大家"之一的龔鼎孳與妾顧橫波修建,在長椿寺旁。爲當時京師名流觴詠、登高之所。

〔二〕"沉屯"句：王安石《和王微之登高齋三首》之一："寒雲沉屯白日埋,河漢蕩坼天如箉。"《莊子·外物》："心若縣於天地之間,慰暋沉屯。"陳鼓應注："按'屯''悶'音近義通。'沉屯'有沉悶之意。"

〔三〕翻：但,卻。庾信《卧疾窮愁》詩："有菊翻無酒,無弦則有琴。"

〔四〕關關：鳥類雌雄相和的鳴聲。後泛指鳥鳴聲。《詩·周南·關雎》："關關雎鳩，在河之洲。"毛傳："關關，和聲也。"

〔五〕"簾痕"句：謂簾影晃動。灧灧，飄動貌。元稹《通州丁溪館夜別李景信》詩："蠹盞覆時天欲明，碧幌青燈風灧灧。"

〔六〕無恙：宋吴潛《滿庭芳》詞："故園，無恙否，一溪翠竹，兩徑蒼松。"

〔七〕塵隔：史達祖《喜遷鶯》詞："月波疑滴。望玉壺天近，了無塵隔。"

〔八〕楚客：泛指客居他鄉的人，此爲半塘自謂。岑參《送人歸江寧》詩："楚客憶鄉信，向家湖水長。"

〔九〕朋箋：收到的所有書信。清何剛德《客座偶談》卷四："退居之後，朋箋亦寥寥矣，凡有一紙之書，必量其人之平素、與其來意之誠否，如量應付。"

滿 江 紅

敬書岳忠武王贈吴將軍寶刀行墨蹟後〔一〕。

雷雨空堂，驚展卷、龍蛇起陸〔二〕。瞻拜處、凜然如見，劍光盈軸。灝氣縱横山欲撼〔三〕，交情鄭重杯相屬。想夜闌、盾墨灑淋漓〔四〕，歌還哭。　　喑嗚氣〔五〕，悲涼曲。千萬遍，迴圜讀〔六〕。歎王刀可假〔七〕，何堪重辱。悵望千秋人不見〔八〕，相尋一轍車還覆〔九〕。問誰歟、雪涕和哀歌〔一〇〕，燕臺築〔一一〕。

【注】

〔一〕岳忠武王：岳飛。《宋史·岳飛傳》："孝宗詔復飛官，以禮改葬，賜錢百萬，求其後悉官之。建廟於鄂，號忠烈。淳熙六年，諡武穆。嘉定四年，追封鄂王。"　　贈吴將軍寶刀行墨蹟：詩題一作《寶刀歌書贈吴將軍南行》，據傳是岳飛於南宋紹興四年（1134）創作的一首詩歌，吴姓將軍已無可考。詩云："我有一寶刀，深藏未出韜。今朝持贈南征使，紫蜺萬丈干青霄。指海海騰沸，指山山動搖。蛟鱷潛形百怪伏，虎豹戰服萬鬼號。時作龍吟似懷恨，未得盡剿諸天驕。蠢爾蠻蜑弄竿梃，倏聚忽散如群猱。使君拜命仗此往，紅爐熾炭燎氄毛。奏凱歸來報天子，雲臺麟閣高嶕嶢。噫嘻！平蠻易，自治勞，卒犯市肆，馬躪禾苗。將眈驕侈，士狃貪饕。虛張囚馘，妄邀金貂。使君一一試此刀,能令四海烽塵消,萬姓鼓舞歌唐堯。"其摹刻石碑現存于河南湯陰岳王廟中,由清代河南學政錢塘許乃釗于道光二十三年(1843)秋八月摹刻,手跡旁有跋云:"此幅在前明爲王弇州舊藏,後由孫退谷少宰家歸榮恪郡王南韻齋。此從榮邸藉摹上石,敬立湯陰廟中,以志景仰。"

〔二〕 龍蛇起陸:形容書法筆勢遒勁生動。黃庭堅《戲答趙伯充勸莫學書及爲席子澤解嘲》詩:"龍蛇起陸雷破柱,自喜奇觀繞繩牀。"

〔三〕 灝氣:正大剛直之氣。明顧起元《客座贅語》卷一〇:"傅遠度汝舟,奇思灝氣,高出一世。" 山欲撼:《宋史·岳飛傳》:"故敵爲之語曰:'撼山易,撼岳家軍難。'"撼,搖動。

〔四〕 盾墨灑淋漓:指在軍營中寫字。盾墨,盾鼻上磨墨。後藉指緊急時寫的檄文。韓翃《寄哥舒僕射》詩:"郡公盾鼻好磨墨,走馬爲君飛羽書。"

〔五〕 喑嗚:小怒。《文選》卷五左思《吳都賦》:"睚眥則挺劍,喑嗚則彎弓。"李周翰注:"喑嗚,含怒未發。言如此小怒,則拔劍彎弓,言勇狹也。"

〔六〕 迴圜讀:即反復誦讀。

〔七〕 "歎王"句:感歎秦檜竟然可以矯王命用金牌召回岳飛,並以"莫須有"的罪名加以殺害。

〔八〕 "悵望"句:杜甫《詠懷古跡五首》之二:"悵望千秋一灑淚,蕭條異代不同時。"

〔九〕 "相尋"句:在同一條路接連翻車,未吸取教訓。《荀子·成相》:"前車已覆,後未知更何覺時。"《大戴禮記·保傅》:"鄙語曰:……前車覆,後車誡。"

〔一〇〕 雪涕:擦拭眼淚。《列子·力命》:"晏子獨笑於旁。公雪涕而顧晏子。"

〔一一〕 燕臺築:用燕昭王築黃金臺求賢事,警醒當世應以岳飛被奸臣昏君構陷爲前車之鑒,應該像燕昭王一樣重用忠臣豪杰。明程文德《滅虜六事疏》:"燕臺築而豪傑至,伯樂生而騏驥名。誠未聞藉才於異代、求良於絕域也。今之名將誠亦罕矣。然安知無隱於邊塞,遯於江湖,沉於下僚,擯於廢棄者乎?或拘之以資格,繩之以苛刻,而不能盡其才乎?欲建非常之功,必賴非常之才。"

感　皇　恩

詠瓶中梨花、海棠

斷送好春光〔一〕,鶯邊慵訴。淒絶春城醉吟處。粲然雙笑〔二〕,似慰幽人遲暮〔三〕。怕教清淚濺,愁題句。　猶是舊時,玉香紅嫵〔四〕。吹落吹開問誰主。曲屏燈影,瘦盡春痕知否〔五〕。夢回腸欲斷,疏簾雨。

【注】

〔一〕"斷送"句:宋楊無咎《醉花陰》詞:"淋漓盡日黄梅雨。斷送春光暮。目斷向高樓,持酒停歌,無計留春住。"

〔二〕"粲然"句:指梨花、海棠相視而大笑。《穀梁傳・昭公四年》:"軍人粲然皆笑。"范寧注:"粲然,盛笑貌。"

〔三〕幽人:幽隱之人,詞人自謂。蘇軾《卜算子・黄州定慧院寓居作》:"誰見幽人獨往來,縹緲孤鴻影。"

〔四〕玉香紅嫵:指代梨花與海棠。史達祖《玲瓏四犯》詞:"方悔翠袖,易分難聚,有玉香花笑。"周密《一枝春》詞:"東風尚淺,甚先有、翠嬌紅嫵。"

〔五〕"瘦盡"句:宋李流謙《洞仙歌》詞:"道別來、知否瘦盡花枝,春不管,更遣何人管取。"

燭　影　摇　紅

上巳〔一〕,同南禪登江亭〔二〕,復步至日望樓〔三〕。驚塵不到,春色可憐,相與低佪者久之。

雲碧天空,入簾風日依然好。青榆飛莢柳揉綿〔四〕,那是春光少。夢裏年芳暗惱。對西山、孤吟側帽〔五〕。悠悠潭影,畫角驚塵,芳蘭誰澡〔六〕。　莫倚闌干,新愁亂髮如春草。飆輪風捲嘯鵂鶹〔七〕,煙暝青城道〔八〕。滿眼新亭落照。暗遥天、歸鴻信渺。登臨殘恨,説與閒鷗,還應愁了。

【注】

〔一〕上巳:舊時節日名。漢以前以農曆三月上旬巳日爲"上巳",魏晉以後,定爲三月三日。

〔二〕南禪:成昌,字子蕃,號南禪。參見前《齊天樂》(青鞋踏遍)注。

〔三〕日望樓:參見前《念奴嬌》(東風吹面)注。

〔四〕"青榆"句:謂榆莢飄落,柳絮飛舞。挼,揉搓,摩挲。

〔五〕側帽:喻行爲舉止風流瀟灑。據《周書》記載,獨孤信在秦州,一天打獵回城,其帽子微側,顯得十分瀟灑,第二天有許多官員百姓都學著將帽子側偏戴著。晏幾道《清平樂》詞:"春雲綠處。又見歸鴻去。側帽風前花滿路。冶葉倡條情緒。"

〔六〕芳蘭誰澡:《大戴禮記·夏小正》:"五月……蓄蘭,爲集浴也。"《楚辭·九歌·雲中君》:"浴蘭湯兮沐芳,華采衣兮若英。"王逸注:"蘭,香草也。"唐徐堅《初學記》卷一三引南朝宋劉義慶《幽明錄》:"……夾樹蘭香。齋者煮以沐浴,然後親祭,所謂'浴蘭湯'。"澡,本指洗手,後泛指洗滌、沐浴。《史記·龜策列傳》:"常以月旦祓龜,先以清水澡之。"

〔七〕飆輪:謂御風而行的神車。此喻飛馳的舟車。宋范祖禹《虞主回京雙調·六州一曲》詞:"恨難窮。崇慶空。飆輪仙馭無蹤。" 鵂鶹:亦作"鵂留"。鴟鴞(俗稱"貓頭鷹")的一種。羽棕褐色,有橫斑,尾黑褐色,腿部白色,捕食鼠、兔等。在古書中常被視爲不祥之鳥。《太平御覽》卷九二七引《莊子》:"鵂鶹夜撮蚤,察秋毫末;晝瞑目,不見丘山,殊性也。"

〔八〕青城:宋齋宮名。一在南熏門外,爲祭天齋宮,謂之南青城;一在封丘門外,爲祭地齋宮,謂之北青城。宋吳自牧《夢粱錄·郊祀年駕宿青城端誠殿行郊祀禮》:"所謂青城,止以青布爲幕,畫甃砌之文,旋結城闕。"元劉祁《歸潛志》卷七:"大梁城南五里號青城,乃金國初粘罕駐軍受宋二帝降處。當時后妃皇族皆詣焉,因盡俘而北。後天興末,末帝東遷,崔立以城降,北兵亦於青城下寨,而后妃內族復詣此地,多僇死,亦可怪也。"

御 街 行

廄馬素馴。客或藉乘,忽蹄齧不受羈勒〔一〕,我愧之矣。賞之以詞,俾知半塘之馬,固非下駟也〔二〕。

青絲望斷橫門路〔三〕。憔悴真憐汝。百䕆一豆了生涯〔四〕，瘦影如山誰顧。腥風捲地，爲誰蹄齧，倔强還如許。　　黃昏飛騎塵生處。新恨從何訴。春來芳草沒銅駝〔五〕，眼冷騄駬高步〔六〕。休嫌伏櫪〔七〕，老夫夢醒，待聽翻江雨〔八〕。

【注】

〔一〕蹄齧：馬用蹄踢和用嘴咬。《周禮·夏官·庾人》"攻駒"，鄭玄注："攻駒，制其蹄齧者。"　羈勒：本指馬絡頭。引申爲束縛、控制、駕馭。宋陳韋華《蘭陵王》詞："朱墨。困無力。似病鶴樊籠，老驥羈勒。"

〔二〕下駟：劣等馬。《史記·孫子吳起列傳》："孫子曰：'今以君之下駟與彼上駟，取君上駟與彼中駟，取君中駟與彼下駟。'既馳三輩畢，而田忌一不勝而再勝，卒得王千金。"

〔三〕"青絲"句：杜甫《高都護驄馬行》詩："青絲絡頭爲君老，何由卻出橫門道。"橫門，漢代長安城北西頭的第一門，是通向西域的大道。

〔四〕"百䕆"句：一生吃的是粗劣的草料。黃庭堅《觀伯時畫馬》詩："木穿石盤未渠透，坐窗不邀令人瘦，貧馬百䕆逢一豆。"䕆，音"賢"，鍘草的餘莖。

〔五〕芳草沒銅駝：《晉書》卷六〇《索靖傳》："靖有先識遠量，知天下將亂，指洛陽宮門銅駝，歎曰：'會見汝在荆棘中耳！'"

〔六〕眼冷騄駬：冷眼瞧那些王侯駿馬（暗諷當朝達官顯貴）高蹈闊步。騄駬，周穆王八駿之一。泛指駿馬。《荀子·性惡》："騄駬驊騮纖離綠耳，此皆古之良馬也。"楊倞注："皆周穆王八駿名。"

〔七〕伏櫪：馬伏在槽上吃食。曹操《步出夏門行·龜雖壽》"老驥伏櫪，志在千里。"

〔八〕"老夫"二句：葉夢得《石林詩話》："外祖晁君誠善詩，蘇子瞻爲集序，所謂溫厚静深如其爲人者也。黃魯直常誦其'小雨愔愔人不寐，臥聽嬴馬齕殘芻'，愛賞不已。他日得句云：'馬齕枯其喧午夢，誤驚風雨浪翻江。'自以爲工，以語舅氏。無咎曰：'吾詩實發於乃翁前聯。'余始聞舅氏言此，不解'風雨翻江'之意。一日憩於逆旅，聞傍舍有澎湃鞺鞳之聲，如風浪之歷船者。起視之，乃馬食於槽，水與草齟齬於槽間，而爲此聲。方悟魯直之好奇。"

倦 尋 芳

　　陳止齋《和張端士夏日詩序》云〔一〕：屈原、賈誼、陶淵明，文辭皆喜道孟夏，而悲樂不同。雖所遭之時異，要亦懷抱使然耳。今年立夏後，沉陰閣雨〔二〕，淒然如秋。天時人事，其悲樂似有適相應者，拈此以記，惜無由起止齋而質之⁽¹⁾。

　晚花飄蕊，新漲添痕〔三〕，芳序輕換〔四〕。寂寞東園，春事去來誰見。點屐長愁苔徑滑〔五〕，穿林驚又禽聲變〔六〕。掩簾櫳，試香心宛轉，暗灰殘篆〔七〕。
　　看檻外、沉陰如墨，惻惻生衣〔八〕，寒意猶戀。漫想熏風，腸斷綠雲⁽²⁾天遠。午枕時欹歸夢熟，屏山閒倚吟情倦。話相思，付空梁，調雛雙燕〔九〕。

【校】

（１）《定稿》光緒三十二年本題作"初夏和漚尹"，無此小序。
（２）"綠雲"，《清季四家詞》本《定稿》作"綠陰"。

【注】

〔一〕陳止齋：陳傅良（1137—1203），字君舉，號止齋，浙江溫州瑞安人。宋乾道八年（1172）進士，歷任太學錄、福州通判、湖南桂陽軍知軍、中書舍人兼侍講，官至寶謨閣侍制，卒謚文節。《宋史》入《儒林傳》。後語爲陳氏《張端士以詩送蘭蕙因和其韻》詩後跋。
〔二〕沉陰閣雨：天氣陰沉而雨已停。陳亮《水龍吟》詞："遲日催花，淡雲閣雨，輕寒輕暖。"
〔三〕"新漲"句：岸邊留下新漲水的痕跡。宋趙師俠《菩薩蠻》詞："行舟蕩漾鳴雙槳。江流爲我添新漲。"
〔四〕芳序：即花序，春天百花依次開放。唐徐彥伯《擬古三首》之一："苴若茂芳序，君子從遠戎。"
〔五〕"點屐"句：穿木屐走在長滿蒼苔的小路上總擔心滑倒。宋洪咨夔《沁園春》詞："更黃花吹雨，蒼苔滑屐，欄空鬥鴨，牀老支龜。"
〔六〕禽聲變：唐林滋《春望》詩："氣暖禽聲變，風恬草色鮮。"
〔七〕"試香"二句：以悉心燃點心字香以及心字香燒完後的心形殘灰，極寫婉轉複雜與無奈之心曲。

〔八〕惻惻：寒冷貌。周邦彥《漁家傲》詞："幾日輕陰寒惻惻，東風急處花成積。"

〔九〕調雛雙燕：正在調教喂養小雛燕的雙燕。吳文英《點絳唇》詞："推枕南窗，楝花寒入單紗淺。雨簾不捲。空礙調雛燕。"

長亭怨慢

和忍庵春盡書懷之作〔一〕

更休憶、綠陰前度。門巷愔愔，亂愁如據。燕子飛來，舊巢塵颭定悽楚〔二〕。一襟幽恨〔三〕，吹不斷、閒風雨。忍淚對流紅〔四〕，看送到、春潮何處。　無語。望停雲靄靄〔五〕，尚戀夕陽高樹〔六〕。江湖夢影，暗愁逐、春城風絮。訴不盡、似水心情〔七〕，向鷤鴂、聲中分付〔八〕。漫回首西山，腸斷青青眉嫵。

【注】

〔一〕忍庵：劉福姚。參見前《高陽臺》(柳外青旗)注。

〔二〕"門巷"四句：周邦彥《瑞龍吟》詞："愔愔坊陌人家，定巢燕子，歸來舊處。"愔愔，幽深悄寂貌。亂愁如據，意謂亂愁如蹲伏，揮之不去。

〔三〕"一襟"句：周密《齊天樂·蟬》詞："轉眼西風，一襟幽恨向誰說。"

〔四〕流紅：喻落花。吳文英《尉遲杯》詞："垂楊徑。洞鑰啓，時見流鶯迎。涓涓暗谷流紅，應有絸桃千頃。"

〔五〕停雲靄靄：指思念親友。陶潛《停雲》詩："靄靄停雲，濛濛時雨。"其自序云："停雲，思親友也。"

〔六〕"尚戀"句：指思念友人。杜甫《春日憶李白》詩："渭北春天樹，江東日暮雲。"

〔七〕似水心情：秦觀《鵲橋仙》詞："柔情似水，佳期如夢，忍顧鵲橋歸路。"

〔八〕鷤鴂：即鵜鴂，杜鵑鳥。鷤，音"題"。辛棄疾《賀新郎》詞："綠樹聽鵜鴂。更那堪、鷓鴣聲住，杜鵑聲切。啼到春歸無尋處，苦恨芳菲都歇。"

南潛集

水 調 歌 頭

初至金陵^{〔一〕},諸公會飲秦淮^{〔二〕}。酒邊感興,索瞻園、蔥石、積餘和^{〔三〕}。

微風轉城曲^{〔四〕},涼意乍先秋。不知今夕煙月,何事爲人留。欲訪齊梁陳跡^{〔五〕},但見珠歌翠舞^{〔六〕},燈火夜光浮。孤嘯倚舷立,醽酒酹沙鷗。　興亡事^{〔七〕},醒醉裏,恨悠悠。微茫空外雲氣,直北是神州^{〔八〕}。爲問青溪舴艋,來往撇波雙槳,載得幾多愁^{〔九〕}。漫灑新亭淚^{〔一〇〕},吟思渺滄洲^{〔一一〕}。

【注】

〔一〕　金陵：今江蘇省南京市。

〔二〕　秦淮：河名。南京市名勝之一。相傳秦始皇南巡至龍藏浦,發現有王氣,於是鑿方山、斷長壟爲瀆入於江,以泄王氣,故名秦淮。

〔三〕　瞻園：張仲炘。參見前《月華清》(望遠供愁)注。　蔥石：劉世珩(1875—1926),字聚卿,又字蔥石,號繼庵,別號楚園。安徽貴池人。光緒二十年(1894)舉人,官度支部參議、江蘇候補道等。喜文學,尤工詞曲。家藏圖書極多。辛亥革命後移居上海,以遺老自居。有《夢鳳詞》、《素玉詞》、《洗文詞》等。　積餘：徐乃昌(1868—1943),字積餘,號隨庵,安徽南陵人。光緒十九年(1893)舉人,官江南鹽法道兼金陵關監督。有《冰弦詞》,並輯有《小檀欒室閨秀詞鈔》等。

〔四〕　城曲：城角。南朝宋謝惠連《祭古塚文》："祠骸府阿,掩骼城曲。"

〔五〕　齊梁陳跡：歷史上東吴、東晉、宋、齊、梁、陳六朝均在金陵建都,稱六朝金粉之地,極爲奢侈豪華。

〔六〕 珠歌翠舞：周邦彦《尉遲杯》詞："因念舊客京華，長偎傍、疏林小檻歡聚。冶葉倡條俱相識，仍慣見、珠歌翠舞。"

〔七〕 興亡事：王安石《桂枝香》詞："六朝舊事隨流水，但寒煙、芳草凝緑。至今商女，時時猶唱，後庭遺曲。"

〔八〕 神州：指京城。《文選》卷二一左思《詠史》詩："皓天舒白日，靈景耀神州。"吕向注："神州，京都也。"宋方岳《水調歌頭》詞："誰跨揚州鶴去，已怨故山猿老，藉箸欲前籌。莫倚闌干北，天際是神州。"

〔九〕 "爲問"三句：李清照《武陵春》詞："只恐雙溪舴艋舟，載不動、許多愁。"青溪，古水名。指三國吴在建業城東南所鑿東渠。發源於今江蘇省南京市鍾山西南，流經南京市區入秦淮河，曲折達十餘里，亦名九曲青溪。年久湮廢，今僅存入秦淮河的一段。

〔一〇〕 新亭淚：參見前《鶯啼序》（無言畫闌）注。

〔一一〕 滄洲：陸游《訴衷情》詞："胡未滅，鬢先秋。淚空流。此生誰料，心在天山，身老滄洲。"

滿 江 紅

朱仙鎮謁岳鄂王祠〔一〕，敬賦。

風帽塵衫，重拜倒、朱仙祠下。尚彷佛、英靈接處，神游如乍〔二〕。往事低徊風雨疾〔三〕，新愁黯淡江河下〔四〕。更何堪、雪涕讀題詩〔五〕，殘碑打。　　黄龍指，金牌亞〔六〕。旌旆影〔七〕，滄桑話。對蒼煙落日，似聞叱咤〔八〕。氣鬱蛟鼉瀾欲挽〔九〕，悲生笳鼓民猶社〔一〇〕。撫長松、鬱律認南枝〔一一〕，寒濤瀉。道光季年，河決開封，舉鎮惟岳祠無恙，壬午扶護南歸，曾夢游祠下。

【注】

〔一〕 朱仙鎮：參見前《滿江紅》（夢裏曾游）注。　　岳鄂王：岳飛被害後，至宋寧宗嘉定中被追封爲鄂王。參見前《滿江紅》（雷雨空堂）注。

〔二〕 神游：參見前《滿江紅》（夢裏曾游）詞序之"光緒壬午秋日，旅宿朱仙，有神游祠廟之異"語。

〔三〕 風雨疾：喻國家多難，風雨飄搖。

〔四〕 江河下：即江河日下。喻時局日益變壞。

〔五〕"雪涕"句：參見前《滿江紅》（雷雨空堂）詞。
〔六〕"黃龍"二句：《宋史·岳飛傳》："飛大喜，語其下曰：'直抵黃龍府，與諸君痛飲爾。'方指日渡河，而檜欲畫淮以北棄之……（岳飛）一日奉十二金字牌。飛憤惋泣下，東向再拜曰：'十年之力，廢於一旦。'"黃龍府爲金朝初年都城，故城在今吉林農安縣。亞，前後依次承接。
〔七〕旌旆：行軍戰旗。高適《燕歌行》："摐金伐鼓下榆關，旌旆逶迤碣石間。"
〔八〕叱吒：怒喝。《史記·淮陰侯列傳》："項王暗噁叱吒，千人皆廢。"
〔九〕"氣讋"句：謂岳飛力挽狂瀾，使金人懼懾。讋，音"哲"，震懾。《漢書·項籍列傳》："諸將讋服，莫敢枝梧。"蛟鼉，指水中兇猛的鱷類動物。瀾欲挽，挽回頹勢。韓愈《進學解》："障百川而東之，回狂瀾於既倒。"
〔一〇〕民猶社：百姓現在仍還在祭拜岳飛。社，本指社祭土地神，此指祭拜岳王廟。辛棄疾《永遇樂》詞："可堪回首，佛貍祠下，一片神鴉社鼓。"
〔一一〕鬱律：屈曲夭矯貌。元稹《説劍》詩："巡逡潛虯躍，鬱律驚左右。" 南枝：與北方金國相較，宋朝位于南方，"認南枝"，即指認向南的枝椏，突出岳飛如松柏歲寒不凋，對趙宋皇朝忠貞不二。南宋愛國名臣文天祥自編詩集名《指南錄》，其中《揚子江》詩云："幾日隨風北海游，回從揚子大江頭。臣心一片磁鍼石，不指南方不肯休。"

月 華 清

壬寅中秋[一]

金粟浮香[二]，冰輪碾玉[三]，閒庭風物如畫。弄影婆娑，一笑襟塵都灑。倩西風、叮囑姮娥，休更遣、羅雲縈惹。愁話。憶年時斷夢，醒來還怕[四]。　　難忘瑤臺清暇[五]。是佳約延秋，朋箋催跨[六]。把盞懷人，自酹孤光遙夜[七]。試説與、鏡裏悲歡，儘銷得、吟邊陶寫[八]。慵藉問、游仙枕畔，彩鸞誰跨[九]。

【注】

〔一〕 壬寅：光緒二十八年（1902）。

〔二〕 金粟：桂花的別名。因其色黄如金，花小如粟，故稱。范成大《中秋後兩日自上沙回聞千巖觀下巖桂盛開復檥石湖留賞一日賦兩絶》之一："金粟枝頭一夜開，故應全得小詩催。"

〔三〕 冰輪：喻月亮。吴文英《祝英台近·上元》詞："舊游地。素娥城闕年年，新妝趁羅綺。玉練冰輪，無塵浣流水。"

〔四〕 "憶年"二句：指庚子年八國聯軍入侵戰禍如惡夢一場。

〔五〕 瑶臺：玉砌的樓臺。指帝王宫苑或泛指雕飾華麗的樓閣。王鵬運曾任内閣侍讀、禮科掌印給事中等職，出入禁闥，因有"難忘"之嘆。《楚辭·離騷》："望瑶臺之偃蹇兮，見有娀之佚女。"《舊唐書·后妃傳上·太宗賢妃徐氏》："是以卑宫菲食，聖主之所安；金屋瑶臺，驕主之爲麗。"

〔六〕 "朋箋"句：意謂匆匆忙忙給許多朋友的來信予以回復。砑，音"亞"，壓印、簽章。唐張祜《少年樂》詩："帶盤紅鼲鼠，袍砑紫犀牛。"清史震林《西青散記》卷一："（玉女）貽桃花箋數疊，皆砑'寫韻'二字於箋尾。"

〔七〕 孤光：喻月。張孝祥《念奴嬌》詞："應念嶺表經年，孤光自照，肝肺皆冰雪。"

〔八〕 "試説"二句：將鏡喻月，謂關于月亮的悲歡離合故實，成爲詩人們經常吟詠，而用以陶寫自家懷抱的題材。李商隱《嫦娥》詩："嫦娥應悔偷靈藥，碧海青天夜夜心。"史達祖《齊天樂·中秋宿真定驛》詞："西風來勸涼雲去，天東放開金鏡。……殊方路永。更分破秋光，盡成悲境。有客躊躇，古庭空自吊孤影。"蘇軾《水調歌頭》詞："人有悲歡離合，月有陰晴圓缺，此事古難全。"

〔九〕 "游仙"二句：宋張鎡《夢游仙》詞："驂鸞侶，嬌小怯雲期。柳戲花游能幾日，頓抛塵幻學希夷。清夢到瑶池。　霞袂穩，那顧縷金衣。自與長生分姓譜，恰逢長老鑄丹時。此意有誰知。"宋王義山《唱柘枝令》詞："西山元是神仙境，瑞氣鬱森森。彩鸞飛下五雲深。急管遞繁音。"

念 奴 嬌

疊韻酬漁公〔一〕

津梁疲矣〔二〕,且相從一飽〔三〕,茅檐不托〔四〕。輸與閒閒雲意懶〔五〕,不似客游輕作。殘霸關河〔六〕,悲秋時節,對酒渾忘酌。綺懷微倦,滿前新句慵索。　何必憔悴蘭成,江潭賦就,始解傷搖落〔七〕。官柳垂垂低颭影,能值幾絢絲絡〔八〕。白髮閒搔〔九〕,青山長往,萬事風鳴鐸〔一○〕。故人書報,菊花期就前約〔一一〕。

【注】

〔一〕 漁公:待考。

〔二〕 "津梁"句:比喻疲於濟渡衆生。《世說新語·言語》:"庾公嘗入佛圖,見卧佛,曰:'此子疲於津梁。'於時以爲名言。"

〔三〕 相從一飽:即人生奔波操勞惟求一飽。

〔四〕 "茅檐"句:意謂茅屋檐下也無托身之地。元曲《蝴蝶夢》第二折:"曾向烏衣看落花,春風吹影傍天涯。茅檐亦有安巢地,何必王家與謝家?"

〔五〕 閒閒:從容自得貌。《詩·魏風·十畝之間》:"十畝之間兮,桑者閒閒兮,行與子還兮。"朱熹集傳:"閒閒,往來者自得之貌。"高亨注:"從容不迫貌。"

〔六〕 殘霸關河:謂遭受侵略者劫掠後的關河,顯現出衰殘的氣象。吳文英《八聲甘州》詞:"渺空煙四遠,是何年、青天墜長星。幻蒼崖雲樹,名娃金屋,殘霸宮城。"

〔七〕 "蘭成"三句:參見前《月中行》(溪山猶是)注。

〔八〕 絢:音"曲"。古代量詞,鹽絲五兩爲一絢。元稹《鶯鶯傳》:"兼亂絲一絢,文竹茶碾子一枚。"

〔九〕 "白髮"句:杜甫《夢李白二首》之一:"出門搔白首,若負平生志。"

〔一○〕 萬事風鳴鐸:萬事就像風吹鈴鐸響一樣,爲空中之音而已。這是一種佛老四大皆空的閒淡虛無心態。

〔一一〕 "故人"二句:孟浩然《過故人莊》詩:"待到重陽日,還來就菊花。"

驀 山 溪

午發桃源〔一〕，明日抵清河矣〔二〕。

東來十驛，漸報郵籤彀〔三〕。鷺堠懶於人，定憐客、往還何驟〔四〕。老懷蕭散，隨分傲霜風，算心事，白鷗知，遲我江湖久〔五〕。　　襟塵歷歷〔六〕，香凝長安酒〔七〕。大道直如繩〔八〕，倚南轅、黯然回首〔九〕。不夷不惠〔一〇〕，料理著閒身，吳波闊，楚天長，好試扁舟手〔一一〕。

【注】

〔一〕　桃源：舊縣名，屬淮安府。即今江蘇省宿遷市所轄泗陽縣。

〔二〕　清河：舊縣名，屬淮安府。即今江蘇省淮陰市所轄清河區。

〔三〕　"漸報"句：謂根據報時的更籤判斷將要到達的目的地。郵籤，驛館、驛船等夜間報時的更籤。杜甫《宿青草湖》詩："宿槳依農事，郵籤報水程。"仇兆鼇注："朱注：漏籌謂之郵籤。"彀，夠。達到某一點或某種程度。

〔四〕　"鷺堠"二句：謂鷺堠對于接待客人顯得懶散，一定是可憐這些客官們匆匆忙忙往來太頻繁的緣故。《魏書·官氏志》："以伺察者爲堠官，謂之白鷺，取其延頸遠望。"後因以"鷺堠"指做伺察工作的人。

〔五〕　"白鷗知"二句：意謂白鷗知道我，本早欲歸江湖，現在遲到得太久。

〔六〕　歷歷：清晰貌。《古詩十九首》："玉衡指孟冬，衆星何歷歷。"

〔七〕　長安酒：泛指京城好酒。劉禹錫《戲贈崔千牛》詩："學道深山許老人，留名萬代不關身。勸君多買長安酒，南陌東城占取春。"

〔八〕　"大道"句：儲光羲《洛陽道五首獻呂四郎中》之三："大道直如髮，春日佳氣多。五陵貴公子，雙雙鳴玉珂。"李白《行路難三首》之二："大道如青天，我獨不得出。羞逐長安社中兒，赤雞白狗賭梨栗。"

〔九〕　南轅：謂車向南行。《左傳·宣公十二年》："令尹南轅反旆。"杜預注："回車向南。"唐杜頠《從軍行》詩："四起愁邊聲，南轅時佇立。斷蓬孤自轉，寒雁飛相及。"

〔一〇〕不夷不惠：《後漢書·黃瓊傳》載東漢李固《遺黃瓊書》："……蓋臣子謂伯夷隘，柳下惠不恭，故傳曰：'不夷不惠，可否之間。'蓋聖賢居身之所珍也。"

〔一一〕 扁舟手：謂隱逸之士。

水 調 歌 頭

淮安舟中〔一〕

唱我遠游曲,喚起大魚聽〔二〕。百年知幾行樂,莫視酒杯輕〔三〕。記取明朝重九,訪古文游臺畔〔四〕,黃菊重尋盟。吟嘯霜風裏,破帽恰多情〔五〕。　吊王孫〔六〕,淮水曲,酒還傾。叢蘆風過瑟瑟〔七〕,似作不平鳴〔八〕。身計正須溫飽,底用登壇開國〔九〕,一擲徇浮名〔一〇〕。試看滄波冷,鷗夢不能驚〔一一〕。

【注】

〔一〕 淮安：清淮安府治所在今江蘇淮安縣。
〔二〕 大魚：元王和卿《雙調・撥不斷・大魚》散曲："勝神鼇,夯風濤,脊梁上輕負著蓬萊島。萬里夕陽錦背高,翻身猶恨東洋小,太公怎釣？"
〔三〕 "百年"二句：秦觀《望海潮》詞："狂客鑒湖頭。有百年臺沼,終日夷猶。最好金龜換酒,相與醉滄洲。"
〔四〕 文游臺：臺名。《嘉慶重修揚州府志・古跡四》："文游臺在軍城東二里,舊傳蘇軾、王鞏、孫覺、秦觀諸公及李公麟嘗同游,論文飲酒,因以'文游'名之。公麟畫爲圖,刻之石。"
〔五〕 "破帽"句：蘇軾《南鄉子》詞："酒力漸消風力軟,颼颼。破帽多情卻戀頭。"
〔六〕 王孫：劉安(公元前179—前122),漢高祖劉邦之孫、淮南厲王劉長之子。漢文帝八年,劉長被廢王位,在旅途中絕食而死。漢文帝十六年,劉恒把原來的淮南國一分爲三封給劉安三兄弟,劉安以長子身份襲封淮南王,時年十六歲。他博學善文辭,好鼓琴,才思敏捷,是西漢著名的思想家、文學家,奉漢武帝之命所著《離騷傳》,是中國最早對屈原及其《離騷》作高度評價的著作。中國古籍名著《淮南子》爲其領銜編撰。
〔七〕 瑟瑟：風聲。盧照鄰《早度分水嶺》詩："瑟瑟松風急,蒼蒼山月團。"
〔八〕 不平鳴：韓愈《送孟東野序》："大凡物不得其平則鳴。"
〔九〕 登壇開國：成爲大將元勛,立下創建國家的豐功偉績。庾信《周上柱國宿國公河州都督普屯威神道碑銘》:"軍中受詔,非論北伐之功;大將登壇,無待東歸之策。"

〔一〇〕"一擲"句:指不顧一切將虛名抛擲。一擲,賭博時以賭具投擲一次謂"一擲"。徇,通"殉"。謂有所求而不惜身。宋沈明叔《水調歌頭》詞:"嚴陵老子,當時底事動天顔。曾把絲綸一擲,藐視山河九鼎,高議凜人寒。竹帛非吾事,霄漢任騰騫。"

〔一一〕"試看"二句:結末點題,强調歸隱的決心。鷗夢,古代詩詞常用典實,以喻閒逸淡泊的歸隱夢。張炎《臺城路》詞:"送一點秋心,故人天末。江影沉沉,露涼鷗夢闊。"

聲聲慢

辛園小憩[一]。同旭莊[二]。

雜花鋪繡[三],淺草栽茵,憑闌野色浮空。敗柳枯荷,商聲遞入金風[四]。匆匆載花載酒,對閒園、才識秋容。悄相向,藉吴波漲緑[五],與洗塵紅。
誰唱白銅鞮曲[六],趁如雲嬌馬[七],流水西東。橋下龜魚,也應驚到吟筇[八]。風光自延倦客[九],倚殘曛、閒數疏鐘[一〇]。海天迥,寄愁心、煙外斷鴻。

【注】

〔一〕 辛園:俗稱辛家花園,一名松柏園,故址在上海静安區新閘路泰興路口。清光緒中葉南京巨賈辛仲卿所築,宣統年間盛宣懷購得。園佔地約十畝,富亭臺樓閣,景色優美。後盛宣懷之妻將辛園佈施給僧人改建爲清涼禪寺。今遺跡無存。

〔二〕 旭莊:參見前《高陽臺》(夢短宵長)注。

〔三〕 "雜花"句:宋李好古《菩薩蠻》詞:"東園映葉梅如豆。西園撲地花鋪繡。"

〔四〕 商聲:即秋聲。歐陽修《秋聲賦》:"故其在樂也,商聲主西方之音,夷則爲七月之律。商,傷也,物既老而悲傷。" 金風:即秋風。杜牧《秋感》詩:"金風萬里思何盡,玉樹一窗秋影寒。"

〔五〕 吴波:即吴水。江蘇、安徽一帶古屬吴地。張孝祥《滿江紅·于湖懷古》詞:"千古淒涼,興亡事、但悲陳跡。凝望眼、吴波不動,楚山叢碧。"

〔六〕 白銅鞮曲:即《白銅蹄》歌。南朝梁歌謡名。參見前《探春慢》(離恨題江)注。

〔七〕 嬌馬：壯健的馬。嬌，通"驕"。馬壯健貌。《詩·衛風·碩人》："四牡有驕，朱幩鑣鑣。"毛傳："驕，壯貌。"

〔八〕 吟筇：詩人的手杖。宋樂雷發《到衡岳呈弟山長》詩："欲踏青霞尋勝趣，倦游應許藉吟筇。"

〔九〕 延：迎接。王昌齡《趙十四兄見訪》詩："客來舒長簟，開閣延清風。"林逋《山閣偶書》詩："但將松籟延佳客，常帶嵐霏認遠村。"

〔一〇〕 殘曛：即夕曛，殘陽的餘輝。謝靈運《晚出西射堂》詩："曉霜楓葉丹，夕曛嵐氣陰。"

霜 葉 飛

海上喜晤漚尹〔一〕，用夢窗韻賦贈。時漚尹持節嶺南〔二〕，予適有吳趨之行〔三〕，匆匆聚別，離緒黯然矣。

酒邊孤緒。游情倦，閒雲自戀江樹〔四〕。槎風欣送故人來〔五〕，香泛(1)梅根雨〔六〕。歎冉冉、流光迅羽〔七〕。殘灰愁憶昆池古〔八〕。好寄似南枝〔九〕，嶺上早、春回莫負，玉娥幽素〔一〇〕。　回首秋鬢驚塵，觚稜北望〔一一〕，黯然腸斷愁賦。白頭不擬此重逢〔一二〕，喜入燈唇語〔一三〕。看驛柳、煙絲颭縷。吳篷先載閒鷗去〔一四〕。剩夢君、滄江上〔一五〕，霓節干雲〔一六〕，使星明處〔一七〕。

【校】
（1） "泛"，《清名家詞》本《定稿》作"訊"。

【注】
〔一〕 海上：指上海。猶言滬上。
〔二〕 持節嶺南：時朱祖謀被任命爲廣東學政。持節，古代使臣奉命出行，必執符節以爲憑證。《史記·張釋之馮唐列傳》："是日令馮唐持節赦魏尚，復以爲雲中守。"嶺南，指五嶺以南的地區，即今廣東、廣西一帶。《晉書·良吏傳·吳隱之》："朝廷欲革嶺南之弊，隆安中，以隱之爲龍驤將軍、廣州刺史，假節，領平越中郎將。"
〔三〕 吳趨：猶吳門，指吳地。門外曰趨。顧炎武《王徵君潢具舟城西同楚二沙門小坐柵洪橋下》詩："僕本吳趨士，雅志陵秋霜。"

〔四〕"閒雲"句：表達別離與思念之情。杜甫《春日憶李白》詩："渭北春天樹，江東日暮雲。"

〔五〕槎風：猶仙風。參見前《望江南》（雲水畔）注。

〔六〕梅根：姜夔《念奴嬌》詞："昔游未遠，記湘皋聞瑟，澧浦捐褋。因覓孤山林處士，來踏梅根殘雪。"

〔七〕冉冉：匆忙貌。何遜《聊作百一體》詩："生途稍冉冉，逝水日滔滔。"
迅羽：迅疾的飛鳥。謝朓《野鶩賦》："落摩天之迅羽，絶歸飛之好音。"

〔八〕"殘灰"句：意謂回憶庚子之禍，仍然愁思百結。參見前《鷓鴣天》（似水閒愁）注。

〔九〕南枝：指梅花。參見前《河瀆神》（雲壓雁風）注。

〔一○〕玉娥：美貌的女子。馮延巳《采桑子》詞："玉娥重起添香印，回倚孤屏。不語含情。水調何人吹笛聲。" 幽素：恬淡質樸的幽情素心，形容玉娥的淑靜恬適。姜夔《越女鏡心》詞："風竹吹香，水楓鳴緑，睡覺涼生金縷。鏡底同心，枕前雙玉，相看轉傷幽素。"

〔一一〕觚稜：音"孤棱"。宮殿轉角處，此藉指皇宫。

〔一二〕不擬：不料。明劉基《春日雜興》詩之七："病來祇盼春風到，不擬春風曉更寒。"

〔一三〕燈唇語：古人以燈花爲吉兆，故云。杜甫《獨酌成詩》詩："燈花何太喜，酒緑正相親。"

〔一四〕"吳篷"句：半塘自謂先辭官歸隱。吳篷，從吳地起航的船隻。閒鷗，半塘自謂。

〔一五〕滄江：江流，江水。以江水呈蒼色，故稱。陳子昂《群公集畢氏林亭》詩："子牟戀魏闕，漁父愛滄江。"

〔一六〕"霓節"句：謂漚尹出行儀仗之盛，上干雲霄、麗如虹霓。

〔一七〕使星：《後漢書·李郃傳》："和帝即位，分遣使者，皆微服單行，各至州縣觀采風謠。使者二人當到益部，投郃候舍。時夏夕露坐……郃指星示云：'有二使星向益州分野。'"後因稱使者爲"使星"。

鷓　鴣　天

登元墓(1)還元閣〔一〕，用叔問重泊光福里韻〔二〕。

雲意陰晴覆寺橋〔三〕。秋聲瑟瑟徑蕭蕭〔四〕。五湖新約樽前訂〔五〕，十月輕寒畫裏銷。　憑翠檻,數煙橈〔六〕。一樓人外萬峰高〔七〕。青山閲盡興亡感,付與松風話市朝。

【校】

（１）"元墓",《清季四家詞》本、《清名家詞》本《定稿》作"玄墓"。

【注】

〔一〕元墓:即玄墓。在蘇州市吴中區光福鎮西南,又名鄧尉山。相傳東晉青州刺史郁泰玄葬於此地,因得名。　還元閣:在玄墓聖恩寺,又名還源閣。
〔二〕光福里:在今江蘇蘇州市吴中區西南運河所經之處,以光福山得名。
〔三〕寺橋:指天壽聖恩寺前之橋。天壽、聖恩原爲二寺,分别創建於唐天寶和宋寶祐年間。乾隆帝六次南巡,均臨幸此地題字賦詩,聲名大噪。
〔四〕秋聲瑟瑟:唐齊己《靈松歌》詩:"世眼争知蒼翠容,薜蘿遮體深朦朧。先秋瑟瑟生谷風,青陰倒卓寒潭中。"
〔五〕新約:半塘來蘇州不久,與友人鄭文焯等相見,故稱此次聚會爲新約。
〔六〕煙橈:籠罩在霧中的小船。橈,音"饒",船槳。代指小船。謝惠連《泛湖歸出樓中玩月》詩:"日落泛澄瀛,星羅游輕橈。"
〔七〕萬峰:玄墓山又稱萬峰山,因明僧萬峰居此山之聖恩寺而得名。

齊　天　樂

泊舟光福〔一〕,故友⁽¹⁾許鶴巢郎中鄉里也〔二〕。感題⁽²⁾此解。

峭帆乍轉横塘路〔三〕,湖山頓驚愁眼。雙崦茶煙〔四〕,四橋松雨〔五〕,曾記吟邊深綣〔六〕。梅林弄晚〔七〕。訪醉墨題香,紫簫聲斷〔八〕。唤起秋魂,荒荆何處舊池館。　滄波相對欲絶,亂雲攜酒處,愁系孤纜。臨頓前盟〔九〕,東華舊侣〔一〇〕,誰識塵衫游倦。斜陽涙滿。聽啼鳥花間,故情輕换。怨笛難招〔一一〕,虎山孤鶴遠〔一二〕。翁尚書詩目鶴巢爲虎山一鶴。

【校】

（１）"故友",《清季四家詞》本《定稿》作"故人"。

（２）"題"，《清季四家詞》本《定稿》作"賦"。

【注】

〔一〕光福：地名，即光福里。位於蘇州市南部吳中區，得名於建於梁代天監二年（503）的光福神寺。位於鄧尉山塢，是中國四大探梅勝地之一。

〔二〕許鶴巢：許玉瑑。參見前《浪淘沙》（春殢小梅梢）注。

〔三〕峭帆：聳立的船帆。亦藉指駕船。李白《橫江詞》之三："白浪如山那可渡，狂風愁殺峭帆人。"　橫塘：古堤名。在今江蘇省吳縣西南。賀鑄《青玉案》詞："淩波不過橫塘路，但目送、芳塵去。"

〔四〕雙崦：王世貞《虎山橋同魯望公瑕子求道振子念舍弟作得然字》詩："千花映水霞爭發，雙崦分流月對懸。"自注："舊傳此地王氣，沈氏居焉。偽吳士誠鑿分爲二崦而族沈氏。"按虎山橋在蘇州光福鎮北。

〔五〕四橋：指第四橋。即今蘇州吳江城外甘泉橋。范成大《吳郡志》卷二九："松江水在水品第六，世傳第四橋下水是也。橋今名甘泉橋，好事者往往以小舟汲之。"姜夔《點絳唇》詞："第四橋邊，擬共天隨住。"

〔六〕深綣：深深眷念。朱淑真《清平樂》詞："倩誰寄語春宵。城頭畫鼓輕敲。繾綣臨歧囑咐，來年早到梅梢。"

〔七〕"梅林"句：光福鎮之"香雪海"及鄧尉山梅花名動天下。

〔八〕紫簫聲斷：許鶴巢善吹簫，但此時已經謝世，故云。下句便有"喚起秋魂"之嘆。

〔九〕"臨頓"句：半塘曾與許鶴巢盟誓歸隱蘇州，是爲"前盟"。臨頓，指臨頓里。唐陸龜蒙曾居此。范成大《吳郡志》卷九："臨頓舊爲吳中勝地，陸龜蒙居之，不出郛郭，曠若郊墅。今城東北有臨頓橋，皮陸皆有詩。"

〔一〇〕"東華"句：半塘曾與許鶴巢同朝爲內閣中書，是爲"舊侶"。東華，指中央官署。參見前《水調歌頭》（把酒看天）注。

〔一一〕怨笛：張炎《桂枝香》詞："舊懷難寫，山陽怨笛，夜涼吹月。"

〔一二〕虎山孤鶴：喻許鶴巢。

水　龍　吟

惠山酌泉〔一〕

黛眉不點吳娃〔二〕，淩波獨秀空煙際。疏林霜染，深蹊苔澀，虛堂瀾綺。濺沫跳珠〔三〕，清聲瀉玉〔四〕，石鱗荒翠〔五〕。自憑闌照影，古人不見，閒愁逐、輕鷗起。　　一桁竹爐煙細〔六〕。卧聽松、箏琶淨洗。孤懷誰識，臨風把盞，低徊問水。斜日游船，古陰秋苑，笙歌催醉。喚銅瓶載取〔七〕，歸來重試，在山泉味〔八〕。

【注】

〔一〕 惠山：坐落於江蘇無錫市西郊，惠山古鎮位於惠山東北坡麓，鎮上有著名的天下第二泉。
〔二〕 "黛眉"句：吳文英《水龍吟·惠山酌泉》詞："吳娃點黛，江妃擁髻，空濛遮斷。"半塘反用吳文英句意。吳娃，吳地美女。
〔三〕 跳珠：錢起《蘇端林亭對酒喜雨》詩："濯錦翻紅蕊，跳珠亂碧荷。"
〔四〕 瀉玉：喻泉水涌流狀。杭州西湖畔有玉泉。
〔五〕 石鱗：泉邊如鱗甲般的卵石。蘇軾《八月七日初入贛過惶恐灘》詩："長風送客添帆腹，積雨扶舟減石鱗。"
〔六〕 竹爐：一種外殼爲竹編、內安小鉢盛炭火以煮水泡茶的火爐。杜甫《觀李固請司馬弟山水圖》詩之一："簡易高人意，匡牀竹火爐。"張炎《踏莎行·詠湯》詞："竹爐湯暖火初紅，玉纖調罷歌聲送。"
〔七〕 銅瓶：用以盛泉水的銅質器具。辛棄疾《滿江紅·題冷泉亭》詞："寶馬嘶歸紅旆動，團龍試碾銅瓶泣。"
〔八〕 在山泉：杜甫《佳人》詩："在山泉水清，出山泉水濁。"

洞　仙　歌

吳江楓老〔一〕，以雜樹間之，尤鮮麗可玩。舟中讀玉泩詠葉諸詞〔二〕，即用其調，以志幽賞。

疏黃敗綠。愛寒林江步。掩映吳楓冷紅舞〔三〕。炫秋容最是、徑轉帆回，鴉背閃,點點夕陽明處[四]。　暮山嵐翠斂,持底明妝[五],認取籠煙幾行樹。老去綺情刪[六],溝水東西,愁更憶、題瓊殘句[七]。儘豔人、詩心比春花,歎誰識鏖霜[八],歲寒良苦。

【注】

〔一〕 吴江:古又稱松江、松陵江、笠澤江,今稱吴淞江。發源於蘇州市吴江區松陵鎮以南太湖瓜涇口,由西向東,穿過江南運河,在今上海市黄浦公園北側外白渡橋以東匯入黄浦江。

〔二〕 玉泩:潘曾瑋(1819—1886),字寶臣,一字季玉,號玉泩。江蘇吴縣人。蔭生,官刑部郎中。有《玉泩詞》、《詠花詞》。

〔三〕 紅舞:姜夔《法曲獻仙音》詞:"過秋風未成歸計,誰念我、重見冷楓紅舞。"

〔四〕 "鴉背"二句:温庭筠《春日野行》詩:"蝶翎朝粉重,鴉背夕陽多。"

〔五〕 底:此,這。金段克己《與隱之會午芹精舍酒間雨作》詩:"麥田日日起黄埃,官長憂民意不開。底是山靈相妬媚,故驅風雨過關來。"　明妝:喻靚麗的自然風景。宋倪偁《朝中措》詞:"森然修竹滿晴窗。山色淨明妝。無限凄涼古意,白蘋紅蓼斜陽。"

〔六〕 刪:消除,消失。韓愈《雪後寄崔二十六丞公》詩:"歸來殞涕捫關卧,心之紛亂誰能刪。"

〔七〕 題瓊:周密《踏莎行》詞:"賦藥才高,題瓊語俊。蒸香壓酒芙蓉頂。景留人去怕思量,桂窗風露秋眠醒。"

〔八〕 鏖霜:宋祁《塞垣》詩:"鏖霜奔金戟,攢月馳飛鋌。"鏖,激戰,苦戰。

念奴嬌(1)

逭暑焦山自然庵[一],爲庵主六公題《如此江山圖》,用東坡赤壁韻。

雲埋浪打,想髯翁當日[二],吟邊風物。問訊江山無恙否,目斷巖巖蒼壁[三]。斷續驚濤,聯翩游屐,好句留冰雪。焦仙醒未[四],爲予唤起英傑。　最是根觸愁心,禪天梵放[五],雲外清筎發。撲地蒼煙飛不起[六],海氣浮空明滅[七]。秋色西來,中原北望,天遠青如髪[八]。孤光不改,多情只有圓月。

【校】
（1）半塘此詞僅用東坡赤壁詞韻,格律多有不同。

【注】
〔一〕迴暑：避暑。《新唐書·張説傳》：“後迴暑三陽宮,汔秋未還。”迴,音“换”。　　焦山：位於江蘇鎮江市東北長江之中,因東漢焦先曾隱居於此而得名。自然庵舊在焦山觀音巖右,壘石建成。多歷代名人題詠。
〔二〕髯翁：指蘇軾。
〔三〕巖巖：高大,高聳。《詩·魯頌·閟宫》：“泰山巖巖,魯邦所詹。”孔穎達疏：“言泰山之高巖巖然,魯之邦境所至也。”
〔四〕焦仙：當指焦先。漢末隱士。字孝然,河東人。孑然無親,見漢室衰,遂不語。露首赤足,結草爲裳,見婦人即避去。平時不踐邪徑,不取大穗,數日一食。或謂曾結廬於鎮江譙山（即今焦山）。傳説死時百餘歲。參閲晉皇甫謐《高士傳》卷下、葛洪《神仙傳》。
〔五〕梵放：指誦經等聲音傳出寺外。杜甫《大雲寺贊公房四首》之一：“梵放時出寺,鐘殘仍殷牀。”趙彦材注：“梵放,蓋佛事至,梵音必唱而誦之,故寺外可聞也。”
〔六〕撲地：遍地。鮑照《蕪城賦》：“廛閈撲地,歌吹沸天。”
〔七〕海氣：《漢書·武帝紀》：“朕巡荆揚,輯江淮物,會大海氣,以合泰山。”
〔八〕“中原”二句：蘇軾《澄邁驛通潮閣二首》之二：“杳杳天低鶻没處,青山一髮是中原。”

木 蘭 花 慢

歸德訪西陂故址〔一〕

緯蕭圖畫裏〔二〕,記親見、草堂幽。甚浴鴨池荒〔三〕,棲鶯柳老,春淡成秋。汀洲。釣人居處〔四〕,有平泉樹石記中收〔五〕。剩得殘山一角,冷煙低罥閒愁。　　悠悠。往事問沙鷗。文采宋黄州〔六〕。是少日兵戈,承平觴詠,投老菟裘〔七〕。扁舟。待盟舊隱〔八〕,悵暮天無際亂雲流。怕有夷歌夜起〔九〕,驚心慵聽漁謳〔一〇〕。

【注】

〔一〕 歸德：府名。治所在今河南商丘縣南。　西陂：宋犖（1634—1713），字牧仲，號漫堂，又號西陂、滄浪寓公、綿津山人。河南商丘人。官至吏部尚書，加太子少師。淡薄利禄，清廉一世，詩畫名家。著有《西陂類稿》、《綿津詩鈔》、《楓香詞》等。西陂爲宋氏别業，故址在商丘古城西南大史樓村史家河畔。

〔二〕 "緯蕭"二句：宋犖《夏日雨中重過河曲精舍四首》之四："緯蕭無限好，惆悵水雲鄉。"自注："余家淥波村有緯蕭草堂。"緯蕭，編織蒿草。蕭，蒿類，可以織爲簾箔。語出《莊子·列禦寇》："河上有家貧恃緯蕭而食者，其子没於淵，得千金之珠。"郭慶藩集釋："蕭，蒿也，織緝蒿爲薄簾也。"後用爲安貧樂道的典故。

〔三〕 浴鴨池：宋犖晚年又號西陂放鴨翁。

〔四〕 釣人：謂宋犖。

〔五〕 "平泉"句：將宋犖西陂別業類比爲唐李德裕離洛陽三十里的平泉莊。參見前《翠樓吟》（壓架塵輕）注。

〔六〕 宋黄州：謂宋犖。犖曾官黄州通判，其詩學蘇軾。王士禛寄宋犖詩："尚書北闕霜侵鬢，開府江南雪滿頭。誰識朱顔兩年少，王揚州與宋黄州。"

〔七〕 "是少日"三句：概括宋犖人生三階段。年少時身歷戰亂，驍勇有功；天下太平日，詩文、書法、繪畫自成一家；老大清名朝野，退隱故鄉，建西陂別業而安居。菟裘，古地名。在今山東省泗水縣。《左傳·隱公十一年》："羽父請殺桓公，以求大宰。公曰：'爲其少故也，吾將授之矣。'使營菟裘，吾將老焉。"後因以稱告老退隱的居處。陸游《暮秋遣興》詩："買屋數間聊作戲，豈知真用作菟裘。"

〔八〕 "待盟"句：意謂想與曾經告老還鄉歸隱西陂的宋犖結盟。舊隱，指宋犖。

〔九〕 夷歌：異族歌曲。此特指外族入侵事。參見前《瑞鶴仙影》（十年消息）注。

〔一〇〕 漁謳：漁歌。林逋《秋日西湖閒泛》詩："吾廬在何處，歸興起漁謳。"

浣 溪 沙

再過馬牧^{(1)〔一〕}

老去耽游藉息機〔二〕。四年三度此停騑〔三〕。巫山仍隔楚雲西〔四〕。　野驛風高塵漠漠〔五〕,首春寒重霧霏霏〔六〕。醉呼濁酒自添衣〔七〕。

【校】

（1）《清季四家詞》本、《清名家詞》本《定稿》均無此題。

【注】

〔一〕馬牧：地名。位於今南京市江寧區南秦淮河西岸。《清一統志·江寧府二》："馬牧在江寧縣東南。《通鑑》梁末徐嗣徽等導齊兵至秣陵故治,陳霸先與周文育屯方山、徐度屯馬牧、杜稜屯大航南以禦之。舊志：馬牧在縣東南二十里,蓋舊時閒牧之地。"

〔二〕耽游：樂於漫游。《詩·衛風·氓》："于嗟女兮,無與士耽。"毛傳："耽,樂也。"漢枚乘《七發》："意者久耽安樂,日夜無極。"　息機：息滅機心。《楞嚴經》卷六："息機歸寂然,諸幻成無性。"杜甫《將赴成都草堂途中有作先寄嚴鄭公》詩之五："側身天地更懷古,回首風塵甘息機。"

〔三〕停騑：停住車馬。宋范滂《題八馬圖》詩："騶騋驥義勞飛馳,日走萬里無停騑。"騑,駕在車轅兩旁的馬。亦泛指馬。

〔四〕"巫山"句：參見前《紫玉簫》（團扇歌闌）注。

〔五〕野驛：偏僻郊野的驛站。張孝祥《過建德》詩："野驛編青竹,公庭砌碧苔。"

〔六〕首春：指農曆正月。梁元帝《纂要》："正月孟春,亦曰孟陽、孟陬、上春、初春、開春、發春、獻春、首春……"

〔七〕濁酒：相對于清酒而言,價廉而渾濁的低度酒。杜甫《登高》詩："艱難苦恨繁雙鬢,潦倒新停濁酒杯。"

浣 溪 沙

泛舟珍珠橋側〔一〕,相傳爲南唐逭暑清涼山故道〔二〕。

一徑蒼煙蔓女蘿〔三〕。野塘新漲受風多。閒亭無處問紅羅〔四〕。　　只有碧山花外月，似聞水殿夜深歌〔五〕。斷雲如夢奈愁何。

【注】

〔一〕珍珠橋：珍珠河在今江蘇省南京市政府東面。珍珠橋當在河上。宋周應合《景定建康志·山川志三·河港》："珍珠河在宋行宮後，乃昔陳後主泛舟游樂之河。忽遇雨，浮漚生。宮人指浮漚曰：滿河珍珠。因而名焉。"

〔二〕清涼山：又稱石頭山。在今江蘇省南京市西。據清顧祖禹《讀史方輿紀要·江南二·江寧府》，戰國楚威王滅越，於此置金陵邑。三國吳築石頭城，故又稱石城山。山上有清涼寺、掃葉樓、翠微亭及六朝、南唐遺井等古跡。

〔三〕女蘿：植物名，即松蘿。多附生在松樹上，成絲狀下垂。《詩·小雅·頍弁》："蔦與女蘿，施于松柏。"毛傳："女蘿，菟絲，松蘿也。"

〔四〕紅羅：指紅羅亭。宋阮閱《詩話總龜·譏誚門中》："李煜作紅羅亭，四面栽江梅花，作豔曲歌之。韓熙載和云：'桃李不須誇爛熳，已輸了春風一半。'時淮南已歸周。"

〔五〕"水殿"句：好像聽到李後主深夜在水殿作樂。白居易（一作王建）《後宮詞》詩："淚濕羅巾夢不成，夜深前殿按歌聲。"水殿，臨水的殿堂。李白《口號吳王美人半醉》："風動荷花水殿香，姑蘇臺上宴吳王。"一指帝王所乘的豪華游船。皮日休《汴河懷古》詩之二："若無水殿龍舟事，共禹論功不較多。"

綠蓋舞風輕(1)

逭暑元武湖〔一〕，用草窗韻〔二〕。

招得倦吟魂，劫外湖山〔三〕，依然炫紈綺〔四〕。淒入秋心，閒鷗應笑客，玉笛愁倚〔五〕。不定陰晴，斷雲冷、浮空還系。漫低徊、舊日風香，嬌弄花蕊。　　波底。自認衰顏，點鬢數驚塵〔六〕，襁襪慵洗(2)〔七〕。一葉颿秋，滴羅襟、剩有登臨殘淚。晉豔吳香〔八〕，悄回首、興亡如寄。黯無言，目斷夕佳山氣〔九〕。

【校】

(1) 本調《詞譜》不載。《全宋詞》第8289頁錄周密原詞，其詞下片起句作"花底謾卜幽期”,“底”處未斷句。我們將半塘詞此處“底”字斷句爲韻。

（2）《詞律》録草窗原詞,此句作“粉黶初洗”,“洗”字是韻,半塘詞用韻正同。《全宋詞》作“粉黶初退”。

【注】

〔一〕元武湖：即玄武湖,位於今南京市東北玄武門外,湖上多名勝古跡。
〔二〕草窗：宋代詞人周密。參見前《探芳信》(正芳晝)注。
〔三〕"劫外"句：謂國家遭逢八國聯軍入侵之劫難後的湖光山色。清末李叔同(弘一法師)《贈津中同人》詩：“千秋功罪公評在,我本紅羊劫外身。自分聰明原有限,羞將事後論旁人。”
〔四〕紈綺：精美的絲織品。喻秀麗的風景。程垓《菩薩蠻》詞：“耕桑山下足。紈綺人間俗。莫管舊東風。從教吹軟紅。”
〔五〕倚：和著樂聲(歌唱)。《史記·張釋之馮唐列傳》：“使慎夫人鼓瑟,上自倚瑟而歌。”司馬貞索隱：“謂歌聲合於瑟聲,相依倚也。”
〔六〕點鬢：辛棄疾《江神子》詞：“吳霜應點鬢雲斑。綺窗閒。夢連環。説與東風,歸意有無間。” 驚塵：韓元吉《西江月》詞：“一年寂寂又春歸。白髮自驚塵世。”
〔七〕褦襶：音“耐戴”。衣服粗厚臃腫貌。明張煌言《雨中寒甚再疊前韻》詩：“春衣褦襶還如鐵,島樹槎枒轉似金。”
〔八〕晉黶吳香：指東晉和東吳等朝代建都南京時所留下的香黶故事。
〔九〕"目斷"句：陶潛《飲酒》詩之五：“山氣日夕佳,飛鳥相與還。”

角　　招⁽¹⁾

南來遇乙庵滬上、瞻園金陵〔一〕,皆賦此調見貽,依調酬之。

漫回首。花間一笑相逢〔二〕,且盡醇酎〔三〕。衫輕憐骨瘦。影入秋燈,殘夢非舊。危闌佇久。訝望裏、雲山如阜〔四〕。寂寞江湖載酒⁽²⁾〔五〕。算牢落北征吟〔六〕,省杜陵傔僘〔七〕。　　休負。題瓊句就。倚樓人健,意外還攜手。涼蟾明似晝〔八〕。慣識狂奴〔九〕,放顛時候〔一〇〕。吳絲解奏〔一一〕。只莫奏、玉關楊柳〔一二〕。共浥天涯淚袖。怕今夕、玉繩低〔一三〕,愁來又。

【校】

（1）此調《詞譜》與《詞律》載趙以夫《角招》(曉寒薄)詞,但半塘此詞格律與之略異。半塘當用姜夔《角招》（爲春瘦）一體。

（２）此句姜夔原詞未用韻。

【注】

〔一〕乙庵：沈曾植，號乙庵。參見前《三姝媚》（休辭歌者苦）注。　瞻園：張仲炘。參見前《月華清》（望遠供愁）注。

〔二〕辛棄疾《念奴嬌》詞："尊酒一笑相逢，與公臭味，菊茂蘭須悦。"

〔三〕醇酎：味厚的美酒。《初學記》卷二六引鄒陽《酒賦》："凝醳醇酎，千日一醒。"酎，音"驟"。

〔四〕訝望：驚訝地張望。　　阜：衆多堆積貌。

〔五〕江湖載酒：宋吕渭老《二郎神》詞："飄泊。江湖載酒，十年行樂。甚近日、傷高念遠，不覺風前淚落。"

〔六〕牢落北征：肅宗至德二載（757），杜甫自鳳翔歸鄜州，有《北征》詩。牢落，寥落孤寂貌。杜甫《自瀼西荆扉且移居東屯茅屋四首》之四："牢落西江外，參差北户間。"

〔七〕杜陵：杜甫自稱"杜陵野老"。

〔八〕涼蟾：月亮。周邦彦《霜葉飛》詞："露迷衰草。疏星掛，涼蟾低下林表。素娥青女門嬋娟，正倍添悽悄。"

〔九〕狂奴：狂放不羈的人。梁武帝《答蕭琛》詩："勿談興運初，且道狂奴異。"

〔一〇〕放顛：發瘋，放縱顛狂。杜甫《絶句》之九："設道春來好，狂風大放顛。"

〔一一〕吴絲：李賀《李憑箜篌引》："吴絲蜀桐張高秋，空山凝雲頽不流。"王琦注："絲之精好者，出自吴地，故曰吴絲。"

〔一二〕玉關楊柳：王之涣《涼州詞》詩："羌笛何須怨楊柳，春風不度玉門關。"

〔一三〕玉繩：參見前《祝英臺近》（卷羅帷）注。

倦　尋　芳

同人社集瓣香樓〔一〕，俯仰今昔，慨然有作。樓爲許奉新行河時奏建〔二〕，祀文正忠襄二曾公〔三〕。

晚霞舊影,喬木新祠,幽勝如貺[四]。懷遠登高,自拂劍鐔吟望[五]。半壁東南磐石奠,一家兄弟淩煙上[六]。倚青尊[七],話中興陳跡[八],幾回惆悵。　看檻外、斜陽煙柳[九],腥染春愁,凄抑相向。一瓣香熏,目斷嶽靈天上[一〇]。茶火風雲名士氣[一一],河山涕淚平戎想。悄無言,撫危闌,亂塵誰障。

【注】

〔一〕瓣香樓：在今河南開封市二曾祠西院,坐北向南,樓爲雙脊,形式別致,氣勢壯觀。故址現今爲開封市圖書館所在。其樓觀在文革時悉被拆除。

〔二〕許奉新：許振禕(1827—1899),字仙屏,號大澤村人,江西奉新人。同治二年(1863)進士。曾任陝西學政、河南按察使、江寧布政使、河東河道總督、廣東巡撫等職。卒謚文敏。《清史稿》有傳。許振禕題開封二曾祠瓣香樓聯云："功高百辟,心在一丘,側寫前賢,其氣象得諸山水以外；暮捲歸雲,朝臨飛鳥,誰來騁坐,可慷慨而無文字之鳴。"

〔三〕文正忠襄二曾公：曾國藩、曾國荃兄弟。曾國藩(1811—1872)初名子城,字伯函,號滌生。清末政治家、軍事家、文學家,湘軍的創立者和統帥。與胡林翼並稱曾胡,與李鴻章、左宗棠、張之洞並稱"晚清四大名臣"。官至兩江總督、直隸總督、武英殿大學士,封一等毅勇侯,謚曰文正。曾國荃(1824—1890),曾國藩的九弟,湘軍主要將領之一。因攻打太平軍"有功"賞"偉勇巴圖魯"名號和一品頂戴。旋加太子少保,封一等伯爵。同治間,與郭嵩燾等修纂《湖南通志》。後歷任陝西、山西巡撫,署兩廣總督。光緒十年(1884)署禮部尚書、兩江總督兼通商事務大臣。光緒十五年(1889)加太子太保銜。翌年,卒於位,謚忠襄。

〔四〕貺：音"曠",賜給,贈與。

〔五〕劍鐔：寶劍劍柄和劍身連接處的兩旁突出部分。亦稱"劍口"、"劍鼻"。鐔,音"新(陽平)"。李商隱《自桂林奉使江陵途中感懷寄獻尚書》詩："假寐憑書篋,哀吟叩劍鐔。"

〔六〕"半壁"二句：謂曾國藩兄弟率湘軍戰敗太平天國,平定半壁江山,使之堅如磐石。故爾兩人的畫像都能被繪製在凌煙閣上。凌煙閣,封建王朝爲表彰功臣而建築的繪有功臣圖像的高閣。唐太宗貞觀十七年畫功臣像於凌煙閣之事最著名。

〔七〕青尊：酒杯。唐陳翃《宴柏臺》詩："青尊照深夕，綠綺映芳春。"
〔八〕中興：指太平天國平定後，清朝統治重趨穩固。
〔九〕斜陽煙柳：辛棄疾《摸魚兒》詞："休去倚危闌，斜陽正在、煙柳斷腸處。"
〔一〇〕嶽靈：山嶽的靈氣、精氣。蔡邕《司空楊秉碑》："於戲！公唯嶽靈，天挺德，翼精神，絪縕仁哲生。"
〔一一〕"荼火"二句：意謂面對如火如荼、國家多難的緊急形勢，名士們義憤填膺，獨抱平掃入侵之敵的理想而悲淚縱橫。參見前《鶯啼序》（無言畫闌）注。荼火，指形勢危急，如火如荼。名士氣，指名士的風度、氣韻。平戎想，平息戰亂的想法。

帝臺春

廨園補種新竹〔一〕，適竹醉日也〔二〕，紀之以詞。左麾同作〔三〕。

簾户一色。疏槐颺空碧。好事朝來〔四〕，補得花間，綠天雲隙。自剷蒼苔扶淺醉，最難是、令辰欣值〔五〕。快安排，冰簟閒聽〔六〕，碧玲風激〔七〕。　煙靄冪。清露滴。乍硯北〔八〕。興遥集。便餐秀從今〔九〕，慰調飢〔一〇〕，也那用、玉山珠實〔一一〕。他日成林恣琴嘯，誰識荷鋤舊時客。只莫遇中郎，賞笛材亭側〔一二〕。

【注】

〔一〕廨園：即廨署園林，應是半塘同鄉、翰林院編修官謝元福在淮安的道臺衙門内之園林。
〔二〕竹醉日：宋范致明《岳陽風土記》："五月十三日謂之龍生日，可種竹，《齊民要術》所謂竹醉日也。"
〔三〕左麾：即周左麾，曾與李詳同爲淮揚海道謝元福道臺衙署書記。生平仕履不詳。
〔四〕好事：指來求學的門人。《漢書·揚雄傳下》："家素貧，耆酒，人希至其門。時有好事者載酒肴從游學。"
〔五〕令辰：良辰，好時辰。指竹醉日。晁端禮《喜遷鶯》詞："畫堂令辰稱壽，願與岡陵同固。"
〔六〕冰簟：涼席。李商隱《可歎》詩："冰簟且眠金鏤枕，瓊筵不醉玉

〔七〕碧玲：即碧玲瓏，喻竹。關漢卿《南呂·一枝花·贈朱簾秀·梁州》："凌波殿前，碧玲瓏掩映湘妃面，沒福怎能夠見？"

〔八〕硯北：參見前《酒泉子》（珍重雲藍）注。

〔九〕餐秀：以秀色當作美餐。晉陸機《日出東南隅行》詩："鮮膚一何潤，秀色若可餐。"

〔一○〕調飢：朝飢。早上沒吃東西時的飢餓狀態。《詩·周南·汝墳》："未見君子，惄如調飢。"毛傳："調，朝也。"

〔一一〕玉山：古代傳說中的仙山。《山海經·西山經》："又西三百五十里，曰玉山，是西王母所居也。"郭璞注："此山多玉石，因以名云。《穆天子傳》謂之群玉之山。" 珠實：猶仙果。庾信《道士步虛詞》之七："鳳林采珠實，龍山種玉榮。"

〔一二〕"只莫"二句：晉伏滔《長笛賦》序："初，邕（蔡邕）避難江南，宿於柯亭。柯亭之觀，以竹爲椽。邕仰而眄之曰：'良竹也。'取以爲笛，奇聲獨絶。歷代傳之，以至於今。"中郎，指蔡邕。曾官左中郎將。笛材，用以製笛的材料。

念奴嬌

九月朔日宿徐州作〔一〕

暮雲無際，趁雁風南下〔二〕，長懷如托。戲馬臺荒秋易老〔三〕，重九近來誰作〔四〕。豔想霜花，圓窺月魄〔五〕，濁酒慵斟酌。故人不見〔六〕，誰知老子蕭索〔七〕。 劇憶當日髯翁，羽衣吹笛，坐對長洪落〔八〕。滿目河山風景異〔九〕，贏得馬頭塵絡〔一○〕。辦取明朝，自支殘醉，臥聽車吟鐸。登高何處，持螯左手曾約〔一一〕。

【注】

〔一〕朔日：舊曆每月初一日。《禮記·月令》："（季秋之月）合諸侯制，百縣爲來歲受朔日。"孫希旦集解："朔日，來歲十二月之朔也。" 徐州：清雍正時設徐州府，並置銅山縣爲治所。

〔二〕雁風：指秋風。宋陳允平《蘭陵王》詞："黃花滿地弄寒色。喜蛩雨初霽，雁風又息。"

〔三〕戲馬臺：參見前《八聲甘州》(甚無風雨)注。

〔四〕"重九"句：戲馬臺頂有重九臺。據《南齊書》記載，南朝宋武帝劉裕，在尚爲晉將軍都督時，曾於九月初九日騎馬登戲馬臺，與部屬飲酒賦詩。即皇位後就規定九月初九爲騎馬射箭、檢閱軍隊的日子。相傳，現在流行九月初九吃的重陽糕，就是從劉裕當年發給三軍士兵的乾糧演化而來。

〔五〕月魄：指月初生或圓而始缺時不明亮的部分。亦泛指月亮，月光。《漢武帝内傳》："致日精得陽光之珠，求月魄獲黄水之華。"

〔六〕故人：指戲馬臺的創建者項羽和重九臺典故的典源屬主劉裕。

〔七〕老子：半塘自謂。張孝祥《水調歌頭·桂林中秋》詞："老子興不淺，聊復此淹留。"

〔八〕"劇憶"三句：蘇軾《百步洪二首》之一："長洪斗落生跳波，輕舟南下如投梭。"自序云："王定國訪予於彭城，一日棹小舟，與顏長道攜盼、英、卿三子游泗水，北上聖女山，南下百步洪，吹笛飲酒，乘月而歸。余時以事不往，夜著羽衣，佇立於黄樓上，相視而笑，以謂李太白死，世無此樂三百餘年矣。"百步洪，據《大清一統志·徐州府·銅山縣》："百步洪在銅山縣東南二里，亦名徐州洪，泗水所經也。《明會典》：徐州洪亂石峭立，凡百餘步，故又名曰百步洪。"

〔九〕"滿目"句：指國家多難。參見前《鶯啼序》(無言畫闌)注。

〔一〇〕馬頭塵絡：謂馬頭蒙塵，自傷漂泊也。

〔一一〕"持螯"句：《晉書·畢卓傳》："卓嘗謂人曰：'得酒滿數百斛船，四時甘味置兩頭。右手持酒杯，左手持蟹螯，拍浮酒船中，便足了一生矣。'"

念奴嬌

雙溝早發，三疊前韻〔一〕。

蕭蕭木葉〔二〕，是郵亭昨夜，秋聲憑托。瘦馬荒原嘶未已，野興牽人頻作〔三〕。酒冷塵衫，夢回土銼〔四〕，身世何勞酌。遥青一髮〔五〕，相從如慰離索。爭信晴野桑麻〔六〕，年時滚滚，天外長河落〔七〕。幻影如煙誰復料，萬事豆萁瓜絡〔八〕。餐玉方疏〔九〕，還丹術秘〔一〇〕，歸買牛宫鐸〔一一〕。村醪應熟，麴香風外依約〔一二〕。

【注】

〔一〕 雙溝：位於今江蘇泗洪縣，洪澤湖西岸。雙溝鎮釀酒有悠久歷史。

〔二〕 "蕭蕭"句：杜甫《登高》詩："無邊落木蕭蕭下，不盡長江滾滾來。"

〔三〕 野興：野趣，郊野的風致。孟浩然《游鳳林寺西嶺》詩："壺酒朋情洽，琴歌野興閒。"

〔四〕 土銼：炊具，猶今之砂鍋。杜甫《聞斛斯六官未歸》詩："荆扉深蔓草，土銼冷疏煙。"

〔五〕 "遥青"句：蘇軾《澄邁驛通潮閣二首》之二："杳杳天低鶻没處，青山一髮是中原。"

〔六〕 晴野桑麻：宋釋行海《田翁》詩："春晴野花喜桑麻，恣縱兒孫鬥萬花。頭白縣門猶未識，但聞人説有官家。"

〔七〕 "天外"句：唐張喬《送龍門令劉滄》詩："峭壁開中古，長河落半天。幾鄉因勸勉，耕稼滿雲煙。"

〔八〕 "萬事"句：謂萬事萬物如豆萁之雜亂無章，如絲瓜絡般經緯縱橫、難以梳理。

〔九〕 餐玉方：古代傳説仙家服食玉屑以延壽的方法。《魏書·李先傳》："每羨古人餐玉之法，乃採訪藍田，躬往攻掘……預（李預）乃椎七十枚爲屑，日服食之。"

〔一〇〕 還丹術：煉丹以服食成仙之術。還丹，道家合九轉丹與朱砂再次提煉而成的仙丹。自稱服後可以即刻成仙。葛洪《抱朴子·金丹》："若取九轉之丹，納神鼎中，夏至之後，爆之鼎，熱，納朱兒一斤於蓋下，伏伺之。候日精照之，須臾，翕然俱起，煌煌輝輝，神光五色，即化爲還丹。取而服之一刀圭，即白日升天。"

〔一一〕 牛宫鐸：牛鈴。宫，宫聲。古代五聲音階的第一音級。鐸，鈴鐺。一般爲球形或扁圓形，下開一條口，内懸吊金屬丸或小石子。《晉書·荀勖傳》："勖於路逢趙賈人牛鐸，識其聲。"

〔一二〕 麴：酒麴。亦指酒。元稹《解秋》詩之六："親烹園内葵，憑買家家麴。"

驀 山 溪

九月六日清河舟次作

去年今日，路入袁公浦〔一〕。歲月不參差〔二〕，又扁舟、柳陰重駐。冥鴻蹤跡，來去本無心,笑期約,是誰監,有信還如許〔三〕。　舉杯邀月〔四〕,聊復閒情訴。秋色滿長淮〔五〕,問明日、酒醒何處〔六〕。孤雲落落〔七〕,爲我作輕陰,看青送,隔江山〔八〕,似欲招人語〔九〕。

【注】

〔一〕　袁公浦:即清江浦。因三國時袁術曾駐兵於此,故又稱"袁浦"或"袁公浦"。在今江蘇省淮陰市。《清一統志・淮安府・山川》:"清江浦在清河縣北一里,舊爲沙河土,名馬沙河。古運道自郡城東入淮。舊志云:宋轉運使喬維嶽開此,直達清口。明永樂初陳瑄重濬置閘,更名清江浦。爲水陸之孔道。"

〔二〕　參差:差池,差錯。元稹《代九九》詩:"每常同坐卧,不省暫參差。"

〔三〕　"冥鴻"五句:蘇軾《正月二十日與潘、郭二生出郊尋春,忽記去年是日同至女王城作詩,乃和前韻》詩:"人似秋鴻來有信,事如春夢了無痕。"監,察看,督察。

〔四〕　"舉杯"句:李白《月下獨酌四首》之一:"花間一壺酒,獨酌無相親。舉杯邀明月,對影成三人。"

〔五〕　長淮:指淮河。王維《送方城韋明府》詩:"高鳥長淮水,平蕪故郢城。"

〔六〕　酒醒何處:柳永《雨霖鈴》詞:"今宵酒醒何處?楊柳岸、曉風殘月。"

〔七〕　落落:形容孤獨,不遇合。左思《詠史》詩:"落落窮巷士,抱影守空廬。"

〔八〕　隔江山:隔江對岸的山。

〔九〕　招人:宋鄧肅《浣溪沙》詞:"破睡海棠能媚客,舞風垂柳似招人。春衫歸去馬蹄輕。"

一　落　索

舟夜聽雨

記得日湖新句〔一〕。無情嘲雨。欹篷今夜不成眠〔二〕,才省識、清吟苦〔三〕。淅淅瀟瀟如訴。欲停難住。鄰舟定有剪燈人〔四〕,還似我、銷魂否。

【注】

〔一〕 日湖：宋代詞人陳允平詞集名《日湖漁唱》。其《木蘭花慢·和李篔房題張寄閒家圃韻》有句云："呼燈聽雨，越嶺吳巒。幽情未應共懶，把周郎舊曲譜新翻。"

〔二〕 欹篷：斜靠著船篷。

〔三〕 清吟：史達祖《醉公子·詠梅寄南湖先生》詞："相思暗驚清吟客。想玉照堂前、樹三百。"

〔四〕 翦燈：即剪燭。周邦彥《鎖窗寒》詞："灑空階、夜闌未休，故人剪燭西窗語。似楚江暝宿，風燈零亂，少年羈旅。"

中　興　樂

阻淺高郵道中書悶〔一〕。行篋未攜譜律〔二〕，此依玉井詞填〔三〕，云用李德潤《瓊瑤集》體也〔四〕。

彎環帶水淺於溝。艱難上峽輕舟。朝朝暮暮，如望黃牛〔五〕。高城空指秦郵〔六〕。爲誰留。西風蕭瑟，檣竿錯雜，水調鉤輈〔七〕。　半生梗泛笑難收〔八〕。無心去住悠悠。江湖流浪，淹滯誰謀〔九〕。海天何日盟秋〔一〇〕。任沉浮。忘機萬里，閒身依舊，輸與沙鷗〔一一〕。

【注】

〔一〕 阻淺：行船擱淺。唐劉長卿有《赴楚州次自田途中阻淺，問張南史》詩。　高郵：即今江蘇揚州市所轄高郵市。

〔二〕 行篋：行李箱。

〔三〕 玉井詞：許宗衡字海秋，有《玉井山館詩餘》一卷。參見前《徵招》（街南老樹）注。

〔四〕 李德潤：李珣（生卒年不詳），字德潤，五代梓州（今四川三臺）人。其先爲波斯人，後入蜀中。有《瓊瑤集》，今佚。其詞現存五十餘首，載《花間集》與《樽前集》。

〔五〕 "朝朝"二句：酈道元《水經注·江水》："江水又東徑黃牛山，下有灘名曰黃牛灘……此巖既高，加以江湍紆回，雖途徑信宿，猶望見此物。故行者謠曰：'朝發黃牛，暮宿黃牛；三朝三暮，黃牛如故。'"

〔六〕 秦郵：高郵縣的別稱。秦時於此築臺置郵亭，故名。清顧祖禹《讀史

〔七〕 鉤輈：象聲詞。形容某些南方方言的語音。劉禹錫《蠻子歌》："蠻語鉤輈音，蠻衣斑斕布。"

〔八〕 梗泛：典出《戰國策·齊策三》："有土偶人與桃梗相與語……土偶曰：'不然。吾西岸之土也，土則復西岸耳。今子，東國之桃梗也，刻削子以爲人，降雨下，淄水至，流子而去，則子漂漂者將何如耳。'"後因以"梗泛"指漂泊無定。駱賓王《晚泊河曲》詩："悽惶勞梗泛，淒斷倦蓬飄。"

〔九〕 淹滯：拖延，久留。枚乘《七發》："所從來者至深遠，淹滯永久而不廢，雖令扁鵲治內，巫咸治外，尚何及哉！"

〔一〇〕 盟秋：締結盟約。春秋戰國時各諸侯國常在秋天會盟。

〔一一〕 "忘機"三句：參見前《解語花》（雲低鳳闕）注。

長亭怨慢

泊灣頭〔一〕。距揚州十里。追悼辛峰〔二〕，淒然有作。

鎮惆悵、霜寒日暮〔三〕。景物驚心，亂愁誰訴。老去何堪，倚風吹淚怨孤旅。高城如畫〔四〕，曾是我、看雲處〔五〕。寂寞綠楊灣，莫更送、隔江津鼓〔六〕。凝佇。歎人天咫尺〔七〕，今夜夢魂通否。烏啼月落〔八〕，只倦枕、殘更頻數。倘雁影、得並江湖〔九〕，早歡入、燈前兒女。又繫纜明朝，愁問竹西波路〔一〇〕。

【注】

〔一〕 灣頭：今江蘇揚州市廣陵區有灣頭鎮。

〔二〕 辛峰：半塘胞弟。參見前《賀新涼》（心事從何説）注及《木蘭花慢》（童游牽夢）、《沁園春》（詞汝前來）、《滿庭芳》（頌酒椒馨）、《滿江紅》（二十年來）、《角招》（重回首）、《滿江紅》（淚灑椒江）等數闋。

〔三〕 鎮：經常，長久。唐太宗李世民《詠燭》詩："鎮下千行淚，非是爲思人。"宋高觀國《祝英台近》詞："遙想芳臉輕顰，凌波微步，鎮輸與沙邊鷗鷺。"

〔四〕 高城：指古揚州城樓。秦觀《滿庭芳》詞："傷情處，高城望斷，燈火已黃昏。"

〔五〕 "曾是我"句：辛峰生前曾在揚州作鹽官，半塘在京亦常有思念之作。

故有是説。杜甫《恨別》詩："思家步月清宵立，憶弟看雲白日眠。"

〔六〕 津鼓：古代渡口設置的信號鼓。唐李端《古別離》詩："天晴見海檣，月落聞津鼓。"

〔七〕 歎人天咫尺：意謂哀歎近在咫尺的親兄弟，一瞬間人天阻隔。張炎《瑣窗寒》詞："斷碧分山，空簾剩月，故人天外。"

〔八〕 "烏啼"句：張繼《楓橋夜泊》詩："月落烏啼霜滿天，江楓漁火對愁眠。"

〔九〕 "倘雁影"句：意謂假如兄弟能早些並肩倘伴江湖之上，便能與兒女們歡聚了。杜甫《舍弟觀赴藍田取妻子到江陵喜寄三首》之一："鴻雁影來連峽內，鶺鴒飛急到沙頭。"張炎《一萼紅》詞："塵外柴桑，燈前兒女，笑語忘歸。"

〔一〇〕 竹西：杜牧《題揚州禪智寺》詩："誰知竹西路，歌吹是揚州。"後人因於其處築竹西亭，又名歌吹亭，在揚州府甘泉縣（今江蘇省揚州市）北。姜夔《揚州慢》詞："淮左名都，竹西佳處，解鞍稍駐初程。"

滿 江 紅

潤州懷古〔一〕

第一江山〔二〕，稱霸府、東南雄踞〔三〕。吊陳跡、興亡滿目，斜陽草樹〔四〕。京口雲連天北極〔五〕，海門地扼濤東注〔六〕。只金焦、兩點亂流中〔七〕，青如故。　　風拍拍，江聲怒。秋黯黯，嚴城暮〔八〕。看縱橫飛舸，乘潮掀舞〔九〕。天塹漫誇形勢好〔一〇〕，浪淘幾輩英雄去〔一一〕。倚長歌、不盡古今愁，和誰訴。

【注】

〔一〕 潤州：今江蘇省鎮江市。

〔二〕 第一江山：指鎮江山川形勝，地理位置爲天下第一關隘。今鎮江市北固山甘露寺長廊東壁，尚有"天下第一江山"刻石殘留。明張丑《清河書畫舫》卷九下載："晉陵吳琚，書宗米禮部，幾於奪真。今北固'天下第一江山'題榜，是其跡也。"

〔三〕 霸府：鎮江是南朝宋武帝劉裕（寄奴）的出生地，也是三國吳主孫權據江左成霸業并建都的重鎮。《晉書·孔愉丁潭等傳論》："咸以筴篿之材，邀締構之運，策名霸府，騁足高衢。"

〔四〕"吊陳跡"二句：辛棄疾《永遇樂·京口北固亭懷古》詞："千古江山，英雄無覓孫仲謀處。……斜陽草樹，尋常巷陌，人道寄奴曾住。"

〔五〕京口：古城名。即江蘇鎮江市。公元209年，孫權把首府自吳（蘇州）遷此，稱爲京城。公元211年遷治建業後，改稱京口鎮。東晉、南朝時稱京口城。爲古代長江下游的軍事重鎮。

〔六〕海門：内河通海之處。因鎮江近海，城北焦山附近爲長江入海處，故稱海門。唐盧肇《題甘露寺》詩："地從京口斷，山到海門回。"

〔七〕金焦：金山與焦山的合稱。兩山原都在鎮江西北長江中，後因沙積，金山已與南岸相連。金山原名浮玉，因有裴頭陀江際獲金，唐貞元間李騎奏改。焦山因漢焦光隱居此山而得名。

〔八〕嚴城：堅固而戒備森嚴的城池。南朝梁何遜《臨行公車》詩："禁門儼猶閉，嚴城方警夜。"

〔九〕"看縱橫"二句：謂鎮江金焦二山下的長江中，船舶縱橫，順水東下的船隻漫江飛涌。楊萬里《蘇木灘》詩："忽逢下灘舟，掀舞快雲駛。"

〔一○〕"天塹"句：《南史·孔範傳》："範奏曰：'長江天塹，古來限隔，虜軍豈能飛度？邊將欲作功勞，妄言事急；臣自恨位卑，虜若能來，定作太尉公矣。"

〔一一〕"浪淘"句：蘇軾《念奴嬌》詞："大江東去，浪淘盡、千古風流人物。"

漢　宮　春

滬樓暝坐〔一〕，待叔問不至〔二〕。用夢窗韻寄懷。叔問近刻所著《比竹餘音》，有《楊柳枝》詞極工，因並賦之。

愁入西樓，正麴塵漲海〔三〕，秋暗明漪〔四〕。花前怕聽怨笛，翻譜瓊枝〔五〕。江南舊夢，記當年、思曼清姿〔六〕。無那是〔七〕，懷人時候，吳天冷雨霏霏。喚起吟邊殘醉，說瀾分煙翠，一箭帆移。重揞劫餘淚眼〔八〕，載酒休辭。驛橋弄暝，甚維舟、今夜偏遲〔九〕。誰遣得，重雲如墨〔一○〕，棲鴉萬點歸時〔一一〕。

【注】

〔一〕滬樓：泛指上海某酒樓。

〔二〕叔問：鄭文焯。參見前《鶯啼序》（無言畫闌）注。

〔三〕"麹塵"句：指四處柳色漸變淡黃。漲海，雙關，一謂"麹塵"見漲；二爲南海的古稱，此藉指上海一帶。

〔四〕明漪：澄澈明净的漣漪。舊題司空圖《二十四詩品·精神》："明漪絶底，奇花初胎。"

〔五〕"翻譜"句：指填寫《楊柳枝》詞。白居易《琵琶行》詩："今夜聞君琵琶語，如聽仙樂耳暫明。莫辭更坐彈一曲，爲君翻作琵琶行。"

〔六〕"思曼"句：指柳樹有張緒（字思曼）般的風姿。參見前《滿江紅》（十載旗亭）注。

〔七〕無那：即無可奈何。

〔八〕"劫餘"句：劫後餘身，淚痕尚在。強調庚子國難給詞人造成的沉痛創傷。

〔九〕維舟：即繫船停泊。何遜《與胡興安夜別》詩："居人行轉軾，客子暫維舟。"

〔一〇〕重雲：重重疊疊的烏雲。姜夔《浣溪沙》詞："雁怯重雲不肯啼，畫船愁過石塘西。打頭風浪惡禁持。"

〔一一〕鴉萬點：形容烏鴉甚多。秦觀《滿庭芳》詞："斜陽外，寒鴉萬點，流水繞孤村。"

法曲獻仙音

用夢窗韻。

颺麹塵流〔一〕，鬧花風迫〔二〕，海月檐燈齊上。桃葉歌情〔三〕，楊枝舞節〔四〕，粼粼玉尊翻浪〔五〕。悵一瞥〔六〕，飄鴻遠，縈簾翠雲冷。　　淡相向。倚西風、暗驚閒夢，人不見、何處錦箏送響〔七〕。對酒不辭中，愁心一點如春蕩〔八〕。舊曲瀟瀟，憐吳娘、老去羞唱〔九〕。問非花非霧〔一〇〕，幾許煙迷秋帳。

【注】

〔一〕颺麹塵流：謂風揚起淡淡的綠黃色的楊花在空氣中流動，讓水也現出麹塵色。宋方岳《燭影搖紅》詞："看見春來，麹塵微漲催蘭棹。嬌黃拂略上柔條，等得鶯眠覺。"

〔二〕鬧花風：謂催開萬花的春風。宋祁《玉樓春》詞："綠楊煙外曉寒輕，紅杏枝頭春意鬧。"

〔三〕桃葉歌：參見前《紅情》（橫塘煙冪）注。

〔四〕楊枝：指白居易的侍妾樊素。後常用以爲典，亦泛指侍妾婢女或所思戀的女子。白居易《不能忘情吟》序："妓有樊素者，年二十餘，綽綽有歌舞態，善唱《楊枝》。人多以曲名名之，由是名聞洛下。"

〔五〕"粼粼"句：精緻的酒杯中美酒在晃蕩。粼粼，（酒）清澈貌。

〔六〕一瞥：蘇軾《聚星堂雪》詩："模糊檜頂獨多時，歷亂瓦溝裁一瞥。"張炎《好事近》詞："伴撚花枝微笑，溜晴波一瞥。"

〔七〕"錦箏"句：張炎《解連環》詞："誰憐旅愁荏苒。謾長門夜悄，錦箏彈怨。"錦箏，古箏美稱。

〔八〕"愁心"句：晏幾道《南鄉子》詞："共説春來春去事，多時。一點愁心入翠眉。"

〔九〕"舊曲"二句：白居易《寄殷協律》詩："吳娘暮雨蕭蕭曲，自別江南更不聞。"自注："江南《吳二娘曲》詞云：'暮雨蕭蕭郎不歸。'"吳娘，指古代歌妓吳二娘，亦代指歌女。

〔一〇〕非花非霧：白居易《花非花》詩："花非花，霧非霧。夜半來，天明去。來如春夢幾多時，去似朝雲無覓處。"

夜　游　宮

夜雨秋燈，旅懷淒異，三十年未歷此境矣。然清逸之致，有足述者，譜此索漁公和。

點滴空階夜悄〔一〕。似楚客、怨縈淒調〔二〕。酒醒回腸蕩未了。問今宵，惜秋心，誰趲到〔三〕。　　閒夢新來少。自料檢、江湖初稿〔四〕。卧聽鄰雞報霜曉〔五〕。起挑燈，短長吟，愁暗繞。

【注】

〔一〕"點滴"句：温庭筠《更漏子》詞："梧桐樹，三更雨，不道離情正苦。一葉葉，一聲聲，空階滴到明。"

〔二〕楚客：指屈原。屈原忠而被謗，身遭放逐，流落他鄉，故稱"楚客"。後亦泛指客居他鄉的人。李白《愁陽春賦》："明妃玉塞，楚客楓林，試登高而望遠，痛切骨而傷心。"周邦彦《風流子》詞："楓林凋晚葉，關河迥，楚客慘將歸。"

〔三〕 趣：催逼，催趕。《朱子語類》卷一八："如人在背後只管來相趣，如何住得。"

〔四〕 "自料檢"句：謂自個梳理游宦當初便嚮往江湖的初心。

〔五〕 "鄰雞"句：周密《六幺令》詞："回風帶雨，凍澀漏聲悄。小窗照影虛白，幾誤鄰雞報。"

木 蘭 花 慢

秋登虎邱〔一〕，書寺壁。

幾年幽夢裏，算今日、畫中來。看杳靄蒁波〔二〕，輕柔桂楫〔三〕，相與潆洄〔四〕。清齋。梵鐘徐引〔五〕，愛入門嵐翠接秋眉(1)〔六〕。自采霜蘋酹水，劍花寒沁行杯〔七〕。　徘徊。短策頻偎殘，刻剩幾莓苔〔八〕。正愁起闌干，秋光平攬，暮色遥催。蒼崖。待題翠墨，倚長風誰拂亂雲開〔九〕。慵聽閒僧説與，劫前歌舞樓臺〔一〇〕。

【校】

（1） 檢《詞譜》卷二九，此詞當用蔣捷《木蘭花慢》（傍池闌倚遍）一體，此句當用韻。半塘此處"眉"與"洄""迴""杯"等用古韻同。

【注】

〔一〕 虎邱：山名，又名虎丘山。位於今蘇州市西北角，據傳因外形遠望像老虎而得名。人稱"吴中第一名勝"。山上有雲巖寺，寺塔即虎丘塔，爲蘇州的象徵。

〔二〕 杳靄蒁波：浩淼幽静的水波。陳維崧《齊天樂》詞："不管人愁，棹歌杳靄掠波去。"杳靄，幽深渺茫貌。姜夔《慶宫春》詞："雙槳蒁波，一蓑松雨，暮愁漸滿空闊。"

〔三〕 桂楫：桂木船槳。亦泛指槳。晉王嘉《拾遺記·前漢下》："桂楫松舟，其猶重樸。"

〔四〕 潆洄：水流迴旋貌。朱熹《精舍閒居戲作武夷棹歌》之九："八曲風煙勢欲開，鼓樓巖下水潆洄。"

〔五〕 梵鐘：佛寺的鐘。唐太宗《謁並州大興國寺》詩："梵鐘交二響，法日轉雙輪。"

〔六〕秋眉：喻秋山。張孝祥《生查子》詞："遠山眉黛橫，媚柳開青眼。"

〔七〕"劍花"句：寶劍的寒氣沁入酒杯。《明一統志·蘇州府·山川》："劍池在虎邱山，即吳王葬處。兩崖壁立，深不可測。"劍花，劍的光芒。

〔八〕"短策"二句：短拐杖，頻繁使用而殘損；苺苔也被刻鑿得所剩無幾了。凸顯老人游山的興致與艱難。

〔九〕"待題"二句：呼應詞題"書寺壁"而形容之。

〔一〇〕"傭聽"二句：似宕開閒筆，實則極沉痛地寫八國聯軍庚子之亂的劫後餘哀。

古 香 慢

同叔問步登靈巖〔一〕，遂至琴臺絕頂〔二〕。用夢窗韻。

蘚池粉冷，蘭徑香留〔三〕，愁滿吳囿(1)。暝入疏林，一角淡煙催暮。笻外雁程低，笑飛趁、輕身過羽〔四〕。瞰滄波、萬頃在眼，老懷浣盡幽苦〔五〕。　　是舊館、名娃深處〔六〕。鐘磬僧房〔七〕，殘霸誰主〔八〕。步屧沉沉，落葉響廊疑誤〔九〕。古意落蒼茫，亂雲鎖、盤空嶺路(2)。剩巖花，自漂墜、半溪暗雨。

【校】

（1）夢窗原詞此句，《詞譜》作"霜訊南浦"，"浦"字是韻；《全宋詞》第7440頁作"霜訊南囿"，"囿"字是韻。由此處用"囿"字韻知半塘自有所本。

（2）夢窗原詞此句，《詞譜》作"更腸斷、珠塵蘚露"，"露"字是韻；《全宋詞》第7440頁作"更腸斷、珠塵蘚路"，"路"字是韻。半塘正用"路"字韻。是可知所據本同上校。

【注】

〔一〕靈巖：坐落在今蘇州城西南三十里木瀆鎮旁，山上多奇石。因靈巖塔前有一塊"靈芝石"十分有名，故得名"靈巖山"。有"靈巖秀絕冠江南"和"靈巖奇絕勝天臺"的美譽。主要景觀有：吳王井、玩月池、流花池、西施洞、琴臺等。

〔二〕琴臺：吳文英《八聲甘州·陪庾幕諸公游靈巖》詞："連呼酒，上琴臺

〔三〕 "蘚池"二句：謂靈巖池水裏當年留下的粉黛已冷，香徑的蘭花仍留有馨香。蘚池，長有苔蘚的荒池。
〔四〕 過羽：喻飛鳥。
〔五〕 "瞰滄波"二句：俯瞰山下，太湖滄波盡收眼底，將老人滿懷幽深的痛苦全洗滌盡了。
〔六〕 舊館名娃：靈巖山頂的靈巖寺，原爲西施所住館娃宮舊址。
〔七〕 鐘磬：佛教法器。岑參《上嘉州青衣山中峰題惠淨上人幽居寄兵部楊郎中》詩："猿鳥樂鐘磬，松蘿泛天香。"
〔八〕 殘霸：指滅亡了的吳國。吳國被越王勾踐所滅，故稱。吳文英《八聲甘州·陪庾幕諸公游靈巖》詞："渺空煙四遠，是何年、青天墜長星。幻蒼崖雲樹，名娃金屋，殘霸宮城。"
〔九〕 "步屧"二句：吳文英《八聲甘州·陪庾幕諸公游靈巖》詞："時靸雙鴛響，廊葉秋聲。"參見前《玉樹後庭花》（十年薄倖）注。

掃 花 游

常州途次感賦〔一〕

峭寒漲落〔二〕，正斷岸平煙，片帆風裊。翦波徑小〔三〕。看人家負郭〔四〕，市聲喧早。回首吳峰〔五〕，鏡掩螺痕縹緲〔六〕。轉孤棹。悵川途九回〔七〕，如引愁繞。　尊酒誰共倒。更懶問蘭陵，鬱金香好〔八〕。雅游換了。對溪雲漾白〔九〕，斷魂親到。短笛休吹，怕入山陽怨調〔一〇〕。倦吟眺。倚青篷、冷凝茸帽〔一一〕。

【注】
〔一〕 常州：今江蘇省常州市。
〔二〕 峭寒：料峭春寒。吳文英《掃花游》詞："酹入梅根，萬點啼痕暗樹。峭寒暮。更蕭蕭、隴頭人去。"
〔三〕 翦波徑：將船行水上喻爲像在水面剪開一條小徑。翦波，常喻美人雙眼，此直狀行船似剪刀剪開江波。白居易《吳宮辭》詩："淡紅花破淺檀蛾，睡臉初開似剪波。"
〔四〕 "看人家"句：看到許多倚靠城郭而修建的房舍。

〔五〕 吴峰：吴地山峰。唐李中《送姚端秀才游毗陵》詩：" 若耶罨畫應相似，越岫吴峰盡接連。"宋謝逸《千秋歲》詞：" 情隨湘水遠，夢繞吴峰翠。"

〔六〕 "鏡掩"句：謂看到如鏡水面倒映的吴山峰巒如螺髻般若隱若現。螺痕，喻山痕。辛棄疾《水龍吟》詞：" 遥岑遠目，獻愁供恨，玉簪螺髻。"

〔七〕 川途九回：柳宗元《登柳州城樓寄漳汀封連四州》詩：" 嶺樹重遮千里目，江流曲似九回腸。"

〔八〕 "更懶問"二句：謂即使常州有蘭陵美酒鬱金香也無興致喝它。李白《金陵酒肆留别》詩：" 蘭陵美酒鬱金香，玉碗盛來琥珀光。"蘭陵，晉永嘉之亂，匈奴佔據中原，蕭望之十四世孫淮陰縣令蕭整帶領整個家族渡江南遷，寓晉陵武進（今常州市新北區孟河鎮萬綏村），晉於此地僑置蘭陵郡，稱南蘭陵，故蕭氏遂爲南蘭陵（今常州）人。

〔九〕 溪雲漾白：溪面白色的雲彩倒影蕩漾不定。

〔一〇〕 山陽怨調：半塘到常州，念及平生倚重并師之的常州派詞學先賢而悼念之，師友之間的端木埰亦是常州派的嗣響，故爾有向秀經山陽聞笛思念故友嵇康之嘆。參見前《疏影》（幾番游屐）注。

〔一一〕 青篷：烏篷船。　茸帽：用柔軟的皮毛做成的帽子。

長亭怨慢

臘月四日偶然作

幾絶倒、先生歸計〔一〕。百甕黄齏〔二〕，費人料理。落落雲孤，等閒舒捲定何意〔三〕。寒氈青擁〔四〕，還約略、兒時味。鷗鷺莫驚猜，試認取、盟書一紙〔五〕。　愁寄。問家山何處，黯黯夕烽西起。白頭吟望，儘銷得、杜陵憔悴〔六〕。看倦羽、已落江湖，漫猶憶、巢痕雲倚〔七〕。只催換新聲，未慣玉簫月底〔八〕。

【注】

〔一〕 "幾絶倒"句：此句倒裝，本謂"先生歸計幾絶倒。"

〔二〕 "百甕"二句：宋祝穆《古今事文類聚别集》卷二〇引《蘇黄滑稽帖》："蘇曰：王狀元未第時，醉墮汴河。爲水神扶出，曰：'公有三百千料錢（朝廷給官吏俸禄中以貨幣支付的部分），若死於此，何處消破？'明年遂登第。士有久不第者,亦效之,佯醉落河;河神亦扶出。士大喜曰:'我料錢幾何?'神曰:'吾不知也。但三百甕黃虀無處消破耳。'"黃虀,鹹醃菜。朱敦儒《朝中措》詞:"自種畦中白菜,醃成甕裏黃虀。"

〔三〕"落落"二句:唐李益《贈毛仙翁》詩:"玉樹溶溶仙氣深,含光混俗似無心。長愁忽作鶴飛去,一片孤雲何處尋。"

〔四〕"寒氀"句:披著家傳的氀衣過貧寒的日子。《晉書·王獻之傳》:"(獻之)夜卧齋中,而有偷人入其室,盜物都盡。獻之徐曰:'偷兒,青氀我家故物,可特置之。'群偷驚走。"

〔五〕"鷗鷺"二句:參見前《喜遷鶯》(楚天凝望)注。

〔六〕"白頭"二句:杜甫《秋興八首》之八:"彩筆昔曾干氣象,白頭吟望苦低垂。"

〔七〕"看倦羽"二句:半塘將此時的自己喻爲一隻倦飛而流落江湖的鳥兒,提醒自己不要再回憶當年傍高雲而居的昔日風光。巢痕雲倚,謂往日也曾倚傍高雲而居,在朝爲官,身價倚雲。

〔八〕"只催"二句:謂由于催促舊譜換新聲,在月下聽著玉簫吹奏,都感到很不習慣了。言辭之外表達出對于世事變遷的不適應以及對於時局將發生變化的預感。

御 街 行

贈驛柳〔一〕

輕盈不傍朱樓舞〔二〕。古道禁風雨〔三〕。不知留眼爲誰青,似爾閱人良苦〔四〕。東西南北,馬嘶塵起,有恨常分取。　天涯今日多歧路〔五〕。莫引游驄誤〔六〕。等閒已慣惹離愁,那更飛花飛絮。夕陽三尺,鷓鴣啼上,此際誰憐汝〔七〕。

【注】

〔一〕驛柳:驛站旁的柳樹。宋李曾伯《沁園春》詞:"驛柳摇黃,溪桃漲綠,穩趁春風度玉墀。"

〔二〕朱樓:指達官貴人的豪宅。李白《宮中行樂詞八首》之六:"春風開紫殿,天樂下朱樓。"同"朱門"。常建《太公哀晚遇》詩:"王侯擁朱門,軒蓋曜長逵。"杜甫《自京赴奉先縣詠懷五百字》詩:"朱門酒肉臭,路有凍死骨。"

〔三〕"古道"句：謂甘願在古道上經受風風雨雨的欺凌。禁,經受。

〔四〕"不知"二句：姜夔《長亭怨慢》詞："閲人多矣,誰得似、長亭樹。樹若有情時,不會得、青青如此。"參見前《惜春郎》（靈椿坊裏）注。

〔五〕多歧路：《列子·説符》："楊子之鄰人亡羊。既率其黨,又請楊子之豎追之。楊子曰：'嘻！亡一羊,何追之者衆？'鄰人曰：'多歧路。'既反,問：'獲羊乎？'曰：'亡之矣。'曰：'奚亡之？'曰：'歧路之中又有岐焉,吾不知所之,所以反也。'"又"心都子曰：'大道以多歧亡羊,學者以多方喪生。'"李白《行路難》詩三首之一："行路難,行路難,多歧路,今安在。長風破浪會有時,直掛雲帆濟滄海。"

〔六〕游驄：代指游子。周密《露華》詞："六橋舊情如夢,記扇底宫眉,花下游驄。選歌試舞,連宵戀醉珍叢。"

〔七〕此際誰憐：宋曹組《青門引》詞："此際誰憐萍泛,空自感光陰,暗傷羈旅。"唐薛能《楊柳枝》詩："狂似纖腰軟勝綿,自多情態更誰憐。游人不折還堪恨,抛向橋邊與路邊。"

驀 山 溪(1)

浪花飛雪〔一〕,春到重湖晚〔二〕。風壓舵樓,煙颭船唇,乍舒還捲。漁樵分席〔三〕,相與本無争〔四〕,閒狎取野鷗群,知我忘機慣。　　看山欹枕〔五〕,未算游情倦。九疊錦屏張〔六〕,尚依約、兒時心眼〔七〕。雲中五老〔八〕,休笑白頭人,除一角晚峰青,何處尋真面〔九〕。

【校】

（1）　此詞輯自夏敬觀《忍古樓詞話》"王半塘"條,該條云"頃姚君景之録示《驀山溪》詞,係癸卯三月赴南昌望廬山作,蓋《南潛集》中詞,《定稿》所未録也"。按此詞《半塘剩稿》亦未收録。

【注】

〔一〕"浪花"句：雪白的浪花飛舞,所謂"雪浪花"是也。

〔二〕重湖：此指鄱陽湖。因該湖綿延數百里,且湖中有山分隔,故稱。柳永《望海潮》詞："重湖疊巘清嘉。有三秋桂子,十里荷花。"

〔三〕"漁樵"句：與漁人和樵夫共坐一席。指歸隱。宋楊炎正《水調歌頭》詞:"踏碎九街月,乘醉出京華。半生湖海,誰念今日老還家。獨把瓦盆盛酒,自與漁樵分席,説伊政聲佳。竹馬望塵去,倦客亦隨車。"

〔四〕 "本無争"三句:參見前《解語花》(雲低鳳闕)注。

〔五〕 欹枕:蘇軾《水調歌頭》詞:"長記平山堂上,欹枕江南煙雨,渺渺没孤鴻。認得醉翁語,山色有無中。"

〔六〕 "九疊"句:廬山有嶺名屏風疊。《明一統志》:"屏風疊在廬山,自五老峰而下,九疊如屏。"

〔七〕 兒時心眼:半塘不到十三歲,即隨父宦江西饒州,在江西生活十餘年。

〔八〕 "雲中"句:指廬山五老峰。

〔九〕 尋真面:蘇軾《題西林壁》詩:"不識廬山真面目,只緣身在此山中。"

圖書在版編目（CIP）數據

王鵬運詞集校箋／（清）王鵬運著；沈家莊，朱存紅校箋.—上海：上海古籍出版社，2017.11
ISBN 978－7－5325－8507－6

Ⅰ.①王… Ⅱ.①王… ②沈… ③朱… Ⅲ.①詞（文學）—作品集—中國—清代 Ⅳ.①I222.852

中國版本圖書館CIP數據核字（2017）第158475號

國家社科基金後期資助項目

王鵬運詞集校箋

（全二册）

［清］王鵬運 著

沈家莊 朱存紅 校箋

上海古籍出版社出版發行

（上海瑞金二路272號 郵政編碼200020）

(1) 網址：www.guji.com.cn
(2) E-mail：gujil@guji.com.cn
(3) 易文網網址：www.ewen.co

啓東市人民印刷有限公司印刷

開本787×1092 1/16 印張48 插頁4 字數836,000
2017年11月第1版 2017年11月第1次印刷
印數 1—2,100
ISBN 978－7－5325－8507－6

Ⅰ·3183 定價：188.00元

如發生質量問題，讀者可向工廠調換